GOLDMANN

Buch

Die beiden Halbschwestern Vie und Martine Jolay sind seit frühester Jugend erbitterte Rivalinnen. In der Kindheit buhlen sie um die Liebe ihres Vaters Armand, der nach dem Krieg Frankreich und seine berühmt gewordene Parfümfabrik verlassen mußte. Völlig mutlos und ohne große Berufsaussichten lebt Armand mit seinen beiden Töchtern in New York, und es gelingt ihm erst mit Hilfe der außerordentlich tatkräftigen achtzehnjährigen Vie in seinem Beruf als Parfümeur wieder Fuß zu fassen. Mit Charme und Geschick gelingt es Vie, ein großes Unternehmen zu gründen und den Namen Jolay in der ganzen Welt bekanntzumachen. Martine setzt nun alles daran, die Schwester von ihrem Thron zu stürzen und die Kontrolle über »Jolay-Parfüms« zu gewinnen.

JOHANNA KINGSLEY

Rivalinnen

ROMAN

Deutsche
Erstveröffentlichung

GOLDMANN VERLAG

Aus dem Amerikanischen übertragen
von Michael Benthack

Titel der Originalausgabe: Scents
Originalverlag: Bantam Books, New York

Made in Germany · 10/86 · 1. Auflage

Umschlaggestaltung: Design Team, München
Umschlagfoto: Guide Pretzl, München
Satz: Fotosatz Glücker, Würzburg
Druck: Elsnerdruck, Berlin
Verlagsnummer: 8522
Lektorat: Ursula Walther/ST
Herstellung: Peter Papenbrok
ISBN 3-442-08522-5

New York

Herbst 1983

»Macht Platz für die Königin!« rief eine Männerstimme. Die Gäste blickten auf, Champagnergläser in den Händen; Taft und Seide rauschten in der Brise, die an diesem lauen Oktoberabend vom Central Park heraufwehte.

Vie Jolay ging auf die mit kleinen japanischen Laternen überspannte Dachterrasse. Lächelnd nahm sie das Lob und die Anerkennung von allen Seiten entgegen. Sie hatte es also doch wieder geschafft: Sie war der Liebling. Sie sah hinreißend aus. Ihr neuer Duft war himmlisch. Sie dachte: Das Trostgeplapper der Modewelt, aber ein leises Triumphgefühl empfand sie doch dabei. In den Geschäften in Dallas und Beverly Hills war das Parfüm, das neue Parfüm, ein Verkaufsschlager.

Gekleidet in das fließende, mattsilberne Kleid, das eine Schulter freiließ, und mit dem Brillantohrgehänge machte sie ihrem Kosenamen alle Ehre. Für ihre Kundinnen hieß sie schlicht Madame Jolay. Die Leute in ihrer Branche aber nannten sie nur Königin Vie, Herrscherin über ein Privatreich; manche hielten es für eine Märchenwelt.

»Ich danke euch allen, daß ihr heute abend gekommen seid. Nur weil ihr mich unterstützt habt, bin ich überhaupt noch im Geschäft.«

»Das ist doch Unsinn, Liebes.« Der Zwischenruf stammte von Philippa Wright, Vies langjähriger Freundin und Beraterin. »Das hast du ganz allein geschafft. Wir sind lediglich da, um dich anzufeuern.«

Vie lächelte der zierlichen Mittsechzigerin zu. Sie war immer noch voll geballter Energie wie damals, als sie noch stellvertretende Direktorin von New Yorks größtem Kaufhaus war.

»Du hast mehr als alle andern getan, Philippa. Du allein hast mich die Erfolgsleiter hinaufgezogen.«

Philippa wurde rot vor Freude über dieses öffentliche Lob; aber dann setzte sich doch wieder ihre forsche Art durch. »Hinaufgedrückt, meinst du wohl. Ich stand hinter dir, vergiß das nicht, und hab' dich hochgestemmt. Gott sei Dank hast du dir keinen Ausrutscher geleistet. Ich wäre am Boden zerstört gewesen.«

Die Stimmung wurde lockerer, die Geschäftsparty bekam immer mehr den Charakter einer ausgelassenen Familienfeier. Mike Parnell, Vies Privatanwalt, drückte Philippa herzlich an sich. Er bewunderte diese Frau außerordentlich. In Modedingen hatte sie ein unfehlbares Gespür. Philippa konnte immer den neuesten Modetrend vorhersagen und ihre Kundschaft so darauf einstimmen, daß man den neuen Stil als Ausdruck ihrer Individualität empfand.

Vie Jolay gelang dasselbe mit den Düften, überlegte er. Die Frauen meinten, durch das Benutzen von Vies Parfüms ihre Persönlichkeit zu unterstreichen. Jede Kundin bei Jolay glaubte fest daran, daß die Flüssigkeit, die sie sich hinters Ohr oder aufs Dekolleté tupfte, ihr geheimnisvolles, wunderschönes Wesen zum Ausdruck bringen würde.

Vies Verkaufsgenie war der entscheidende Faktor für ihren Erfolg. Daß sie die Promotion-Feier zu Hause veranstaltete, war ein brillanter Einfall. Nirgendwo sonst wäre diese intime Atmosphäre entstanden. Das Penthouse wirkte kostbar, originell, besonders durch das kleine Gewächshaus, in dem mitten in New York tropische Pflanzen und exotische Bäume gediehen. Vie hatte das Penthouse selbst eingerichtet; die ganze Wohnung spiegelte ihre Persönlichkeit und ihren Geschmack wider. Hier, in einer Umgebung aus weißem Marmor und hellen Hölzern, bot sie ihren Gästen köstliche Speisen und faszinierende Gesellschaft an. Aus kleinen Marmorspringbrunnen sprudelte ihr neuer Duft *O! de Vie.*

Die bedeutendsten Modeschöpfer hatten die reichen und berühmten Gäste eingekleidet. Manche waren beides. Sie kamen, um andere zu beeindrucken, und waren am Ende selbst beeindruckt.

Komplizenhaft flüsterte Vie Mike zu: »Die Konkurrenz ist mitten unter uns. Laurent trägt *Joy* und Dyan den neuesten Duft von Yves St. Laurent. Es ist noch nicht mal auf dem Markt.«

»Du bist fabelhaft, Vie.«

»Nein, bloß professionell.«

»Wer ist die Frau dort im dunkelblauen Kleid?« flüsterte er zurück. »Und was für ein Parfüm benutzt sie?«

»Sie sitzt im Vorstand meiner Hausbank; sie ist schon über siebzig, will aber immer noch nicht in den Ruhestand. Es weiß auch keiner, wieso sie das sollte. Das Parfüm kenne ich nicht, vermutlich eine Spezialanfertigung.«

»Scheußlich.«

Vie lachte. »Ich traue mich auch nicht näher heran; dem Duft darfst du aber nicht die Schuld geben. Vermutlich merkt sie nicht, daß ihr Geruchssinn schwächer geworden ist, deshalb betupft sie sich so oft damit, bis sie das Parfüm selbst riecht. Dann duftet sie aber längst nicht mehr. Sie kommt mir wie eine Blinde beim Kleiderkaufen vor: Die weiß allerdings, daß sie blind ist, und läßt sich beraten. Diese Frau läßt sich nicht anleiten. Sie verläßt sich immer noch auf ihre Sinne, ohne zu merken, daß sie von mindestens einem im Stich gelassen wird.«

»Die verrückte Königin«, meinte Mike liebevoll. »Was ihre Nase weiß, weiß keine andere.«

»Nett gesagt! Hast du's dir grad ausgedacht?«

Ein rundlicher Mann mit einem dünnen Haarkranz um die Glatze drückte Vie einen herzhaften Kuß auf die Wange. »Es schmeckt wirklich ganz ausgezeichnet, Schätzchen. Seit Jahren hab' ich keinen besseren Lachs gegessen.«

»Das ist schottischer Räucherlachs, Murray.«

Murray Schwartzman war Vies langjähriger Verkaufsleiter, beschützte sie seit Jahren wie ein Wachhund und himmelte sie an; er gehörte zu Vies liebsten Freunden.

»Was halten Sie davon, daß Jolay sich vergrößert?« fragte er unvermittelt.

»Ich weiß nicht so recht.« Sogleich wurde sie ernst. »Meine Schwester ist eine gute Geschäftsfrau. Wir verdienen mehr Geld denn je. Aber Sie kennen mich ja, Murray. Die Zeiten, als wir noch zusammenarbeiteten, waren herrlich. Ich wußte über alles bei Jolay Bescheid. Es hat sich alles so verändert.«

»Wo ist denn Ihre Schwester?« wollte Murray wissen. »Will Martine heute abend ihren Auftritt verpassen?«

Vie empfand eine leichte Besorgnis. Dieselbe Frage hatte man bei Vaters Beerdigung gestellt. Auch dazu war Marty nicht erschienen.

»Sie müßte kommen«, erwiderte Vie unwirsch. »Im zweiten Akt ist sie schließlich die Hauptattraktion.«

»Dann passen Sie auf, daß sie Ihnen nicht die Schau stiehlt«, meinte Murray und ging weg.

Ein älterer pauspäckiger Mann, der beim Sprechen mit seinen fleischigen Händen herumfuchtelte, gesellte sich zu ihr.

»Liebste, heute abend haben Sie sich selbst übertroffen.«

»Besten Dank, Piero«, sagte sie zu dem Modefotografen.

»Diese Fotomodelle! Wo haben Sie die denn her? Mit jeder einzelnen würde ich am liebsten tagelang Aufnahmen machen. Die sind ja ein Traum! Was ist das denn für Glitzerzeug, das Sie denen aufgetragen haben?«

Die sechs Fotomodelle – drei Weiße, zwei Schwarzhäutige und eine Eurasierin – waren für diesen Abend eingestellt worden. Sie sollten den Gästen Probefläschchen von *O! de Vie* anbieten. Gekleidet waren sie in schimmernde, elfenbeinfarbene Kleider, und auf ihrer unbedeckten Haut lag der gleiche schillernde Staub, der den Boden der Parfümfläschchen bedeckte. »Perlmutt«, sagte ihm Vie. »Es hat Monate gedauert, es zu pulverisieren.«

»Sie sind genial, daran gibt es überhaupt keinen Zweifel.«

Vie ging lächelnd weiter. Der Schimmer des Perlmutts war der Clou, durch den die Firma das Parfüm zu 150 Dollar pro Unze verkaufen konnte.

»Hübscher Name«, meinte Don Garrison, Vies Bankier, zurückhaltend. Er umarmte Vie; ihr fiel ein, daß er sie sehr anziehend fand, das aber eigentlich lieber verbarg. »Damit wirst du

Millionen verdienen.« Sie kannte ihn noch aus der Zeit, als Nina fortgegangen und sie selbst ins Geschäft eingestiegen war. Auf ihn konnte sie bauen. Er hatte damals so viel Weitsicht und Mut gezeigt, ihr ein Bankdarlehen zu geben, als sie noch nicht einmal volljährig war. Er hatte sogar den Anstand besessen, nicht verblüfft zu reagieren, als sie ihm das Geld bereits Monate vor ihrem einundzwanzigsten Geburtstag zurückzahlte.

»Wie bist du auf den Namen gekommen?« fragte Don sie.

»Er ist so etwas wie ein Wortspiel. Im *O!* steckt etwas Geheimnisvolles. Er steht für Begeisterung, Verwunderung, einen geschlossenen Kreis, für eine Verzauberung.«

»Durch dich.«

»Das ist das Schönste daran. *Vie* ist das französische Wort für das Leben; es drückt vieles aus, läßt aber auch an einen eleganten, leicht exotischen Cocktail denken.«

»Das ist mir zu hochgestochen, meine liebste Vie. Ich bin bloß ein ungeschickter Finanzjongleur, dennoch: Der Name gefällt mir, das Parfüm riecht phantastisch. Da hast du mal wieder ein tolles Produkt! Wo ist übrigens Martine? Sie arbeitet doch bei dieser neuen Werbekampagne mit dir zusammen, oder?«

»Selbstverständlich«, sagte sie selbstbewußter, als ihr zumute war. »Sie kommt bestimmt gleich.« Sie wandte sich von Don ab, ehe er bemerkte, daß sie sich Sorgen machte.

Die ersten Gäste verabschiedeten sich. Elaine Smollett, Vies Sekretärin seit mehr als fünfzehn Jahren, kam herüber und schob alle beiseite, die sich ihr in den Weg stellten.

»Was soll man bloß mit diesen Fotografen tun? Die haben den Lachs aufgegessen, sich am Champagner gütlich getan, und jetzt wollen sie gehen.«

»Laß dir irgend etwas einfallen. Erzähle ihnen eine Geschichte. Gib ihnen noch mehr Champagner zu trinken. Was sie möchten. Sie müssen unbedingt bleiben.«

»Das habe ich ihnen auch schon gesagt, Chefin. Ich habe gesagt, daß sie doch ein Foto machen müssen, auf dem die Jolay-Geschwister gemeinsam zu sehen sind. Aber die meisten sind völlig unbedarfte Neulinge, die sind schon zufrieden, nur weil sie ein paar bekannte Gesichter geknipst haben und wollen jetzt abhauen.«

»Dann feßle sie mit deinen Blicken«, entgegnete Vie sorgenvoll.

In diesem Augenblick ertönte vom Flur her Stimmengewirr. Gott sei Dank, dachte Vie, endlich ist sie da.

»Aber liebe Freunde«, erwehrte sich Martine Jolay lachend der Fotografen. »Sie müssen mir doch gestatten, daß ich mir zuerst mein Haar ein wenig zurechtmache.«

Die Fotografen nahmen keine Notiz von ihrem Einwand. Sie fanden, daß Martines schwarzes Haar ebenso fotogen war wie Vies prächtige blonde Mähne. Martine war kleiner, rundlicher und ihre sprühende Unruhe hob sich deutlich gegen Vies ruhige Stärke ab. Die beiden Frauen stellten sich der Kamera als die »Jolay-Schwestern«. Dem Kameraauge boten sie eine Studie der Gegensätze: Liz Taylor und Grace Kelly. Martines smaragdgrünes Kleid, eine farbenfrohe Kreation von Oscar de la Renta, wehte sehr bauschig neben Vies klassischem silbernen Kleid von Adolpho.

Jedesmal, wenn Piero d'Angelo die beiden zu einem längeren Fototermin bat, sprach er von seinem Welt-Bildband, weil zwischen ihnen beiden Welten lagen.

Piero fand an seinem Scherz Vergnügen. Martine und Vie hatten jedoch die Erfahrung gemacht, daß jede über ihre eigene Anziehungskraft und ihr eigenes Kraftfeld verfügte, durch das sie die Mitmenschen entweder anzogen oder abstießen.

»Das wär's dann wohl«, sagte Martine. Sie hatten jetzt genug posiert, sich gegenseitig angesehen, in die Fotoapparate geschaut, mit einem Flakon zwischen sich oder jede ein Fläschchen hochhaltend.

»Kommt zum Schluß, Freunde.« Sie beugte sich zu Vie hin und flüsterte: »Ich habe etwas mir dir zu besprechen.«

»Vielen Dank, meine Herren«, sagte Vie zu den Fotografen. »Bitte vergessen Sie nicht, ein Fläschchen *O! de Vie* mitzunehmen.«

Dann sagte sie leise zu ihrer Schwester: »Wir treffen uns dann oben in meinem Schlafzimmer.« Es würde sicherlich einige Minuten dauern, bis sie sich durch die Menschenmenge nach oben durchgekämpft hätten.

Als Vie sich von den Gratulanten löste, fragte sie sich, was für eine Entschuldigung Marty wohl parat haben würde. Sonst kam sie nie zu spät. Und es war auch gar nicht ihre Art, unpünktlich zu sein. Erst recht nicht, wenn die Presseleute auf sie warteten. Es kam Vie vor, als wäre Marty ihr in den letzten Jahren immer vorausgeeilt – viel zu schnell. Gleich nach ihrem Eintritt in die Firma hatte Marty neue Management-Strategien eingeführt und ganz auf Expansion gesetzt. Die Firma *Jolay Perfumes GmbH* war zum verhätschelten Kind der gesamten Branche geworden. Doch Vie hatte darauf bestanden, daß die Firma ein Familienunternehmen blieb, aber dennoch hatte sich einiges verändert – keineswegs nach Vies Geschmack. Von Martine stammte denn auch die Idee, Geschäftsanteile an der New Yorker Börse anzubieten. Es war ihr gelungen, diese Transaktion im Verwaltungsrat durchzusetzen.

Don Garrison hatte damals gesagt: »Das ist eine unumgängliche Maßnahme – der einzig mögliche nächste Schritt:« Fast alle von denen, die in dieser Angelegenheit mitsprachen, waren auf Martines Seite. Philippa enthielt sich der Stimme, und Elaine Smollett äußerte sich so lange mißbilligend, bis Vie sie auffordern mußte, endlich damit aufzuhören.

Es war beschlossen. Vies Veto verhinderte zwar, daß sämtliches Firmenkapital zum Verkauf an die Börse ging, doch nicht, daß zwei Drittel aller Anteile zum Verkauf angeboten wurden. Es stellte sich heraus, daß Martines Analyse zutraf. Das Unternehmen wurde tatsächlich stärker; die neu erworbenen Geldmittel investierte man in Rohmaterialien. Vie achtete sehr darauf, daß sie auch weiterhin die Geschäftspolitik der Firma bestimmte. Die Party am heutigen Abend bewies, daß sie am besten in ihrer eigenen Sphäre arbeiten konnte, dort, wo sie ganz allein verantwortlich war. Ihrer Meinung nach bedeutete der Verkauf der Anteile an der Börse, daß die Firma nicht mehr so gut geführt werden konnte.

»Herrjeh!« rief Marty und schlug die Tür hinter sich zu. »Die da unten reden einem ganz schön nach dem Mund!«

»Es sind aber auch viele Freunde unter ihnen.«

»Ich habe keine Zeit zum Plaudern.«

Marty ließ sich auf ein mit einer seidenen Überdecke bezogenes Bett fallen, als trüge sie Jeans. »Ich schätze, du warst ganz schön ungehalten, daß ich nicht früher gekommen bin. Entschuldige bitte. Ich hatte etwas sehr Wichtiges zu tun.« Sie verschränkte die Hände hinterm Kopf und betrachtete Vie aufmerksam. Vie blieb ohne Grund neben dem antiken Kleiderschrank stehen.

»Ich habe mich an der Börse ein wenig umgehört«, berichtete Marty zögernd, »um Informationen zu sammeln. Ich habe mich dort mit ein paar Insidern unterhalten, um herauszubekommen, wieso vorige Woche der Kurs unserer Papiere so sprunghaft angestiegen ist.«

»Wegen *O! de Vie.* Der Verkaufserfolg hat selbst die kühnsten Erwartungen übertroffen. In Dallas allein ...«

»Nein, daran liegt's nicht«, schnitt Marty ihr das Wort ab. »Ein erfolgreiches Produkt kann natürlich nichts schaden ... weißt du eigentlich, wer derzeit Jolay-Papiere kauft?«

»Es gibt eine Liste, die sämtliche Anleger verzeichnet ...«

Wieder unterbrach Marty sie. »Aber aus der erfahren wir noch lange nicht, wodurch die stürmische Nachfrage zu erklären ist. Hinter der ganzen Sache steht Motek, die sind an unseren Ideen interessiert.« Sie stützte sich auf die Ellbogen, um zu sehen, wie Vie darauf reagierte.

Vie schüttelte den Kopf. Motek, der multinationale Konzern, bot viele verschiedene Waren und Dienstleistungen an, doch nichts, was auch nur entfernt mit Parfüm zu tun hatte. Und sie wollte nicht, daß Motek oder irgendein ähnliches Unternehmen sich auch in Joley einkaufte. »Die stellen keine Kosmetika, keine Toilettenartikel her – nicht einmal Drogerieartikel!« wandte sie ein. »Die haben mit unserer Branche überhaupt nichts zu tun.«

»Trotzdem zeigen sie offenkundig Interesse an uns. Motek

erwirbt zur Zeit das Ankaufsrecht auf große Aktienpakete.«

»Das werden wir nicht zulassen!« Vie schrie fast.

»Warum denn nicht? Der Wert unserer eigenen Beteiligung würde doch rapide steigen.«

»Aber wir würden denen gehören! Das lasse ich nicht zu! Wir haben heute immer noch 33 Prozent des Firmenkapitals, damit läßt sich verhindern, daß Motek einen größeren Anteil erwirbt.«

Marty bedachte sie mit einem müden Lächeln und stand vom Bett auf. »Könnte doch sein, daß du es nicht verhindern kannst.«

Vie musterte sie scharf. Plötzlich begriff sie, was Marty mit ihrem Anteil vorhatte.

»Überleg doch mal, wieviel Geld es dir einbrächte. So viel, daß du ein Dutzend Penthäuser von dieser Güte kaufen könntest.«

Vie schüttelte verärgert den Kopf. »Du spielst mit meinem Leben, *meinem* Geschäft, aber das lass' ich mir nicht einfach entreißen.«

Marty ging auf Vie zu, bis sie direkt vor ihr stand. »Ich habe es satt, mich von dir herumkommandieren zu lassen, Schwesterherz. Es ist höchste Zeit, daß ich hier das Sagen habe. Falls es dir noch nicht aufgefallen sein sollte, ich habe dieses Unternehmen seit meinem Eintritt völlig umgekrempelt. Und ich werde es nicht zulassen, daß du mir das kaputtmachst. Du hast altmodische Vorstellungen, Vie. Du lebst in der Vergangenheit. Aber jetzt bestimme ich hier – das werde ich dir beweisen.«

Vie wich vor der bedrohlichen Nähe ihrer Schwester zurück, doch sie konnte noch mit bestimmtem Ton antworten. »Du hast schon immer versucht, deinen Willen durchzusetzen, Marty. Schon als kleines Mädchen hast du versucht, alles an dich zu reißen.« Sie ging zur Tür und zog sie mit einem Ruck auf. »Aber damals konntest du mich nicht unterkriegen, und jetzt wird dir das auch nicht gelingen!« Vie eilte hinaus. Dann fing sie an zu laufen, wegzulaufen von ihrer Schwester – und zurück auf ihre eigene Party.

1951

Die Kleine war erst vier Jahre alt; aber wie eine starre, schwere Last. Ihr Vater packte fester zu und zog sie weiter.

An einem heißen Samstag Ende November ging Armand Jolaunay, bekannt als Armand Nouvel, die zwei kleinen Töchter an der Hand und mit einer Wohnungsliste in der Tasche, die Brooklyn Street entlang. Männer mit aufgekrempelten Ärmeln saßen vor den Hauseingängen und tranken ihr Bier, sie unterhielten sich laut mit ihren ebenfalls vor Hauseingängen hockenden Nachbarn. Frauen in kurzärmeligen, geblümten Kleidern gingen mit Einkaufstaschen und Kinderwagen an ihm vorbei. Die meisten Frauen sehen aus wie Medusa, dachte er, sie wickeln sich die Haare auf Blech- oder Plastikzylinder oder befestigen sie mit scharfkantigen Spangen am Kopf. Die Luft war voller Gerüche; einige davon waren fast zu stark für seinen hochentwickelten Geruchssinn. Der stechende Knoblauchgeruch, intensiver Oreganoduft stieg ihm in die Nase, dann roch er mit Kümmel gewürztes Sauerkraut. Er holte sein Taschentuch hervor. Immer noch hielt er seine jüngste Tochter an der Hand und schneuzte sich. Seine Ältere, Vie, rümpfte schon die Nase.

Nicht nur die aufdringlichen Gerüche machten ihm zu schaffen, auch wegen des unnatürlich heißen, stickigen Wetters war ihm in dem grauen Wollanzug und der Krawatte nicht wohl. Er wußte nicht, was ein »Indian Summer« war. In Brooklyn war er noch nie gewesen. Außerdem fühlte er sich unwohl während dieses trügerischen Klimas, das es in der Neuen Welt gab.

Überall auf den Bürgersteigen lag Abfall herum. Tiere hatten nach Nahrung gesucht, oder unachtsame Anwohner hatten ihn einfach liegengelassen. So mußte er mit seinen Töchtern um Häufchen aus altem Kaffeesatz, um durchweichte Zeitungen voll Tomatensauce, um Bierdosen und Zigarettenstummel herumsteuern.

»Komm jetzt her!« ermahnte er Martine, die sich wieder einmal losgemacht hatte und offenbar weglaufen wollte.

»Gib mir *die* Hand«, maulte sie. Sie zeigte auf die Hand, mit der er Vie festhielt.

Der Herr befreie mich von kleinen Mädchen, dachte Armand, während er Martine hinüber zu seiner linken Hand zog. Die ergriff sie und streckte Vie die Zunge heraus. *»Assez!«* rief er in scharfem Ton. »Schluß damit!«

»Riech doch mal, Papa«, sagte Vie und lächelte. »Köstlich!« Hinter einem Haus verbrannte man Laub. Der rauchige beißende Qualm wehte herüber. »Das ist Feuer«, erklärte er. »Davor mußt du dich in acht nehmen.« Eines Tages würde er Vie von dem Brand, der seine Firma und damit seine Zukunft zerstört hatte, erzählen. Doch dafür blieb immer noch Zeit, sie war ja erst sieben.

Immer noch bemühte sich Martine, ihm zu entwischen. Der Arm tat ihm weh, so störrisch zog sie an ihm. Es wunderte ihn, wieviel Kraft ein Kind, das sich einem widersetzte, aufbrachte. Er hielt es aber weiter fest.

»Papa, wieso ist Martine eigentlich immer so ungezogen?« wollte Vie wissen.

Er sah sie lächelnd an. Sie erspürte seine Stimmungen immer. Sie waren sich ja so ähnlich. Manchmal träumte er einen Traum; darin kamen dann nur er und Vie vor, der König und die Prinzessin; und kein kleines trotziges Teufelchen war bei ihnen.

»Papa«, sagte Martine, »Vie stinkt.«

»Das tut sie nicht. So etwas sagt man nicht.« Er wollte keine der beiden der anderen vorziehen. Und Martine war ja auch erst vier. Es war nicht ihre Schuld, daß sie auf der Welt war. Die traf allein ihn. Er war schwach gewesen und hatte sich nach Annes Tod in eine zweite Ehe gestürzt. Das Bild der strahlenden Anne, ihr Bild stand unauslöschlich in ihm, ihr von der Sonne beschienenes Gesicht, ihre Haut, die sich so anfühlte wie Erde nach einem Regenguß.

»Sie stinkt doch, genau wie du«, wiederholte Martine.

Annes Bild zerplatzte wie eine Seifenblase. Er zog das kleine Kind heran und gab ihm rasch einen Klaps auf den Hosenboden. Martine fing an zu schreien. Die Leute drehten sich nach ihnen um. Der Anzug, die Krawatte, damit fiel man auf. Man sah in ihm einen Ausländer, der sein Kind schlug.

Aber die alte Frau dort erwiderte seinen Blick und nickte, sie unterstützte sein Bemühen um eine strenge Erziehung. Er wandte sich ab und suchte in der Hosentasche nach dem kleinen Zettel. Dann überflog er ihn und blickte zu den Häusern, an denen sie vorbeikamen, um die Menschen nicht mehr ansehen zu müssen. Martines Geschrei ging in leises Schluchzen über.

Vor einem dunkelgrünen Haus blieb er stehen. »Ihr beide müßt euch jetzt anständig benehmen«, ermahnte er seine Töchter. »Und nicht wie die Hündchen überall herumlaufen und Unordnung stiften.«

Martine sah ihn böse an. Er sollte wissen, daß sie ihm noch nicht verziehen hatte.

»Wenn ihr brav seid«, sagte er, um sie zu bestechen, »kaufe ich euch hinterher ein Eis.«

»Ich möchte Schokolade«, bettelte Martine. Sie wußte genau, daß Vie Vanille lieber mochte.

»Jeder bekommt, was er möchte, zwei Stücke.«

»Kugeln«, verbesserte ihn Vie. »Es heißt: zwei *Kugeln.*« Sie lernt die Sprache so mühelos wie ein Entchen das Schwimmen, dachte er. Selbst Martine benutzte Ausdrücke, daß man meinen konnte, sie sei schon immer in Amerika gewesen. Mit seinem in Frankreich erlernten Englisch hatte er bei seinen englischen und amerikanischen Kunden immer großen Erfolg; die Herzogin von Windsor hatte einmal, als sie zu ihm in den Laden kam, gemeint, sie höre lieber ihn sprechen als Maurice Chevalier singen. Hier in Amerika aber mußte er sich häufig, wenn es um sprachliche Angelegenheiten ging, an seine Kinder wenden. So sollte es ja auch sein. Nachdem sie Marseille verlassen hatten, durfte nur noch Englisch gesprochen werden, da er sicher war, daß die Kinder in Nordamerika aufwachsen würden.

Im vorigen Monat waren sie endlich eingetroffen. Fast ein Jahr hatten sie in Kanada gelebt. Sie waren in der Nähe von Quebec über die Grenze gekommen, das war die sicherste Route. Die Beamten in der Einwanderungsbehörde hatten trotzdem in einem voluminösen Buch seinen Namen nachgeschlagen. Ob er je Kommunist gewesen sei? Das hatte er wahrheitsgemäß verneint und über die in dieser Frage enthaltene Ironie insgeheim gelächelt.

Seine gefälschten Papiere hielten der Überprüfung stand, somit konnte er den Fuß auf New Yorker Boden setzen, allerdings lebte er unter falschem Namen, seine trübe Vergangenheit lag hinter ihm und löste sich in der sonnigen Hoffnung auf ein neues Leben auf.

Und doch, es war schon trostlos, sich auf der Suche nach einer Bleibe durch Brooklyn zu kämpfen. In Paris hätte man diese Gegend abfällig *»les banlieues«* genannt – den Stadtrand, wo die »anderen« wohnten, die, die nicht zum mondänen, glanzvollen Leben in der Innenstadt gehörten.

»Ihr müßt euch gut benehmen«, ermahnte er noch einmal die Kinder. Er bezweifelte allerdings, ob ihr Betragen wirklich eine Rolle spielte. In der vorher besichtigten Wohnung hatte die Wirtin gesagt: »Keine Kinder.« Dabei hatte er ein Dutzend Jungen und Mädchen im Hof spielen sehen. In Wahrheit hieß die Antwort natürlich: »Ich vermiete nicht an Ausländer.« Zumindest nicht an die, die solchen Frauen suspekt waren. Sein Anzug wirkte wohl deplaziert. Vielleicht verriet ihn ja der Schnitt des Anzugs und die blankgeputzten Schuhe. Es war ihm auch nicht möglich, seinen Akzent und die etwas gekünstelte Art abzulegen. Und dann war er auch noch alleinstehend mit zwei Kindern. All dies ließ seiner Einschätzung nach einen vagen Argwohn bei den Brooklynern entstehen, so daß sie ihn abwiesen.

Die Kinder stellten also nicht allein das Problem dar. Aber es konnte auch nicht schaden, wenn sie wohlerzogen waren. Vie sah mit ihrem blonden Haar bezaubernd aus – sie trug es mit blauen Schleifen im Nacken zusammengebunden – und Martines dunkle Lockenpracht und die dunklen, braunen Augen brachten sogar Fremde zum Lächeln, die sich dem kleinen Püppchen zuwandten.

Über Holzstufen gingen sie zu der ockerfarbenen Haustür.

Armand klingelte, er wartete voll Nervosität.

Eine verhärmte Frau mit einer Brille mit hellem Kunststoffgestell öffnete. Das Kleid hing an ihr, und obwohl es die richtige Länge hatte, wirkte es wie ein Sack.

Er zeigte ihr den Zeitungsausschnitt. »Mrs. Murphy? Ich komme wegen der Zimmer. Armand Nouvel.« Er streckte ihr die Hand entgegen, die sie nicht ergriff, also ließ er sie wieder fallen. »Dies sind meine Töchter, Vie und Martine.«

»Guten Tag«, brummelte die Frau.

Er lächelte; ihre Augen wirkten, als wären sie von zuviel Weinen verwaschen, und noch eine Spur Blau schimmerte durch das Grau.

»So kommen Sie doch herein«, forderte sie ihn lustlos auf.

Beim Hineingehen fielen ihm ihre abgenutzten weißen Schuhe auf – das vernünftige Schuhwerk einer Krankenschwester. Seine Stimmung hellte sich auf. Zum erstenmal seit er an diesem Morgen losgezogen war, hatte er Hoffnung. Bei dieser Frau kam er sicherlich an.

Dem Eingang gegenüber führte eine abgetretene Treppe ins obere Stockwerk. Mrs. Murphy wandte sich um und öffnete die Tür zur Rechten. Das Zimmer kam ihm bekannt vor. Auf dem Klavier lag ein Häkeldeckchen mit Troddeln. Über dem Kaminsims standen Porzellankatzen neben knallbunten Madonnen und Glaselementen. Überall im Raum fand sich wertloses Nippes, ausgestellt, als wären es die reinsten Schätze.

Meine zweite Frau hätte sich hier bestimmt wie zu Hause gefühlt, dachte er. Sie hatte ihre Gipsheiligen über alles geliebt, sie mit ihrem gräßlichen Geschmack. Als er daran dachte, empfand er jähen Haß. Beinahe hätte die Frau sein Kind umgebracht.

»Setzen Sie sich doch bitte«, sagte Mrs. Murphy und deutete aufs Sofa. Es war ein mächtiges hellgrünes Monstrum, auf dem Kissen und Stofftierchen lagen. Sowie er Platz nahm, setzte sich die Vermieterin ans andere Ende, zwischen sich und ihm sollte größtmögliche Distanz gewahrt bleiben. Die Kinder saßen links und rechts vor ihnen im Sessel.

»Was machen Sie denn beruflich, Mr. Nouvel?« fragte sie schüchtern, den Rücken an die Sofalehne gedrückt.

Er beugte sich nach vorn. Sie sprach sehr leise, deshalb hatte er sie nicht richtig verstehen können. Wegen der Schwerhörigkeit, unter der er seit seiner Kindheit litt, hatte er gelernt, von den Lippen abzulesen; meistens verstand er so sein Gegenüber, er mußte ihn bloß deutlich sehen. Frauenstimmen machten ihm mehr Schwierigkeiten als die von Männern. Außerdem hatte er sich noch nicht an die Lippenbewegungen von Englisch sprechenden Menschen gewöhnt.

»Ich bin Parfümeur – einer, der Parfüms herstellt.«

»Ach, wirklich?« Wie die meisten, merkte auch sie nichts von seinem Hörfehler. Als er näher rückte, errötete sie, körperliche Nähe war sie nicht gewohnt. »Ich wußte gar nicht, daß die von Männern hergestellt werden.«

Über Parfüms hatte sie natürlich noch nie nachgedacht Sie waren unerschwinglich für sie, wie Orchideen und Champagner. Allein die Namen, *My Sin, Joy* – und diese französischen Worte, die keiner aussprechen konnte –, kamen ihr wie geheime Botschaften aus einer anderen Welt vor, in der es nur reiche und elegante Menschen gab.

»In Frankreich sind alle bedeutenden Parfümeure Männer«, erklärte er.

»O ja, natürlich«, pflichtete sie ihm bei; sie spürte, daß er sie durchschaute. »Stammen Sie aus Frankreich?«

Er nickte.

»Und Ihre Frau, die Mutter Ihrer Töchter, lebt jetzt noch dort?«

»Sie ist tot.« Er formte mit den Fingern einen kleinen Schrein.

»Verzeihen Sie bitte.«

»Es ist schon lange her«, sagte er milde und fragte sich, wie er einem Verhör entgehen könnte.

»Ich bin Witwe. Meine Kinder sind allerdings schon erwachsen. Ich bekomme sie kaum noch zu Gesicht.«

»Es ist ein Jammer, nicht wahr?« Innerlich jubilierte er. Sie war eine vom Leben enttäuschte Frau, ohne Ehemann, die schon jetzt Interesse an ihm zeigte und bedauerte, keine Kinder mehr um sich zu haben. Hätte er es besser treffen können? »Und was machen Sie beruflich, Mrs. Murphy?« fragte er aus Höflichkeit. Wenn man in Amerika sein Gegenüber nicht sogleich nach dem Beruf fragte, so hatte er gehört, hielt man einen für unhöflich.

»Mir gehört dieses Haus. Ich habe vier Mieter hier. Außerdem kümmere ich mich noch um ältere Leute, ein paar Stunden am

Tag ...« Sie hielt inne, weil sie fürchtete, ihn zu langweilen.

»Was für ein guter Mensch Sie sind, Madame! Ihre Arbeit macht die Menschen glücklich, das ist so wichtig.« Ihre Schuhe sagten ihm alles. Sie führte ein trostloses Leben zwischen Bettpfannen und Arthritis.

»Das ist es wohl«, erwiderte sie erstaunt. Sie nahm die Brille ab und sah ihn kurz an, senkte schließlich den Blick züchtig. »Möchten Sie eine Tasse Kaffee? Und ihr, Mädchen – mögt ihr Kakao?«

»Sie sind zu freundlich, bitte machen Sie sich unserethalben keine Umstände.« Armand erhob sich gleichzeitig mit ihr. Ihm fiel auf, daß sie sich nicht sehr anmutig bewegte – wie die Sorte Frauen, die ihren eigenen Körper als überaus lästig empfanden. Er wurde wieder optimistischer. Sein Charme zählte zu den wenigen Dingen, auf die er sich noch verlassen konnte.

Francis Murphy wunderte sich über sich selbst. Rasch ging sie in die Küche. Kaffee hatte sie noch keinem ihrer künftigen Mieter angeboten. Aber dieser Herr war etwas Besonderes – der breite, empfindsame Mund mit den schmalen Lippen, die hohen Wangenknochen, die funkelnden Augen und die Art, wie er beim Sprechen versuchte, näher zu rücken! Seine so sehr gepflegte Kleidung wirkte ja schon ein bißchen komisch, doch sehr elegant, besonders gefiel ihr das dreieckig aus der Brusttasche hervorschauende Taschentuch. Beim Vorübergehen hatte sie den leichten Lavendelduft gerochen.

Mit zitternden Händen setzte sie Wasser auf. Wenn er dabliebe, würde er Jürgens Zimmer bekommen. Jürgen hatte ihr die Alpen beschrieben. Sie war damals noch jung, doch alles hatte sie noch nicht vergessen. Immer wieder beschwor sie die Erinnerungen herauf. Sie dachte an die schneebedeckten Hügel, die dünnen Härchen auf Jürgens Handrücken. Sollte dieser elegante Herr das Zimmer nehmen, könnte sie ihn darin aufsuchen. Francis schloß lächelnd die Augen.

Als sie wieder aus der Küche kam, stand Armand im Zimmer. Er nahm ihr das Tablett ab und sah sie an, bis sie den Blick abwendete. Sie tranken schweigend ihren Kaffee, und die Mädchen nippten an ihrem Kakao.

»Möchten Sie sich oben umschauen?« fragte sie plötzlich.

Er mußte lächeln. Er bekam die Zimmer also. Als nächstes mußte er Mrs. Murphy nur noch dazu bringen, auf den Vorschuß, den in der Anzeige erwähnten Zweimonatsvorschuß, zu verzichten. Wenn sie nicht darauf verzichtete, könnte er sich die Wohnung nicht leisten. Außerdem brauchten sie sofort eine Bleibe. Die tägliche Hotelrechnung zehrte allmählich die ohnehin kärglichen Ersparnisse auf. Und die Kinder mußten beaufsichtigt werden, solange er auf Arbeitssuche war. Es war nicht nur höllisch, die beiden dabeizuhaben – es war wie eine Hölle, in der man angekettet war.

»*Alors, mes petites.*« Er stand auf. »Wir sehen uns jetzt mit dieser freundlichen Dame die Zimmer an.«

Folgsam gingen die Mädchen hinter den Erwachsenen aus dem Zimmer. An der Wand über der Treppe hingen verblaßte Schwarzweißfotos. Einsame Seelandschaften waren darauf abgebildet, auf denen breite Himmel- und Sandstreifen zu sehen waren, die Schaumkronen umschlossen. Lebendiges war auf den Bildern nicht zu sehen.

»Die Fotos habe ich vor langer Zeit gemacht«, sagte Francis, »auf einer Reise mit meiner Mutter nach Atlantic City.«

Auf dem Treppenabsatz lag eine große weiße Muschelschale aus Porzellan. Scheußlich, dachte Armand, spürte aber, daß die Frau auf ein Lob wartete. »Das ist eine sehr schöne Arbeit.«

Francis strahlte; errötete sogar tief. »Finden Sie? Ich habe die Schale erst vor drei Wochen erstanden, sie mir sozusagen selbst zum Geschenk gemacht. Ich habe mich richtiggehend in sie verliebt und bin die letzten Wochen jeden Tag an dem Gartenartikelgeschäft vorbeigegangen, bloß um nachzuschauen, ob sie noch da ist. Wie schön, daß sie Ihnen gefällt.«

Ein greuliches Ding! Sie gingen eine Treppe höher. Die Zimmer lagen im obersten Stock, waren klein, dafür aber hell. 58 Dollar pro Monat war eine angemessene Miete. Er würde sich damit abfinden müssen, zukünftig in einem Haus zu leben, in dem alles erstickend gewöhnlich war.

Errötend fragte Francis, ob er die Miete wohl für zwei Wochen im voraus bezahlen könne. Selbstverständlich, versicherte er ihr; morgen würden sie einziehen. 29 Dollar anstatt der 116! Er strahlte, als sie ihn an der Haustür mit Handschlag verabschiedete.

Sie schloß die Tür, blieb einen Augenblick stehen und holte tief Luft. Ein schöner und kultivierter Herr zog bei ihr ein.

Etwas weiter unten auf der Straße sagte Vie: »Ihr Kleid war entsetzlich, wie ein großer Sack.«

»Sie ist bestimmt eine freundliche Frau«, erwiderte Armand.

»Das ändert nichts daran, wie sie aussieht«, beharrte Vie, »noch daran, daß sie muffig riecht.«

Meine Tochter, dachte er, und Annes. Mit sieben bereits verfügte sie über eigene Maßstäbe, hatte sie Stil. Hoffentlich enttäusche ich nicht die Erwartungen, die ich in ihr geweckt habe. »Es wird schon alles gut werden«, sagte er ohne rechte Überzeugung.

»Eis«, quengelte Martine.

»Ja, natürlich, du hast dir die Eiskugel verdient. Du warst sehr brav.«

»*Zwei* Kugeln.«

»Zwei, selbstverständlich. Und auch zwei für dich, Vie.«

Auf dem Weg zur Eisdiele mußte Armand an die stille Übereinkunft denken, die er soeben mit Francis Murphy getroffen hatte. Sie würde erwarten, daß er ihr zunächst seine Aufmerksamkeit und später seine Zuneigung schenkte. Anfangs würde sie zurückhaltend sein, ihn dazu ermuntern, sie zu umwerben. Täte er das, sie würde auf der Stelle nachgeben und sich dann dankbar, vermutlich allzu dankbar, zeigen. Bald würde sie mehr von ihm erwarten, als er zu geben bereit wäre.

Er kannte dieses kleine Schauspiel gut, denn er hatte es oft genug gespielt. Frauen hatten ihn schon immer interessiert, sogar, als er noch ein Jugendlicher war, war das so, und sie reagierten darauf, indem sie ihn unwiderstehlich fanden oder doch jedenfalls charmant. Sein ungeheucheltes Interesse an Frauen führte dazu, daß er ihnen schmeichelte, ohne daß ihm das bewußt wurde. Dieser Charakterzug war oft von Vorteil, und wenn die Miete fällig wurde, könnte er sich bestimmt darauf verlassen. Doch er mußte behutsam vorgehen.

Als er anderntags wieder hinging, kamen ihm die Zimmer

kleiner, schäbiger als in seiner Erinnerung vor. Aber wenigstens hatte er jetzt ein Dach über dem Kopf, tröstete er sich.

Als er vor einem Jahr in Marseille das Schiff bestiegen hatte, hatte er sich eine große, sehr amerikanische Wohnung vorgestellt. Vom bedeutenden amerikanischen Architekten Frank Lloyd Wright entworfene Zimmer, mit viel Glas und einem Dachfenster mit Blick auf den Hudson. Oder er stellte sich ein hübsches Häuschen auf dem Lande vor, nicht so weit draußen, damit er bequem zur Arbeit kam. Im Frühjahr blühten die Obstbäume, abends lief ihm freudig sein Hund entgegen, und in einem nahe gelegenen Gestüt würden die Mädchen jeden Tag Reitstunden erhalten.

Das Bild, das er sich von Amerika machte, unterschied sich kaum von dem anderer Einwanderer vor ihm. Sie alle stellten sich das Leben wie den amerikanischen Traum vor: War man nur fleißig und begabt, so würde es einem gutgehen. Er kam jedoch nicht nur als Einwanderer, sondern als Flüchtling. Und wenn ihm auch klarwar, daß er großes Talent hatte, so konnte er es doch nicht unter Beweis stellen.

Statt in ein Landhaus oder eine Wohnung in Manhattan zu ziehen, mußte er mit seinen Töchtern in einem Vorort hausen. Meine hochfliegenden Träume enden in diesem Verschlag, dachte er verbittert, in einer Pension, einer winzigen Wohnung, von der aus man in einen dunklen Korridor, auf eine knarrende Treppe und weiter unten auf eine gräßliche Porzellanmuschel blickte.

Weil er das Gepäck die Treppe hochschleppen mußte, war er ins Schwitzen geraten. Er trug die Koffer ins Kinderzimmer. Die Betten waren bereits zerwühlt. Vie war rot vor Wut. »Bitte, tu doch was«, bat sie ihn. Er war müde und wollte seinen Frieden. Doch Vie bat ihn, wie eine Prinzessin ihren Ritter bittet. Er seufzte. Dann schaute er sich um und begriff, worin das Problem lag.

An den Wänden standen die schmalen Betten einander dicht gegenüber. Darauf lagen die gleichen hellrot gestreiften, vom häufigen Waschen verblichenen Bettlaken und darüber rosafarbene Decken. Martines Pandabär lag auf dem einen Bett, Vies kleiner Tiger auf dem anderen.

»Ça va«, sagte er besänftigend. »Am besten, wir treffen die Entscheidung gleich. Welches Bett möchtest du haben, Martine?«

»Ist mir egal.«

»Und du, *ma p'tite Vie?*«

Sie hob die Schultern, eine Geste, die ihn an die Boulevards in Paris denken ließ und dort soviel bedeutete wie: Ist mir völlig gleichgültig.

Er nahm ein Geldstück aus der Tasche, hielt es in der geschlossenen Hand hinter sich. Vie war als erste dran, suchte sich die Hand mit dem Geldstück und bekam das Bett am Fenster.

Martine verzog ihr Gesichtchen. »Das ist ungerecht. *Mein* Bett.« Sie setzte sich darauf und nahm ihren Panda in den Arm.

»Gut, du bekommst es. Vie, nimm du das andere.« Armand spürte, daß Vie ihn mit ihren braunen Augen musterte. Er wollte sich für die ständigen kleinen Vertrauensbrüche entschuldigen; aber sie waren nicht zu vermeiden.

Sie wandte den Blick ab. »Mir gefällt dieses Bett sowieso besser, es ist weicher.«

»Meiner!« rief Martine, lief hinüber und nahm den Tiger innig in den anderen Arm.

Vie schaute weg von ihm. »Du kannst ihn haben«, sagte sie voll Verachtung zu Martine. Sie nahm ihren Stoffpudel von der Fensterbank und bettete ihn auf das Kopfkissen am Fenster. Schon beim ersten Blick ins Zimmer gestern stand ihr Entschluß fest: Dieses Bett nehme ich. Mit ihren sieben Jahren hatte Vie bereits herausgefunden, daß man ihr fast nichts abschlug. Es war eine Sache des Beobachtens und des listigen Vorgehens. Diese Deutung stand ihr natürlich nicht zur Verfügung. Doch sie vermochte nahezu instinktiv Situationen zu beurteilen und wußte, was sie wollte, um sich dann beim Verfolgen ihrer Wünsche durch nichts mehr abbringen zu lassen.

Und das sagte sie sich selber: »Ich bin der wichtigste Mensch auf der ganzen Welt. Mama ist ein Engel, und ich bin es auch.« Sie fühlte sich dann stark, und es machte ihr nichts aus, keine Spielkameraden oder hübsche Kleider zu haben.

Manchmal machte es ihr aber doch angst, die Wichtigste zu sein; dann ließen Gedanken oder innere Bilder an den Tod sie erstarren. Zitternd klammerte sie sich in solchen Augenblicken an ihren Vater, während er ihr übers Haar strich und ihre Ängste mit Liedern zu zerstreuen suchte. Ihr gefiel das nicht, sie mochte nicht die Art und Weise, wie die längst vertrauten Melodien immer wieder auf sie eindrangen, bis die Worte und Töne all das, was ihr Wichtiges durch den Kopf ging, auslöschten. Manchmal verstand ihr Papa sie einfach nicht, fand sie.

Das Foto ihrer Mutter, das immer neben seinem Bett stand, interessierte sie nicht sonderlich. Sie war eine Frau mit blondem Haar, die lachend in die Sonne schaute und im Sommerkleid auf einer Lavendelwiese saß. Das war das Gesicht einer Fremden, die nichts von ihrem, Vies, Leben wußte.

An die andere Frau, ihre Stiefmutter, konnte sie sich aber noch erinnern, aber an sie dachte sie höchst ungern. Die zog immer ein mürrisches, böses Gesicht, bewegte sich ungeschickt, hatte eine schrille Stimme. Manchmal träumte Vie, daß sie ganz allein im Urwald war, daß wilde Tiere sie fressen wollten, deren Gesichter so aussahen, wie das der Frau – verschwommen, aber so mächtig; Vie mochte es gar nicht, wenn ihre Gedanken zu bestimmten Orten zurückkehrten, dann war sie nämlich den Tränen nahe.

Mütter waren wirklich seltsam. Sie starben oder rannten schreiend weg, kleine Mädchen mochten sie ganz und gar nicht. Aber Papa liebte sie, ganz bestimmt, aber trotzdem fühlte sie sich nicht geborgen.

Francis Murphy stand in dem Türrahmen zu ihrem Zimmer. »Habt ihr alles, was ihr braucht, Mädchen?« fragte sie nervös zwinkernd.

»Ja«, antwortete Vie, ohne hochzuschauen.

Martine gab keine Antwort. Sie ließ lieber ihre Stofftiere gegeneinander kämpfen. Der Pandabär war ihr Liebling, deshalb gewann der auch immer.

Francis ging dann in Armands Zimmer, während der Pandabär und der Tiger heftig aufeinander einschlugen. Martine spornte sie mit lauten Zurufen dazu an. Plötzlich war sie nicht mehr an ihnen interessiert, die Spielzeuge fielen zu Boden. Das merkte sie nicht einmal, ihr Blick richtete sich sozusagen nach innen. Vie hob den Panda auf, versteckte ihn unter ihrem Bett.

Im Kinderzimmer war es ganz ruhig. Erleichtert packte Armand weiter seine Koffer aus.

»Kann ich Ihnen helfen?« fragte Francis.

Ihm fiel auf, daß sie sich das Haar hochgesteckt hatte. Ihr billiges Parfüm roch – sie trug es wohl seinetwegen – nach Gardenien und verbreitete eine Friedhofsatmosphäre in dem kleinen Raum.

»Nein danke, haben Sie vielen Dank für die Nachfrage«, sagte er. Er wollte nicht, daß sie um ihn war und zusah, wie er seine Sachen auspackte. Manches davon war sehr persönlich, ein oder zwei Dinge waren ihm fast heilig.

»Sie sind sehr liebenswert, Mrs. Murphy. Sie haben sicherlich Wichtigeres zu erledigen. Ich brauche nicht mehr lange mit dem Auspacken. Wenn Sie erlauben, würde ich gern anschließend mit einer Flasche Sekt zu Ihnen ins Wohnzimmer kommen und mit Ihnen auf Gesundheit und Glück in Ihrem Haus anstoßen.«

Sie nickte beglückt und ging aus dem Zimmer, vermutlich um sich noch mehr von dem Gardenienparfüm aufzulegen.

Wann er wohl endlich eine Arbeit bekam? überlegte Armand, als er sein bestes Hemd weglegte, wobei ihm auffiel, daß der Kragen abgewetzt war. Wenn er überhaupt nichts fand, mußte er die Leute aufsuchen, die er noch aus der Zeit vor dem Krieg kannte. Das war jetzt zwölf Jahre her. Sie waren bestimmt nicht leicht zu finden, und auch jetzt noch, selbst hier in Amerika, war die Suche außerordentlich riskant. Er sollte vielleicht besser wieder ganz von vorn anfangen, keinem verraten, wer er war, und darauf vertrauen, daß seine Begabung ausreichte, um auf der Erfolgsleiter ganz nach oben zu gelangen.

Das würde allerdings einige Zeit dauern, und die Mädchen brauchten jemanden, der sich um sie kümmerte. Eine englische Kinderfrau oder eine französische Gouvernante wäre sicherlich geeigneter, dachte er wehmütig, doch derzeit kam nur diese Mrs.

Murphy in Frage. Zum Glück war er so vorausschauend gewesen, eine Flasche Sekt mitzubringen.

Armand verschloß den Koffer, der jetzt nichts mehr außer seinem wichtigsten Besitz enthielt, ergriff die Flasche und ging nach unten. Zuvor schärfte er den Mädchen noch ein, keinen Lärm zu machen.

Martine konnte nirgends ihren Panda finden und wurde allmählich wütend. Vie lag auf ihrem Bett und tat so, als läse sie. »Panda!« jammerte Martine maulig. Vie las weiter.

»Du bist fies!« rief Martine. »Du bist gemein.«

»Sag das nicht noch mal. Halt den Mund!«

»Halt du doch den Mund.«

Vie stand langsam vom Bett auf und ging zu ihrer Schwester. »Du willst also den blöden Panda haben? Heulsuse, Heulsuse.«

»Bin ich gar nicht.«

»Heulsuse, Heulsuse«, stichelte Vie.

Mit einem Satz war Martine bei ihr und versetzte ihr einen Schlag auf die Wange. »Blöde Kuh!«

Martine bekam mit den Zähnen ein Stück von Vies Oberarm zu fassen und biß zu, so stark sie konnte. Vie schlug auf Martine ein. Die ließ aber nicht los. Gleich kamen ihr bestimmt die Tränen, so weh tat ihr Arm, sie haßte es zu weinen. Martines Augen sprühten vor Wut. Ihr Gesicht war ganz rot. Sie ließ einfach nicht los, beachtete die Schläge gar nicht und biß mit aller Kraft zu.

»Friede!« flehte Vie, als sie die Schmerzen nicht länger aushalten konnte. Die Augen brannten ihr, gleich würde sie zu weinen anfangen. »Bitte, bitte. Das tut weh. Hör auf.«

Martine biß noch fester zu.

»Ich geb' ihn dir. Ich hol' dir deinen Panda, hör bitte auf.«

Martine ließ los. In den Bißspuren an Vies Oberarm waren Blutstropfen zu sehen. »Panda!« befahl Martine.

Nachdem alles vorbei war, mußte Vie doch noch weinen. Sie holte den Panda unter ihrem Bett hervor. Martine griff nach ihm, aber Vie hatte mehr Kraft und hielt das Stofftier fest. Sie empfand ihre Tränen als Demütigung.

»Das ist meiner!« schrie Martine und zerrte abermals.

»Du bist ja verknallt in ihn, verknallt in einen blöden Panda«, schalt Vie. Sie packte den Panda am Arm. Mit aller Kraft zog sie daran, während sie schniefte. Sie haßte Martine dafür, daß sie sie so sah, dafür, daß sie ihr so etwas antat, dabei war sie erst vier.

Martine schnappte sich ein Bein des Tieres und während sie an ihrem Spielzeug zerrte, tat Vie plötzlich einen Schritt nach hinten, und eine Naht des Pandas löste sich. Mit einem Ruck zog Martine das Bein ab und fiel, das abgerissene Körperglied in Händen, rücklings hin. Erschrocken schrie sie auf.

Vie hatte den Körper des Stoffbären in der Hand und holte jetzt die Füllung heraus; sie langte hinein und zog den Plüsch heraus, bis das Tier leer war; in Klumpen lag das Innere auf dem Boden.

Martine starrte voll Entsetzen darauf. Sie rappelte sich auf und rannte schreiend zur Tür. Vie ging ebenfalls auf den Flur und dann dicht hinter ihrer Schwester die Treppe hinunter. Martine lief gegen die Porzellanmuschel; Vie stolperte über ihre Schwester.

Die Erwachsenen hörten den Krach, etwas zerbrechen, und kamen herbeigelaufen. Die Mädchen lagen auf dem Boden, um sie herum waren glatte weiße Porzellanscherben verstreut. Angsterfüllt schauten die Kinder empor, weinten jedoch nicht, sie schienen sich nicht ernsthaft verletzt zu haben.

Armand half erst Vie, dann Martine auf die Beine. Er wollte sie schon ausschimpfen, überlegte sich das aber, als er sah, was für ein Gesicht Vie zog.

Sie wirkte glücklich und zufrieden, so als hätte sie etwas Großes vollbracht. Hinter sich hörte er Francis Murphys Klagerufe. Mitwisserisch lächelte er Vie an. Das blieb ihr gemeinsames Geheimnis, die gräßliche Muschel war Gott sei Dank kaputt. Das machte das Haus ein bißchen erträglicher – Häßliches sollte man beseitigen.

Vie betrachtete die Scherben wie eine kleine Königin. Sie ähnelt mir so, dachte Armand. Sie ist so selbstbewußt, wie ich es mal war, ehe die Welt um mich herum zusammenbrach.

Frankreich

1921–1931

Eigentlich hatte Armand schon immer gewußt, daß er Parfümeur werden würde. Als er dann dreizehn Jahre alt war, war er davon überzeugt. Wenn er seinem Vater bei der Arbeit an der Riechorgel und dem Probieren der Duftstoffe zusah, aus denen die endgültige Komposition hergestellt würde, regte ihn das an, selbst mit ihnen zu experimentieren. Die meisten Inhaltsstoffe waren entweder zu teuer für ihn oder zu selten, doch er erbat sich Gewürze von seiner Mutter und sammelte Arme voll wilder Blumen. Die Blüten legte er auf kleine Glasplatten, die er zuvor mit Fett bestrichen hatte, und ließ sie darauf liegen, bis die in den Pflanzen enthaltenen Öle von dem Fett absorbiert worden waren. Die danach entstandene Pomade behandelte er, als wäre sie ein ätherisches Öl.

Es freute Armands Vater, Maurice, daß sich sein Sprößling an der Enfleurage, dem uralten Verfahren zur Gewinnung von Blumenölen versuchte. Er machte seinen Sohn mit der Geschichte und der Kunst der Parfümherstellung vertraut. Wichtiger fand Armand aber, daß sein Vater ihm ab und zu verschiedene tierische Fixierstoffe oder ätherische Öle schenkte. Mit diesen experimentierte er dann, indem er sie mit Zimt, frischer Minze oder Zitronenrinde kombinierte – praktisch verwendete er alles, was einen charakteristischen Duft verströmte. Sein Wunschtraum war es, für die Düfte später einmal das geleistet zu haben, was Mozart in der Musik vollbracht hatte.

Solche Wunschträume hatte er schon als kleiner Junge gehabt. Sein Entschluß stand schließlich fest, als im Jahre 1921, kurz vor seinem vierzehnten Geburtstag, *Chanel No. 5* auf den Markt kam.

Was das berühmteste Parfüm der Welt schlechthin werden

sollte, war bereits unmittelbar nach dem Erscheinen eine Sensation. Die goldfarbene Flüssigkeit in dem schlichten Fläschchen lockte, als sei sie ein Zaubertrank. Der Name, eine bloße Zahl, wirkte im Unterbewußtsein, weil er Geheimnisvolles verhieß.

Bis zum Jahre 1921 mußten sich Frauen und auch Männer geradezu in Parfüm baden. (Wollte man am Ende des Abends wenigstens noch ein bißchen duften, roch man zu Beginn überaus intensiv.) Chanels Rezeptur enthielt Aldehyde, flüchtige organische Duftbausteine. Da diese mit anderen Ingredienzien in der Basisnote reagierten, brauchte die Trägerin nur einen Tupfer Parfüm aufzutragen, und konnte doch sicher sein, daß der Duft mehrere Stunden lang anhielt.

Außerdem war *No. 5* das erste Parfüm, das nicht ausschließlich aus Blumendüften bestand. Eine Frau brauchte nun, falls sie überhaupt einen Duft benutzte, nicht mehr die Entscheidung zu treffen, ob sie nach Rosen, Jasmin oder Lavendel duften wollte. Das neue Rezept war feiner, ein flüchtiger Akkord, der seine Trägerin begehrenswerter und geheimnisvoll machte.

Das Parfüm wurde in Grasse kreiert, dem französischen – und weltweiten – Zentrum der Parfümherstellung. Gabrielle Chanel hatte es als Accessoire in Auftrag gegeben, so wie ihre langen Perlenketten oder die Glockenhüte, es sollte die einfache Note der von ihr entworfenen Kleider unterstreichen. Die Chemiker in Grasse präsentierten ihr fünf Proben. Mit Hilfe von Maurice Jolaunay, ihrem Hauschemiker in der Rue Cambron 31 in Paris, wählte sie die aus, aus der dann später *No. 5* werden sollte.

Maurice hatte schon für Guerlain gearbeitet, als Gabrielle Chanel auf ihn aufmerksam wurde. Er war gutaussehend, ein wenig ungepflegt, den Schnauzbart müßte er einmal stutzen lassen.

»Sie fühlen sich wohl als Bohemien, ja?« fragte sie.

Er schüttelte den Kopf und errötete leicht.

»Dann werden Sie zukünftig für mein Haus arbeiten«, teilte sie ihm mit. Durch ihre Erkundigungen hatte Gabrielle Chanel inzwischen genügend über ihn in Erfahrung gebracht. Sie wollte ihn aus Guerlains Modehaus abwerben und zu sich holen. Und sie hatte immer nur das haben wollen, was sie am Ende auch bekam. Maurice Jolaunay war ein guter Fang. Die Familie, der er entstammte, brachte schon seit der Zeit Karls VII. im fünfzehnten Jahrhundert Parfümeurs hervor. Schon damals erhielten sie das Parfümeur-Wappen. Im siebzehnten Jahrhundert stellte ein Jolaunay für Louis XIV. und seinen Hofstaat Duftwässerchen her.

Es entzückte die Modezarin, Maurice mit ihrem Wissen in Erstaunen zu setzen. Ganz bewußt legte sie es darauf an, ihm mit dem über seine Familiengeschichte Angelesenen zu schmeicheln.

»Und Claude, Ihr Urgroßvater, war bei Napoleon und Josephine Parfümeur«, schloß sie triumphierend und musterte ihn über ihren Schreibtisch hinweg.

Vor Verwunderung schüttelte er den Kopf. Sie strahlte ihn an. »Den Rest müssen Sie mir erzählen. Nach Claude ging es wohl bergab? Seit der Zeit erfährt man nämlich überhaupt nichts mehr über die Jolaunays und ihre goldene Nase.«

Maurice strich sich nachdenklich über den Bart. »Claude Jolaunay hat als erster meiner Vorfahren eine eigene Parfümerie aufgemacht. Bei einem Brand in seinem Laden kam er später ums Leben. Es wird behauptet, sein Konkurrent Guy Montalmont hätte das Feuer gelegt.« Maurice zuckte mit den Achseln. »Ich kann das nicht beurteilen. Über zwei Generationen lang hatten wir uns zurückgezogen, bis schließlich mein Vater ...«

»Der leitender Chemiker bei Guerlain wurde«, vervollständigte die Chanel seinen Satz. »Und Sie gingen bei ihm in die Lehre, ja?«

»So ist es, Madame.«

»Mademoiselle, bitte«, entgegnete sie streng. »So haben Sie mich anzureden, Maurice. Ich werde Ihnen das Doppelte von dem zahlen, was Sie bei Guerlain bekommen. Ab jetzt werden Sie für mich arbeiten.«

Das klang nach einem Befehl; man fragte ihn nicht, sondern stellte ihn vor vollendete Tatsachen. »Ihr Urgroßvater«, fuhr sie fort, »arbeitete daran, ein Parfüm aus Blütenölen, verbunden mit einer organischen Duftbausteinverbindung zu entwickeln. Das sollte die Oxidation verzögern und den Duft haltbar machen. Hab' ich recht?« gab sie ihr Wissen zum besten.

»Selbstverständlich, Madame – äh, Mademoiselle.«

»Haben Sie dieses Rezept?«

»Fast. Das heißt, ich bin mir nicht sicher, ob wir im Besitz des Originals sind, dafür haben wir aber in der Tat die Rezeptur für eine ähnliche Parfümkomposition.«

»Ausgezeichnet. Schon morgen arbeiten Sie für mich.«

»Aber ...«

Sie tat mit einer Handbewegung seinen Einwand ab. »Benötigen Sie einen Lehrling. Haben Sie einen Sohn?«

Er lächelte der nicht sehr großen, aber so energischen Frau zu, die wie ein junges Mädchen aussah. »Er ist erst dreizehn. Es wird wohl noch einige Jahre dauern, bis er soweit ist.«

»Schön. Sie können ihn einstellen, sobald Sie es für richtig halten. Adieu, Maurice.« Sie schüttelte ihm kräftig die Hand. »Die Welt wird noch nach unserer Nase tanzen, ja?«

Kaum ein Jahr später war ihnen genau das mit *Chanel No. 5* gelungen.

Im Jahre 1924 kam Coco Chanels Parfüm *Cuir de Russia* heraus, eine Ledernote. Maurice rief seinen Sohn zu sich ins Büro, um mit ihm über seine Zukunft zu sprechen. Armand war hochgewachsen, sah gut, aber noch wie ein Schuljunge aus. In der Damenwelt schenkte man ihm bereits Beachtung.

»In einem Jahr machst du dein Abitur«, sagte Maurice. »Anschließend arbeitest du für mich und Mademoiselle Chanel.«

»Jawohl, Vater«, antwortete Armand brav, während er am Revers seiner Schuluniformjacke zupfte. Es war zwar sein größter Wunsch, an der Duftorgel zu arbeiten, aus den verschiedenen Phiolen wohlriechende Ingredienzien zu nehmen und zu einem harmonischen Akkord – einer Duftkomposition – zusammenzumischen, aber er hatte keine Lust, mit seinem Vater zusammenzuarbeiten.

Es war ihm klar, daß er sein Ziel nur über eine Lehre erreichen konnte, und doch erschreckte ihn die Aussicht, in der gleichen Firma wie sein Vater beschäftigt zu sein. Bei früheren Besuchen in der Rue Chambron 31 war ihm nicht entgangen, daß die Stellung seines Vaters durchaus der eines Oberkellners oder Butlers ähnelte. Einer, der Einfluß hatte, aber nie selbst die Initiative ergreifen durfte.

»Du begreifst hoffentlich, daß das eine große Ehre ist«, erklärte Maurice seinem Sohn. »Chanel ist das vielleicht bedeutendste Pariser Modehaus, vielleicht der ganzen Welt.«

»Das mag ja stimmen, Vater, aber sie ist keine ›Nase‹.«

»Hüte deine Zunge! Es gibt Tausende anderer Jungen in deinem Alter, die sich eine solche Chance nicht entgehen lassen würden.«

»Mag sein, Vater, aber die haben nicht meine Begabung.«

»Du ungezogener Bengel! Hinaus mit dir und bessere dich! Und in Zukunft bist du gefälligst nicht mehr so unverschämt.«

»Ja, Vater.« Armand verließ rückwärts gehend den Raum.

Im folgenden Jahr fing er gleich nach dem Schulabschluß an, bei Chanel, in dem inzwischen vergrößerten Labor seines Vaters, zu arbeiten. Er lernte außerordentlich schnell. Schon nach Wochen hatten alle, die mit ihm zu tun hatten, begriffen: Maurice war stolz, daß sein Sohn diesen Geruchssinn besaß, der sogar noch besser war als sein eigener. Der Junge hatte ›die Nase‹ von seinem Vater geerbt. Ein Chemiker von auswärts, der eine Stunde mit Armand an der Duftorgel gearbeitet hatte, nannte ihn gar Stradivari; so entwickelte sich sein Sinn für Nuancen.

Nach dem ersten Lehrhalbjahr sollte Armand seine natürliche Begabung durch die technisch-wissenschaftlichen Methoden ergänzen. Er nahm Kurse an der Technischen Hochschule, arbeitete aber auch weiterhin im Labor.

Als er im zweiten Jahr bei Chanel war, durfte er an den Sitzungen mit seinem Vater und Mademoiselle teilnehmen. In jenem Jahr brachte sie zwei neue Düfte auf den Markt: *Boi des iles* und *Nr. 22*; ersteres eine Holz-, letzteres eine Blumennote. Mademoiselle Chanel gefiel sich darin, Armand wegen seines guten Aussehens *»Mon petit civet«* zu nennen, »meine kleine

Zibet-Katze«. Aus der Art, wie sie ihn dann anlächelte und dabei ansah, schloß Armand, daß sie ihn mochte und die Bezeichnung liebevoll gemeint war. Dennoch fühlte er sich unbehaglich, wenn eine Frau, die älter war als seine Mutter, ihn Zibet-Katze nannte. Der Zibet war eines der wertvollen Fixative. Man gewann ihn aus einer Drüse neben dem Fortpflanzungsorgan der Zibet-Katze und es verströmte einen moschusartigen, erotisch wirkenden Duft. Als Armand einmal im Labor daran schnupperte, hatte ihn das peinlicherweise sexuell erregt.

Hinsichtlich Coco Chanel hegte er allerdings keine erotischen Gedanken, obschon ihre Liebschaften allgemein bekannt waren und das Bild, das man sich von ihr machte, durch den prickelnden Beiklang von Skandal durchaus bemerkenswert war. Von ihrem derzeitigen Liebhaber, dem Herzog von Westminster, erzählte man sich, daß er der reichste Mann Englands war. Armand kannte ein paar von den besonders märchenhaft anmutenden Gerüchten: ganz unten in Präsentkörben versteckte Smaragde, außerhalb der Saison zugeschickte Orchideen, von Privatboten abgelieferter schottischer Lachs. Chanel war eine Legende. Das außergewöhnliche Privatleben verlieh dieser quirligen Persönlichkeit, die vom Pensionatsmädchen zur unumschränkten Herrscherin der Modewelt aufgestiegen war und die man in Europa, ja sogar in Amerika, umjubelte, zusätzlichen Reiz. Dem inzwischen zwanzig Jahre alten Armand bedeuteten ihre Liebesabenteuer nichts im Vergleich zu ihrer außerordentlichen Unabhängigkeit, ihrer Freiheit, zeigen zu können, was ihr gefiel, und es einer erwartungsvollen Modewelt aufzuzwingen.

Er träumte davon, dasselbe zu tun. Sie wurde ihm zu einem Vorbild, wie es Maurice nie hätte sein können. Schon seit langem sah Armand in seinem Vater jemanden, der immer Angestellter bleiben würde und sich in einer von anderen beherrschten Welt zufrieden fühlte, in der er Pflichten hatte und sicher war. Seine Mutter war dagegen ein viel abenteuerlustigerer Mensch. Doch verfügte sie über keine herausragende Begabung, und da sie sich auch der Forderung der bürgerlichen Klasse nach einem häuslichen Leben nicht widersetzte, beschränkte sie sich darauf, ungewöhnliche Gerichte zu erfinden und, wie Armand entsetzt feststellte, Liebhaber zu haben, von denen Maurice nie etwas erfuhr.

Sein Vater merkte bald, daß Armand ihn nicht allzusehr schätzte, deshalb wurde er strenger und kritischer seinem Sohn gegenüber. Wenn er ihn auch nur einen Augenblick untätig vorfand, polterte er: »Nur zu, komm zurück auf den Boden. Du bist nicht hier, um Träume zu fabrizieren.«

Armand mußte an seinen Vorfahren denken, den einzigen Selbständigen von allen Jolaunys. So weit konnte er es doch auch bringen, oder? Über das nötige Wissen und Können verfügte er.

Seit drei Jahren nun ging Armand jeden Morgen eine Stunde vor Maurice aus dem Haus. Er genoß es, allein zu sein und sich nicht abhetzen zu müssen. Wenn er den zur Rue Chambron führenden Boulevard entlangschlenderte, stellte er sich nicht selten vor, daß die Zukunft bereits Gegenwart sei und er zu seiner eigenen Parfümerie ginge. Seine strahlende Miene zog die Blicke der ihm entgegenkommenden Frauen auf ihn, und gesenkte Lider, Augenaufschläge und da und dort ein Erröten hatten sich, als er schließlich bei der Arbeit eintraf, zu wohl einem Dutzend anderer weiblicher Huldigungen addiert.

Keine davon entging ihm, wie er auch bemerkte, was für Kleider die Frauen trugen und wie sie sich das Haar frisierten. Am stärksten war er sich aber ihres Duftes bewußt; jede Frau roch anders, mochte das nun ihr eigener Geruch sein oder einer, den sie sich aufgetupft hatte.

An einem Dienstag im Herbst des Jahres 1931, als Kälte und der Geruch gerösteter Kastanien die Luft würzten, ließ sich Armand Zeit auf dem Weg zur Arbeit; er lächelte das hübsche Mädchen an, dessen Mantel für das kühle Wetter viel zu dünn war. Bald wird sie sicherlich ihren Pelz aus dem Schrank holen. In bester Laune kam er im Labor an. Er legte ab und zog sich den weißen Kittel über. Dann machte er sich an seine gegenwärtige Aufgabe: Er sollte eine Parfümmischung in eine Rezeptur umwandeln, die sich besser für Toilettenwasser eignete. Kurz vor zwölf Uhr unterbrach man ihn bei der Arbeit.

Maurice kam mit zwei Streifen getränkten Löschpapiers in den Teil des Labors, in dem Armand arbeitete. »Sag mir, was du hiervon hältst.«

Armand betrachtete ihn verblüfft und ein bißchen unsicher. Wieso fragte Maurice gerade ihn, sonst tat er das doch auch nicht? Sollte das eine Art Testaufgabe sein? Er schnupperte an jedem Streifen, dann erneut am ersten. »Zu aufdringlich«, sagte er. »Er würde jede Frau erdrücken.« Der zweite Duft war feiner, orientalische Noten bestimmten ihn, er erinnerte schwach an Guerlains *Schalimar*. »Diesem Duft hier fehlt ein klares Motiv«, erklärte er seinem Vater. »Die Spitze ist mir zu stark, er muß mehr Körper haben, außerdem kann ich kaum entdecken, was den Fond ausmacht.« Ohne dies – den anhaltenden Duft – war kein Parfüm von Bedeutung.

»Das ist doch Unsinn«, sagte Maurice. »Du bist übergenau. Beim ersten Duft magst du ja recht haben, aber der zweite ist gut. Du hältst Besserwisserei offenbar für ein Zeichen von besonderer Kultiviertheit.«

»Keiner von beiden ist gut«, beharrte Armand.

»Dein Dickkopf wird dich noch zu Fall bringen. Ich weiß, wovon ich spreche, ich habe die Erfahrung eines ganzen Lebens.« Er reckte sich zu seiner ganzen Größe; er war knapp fünf Zentimeter kleiner als Armand.

»Und ich verlass' mich darauf, was mir meine Sinne sagen«, erwiderte Armand ungehalten.

Maurice wollte ihm gerade eine Lektion erteilen, als Mademoiselle Chanel in einem Reitdreß das Labor betrat. »Guten Tag, meine Herren.«

Maurice gab ihr einen Handkuß. »Sie müssen endlich etwas wegen ihres Schnurrbarts unternehmen«, meinte sie wohlwollend. »Der kratzt ja gräßlich. Und wie geht's dir, meine kleine Zibet-Katze? Du siehst ja aus wie eine Regenwolke. Und wenn schon. Ich muß ohnehin gleich wieder weg. Ich möchte die Proben sehen, die ihr für mich habt.«

Maurice holte drei: die beiden eben von Armand kritisierten Proben und einen zuvor entwickelten Duft; er hatte eine grüne

Kopfnote.

»Dieser Duft ist gar nicht schlecht«, sagte sie, »ziemlich frisch. Aber er ist wohl zu jung für mich. Er paßt zu Mädchen, nicht zu Frauen. Trotzdem, arbeiten Sie daran weiter, dann können Sie ihn mir wieder vorlegen.«

»Ja, Mademoiselle.«

»Aber dieses hier ist viel zu schwer, als erstickte man unter einem Samtvorhang. Dies hier – vielleicht. Nein, warten Sie, beim Riechen verschwindet der Duft ja. Pah! Das ist ... der Duft hat überhaupt keine Substanz.«

»Wie Sie meinen, Mademoiselle. Wir versuchen es noch einmal.« Es machte Armand überhaupt keinen Spaß, das Unbehagen seines Vaters mitzuerleben.

»Ich möchte«, sagte Mademoiselle Chanel, »etwas, das so frisch ist wie der erste, nur schwerer. Passend für eine Frau, die einen Redingote trägt: frei, natürlich und zugleich muß er Bestimmtheit ausstrahlen. Stellen Sie sich eine Königin im Sattel vor«, wies sie ihn lachend an.

»Wie poetisch schön Sie das ausdrücken!« schmeichelte Maurice.

»Wie finden Sie den Namen *›L'air d'Ecosse‹*?« warf Armand ein. Er wußte, daß Gabrielle Chanel gern in Schottland auf Fuchsjagd ging.

»Bravo! Wirklich schade, daß du nicht älter bist – oder reich«, kokettierte sie. »*Au revoir,* meine Herren, *à bientôt.*« Sie eilte hinaus.

Maurice wandte sich zu Armand. »Zurück an die Arbeit. Wir bleiben heute länger im Labor.«

»Warum denn? Wir sollten lieber morgen früh weiterarbeiten, dann sind wir ausgeruht.«

»Ich sage, wir arbeiten jetzt! Und du tust, was ich dir sage!«

»Nein!« Eben noch hatte sein Vater brav wie ein Lämmchen geblökt, jetzt brüllte er herum. Armand band sich die Schürze ab.

»Du arbeitest, bis ich dir erlaube zu gehen!« brüllte sein Vater. »Wir bleiben bis zwölf Uhr hier.«

»Du mißverstehst mich«, sagte Armand gelassen. »Ich gehe.

Nicht nur für heute. Ich mach' mich nämlich selbständig. Für dich arbeite ich nicht mehr.«

»Du bist nicht bei Trost.«

»Ich habe sehr lange darüber nachgedacht. Du weißt so gut wie ich, daß der Geruchssinn eines Jolaunay ein Vermögen wert ist. Aber erst ein Jolaunay hat es gewagt, sein eigener Herr zu sein. Warum, frag' ich dich. Warum hast du nicht versucht, dein eigenes Geschäft aufzumachen?«

Maurice wurde totenbleich. »Du bist ein Kindskopf, völlig übergeschnappt. Nach sechs Jahren Lehrzeit meinst du wohl, du wüßtest alles.«

Armand gab es auf, um das Verständnis seines Vaters zu werben. »Ich weiß bloß eines: Ich habe eine eigentümliche Gabe, fast die eines Alchemisten, und mit der kann ich Duftöle zum Gold des Parfüms umwandeln.«

Maurice bebte vor Zorn. »Und wer, wenn ich fragen darf, soll für diese ›Alchemie‹ aufkommen?« brüllte er. »Wer, meinst du denn, wird deine Überspanntheiten finanzieren? Ich werde das jedenfalls nicht tun, von mir bekommst du keinen Pfennig. Und versuche ja nicht, dich bei deiner Mutter einzuschmeicheln. Ich entziehe dir meine Unterstützung.«

»Ich würde auch gar nichts von dir annehmen«, erwiderte Armand voll unterdrückter Wut. »Wart's ab, ich werde es schaffen. Vielleicht kommt ja mal eine Zeit, da *du* mich um Arbeit bitten wirst.«

Damit war er zu weit gegangen. Auch erkannte er, daß Maurice von nun an Gabrielle Chanels Wutausbrüche allein ertragen mußte. Sie war eine eifersüchtige Herrscherin, die keinen Treuebruch duldete. Ihre Mitarbeiter hatten bei ihr zu bleiben, bis sie sich eines Besseren besann.

Armand schwieg eine Weile. Er wollte den heftigen Wortwechsel entschärfen. Maurice zitterte immer noch vor Wut. »Papa«, begann er zögernd.

»Ich erlaube dir nicht, mich so zu nennen! Da du gekündigt hast, verschwinde jetzt. Und such dir eine Wohnung. In meinem Haus bist du nicht mehr willkommen.«

»Wie du willst.« Er wartete ab und hoffte, sie könnten sich wieder versöhnen oder zumindest den Streit beilegen. »Ich möchte weder dir noch Mutter weh tun«, sagte er aufrichtig. »Bitte versuche mich zu verstehen. Ich muß diese Chance ergreifen. Wenn nichts dabei herauskommt, dann werde ich wieder ganz von vorn anfangen. Aber wenn ich Erfolg habe, wird die ganze Welt den Namen Jolaunay kennen.«

»Armand«, sagte sein Vater in einem sanfteren Tonfall. »Du verstehst nichts vom Geschäft. Du bist außergewöhnlich begabt, ja – begabter als ich. Aber wir befinden uns in Paris, dem Modezentrum der Welt, einer Stadt des Kapitals und der Macht, wo ein junger Mann wie du nur mit Geld oder Protektion Erfolg haben kann.«

»Ich *muß* es versuchen.«

Maurice wandte sich ab und sagte schroff: »Dann geh.« Doch seine Stimme klang schon nicht mehr zornig.

Armand mietete sich eine winzige Wohnung in einer kleinen Straße auf dem Montmartre, zwischen der Basilika von Sacre-Cœur und der Place Pigalle. Das stellte sich als Fehler heraus. Die Gegend war zwar abwechslungsreich und voller Leben, aber er begriff rasch, daß sie für ihn überhaupt nicht das Richtige war. Bärtige Künstler mit Baskenmützen, Sängerinnen und langbeinige Revuemädchen bummelten in den frühen Morgenstunden nach Hause, mit Obst und Gemüse beladene Karren schoben sich an Prostituierten mit rotgefärbten Haaren vorbei, die breitbeinig dastanden mit ihren schwarzen Netzstrümpfen – das war der Montmartre. Hier hatte Toulouse-Lautrec seine Sujets vorgefunden, und die engen Straßen hatten das Material für Utrillos Pinsel abgegeben, doch für einen Mann, der ein Geschäft für die Reichen und Mächtigen eröffnen wollte, bot diese Gegend ungefähr so viel Möglichkeiten wie der Friedhof Père-Lachaise.

Armand ließ die für zwei Monate im voraus bezahlte Miete verfallen – seine Wirtin reagierte darauf bloß mit feindseligem Blick – und fand schließlich eine zwar angemessene, doch auch dunklere Unterkunft am Boulevard Haussmann, nicht weit von der Place Vendôme und der Rue Chambron, die man bequem zu Fuß erreichen konnte. Man schrieb November, seine Ersparnisse waren auf einen winzigen Betrag zusammengeschrumpft. Als einzigen Luxus erlaubte er sich, in einem kleinen Café in der Nähe seiner Wohnung zu frühstücken; er bestellte sich ein *»petit pain«* und einen *»café au lait«*, ab und zu einen *»croissant«* oder eine *»brioche«*. Die übrigen Mahlzeiten – im Grunde Imbisse – nahm er entweder zu Hause oder im Gehen ein. Sie bestanden aus Brot und etwas Obst, manchmal gab es auch ein Stück Käse oder ein billiges Ragout aus Schweinefleisch.

Es war kalt in der Stadt und in seinem Zimmer noch kälter. Doch Armand war vierundzwanzig und in das Leben und seine eigenen Hoffnungen verliebt. Schon allein, draußen zu sein, fand er aufregend. Der Geruch von warmem, frisch gebackenem Brot, die saubere Druckerschwärze der Zeitungen, Männer, die ihre filterlosen Zigaretten rauchten, der Lederduft des Schuhputzerjungen, die Damen in ihren mit Parfüm förmlich getränkten Pelzmänteln. Zuweilen ging er ein Stück hinter ihnen her, zuweilen ergab sich daraus auch eine Bekanntschaft.

Er war jung, die Frauen fanden ihn charmant, und er war sich seiner Begabung bewußt. Die ganze Welt stand ihm offen, er brauchte bloß noch das nötige Geld.

Der Besitzer des Cafés bot ihm an, daß er an den Tischen bedienen könnte. Da es lediglich vier waren, spülte Armand auch noch das Geschirr, schrubbte den Fußboden und machte Botengänge. Sein Verdienst war minimal, Trinkgeld gab es praktisch nie, dafür aber oft eine Mahlzeit und ein paar Gläser Wein.

Sein Lohn reichte zum Überleben, mehr nicht. Drei Wochen vor Weihnachten stellte ihm ein Stammgast des Cafés einen zusätzlichen Verdienst in Aussicht: Bis zwölf Uhr mittags trug er Pakete aus und ging dann ins Café, wo er weitere zehn Stunden arbeitete.

Zwei Tage vor Weihnachten meinte er, er könnte so nicht mehr weitermachen, er konnte sich kaum noch auf den Beinen halten. Zum erstenmal seit Verlassen des Elternhauses war er deprimiert, zumal wenn er daran dachte, daß er den Heiligabend allein verbringen müßte. Im Café herrschte bereits Ferienstimmung, die Stammgäste, die während des ganzen Jahres beim Bezahlen jeden Pfennig einzeln auf den Tisch legten, bestellten nun auf einmal den besten Cognac.

Als er gerade ein Tablett mit Armagnacgläsern auf einen der Tische stellte, rief jemand mit einer Stimme, die er von früher kannte: »Jolaunay, bist du's wirklich?«

Am Fenstertisch saß ein Mann, rundlich und lächelnd, mit Grübchen in beiden Wangen und einer Stupsnase über einem blonden, dünnen Schnurrbart; der alte Spitzname »Putto«, Renaissance-Engelchen, hatte nichts von seiner Berechtigung verloren.

»Pierre du Près!« Armand servierte rasch die Getränke, eilte hinüber und umarmte seinen alten Schulfreund, der, wie auch sein Vater, Kunsttischler war.

Putto gab ihm links und rechts einen Kuß auf die Wange, schlug ihm auf den Rücken und hielt ihn dann etwas von sich weg. »*Mon pauvre gars!* Du siehst vielleicht aus! Was ist denn mit dir passiert – dir, dem begnadeten Jolaunay, dem Juwel unserer Schule, unserem kleinen Genie, den es emporriß in Chanels Modehimmel?«

Lachend drückte Armand noch einmal seinen Freund fest an sich. Ihm wurde bewußt, daß er seit mehreren Wochen wieder einmal lachte, er war so erleichtert, daß das seine Müdigkeit verscheuchte. Er setzte sich und erzählte, wie es ihm ergangen war. Schließlich erläuterte er seine Motive, warum er bei Chanel gekündigt hatte und fest entschlossen war, selbst Parfüms herzustellen.

»Bravo!« rief Pierre, als Armand zu Ende geredet hatte. »Ein neuer Chanel ist auf dem Vormarsch. Er ist jünger, viel größer und natürlich anderen Geschlechts, außerdem hat er nicht den Vorteil, daß er aus Schlafkameraden Stammkundschaft machen kann ...«

»Das ist ungerecht!« verteidigte er seine frühere Chefin. »Sie ist sehr begabt.«

»Ja, ja, natürlich«, stimmte Pierre lächelnd zu. »Die Ehre der Dame darf nicht verletzt werden. Bist du denn aber nicht auch begabt? Natürlich bist du es. Aber wo ist die Herzogin, die dir eine Yacht zur Verfügung stellt und dir eine eigene Parfümerie kauft?«

»Könntest du nicht für mich nach ihr suchen, Putto? Anscheinend versteckt sie sich, dabei hab' ich doch schon überall gesucht.« Er mußte lächeln. Puttos unbekümmertes Geschwätz heiterte ihn ungeheuer auf.

Als der Café-Besitzer Armand zurück an die Arbeit rief, hielt Pierre ihn am Ärmel fest. »Ich lass' dich erst gehen«, sagte er, »wenn du mir dein heiliges Ehrenwort gibst, Weihnachten mit uns zu Hause zu verbringen. Meine Eltern werden sich sehr darüber freuen. Sie haben dich mir schon immer als glänzendes Beispiel vorgehalten. In einem solchen Maß allerdings, daß ich nicht umhin konnte, darauf hinzuweisen, daß du nicht gerade die Heilige Johanna bist.«

Armand umarmte Putto rasch und versprach, Heiligabend zu ihnen zu kommen.

Die mit Kastanienfarce gefüllte Gans schmeckte so köstlich, daß er hätte weinen können. Nach seinem Zerwürfnis nahm er das erste Mal wieder an einem Familienessen teil. Madame du Près füllte seinen Teller nach, und Monsieur schenkte ihm mehr vom La Tache ein. Der Wein hatte eine feurige hellrote Farbe, einen vollen Körper. »Wenn ich ein Parfüm herstellen könnte, von dem ein so sinnlicher und harmonischer Nachgeschmack bliebe, wie von diesem Wein«, sagte Armand, »würde mir die Welt zu Füßen liegen.«

»Das wäre ein hübscher Anblick«, sagte Madame du Près lachend. »Eine zu Weihnachten allerdings ziemlich frevelhafte Vorstellung.«

»Verzeihen Sie bitte«, sagte er hastig. Madame legte ihm aber gleich die Hand auf den Arm und lächelte ihm freundlich zu.

»Wenn du selbst dieses Parfüm hergestellt hast«, sagte Pierre, »werde ich davon trinken.«

In ausgelassener Stimmung feierten sie Weihnachten. Außer Armand waren noch eingeladen: Pierres Schwester, ihr Ehemann und die beiden entzückenden Kinder, eine exzentrische, wunderliche alte Tante mit einem Hörrohr und mit funkelnden Saphiren geschmückt, ein älterer Herr, der nie etwas sprach, sondern nur lächelte und schließlich ein nicht mehr ganz junger Junggeselle, der aus den Werken von Voltaire, Kant und Hegel zitierte.

Nach dem Essen steckte Pierres Mutter die Kerzen am Weihnachtsbaum an, und die Kinder bekamen ihre Geschenke. Anschließend gingen die beiden glücklich, aber widerstrebend ins Bett. Eine knappe halbe Stunde danach war es Zeit, in die Messe zu gehen.

In der Kirche sangen sie Weihnachtslieder. Eine ganz in Weiß gekleidete Schulmädchengruppe schritt langsam mit brennenden Kerzen den Mittelgang entlang auf das Krippenspiel zu, das vor dem Altar stand. Mit hohen Stimmen sangen die Mädchen.

Un flambeau, Jeanette, Isabel-le
Un flambeau, courons au berceau…

Die Gemeinde stimmte ein,

…C'est Jésus, bonner gens du hameau,
Au moindre bruit, Jésus s'éveille…

Armand empfand den Zauber, das Wunder. Er war glücklich, sein Herz von Licht durchflutet.

Als die Messe vorüber war, eilten sie nach draußen, in die Kälte und zurück ins warme Haus, wo ein Feuer im Kamin loderte und am Weihnachtsbaum die Kerzen brannten.

Monsieur du Près schenkte aus einer Glaskaraffe hellen, alten Cognac in Gläser und bot seinen Gästen auch Portwein an.

Die Erwachsenen holten nun die füreinander bestimmten Geschenke. Armand war verlegen, er hatte nicht viel zu bieten; da er kein Geld für teure Geschenke besaß, hatte er für alle Familienmitglieder einen Duft kreiert und die einzelnen Fläschchen mit Schildchen beklebt: »Madame«, »Monsieur«, »Putto« und »Claire«, Pierres Schwester. Er hatte nicht gewußt, daß noch andere Gäste kommen würden, und entschuldigte sich deshalb. Jeder Gast hatte ein Mitbringsel für ihn – die Tante kandierte Früchte, der »Philosoph« Zigarren, der lächelnde alte Herr einen Druck von der Schlacht bei Waterloo. Alle versicherten ihm, das seien doch nur Kleinigkeiten, und er kam sich vor wie ein verwöhnter, glücklicher kleiner Junge im Schoß der Familie.

Als erste bekam Madame sein Geschenk.

»*Fantastique!* Großartig!« rief sie. Sie roch an dem Wässerchen, tupfte es sich hinter die Ohren. »Sie kennen sich aus mit Frauen. Dieses Parfüm – *c'est moi!*«

»Ganz außerordentlich«, bestätigte ihr Ehemann, der an seinem persönlichen Eau de Cologne schnupperte. Er machte ein glückliches Gesicht. Claire gab Armand links und rechts einen Kuß und sagte, er verstünde sie wie ein Bruder, und Putto lächelte stolz.

»Die ist für dich«, sagte er zu Armand und zeigte auf das riesige Paket neben dem Weihnachtsbaum. »Es ist von uns allen. Bitte vorsichtig öffnen.«

Armand sah ihn fragend an, dann erst begann er das Geschenk auszupacken. Ihm stockte der Atem. Vor sich sah er ein winziges Gebilde aus dunklem Kirschholz, in dem wohl hundert kleine Glasfläschchen in Viererreihen übereinander standen: eine Duftorgel. Pierre und sein Vater mußten Tag und Nacht daran gearbeitet haben, um sie rechtzeitig fertig zu bekommen. Nun stand sie glänzend, mit blankpoliertem Holz vor ihm, und das Glas spiegelte sich im Schein der Kerzen. Armand kniete sich hin und schniefte wie ein Kind.

»Aber nicht doch«, sagte Monsieur du Près, erfreut und verlegen zugleich. »Das ist doch nur eine kleine Aufmerksamkeit. Nehmen Sie sich Ihren Cognac, und kommen Sie einmal mit.« Er bedeutete Pierre, sie zu begleiten.

Es war Armand zwar unverständlich, warum sie die anderen verlassen sollten, er ging aber trotzdem mit in den Arbeitsraum. Monsieur schloß die Tür. »Wir wollen etwas mit Ihnen besprechen«, begann er. »Pierre und ich haben es bereits durchgesprochen, und die Geschenke, die Sie uns heute abend gemacht haben, haben uns endgültig überzeugt. Wir glauben an Sie, an Ihr Talent, deshalb möchten wir Sie finanziell unterstützen.«

Armand verschlug es den Atem.

»Mein Vater und ich«, versicherte ihm Pierre, »hatten dieses Jahr sehr viel Glück bei unserer Arbeit. Wir konnten ein wenig Kapital ansammeln.«

»Ihr seid zu gut!« platzte Armand heraus.

»Nicht gut, lediglich praktisch. Wir wollen, daß unser Kapital wächst, deshalb haben wir beschlossen, das Geld klug zu investieren. Du kannst Parfüm ja nicht aus der Luft zaubern – obwohl, wer weiß? Vermutlich kannst du sogar das.«

»Wie auch immer«, unterbrach Monsieur seinen Sohn geschäftsmäßig. »Würden denn zehntausend Francs ausreichen, damit Sie die Ingredienzien kaufen können?«

»Zehntausend Francs! Aber ich ...«

»Abgemacht. Kommen Sie, wir wollen noch einen Schluck trinken.«

Sie gingen zurück ins warme Zimmer und am ersten Weihnachtstag hoben sie ihre Gläser, um auf die Geburt ihres Unternehmens anzustoßen.

1932–1942

In den zwölf Tagen zwischen Weihnachten und dem Dreikönigstag wurde es in Paris allmählich ruhiger; die besseren Kreise erholten sich im milden Klima an der Côte d'Azur von den Strapazen all der Anproben und Friseurtermine. Die Vorräte in den Geschäften waren nach den Weihnachtseinkäufen erschöpft. Die Ladenbesitzer ließen es ruhig angehen, und Armand stieß auf taube Ohren, wenn er sie um Eile bat. Er wartete schon ungeduldig auf die Lieferung aus Grasse. Gleichzeitig arbeitete er weiterhin im Café und nach Feierabend gestaltete er sein Zimmer in ein Laboratorium um.

Als das benötigte Material endlich eintraf, war er aufgeregt wie ein Rennpferd vor dem Start. Solange er nicht an den Nachmittagen im Café sein mußte und solange er nicht einen kurzen aber erquickenden Schlaf schlief, konnte er unbeschwert seinen vorgezeichneten Weg weitergehen.

Als erstes analysierte er die Parfüms, die schon auf dem Markt waren. Zuvor hatte er diese Arbeit schon bei Chanel geleistet, doch hauptsächlich ging es damals nur darum, die Düfte zu kritisieren. Nun aber versuchte er, den Duft in seine feinsten Bestandteile zu zerlegen. Er bestimmte jetzt jeden Inhaltsstoff, auch wenn der lediglich eine winzige Spur ätherischen Öls, eines animalischen Fixierstoffes oder auch synthetischen Materials enthielt. Meistens konnte man die genaue Rezeptur des Gemischs erst ableiten, wenn man sie destilliert hatte. Doch er notierte sich bereits vorher seinen ersten geschulten Eindruck in ein schwarzes, in Leder gebundenes Heft, das er seine Bibel nannte.

Die chemische Analyse war zwar interessant, doch eigentlich lediglich »Grundlagenforschung«, sie war wichtig, um seinen Geruchssinn zu schulen. So richtig Spaß machte die Arbeit jedoch erst dann, wenn er selbständig experimentieren konnte. Zuweilen ersann er einen kräftigen, abwechslungsreichen Duft, dann einen flüchtigen, und er wäre am liebsten auf die Straße gelaufen, um dem nächstbesten Passanten davon zu berichten. Zwei Stunden darauf hatte sich der Duft jedoch entweder drastisch verändert, oder er war ganz verflogen. Bis er beständiges Parfüm herstellen konnte, so wußte er, würde er noch beträchtlich viel Arbeit vor sich haben.

Bisweilen fehlte ihm ein besonderer Inhaltsstoff, z. B. Guajava-Holz oder Ylang-Ylang-Öl, ohne den er den flüchtigen Geruchscharakter, der ihm vorschwebte, nicht ausdrücken konnte. In diesen Fällen gab er eine neue Bestellung auf und machte sich wieder an die Grundlagenforschung. Dabei mußte er hilflos warten. Über ein Jahr verging, ehe Armand sein erstes Parfüm kreiert hatte: *Nuits Blanches*. Madame du Près war auf diesen Namen gekommen, da ihr Puschkins Erzählungen, die alle in hellen Nächten in St. Petersburg spielten, sehr gefielen. Sie machte Armand außerdem den Vorschlag, das Parfüm in zierliche

Flaschen mit einem silbernen Stöpsel abzufüllen. »Eine Frau«, so erklärte sie ihm, »umgibt sich gern mit hübschen Dingen. Wenn sich eine Frau an den Frisiertisch setzt, fühlt sie sich als Hübscheste von allen. Sie widmet sich einer sehr wichtigen Aufgabe, nämlich sich noch schöner zu machen. In diesem Augenblick ist sie aber überhaupt nicht eitel, sondern ernst. Sie ist bei der Arbeit. Wenn sie also nach ihrem Puder oder ihrem Parfüm greift, sollte sie unbedingt ein hübsches Behältnis vor Augen haben. Das macht einen Teil des Zaubers aus. Die Schönheit des Gegenstandes überträgt sich auf die Benutzerin. *Sie* wird schöner.«

Diese Lektion sollte Armand nie vergessen. Es gelang ihm, einige Dutzend Fläschchen an Parfümerien in den elegantesten Vierteln von Paris zu verkaufen. Die meisten Bestellungen wurden erneuert, einige erhöht. Daraufhin stellte Armand einen Assistenten ein, der ihm bei der Herstellung von *Nuits Blanches* half, während er selbst bereits an einer neuen Rezeptur arbeitete.

Im Jahre 1934 kreierte er *Âme*, einen Duft mit einer starken orientalischen Note. Er wurde in eine kleine Kugel abgefüllt, die entfernt an die Schöpfungen von René Lalique erinnerte, sie war schwarz gelackt und hatte einen feinen goldenen Rand; die äußere Gestalt sollte so geheimnisvoll sein wie die Seele – *âme*.

Armand mietete ein kleines Dienstbotenzimmer in dem Haus, in dem sich auch sein Zimmer befand, und einen Raum direkt neben dem Labor, der zu seinem Laden wurde. Die du Près' tischlerten das gesamte Mobiliar für sein Geschäft, wofür Armand unbedingt den vollen Preis bezahlen wollte.

Die Möbelstücke waren massiv, elegant, glänzend. Die zierlichen weißen Fläschchen und die exotisch wirkenden schwarzgoldenen Kugeln, die über den ganzen Raum verteilt waren, ergänzten sich wie Unschuld und Erfahrung.

Einen Monat vor Geschäftseröffnung verschickte Armand gedruckte Einladungen. Madame du Près gab ein neues Kleid in Auftrag. Armands Mutter, die entzückt war, wenn jemand sie einlud, nähte neue Spitzenrüschchen an ihr marineblaues Seidenkostüm. Man bestellte ein paar Kisten Moët & Chandon.

Armand konnte kaum noch schlafen und fieberte der glanzvollen Eröffnung seines Ladens entgegen.

Sie mißglückte. Claire kam zwar in einem blaßgrünen Modellkleid von Madeleine Vionnet hereinstolziert, stellte damit aber auch schon den modischen Höhepunkt des Abends dar. Lieferanten und Ladenmädchen kamen herein. Der Besitzer des kleinen Cafés gönnte sich in kurzer Folge fünf Gläser Champagner. Armands Mutter umarmte den Sohn voll Mitgefühl. Es war auf eine geradezu peinliche Weise offenkundig, daß niemand aus den höheren Kreisen geruht hatte, der Einladung nachzukommen. Nicht ein Mensch war auf der Feier, der Armand beim Geschäftsstart von »Parfums de Jolaunay« hätte hilfreich sein können.

Die ersten Gäste gingen bereits, als Maurice eintraf. Er war allein. Er blieb stehen, lehnte sich an die Eingangstür, befingerte seinen Schnurrbart und schaute sich unter den Gästen um. Als Armand zu ihm hinüberkam, sagte Maurice leise: »Ich nehme an, du wirst bald Arbeit suchen.«

Armand wußte keine Antwort darauf.

Bis zum Sommer gab er sich noch Zeit. Vorher wollte er nicht aufgeben. Zwei Wochen nach der Geschäftseröffnung betrat die Baronin von Vincennes seinen Laden. Sie war in Begleitung einer zierlichen kleinen Frau, die anscheinend ihre Gesellschafterin oder Zofe war. Die Baronin befand sich in einem nicht genau schätzbaren, aber fortgeschrittenen Alter, war stark geschminkt und schien fast in ihren bauschigen Kleidern zu versinken. Sie begutachtete den Verkaufsraum, tippte auf ein Fläschchen *Âme* und meinte: »Hübsch.« Ohne das Parfüm gerochen zu haben, kaufte sie drei Fläschchen und bedeutete ihrer Begleiterin zu bezahlen.

Die Baronin von Vincennes war ungeheuer reich, eine stadtbekannte Dame der Gesellschaft und die Mutter eines Kabinettministers. Unglücklicherweise war die Aristokratin, wie Armand herausfand, geruchsblind. Sie roch so gut wie nichts.

Es war lächerlich. Dennoch, vielleicht empfahl sie ihn an ihre Freunde weiter, wenigstens aufgrund der Verpackung, dachte

Armand betrübt. Doch es kamen keine weiteren Adligen mehr in seinen Laden. Er war gezwungen, den Assistenten zu entlassen. Wieder einmal war ihm das Geld ausgegangen, er hatte seine Schulden noch nicht ganz an du Près zurückgezahlt. Er würde sich nun, wie Maurice ihm prophezeit hatte, nach einer neuen Arbeit umschauen müssen. Noch sechs weitere Wochen, dann war es Sommer, und dann würden die meisten Geschäfte in Paris schließen und seine Unternehmung ihr Ende gefunden haben.

Im Juni kamen zwei hübsche, elegant gekleidete Damen in seinen Laden. Die hübschere von beiden, sie hatte große Katzenaugen und lächelte Armand kokett an, bat um ein Fläschchen *Âme*. »Meine Großtante, die Baronin von Vincennes, hat mir zum Namenstag ein Fläschchen geschenkt«, sagte sie zu ihm mit reizender, ein wenig rauchiger Stimme. »Ich finde das Parfüm einfach himmlisch.«

Als er ihr das Fläschchen aushändigte, sah sie unter kräftigen hellen Augenlidern zu ihm hoch und sagte: »Vergessen Sie mich nicht. Ich komme wieder.« Beim Hinausgehen winkte sie ihm zu.

Die Großnichte der Baronin hielt Wort und erschien ein paar Tage später erneut im Laden. Bei ihr waren mehrere, fröhlich plaudernde junge Frauen. Sie waren fast alle so hübsch wie sie. Alle erstanden *Âme*, einige von ihnen nahmen auch ein, zwei Fläschchen *Nuits Blanches* mit, und sie ließen Armand nicht aus den Augen. Er vernahm die Kommentare, die sie über ihn abgaben. »Mignon, er sieht wirklich gut aus«, meinte eine von ihnen. Eine andere befand, er sähe auf einem Pferd sicherlich ganz toll aus, während die junge Frau mit den Katzenaugen unüberhörbar einer Freundin zuflüsterte, er sei im Innern bestimmt ein ganz Wilder – ungestüm und nicht zu bremsen. Armand ließ sich nicht anmerken, daß er irgend etwas von den Bemerkungen mitbekam, fühlte sich aber doch geschmeichelt. Es verblüffte ihn allerdings, daß er durch seine äußere Erscheinung Kunden anlockte und nicht mit seinen Produkten.

Am Freitag derselben Woche kam eine zierliche, energische Frau mit einem großen Hut auf dem Kopf ganz allein in den Laden. Sie trat ungeheuer selbstbewußt auf. Armand meinte, sie von irgendwoher zu kennen. Sie inspizierte jeden Gegenstand im Raum. Dann nahm sie sich ein Fläschchen *Nuits Blanches*, zog den Stöpsel heraus und schnupperte an dem winzigen Korken. Die *Âme*-Fläschchen sah sie sich lediglich an. »Ausgezeichnete Form«, wandte sie sich an Armand. »Kompliment. Das finde ich auch gut.« Lächelnd streckte sie ihm die Hand hin. »Freut mich, Ihre Bekanntschaft zu machen. Ich bin Madame Greco.«

Er gab ihr einen Handkuß und sagte leise: »Ihr Besuch ehrt mich, Madame.« Er konnte es nicht fassen, daß sie es wirklich war, er war von der großen Eleganz wie geblendet.

Madame Greco entwarf, als wären griechische Tempel ihr Vorbild, ihre fließenden, auf klassische Weise eleganten Kleider selbst.

»Wie alt sind Sie?« fragte sie unvermittelt.

»Siebenundzwanzig.«

»So so.« Sie überlegte kurz. »Passen Sie einmal auf. Ich mache Ihnen ein großartiges Angebot. Wie ich weiß, haben Sie bei Chanel gearbeitet, zusammen mit ihrem Vater.« Sie zwinkerte ihm zu. »Meine Kundschafter erzählen mir, Sie hätten aus eigenem Antrieb gekündigt.«

»Das stimmt.«

»Gut. Und nun bitte ich Sie, aus eigenem Antrieb bei mir zu arbeiten. Sie werden Ihr eigenes Labor bekommen und so viele Mitarbeiter, wie Sie benötigen. Sie können kreieren, was Sie wollen. Ich behalte mir lediglich ein Einspruchsrecht vor. Ihre Parfüms werden für meine Kleider werben und sozusagen das Firmenschild meiner Entwürfe werden.«

Er war überwältigt, daß eine Künstlerin wie die Greco ihm ihre Anerkennung schenkte! »Sie ehren mich!« stammelte er. »Doch hoffentlich haben Sie Verständnis dafür, wenn ich Ihr großzügiges Angebot überdenke.«

»Aber ja doch. Das habe ich mit eingeplant. In zehn Tagen erwarte ich Ihre Entscheidung. Nicht später. Wir schließen unser Geschäft schon vor dem 14. Juli. *Au revoir,* Monsieur Jolaunay.«

Pierre riet ihm zuzusagen. »Das ist eine großartige Chance,

ein prächtiger Erfolg für dich. Diese Frau ist die Herzogin, von der du immer geträumt hast. Laß dich von ihr in den Himmel heben, von ihr aufs Podest stellen ...«

»Du meinst wohl auf eine griechische Säule.«

»Was auch immer. Geh und mach es. Sie ist dein Schicksal.«

Und doch hielt irgend etwas Armand zurück. Zwei Tage bevor er ihr seine Entscheidung mitteilen sollte, war ihm immer noch nicht klar, wie sie ausfallen würde.

Den ganzen Morgen schon kamen Kundinnen in den Laden – Frauen, die vom Friseur, von der Schneiderin, von der Masseuse kamen. Armands Laden war hübsch eingerichtet und lag auch noch zentral, dort konnte man in wohlriechender Umgebung verschnaufen.

Die Frauen flirteten mit Armand und plauderten miteinander. Jede Frau bedachte die anderen überschwenglich mit Komplimenten und hoffte darauf, schmeichelnde Antworten zu hören. Die meisten benutzten Jolaunay-Parfüms, doch die Fläschchen hielten lange vor; ihren Ehemännern, Liebhabern, bot sich die eine oder andere Gelegenheit – der Geburtstag, der Namenstag, Weihnachten, den Beginn der Theatersaison – sie mit neuen Vorräten zu versorgen. Die Frauen dagegen kauften höchst selten, wenn sie in den Laden kamen.

Der Absatz war gleichbleibend, aber nicht sehr gut, so daß Armand nicht ausreichend verdiente. Daß er noch kein sicheres Einkommen hatte, wußte er durchaus. Wenn er in die Dienste von Madame Greco trat, waren ihm ein festes Gehalt und ein Platz in der Modewelt gewiß, und dennoch schwankte er immer noch zwischen der an sich klaren Entscheidung und dem Wunsch, es allein zu schaffen.

Gegen Mittag verließen die Frauen den Laden und trafen sich mit Freundinnen. Sie verabschiedeten sich beim Hinausgehen mit Luftküssen, einem leichten Händedruck.

Allein eine Frau blieb noch. Sie war ihm vorher noch nie aufgefallen, sie trug einen recht männlich wirkenden Anzug. Er sah, wie sie auf ein Fläschchen *Âme* zusteuerte, es hochhob und den Stöpsel herauszog.

Als sie den Schleier ihres Hutes ein wenig hochhob, damit sie das Parfüm riechen konnte, stockte ihm der Atem. Diese Frau kannte er doch. Es kam ihm vor, als würde er das Gesicht schon lange kennen. Aber woher? Woher kannte er es? Hatte er von ihr geträumt? Sie war wunderschön.

Sie verschloß das Fläschchen, ordnete sich den Schleier und kam leichten Schrittes zu ihm hinüber.

Endlich fügte sich alles zusammen. Armand spürte, daß er errötete wie ein Schuljunge. Vor ihm stand die Garbo.

Armand verneigte sich vor ihr, wagte es jedoch nicht, die ihm entgegengestreckte Hand zu küssen. Er nahm den großen Geldschein entgegen und gab ihr, sich erneut verbeugend, das Wechselgeld. Er begleitete sie hinaus. Sie wandte sich kurz um, hielt ihren Schleier hoch und lächelte. Dann war sie nicht mehr hier. Nicht ein Wort hatten sie miteinander gesprochen.

Er stand da und schaute ihr nach. Die Garbo, die Göttliche, die geheimnisumwitterte Frau, war aus der Märchenwelt herausgetreten und in seinen Laden gekommen. Das war ein Wink. Nun würde er seinen Wunschtraum energisch weiterverfolgen.

Im Jahre 1935 schließlich betrachtete man einen Besuch in Paris als unvollständig, wenn man nicht in Armands zauberhaftem kleinen Laden vorbeischaute. La Maison de Jolaunay wurde zu einem Tummelplatz der Reichen und Mächtigen. Die Herzogin von Windsor berichtete ihren Freundinnen, der Laden sei sehr gemütlich und geschmackvoll eingerichtet. Er gehöre zu den Orten, an denen man sich am liebsten aufhalte, weil man dort immer Leute aus den eigenen Kreisen träfe.

Armand verkaufte zwar Parfüm an einige ausgewählte Geschäfte, viele seiner Kundinnen zogen es jedoch vor, in der intimen, exklusiven Atmosphäre des Salons einzukaufen, wo man vor dem neugierigen und gemeinen Volk Ruhe habe. Er hatte den Laden um zwei Räume erweitert, die er auf die gleiche Art möblierte wie den ursprünglichen Verkaufsraum. Das direkt angrenzende kleine Labor behielt er. Es wurde nur noch für

Forschung und Entwicklung benutzt. Die Herstellung seiner Parfüms wurden in einer Fabrik im Norden der Stadt, in Clichy, ausgeführt. Dort stellten Chemiker die Extrakte her – gemäß seiner Rezepturen.

Kaffee und Petits fours bekam man im Salon den ganzen Tag über. Auf den Tischen aus Rosenholz lagen die neuesten Modezeitschriften. An drei Nachmittagen in der Woche schritten, bisweilen auch tanzten sie, junge Mannequins oder Schauspielerinnen durch den Raum; sie trugen Kreationen junger, vielversprechender Modeschöpfer, denen Armand seinen Salon gleichsam als Ausstellungsraum zur Verfügung stellte.

Es war ein aufregender Ort, und die Kundschaft hatte das Gefühl, daß vor ihren Augen Mode gemacht wurde. Außerdem ging es in seinem Salon sicher und seriös zu. Die Thronprinzessin nannte den Salon »meinen Klub in Paris«. Englische Kundinnen fanden Gefallen an dieser Bezeichnung.

Armand suchte sein Englisch aufzufrischen; er wollte sich mit einigen seiner Stammkundinnen besser unterhalten können. Amerikanische Kundinnen fanden seine Aussprache reizend. »Könnte mein Pudel sprechen«, teilte Jean Harlow einem Reporter mit, »so würde sich das so anhören wie Armand Jolaunay.«

Dieses Zitat erschien in einem Artikel in der Zeitschrift *Harper's Bazaar.* Man bezeichnete Armand als den »Modefürsten«, der die so seltene Gabe einer »goldenen Nase« besäße und dessen »silberne Augen« man in einer Nahaufnahme zeigte. Nachdem dieser Artikel erschienen war, erhielt Armand viel Post und Liebesbriefe von romantisch veranlagten amerikanischen Hausfrauen. Einige boten ihm ihre Dienste an, einige, ihn zu heiraten.

Um journalistisch nicht ins Hintertreffen zu geraten, schickte die amerikanische Modezeitschrift *Vogue* einen Fotografen in den Salon, der Mannequins in Badeanzügen ablichten sollte. Die Damen seien, so hieß es, in den geheimnisvollen Jolaunay-Duft gehüllt. Damit war klar: Parfüm gehörte nunmehr zur Mode, und keine gutgekleidete Frau konnte mehr darauf verzichten, auch nicht am Strand.

Ständig kursierten Gerüchte über Armands Liebesleben. Zur

Saisonpremiere an der Pariser Oper erschien er mit einer phantastischen brünetten Sängerin, die einen schwarzen Breitschwanzmantel anhatte. War sie die Auserkorene? Eine Woche darauf wurde er auf der Rennbahn in Deauville mit einer attraktiven, leicht maskulin wirkenden Schriftstellerin gesehen, der Besitzerin eines Rennstalls. Auf der Silvesterfeier, die die Gräfin von Moët & Chandon auf ihrem Schloß bei Epernay gab, brachte Armand eine stattliche Frau von solch blendender, blonder Schönheit mit, daß man sie die Wikingerkönigin nannte.

Man redete über ihn, in der Pariser Gesellschaft erzählte man sich Anekdoten über das, was sich in seinem Salon zutrug.

Schon bald nach Kriegsausbruch, im September 1939, schlossen viele Geschäfte ihre Pforten. Da Armand wegen seines Hörschadens nicht zum Wehrdienst einberufen wurde, ließ er seine Fabrik weiter produzieren und reichte auch weiterhin Kaffee und Gebäck in seinem Salon. Lediglich die ausländischen Kundinnen versammelten sich nicht mehr bei Armand. Es kamen im ersten Kriegsjahr jedoch viele Franzosen in den Laden, die Zuflucht suchten vor den Eindringlingen, die ihr Land und ihre Lebensart bedrohten.

»Ich begreife einfach nicht, wie du das schaffst, alter Knabe«, sagte Pierre. Sie saßen bei einer Flasche gekühlten Weißweins an einem der Tischchen vor dem Café de la Paix. Man schrieb das Jahr 1940, seit Kriegsbeginn war ein Dreivierteljahr vergangen, vor einem Monat waren die Deutschen in Frankreich einmarschiert. Die Regierung war nach Bordeaux geflohen und Paris zur offenen Stadt erklärt worden. »Jeder hier scheint den Kopf oder sein Vermögen zu verlieren, nur du nicht. Sieh dir deine alte Chefin an, Gabrielle Chanel. – Sie hat ihr Geschäft dichtgemacht und sich in den Süden abgesetzt.«

»Während des letzten Krieges hatte sie nicht geschlossen«, gab Armand zu bedenken. »Der Krieg ist furchtbar, fürs Geschäft aber gut. Für *bestimmte* Branchen. In trostlosen Zeiten sehnen sich die Menschen mehr als sonst nach Luxusartikeln. Erinnerst du dich an den Börsenzusammenbruch in Amerika?«

»Selbstverständlich. Die Männer sprangen aus den Fenstern,

und es gab jede Menge Waisenkinder.«

»Ja, so war es. Die großen Kosmetikimperien Arden und Rubinstein machten immer bessere Geschäfte. Und warum? ›Carpe diem‹ hieß das Motto: Lebe heute, denn morgen stirbst du.«

»Wenn die Welt um sie herum stinkt, möchte eine Frau duften wie eine unberührte Blume.«

Armand belächelte das Wortspiel seines Freundes.

Nachdenklich trank Pierre einen Schluck. »Wenn die Deutschen Paris in Frieden lassen, können wir vielleicht durchkommen. Aber ich glaube, da ist der Wunsch der Vater des Gedankens. Diese elenden Boches! Das sind doch Barbaren. Hitler ist ein Wahnsinniger. Ich habe Angst« – er brach ab, Armand beugte sich vor, »ich habe Angst um Mutter.«

»Ist sie krank? Hoffentlich nicht ...«

»Sie ist Jüdin«, sagte er sehr leise. »Eine geborene Großmann.«

»Was ändert das?« fragte Armand. »Viele unserer führenden Bürger sind jüdischen Glaubens. Denk doch nur an die Rothschilds, die in jeden erdenklichen Industriezweig in Frankreich investiert haben.«

Pierre schüttelte traurig lächelnd den Kopf. »Alter Knabe, du bist ein wunderbarer Künstler. Aber Gefahr erschnupperst du mit deiner Nase nicht. Glaub's mir, sollten die Deutschen hier einmarschieren, dann sind wir – wie es bei denen heißt – kaputt.«

Armand hob die fast leere Flasche und schenkte sich und Pierre den restlichen Wein in die Gläser. Als er die Flasche zurück auf den Tisch stellte, klirrte Glas. Er starrte darauf, doch die Flasche war heil. Dann merkte er, daß das Geräusch von zugeschlagenen Türen stammte, Menschen kamen aus dem Café gerannt, und ein Kellner schrie ihnen zu: »Es ist passiert! Sie sind da! Die Deutschen – sie haben Paris eingenommen.«

»O nein«, sagte Pierre und trank aus.

Es dauerte keine Woche, dann war die Stadt wie ausgestorben. Wenigstens schien es so. Voller Angst über die Zukunft unter der Herrschaft der Nazis schlossen die Pariser ihre Häuser und

Geschäfte, viele flohen.

Armands Eltern besuchten ihn in seiner Wohnung an der Place Furstemberg. Maurice ging an George, dem Hausdiener, vorbei, ohne ihn zu grüßen. »Wann schließt du?« fragte Maurice seinen Sohn rundheraus.

»Schließen?« Armand ging zu seiner Mutter und gab ihr einen Kuß, atmete den vertrauten Fliederduft. »Viele tun das, sämtliche Modehäuser machen jetzt zu.«

»Ich sehe keinen Grund dafür. Es würde bedeuten, daß ich meine Mitarbeiter in der Fabrik und im Laden entlassen müßte, daß sie keine Arbeit mehr hätten.«

»Du bist unverbesserlich, Armand«, sagte Maurice aufgebracht. »Deine Dickköpfigkeit wird dich noch zugrunde richten.«

»Das hast du mir schon vor Jahren prophezeit – als ich bei Chanel kündigte«, erwiderte Armand. »Und ich bin ganz gut allein zurechtgekommen.«

Maurice machte ein düsteres Gesicht. »Na schön, wie du meinst, plustere dich ruhig auf. In ein paar Monaten wird dir die Lust dazu vergangen sein.«

»Hört auf, ihr beiden«, sagte Madame Jolaunay und drückte Armand sanft an sich. »Komm doch mit zu meinem Bruder. Der hat genug Platz in seinem Haus. Da bist du willkommen. Ruh dich ein bißchen aus.«

»Das ist nett von dir, Mutter.« Er klopfte ihr leicht auf die Schulter. »Aber ich bleibe hier.« Er sah, daß ihr Tränen in die Augen traten, und setzte hinzu: »So ist es nun einmal, Mutter. Ich muß das Geschäft wegen der Arbeiter offenhalten. Ich muß das durchstehen.«

Unvermittelt gingen seine Eltern wieder. »Also«, stellte Armand zu Georges fest, »werden wir weiter die Stellung halten.«

Georges sah ihn finster an. »In diesem Sommer werden bestimmt keine Feste gefeiert.«

Er hatte recht. Fast alle von Armands Bekannten verließen die Stadt, und in der Fabrik nahmen viele Arbeiter Urlaub, so daß er sie vorübergehend schließen mußte.

In seinem kleinen Labor neben dem Laden arbeitete Armand allein weiter, experimentierte hauptsächlich mit synthetischen Duftstoffen, die, so vermutete er, bald die einzigen sein würden, an die er herankam. Sein Vorrat an natürlichen Essenzen und Extrakten ging allmählich zur Neige; vieles davon kam von weither. Verteilungsprobleme und Versorgungsengpässe machten es schwierig, wenn nicht unmöglich, diese Vorräte aufzufüllen.

Manche synthetischen Stoffe benutzte er schon von Anfang an. So hatte *Âme* zum Beispiel eine Basis aus Äthylvanillin, einem künstlich hergestellten Vanillin. Synthetische Rohstoffe wurden in der Parfümherstellung schon seit über fünfzig Jahren eingesetzt, und zwar nicht als Ersatz, sondern als Ergänzung der natürlichen Öle. Jetzt zwang der Krieg Armand jedoch dazu, für die Rezepturen chemische Aufbausubstanzen anstelle der ursprünglich geplanten natürlichen Essenzen zu verwenden.

Am Sommerende war er mit seinen Experimenten immer noch nicht ganz zufrieden. In der Fabrik wurde die Produktion wieder aufgenommen, und Ende September gab Armand seine erste kleine Dinnerparty seit der Okkupation.

Pierre traf sehr zeitig ein, in Begleitung einer pummeligen, fröhlich wirkenden Frau: Marie-Louise. Sie habe bis vor ein paar Monaten Kleider entworfen, sagte sie, könne aber jetzt niemanden finden, der sie beschäftigte. »Statt dessen bin ich Verkäuferin in einem Lebensmittelgeschäft«, sagte sie zu Armand gewandt. »Verkaufe Wein und Käse, damit die Bestie Ruhe gibt.«

»Sie meinen die Deutschen?« fragte Armand.

Sie nickte. »Die sind unersättlich wie Kinder auf dem Jahrmarkt. Die litten wohl im Feld großen Hunger, ehe sie in Paris einmarschierten.« Sie hob die Schultern. »Ist ja auch egal. Jetzt, wo die Geschäfte wieder geöffnet haben, kaufen sie alles, was sie sehen – wie ich höre, sogar Parfüm.«

»Vielleicht möchten sie die Sachen als Geschenk mit nach Hause nehmen«, stellte Armand zögernd fest.

»Hast du das schon gehört?« meinte Pierre. »Man hat einen Mann festgenommen, der vorgab, ein deutscher Soldat zu sein. An seiner Uniform war nichts auszusetzen, aber trotzdem hat man ihn eindeutig als Schwindler entlarvt. Und weißt du auch warum? Er hatte kein Paket unterm Arm.« Pierre lachte freudlos.

Marie-Louises wohlgeformter Busen hob sich. »Manchmal, wenn die die Dinge so angrabschen, hab' ich den Eindruck, als wollten sie ihm Gewalt antun.«

»Wem?« fragte Armand.

»Unserm Paris. Paris kommt mir vor wie eine wunderschöne Kurtisane, die offen ihre Dienste feilbietet und an der sich alle Boches vergreifen.«

Armand sah fragend zu Pierre hinüber. Marie-Louise war offensichtlich intelligent, lebhaft, aber es machte ihn unsicher, wenn Frauen sich so offenherzig ausdrückten. Pierre dagegen sah sie mit so unverhohlener Bewunderung an, daß Armand sich fragte, ob er von einem der Pfeile Amors durchbohrt worden war.

Dann trafen die anderen Gäste ein, und Armand konnte erst sehr viel später am Abend ein privates Wort mit ihnen wechseln, als Pierre ihn beiseitezog. Der wollte jedoch nicht über Marie-Louise mit ihm sprechen. »Ich finde, du solltest es wissen«, sagte er. »Meine Eltern werden Paris bald verlassen. Wir haben alle Angst. Sie werden die Stadt für längere Zeit verlassen – wenigstens, solange dieser dreckige Krieg dauert. Wir wollen natürlich keine Aufmerksamkeit erregen, aber du bist ein so guter Freund, daß ich es dir erzählen wollte, damit du dich von ihnen verabschieden kannst.«

»Wann wollen sie losfahren?«

»Nächsten Mittwoch.«

»Ich komme übermorgen vorbei – falls es euch dann paßt.« Pierre nickte.

Tags darauf ging Madame du Près einkaufen, sie wollte die jungen Bohnen abholen, die der Gemüsehändler für sie zurückgelegt hatte. Sie kehrte nicht zurück. Am späten Nachmittag gingen Pierre und sein Vater aus dem Haus, um sie zu suchen. Die beiden erfuhren lediglich, daß ein deutscher Soldat Madame du Près gezwungen habe, in einen Lastwagen zu steigen.

»Er hatte ein Gewehr«, berichtete der Gemüsehändler. »Stellen Sie sich das einmal vor. Was sollte ich da tun? Was wird aus unserer lieben Madame?«

Monsieur du Près konnte die Tränen nicht mehr zurückhalten, Pierre klopfte ihm tröstend auf die Schulter.

Monsieur du Près war so verzweifelt und hilflos, daß er in seiner Abhängigkeit von Pierre wieder zum Kind wurde. Binnen einer Woche, nach dem Verschwinden seiner Frau, war aus ihm ein alter Mann geworden. Ziellos wanderte er auf der Suche nach ihr durch das Haus und rief ständig nach ihr. Er war nicht imstande, sich etwas zu kochen oder überhaupt etwas zu essen. Er wollte nur noch sterben.

»Du darfst die Hoffnung nicht verlieren«, ermahnte ihn Pierre, obwohl er selber keine mehr hatte. An die Stelle der Hoffnung trat der Wunsch zu überleben. Er heiratete Marie-Louise standesamtlich, und drei Stunden später fuhren sie beide mit seinem Vater in das Haus auf dem Land. Zehn Tage früher, dachte Pierre, hätte der Umzug Mutter vielleicht gerettet. Nun würde er sich retten, der Sohn einer jüdischen Frau, der somit trotz einer christlichen Taufe nach jüdischem Recht und Hitlers Gesetzen als Jude galt.

Bei der Trauung war nur Armand dabeigewesen. Anschließend brachte er die Familie du Près zum Bahnhof, und Pierre flüsterte ihm zu, wohin sie führen. »Wenn dir der Boden hier zu heiß wird, komm zu uns. So Gott will, sind wir dann noch am Leben.«

Armand küßte ihn auf beide Wangen. »Viel Glück.«

»Das werden wir brauchen«, erwiderte Pierre. Er lächelte schwach und setzte hinzu: »Halte dich aus den Schwierigkeiten heraus, alter Knabe!«

Dann fuhren sie ab, und Armand merkte schon jetzt, daß ihm sein Freund fehlen würde. Und Madame! Die du Près' waren doch seine Familie gewesen, ohne ihre Unterstützung und Hilfe hätte er niemals Erfolg gehabt, hätte er den Laden wahrscheinlich gar nicht aufmachen können. Den Startkredit hatte er ihnen schon längst zurückgezahlt, aber was war das schon? Nun befand sich die Familie in Gefahr, und er konnte ihnen nicht helfen. Eines Tages, das schwor er sich, würde er ihnen ihre Unterstützung vergelten.

Doch sie meldeten sich nicht. Er konnte ihnen auch nicht schreiben, das wäre wohl auch zu riskant. Immer häufiger, und mit zunehmender Ungeniertheit, holte man Juden von der Straße, ja sogar aus ihren Häusern.

Die jüdischen Familien traf es am schlimmsten, doch auch andere Pariser Einwohner litten. Wie eine Krankheit breitete sich der Hunger in der Stadt aus. Das Essen wurde zum einzigen Gesprächsthema, und die Lebensmittelrationierung war bloß ein Mittel, alle Bewohner gleichmäßig zu berauben. Von der Straße holten sich die Einwohner halbverhungerte Katzen und kochten sie zum Abendessen. Als eine behördliche Verfügung auf die damit verbundenen Gefahren hinwies, schoß man Krähen, die man als Suppenfleisch verwendete. Die meisten Pariser hatten nicht genug zu essen, doch einige wenige lebten mehr oder weniger unbehelligt weiter. Diese Menschen gingen in die Oper oder ins Theater. Sie trafen sich in Restaurants und hinterher in einem Nachtlokal. Einige, zu denen Armand zählte, verfügten über so viel Geld, daß sie sich mit allem, wonach ihnen der Sinn stand, auf dem Schwarzmarkt versorgen konnten.

Armands Vorhersage, daß die Menschen in trostlosen Zeiten Luxusartikel kaufen würden, erfüllte sich. Er war einer der größten Nutznießer der Okkupation, weil immer mehr Parfümgeschäfte schlossen. Montalmont, ein alter Konkurrent des Hauses Jolaunay, hatte seine Pforten geschlossen. Armands Düfte waren sehr gefragt. Deutsche Offiziere, die sich damit brüsteten, einen Sinn für die angenehmeren Dinge des Lebens zu haben, kauften Jolaunay-Parfüms für ihre Ehefrauen daheim und die hübschen Kollaborateurinnen, mit denen sie in Paris ins Bett gingen. Für sich selbst erstanden sie Eau de Cologne, um sich damit das Taschentuch zu parfümieren oder zur Erfrischung nach der Rasur.

Französische Staatsbeamte folgten diesem Beispiel. *Âme* war besonders in Vichy beliebt. Madame Pétain benutzte es ab und zu, andere Frauen eher ausgiebiger, und einige von ihnen kamen in Armands Salon, wo man sehr gern das Gebäck knabberte oder frisches Obst aß, das Armand über Beziehungen besorgt hatte.

Am Geburtstag seiner Mutter machte Armand sich auf den Weg zu seinen Eltern. Er hatte eine Gans, zwei Schinken, Räucherfisch, Schokolade und eine Flasche Whisky bei sich.

»Nazifraß«, sagte sein Vater und wandte sich ab, aber seine Mutter nahm die Präsente dankbar entgegen. Sie entgegnete ihrem Mann: »Ich habe schon so lange hungern müssen.« Maurice hatte keine Lust, sich zu streiten, sondern sagte zu Armand: »Ich muß mit dir reden.«

»Nur zu«, erwiderte Armand mit Unschuldsmiene, wußte er doch genau, was sein Vater sagen wollte.

»Aber nicht hier. Wir treffen uns morgen um vier in den Hallen«, raunte er und beschrieb seinem Sohn dann die Stelle, wo er warten würde.

Als Armand bei dem vereinbarten Treffpunkt ankam, war Maurice bereits da. »Wir gehen«, sagte er. »Im Gehen läßt sich alles besser besprechen.«

Zwischen den Verkaufsständen schlenderten sie hinüber zu dem kleinen Restaurant, in dem Armand oft noch spät abends – er im Smoking und seine Begleiterin im Abendkleid – eine deftige Zwiebelsuppe gegessen hatte.

»Du bist in Gefahr«, bemerkte Maurice ohne Umschweife. »Die Leute halten dich für einen Kollaborateur. Man sieht Deutsche in dein Geschäft gehen. Man weiß, daß du an den Feind verkaufst.«

»Warum denn ›Feind‹? Unser Land ist besetzt, die Deutschen leben unter uns. Soll ich mir als Zeichen meines Widerstands vielleicht die Nase abbeißen? Ich gehe bloß meiner Arbeit nach, dem Beruf, den ich von dir erlernt habe.«

Maurice blieb stehen. Er schaute zwei Männern nach, die mit großen gelben Sternen auf ihren abgewetzten Jacken an ihnen hastig vorbeigeeilt waren. »Zuerst trifft es sie«, sagte er, »dann uns. Die armen Teufel.«

Armand schwieg. Er dachte an Madame du Près, die so wundervoll und lebensklug gewesen war, und an ihr freundliches Wesen. Er ging weiter neben seinem Vater. »Auf welche Weise können wir helfen?« fragte er.

»Indem wir unsere Zusammenarbeit verweigern.«

»Aber wie? Etwa, indem wir unsere Geschäfte dichtmachen und die Menschen hungern lassen. Indem wir diejenigen bestrafen, die die Nazis noch nicht genug bestraft haben?«

»Henri Montalmont hat sein Geschäft unmittelbar nach der Besetzung geschlossen und über bestimmte Kanäle wissen lassen, daß er so lange in der Résistance arbeiten wird, bis Frankreich befreit ist. Für Leute wie ihn bist du nichts weiter als ein Verräter«, erwiderte Maurice schroff.

»Das kann ich nicht ändern. Es stimmt nicht. Wenn alle Parfümhäuser schlössen, würde das am Ende bloß den Ruin unserer Industrie bedeuten. Wäre es nicht vielleicht nützlicher, den Bürgern Frankreichs, statt dem Staat Frankreich beizustehen?«

Maurice warf Armand einen fragenden Blick zu. »Ich verstehe nicht ganz.«

»Vielleicht ist es besser, zu unterwandern als offenen Widerstand zu leisten.«

»Was willst du damit sagen?« fragte Maurice in scharfem Tonfall.

»Daß ein kluger Narr möglicherweise größere Dienste leisten kann als ein unwissender.«

Maurice konnte mit dieser Bemerkung nichts anfangen. »Ich weiß zwar nicht, zu welcher Sorte du gehörst«, sagte er, »aber ein Narr bist du bestimmt. Du verschließt dich dem, was die Leute sagen. Du siehst nicht mehr, was derzeit in Frankreich vor sich geht. Überall entstehen Widerstandsgruppen, die auf sich allein gestellt sind oder von London aus gelenkt werden.

Du magst ja wirklich kein Kollaborateur sein«, fuhr Maurice fort, während sich Armand, um ihn besser zu verstehen, zu ihm neigte. »Aber ich meine, du bist auf eine gefährliche Weise unwissend. Du weißt nicht, welche Gewalt viele unserer Besten zum Handeln zwingt. Immer mehr Leute gehen in den Untergrund, Armand, und schon bald wird man nicht nur Jagd auf die Deutschen und auf Anhänger Pétains machen, sondern auch auf Leute von deinem Schlag, deren unbesonnener Optimismus allmählich genauso unerträglich wird wie die Gewaltherrschaft. Du wirst es noch zu spüren bekommen. Man wird bald keinen Unterschied mehr machen zwischen einem SS-Mann und einem kleinen miesen Dreckstück wie dir.«

So hatte er seinen Vater noch nie reden gehört. »Ich tue meine Arbeit, mehr nicht.« Auf welche Weise konnte er überhaupt etwas vollbringen? Einzig wenn er Freunde in der Besetzungsarmee hatte, konnte er Menschenleben retten. Er war auf deren Informationen angewiesen. Der Preis dafür hieß Stillschweigen.

»Mach, was du willst«, entgegnete Maurice, der seinen raschen Schritt beibehielt. »Aber besuch uns nicht noch einmal. Du bringst Schande über deine Eltern. Geh deinen Weg. Ich schäme mich, daß du mein Sohn bist.«

»Du begreifst nicht ...«

»Ich begreife sehr wohl«, unterbrach Maurice. »Du bist ein Narr, egoistisch und unbelehrbar.« Er blieb stehen, strich sich über den Schnurrbart. »*Adieu,* Armand.«

»Könnten wir einander nicht *Auf Wiedersehen* sagen?«

»Nein«, antwortete Maurice. »Wir werden uns niemals wiedersehen. Du hast dir dein eigenes Grab geschaufelt.« Eilig ging er davon, und Armand blickte ihm hinterher, bis er seinen Vater in der Ferne nicht mehr erkennen konnte.

Schließlich begab er sich nach Hause. Georges hatte schon die Abendgarderobe auf dem Bett bereitgelegt; auf dem Silbertablett stand ein Glas Sherry. »Georges«, sagte Armand und schaute ihn aufmerksam an. »Wissen Sie, mit wem ich heute abend esse?«

Georges hob die Schultern.

»Mit den Deutschen!«

Georges zuckte zusammen, seine Miene blieb aber undurchdringlich. »Haben Sie sonst noch Wünsche, Monsieur?«

Armand verneinte seufzend. Als Georges draußen war, ging er hinüber zum Frisierspiegel. Er stützte die Hände auf die Kommode. Armand betrachtete das Ebenbild des Mannes, auf den er oft mit Bestürzung, auch Haß reagiert hatte. Jetzt beschuldigte er sich wie vorhin sein Vater: Du bist ein Kerl ohne Rückgrat.

Er verteidigte sich: Du verstehst mich nicht; auch ich hasse die Deutschen. Deswegen kann ich es nicht zulassen, daß sie mich zugrunde richten. Sieh doch, was ich aufgebaut habe. Obwohl es so schwierig war, obwohl alles gegen mich sprach.

Armand schüttelte den Kopf. Es gibt so etwas wie Moral. Man braucht Maßstäbe, nach denen man lebt. Wie weit durfte man dem Wunsch nachgeben, selbst Erfolg zu haben? Vor lauter Angst konnte er nicht mal mehr sein eigenes Spiegelbild ertragen. Er wandte sich ab. »Du Idiot«, sagte er laut. »Du hast mir eingeredet, ich wäre zu schwach, um es auf eigene Faust zu schaffen. Du hast nie Vertrauen in mich gesetzt. Es mußte ganz allein aus mir selbst kommen. Aber nun habe ich es dir bewiesen, ja? Ich bin jetzt mein eigener Herr, habe den Namen Jolaunay wieder zu Ehren gebracht. Ich nehme es mit jedem auf. Weder du noch die Boches können mir meinen Erfolg wieder nehmen.«

Er griff nach seinen Kleidern, zog sich langsam an und befestigte die Manschettenknöpfe ohne Georges Hilfe. Er parfümierte sein Taschentuch mit Eau de Cologne, das er für sich kreiert hatte. Dann war er fertig. Er faßte den Entschluß, zu Fuß zur Tour d'Argent zu gehen, da er noch früh dran war, frische Luft und Bewegung taten ihm sicher gut.

Auf dem Uferkai warf er einen Blick hinunter zur Seine, und er stellte sich vor, wie sich der Fluß in sanften Schleifen bis zu der Mündung am Ärmelkanal von den Weinbergen in Burgund kommend dahinwand. Ein fließendes Gewässer – auf einer Landkarte sah der Strom wie eine kleine blaue Ader aus, die sich mitten durch Paris zog. Der Fluß symbolisiert das Leben. Wie richtig dieses Bild war!

Vor ihm, auf der Ile de la Cité, tauchte die Kathedrale Notre Dame auf, so dunkel und rußgeschwärzt, als trüge sie Trauer. Notre Dame, dachte er, unsere Dame, zu der in jedem Moment irgend jemand um Errettung betet.

Hör auf zu grübeln, ermahnte er sich. Er hob das Kinn, straffte die Schultern; dann ging er flotten Schritts zum Restaurant.

»Die anderen sind oben, Monsieur«, sagte der Oberkellner, sich verbeugend. »Soll ich Sie hinaufbegleiten?«

»Nein, danke, Jacques. Ich finde den Weg allein.«

Armand ging die Treppe hoch, klopfte leise an. Niemand öffnete. Er hörte, wie man drinnen lachte, und klopfte abermals, lauter diesmal. Schließlich drückte er den vergoldeten Türgriff herunter und ging hinein.

Oberg erspähte ihn sofort. »Ah! Da ist ja Jolaunay. Endlich – kommen Sie herein!« Er winkte ihn zu sich.

Karl Oberg war der neuernannte Chef der SS in Paris. Wegen der zu ausgiebigen Feiern hatte er ein schweißiges, rosa Gesicht. Er gab Armand einen Schlag auf den Rücken und stellte den Neuankömmling den übrigen Gästen vor.

»Das hier ist der berühmte Parfümmacher!« stellte Oberg ihn vor. »Der Mann, der die Muschis parfümiert, in die wir so gern unsere Köpfe stecken. Hahaha! Wie kommt es eigentlich, daß Sie nicht schon früher einmal unsere Versammlungen besucht haben, Jolaunay? Wissen Sie«, beschwerte er sich jovial bei einem korpulenten, ordengeschmückten Offizier, »ich habe diesen Schlingel schon Dutzende, nein Hunderte Male eingeladen, aber immer war er zu beschäftigt.« Zu Armand gewandt sagte er: »Ich befürchtete schon allmählich, Sie hätten was gegen mich. Und langsam fand ich auch, daß das doch ein trostloser Zustand ist, dem man schnellstens Abhilfe schaffen muß. Da, trinken Sie! Heil Hitler. Trinken Sie auf meinen neuen Posten. Sie sind heute abend gekommen, um mir zu gratulieren, mir, dem neuen ›Überleitner‹ von Paris. Wenn man bedenkt, wie weit ich es gebracht habe, wo ich doch aus so kleinen Verhältnissen stamme!« Er machte eine andächtige Pause. »Als junger Mensch war ich ein Nichts, und jetzt gehört mir ganz Paris. Das müssen wir feiern, mein Freund. Da, nehmen Sie sich doch ein Glas. Prosten Sie mir zu, dem führenden Kopf der Pariser SS!«

Wie befohlen hob Armand das Glas und trank. »Also, ich bitte Sie, das ist noch nicht genug!« brüllte Oberg. Er schob seinen Arm unter den Armands: »Wir sind Brüder, ich meine, Deutschland und Frankreich; wir beide. Kommen Sie, wir trinken Brüderschaft.«

Armand zuckte innerlich zusammen, aber ihm blieb keine andere Wahl. Ablehnen konnte er ja nicht. Er mußte seinen Ekel, ja seine Angst, unterdrücken. Er sah sich selber zu, wie er mit Oberg Brüderschaft trank. Nach der Prozedur stießen sie untereinander an.

»Gut.« Oberg schmatzte mit den Lippen. »Das hätten wir also! Du bist heute abend mir zu Ehren gekommen. Jeder kommt, sogar dieser unsäglich einflußreiche Obergruppenführer.« Obergs Augen glänzten, wofür jedoch nicht die Freude über diesen Besuch verantwortlich war. »Er ist mein Chef. Er kommt, um sich zu vergewissern, daß ich meine Arbeit auch gut mache. Seine Exzellenz verdaut es nämlich nur schwer, daß ein Bauernjunge wie ich es geschafft hat, auch einen so bedeutenden Posten abzubekommen.« Dann bedachte Oberg Armand plötzlich mit einem feindseligen Blick, so, als hätte man ihn dabei überrascht, als er aus der Schule plauderte. »Ihr Franzosen glaubt, es ist leicht, hier Ordnung zu schaffen. Dabei wimmelt die Stadt von Ganoven. Ihr wißt ja gar nicht, was Ordnung heißt! Aber wir werden sie euch beibringen – wartet's nur ab.«

Sowohl seine Worte als auch der Tonfall, mit dem er sie von sich gab, wirkten bedrohlich. Armand empfand wirklich Angst, so als befände er sich in der Nähe eines gefährlichen Tieres.

Er war erleichtert, als man ihn von Oberg befreite, da nun das Essen serviert wurde. Die vierundzwanzig Männer setzten sich an den langen Tisch. »Frauen«, meinte sein Nachbar zur Rechten, »werden ausschließlich zu den langweiligen Abenden eingeladen. Wenn wir feiern und guter Laune sein wollen, dürfen sie nicht dabeisein. Das würde bei den kleinen Vergnügungen, die wir uns hinterher noch gönnen, stören.«

Man prostete sich zu, mit Champagner, den die Deutschen zur Vorspeise tranken. Zur Ente wurde ein Margaux, Jahrgang 1929, getrunken. Wagnermusik begleitete das Essen.

Armand hielt das Glas mit rotem Wein hoch. Er roch daran. Das Bouquet war voll, elegant, sinnlich. Einen Augenblick lang fühlte er sich beinahe glücklich.

»Ein wunderbarer Wein«, sagte sein Nachbar zur Linken,

»nicht wahr?«

»Très bon«, pflichtete Armand höflich bei. Man hatte ihm den Mann als Obergruppenführer Soundso vorgestellt. Seinen Namen hatte er nicht mitbekommen. Er entschuldigte sich dafür, fragte nach.

»Obergruppenführer Rauchmannsberg, wenn's beliebt. Ich freue mich sehr, wieder in Paris zu sein. Ich habe die Stadt schon immer wegen ihrer Kultur und Lebensart bewundert. Nehmen Sie zum Beispiel den Wein: dieses Aroma! Es ist herrlich, nach all diesem Gestank, den ich im Osten erleben mußte. Und diese Ente!« Er beugte sich über seinen Teller, holte tief Luft. »Welch ein Segen der Zivilisation!«

Armand widmete sich der Ente, der Spezialität des Hauses. Sie war kunstvoll zubereitet und benötigte viel Vorbereitung.

»Sie sind eigentlich im Osten stationiert?« erkundigte sich Armand höflich.

Der Offizier war außerordentlich schwergewichtig. Die untere Partie seines breitflächigen Gesichts glänzte fettig. Er hatte sich die Serviette wie einen Latz oben ins Hemd gesteckt; damit wischte er sich den Mund ab, ehe er antwortete: »Ja. Ich habe einige Tage Urlaub. Es ist eine Erleichterung, das können Sie mir glauben, sich wieder unter kultivierten Menschen aufzuhalten, nach all den dreckigen Juden. Und Sie, Monsieur ...«

»Jolaunay.«

»Doch nicht *der* Jolaunay? Es ist mir eine Freude. Ich habe kürzlich für meine Schwester einige von Ihren weißen Fläschchen erstanden. Sie haben Geschmack, Monsieur, Sie sind ein Kenner. Ihr Eau de Cologne auf meinem Taschentuch hat mich schon vor so manchem Gestank gerettet.«

Armand nahm einen zweiten Schluck von dem schweren Wein.

»Wie darf ich das verstehen?«

Er lachte. »Wenn der Wind aus einer bestimmten Richtung kommt, wird der Geruch bisweilen unerträglich. Da kann sogar ein Mann wie ich ohnmächtig werden. Ich habe deshalb immer ein parfümiertes Taschentuch dabei, damit ich mich schützen kann.«

»Wovor? Woher stammt denn dieser Gestank?«

Sein Tischnachbar musterte ihn ganz erstaunt, fing an zu lachen, haute sich auf den Schenkel. »Das ist gut! Von den Leichen natürlich!«

»Den Leichen?«

Jetzt runzelte der Mann die Stirn und betrachtete Armand argwöhnisch. »Die Juden«, meinte er knapp, »die verwesenden, schmutzigen Juden.« Er erwiderte Armands scharfen Blick, dann wandte er sich plötzlich um und fing ein Gespräch mit seinem zweiten Tischnachbarn an.

Armand empfand Übelkeit. Die Ente auf seinem Teller kam ihm vor wie ein Stück toten, gequälten Fleisches, der Wein erschien ihm wie Blut. Der Mann ist ja total übergeschnappt! Er sah Madame du Près' Gesicht vor sich. Sein Vater hielt ihn für einen Dreckskerl, und Pierre hatte ihm vorgeworfen, er sei naiv. Aber wenigstens hatte er den Rat eines guten Freundes, eines Obersten in der französischen Armee, befolgt, der kurz nach der deutschen Besetzung in den Laden gekommen war und ihn, Armand, gewarnt hatte, daß seine jüdischen Angestellten gefährdet wären. Er hatte den Obersten für einen Schwarzseher gehalten, aber trotzdem – Gott sei Dank! – sogleich gehandelt. Das war kurz vor dem Verschwinden von Pierres Mutter gewesen. Zumindest diese Menschen waren durch sein entschlossenes Handeln nun in Sicherheit. Durch seine gesellschaftliche Stellung konnte er Menschen Schutz gewähren, aber doch nur sehr wenigen.

»Meine Herren, Achtung!« Das war eine strenge Ankündigung. Sofort verstummte jedes Gespräch.

»Stehen Sie auf. Es tritt ein: SS-Obergruppenführer Reinhard Heydrich.«

Die Soldaten erhoben sich, sie streckten den Arm aus und entboten den steifen Hitlergruß. Heydrich trat ein, flankiert von zwei Adjutanten. Er hielt sich sehr stramm, sein Lächeln kam kühl aus einem scharf geschnittenen Gesicht. Er schaute sich um.

Armand grüßte nicht mit erhobener Hand. Einen Augenblick verharrte Heydrichs Blick auf ihm, dann sah er woanders hin.

»Heil Hitler«, sagte Heydrich. »Setzen Sie sich wieder!«

Als ersten begrüßte er Oberg. Dann ging er zu jedem einzelnen, schüttelte Hände, hörte aufmerksam zu, sprach einige Worte.

Er wurde Armand Jolaunay vorgestellt. In Heydrichs Augen blitzte es auf. »Sie sind also der Mann«, sagte er, »der das Oberkommando parfümiert. Wie man hört, mögen Sie uns allerdings nicht sonderlich!«

Armand zuckte vor Schreck zusammen.

Heydrich lächelte, legte Armand die Hand auf die Schulter. »Selbstverständlich ist ein französischer Bürger nicht verpflichtet, den Führer zu grüßen. Es wäre jedoch ein Zeichen von Höflichkeit. Mehr als das: Ich würde sogar behaupten, es ist eine kluge, sehr nützliche Geste. Werden Sie sich das merken können?« Er zwinkerte ihm kaum merklich zu.

Als er kurze Zeit darauf den Raum verließ, erhoben alle den Arm zum Gruß, auch Armand.

Kaum vier Wochen später erhielt Armand vom Oberkommando der SS einen besonderen Geleitbrief zugestellt. Damit konnte er seine Lavendelfelder in Grasse besichtigen. Am 4. Juni 1942 wurde Reinhard Heydrich in der Nähe von Prag von einer aus London eingeflogenen Gruppe tschechischer Patrioten erschossen. Armand erfuhr zu einem späteren Zeitpunkt davon, doch sollte er dieses Datum sein Leben lang nicht mehr vergessen. Denn an diesem Tag lernte er Anne kennen.

1942–1944

Die junge Frau lief lachend durch das Lavendelfeld, ab und zu bückte sie sich, um einen Blütenstengel zu pflücken und daran zu riechen. Sie hatte strahlend blondes Haar. Sie ist blonder als die Wikingerkönigin, dachte Armand. Zum erstenmal seit ihrer Trennung dachte er an die nordische Hübsche. Diese Frau hier war jünger und bewegte sich wie zu ferner Musik. Sie blieb stehen und umarmte sich selbst. Armand, der ihr von weitem zusah, mußte lächeln, so verblüfft war er. Er selbst hätte eine solche Geste nie zustande gebracht. Ganz offensichtlich fand sie Freude an sich – seit Kriegsausbruch hatte er so etwas Schönes nicht mehr gesehen.

Als sie sich umwandte, bemerkte sie ihn. Jetzt stockte Armand der Atem. Er wollte, daß sie wieder so unbefangen tanzte wie eben noch und daß sie dächte, sie sei allein. Doch sie blieb stehen. Er hatte sie nicht erschrecken wollen, und doch war ihm klar, daß er nicht weggehen und sie möglicherweise nie mehr wiedersehen konnte.

Langsam ging er näher. Sie rührte sich immer noch nicht. Er fürchtete, sie würde im letzten Augenblick doch noch fortlaufen, gehetzt wie ein Tier des Waldes, das plötzlich merkt, daß seine Tarnung es nicht mehr schützt. Sie blieb aber doch stehen, als er sich ihr näherte.

Ihre Haut hatte die Farbe von Apfelblüten. Sie hatte grüne, mandelförmige Augen. Sie war so schön, daß er kaum wagte, sie anzusprechen.

Sie sah ihn nicht an. »Mademoiselle ...«, begann er zaghaft, für den Fall, daß sie kein Französisch konnte. »Mademoiselle«, wiederholte er, »ich habe Sie doch hoffentlich nicht erschreckt?«

Sie lächelte ihn flüchtig an; er hätte sie so gern berührt.

»Ich habe Sie für einen Deutschen gehalten.«

»Ich komme aus Paris. Ich hielt *Sie* für eine Deutsche.«

Sie lächelten sich an. »Sie haben also eine Sondererlaubnis?« wollte sie wissen.

»Ja«, erwiderte er verwirrt. »Ich bin der Besitzer dieses Lavendelfeldes. Arbeiten Sie hier?«

»Ich?« Sie lachte befreit auf – ein zauberhafter Klang. »O nein, Monsieur, ich arbeite nicht auf diesem Feld. Ich wußte nicht, daß es Ihnen gehört. Wegen des Lavendels bin ich hier! Ich bin auch aus Paris!«

Er hätte sie gern in seine Arme geschlossen, sie an sich gedrückt, fragte aber bloß töricht: »Sind Sie beruflich hier? In welcher Angelegenheit denn?«

»Ja«, antwortete sie ernst, »in meiner eigenen. Und Sie?«

»Armand Jolaunay.« Er streckte ihr die Hand hin, doch das Mädchen wich zurück. Um Gottes willen, was hat sie über mich gehört?

»Haben Sie etwas mit den Jolaunay-Parfüms zu tun?«

Er nickte und fürchtete sich vor dem, was sie erwidern würde.

»Die finde ich himmlisch! Sie sind ein berühmter Mann.«

Er war so erleichtert, daß er lachen mußte, und auch sie lachte jetzt über nichts Besonderes, nur so, aus Freude.

Schließlich sagte sie: »Ich habe mein erstes Fläschchen *Âme* 1937 geschenkt bekommen, als ich nach Paris umzog. Es war so schön, daß ich es erst nicht aufzumachen wagte. Ein Mann schenkte es mir, um mich zu umgarnen. Das gelang ihm auch, aber nach einer Woche wußte ich, worum es ihm ging. Ich habe ihm gesagt: Was bist du denn? Doch bloß ein Liebesroboter. Das Parfüm bedeutet mir mehr als du. Also hab' ich das Parfüm behalten und den Mann weggeschickt.«

Es verblüffte Armand, daß sie so offenherzig war. Wie ein Kind. Aus irgendeinem Grunde machte es ihm nichts aus, daß sie Dinge sagte, die er normalerweise von Frauen nicht gern hörte. Ihre offene Art bestärkte sein Interesse, statt es abzuschwächen.

Er schlenderte neben ihr her und bückte sich ebenfalls, wenn sie Lavendel pflückte. Sie hieß Anne, Anne Larbaud, und stammte aus dem Elsaß. Er hörte das Elsässische in ihrem Französisch. »Ich kam nach Paris und wollte ein bekanntes Mannequin werden!« Sie lachte. »Ich Dumme! Dafür hätte ich viel schöner sein müssen!«

»Sie sind sehr schön, unerhört schön.«

Sie redete weiter, als hätte er nichts gesagt. »Zunächst habe ich bei Schiaparelli gearbeitet, danach stand ich Modefotografen Modell. Bis an die Spitze wäre ich nie gekommen«, erklärte sie ihm ernsthaft, »einfach weil ich noch nicht über dieses *je ne sais quoi*, verstehen Sie, dieses Geheimnisvolle, diese Reserviertheit, verfüge.«

»Dem Himmel sei Dank dafür.«

Ihre Augen funkelten, wenn sie lachte, ihre Lippen öffneten sich, und er sah die makellosen Zähne. Er vermochte den Blick nicht von ihren Lippen zu wenden. »Anne!« rief er.

Sie hörte auf zu lachen. Sie stand dicht bei ihm, die Arme voller Lavendel. Fragend schaute sie ihn an. Er beugte sich nach vorn und küßte sie. Ihre Lippen waren weich wie Blütenblätter. Sie lächelte ihn an, zog eine gespielt ernste Miene. Dann öffnete sie die Arme, schleuderte den offenen Strauß über ihn. Armand warf seine Blumen auf sie. Ihr Lachen – überall auf ihnen lagen jetzt die winzigen Blüten – wurde lauter, erfüllte die Luft. Sie gingen in die Stadt, sprachen nicht, immer wieder berührten ihre Hände einander.

In einem kleinen Laden kauften sie Obst, Käse, Brot und Wein und gingen damit zurück zum Lavendelfeld. Anne breitete das Essen auf dem Boden aus und legte sich, auf die Ellenbogen gestützt, daneben.

Sie sah Armand an, wegen der Sonne zwinkerte sie und durchbrach die Stille: »Dein Gesicht. Es ist nicht in Besitz genommen – von denen.«

Er zog sein Jackett aus und löste die Krawatte. Er schaute sie an dabei. »Auch das Hemd«, sagte sie leise, und ihre Hand glitt zu den Knöpfen an ihrem Kleid.

Armand ließ sich neben sie fallen, und sie empfing ihn in ihren Armen. Ihre Zunge strich ihm über den Oberkörper, zum Hals, am Kinn entlang, bis sie zwischen seine Lippen glitt. Sie knöpfte sich das Kleid auf, während sie ihn küßte und mit beiden Händen seinen Kopf an ihre Brüste zog.

Er atmete den Geruch ihrer Haut, den Duft nach Lavendel. Während er sich seiner übrigen Kleider entledigte, zog auch sie sich ganz nackt aus. Sie wölbte sich ihm entgegen, zog ihn an sich, und als er in sie eindrang, stöhnte sie leise auf. Ihre Augen waren geschlossen, ihr Gesicht erhitzt, von Röte überzogen und vom blonden Haar umrahmt. Als er sie so sah, ihre kleinen Schreie hörte, den Duft ihres Körpers roch, konnte er sich nicht mehr zurückhalten.

Hinterher entschuldigte er sich. »Das ging zu schnell.«

Aber Anne lächelte, strahlte übers ganze Gesicht. »Wir haben Zeit«, flüsterte sie.

Die beiden lagen still nebeneinander, nackt, von der Sonne beschienen; das Gefühl tiefer Zufriedenheit breitete sich zwischen ihnen aus. »Wie bist du hergekommen?« fragte er schließlich. »Wie hast du mich gefunden?«

Wieder umhüllte ihn ihr leises Lachen. »Aber nein, nicht ich habe dich gefunden, sondern du mich. Ich hatte Angst vor dir, als du mich so angesehen hast.«

Er küßte ihre nackten Arme. Er mußte daran denken, wie sie sich selbst umarmt hatte. »Wie bist du hergekommen?« fragte er erneut.

»Ich komme aus Paris. Als ich genug Geld gespart hatte, bin ich weggelaufen.«

»Das heißt, du bist illegal in Grasse?«

Sie zog einen bezaubernden Schmollmund; er küßte ihn. »Ich habe mich auf einem Lastwagen versteckt«, sagte sie, »und bin herausgesprungen, als ich Freiheit schnupperte. Der Laster fuhr ziemlich schnell. Beim Runterspringen habe ich mir den Knöchel verstaucht. Wie ein altes Weib humpelte ich ins Gestrüpp am Straßenrand.«

»Armer Liebling.«

»Wieso arm? Ich bin frei!« Sie lächelte ihn stolz an. »Schließlich traf ich in Grasse ein. Den Menschen hier ist es vollkommen egal, woher man stammt. Wenn man vom Himmel oder vom Baum fiele – es würde sie nicht scheren. Man stellt keine Fragen. Alle wissen zwar von einer Ausreißerin, ich fühle mich aber sicher bei ihnen.« Sie sprach mit der Gewißheit eines Kindes, das genau weiß, es wird geliebt, dachte Armand. Kein Wunder, daß sie alle Menschen bezaubert.

»Abends arbeite ich in dem Gasthof. Der Wirt hat mir ein Zimmer im ersten Stock überlassen. Kommst du heute abend zu mir?«

»Natürlich.« Schon nach dem ersten Kuß war es um Armand geschehen.

Nachdem Anne mit der Arbeit fertig war, tranken sie in dem Gasthof noch zusammen einen Cognac. Armand kannte den Besitzer von früheren Besuchen in Grasse, und weder Anne noch er selbst wollten ihn gegen sich aufbringen, indem sie die Nacht gemeinsam in Annes Zimmer verbrachten. Armand hatte den Haustürschlüssel zu seinem Hotel mitgebracht. Um elf Uhr wurde abgeschlossen. Später zurückkehrende Hotelgäste mußten nach dem Nachtportier klingeln.

Gegen Mitternacht schlichen sie am Nachtportier vorbei – ohne ihn aufzuwecken. Die ganze Nacht blieben die beiden wach. Sie schliefen miteinander, redeten, lagen still nebeneinander. Ihre Körper verstanden sich auf eine ungestüme, unkomplizierte Weise, wie Armand das noch nie kennengelernt hatte. Am Morgen war er so vertraut mit Anne, so sehr, daß er es kaum glauben konnte.

Später am Tag schaffte er es, daß man ihm sein Visum um fünf Tage verlängerte; er schob dringende Geschäfte vor. Er sagte aber alle gesellschaftlichen Termine ab, und die ganze Zeit verbrachten Anne und er zusammen, bis auf die Stunden, in denen sie arbeitete.

An ihrem freien Tag fuhren sie nach Nizza, gingen barfuß am Strand spazieren und sammelten Muscheln. Sie berichtete ihm von ihrem Leben in Paris. »Ich war eine Zazou, genau wie all meine Freunde.«

Er kannte den Ausdruck von irgendwoher, wußte aber nicht genau, was er bedeutete. »Man hat uns wohl wegen der Musik so genannt«, erklärte sie ihm. »Wir haben uns immer Jazz angehört. In der Regel waren Bohemiens außerordentlich wohlhabend, wir trugen teure Kleider, Pelze, Schmuck, benutzten sogar Parfüm.« Sie schaute ihn lachend an. Er ergriff ihre Hand. »Wir haben alles mögliche gesammelt, solange es nur schwer zu bekommen oder selten oder unheimlich teuer war. Ich besaß eine herrliche Sammlung von Billy-Holliday-Platten. Ein paar Schallplatten von Louis Armstrong, Duke Ellington ... Ich habe sie alle verkauft, damit ich herkommen konnte. Wir fanden uns toll und waren gegen vieles. Natürlich auch gegen die Boches und gegen die Spießbürger in Vichy, gegen alles, was bürgerlich, traditionell oder angepaßt war.« Mit den Füßen stieß sie Sand hoch bei dieser Aufzählung. »Auch gegen Eigentum, dabei kauften wir andauernd irgendwelche Sachen oder tauschten sie untereinander. Und gegen die Ehe! Verachtenswert fanden wir diese bürgerliche Institution. Wir glaubten an die freie Liebe, was bedeutete, daß man mit jedem, der darum bat, ins Bett gehen mußte, wollte man nicht für prüde gehalten werden.«

Armand zuckte innerlich zusammen.

Sollte Anne das bemerkt haben, ließ sie es sich jedenfalls nicht anmerken. »Wenn man mit jemandem schlafen wollte, war das ungefähr so, als wenn man tanzen wollte. Und dann ›ging‹ man mit dem Betreffenden eine Zeitlang – eine Stunde, ein paar Tage. Es war leichte Unterhaltung.«

Er ließ ihre Hand los, fühlte sich hin und hergerissen. Er hatte keine Lust, mehr davon zu hören. Dennoch wollte er auch nicht, daß sie aufhörte, von sich zu erzählen, selbst wenn es weh tat. »Bin ich also«, fragte er, »nur jemand, mit dem du im Moment ›gehst‹?«

Sie sah ihn verblüfft an und antwortete ihm dann vorwurfsvoll: »Wie kannst du denn mich so was fragen!«

»Verzeih mir.«

»Wolltest du mich etwa kränken?«

Er blieb stehen und ergriff ihre Hände. »Nein, niemals könnte ich das. Ich ... Ich bin nur ein bißchen verwirrt. Eine Frau wie dich habe ich noch nie gekannt. Ich bin wohl ... eifersüchtig.«

»Auf das, was einmal war?« fragte sie ungläubig. »Wieso denn? Durch unseren ersten Kuß haben wir alles Vergangene ausgelöscht und uns alles verziehen. Oder etwa nicht?«

Er fand es großartig, wie entschlossen sie das gesagt hatte. »Doch«, pflichtete er ihr heftig bei. »Alles ist verziehen.«

Auf dem Weg zurück zum Hotel kamen sie an einem Zeitungsstand vorbei. Die Überschriften der Zeitungen lauteten: »HEYDRICH ERSCHOSSEN!«

»Ich bin ihm einmal begegnet«, sagte Armand. Anne sah ihn fragend an. »Auf einer großen Feier.«

Sie fragte nicht weiter danach. Er kaufte eine Zeitung, dann gingen sie auf ihr Hotelzimmer. Dort warf er die Zeitung ungelesen auf die Kommode. Auf dem breiten Messingbett liebten sie sich. Diesmal ließen sie sich mehr Zeit. Doch wenn Armand in Annes Gesicht blickte, das so selbstvergessen wirkte, feucht und glänzend vor Lust, war es um seine Beherrschung geschehen; dann ergoß er sich in sie, während sie ihren Höhepunkt erreichte. Beim Abendessen in einem Gartenrestaurant, das in einer Nebenstraße der palmengesäumten Promenade des Anglais lag, bat Armand Anne, ihm noch mehr aus ihrem Leben zu erzählen.

»Ich dachte, du wolltest damit in Ruhe gelassen werden«, erinnerte sie und pickte eine dicke Muschel aus ihrem Coquille St.-Jacques heraus.

»Das war dumm von mir, ich denke jetzt anders darüber. Ich bitte um Verzeihung.«

Die üppigen Blumen und Pflanzen um sie herum verströmten einen ganz leichten Duft, zart und doch romantisch. Das mußte er einmal zu kopieren versuchen. »Annes Haar« bezeichnete er den Duft und merkte ihn sich für später. Er beugte sich zu ihr.

»Kaufen, verkaufen, Jazz, Männer. Eines Morgens wachte ich auf, die Sonne schien ins Zimmer. Da habe ich mir gesagt: ›Du bist ganz schön dumm. Du vertrödelst doch bloß deine Zeit hier. Du willst doch gar nicht all diese Sachen haben, sondern frei sein. Warum denn noch ein Fläschchen von irgendwas kaufen, das angeblich wie der Frühling duftet. Fang dir doch selbst den Frühling.‹ Ich habe also meinen ganzen Plunder verkauft, ganz schön günstig, mit dem Geld bestimmte Leute bestochen und meine Freiheit errungen.«

Er sah ihr auf den Mund als sie sprach. In zwei Tagen mußte er zurück. Der Gedanke, dann nicht mehr ihre Stimme zu hören, nicht mehr in ihre lachenden grünen Augen zu schauen, war ihm unerträglich. »Komm doch mit mir. Wir könnten zusammen leben.«

»Und dadurch die Freiheit wieder verlieren? Zurückgehen in das besetzte Paris?«

»Alles wäre ganz anders. Du wärst mit mir zusammen, nicht mit den Zazous. Du würdest sehr gut leben. Bitte, Anne.« Er bettelte geradezu, seine Stimme verriet, wieviel ihm daran lag. »Ich liebe dich mehr als alles andere. Bitte sag, daß du mitkommst!«

»Selbst wenn ich das wollte, es geht nicht«, sagte sie leise. »Ich bin illegal hier. Ich habe keine Reisepapiere.«

»Die kann ich dir besorgen.«

Sie legte den Kopf leicht schief, akzeptierte jedoch ohne Nachfragen das, was er eben zu ihr gesagt hatte. Dann ergriff sie seine Hand. »Du weißt genau, daß ich dich liebe. Jedenfalls kommt es mir wie Liebe vor. Aber können wir denn wirklich ganz davon überzeugt sein? Wir sind jetzt eine Woche zusammen, die haben wir dem Leben gestohlen. Das ist nicht die Wirklichkeit. Sowie du wieder in Paris bist, wirst du zurückschauen, als wenn alles nur ein Traum gewesen wäre.«

»Aber du hast doch denselben Traum, Schatz! Wir leben gemeinsam in diesem Traum.«

»Stimmt, aber vielleicht wachen wir getrennt daraus auf.«

Er regte sich auf. »Du kannst doch das, was wir miteinander erlebt haben, nicht so einfach wegwerfen. Das wäre ungerecht! Geradezu ein Wahnsinn.«

»Es kann doch sein, daß du wieder einmal nach Grasse kommst.«

»Wer weiß das schon«, sagte er – sie absichtlich verletzend. »Möglich ist alles.« Ihm war, als sprang sie mit ihm wie mit einem ihrer früheren Freunde um, als spielte sie bloß mit ihm. Sie war eben noch nicht erwachsen, sondern ein eigenwilliges junges Ding.

Sie gingen zurück ins Hotel. Sie schliefen nicht miteinander. Tags darauf kehrten sie zurück nach Grasse. Von dort reiste Armand am folgenden Morgen nach Paris ab. Als er ihr einen Kuß auf den Hals gab, ließ ihn der Duft von Annes Haar, ihrer Haut, erschauern. Ganz gleich, wer sie war oder was sie vorhatte, eines wußte er genau: Er gehörte zu ihr. »Ich komme wieder.«

Sie küßte ihn stürmisch auf den Mund und schob ihn dann

jäh weg, so als habe sie kein Vertrauen in sich. »Aber laß mich nicht warten«, sagte sie und lief zum Lavendelfeld hinüber.

Drei Wochen später kam Anne gerade mit einem Tablett voller Bier und Würstchen aus der Küche, als er hereinkam. Sie stieß einen Schrei aus, stellte das Tablett auf den nächstbesten Tisch und warf sich ihm in die Arme. Noch während er sie hochhob, rief sie: »Ja! Ja! Ich will keine Minute mehr ohne dich leben!«

Anne Papiere zu besorgen dauerte jedoch bis zum Herbst. Und als sie schließlich in Paris eintraf, verschwand ihr Übermut, denn in der besetzten Stadt herrschte eine triste Atmosphäre. Auf Anne wirkte alles trostloser denn je. Die Nahrungsmittel wurden rationiert. Die Menschen waren entweder verzagt oder wütend. Paris war zu einer Stadt der Armen geworden, in der es Hunger, Gewalt und unaussprechliches Elend gab. Anne hatte Angst vor dem, was aus Armand und ihr hier werden sollte. Ihre gemeinsame Liebe würde entweder vom Krieg gefangengehalten oder sein Opfer werden. Doch sie wollte fest an die Liebe glauben und Hoffnung haben. Armand zu heiraten lehnte sie allerdings ab, obwohl er immer wieder versuchte, sie dazu zu überreden. »Jetzt ist nicht der richtige Zeitpunkt«, erklärte sie ihm.

»Hättest du mich denn geheiratet, wenn wir in Grasse geblieben wären?« fragte er nach.

Die Antwort fiel ihr nicht schwer. »Nein. Ich hätte einen Teil meiner Unabhängigkeit verloren.« Ihr Wahlspruch lautete: »Wenn nicht ich für mich bin, wer dann?« Dieses Sprichwort hatte sie einmal im Hause ihrer besten Jugendfreundin, Rachel Weiss, gehört. Anne hatte sie aus den Augen verloren, sie dachte aber noch oft zurück an die Abende, wenn Herr Weiss aus der Tora oder aus den Werken jüdischer Gelehrter vorlas. »Und indem ich für mich bin, wer bin ich also? Und wenn nicht jetzt, wann?« Kluge Worte. Als sie sie vernahm, faßte Anne den Entschluß, ihr Leben nach ihnen zu richten und frei zu bleiben, damit sie ganz sie selbst sein konnte. Wenn sie an die Familie Weiss dachte, sagte sie sich diese Worte auf: Wie ein Amulett sollten sie die Familie vor Gefahr schützen.

Als sie sich dann in Armand verliebte, mußte Anne erkennen, daß Freiheit gar nicht so leicht zu definieren ist. War sie mit ihm zusammen, hatte sie das Gefühl, mehr sie selbst zu sein, war er nicht da, fühlte sie sich allein. Die Freiheit, allein zu sein, das begriff sie nun, machte einen nicht unbedingt frei.

Aber sie nahm seinen Heiratsantrag dennoch nicht an. »Wir leben in einer sonderbaren Zeit«, sagte sie. »Man sollte nur dann heiraten, wenn man Kinder haben möchte, aber wer kann das im Augenblick wollen?«

Ihre Entscheidung stimmte ihn traurig. Er mußte sie aber wohl hinnehmen, wollte er Anne nicht verlieren. Er hätte lieber geheiratet, aber wenigstens wohnten sie unter einem Dach in seiner Wohnung an der Place Furstemberg mit Armands Hausdiener.

Georges sorgte für sie beide und wienerte Annes Schuhe ebenso blitzblank wie die von Armand, doch ein Leben im Luxus führten sie nicht. Armand hätte Anne gern etwas von der verschwenderischen Pracht geboten, die er auch im Krieg für so selbstverständlich erachtet hatte. Damals schrieb man über seine Wohnung mit der originellen Kombination von Modernem und Altem, Mobiliar verschiedener Stilrichtungen, wobei die einzelnen Stücke stets zueinander und zu dem betreffenden Zimmer paßten, in *L'Interieur*, einer Zeitschrift für Innenausstattung. Der Artikel war überschrieben: *»A Son Gout«* – nach seinem Geschmack –, den der Autor überschwenglich lobte und als zugleich elegant und originell bezeichnete.

Nun aber verkam die Wohnung zusehends. Sie erschien Armand geradezu bescheiden. Man müßte sie von Grund auf renovieren. Im Schlafzimmer blätterte die Farbe ab, im Wohnzimmer war Putz von der Decke gefallen. Die Parkettböden hatten schwarze Streifen, außerdem waren einige Fenster zerkratzt. *»Après la guerre«* wurde in Paris zu einer beliebten Phrase, das Schlagwort für die Rückkehr zur Ordnung. »Wir treffen uns dann im La Coupole siebzehn Minuten nach dem Krieg«, verabredeten sich die Leute, ironisch und doch auch voll Hoffnung.

»Après la guerre«, sagte Anne zu Armand, »werden wir heira-

ten.« »*Après la guerre* werden wir Steak essen, neue Vorhänge kaufen und ein Kind bekommen.« Bis dahin sollten sie zusammenleben und versuchen, unter den vom Krieg bestimmten Bedingungen an ihrer Liebe festzuhalten.

Armands Mutter kam zu Besuch, wollte aber nicht zum Essen bleiben. Sie behandelte Anne höflich, mehr nicht, und sagte leise zu Armand, als Anne nicht im Zimmer war. »Das Mädchen ist ausgesprochen hübsch, aber paß auf. Vermutlich gehört sie mehr zu dem Typ, der hinter jedem Mann her ist.«

Armand hörte sich das widerstrebend an. »Du mußt es wissen, Mutter, gleich und gleich ...«

Sie sagte, daß sein Vater erkrankt sei. »Du mußt ihn unbedingt besuchen.«

»Er hat mich enterbt«, erinnerte er sie schmerzvoll, »er wird mich nicht sehen wollen.«

Einige Tage darauf traf in der Wohnung ein Brief von seiner Mutter ein, in dem es hieß, Maurices Zustand sei inzwischen kritisch. Das Herz sei sehr schwach, und er könne nicht mehr aufstehen. »Wir gehen hin«, entschied Armand. »Vielleicht ist es die letzte Möglichkeit, daß du ihn kennenlernst.«

Anne zog ein schlichtes perlblaues Kostüm an und schlang das Haar im Nacken zu einem Knoten zusammen. »Sehe ich nicht aus wie eine Lehrerin?« neckte sie, als sie sich Armand zeigte.

»Wie eine, mit der alle Schüler etwas haben wollen«, sagte er. »Komm, gehen wir.«

Maurice konnte sich nicht mehr aufsetzen. Sein Gesicht war so fahl wie das Kopfkissen, und sein Haar war schütter geworden und von hellgrauen Strähnen durchzogen. »Da bist du ja«, sagte er, als sein Sohn ins Zimmer trat. »Und wer ist das?«

»Das ist Anne, Vater.«

»Sie sieht aus wie eine Deutsche«, stieß Maurice wütend hervor. »Schaff sie hier raus.«

»Ich gehe mit ihr«, meinte Armand mit warnendem Unterton.

»Dann geh! Laß mich in Frieden. Ich hab' endgültig genug von dir.«

Sie gingen, kamen aber noch am gleichen Abend zurück. Es

mußten Vorbereitungen getroffen werden. Madame Jolaunay war völlig aufgelöst – sie brauchte jetzt ihren Sohn an ihrer Seite – Maurice war tot.

In der zweiten Dezemberwoche stellte Anne fest, daß sie schwanger war. Armand war überglücklich. »Nun wirst du mich heiraten«, meinte er freudestrahlend.

Sie lagen im Bett, als sie ihm die Neuigkeit mitteilte. Er küßte ihre Augen, die Lider, den Haaransatz von der einen bis zur anderen Schläfe, und Anne versank in seiner Liebe – wußte, eine Abtreibung war ausgeschlossen. Sein Kind, ein von ihnen beiden gezeugtes Kind, durfte nicht einfach abgesaugt und getötet werden. Wenn der Preis für persönliche Freiheit das Leben des Kindes war, dann gab es für sie keine Wahl.

In der folgenden Woche, kurz vor Weihnachten, heirateten sie. Es war eine stille standesamtliche Trauung, bei der nur ein paar Freunde anwesend waren. Hinterher aßen sie zu Mittag im Lapérousse. Anne sah so hinreißend aus in dem cremefarbenen Seidenkostüm und mit dem kleinen Hut mit Schleier, daß die Kellner die Bestellungen durcheinanderbrachten, und Armand mußte Anne immer wieder anschauen. Sie ist die schönste Frau, die je geboren wurde, sagte er nicht nur einmal, und ich bin der glücklichste Mann auf Erden.

»Lang lebe Armand!« brachten ihre Freunde als Trinkspruch aus: »Lang lebe Anne!«

Nicht zu vergessen das Baby, dachte sie und lächelte. Sie war eine glückliche Braut. Und während sie ihren frischgebackenen Ehemann ansah, kam es ihr vor, als hätten sie den Krieg durch ihre Liebe überlistet, und die dauerte bestimmt ewig.

In der zweiten Januarwoche, drei Wochen nach der Hochzeit, starb ihr Baby. Anne wehrte sich gegen die peitschenden Krämpfe, sie wollte das Kind nicht verlieren. Doch als die Blutungen anfingen, gab sie den Kampf auf. Verzweifelt bat sie Armand, sie ins Krankenhaus zu bringen.

Der Arzt konnte keinen besonderen Grund für die Fehlgeburt

erkennen. »So etwas ist in den letzten Jahren häufig geschehen«, sagte er zu Armand. »Es ist fast eine kleine Seuche und vermutlich auf die belastenden Kriegsumstände zurückzuführen.« Er versicherte ihnen, daß er bei Anne keine Anomalie festgestellt hätte und nichts dagegen spräche, daß sie gesunde Kinder zur Welt bringen konnte.

Armand aber hatte Angst. Obwohl Anne rasch ihre Schönheit und Gesundheit wiedererlangte, hatte sie immer noch etwas Trauriges an sich. »Unsinn«, sagte sie zu ihm, um seinen Kummer zu vertreiben. »Es war ja noch kein richtiger Mensch. Wir sollten aufhören zu trauern.« Aber er wußte genau, wie sehr ihr der Verlust zu Herzen ging. Ihm auch, aber es war weniger der Verlust des Kindes, als der von Annes ansteckender Lebensfreude. Seit dem Herbst 1942, als sie mit ihm nach Paris gefahren und zu ihm gezogen war, wurde sie immer bedrückter, immer seltener wirkte sie erstaunt oder freudestrahlend. Mit der Schwangerschaft war ihre alte Lebensfreude zurückgekehrt, und nun war auch die wieder vergangen. Im Frühjahr, und auch im Sommer, ging es ihr immer noch nicht besser. Armand gab sich die Schuld. Er hatte die Rose gepflückt, weil er es nicht verkraftet hätte, sie zu verlassen, und jetzt welkte sie dahin.

Anne spürte, daß er sich ihretwegen Sorgen machte. Sie wollte ihn daher unbedingt aufheitern. Sie veranstaltete kleine Gesellschaften zu Hause, sorgte dafür, daß sie einmal in der Woche ins Theater oder die Oper gingen und brachte Georges dazu, daß er sich einen Tag in der Woche freinahm. Dann hatten sie die Wohnung für sich allein, blieben lange liegen und aßen im Bett zu Mittag.

Ende März 1944 war sie sicher, zum zweiten Male schwanger zu sein. Sie behielt das Geheimnis für sich, bis die ersten gefährdeten Monate vorüber waren. Anfang Juni dann hatte sie das Gefühl, es könne nichts mehr passieren, und eröffnete Armand, daß sie im Oktober ein Kind zur Welt bringen würde.

Armand freute sich, war aber sehr fürsorglich. »Ich gäbe viel darum, wenn ich zu Hause bleiben und auf dich aufpassen könnte«, gestand er.

»Ach was, ich käme mir wie eine alte Frau vor, bei deinem Getue. Und was würde aus deiner Firma werden? Andere bekommen andauernd Kinder, ohne deswegen gleich das Geschäft zu schließen.«

»Ich könnte Mercier die Leitung der Fabrik übertragen und jemanden für den Salon einstellen ...«

»Auf Mercier ist kein Verlaß«, urteilte sie über seinen Vorarbeiter, »und wenn dich deine Kundinnen nicht im Laden anträfen, würden sie nie mehr wiederkommen. Die kaufen nämlich nur wegen deiner schönen Augen bei dir ein, Schätzchen, nicht wegen deiner herrlichen Düfte. Doch nun genug geplaudert. Du mußt in die Fabrik, du bist schon spät dran.«

Er trank einen Schluck von dem kalt gewordenen Kaffee, stellte die Tasse zurück aufs Frühstückstablett und wollte immer noch nicht gehen. »Wir werden ihn Claude nennen.«

»Wen?«

»Ihn.« Armand strich ihr über den noch flachen Bauch. »Wir nennen ihn nach meinem Vorfahr.«

»Und wenn es ein Mädchen wird?«

»Ausgeschlossen.« Nach einer Pause sagte er: »Claudine?«

Sie schnitt eine Grimasse. »Zur Arbeit mit dir. Du hast schreckliche Ideen.«

Dann ging er doch. Er fuhr mit der Metro, wie immer, so kam er am schnellsten durch die Stadt. Die Metro hatte den ganzen Krieg über hervorragend funktioniert.

In der Fabrik war die Krise auf dem Höhepunkt, wie erwartet. Nicht zuletzt deshalb, weil trotz der Vorsorge und der bevorzugten Behandlung, die die Parfüms von Jolaunay genossen, die Rohstoffe ständig auszugehen drohten. Heute betraf es das Bergamotte-Öl. Das heißersehnte Faß war nicht eingetroffen. »Und wir haben bereits den 6. Juni«, rief Mercier aufgebracht. »Der versprochene Liefertermin ist schon zwei Wochen überschritten.«

»Warten Sie mal, da läßt sich bestimmt eine Lösung finden«, beruhigte ihn Armand und ging in sein Büro. Das aus der Bergamotte-Pflanze gewonnene Öl war für die fruchtige Note in *Grâce* verantwortlich, das war ein Duft, den Armand im vorletzten Sommer entwickelt hatte, als er auf Annes Eintreffen in Paris wartete. Der Name war ein bewußtes Wortspiel, eine Bitte an die Regierung und zugleich eine Erinnerung an Grasse. Er hatte sich bemüht, den Duft des kleinen Gartens, in dem sie zu Abend gegessen hatten, wiederzugeben, hatte aber nichts auch nur Annäherndes kreieren können. *Grâce* war lediglich eine vage Erinnerung. Trotzdem hatten ihm verteilte Proben begeisterte Zustimmung und sofortige Bestellungen eingebracht.

Wenn die Bergamotte-Lieferung nicht käme – womit könnte er das Öl ersetzen? Er betrachtete seine Hände, als könnten die eine Antwort darauf geben.

Aus der Fabrik kam lautes Geschrei. Armand stand auf, er wollte den Grund dafür wissen. In der Tür zu seinem Büro stieß er mit Mercier zusammen. Im ersten Augenblick dachte er, der Lärm beträfe das Bergamotte-Öl, man feiere das Eintreffen der Ladung.

»Die Alliierten sind gelandet. Sie stehen in der Normandie!«

Armand starrte Mercier bloß an. Die Arbeiter kamen zusammen, schüttelten sich die Hände, sie wiederholten die Nachricht lauthals, lachten und beglückwünschten sich. Auf einmal wurde es still. Einer der Männer fing an zu singen: *»Allons, enfants de la patrie.«* Sogleich stimmten alle Arbeiter in die Marseillaise ein.

»Nehmt euch den Tag frei«, rief Armand, als sie mit der Hymne fertig waren. »Feiert mit euren Frauen.«

So schnell es ging, verließ er die Fabrik.

Schon seit mehreren Monaten trafen Drohbriefe in seiner Wohnung ein. »Du Kollaborateur, deine Tage sind gezählt!« lautete eine Warnung. In einem anderen Brief hieß es, sein Name wäre der Widerstandsbewegung bekannt, »die weiß, was für Maßnahmen bei einem Verräter angemessen sind«. In anderen wiederum beschimpfte man ihn, oder man brachte die Hoffnung zum Ausdruck, er würde umkommen.

Er verbrannte sie alle, doch ein paarmal gelang es Anne, einen Blick auf den Inhalt zu werfen; sie glaubte jedoch an die Unschuld ihres Mannes, wenngleich sie wußte, die Deutschen zählten zu seinen Kunden. Sie stimmte mit ihm allerdings darin überein, daß man den Betrieb nicht schließen dürfe und auch weiterhin so vielen Angestellten wie möglich den Lohn auszahlen müsse. Sie sprach ihm Mut zu, sich wieder der Arbeit zu widmen, die er so hervorragend beherrschte.

Obschon sie immer wieder darüber sprachen, ob man nicht wegen des Babys Paris verlassen solle, kamen sie doch am Ende überein, daß es unmöglich sei, zu fliehen.

»Die Briefe stammen von Spinnern«, sagte Armand dann leichthin, um sie zu beruhigen.

»Von *gefährlichen* Spinnern.« Dann aber lachte sie: »Wir werden ihnen aber nicht die Genugtuung verschaffen, daß wir Reißaus nehmen. Außerdem bin ich noch nicht mit dem Deckchen fertig.« Sie häkelte eine weiße Spitzendecke für das Baby; da sie noch nie gehäkelt hatte, könnte es also noch sehr lange dauern.

Als er am 6. Juni zur Tür hereinkam, warf sich Anne ihm sogleich in die Arme. »Es ist so weit, Armand. Ich finde, wir sollten von hier verschwinden.«

Er ging ihr voran ins Wohnzimmer. Er schenkte ihnen beiden einen großen Cognac ein. »Wenn wir jetzt die Stadt verlassen«, meinte er und dachte dabei nach, »wird es so aussehen, als wollte ich vor den Alliierten fliehen. Wer mich nicht gut kennt, wäre dann überzeugt, ich hätte etwas zu verbergen.«

»Après la guerre«, sagte sie und trank einen kleinen Schluck, »werden natürlich alle genau wissen, was richtig und was falsch war. Jeder wird behaupten, von Anfang an richtig gehandelt zu haben.« Sie sah ihn scharf an. »Und was ›richtig‹ bedeutet, wird davon abhängen, wer schließlich als der Sieger aus diesem Misthaufen herauskrabbelt.«

»Ach, Anne, Schatz! Ich habe dich in all das hineingezogen.«

»Das hast du in der Tat, und ich finde das überhaupt nicht schlimm.«

»Und was meinst du, Liebling, sollen wir von hier verschwinden?«

Statt zu antworten, hielt sie ihm das Deckchen hin. Man hätte noch nicht einmal eine Puppe damit zudecken können.

Anfang August war sie fast fertig damit. Weitere Drohungen waren mit der Post gekommen, doch Anne verbrannte jeden Brief, der ihr verdächtig erschien, ungelesen, ehe Armand kam. Gewalt regierte die Stadt.

Armand aber ging weiter in den Laden und in die Fabrik – bis zu den allgemeinen Sommerferien. Anschließend blieb er zu Hause bei Anne, bis auf die Zeit, die er im Labor verbrachte. Sie gaben keine Gesellschaften mehr, gingen abends nicht mehr aus. Anne war oft müde, ihre Knöchel und die Knie schwollen an. Das Essen widerte sie an, von jedem Getränk, das stärker als Wein war, wurde ihr schlecht. »Ich hab' gar nicht gewußt, daß Kinderkriegen so viel Ärger bedeutet«, beklagte sie sich zaghaft. »Das ist ja fast schlimmer als Grippe. Und dann noch diese Hitze! Von mir aus könnte jemand den Sommer beenden.«

Was zwei Tage darauf auch fast geschah. Französische und amerikanische Truppen kamen nach Paris und befreiten die Stadt. Die Pariser Bevölkerung tanzte auf den Straßen, alles küßte sich, und es wurde die größte Party unter freiem Himmel gefeiert, die die Welt bis dahin kannte. Die Marseillaise erscholl aus jeder Straße und von jedem Hausdach. In der Innenstadt machten sich die Leute Luft: *»Vive la France!* Tod den Verrätern. *A bas les Boches! France est libérée;* Frankreich ist frei.«

Anne und Armand saßen zu Hause vor dem Radio. Beiden fiel es schwer auszudrücken, was sie empfanden. Ihre Gefühle schwankten zwischen Freude und Furcht.

Sie gingen zeitig zu Bett, aber an Einschlafen war nicht zu denken. »Unser Baby wird als Bürger des freien Frankreichs geboren«, sagte Anne leise. Im Dunkel konnte Armand sie kaum verstehen, hörte aber doch, daß das endlich einmal wieder glücklich klang, wofür er dankbar war.

Gegen Morgen schlief er ein. Als er wieder aufwachte, war Anne nicht mehr da.

Wegen der geschwollenen Beine mußte Anne langsam gehen. Die Stille und die kühle Luft an diesem karmesinroten Morgen taten ihr gut. Immer wenn sie kurz vorm Einschlummern gewesen war, schreckte sie aus angsterfülltem Halbschlaf wieder hoch. Sie hatte Alpträume – überall Blut – ein Embryo mit zwei Köpfen, aus einem Auge blutend – ein mit abgetrennten Gliedmaßen übersätes Feld. Jedesmal war sie mit heftigem Herzklopfen und schweißgebadet aufgewacht. Als sie die Morgendämmerung schließlich durch die Gardinen heraufziehen sah, stand sie erleichtert auf.

Zum ersten Mal seit Monaten verspürte sie wieder Appetit und entschloß sich, vom Bäcker frische Croissants zu besorgen. Damit wollte sie zurück sein, ehe Armand aufgewacht war, und sie freute sich darauf, eine Überraschung für ihn zu haben. Für Anne war es ein seltenes Vergnügen, durch die friedlichen Straßen zu gehen ... Sie konnte sich kaum noch daran erinnern, wann sie das letzte Mal allein in der Stadt gewesen war. Die Jahre als Zazou waren längst vorüber, sie gehörten zu einer anderen Person in einer anderen Zeit. Nun schlenderte sie langsam dahin, sah die grauen Gebäude, die sich vor einem lachsfarbenen Himmel abzeichneten und vor dem sich der Turm von Saint-German-des-Prés wie ein imposantes Periskop über die Hausdächer erhob. Die Straßen waren fast leer, nur ein paar Männer kamen ihr, die Zeitung unterm Arm, die Zigarette im Mundwinkel, entgegen. Langsam wandelte sich das Grau des Himmels zu einem Pfirsichton, und Anne hatte das Gefühl, als gehöre ihr allein die Stadt.

Sieben Wochen noch bis zur Geburt. Sie versuchte sich vorzustellen, wie das Ungeborene jetzt aussah. Das einzige Bild, das in ihr hochstieg, war das eines winzigen alten Mannes, eines schrumpeligen Menschleins. Würde ihr Kind gesund sein? Oder vielleicht blind, verkrüppelt, oder würde es geistig behindert zur Welt kommen? Im letzten Monat hatten solche Gedanken sie immer wieder heimgesucht. Bitte, flehte sie zum Kirchturm, laß nichts davon zu!

Sie ertappte sich bei diesem dummen Stoßgebet und ermahnte sich im stillen. »Hör auf damit. Du benimmst dich ja zu albern. Du bist ja immer noch ein Dummchen.« Auf einmal blieb sie stehen, da sie eine jähe Bewegung in sich spürte. Sie legte die Hände über den Bauch und ein deutliches Bild von dem, was sie in sich trug, stieg vor ihr auf: ein pausbäckiges Baby, in Licht gebadet, ein Kind aus einem Renaissancegemälde, das Jesuskind, das von Blattgold umrahmt ist.

Aus dem Bäckergeschäft in der Rue Jacob wehten Wohlgerüche, und sie ging hinüber. Drinnen konnte sie der Versuchung nicht widerstehen und kaufte, nachdem sie sich die Croissants ausgesucht hatte, auch noch Brioches und ein langes, honigbraunes Baguette; es war noch warm. Sie stellte sich Armand vor, wenn sie ihm das Brot brachte, und wie er das Gesicht heben würde, um daran zu riechen.

Sie klemmte das Baguette unter den Arm und ging freundlich lächelnd aus dem Laden. »Alles Gute für Sie und das Baby, Madame Jolaunay!« rief ihr der Bäcker nach. Die Frauen im Laden drehten sich um und starrten sie an. Sie war kaum ein paar Schritte gegangen, als dieselben Frauen hinter ihr hergelaufen kamen. Rasch umringten sie sie. Ihre Stimmen kreischten vor Wut. Eine stämmige Frau mit einem Hauch von Schnurrbart schnappte nach der Tüte und schleuderte sie zu Boden. Sie ergriff Anne bei den Armen und drehte sie ihr auf den Rücken. Eine zweite, drahtige und bedrohlich wirkende Frau griff Anne ins Haar und riß ihr den Kopf mit einem Ruck nach hinten.

»Du Miststück bist mit dem Verräter verheiratet«, schrie sie und spuckte Anne ins Gesicht. »Armand Jolaunays Flittchen!«

Die anderen fingen ebenfalls an sie zu beschimpfen.

»Faschisten-Liebchen«, rief eine Kreischstimme.

»Hure eines Kollaborateurs«, hörte man eine zweite.

»Du Schwein, du Sau!« schrien die Frauen, und die neben ihr fing an sie zu treten.

»Mein Kind! Wagt es nicht, mein Kind anzurühren.« Mit einem kräftigen Ruck konnte sich Anne für einen Augenblick losreißen. Dann aber überwältigte man sie erneut. Drei Frauen packten Anne, hielten sie fest – es tat so weh – und zogen ihr heftig an den Haaren, bis sie glaubte, sie wollten ihr den Hals brechen. Ungeheure Mordlust stand in allen Gesichtern. Die bringen mich um, dachte Anne. Ihre von entsetzlicher Angst verzerrte Stimme kam ihr fremd vor. »Laßt mich los, mein Kind!«

»Kind einer Hure und eines Verräters!« zischte die Anführerin der Gruppe und zog Annes Kopf noch weiter nach hinten.

Annes Handgelenke und Arme brannten in dem schraubstockartigen Griff der hünenhaften Frau. Ihre Beine fühlten sich weich an, so als würde sie im nächsten Augenblick nicht mehr stehen können. Als Anne zur Seite schaute, sah sie, daß sich die Drahtige langsam näherte, ihr Gesicht war zornrot. In der Hand hielt sie etwas Glitzerndes. Damit holte sie aus. Anne erkannte die scharfe, schmale Klinge des Rasiermessers. Die Frau hatte ein irres Grinsen auf dem Gesicht, sie schob sich heran, bis sie Anne fast berührte. Sie hob den Arm und hielt das Messer über Annes Hals.

Schreiend schloß Anne die Augen.

1944

Georges erblickte sie vom Küchenfenster aus. Die Hände vor den Bauch gepreßt, kam sie taumelnd aufs Haus zu. Ihr Kopf war kahlgeschoren und die Kopfhaut da und dort blutig.

Er lief nach unten. Als er aber auf Anne zuging, wich sie zurück. »Bitte, Madame«, flehte er drängend und schaute sich nervös nach dem um, der sie so zugerichtet hatte. »Ich bin's, Georges, lassen Sie mich Ihnen helfen.«

»Sie sind's«, wiederholte sie matt und ließ sich von ihm stützen. Mit ihrem ganzen Gewicht sank sie in seine Arme. Nachdem sie so ein paar mühselige Schritte gegangen waren, blieb er stehen. Anne flüsterte: »Sagen Sie ihm nichts, Monsieur darf nichts davon erfahren.« Aber Armand kam schon herbeigelaufen. »Liebling, Liebling«, schluchzte er. »Mein Engel. Anne«, er schloß sie in die Arme. »Was ist dir geschehen?«

»Sie mögen keine Blondinen.«

Er trug sie ins Haus, die Treppe hoch und brachte sie zu Bett. Unterdessen machte George einen starken Tee mit einem Schuß Cognac. Mit müder Stimme, die jedesmal stockte, wenn Anne sich an die entsetzliche Szene und die grauenvollen Details erinnerte, berichtete sie, was ihr zugestoßen war. Armand saß auf dem Bett und hörte voller Wut und Angst zu. Er streichelte ihr das Gesicht, wagte es aber nicht, den entstellten, nackten Schädel anzufassen. Er sah die Schnitte, dort, wo das Messer die Kopfhaut verletzt hatte, aber die Wunden waren nicht tief.

»Ich hole einen Arzt.«

»Nein.« Sie ergriff seinen Arm. »Das ist zu gefährlich. Mir geht's ja ganz gut. Die Frauen haben mich ja nur kahlrasiert – und ein bißchen erschreckt ...«

Ein bißchen – er mußte lächeln. Das war so typisch Anne. Aber diese Attacke machte ihm angst. Er begriff nicht, warum die Frauen so grausam und so gewalttätig gewesen waren.

»Wir müssen Paris verlassen«, sagte er mit Nachdruck. Den Krieg hatten sie zwar überstanden, doch die Chancen, die Befreiung zu überleben, waren gering.

»Du hast recht«, stimmte sie ihm verzagt zu. »Aber laß mich noch ein bißchen ausruhen. Ich bin jetzt sehr müde. Und das Baby ...«

»Ja, wie geht's dem Baby?«

»Es hatte zuviel Aufregung und muß sich erst mal ausruhen.« Sie schlief beim Sprechen ein, er blieb bei ihr und beobachtete sie: Die unregelmäßigen Atemzüge schüttelten ihren Körper, die Mundwinkel zuckten, die Augen bewegten sich unruhig unter den zarten Lidern. Ab und zu schlug sie die Augen auf, blickte ihn verzweifelt, gequält an; dann, während sie ihn anschaute, verengten sich langsam ihre Pupillen.

Aufseufzend schlief sie wieder ein. Armand blieb weiter bei ihr sitzen. Er hatte vorgehabt, sie zu beschützen, und mußte erkennen, daß er versagt hatte.

Als ihr Atem ruhiger wurde, stand er leise auf. Er ging in sein Arbeitszimmer und fing an, für die Flucht zu packen. Als erstes die schwarze in Leder gebundene »Bibel«; das Buch mit seinen Rezepturen und Notizen; dann das Bargeld und den Schmuck aus dem Safe, in dem sich auch verschiedene Unterlagen befanden – alles ohne besonderen Wert. Ihre Pässe waren zum Reisen völlig unbrauchbar, die Vollmachten, die ihm bestimmte Vorteile eingebracht hatten, verbrannte er lieber. Da Pétain und seine

Regierung in Belfort inhaftiert waren, war jedes Anzeichen verdächtig, das darauf deutete, mit den ehemaligen Besatzern »zusammengearbeitet« zu haben. Daß ihn die Franzosen oder Amerikaner besser behandeln würden, damit rechnete er durchaus nicht.

Georges war hereingekommen. Er blieb stumm stehen, als Armand ein Streichholz an die Unterlagen hielt. Nachdem alles verbrannt war, blieb nur noch ein Häufchen Asche übrig, und Georges sagte: »Ich bitte um meine Kündigung, Monsieur.«

»Das ist klug von Ihnen«, entgegnete Armand. Er stocherte in der Asche herum. »Es war mutig von Ihnen, überhaupt so lange bei mir zu bleiben.« Er ging hinüber zu seinem Schreibpult und zog eine kleine Schublade auf. »Ich danke Ihnen, daß sie uns die Treue gehalten haben.« Er ging zu Georges und legte ihm die Hand auf die Schulter. »Ich nehme Ihre Kündigung an.« Er überreichte ihm ein Bündel Geldscheine. »Dies ist eine Abfindung für Sie. Ich möchte Sie aber bitten, noch nicht sogleich zu gehen. Wir werden schon bald abreisen. Ich muß mich noch um bestimmte geschäftliche Angelegenheiten kümmern, und Madame darf während meiner Abwesenheit nicht allein bleiben.«

»Selbstverständlich.« Georges verbeugte sich. »Ich verstehe das. Sagen Sie mir Bescheid, wann ich gehen soll.« Er verließ den Raum. Armand dachte daran, daß sie nun seit sechs Jahren in einem Haus lebten und sich nach dem morgigen Tag wohl nicht mehr wiedersehen würden. Wie schnell alles auseinanderfällt!

Er rief Mercier an und teilte ihm mit, daß er sich umgehend mit ihm in einer geschäftlichen Angelegenheit in der Fabrik treffen wolle. Dann sah er nach Anne, die immer noch schlief. Wie schön sie ist. Selbst nach der brutalen Kopfrasur war sie noch schön. Er gab ihr einen Kuß und wandte sich zum Gehen, als er hörte, daß Anne ihn rief: »Komm bitte, komm zu mir, Armand.«

Sie umfaßte sein Gesicht, sah ihn lange an, dann zog sie ihn zu sich und küßte ihn auf den Mund. Er atmete den Geruch ihrer Haut ein mit dem leichten Duft nach *Grâce*, was ihn erregte. Dann löste er sich jäh.

»Noch nicht?« neckte sie ihn.

»Sehr bald«, versprach er. Es verblüffte ihn, daß sie beide – selbst bei dieser gefahrvollen Zukunft – nach einander Verlangen hatten.

»Komm bald wieder«, bat sie ihn, dabei hatte er ihr doch gar nicht gesagt, daß er weg wollte. »Ich warte auf dich.«

Armand gab ihr noch einen Kuß und verließ das Haus. Annes Duft, vermischt mit *Grâce*, haftete noch an ihm. Beim Einstieg in die Metro spürte er immer noch, wie sehr er sie begehrte. Doch Grâce, die Gnade, war vorüber. Nach der Bergamotte-Krise vor zwei Monaten, am Tag, als die Alliierten in der Normandie landeten, hatte die Fabrik die Produktion eingestellt; danach waren die Ereignisse eingetreten, die ihn und Anne aus dem geliebten Paris vertrieben.

Als die Fabrik in Sicht kam, merkte Armand schon, daß irgend etwas nicht stimmte. Vor dem Eingang standen Leute, obwohl die Fabrik doch offiziell geschlossen war.

Als Armand näher kam, entdeckte ihn einer der Männer. Er stieß einen Schrei aus. Andere stimmten ein und schleuderten ihm Schmährufe ins Gesicht. »Da kommt ja der Kollaborateur!« brüllte ein Mann.

»Da ist ja der Drecksack«, rief ein anderer.

»Einer, der jede Menge deutscher Ärsche geküßt hat!«

»Genau, um uns dann zu bescheißen!«

»Schluß damit!« brüllte Armand. Er blickte über das Gesichtermeer, er kannte die Männer alle, die meisten mit Namen. »Hört mir zu! Ihr müßt mich anhören!«

Der Mann neben ihm stieß seinen Nebenmann an. »Ist er nicht ein richtiger kleiner Hitler?« fragte er mit gespielter Bewunderung.

»Paßt mal auf! Den ganzen Krieg hindurch bin ich euer Arbeitgeber gewesen. Jeder von euch hat einen anständigen Lohn mit nach Hause genommen, während Zehntausende ohne Arbeit waren.« Ein paar Männer pfiffen und murrten zwar noch, aber die meisten hörten ihm zu. »Ich habe nie mit den Deutschen kollaboriert. Wir alle haben Parfüms hergestellt und Eau de Colognes und das an alle verkauft, die es haben wollten ...«

Mercier trat, die Ärmel bis über die Ellenbogen hochgekrempelt, vor die Arbeiter. »Es ist zu spät, Jolaunay. Wir werden uns ihr Gerede nicht länger mitanhören. Wir wissen: Sie sind ein Verräter.«

»Sie sind es auch!« rief er. »Mercier, Sie haben all die Jahre mit mir zusammengearbeitet. Sie waren ...«

»Versuchen Sie ja nicht, sich reinzuwaschen. Ein billiger Faschistentrick. Ich bin Veteran und hätte auch in diesem Krieg gekämpft, wenn nicht mein kaputtes Knie gewesen wäre. Aber Sie. Nein! Sie haben natürlich nicht für Frankreich gekämpft. Erst Feigling, dann Verräter.«

Armand hätte ihm am liebsten ins Gesicht geschlagen. Dieses breite, fleischige Gesicht, in dem so oft unverhohlen die Gier stand, als er ihm Rindfleisch, Speck, frische Eier und Weintrauben aus dem Süden mitbrachte. Mercier engagierte sich von allen am stärksten. Es gibt auch einen Grund dafür: Weil Mercier die Fabrik leitete, wendete er die Wut von sich ab, auf Armand.

Er versuchte noch einmal, mit den Arbeitern ins Gespräch zu kommen. »Jede Woche habt ihr euer Geld bekommen. Auch waren die Sozialleistungen hier besser als anderswo.«

Mercier fiel ihm erneut ins Wort. »Wenn wir gewußt hätten, daß das Geld von den Boches kommt, hätten wir es niemals angenommen. Sie, Monsieur Jolaunay, haben uns etwas vorgemacht. Wir hätten viel früher Verdacht schöpfen sollen, als Sie unsere jüdischen Freunde rausgeschmissen haben.«

»Aber das tat ich doch zu deren, ... es geschah ...«

»Schweigen Sie! Genug der Lügen und der Verstellung! Wir haben Ihre Parfüms produziert, und Sie haben damit den Gestank der Deutschen zugedeckt. Sie haben uns zu Handlangern der Deutschen gemacht und unseren Feinden die Früchte unserer Arbeit geschenkt. Schluß damit! Jetzt gehört uns die Fabrik! Alles ist unser Besitz!« Mercier ließ die johlende Menge in das Gebäude.

Wie plündernde Soldaten stürmten die Männer das Haus. Sie

kippten die Fässer mit den ätherischen Ölen um, warfen die Flaschen auf den Boden, rächten sich an den verhaßten Geräten, zerschmetterten die Riechorgel, brachen Stühle entzwei.

»Nein!« schrie Armand, der erst einen Mann, dann einen anderen zurückzuhalten versuchte. Aber sie schoben ihn beiseite und setzten ihr Zerstörungswerk fort.

Die Öle und alkoholischen Duftlösungen, so kostbar wie Gold, flossen auf die Straße. Aus umliegenden Häusern kamen Menschen gelaufen, um sich die Zerstörung mit anzusehen. Der Gestank war so entsetzlich, daß die Leute keuchten, husteten und sich Taschentücher oder Stofflappen vor die Nasen hielten. Ihre Augen röteten sich von den Dämpfen. Von drinnen hörte man ein Jubelgeschrei, und dann rannten alle aus dem Gebäude. Kurz darauf erschütterte eine Explosion die Fabrik.

Armand brachte sich mit den anderen in Sicherheit. Er stand da und sah, wie das Feuer die Mauern verschlang. Helle Flammen züngelten empor, dann drang dichter Qualm hervor, er erfüllte die Luft mit einem widerlichen Fäulnisgeruch. Wie gebannt blieb Armand stehen. Schließlich bemerkte er die Männer ringsum, die mit Freude zusahen, wie das Gebäude, in dem sie jahrelang gearbeitet hatten, den Flammen zum Opfer fiel. Der Widerschein der Flammen beleuchtete die haßerfüllten und grausamen Gesichter. Plötzlich sah Armand vor sich, wie der Pöbel Anne attackierte. Heimlich schlich er sich aus der Menge. Schnell wie ein Fuchs auf der Flucht vor seinen Jägern rannte er davon.

Als er zu Hause ankam, war Anne fertig angezogen. Sie hatte sich ein Kopftuch umgebunden; sie war sehr blaß. Er hatte Angst um sie, doch ihnen blieb keine andere Wahl. »Rasch«, sagte er und ergriff ihren Arm. »Wir dürfen keine Zeit verlieren.«

Sie nahm die große Handtasche, die vollgestopft war mit Medikamenten, Toilettenartikeln, Unterwäsche. Armand ging voran, in jeder Hand einen Koffer. Unten an der Treppe angekommen, faßte Anne ihn am Arm. »Warte, ich bin gleich wieder da.« Ehe er etwas einwenden konnte, ging sie wieder nach oben; das strengte sie sicherlich sehr an. Als sie wieder zurück war, lag über ihrem Arm, gefaltet wie eine Serviette bei einem Oberkellner, die kleine Spitzendecke.

»Nun komm«, sagte er liebevoll, aber auch ungeduldig. Sie mußten endlich von hier fort.

Wegen der schmerzhaft geschwollenen Knöchel kam Anne nur langsam voran, das Ungeborene war schon sehr schwer. Allmählich bekam er doch Angst. Überall standen Soldaten. Gelegentlich zog er Anne in einen Hauseingang, um einem Trupp Soldaten auszuweichen, ansonsten ließen sie sich aber nicht einschüchtern. Sie durchquerten die Stadt auf Nebenstraßen und -gassen. Das war ein weiter Umweg. Ihm war klar, daß sie auf keinen Fall im Süden die Stadt verlassen dürften, wo amerikanische Truppen deutschen Linien gegenüberstanden.

Es war Nacht, als sie schließlich die Pariser Stadtgrenze erreichten und sie überschritten.

Sie gingen zu Fuß weiter. Während der nächsten drei Stunden wechselten sie kein Wort miteinander. Sie benötigten all ihre Kraft zum Marschieren. Armand taten die Arme weh vom Koffertragen. Ihm war schmerzlich bewußt, welche Strapazen Anne durchlitt. Er hörte sie schwer atmen, wobei sie im Dunkel versuchte, mit ihm Schritt zu halten. Wenn er doch nur etwas tun könnte, um ihr zu helfen! »Nicht aufgeben, Liebling.« Mehr fiel ihm nicht ein, um sie zu trösten, und er spürte noch beim Sprechen, wie absurd sich das anhörte. Sie hat so viel Mut gezeigt, mehr, als ich je hätte aufbringen können, dachte er. Anne nickte bloß als Antwort und biß die Zähne zusammen.

Mitternacht war vorüber. Immer noch gingen sie ungestört. Außerhalb von Paris waren ihnen zwar ein paar halbverhungerte Hunde begegnet, doch keine Menschen. Anne rief ihn leise an. Er blieb stehen und tat einige Schritte auf sie zu. Keuchend legte sie den Kopf an seine Schulter. »Ich kann nicht mehr.«

Armand nahm ihre Handtasche und klemmte den einen Koffer unter die Achsel. Mit der freien Hand umfaßte er sie und führte sie von der Straße herunter. Auf der ersten freien Stelle ließ sie sich zu Boden fallen.

Auch Armand war mit seinen Kräften am Ende und fiel wie

Anne sofort in tiefen Schlaf. Beide schliefen durch bis zum Morgen. Als sie wieder aufwachten, sahen sie ein kleines Gehölz mit jungen Bäumen und Sträuchern. Ein herrlicher Anblick. Sie lächelten einander an. Armand zeigte auf einen Apfelbaum. »Soll ich uns Frühstück besorgen?«

»O ja, gern.«

An einem tiefhängenden Zweig entdeckte er eine einzelne, schon reife Frucht. Die pflückte er und brachte sie Anne. »Ein gutes Zeichen«, sagte er, beugte sich vor und gab ihr einen Kuß auf den Hals.

»Vielleicht sind wir ja im Garten Eden aufgewacht«, meinte sie lächelnd und biß in den grünlichen Apfel. Sie verzog das Gesicht. »Verdammt sauer, er stammt sicherlich vom Baum der Erkenntnis.«

Er setzte sich neben sie, legte die Hand auf ihren Bauch, ihren rasierten Kopf an seiner Wange. »Aber von dem sollst du nicht essen«, zitierte er aus seiner Schulzeit.

»Es sei denn, man hat Hunger.« Sie gab ihm den Apfel. Als sie sich neuen Mut zugesprochen hatten, machten sie sich wieder auf den Weg.

Während der nächsten zwei Tage kamen sie, obgleich sie immer häufiger Pausen einlegten, gut voran. Wenn sie durch eine Stadt oder ein Dorf kamen, kauften sie ein. Anne trank die Milch im Laden, damit sie die Glasflaschen nicht tragen mußten. Sie nahmen lediglich Brot, eine Dauerwurst und Obst mit.

Es war am Abend des zweiten Tages, als ein Bauer auf einem Karren sie einholte und ihnen anbot, sie mitzunehmen. Dankbar nahmen sie an. Aus einem Gefühl heraus, vielleicht auch, weil sie am Ende ihrer Kräfte waren, vertrauten sie dem Mann. Er stellte keine Fragen, wollte nur wissen, für wann das Kind erwartet wurde und wohin sie wollten. Armand gab die ungefähre Richtung an, und der Bauer brummelte, er würde sie ein Stück mitnehmen. Armand bedankte sich, bot Bezahlung an, doch der Mann schüttelte den Kopf. »Wenn eine Frau in diesem Zustand ist, darf sie keine langen Märsche unternehmen«, stellte er fest. Er fuhr sie auf dem Karren über Fontainebleau nach St. Florentin und noch bis hinter die Stadt.

Am dritten Tag kamen sie schließlich im Haus der Familie du Près an.

Pierres Vater wirkte auf sie wie ein Achtzigjähriger, dabei war er noch nicht einmal sechzig. »Wir haben erfahren«, flüsterte Pierre leise, »daß man Mutter nach Osten gebracht hat, wahrscheinlich nach Polen in so ein Lager.«

Monsieur du Près lebte anscheinend in einer eigenen Welt; was um ihn herum geschah, war ihm gleichgültig. Er begrüßte Armand jedoch herzlich und fragte, warum er sie denn nie besucht habe. »Die Weihnachtsgans, wissen Sie noch?« fragte er lächelnd. »Wie gut die roch?« fügte er hinzu. »Das waren noch Zeiten, mein Junge. Die kommen nicht wieder. Die Welt ist barbarisch geworden.« Er bemerkte Anne schließlich. »Sie haben eine Jüdin geheiratet!« Anne war das Kopftuch verrutscht, man sah den kahlgeschorenen Kopf. Für Pierres Vater bedeutete das, daß Anne jüdisch war. »Sie müssen sich eine Perücke machen lassen, meine Liebe.« Er umarmte sie. »Wie auch immer, Sie sind uns willkommen wie eine Tochter.«

Marie-Louise gab beiden links und rechts einen Kuß auf die Wange und ging mit Anne in ihr eigenes Schlafzimmer. »Ich werde Ihnen Apfelmost mit Honig bringen. Trinken Sie, und ruhen Sie sich aus. Das ist am wichtigsten. Sie können uns später von Ihren Abenteuern berichten, falls Sie möchten. Armand ist Pierres bester Freund, er gehört fast zur Familie, Sie sind also meine Schwester.« Anne wollte sich erst gar nicht hinlegen, aber Marie-Louise blieb eisern. »Das Kinderkriegen ist eine ernste Angelegenheit. Da kann man gar nicht genug verwöhnt werden.«

Armand war erschöpft; er schlief sofort auf dem Sofa ein und erwachte erst Stunden später, als Pierre ihn mit der Ankündigung weckte, das Essen sei fertig.

Trotz der Lebensmittelrationierung hatte Marie-Louise es geschafft, ein wahres Festmahl zu bereiten. Es gab Knoblauchsuppe, als Hauptgericht Ziegenkäse, Ragout und Salat und schließlich eine große Obsttorte, die sie gebacken hatte, während ihre Gäste geschlafen hatten. Zwei Krüge mit Wein, rotem und weißem, standen auf dem gestreiften Tischtuch.

Anne trug die helle Bluse, die Marie-Louise ihr geschenkt hatte, dazu einen roten Seidenschal, der den Kopf bedeckte. Sie war zwar immer noch sehr abgespannt und hatte deshalb keinen großen Appetit, sie aß aber wenigstens ein wenig von jedem Gericht. Alles sei ausgezeichnet, lobte sie und lächelte. Und Armand sah, daß sich ihr Gesicht aufhellte, fast strahlte es wieder so wie früher. Auch er konnte die Mahlzeit nicht recht würdigen, dazu war er zu ausgehungert, aber der Ausdruck auf Annes Gesicht, die Freundschaft, die sie umgab, vermittelte ihm das Gefühl, einen sicheren Hafen erreicht zu haben, und so sagte Armand völlig aufrichtig: »Ein besseres Abendessen habe ich noch nie gehabt.«

Die du Près stellten zwar keine direkten Fragen, doch ihre Neugier und Anteilnahme waren nicht zu übersehen. Anne und Armand wollten ihren Freunden erzählen, welch höllische Erlebnisse sie durchlitten hatten, sträubten sich aber zuerst dagegen, da sie Pierres Tochter nicht damit belasten wollten. Josette, eine lebhafte bald Dreijährige, sah ihrer Mutter sehr ähnlich. Der Großvater war in sie vernarrt. Immer wieder nahm sie die Happen, die ihm am besten schmeckten, und hielt sie ihm mit dem kleinen Finger hin. Mit fast andächtiger Miene nahm er alles entgegen. Er lehnte keinen Bissen ab. »Er lebt ganz für die Kleine«, hatte Pierre zu Armand schon vor dem Abendessen gesagt. »Dem Himmel sei Dank, daß er eine Enkelin hat – sonst wäre er wahrscheinlich schon lange nicht mehr unter uns.«

Er schenkte nach. »Laßt euch durch Josette nicht stören. Sie ist noch zu jung, als daß sie etwas verstünde. Sie versteht bloß das, was sie schon einmal erlebt hat – was aber leider nicht sehr viel ist.«

Als Armand zu Ende erzählt hatte, standen den du Près die Tränen in den Augen. Monsieur weinte, ohne es zu verbergen.

Marie-Louise umarmte Anne. »Sie können bei uns bleiben, so lange Sie wollen. In der Stadt lebt eine hervorragende Hebamme, eine alte Frau, die schon viele Geburten mitgemacht hat und immer Rat weiß.«

»Ja, sie versteht was davon«, pflichtete ihr Pierre bei. »Sie hat Josette mit zur Welt gebracht. Wir wohnten damals erst seit einem Jahr hier. Man war außerordentlich freundlich zu uns. Man hat uns ohne viel Fragerei akzeptiert und uns Essen gebracht.«

»Und Sachen fürs Baby«, ergänzte Marie-Louise, »außerdem haben die Leute mit Großvater geplauscht. Wir haben Freunde und fühlen uns sehr wohl hier. Nur leider mußte ich zu nähen anfangen. Fürchterliche Arbeit, aber wie soll man sonst etwas dazuverdienen.«

»Du könntest ja mit mir zusammen auf dem Feld arbeiten«, entgegnete ihr Ehemann.

»Klar«, meinte sie lachend. »Und wer würde dann das Abendessen machen? Oder mit Großvater Karten spielen?«

Er gab ihr einen Kuß. »Du bist hier eben nicht zu ersetzen. Meine Ansicht war schon immer: Eine Frau gehört ins Haus.«

»Du Verräter!« rief sie, wandte sich aber sofort zu Anne und Armand. »Herrje, verzeihen Sie. Ich wollte nicht ...«

Aber Anne lachte. »Recht haben Sie, Marie-Louise! Ein Mann, der so etwas sagt, der gehörte aufgeknüpft.«

Pierre holte den alten Branntwein, den er für besondere Anlässe aufgehoben hatte. »Kein Anlaß könnte so geeignet für einen guten Tropfen sein wie dieser«, meinte er mit Nachdruck und hob dabei sein Glas. »Auf euch beide, auf euer wundersames Überleben. Auf eure Gesundheit!« Alle tranken einen Schluck, er selbst blieb am Kopfende des Tisches stehen. »Und auf Mutter!« Er sah hinüber zu seinem Vater, und beide tranken ihre Gläser auf einen Zug aus.

Nach dem Essen brachte man Josette, die noch quietschvergnügt war, ins Zimmer ihres Großvaters. Pierre und Marie-Louise sollten in Josettes Bett schlafen. Als Anne und Armand daraufhin Einspruch erhoben, meinte Marie-Louise, sie dulde keine Widerrede. Sie willigten ein; Anne fühlte sich aber trotzdem beengt und sagte Armand später, sie sollten nach der Geburt, am besten so schnell wie möglich, wieder fortgehen.

Als sie nahezu drei Wochen bei der Familie du Près verbracht hatten, fiel beiden auf, daß irgend etwas anders geworden war. Man ging plötzlich vorsichtig miteinander um. Etwas Unausgesprochenes lag in der Luft. Zwar wären ihre Gastgeber so herzlich wie immer, stellte Anne Armand gegenüber fest, und doch wären sie längst nicht mehr so lebhaft und fröhlich wie zu Anfang, und es käme ihr so vor, als wäre alle gute Laune wie weggeblasen. Armand stimmte ihr zu: Die Freundschaft war getrübt. Sie wußten aber beide nicht, woher das kam oder was es verhieß. »Du solltest Pierre darauf ansprechen«, riet Anne. »Pierre ist schließlich dein bester Freund. Du mußt ihn dazu bringen, daß er dich in das, was passiert ist, einweiht.«

Pierre wich einer Erklärung aus. Zunächst hielt er Armand vor, er sähe Gespenster, dann, daß sich eben alles in Kreisen bewege und selbst der Mond bisweilen abnahm. Da sie das als unbefriedigend empfand und auch weil sie die Angelegenheit aufklären wollte, sagte sich Anne, daß man zum Kern der Sache am ehesten mit Hilfe von Marie-Louise vorstoßen könne.

Am nächsten Nachmittag, als die beiden Frauen in der Küche Gemüse putzten, meinte Anne leichthin: »Seit unserer Ankunft seid ihr nicht einen Abend aus dem Haus gegangen, und ihr habt auch nie jemanden eingeladen.«

Marie-Louise arbeitete eifrig weiter und sagte leise: »Wir legen nicht so viel Wert auf Besuch.«

»Aber du hast uns doch am Abend, als wir ankamen, erzählt, ihr hättet Freunde in der Stadt.«

Marie-Louise errötete und murmelte: »Die werden es auch bleiben.«

Anne ließ ihre Hand sinken und schaute ihrer Freundin ins Gesicht. »Du bist wie eine Schwester zu uns gewesen und Pierre wie ein Bruder. Du mußt mir gegenüber offen sein, Marie-Louise. Hier stimmt etwas nicht – ich spüre das doch. Egal, worum es geht, wenn dir etwas an mir liegt, mußt du mir davon erzählen.«

»Ob mir etwas an dir liegt?« Marie-Louise blickte auf, und Anne sah, daß sie weinte. Sie rutschte mit dem Stuhl näher heran und umarmte sie.

»Die Menschen ...«, begann sie.

»Ja?«

»Ach, die Menschen sind so dumm.«

»Einige sind es bestimmt, ja«, pflichtete Anne bei. »Und manche sind sogar niederträchtig. Was hat man denn«, fragte sie aus einer Eingebung heraus, »über uns gesagt?«

»Ich hab' erzählt, ihr wärt Verwandte, und man wollte von mir wissen, warum ihr so überraschend gekommen seid. Ich hab' gesagt, wir hätten euren Besuch schon seit langem geplant. Man fragte: Warum gerade jetzt, da du hochschwanger bist? Warum du das Kind nicht zu Hause bekommst.«

»Das sind berechtigte Fragen«, meinte Anne und ahnte bereits, was gleich kommen würde.

»Die Leute ...« Marie-Louise weinte nun rückhaltlos. Anne streichelte sie, bis sie sich ein wenig beruhigt hatte, beharrte dann aber doch: »Erzähl mir alles.«

»Die Leute wissen nicht, wer ihr seid, sie argwöhnen aber, daß ihr Kollaborateure seid. Irgendwer hat dich wohl ohne Kopftuch gesehen. Die wissen, daß man dich geschoren hat. Außerdem hat man uns gedroht – ach, Anne. Ich begreife nicht, was in diese Menschen gefahren ist. Sie waren so gut zu uns, so freundlich zu Großvater und dem Kind!«

»Und jetzt«, sagte Anne, indem sie sich bereits entschieden hatte, »seid ihr in Gefahr. Wer bedroht euch?«

»Ich glaube ... ich bin mir nicht sicher, aber in der Stadt und in den Bergen operieren Widerstandsgruppen. Die haben Juden versteckt gehalten. Das sind glühende Patrioten. Ich glaube, die sinnen auf Rache.« Sie drückte ihre Freundin fest an sich und flüsterte: »Es geht um Josette. Ich habe nur ihretwegen Angst.«

Als sich die du Près zum Abendessen hinsetzten, waren die Jolaunays bereits fort. In einem Brief drückten sie ihre Dankbarkeit, ihre Zuneigung und die Hoffnung aus, daß sie bald wieder zusammenkämen. Besonders liebe Grüße richteten sie an Josette, den beigefügten Weißgoldring mit dem ovalen Saphir sollte sie an ihrem dreizehnten Geburtstag bekommen.

Keiner aß an diesem Abend. In Gedanken waren sie bei ihren Freunden.

Sie gingen durchs hohe Gras, auf das ein bleicher Mond schien. Schließlich gelangten sie auf offenes Gelände. Von dort führte ein Pfad an einem Bach entlang, auf dem sie weiterwanderten. Drei Stunden nach ihrem Aufbruch mußten sie bereits Schutz suchen und sich ausruhen. Armand rollte seine Jacke zu einem Kopfkissen für Anne. Beide schliefen auf dem moosigen Waldboden ein.

Bei Tagesanbruch weckte Armand seine Frau. Sie wuschen sich im Bach, tranken den in einer Feldflasche mitgebrachten Tee. Armand aß von dem kräftigen Bauernbrot. Anne wollte nichts zu sich nehmen. Sie mußte sich von ihm aufhelfen lassen, jede Bewegung tat ihr weh, die Schmerzen waren größer denn je. Der Rücken peinigte sie so sehr, daß sie sich nicht einmal mehr ganz aufrichten konnte, doch sie zwang sich zum Weitergehen. Sie konzentrierte sich auf die Kastanien, die Armand mit den Füßen vor sich herstieß.

Am Nachmittag dann spürte sie, obwohl sie oft Rast gemacht hatten, nur noch scharfe Schmerzen: als ob dicke Nadeln ihr ins Rückgrat stechen würden. Schließlich verließen sie den Waldweg. Anne blickte auf und bemerkte einige dicht nebeneinanderstehende Häuser auf einem Hügel; der Himmel dahinter war rotgelb und ganz in Licht getaucht.

»Ist das nicht schön! Wie ein kleines Bühnenbild.« Sie krümmte sich – eine heftige Wehe. »O nein.«

»Anne! Was ist denn?« Doch schon als er das fragte, durchzuckte sie ein zweiter Schmerz. Sie ließ sich auf die Knie fallen.

»Verzeih mir, Armand, ich glaube, das Kind kommt.«

»Nein!« rief er den Bäumen, den Bergen, Gott zu. Das Kind sollte doch erst in zwei Wochen auf die Welt kommen. Sie konnte es doch nicht hier draußen bekommen – ohne sachkundige Hilfe! Er wandte sich um, wollte ihr schon sagen, das sei unmöglich, daß sie es noch einmal versuchen müsse, aber sie hatte die Augen geschlossen, taumelte vor und zurück, hielt sich leise stöhnend den Bauch.

Aufgeregt schaute er sich um. Oben auf dem Hügel ragte ein Kirchturm über die Häuser. Hinter der Kirche ging ein Licht an. »Warte hier.«

»Nein. Laß mich nicht allein, Armand. Bitte.« Bei jedem Krampf verzog sich Annes Gesicht von neuem. Sie keuchte, der Mund stand ihr offen, die Lippen waren weiß und rissig wie ein ausgedörrtes Flußbett.

Linkerhand erspähte Armand ein dunkles Gebäude. Er warf die Koffer unter einen Strauch, hob Anne hoch in seine Arme und ging mit ihr dorthin.

Es war eine Scheune, die bis auf einen Strohhaufen leer war. Ihm zitterten die Knie, als er sie auf das Stroh bettete. »Mein Rücken!« schrie sie auf. »Meine Beine! Sie müssen höher liegen. Bitte, oh, bitte.«

Er stopfte Stroh in ihr Kreuz, bereitete ihr ein hartes Kopfkissen. Er sah, daß sie stark schwitzte. »Wasser«, hauchte sie. »Bitte, lieber Gott, hilf mir. Ich brauche Wasser.«

Armand fühlte sich nahezu gelähmt vor Angst. An die Wand hatte einer hingemalt: *»Vive la France.«* Und darunter: *»Vive de Gaulle.«* Die Scheune diente also einer Widerstandsgruppe als Versteck.

Er gab Anne einen Kuß auf die Stirn. »Atme tief ein und aus«, sagte er, »zähl bis hundert. Zerknüll mein Taschentuch – da. Schön fest zudrücken, ich hol' Hilfe.« Er rannte hinauf zu dem Haus neben der Kirche.

Zurück kam er mit einem Priester. Der stellte rings um Anne Kerzen auf und zündete sie an. Die Wehen kamen inzwischen regelmäßig, kurz hintereinander.

»Wasser«, flehte Anne.

Sie hatten es mitgebracht. Armand wollte es ihr geben, aber der Priester herrschte ihn an. »Sie darf nicht trinken. Nehmen Sie den Schwamm hier.« Er zog den Schwamm aus der Soutane. »Und befeuchten Sie ab und zu damit ihre Lippen.«

Er tat wie ihm geheißen. Gleich darauf wies der Priester Armand an: »Helfen Sie mir beim Hochheben.«

Er faltete die Zeitung, die er dabeihatte, auseinander und legte sie auf das Stroh unter Anne. »Zum Desinfizieren«, erklärte er ihm. »Druckerschwärze tötet die Keime ab.«

Ihre Atmung war kurz und flach – die Atemzüge überlappten sich. Plötzlich trat das Fruchtwasser aus, und Anne stützte sich auf die Ellbogen, winkelte die Knie an und spreizte die Beine. Sie brachte ihr Kind zur Welt mit einem Ausdruck im Gesicht, den Armand noch nie gesehen hatte: starr, entrückt, beinahe überirdisch.

Im Luftzug schwankten und flackerten die Kerzen. Armand beobachtete, wie sich der Priester über Anne beugte, die Ärmel der Soutane hochschob und seine Hände zwischen Annes Beinen verschwanden.

Armand vernahm ein Wimmern, dann einen Schrei. Der Priester hielt den Säugling an den Füßen. Das Wimmern schwoll zu einem lauten Schreien an. »Fein!« rief er, drehte das Baby um und übergab es Armand.

Es war ein Mädchen, er sah es aber gar nicht richtig an, sondern starrte auf das Blut, das zwischen Annes Beinen hervorsickerte. Er bemerkte Annes Schreien.

»Die Nachgeburt«, sagte der Priester. »Rasch. Reißen Sie die Tücher in Streifen. Holen Sie das Wasser.«

Armand bettete das Kind auf das Stroh neben Annes Schulter und lief zum Krug hinüber. Die Schreie wurden lauter, hallten von den Wänden wider. Auf einmal durchströmte Licht den Raum.

Armand wirbelte herum. Die Kerze nah bei Annes Kopf war auf das Stroh gekippt. Flammen züngelten hoch. Der Priester griff sich Armands Jacke, warf sie aufs Feuer und sich selbst darüber. Armand goß aus dem Krug Wasser über das Stroh, hob das schreiende Baby hoch und hörte, wie der Priester sagte: »Das Bein. Das Feuer hat dem Kind das Bein angesengt.«

Blut sickerte aufs Stroh. Gellende Schreie verschmolzen mit Wehklagen. Die Stimme des Priesters klang eindringlich. Alles roch nach Blut. So viel Blut, dachte Armand völlig verstört. Hört denn dieses Bluten nie auf. Auf einmal wurde es still.

Von weither hörte Armand eine Stimme sagen: »Sie ist eingeschlafen, mein Sohn.«

Er spürte eine Hand auf seiner Schulter, dann vernahm er wieder die Stimme: »Ihre Frau ist tot. Möge sie in Frieden ruhen. Der Herr gibt, und der Herr nimmt.«

Erneut setzte das Schreien ein. Er wiegte die tote Anne in seinen Armen; der Raum stank nach Paraffin und Blut. Die Schreie hörten nicht auf, es waren seine eigenen. Der Priester ging mit dem Kind fort. Er murmelte irgend etwas von »Säubern« und das »Bein versorgen ...«

Armand wiegte Anne hin und her; er fühlte überhaupt nichts mehr, seine Sinne waren betäubt. Über Annes Kopf bemerkte er verschwommen die weiße Schrift.

Sehr viel später erkannte er, was er sah: »*Vive* ...«, las er benommen. Er betrachtete Annes Gesicht und gab ihr einen Kuß auf den offenen Mund. »Anne!« rief er, küßte sie immer wieder. »*Vive Anne! Vive! Vive!*«

Stunden später ging er zum Haus. Eine nervös wirkende Frau öffnete ihm die Tür. Sie musterte ihn stumm und ging voran ins Badezimmer; dort sollte er sich waschen. Als er damit fertig war, zog er sich den bereitgelegten Mantel über. Er durchquerte den Wohnraum. Sein Kind schlief in einem Kasten aus Holz unter einer kleinen groben Decke.

Im angrenzenden Zimmer wartete der Pfarrer mit verschränkten Armen. Die Vorhänge hinter ihm waren offen. Armand schaute auf die kleine Steinkirche mit dem Friedhof davor. »Wir müssen sie sofort beerdigen«, sagte er.

»Das geht nicht. Es ist fast zwölf.«

»Dann morgen früh.«

»Dafür ist aber ein Grabstein nötig, ein Sarg ...«

»Das ist mir egal.«

»Sie müssen den Sterbefall eintragen lassen. Unser Dorf ist klein und hat deswegen kein Standesamt, aber zwei Kilometer von hier ...«

»Nein! Es muß auch ohne all das gehen.«

Der Priester, der immer noch mit verschränkten Armen dastand, blickte ihn an. Plötzlich erinnerte sich Armand an die Miene des Mannes, als er in die Scheune kam und Annes Kopf mit dem weichen, nachgewachsenen Haar sah.

»Sie wollen tatsächlich den Namen Ihrer Frau nicht eintragen lassen?« fragte er bedächtig.

Armand nahm Zuflucht zur Barmherzigkeit. »Bitte, beerdigen Sie Anne. Sie war ein Engel.« Die Tränen rannen ihm übers Gesicht. »Sie müssen mir glauben. Sie war unschuldig wie ein Engel!«

»Mal sehen, was sich machen läßt. Aber nun beruhigen Sie sich doch, mein Sohn. Ich verspreche Ihnen, Ihre Frau zu beerdigen. Sie müssen mir aber schon sagen, wer Sie sind.«

»Armand Jolaunay.«

Der Priester blickte hinüber zu der in der offenen Tür stehenden Gestalt. Armand war nicht aufgefallen, daß die Haushälterin im Raum war. Sie nickte unmerklich und trat einen Schritt zurück. »Sie versprechen mir, sie zu beerdigen?« wollte er vom Priester wissen.

»Ja, gleich morgen früh.«

Die Haushälterin bedeutete Armand, er solle mit ihr auf sein Zimmer kommen. Auf dem Weg dorthin kamen sie an seinem schlafenden Kind vorbei, doch Armand bemerkte das gar nicht.

Am nächsten Morgen sprach der Geistliche noch in der Dämmerung neben dem offenen Grab sein lateinisches Gebet. Anne lag in einem Kiefernholzsarg, den er im Keller aufgetrieben hatte. Die Kirche, dachte Armand – immer ist sie auf den Tod vorbereitet.

Er bemühte sich zu verstehen, was die Worte bedeuteten, aber sein Schullatein lag schon zu lange zurück. Ein Zweig knackte. Er hörte Schritte. Er erstarrte. Schattenhafte Gestalten huschten im Nebel an ihm vorbei. Der Geistliche bekreuzigte sich. Armand kniete nieder. Er spürte, daß jemand dicht hinter ihm stand. Er erschrak. Er wollte soeben aufspringen, als sich zwei Männer von den Seiten auf ihn stürzten. Sie packten seine Arme.

Der Priester hob den Blick und nickte ihnen zu.

»Was hat das zu bedeuten?« schrie Armand und versuchte, sich mit einem Ruck loszureißen. Man hielt ihn fest umklammert. Der Priester entfernte sich vom offenen Grab, in dem Annes Sarg lag.

»Das sind Mitglieder der Widerstandsbewegung«, erklärte er und trat zu ihnen. »Kameraden im Kampf, Frankreich von den faschistischen Unterdrückern zu befreien.«

»Sie«, warf Armand ein, »Sie haben die gerufen?«

Der Priester nickte.

»Aber Sie haben mir doch Ihr Versprechen gegeben.«

»Ihre Frau zu begraben – das habe ich getan.« Er kniff die Augen zusammen und baute sich vor ihm auf. »Du hast dieses Land verraten. Ich habe nicht versprochen, dir Schutz zu gewähren.«

Protestierend schrie Armand auf.

»Du bist ein Schweinehund, Jolauney. Du und deinesgleichen. Ihr könntet unser edles Vorhaben zunichte machen. Die Nazis sind vernichtend geschlagen, aber wir Männer von der Widerstandsbewegung werden so lange mit Hilfe Gottes unsere Arbeit fortsetzen, bis das Land von Gesindel wie dir gereinigt ist.« Der Priester nickte dem Mann zu. Der ließ Armands Arm los, zog eine Pistole heraus, die er Armand in die Seite drückte. »Du wirst ganz ruhig sterben.«

»Meine Tochter!« rief er.

»Wir sind nicht rachsüchtig. Das Kind wird nicht für den Frevel, den der Vater begangen hat, büßen müssen. Die Nonnen im Waisenhaus werden sie großziehen.«

Armand riß den rechten Arm aus der Umklammerung, packte die Hand mit der Pistole. Das Ding ging los, die Kugel zischte dicht am Kopf des Priesters vorbei, dann lagen Armand und sein Widersacher auf dem Boden, sie versuchten, einander die Pistole zu entwinden.

Die anderen sprangen in Deckung. Armand stieß dem Mann den Kolben in den Magen. Die Umklammerung des Mannes wurde lockerer. Armand stand auf, hielt die Waffe vor sich ausgestreckt.

»Aufstehen!« befahl er. »Schön ihr drei, los.« Er zwang sie, vor ihm ins Haus zu gehen. »Wo ist der Keller?«

»Der Keller?« wiederholte der Priester dümmlich.

»Keine Ausflüchte!« Armand hielt einem der Leute die Pistole an die Schläfe. »Der Keller, der Untergrund, der Ort, wo ihr all eure so reinen Widerständler versteckt. Aber rasch!«

Der Priester deutete mit dem Kinn zu der Tür neben der Speisekammer. Die Tür war mit einem Vorhängeschloß versperrt.

»Den Schlüssel«, befahl Armand. »Und keine Tricks. Es macht mir nichts aus, einem von euch – oder allen – eine Kugel durch den Kopf zu jagen.«

Der Priester zeigte ihm den Schlüssel. Armand befahl ihm aufzuschließen. Gleich darauf steckte er den Schlüssel ein und beförderte die Männer nach unten.

Den Rücken zu ihm gewandt, mußten sie sich in einer Ecke hinhocken. Der Mann, dem er die Pistole abgenommen hatte, drehte sich plötzlich um und sprang. Armand drückte ab.

Die Kugel traf seinen Gegner in die Brust. Der Mann riß die Arme hoch, fiel dann auf die Knie. »Du Scheißkerl!« schrie er im Vornüberfallen.

»Halt's Maul!« brüllte Armand den Priester an, der seine Litanei sang. »Ihr beide, flach auf den Boden legen.«

Die Männer gehorchten; Armand rannte die Treppe hinauf, machte die Tür zu und verriegelte sie. Indem er die Pistole über dem Kopf hin und her schwenkte durchsuchte er rasch das Haus. Der Kasten im Wohnraum war leer. Das Kind war in keinem der Räume. Er wollte nach dem Mädchen rufen. Ihm fiel aber kein Name ein. *»Vive Anne!«* rief er, als er zum Flur rannte. »Viveanne, wo bist du? Viveanne.«

Die Vordertür stand offen. Armand sah, wie die Leute darauf zurannten. Er lief hinters Haus, sprang aus dem Küchenfenster und warf die Pistole weg. Dann ergriff er die Flucht.

1945–1951

In einem Haus unweit der befestigten Stadt Carcassonne, an der Aude, stand Madame Glouzet von ihrem Schaukelstuhl auf, um nachzusehen, wer an ihre Tür angeklopft hatte. Sie ging langsam, denn nachdem sie von ihrer Stiefmutter, als sie gerade fünf Jahre alt war, mit dem Rohrstock durchgeprügelt worden war, hatten die Rückenschmerzen nicht mehr nachgelassen. Es klopfte abermals. Mürrisch brummelte sie: »Du hast wohl schon Schwielen auf den Fingerknöcheln!« Sie machte auf. Vor ihr stand ein bärtiger Mann mit einem Kind an der Hand. Der Mann fragte, ob das Zimmer noch zu vermieten sei.

»Wie lange wollen Sie denn bleiben?« erkundigte sie sich argwöhnisch.

»Das kann ich noch nicht sagen ... Dürfen wir hereinkommen?«

»Sie müssen erst was anzahlen«, belehrte sie ihn und öffnete die Tür gerade so weit, daß sie beide durchschlüpfen konnten. »Ist das Kind laut?«

»Sie ist sehr leise und brav.«

»Also gut, aber nur, wenn sie auch so bleibt. Diese Bälger machen oft mehr Probleme als ein Hündchen, ach, 'ne ganze Hundemeute.« Sie sah dem Mann in die Augen. Sie hatten die Farbe von Blei oder ungeputztem Silber. »Hunde kommen mir nicht ins Haus.«

»Verstehe.«

Die Frau hatte eine Hasenscharte und ihr fehlten etliche Zähne. »Ich mag Katzen«, fuhr sie fort und ging ihm voraus ins Zimmer. »Die sind brav, sie sind ruhig und sauber. Aber Hunde machen bloß Schwierigkeiten. Die kommen mir nicht ins Haus. Holen Sie einen Hund herein, dann sind *Sie* wieder draußen.«

Armand gab ihr die Anzahlung. Die Alte beäugte das Geld, steckte es sich dann aber doch in die Hosentasche. »Das Kind – wie alt ist es?«

»Anderthalb.«

»Das ist verdammt jung.« Sie sah Vie aus zusammengekniffenen Augen an. »Was ißt sie denn?«

»Alles.« Nachdem er sie vor sechs Monaten aus dem Waisenhaus entführt hatte, hatte sich Vie zuerst nur von Brot und Milch ernährt. Später dann, als er fand, sie hätten die Stadt weit genug hinter sich gelassen, und er ihr Haar dunkel getönt hatte, nahm er sie mit in billige Restaurants, wo er sie von seinem Teller fütterte. Sie verblüffte ihn, weil sie alles aß, was er ihr anbot.

»Ihre Kleine?«

Bestürzt nickte er.

»Wo ist die Mutter?«

»Sie ist tot.«

»Muß hübsch gewesen sein.« Nach diesem gnädigen Lob ließ Madame Glouzet sie allein.

Vies Haar hatte jetzt wieder seine natürliche Farbe: hellblond. Das, und die häßliche Narbe auf dem Oberschenkel waren die Merkmale gewesen, an denen er sie, als er nachts in den Schlafsaal eingedrungen und die Taschenlampe auf die schlafenden Kinder gerichtet hatte, erkannte. Es war heiß in dem Raum, die meisten Kinder hatten sich die Nachthemden bis über die Schenkel hochgestrampelt. Im Strahl der Taschenlampe hatte er Vies Narbe entdeckt. Er hatte befürchtet, die wäre in der Zwischenzeit abgeheilt – ein Jahr war seit der Geburt vergangen –, befürchtet, er könnte sie nicht von den anderen Kindern unterscheiden. Doch die Narbe war unübersehbar. Er war ganz leise an das Bettchen geschlichen, hatte die Kleine hochgehoben und in seine Decke gewickelt. Er floh durchs Fenster und hielt sich mit einem Arm am Fenstersims fest, wobei er mit den Füßen an der unebenen Steinmauer Halt suchte. Von dort ging's zum Fenstersims im zweiten Stock. Dann mußte er wieder die Mauer hinabklettern, bis er schließlich so weit unten war, daß er es wagen konnte, zu springen.

Er hatte die Höhe falsch eingeschätzt und war ungeschickt aufgeprallt, auf dem Rücken, hatte sich aber nicht verletzt dabei. Das Kind in seinem Arm blieb ganz ruhig, als merkte es, wie wichtig es war, keinen Krach zu machen. Es war zwar riskant, trotzdem knipste er die Taschenlampe an, um zu sehen, ob der Kleinen nichts passiert war. Unverwandt schaute sie zu ihm hinauf – der offene, direkte Blick erinnerte an den ihrer Mutter.

Anschließend hatten sie sich langsam nach Süden begeben und in Gasthäusern und Pensionen übernachtet. Nun befanden sie sich in der südlichsten Ecke Frankreichs, unweit der Grenze nach Spanien und der kleinen Bergrepublik Andorra. Schlimmstenfalls würden sie über die Pyrenäen fliehen müssen, doch soweit war es noch nicht. Armand wollte sich endlich irgendwo niederlassen. Vom Weglaufen und all dem Verstecken hatte er nun wirklich genug, außerdem brauchte Vie ein regelmäßiges Leben.

Sie waren kaum drei Monate bei Madame Glouzet, als Vie zu sprechen anfing. Als Armand sie entführte, konnte sie zwar schon laufen und sich anmutig wie ein viel älteres Kind bewegen, doch als sie ihr derzeitiges Zuhause bezogen, lauteten die einzigen Worte, die sie konnte: Papa und bébé, was bedeutete: Trinken, lait und leur, das sollte fleur, Blume, heißen. Sie freundete sich mit dem Kätzchen im Haus an und nannte es Mi, das war die Kurzform von Ami, der Freund. Madame Glouzet hieß für sie »mam«, dann lernte sie in kurzer Folge mehrere Worte dazu, mit jedem Tag neue, und bald brachte sie die Worte in eine solche Reihenfolge, die elementaren Sätzen nahekam.

»Das Kind ist in Ordnung«, gab Madame Glouzet Armand gegenüber zu. »Kümmert sich um ihre eigenen Angelegenheiten wie eine Katze.« Die Wirtin war launisch und verschroben, schien aber Vie, ja selbst Armand, ganz gern zu mögen. Bisweilen kochte sie ihnen etwas Besonderes und machte ein finsteres Gesicht, wenn er sich dafür bedanken wollte.

Langsam ließ Armands innere Anspannung nach, nachdem er sich fast zwei Jahre lang ständig bedroht gefühlt hatte. Er arbeitete bei den Bauern in der Languedoc-Region. Das waren wortkarge Menschen, die sich nicht weiter um ihn kümmerten. Sie bestellten die kärglichen rötlichen Böden des Pyrenäen-Vorlands, sprachen ein hartes, kehliges Französisch und fürchteten nichts außer Gott und die Berge. Armand gegenüber legten sie eine rauhe Herzlichkeit an den Tag; sie boten ihm von ihrem Wein und dem Käse an, neckten ihn auch liebevoll, weil ihm die Kleine auf Schritt und Tritt folgte. Sie wollten ihm nichts Böses, das glaubte er schließlich.

Er arbeitete den ganzen Sommer über bis in den Herbst hinein. Während der Wintermonate nahm er praktisch jede Arbeit an, doch selbst einfachste, niedrigste Tätigkeiten waren schwer zu finden. Im Januar mußte er froh sein, wenn er wenigstens für zwei Tage in der Woche eine Beschäftigung hatte.

Er dachte: Vielleicht könnte ich in Carcassonne eine Stelle kriegen und damit mich und Vie über Wasser halten. Er gab nur ungern Geld für Fahrten in die Stadt aus, entschloß sich aber dann doch, zukünftig regelmäßig einmal pro Woche dorthin zu fahren. Frierend wartete er auf den Bus. Immer wieder fuhr ihm der kalte Wind in die Glieder. Ihm fiel auf, daß Vie der Mantel längst zu klein geworden war. Dabei hatte er ihn erst im Herbst, zu ihrem zweiten Geburtstag, gekauft, allerdings nicht gewußt, daß ein Kind in dem Alter so schnell wuchs. Wenn er eine Stellung, eine richtige Arbeit – vielleicht sogar in seinem Beruf – fände, könnte er ihr warme Kleidung schenken, einen hübschen Kaninchenmantel mit dazu passender Pelzmütze und Muff.

»Warum lächelst du, Papa?« fragte Vie ernst.

»Ich habe von etwas geträumt, meine Kleine. Ich habe mir vorgestellt, wie du als kleine Prinzessin in einem Palast aus lauter Blumen wohnst. Die Blumen sind aus Gold und Silber, aber trotzdem duften sie wie echte Blumen, die auf einer Wiese blühen.« Sie sah ihn aus großen Augen an, worauf er die Geschichte ausschmückte. Er brachte sanfte Regentropfen mit hinein, die sich, wenn sie auf die Blumen fielen, in glitzernde Diamanten verwandelten. Daß sie so gebannt zuhörte, spornte ihn an, und er erfand immer mehr Details und hörte erst auf, als der Bus in Sicht kam. Erst jetzt fiel ihm die junge Frau auf, die neben ihm stand. Sie mußte schon ziemlich lange dort gestanden haben. Sie hatte sicherlich seiner Geschichte gelauscht und schenkte ihm nun, als sie einen Schritt zurücktrat, um Vater und Tochter vor sich einsteigen zu lassen, ein bezauberndes Lächeln.

Daß sie ihn so anlächelte, ging ihm durch und durch. Seit Annes Tod hatte er keine Frau mehr gehabt. Er sah ihr zu, wie sie in den Bus stieg und stellte fest, daß sich ihr Rock über den Hüften spannte. Sie trug dunkle Strümpfe und hatte sehr hübsch geformte Beine mit schmalen Fesseln. Herr im Himmel, dachte er, wie sehr ich sie begehre. Ich weiß gar nicht mehr, wie es ist, wenn man sich in der Nähe einer schönen Frau befindet.

Aber trotzdem setzte er sich weitweg von ihr.

Die Frau blickte herüber und lächelte ihn herausfordernd an. Armand schloß die Augen, doch im Geist sah er ihren weichen Mund und die ebenmäßigen Zähne, wenn sie die Lippen öffnete. Als er die Augen wieder aufmachte, schaute sie aus dem Fenster, und Vie zog an seiner Jacke: Er sollte weitererzählen. Er setzte sie auf seine Beine und wandte den Blick erst von ihr ab, als sie in Carcassonne eintrafen. Er wartete ab, bis die Frau an ihnen vorbeiging und lächelte ihr zu. Während der letzten Jahre war er so unsicher geworden, so mißtrauisch allen gegenüber, daß er nicht einmal sich selber trauen konnte.

Vie musterte ihn aus ihren großen Kinderaugen. Er nahm sie bei der Hand und ging mit ihr vom Busbahnhof zum Platz im Stadtzentrum; er hatte keine Lust, seine Tochter anzuschauen, denn sie ähnelte Anne viel zu sehr, und er fand, er hätte sie eben betrogen.

Du hast ja keinen Funken Verstand mehr im Leibe, du verlierst ja jegliche Selbstbeherrschung, schimpfte er sich selbst. Aber er schlief im selben Zimmer wie sein Kind, und seine Wirtin war ein häßliches Weib, und die Sexualität spielte schon längst keine Rolle mehr in seinem Leben.

Wachte er nachts auf, hatte er nicht einmal den Mut, sich zu berühren, und dabei verlangte es ihn so sehr danach. Da er Angst hatte, das Kind könnte es merken, wenn er sich anfaßte, blieb er stocksteif liegen.

»Papa, können wir zum Amerika-Laden?« bettelte Vie ihn an.

»Natürlich, Engelchen, da gehen wir doch immer hin.« Sie meinte damit das große Lebensmittelgeschäft. »Amerika« bezog sich auf die in den Regalen aufgereihten Konserven aus Amerika, die in aller Regel scheußlich schmeckten: Kondensmilch, Eipulver, etwas namens »Spam«.

»Es ist schrecklich«, meinte der Besitzer zu Armand, wie er das jedesmal tat, wenn sie zu ihm kamen. »Die Amerikaner essen aber auch alles.« Er schenkte Vie ein hartes, in Zellophan gehülltes Bonbon, das sogleich in ihrem Mund verschwand. Armand holte es wieder heraus, was weh tat, und gab es ihr nach Entfernen des Papiers wieder zurück. Als nächstes kauften sie eine Zeitung.

Dann suchten sie sich ein Café. Dort trank Vie ihre Limonade, und Armand prüfte, ob sich jemand auf seinen Aushang am Schwarzen Brett gemeldet hatte oder ob Stellenangebote dort angeheftet waren. Gleich darauf setzte er sich zu Vie, bestellte einen Kaffee und durchforstete die Zeitung nach Stellenanzeigen. Und die Fahrt nach Carcassonne wäre nicht vollständig, wenn sie nicht der Apotheke neben dem Busbahnhof einen Besuch abgestattet hätten.

Unter den aufgereihten Flaschen mit den bunten Flüssigkeiten, den getrockneten Kräutern, der Briefwaage zum Abmessen der verschiedenen Heilmittel, fühlte Armand sich zu Hause. Die bestimmende Note der Gerüche – nach Seife, Arzneien, Wässern, Pudern – war stets Kiefer oder Zitrone.

Die Frau hinter dem Tresen war ungefähr in seinem Alter. Trotzdem begrüßte sie ihn jedesmal mit diesem neckischen Ton, wenn er hereinkam. – *»Voilà, Monsieur le papa!«*

»Bonjour, Mademoiselle Benoit. *Ça va?«*

Sie hob die Schultern. »So einigermaßen. Für eine alleinstehende Frau ist die Arbeit immer zuviel.«

»Vielleicht hätten Sie Verwendung für jemanden, der Ihnen hilft?«

»Mag sein.«

Wenn er einen Blick in den hinteren Teil des Ladens warf, sah er Mademoiselle Benoits Vater, der in seinem Rollstuhl saß und leise vor sich hin murmelte. Die Tochter hatte Armand erzählt, sie stelle den Alten immer dorthin, damit sie ihn während der Arbeit im Auge behalten könne. Ein hartes Leben, dachte Armand. Er hatte Mitleid mit dieser redlichen Frau, die sich zwar nie offen beklagte, deren verkniffenes Gesicht jedoch verriet, wie entbehrungsreich ihr Dasein sein mußte. Er kannte sie nicht näher. Sie wirkte aber gütig und pflichtbewußt.

»Wie wär's mit mir?« fragte er. Sie starrte ihn an. »Ich könnte Ihnen im Laden helfen. Dann hätten Sie es leichter.« Und für mich wäre es genau die richtige Arbeit, dachte er.

»Kennen Sie sich denn in einer Apotheke aus?«

Er holte tief Luft und sprach dann rasch: »Vor vielen Jahren habe ich bei Chanel gearbeitet, als Parfümeurlehrling. Ich habe mit natürlichen und synthetischen Substanzen zu tun gehabt und bei der Kreation von Düften mitgeholfen.«

»Aha. Warum sind Sie denn aus Paris weggegangen?«

»Meine Frau wurde umgebracht.«

»Von den Deutschen?«

Verflucht, Verhöre dieser Art waren ihm zuwider, zumal vor Vie. Er durfte sich nicht in Widersprüche verwickeln, mußte sich jede Lüge gut überlegen. »Sie geriet in einen Schußwechsel. Die Nationalität der Kugel ließ sich nicht ermitteln. Ich stand also allein mit Vie da und war, wie Sie sicherlich verstehen, völlig verzweifelt. Ein Cousin, mit dem ich von Kindesbeinen an befreundet bin, lud mich hierher zu seiner Familie ein – für einige Zeit. Die Familie lebt hier in der Gegend.«

»Und Sie wohnen immer noch bei der Familie?«

»Aber nein, Gott bewahre. Die Frau meines Cousins erkrankte schwer in Amerika, und die Familie ist gleich rübergefahren. Jetzt geht's der Frau schon viel besser, aber die Familie möchte vielleicht drüben bleiben.« Armand hätte am Ende beinahe aufgeseufzt. Er war richtig ins Schwitzen geraten.

»Sie armer Mann«, sagte Mademoiselle Benoit voll Mitgefühl. »Mal sehen, was sich machen läßt.« Der Klang ihrer Stimme änderte sich jäh. »Aber eins wissen Sie sicherlich: Viel werde ich Ihnen nicht zahlen können.«

Er nickte.

»Eher sehr wenig«, fügte sie hinzu. Es fiel ihr leicht, den Preis für etwas herunterzudrücken, das gehörte zu ihrem Wesen. »Ich werd's mir überlegen«, versprach sie ihm: »Kommen Sie nächsten Dienstag wieder, Monsieur Delarue, dann sage ich Ihnen Bescheid.«

Odile Benoit lächelte, nachdem die beiden hinausgegangen waren. Mit diesem Mann hatte sie ihr bisher bestes Geschäft gemacht. Er sah gut aus, hatte Manieren, war Witwer, und er war bereit, für sie zu arbeiten! Sie grinste, hauchte auf ihre Brille und wischte mit dem Rocksaum darüber. Über seine Vergangenheit hatte er ihr etwas vorgelogen, das stand mal fest. Also hatte er etwas zu verbergen – sehr schön. Dumm war sie noch nie gewesen; sie kam bestimmt noch hinter Armand Delarues Geheimnis. Damit hatte sie dann im Notfall etwas gegen ihn in der Hand. Sie setzte sich die Brille wieder auf. Wart's nur ab, versprach sie sich. Bald wird sich alles ändern.

Als sie schallend lachte, stieß ihr Vater einen Entsetzensschrei aus. Angewidert drehte sie sich zu ihm um. »Was hab' ich für ein Leben gehabt!« beschuldigte sie ihn.

Da er nicht sprechen konnte, wußte sie nie, ob er sie überhaupt hörte oder verstand, was sie sagte. »Du wollstest aus mir den gleichen Krüppel machen, der du bist. Meine Jugend ist dahin – ich bin zum Gespött der Leute geworden – mit siebenunddreißig Jahren unverheiratet! Das Leben als Alleinstehende ist schwer, verflucht schwer. Kein Mensch ist da für einen, keiner tröstet oder hilft einem.« Selbstmitleid lag ebenso in Odiles Wesen wie Geiz. Sie war zu intelligent, als daß sie ihrem eigenen Genörgel glaubte, gestattete sich aber doch gern diesen traurigen Hochgenuß.

Sie war aus einem simplen Grund unverheiratet geblieben: Niemand hatte um sie angehalten. Vor dem Krieg, als sie Ende Zwanzig war, hatte sie sich noch Hoffnungen gemacht. Dann aber waren die Männer plötzlich weg, aus Heiratskandidaten wurden Soldaten. Viele starben oder kamen nie zurück. Ihr Vater erlitt den Schlaganfall, und zwei Monate darauf starb ihre Mutter. Odiles Altjüngferlichkeit erschien ihr als ein Begleitumstand des Krieges. Schließlich erwuchs aus ihrer Frustration ein quälender

Groll, der sich bald in tiefen Haß gegen ihren Vater verwandelte, der verängstigt dasaß und dem sie die ganze Schuld für ihr unerfülltes Leben gab.

Als Armand am Dienstag wieder in den Laden kam, fiel ihm auf, daß Odile Benoit eine neue Frisur hatte. Er ging auf sie zu, ihr *Muguet*-Duft erinnerte ihn an Marie-Louise; Maiglöckchen hatte sie besonders gern gemocht. Sie steckte sich die Blumen im Frühjahr an und preßte sie später zwischen Buchseiten.

Als Armand Odile ein Kompliment wegen der Frisur machte, griff sie sich mit einer mädchenhaften Geste ans Haar. »Schauen Sie sich *dies* Haar an«, sagte sie und strubbelte Vie über den Kopf. »Wie Seide. Sie müssen mir erlauben, einmal Ihr hübsches Töchterchen auszuführen. Ich selbst habe ja keine Kinder. Sie ist wirklich ein süßes Ding!«

Armand lächelte dieser warmherzigen, mütterlichen Frau zu. Er lud sie ein, mit ihm essen zu gehen. Nur eine Kleinigkeit, mit dem Bus um Viertel nach neun müßten sie dann zurück. Sie sagte, sie mache rasch den Laden zu und sei gleich wieder da.

Beim Essen erzählte ihm Odile, sie habe nach ihren Berechnungen festgestellt, daß sie es sich doch nicht leisten könne, einen Verkäufer einzustellen. Statt dessen benötige sie einen Geschäftspartner, der natürlich am Gewinn beteiligt würde. Dabei sprach sie ebensowenig von der Gewinnaufteilung wie darüber, wer denn das Eigenkapital einbringen sollte.

Sie dachte: Dadurch werde ich herausfinden, ob er Geld hat und wieviel. Diese Chance mußte er ergreifen. Hierfür lohnte es sich sogar, etwas von Annes restlichem Schmuck zu verkaufen, vielleicht das Halsband mit Perlen und Rubinen, das wertvollste Stück. Anne hätte Verständnis dafür, ganz bestimmt. Schließlich könnte eine solche Investition es ermöglichen, Vie ein anständiges Leben zu bieten.

Als er mit der Kleinen noch herumgezogen war, hatte er nach und nach Schmuckstücke verkauft, wenn ihm das Geld ausging. Er mußte sie für einen Spottpreis abgeben, und zwar an ehemalige Schwarzmarkthändler, die sich in der Nachkriegszeit zu Schmugglern oder Betrügern mauserten. Sobald er einen Ort ausfindig gemacht hätte, wo sie leben konnten, würden sie beide von seinem selbstverdienten Geld leben. Die übrigen Wertstücke wollte er für den Notfall zurückbehalten – falls sie noch einmal fliehen mußten.

Es war außerordentlich riskant gewesen, sich am Tag nach dem Mord zurückzuwagen und sein Gepäck aus dem Gebüsch zu holen, aber er dankte es sich noch heute, daß er sich davon nicht hatte abbringen lassen, in das kleine Dorf zurückzugehen. Frühmorgens hatte er sich auf den Friedhof geschlichen, Anne ein letztes Lebewohl gesagt und Erde über ihren Sarg geworfen. Beim Hochschauen vom Grab sah Armand das Haus, in dem er den Mann umgebracht hatte und sein Kind schlief. Vielleicht hatte man es aber auch schon in das Waisenhaus gebracht.

Er überlegte, ob er nach seiner Tochter suchen sollte. Doch mit der Geistesgegenwart, wie man sie oft nach tragischen Ereignissen hat, wurde ihm bewußt, daß das reiner Selbstmord wäre. Wie sollte er denn ein Neugeborenes ernähren? Wie der Kleinen Sicherheit, Zuneigung geben, wenn er sich auf der Flucht vor seinen Verfolgern befand? Und wenn die ihn einholten ... Es blieb ihm keine Wahl, als die Kleine dort zu lassen, wo sie jetzt war. Er hatte einen klaren Kopf bewahrt und sich auf die Suche nach seinen Koffern gemacht. Wollte er durchkommen und schließlich sein Töchterchen wiederbekommen, dann mußte er erst einmal seine Habe wiederfinden.

Er war zurück zu der Scheune geschlichen und hatte im Dunkeln unter den Sträuchern herumgetastet. Nichts. Er hörte ein Geräusch und sprang auf. Er stieß mit dem linken Fuß gegen etwas Hartes und bückte sich: Das waren die Koffer. Er schnappte sie sich. Das Geräusch kam nicht wieder. Er schlich sich leise davon. Niemand folgte ihm.

Mehrere Monate lang hielt er sich von jeder menschlichen Behausung fern. Er floh vor seinen Jägern und vor seinen Erinnerungen. Es waren Monate, in denen er wie ein Wilder hauste. Sein Bart wurde filzig und schmutzig, die Kleider zerrissen und hingen wie Fetzen am Leib. Als die Tage kürzer und kälter wurden, entdeckte er eine flache Höhle und vergrößerte sie, schaufelte mit bloßen Händen so lang Erde und Steine beiseite, bis sie taub und aufgerissen waren. Er ruhte sich aus, schaufelte weiter. So rüstete er sich für den Winter.

Seine Sinne wurden allmählich immer feiner, sogar sein Gehör. Wenn er mit einer selbstgebastelten Schlinge Jagd auf Kleintiere machte, hatte er den Geruchssinn eines jungen Spürhundes. Oftmals mußte er die Suche nach Nahrung einstellen, weil seine Kräfte nachließen. Dann schlief er tagsüber und auch nachts. Er sehnte sich nach dem Tod, wollte aber nicht aufgeben – seiner Tochter zuliebe, dieses Kindes der Liebe wegen mußte er durchhalten.

Der Winter ging zu Ende, die Bäche schwollen an, in den Wäldern erwachte neues Leben. Zuerst erblühten die Schneeglöckchen, dann die Veilchen im Moos. Dennoch hatte sich Armand weiter versteckt gehalten. Er wußte weder, wo er sich befand, noch, wie weit er sich vom Dorf entfernt hatte.

Als er sich dann das erste Mal aus dem Wald hervorwagte, blendete ihn das Licht und die hellen Farben der Wiese. Leuchtende Kornblumen, tiefroter Mohn und glänzendweiße wilde Margeriten glitzerten zwischen den Gräsern: blau, rot, weiß: die Farben der Trikolore, der französischen Flagge.

Er wartete aber noch ab. Im späten Sommer schließlich wagte er sich nahe ans Dorf heran. In Lumpen gekleidet, die er mehrmals in einem Bach gewaschen und in der Sonne hatte trocknen lassen. Er hatte inzwischen rauhe, harte, aber dafür saubere Haut. Allerdings war sein Haar, trotz aller Versuche, es mit einem scharfkantigen Stein zu schneiden, immer noch lang und verfilzt.

Die erste Person, die ihn erblickte, lief davon. Armand wollte sich schon wieder in den geschützten Wald zurückziehen. Da kam ein Hund auf ihn zu. Ein Junge lief hinter ihm her und pfiff ihn zurück. Schließlich stand der Junge neben Armand, packte den Hund und lächelte. Er mußte doch nichts von einer Gestalt befürchten, die wie manche Leute aus den Kinderbüchern aussehen, die er gerade erst weggelegt hatte.

»Guten Tag, Monsieur, kann ich Ihnen helfen?« erkundigte der Junge sich höflich.

»Kannst du mir sagen ...« Zum erstenmal seit all den Monaten sprach er mit einem anderen Menschen; Armand brachte kaum mehr als ein Krächzen zustande. »Der wievielte ist heute?«

»Weiß ich nicht genau«, gab der Junge zurück. »Ich weiß nur, daß wir schon August haben.«

»Und das Jahr?«

»1945«, sagte er voll Überzeugung.

»Und der Krieg. Was macht der Krieg?«

»Der ist schon lange zu Ende.«

»Wann war das? Kannst du dich an das genaue Datum erinnern, *mon garçon*?«

Der Junge lächelte und sagte voll Stolz auf: »Am achten Mai 1945.«

»Wer hat gesiegt?«

»Wir natürlich. Hitler ist tot.«

Armand drückte den Jungen an sich. »Gott sei mit dir«, flüsterte er erleichtert. »Du hast mir möglicherweise das Leben gerettet.«

Der Junge strahlte, weil man ihn so gelobt hatte, und lief erneut seinem Hund hinterher, der gerade eine Fährte aufgenommen hatte und ihr schwanzwedelnd mit lautem Gekläff folgte.

Drei Wochen später machte Armand dann das Heim ausfindig, in das man Vie gebracht haben mußte. Es war das einzige Waisenhaus im Umkreis von fünfzig Kilometern von dem Ort, wo Anne begraben lag. Weil Krieg herrschte, davon war er überzeugt, hatte man sie nicht woanders hingeschickt.

Gemeinsam mit seiner Tochter reiste er nahezu ein halbes Jahr lang durchs Land, durch Städte und Dörfer. Das Bargeld ging zur Neige, woraufhin er Schmuckstücke ins Pfandhaus brachte oder sie zu einem Bruchteil ihres Wertes verkaufen mußte.

Odile lächelte, und die dünnen Lippen spannten sich über kräftigen Zähnen, als er ihr mitteilte, er werde ihr Angebot annehmen. Er versprach, daß er in einer Woche – höchstens zwei – über dreißig- bis vierzigtausend Francs verfügen würde.

»Das reicht«, erklärte sie und legte sanft die Hand auf seinen Jackettärmel. »Nächste Woche mache ich uns beiden ein Abendessen. Ich lade Sie zu mir nach Hause ein«, versprach sie. »Natürlich dürfen Sie auch kommen, sollten Sie das Geld noch nicht zusammen haben«, fügte sie großherzig hinzu.

Das Häuschen hatte eine weißgetünchte Steinfassade. Es stand nahe an einer steil abfallenden Klippe. Odile servierte den Aperitif im Wohnzimmer. Das mit feinen Erbsen, neuen Kartoffeln und kleinen Zwiebeln garnierte Hähnchen sah festlich aus und schmeckte hervorragend. Armand machte ihr überschwenglich Komplimente.

Nach dem Essen schlief Vie sogleich auf der geblümten Couch ein. Odile deckte sie sanft mit einer Häkeldecke zu. Bei dieser Geste traten Armand Tränen in die Augen. Noch nie hatte er gesehen, daß sich eine Frau um Vie kümmerte. Als sich Odile wieder aufrichtete, legte Armand den Arm um sie und gab ihr voller Erleichterung einen Kuß.

Sie gingen nach oben, in ein kleines Zimmer. Unter dem mächtigen Kruzifix, das fast die ganze Wand einnahm, machte sie ihm das Bett. Dann holte sie zwei Kissen aus ihrem Zimmer und bereitete für Vie ein Bett auf dem Fußboden.

Sie nahm ihre Brille ab. Er küßte sie nochmals aus Dankbarkeit für das, was sie für ihn getan hatte. Sie knöpfte sich die Bluse auf, hakte den Rock auf, ließ ihn zu Boden gleiten. Armand wollte ihr Einhalt gebieten, doch die vertrauten feminen Bewegungen erregten ihn. Sie hatte eine üppige Figur und trug nur noch den Schlüpfer. Der gerundete, hellrosa Bauch, die schweren Brüste, die nicht schlanken, auseinandergedrückten Schenkel, die Linie dazwischen, die hochführte zu dem weichen Schoß – das alles überraschte ihn.

Sein Verlangen überwältigte ihn jetzt. Als er die Hand ausstreckte, um den verheißungsvollen Körper zu berühren, übersah er den entschlossenen, abwägenden Ausdruck in Odiles Gesicht.

Armands so lange vernachlässigter Körper drängte auf Befriedigung. Schon beim Eindringen kam er zum Höhepunkt.

»Es tut mir leid«, flüsterte er einige Minuten später beschämt. Er wollte sie umarmen. Odile rückte von ihm ab, um seiner Berührung auszuweichen. Siegesgewiß lächelnd schaute sie an die Decke.

Ein Einsamkeitsgefühl, so stark, daß es ihm angst machte, überkam Armand. Noch nie hatte ihm Anne so sehr gefehlt.

Odile stand auf und suchte ihre Kleider zusammen, setzte sich die Brille auf und blickte auf ihn hinunter. »Und nun«, sagte sie, »werden wir heiraten.«

Das war ein Befehl.

Zwei Monate nach der Hochzeit zog Odile Armand in den hinteren Teil des Ladens. »Dr. Mallaquin hat mich heute morgen untersucht. Ich bekomme ein Kind«, eröffnete sie ihm. »Freust du dich denn nicht?«

Er empfand Angst. Noch eine Schwangerschaft und eine Geburt, noch ein Kind, das versorgt werden müßte. Aber er fürchtete sich am meisten vor seiner Frau – seiner Kerkermeisterin. »Doch, sehr«, brummelte er, sah sie dabei aber nicht an. »Du solltest nicht mehr so viel arbeiten. Von nun an werde ich mich ums Geschäft kümmern.« Was er ohnehin schon tat. Jetzt aber arbeitete er noch mehr, blieb auch noch nach Feierabend in der Apotheke und ging auch sonntags hin. Nichts machte ihn glücklicher, als mit den Substanzen aus dem Verkaufsraum oder den neuen Vorräten an ätherischen Ölen und Fixierstoffen, die er in kleinen Mengen bestellt hatte, ein wenig zu experimentieren. Allein bei der Arbeit vergaß er die Sorgen, die er sich um Vie und die Zukunft machte.

Vie wurde immer hübscher, wie er fand, sie war allerdings sonderbar still, und sehr oft widmete sie sich einer Sache mit unerschütterlicher Konzentration. Armand argwöhnte, daß sich Vie lediglich von etwas zurückzog, das sie weder verstehen noch beherrschen konnte: vornehmlich vor der krankhaften Eifersucht ihrer Stiefmutter.

Armand hatte auf Drängen hin, aber bereitwillig und bis zu einem gewissen Maß auch freudig geheiratet. Trotzdem empfand er keine rechte Freude, wenn er an das eheliche Zusammenleben dachte, redete sich aber ein, dies würde mit der Zeit schon noch kommen. Er sehnte sich so sehr nach einem halbwegs normalen Leben. Dankbar hatte er den Rettungsanker, den Odile ihm zuwarf, ergriffen und sich an die sicheren Gestade der Ehe wie ein Schiffbrüchiger geflüchtet, der sich gerettet wähnt. Er liebte Odile nicht, durch ihre Anwesenheit hatte er aber das Gefühl, zu einer Familie zu gehören. Aus Dankbarkeit war er ruhig und bemühte sich, den liebevollen Ehemann zu spielen.

Odile bot ihm aber keinen Halt. Der von ihr gespendete Trost hatte eher als ein Lockmittel gedient, und sobald sie seiner sicher war, wollte sie ihn büßen lassen. Alles sollte er ihr geben. Obschon Odile niemanden liebte, meinte sie, einen Anspruch auf Liebe zu haben. Das beherrschende Gefühl, das sie Armand gegenüber empfand, war Neid; sie war eifersüchtig auf seine Tochter, auf alles, was er liebte und was, wie sie es sah, eigentlich ihr gebührte – sie war eifersüchtig, aber nicht aus Liebe. Sie haßte Armand dafür, daß er sie der letzten Chance, glücklich zu sein, beraubt hatte.

Armand wollte seine Tochter schützen, indem er seine Liebe zu ihr in Odiles Gegenwart verbarg. Bisweilen aber brach die von ihm aufgebaute Mauer, unter der er sein Gefühl versteckte, doch zusammen, dann nahm er Vie in die Arme, atmete den Duft ihrer jungen Haut ein, strich ihr mit den Lippen übers Haar.

Als Odile ihn einmal in der Küche bei solchen Liebkosungen ertappte, brach es wütend aus ihr heraus: »So ist es recht, du ekelhafter Kerl – streichle *sie* nur. Ein kleines Kind, deine eigene Tochter – aber so bist du eben. Du stellst mit deinem Kind das an, was du deiner Frau vorenthältst.«

Vie sah sie erschrocken aus großen Augen an. Was begriff sie davon? An was würde sie sich in späteren Jahren erinnern?

Ein Montagmorgen Ende Januar: Armand arbeitete so versunken in dem kleinen Labor, das er sich hinterm Ladenraum eingerichtet hatte, daß er vergaß, die Apotheke aufzuschließen. Als er das Klopfen an der Vordertür hörte, hatte er dem Rezept die entscheidende Zutat beigefügt: ein Hauch von Rosmarin. Der Duft war frisch, warm und roch ganz fein nach etwas Wildem, die Mischung war sehr eigenwillig.

Anne würde er ihn nennen. Nein, *das* konnte er nicht riskieren – dann eben *Zazou*. Er lachte bei sich und ging zur Tür. Er war überglücklich, daß er dieses Parfüm, sein *Zazou* für Anne kreiert hatte.

»Wo haben Sie denn gesteckt?« fragte der Nachbar verstimmt, als Armand aufschloß. »Ihre Frau hat soeben ein Kind zur Welt gebracht. Ein Mädchen.«

Der Arzt Dr. Mallaquin willigte ein, die Patenschaft für das Kind zu übernehmen. Er war ein enger Freund der Familie und kannte Odile bereits von Kindesbeinen an. Der ernste, bärtige Endvierziger war stolz darauf, als Mitglied des Widerstands im Untergrund gearbeitet zu haben. Armand mochte er von Anfang an nicht. Da er ihm mißtraute, fanden Odiles Bemerkungen, etwas über seine Vergangenheit herausfinden zu wollen, seine Unterstützung. Er hielt das Baby aber doch gern über das Taufbecken, denn schließlich war sie eine Enkelin des alten Benoit. Das Kind sollte auf den Namen Martine getauft werden, nach dem Heiligen Martin, der im vierten Jahrhundert den christlichen Glauben nach Gallien gebracht hatte.

Auf dem Weg zurück von der Tauffeier fragte Odile Armand, wo Vie getauft worden sei.

»Nirgends«, gab er knapp zurück.

»Dann ist sie eine Heidin.«

Armand schwieg.

»Sie ist eine Sünderin«, beharrte Odile. »Aber du bist noch schlimmer, du bist mit einer Deutschen ins Bett gegangen und hast mit ihr eine Heidin gezeugt.«

»Was weißt du über meine Frau?«

Haß überkam Odile, als er »meine Frau« sagte. In diesem Augenblick schwor sie, Rache an ihm zu nehmen, an der toten Frau und an seinem Kind. Armand ignorierte Odile und wandte sich ab. Dabei hatte sie es sich gefallen lassen, sie hatte ihm seinen Willen gelassen. Während ihrer Schwangerschaft war er aus ihrem Schlafzimmer ausgezogen.

Wieder mußte sie sich sagen, daß sie ihn in ihr Haus, ihren Laden geholt hatte. Sie zeigte sich doch sehr rücksichtsvoll gegen ihn. Trotzdem verschmähte er sie und dachte unentwegt an eine Tote. Odiles Haß verschob sich mühelos von dem an den Rollstuhl gefesselten Vater, den sie Tag um Tag beschimpft hatte, zu dem an ihrer Seite lebenden Ungeheuer, das ihr all das vorenthielt, worauf sie ein Recht hatte.

Sie schwor Rache. Da sie Armand nicht liebte, sollte er leiden. Sie war weder zärtlich noch großherzig, höchstens ihren eigenen Gefühlen gegenüber. Diesen gab sie sich mit ganzem Herzen hin, und sie entfachte den Haß in sich, bis er ihre Gedanken ebenso wie ihre Gefühle erfüllte und allmählich ihren Verstand zerstörte. Weil Armand seine ältere Tochter liebte, wollte sie ihn quälen, indem sie Vie umbrachte. Wie das geschehen sollte, wußte Odile zwar nicht, konnte aber dennoch an nichts anderes mehr denken. In zunehmender Wut dachte sie nicht nur an Rache, sondern immer häufiger auch an Mord.

Zunächst nahmen die Kunden Proben von *Zazou* nur argwöhnisch an. Sie waren es nicht gewohnt, etwas umsonst zu erhalten. Odile, die seit Monaten das erste Mal wieder in die Apotheke kam, tobte: »Was fällt dir ein, zu verschenken, was mit teurem Geld eingekauft werden mußte? Mich um meinen Gewinn zu bringen – so einer bist du also!«

Er beobachtete wortlos, wie sie die kleinen Phiolen vom Verkaufstresen wegräumte, doch das Verschenken der Proben zeigte schon erste Erfolge. Die Kundinnen verlangten mehr davon. Im Labor destillierte Armand den Duft zu Eau de Toilette und füllte dies in eigenhändig beschriftete Fläschchen. Das konzentrierte Parfüm wollte er im Augenblick noch nicht herstellen, da es für diese Kundschaft wahrscheinlich zu kostspielig wäre.

Alle Fläschchen Eau de Toilette verkaufte er noch am Tag der Herstellung. Beim Austauschen zweier Inhaltsstoffe entdeckte Armand eine Variante von *Zazou*, die sich auch als Eau de

Cologne für Herren eignete. Er hatte aber zuviel damit zu tun, den Bestellungen des Toilettewassers nachzukommen, als daß er das Eau de Cologne in größeren Mengen hätte zubereiten können. Dafür benötigte man einen Assistenten, allerdings würde Odile wohl ihre Zustimmung verweigern. Im Augenblick konnte er nur *Zazou* weiter herstellen und darauf vertrauen, seine Frau irgendwie überzeugen zu können, daß sich ihrer beider Einkommen durch die Einstellung eines Laborgehilfen erhöhen würde.

An einem Samstagabend schloß er spät den Laden zu. Im sanften Zwielicht und der noch angenehm warmen Luft ging er nach Hause. Ein blasser Mond stand über dem Horizont. Von einigen Bäumen fiel das erste Laub. Gänse flogen in Keilform vor dem dunkler werdenden Himmel ihrer Heimat zu.

Vie mußte er ein weniger tristes Leben bieten. Wie könnte er das erreichen? Er schaute den Gänsen nach. Er könnte mit Vie in ein anderes Land davonfliegen, händchenhaltend, während der Wind sie über die Dächer trug; Vie in einem langen Kleid, mit einem Krönchen im Haar – ähnlich einer Figur auf einem Gemälde von Chagall, das er einmal in Paris sah. Der Schwarm wurde kleiner, verschwand. Du bist ein Träumer, dachte er, du bist und bleibst ein Narr und Träumer.

Vor dem Haus angekommen, hörte er ersticktes Weinen. Er öffnete die Tür und rannte in das Zimmer, das er inzwischen mit Vie teilte: Sie lag zusammengekauert auf dem Boden neben dem Bett, ihre Augen blickten ängstlich. Er kniete hin, bat, sie möge ihm erzählen, was passiert war, doch sie brachte kein Wort hervor. Schließlich ließ sie ihn ihren Arm sehen. Ein riesiger Bluterguß erstreckte sich vom Ellbogen bis zum Handgelenk.

Als er sie in die Arme hob, sagte sie: »Geh bitte zum Baby, Papa, es weint immer.«

Der Laut, den er beim Hereinkommen gehört hatte, war tatsächlich immer noch da. Er hatte ihn nicht weiter beachtet und ausschließlich an Vie gedacht. Er trug sie hinüber in Odiles Zimmer. Das Baby lag bäuchlings in Erbrochenem, es weinte und hustete. Er stellte Vie auf den Boden, hob Martine hoch und ging mit ihr ins Bad, um sie zu säubern. Vie klopfte ihrer

Schwester leicht auf den Rücken. »Wein doch nicht, Baby, wein doch nicht.«

Unten fiel eine Tür ins Schloß, Vie erstarrte vor Schreck.

»Odile?« rief er.

Keine Antwort; er hörte aber, daß im Erdgeschoß jemand hin und her ging. Mit beiden Kindern lief er die Treppe hinunter – Odile kam ihm entgegen.

Von den Mädchen nahm sie keine Notiz. Sie sah ihn an. »Mein Vater ist gestorben«, rief sie in scharfem Ton.

Sie schob Armand zur Seite, ging in ihr Zimmer und verschloß die Tür hinter sich. Er klopfte an und rief nach ihr, doch sie gab keine Antwort. Er nahm das Baby mit in das winzige Zimmer, machte ihm ein Bett, sicherheitshalber auf dem Boden. Vie schwieg sich weiterhin über ihren Arm aus.

Es war ihm klar, daß er von hier weg mußte, andernfalls wäre seine Tochter nicht mehr sicher. Vielleicht waren sie das beide nicht mehr – Odile war derart labil, daß sie nicht mal mehr ihr eigenes Kind versorgen konnte. Vie war schon recht selbständig, aber Martine mußte noch gefüttert werden.

Armand wollte sich einen Fluchtplan ausdenken, es fiel ihm aber nichts Vernünftiges ein. Mit Vie allein gelänge ihm die Flucht wohl, wenngleich man sie schon als Ausreißer suchte. Doch konnte er guten Gewissens sein anderes Kind zurücklassen, dessen Mutter es entweder vernachlässigte oder gar mißhandeln würde aus Wut darüber, daß ihr Gatte sie im Stich gelassen hatte?

Seine Grübeleien führten zu keinem Ergebnis.

Eines Sonntagmorgens ging Odile mit den Kindern vor die Stadt. Sie wollte mit ihnen am steilen Flußufer spazierengehen. Das zehn Monate alte Baby auf ihrem Arm hatte schon ein beachtliches Gewicht. Odile hatte den Kinderwagen am Hauptweg stehenlassen und folgte nun dem steilen, engen Pfad, der zum höchsten Punkt der Uferböschung führte. Ihr Vorsatz stand jetzt fest. Sie sagte Vie, sie solle vorgehen.

An der höchsten Stelle angekommen, forderte Odile Vie auf,

bis zur Kante zu gehen. Doch das Kind rührte sich nicht vom Fleck. Odile legte das Baby auf den Boden und ging zu Vie. Sie ergriff sie beim Arm und zog sie bis zum Klippenrand, dann schubste sie sie rasch und heftig hinunter. Einen Augenblick lauschte sie dem Aufschrei. Dann ging sie zurück zu dem Baby und kletterte wieder hinab zum Hauptweg.

Erst frühmorgens hatte Armand Schlaf gefunden. Als dann aber das schwache Sonnenlicht seine finsteren Phantasien verscheuchte, schlief er so tief, daß er erst kurz vor zwölf aufwachte. Er war allein im Zimmer. Die Kinder waren fort. Er sprang auf, lief durchs ganze Haus, rief nach Vie und Odile. Die Tür zu ihrem Zimmer stand offen. Sie waren weg, alle drei. Auch zum Mittagessen kamen sie nicht. Er wollte schon allein essen, machte sich aber zu große Sorgen, malte sich die entsetzlichsten Dinge aus, sagte sich dann jedoch, daß er schon immer zuviel Phantasie gehabt hätte – es würde schon nichts passieren. Sicher gäbe es eine vernünftige Erklärung für die Abwesenheit der drei. Aber er hatte doch ein komisches Gefühl, und die Hände zitterten ihm.

Um drei Uhr nachmittags hörte er, wie die Haustür aufgesperrt wurde. Er sprang auf. Odile kam mit dem Baby herein.

»Wo ist Vie?«

Odiles Miene war hart und triumphierend. »Weggelaufen, sie wollte nicht zurückkommen, als ich sie rief. Auf einem Spaziergang, einem hübschen Spaziergang, ist das kleine Mädchen einfach weggelaufen. Ich hab' wirklich gleich nach ihr gesucht.« Das war unüberhörbar eine Lüge. »Das Baby war ja fast am Verhungern, deshalb mußte ich es nach Hause bringen.«

»Wo? Wo?« Armand war außer sich.

Sie lächelte nur. »Ich mache Martine jetzt das Mittagessen.«

Armand packte seine Frau bei den Schultern. Er hätte ihr nötigenfalls das Leben aus dem Leib geschüttelt, falls er dadurch herausgefunden hätte, wo sie gewesen waren. Plötzlich hörte er es klopfen, er lief zur Tür.

Ein hochgewachsener Mann hielt Vie in den Armen, ihre Kleider waren arg zerrissen, ihre Haut voller Schrammen. »Großer Gott!« schrie Armand und nahm sie ihm ab.

Der Mann ging hinter ihnen ins Haus. »Ich hab' sie unten am Fluß gefunden, sie wäre beinah ertrunken. Sie muß von der Böschung gestürzt sein. Sie ist ziemlich hoch. Ein Wunder, daß das Kind das überlebt hat.«

»Bleiben Sie bei ihr«, sagte Armand und holte eine Schüssel mit warmem Wasser. Im Nu war er zurück und zog ihr sachte die zerrissenen Kleidungsstücke aus. Mit einem weichen Schwamm wusch er ihr den Schmutz und das angetrockente Blut ab. Vie verzog keine Miene. Als er sie badete, sah er, daß die Schnitte nicht tief waren. Sie hatte Dutzende davon, aber es waren eigentlich nur Kratzer.

Odile kam herein. Vie stieß einen Schrei aus.

»Aha, sie ist wieder da?« stellte Odile schroff fest. Dabei sah sie Vie auf eine Art und Weise an, daß Armand plötzlich Bescheid wußte.

Wieder war er auf der Flucht, und Odiles Geschrei klang ihm noch in den Ohren. »Nazi, Mörder! Ich schwör' dir Rache, du Ungeheuer. Ich habe Freunde bei der Widerstandsbewegung, die werden dich foltern und töten. Jawohl, das Kind ebenfalls, es hat Verräterblut in den Adern.« Wutentbrannt riß Odile Martine aus der Wiege und warf Armand das Baby zu. Er packte es am Bein, Odile schrie weiter: »Diese hier ist auch mit dem Blut ihres Vaters befleckt, du hast ein kleines Ungeheuer in meinem Bauch heranwachsen lassen. Die Leute von der Widerstandsbewegung werden dich ausbluten lassen, dich abschlachten wie ein Schwein. Jawohl! Ich erzähl denen alles.« Kreischend war sie hinausgelaufen, woraufhin Armand den Safe leerräumte, einige Kleidungsstücke in seinen Rucksack packte, sich die beiden Kinder unter den Arm klemmte und wieder einmal davonlief.

Endlose Wanderungen und viele Verstecke. Als Armand sich diesmal zur Grenze durchschlug, hatte er schon zwei Kinder dabei. Da und dort nahm er eine Arbeit an, für ein paar Stunden oder Tage. Ihm war klar, daß Odile das Zeug dazu hatte, ihre

Drohungen wahrzumachen. Der offene Safe, die fehlenden Kinder, das überzeugte bestimmt auch diejenigen, die Odiles Krankheit durchschauten: Er war ein Dieb und Kindesentführer.

Mit ihren viereinhalb Jahren mußte sich Vie um Martine kümmern, sie füttern und waschen, sie in den Schlaf singen. Manchmal ließ Armand sie mit dem Baby allein, um zu arbeiten oder ihnen Essen zu besorgen.

Fast ein Jahr schon währte dieser Alptraum. Sie hielten sich nahe der Grenze auf, versteckten sich in Höhlen, verlassenen Hütten oder provisorischen Unterständen, die er zusammenbaute. In Marseille schließlich, wo sie mit den Stadtstreichern hausten, erfuhr Armand davon, daß Massud, der schielende, spargeldünne Teppichhändler auch noch andere Waren zum Verkauf feilbot: Personalausweise und Reisepässe.

Armand händigte ihm alles aus, was aus Odiles Tresor noch übriggeblieben war. Nur Annes Ehering sowie eine Brosche, die er für sie hatte anfertigen lassen, als sie in die Heirat einwilligte, und sein schwarzes, ledergebundenes Heft behielt er. Schon nach sechs Wochen hatte Massud – wie versprochen – das Nötige beschafft.

Unter neuem Namen und ausgerüstet mit gerade so viel Proviant, wie sie für die Überfahrt benötigten, bestiegen sie zwei Tage darauf das Schiff, das sie über den Atlantik in eine neue Welt des Vergessens und der neuen Anfänge brachte.

New York

1952–1958

Mit acht Jahren hatte Vie Nouvel – so hieß sie jetzt – schon ein ganzes Leben lang auf ihre Schwester aufgepaßt. So kam es ihr jedenfalls vor. Sie hatten in merkwürdigen Hütten gelebt, und Martine war ihr wie ein Püppchen erschienen, das sie waschen, füttern, warmhalten mußte. Gleich bei der Ankunft in Kanada bat Vie ihren Vater, er solle sich nun endlich nach einer »Mommy« umsehen. Sie wollte nicht andauernd blöde Dinge tun müssen. Er hatte ihr sein Ehrenwort gegeben, und das hatte er immer noch nicht eingelöst. Seit sie in Brooklyn wohnten, war Vie vielen Frauen begegnet, der Vater brachte sie ja mit nach Hause. Es war ihr völlig egal, welche von ihnen bei ihnen blieb, solange die Frau ihr nur Martine abnahm.

Nach ein paar Tagen verschwanden diese Frauen allerdings alle wieder. Nicht einmal an die Namen konnte sie sich noch erinnern. Mrs. Murphy war meistens da, die war aber auch keine große Hilfe. Sie achtete auf sie beide, wenn Papa abends wegging, brachte sie aber sofort ins Bett und ging dann in ihr Zimmer.

Vie knipste das Licht im Bad an. Sie wünschte, Martine würde wie die Damen fortgehen; wenn sie auf der Toilette saß und darüber nachdachte, fiel ihr wieder ein, daß sie ihr Schwesterchen ja doch liebhatte. Dann hatte sie den Wunsch, von ihr wiedergeliebt zu werden.

Als Vie aus dem Badezimmer heraustrat, fiel ihr Blick auf den Lichtstrahl, der unter Armands Tür hervorkam. Sie schlich hinüber. Durch einen Spalt konnte sie ihren Vater sehen. Er hatte seinen abgewetzten Morgenrock an, stützte die Arme neben einem aufgeschlagenen Buch auf einen Tisch. Neben sich hatte er eine leere Flasche und ein Weinglas stehen. Sie gab der Tür einen kleinen Stoß. Er ergriff das Buch und drückte es an sich, als wollte man es ihm wegnehmen. Dann merkte er, daß es Vie war. Erleichtert legte er das Buch wieder hin. »Was ist denn, *ma p'tite?*« rief er.

»Martine hat wieder geweint, davon bin ich aufgewacht.«

»Warum weint sie denn, mein kleiner Liebling?«

Sie ging zum Tisch hinüber. »Sie hat schlecht geträumt. Das tut sie oft.« Als er ein verdrießliches Gesicht zog, nahm sie ihre Schwester in Schutz: »Sie ist ja noch so klein. Sie ist nicht absichtlich ungezogen. So ist sie nun einmal.«

Armand streckte die Beine aus. Vie kletterte auf seinen Schoß und kuschelte sich an ihn.

»Was für ein Buch ist das?«

»Das ist mein Geheimnis.«

Sie beugte sich nach vorn und sah es sich genauer an. So ein Buch hatte sie noch nie gesehen. Die Schrift sah komisch aus, das waren gar keine Worte, außerdem standen auf den ganzen Seiten Ziffern zwischen merkwürdigen Zeichen.

»Jetzt weiß ich's. Das ist ein Zauberbuch«, stellte Vie hoffnungsvoll fest.

»Ganz recht.« Armand nickte und lächelte. »Darin liegt wirklich Zauberkraft. Es verrät dir, wie man Gold macht.«

Sie schaute ihn verdutzt an.

»Ja, Gold«, fuhr er fort. »Flüssiges Gold aus den Ölen von Blumen und Gewürzen. Gold, das man in kleine Fläschchen füllt.«

»Was kann es?«

»Es läßt deine Träume in Erfüllung gehen. Ein paar Tropfen von dieser Zauberflüssigkeit können aus einer häßlichen eine begehrenswerte Frau machen. Und eine schöne Frau, wie es deine Mutter war und du es sein wirst, verwandelt sie in eine Königin.«

»Und dann wird sie vom König geheiratet?« fragte Vie verwundert.

»Ja. Und ihr gehört sein ganzes Herz. Und wo sie ist, da herrschen Schönheit und Liebe.«

Vie blickte zum Buch hin. »Und all das ist da drin?«

Armand drückte seine Tochter an sich und zeigte auf die aufgeschlagene Seite. »Hier, mit diesen Geheimzahlen und -wörtern kann man die Zauberflüssigkeit herstellen. Man nennt das ein Rezept. Dieses hier gehört zu einem Parfüm namens *Âme*, das ich vor langer Zeit hergestellt habe.«

»Ich möchte auch eines.«

»Eines Tages«, sagte er verträumt, »werde ich einen Duft herstellen, der so hell wie dein Haar und so ausdrucksvoll wie deine Augen ist. Für deine Mutter habe ich ein Parfüm mit Namen *Grâce* erfunden, es roch wie sie. Aber kein Duft übertraf ihren eigenen. Sie war ... ein Engel!«

»Wein doch nicht, Papa.« Sie streichelte seine Wange. »Weinen ist nicht gut.«

»Das werde ich schon nicht, kleine Vie. Später einmal werde ich dir beibringen, wie man diese Zauberformeln liest. Eins mußt du mir aber jetzt schon versprechen«, sagte er mit fester Stimme, »daß du keinem Menschen etwas von diesem Buch erzählst. Denn dann verliert es seine Zauberkraft. Hast du mich verstanden?«

»Ja, Papa.«

Er wandte den Kopf in Richtung des Zimmers, das sie mit Martine teilte. »Du mußt es mir hoch und heilig versprechen, Vie. Niemand darf davon wissen.«

»Versprochen«, erwiderte sie voll Überzeugung.

»Gut«, er gab ihr einen Kuß auf die Wange. »Jetzt aber ab ins Bett. Du mußt morgen in die Schule.«

Vie deckte sich zu. Ihr war klar, daß etwas ganz Wichtiges geschehen war. Im Bett an der Wand schlief Martine, ganz fest. Eines Tages, so schwor sich Vie, wird sie mich liebhaben. Alle Menschen werden mich liebhaben, denn ich werde die Zauberkraft besitzen ...

Armand Nouvel blieb die ganze Nacht auf, studierte seine alten Aufzeichnungen und hoffte, irgend etwas möge seine schlummernden Kräfte wiederaufleben lassen, ihn zu einem neuen Versuch anspornen. Es schien ihm schlechthin unmöglich, Arbeit zu finden. Kurz nacheinander dachte er an die kleinen Büros, die dunklen Lagerräume, die schlecht ausgestatteten Labors: Dort überall hatte er sich beworben – erfolglos. Die Leute hatten Zeugnisse, Arbeitsnachweise, amtliche Papiere sehen wollen – für trostlose, stumpfsinnige Jobs, die er nicht einmal als Jugendlicher angenommen hätte. Angeboten hatte man ihm dann nur, herabgesetzte Artikel an kleine Friseurläden zu verkaufen – worauf er erwiderte, das könne er nun wirklich nicht.

Diesen Monat hatte er aber die Miete noch nicht bezahlt. Mrs. Murphy versicherte zwar, sie könne durchaus warten, doch die Aussichten für den nächsten Monat waren auch nicht besser. Außerdem schuldete er ihr nicht bloß die Miete – auch dafür, daß sie sich um die Kinder kümmerte, hatte sie noch nichts erhalten. Armand hatte das Gefühl, als vernachlässige sie die Kinder in letzter Zeit.

Entweder er bastelte sich mit gefälschten Papieren eine völlig neue Vergangenheit, damit man ihm Stellen anbot, auf die er keinen Wert legte, oder aber er müßte den langweiligen Vertreterjob annehmen. Er sah vom Buch auf. Sein Blick fiel auf Annes Foto auf dem Nachttisch. Sie sah ihn mit ihren lustigen Augen an. Deutlich konnte er ihre Stimme vernehmen: »Sei kein Dummchen, mein kleiner Liebling.«

Das rüttelte ihn auf. Er hatte sie so deutlich gehört, als stünde sie direkt neben ihm. Er nickte. Gewiß verdiente er es nach all den entsetzlichen Jahren, wieder einmal frei zu sein. Anne hatte sich befreit, indem sie aus Paris in die Lavendelfelder gefahren war. Hätte er sie doch nicht von dort weggeholt! Sinnlos, darüber jetzt noch nachzudenken. Wäre Anne in Grasse geblieben, dann gäbe es Vie jetzt nicht. Dennoch war Anne ein freies Wesen geblieben. Sie war frei im Geist und voller Mut. Wäre sie jetzt hier, sie würde ihm erklären, er müsse seiner Begabung treu bleiben, den Teil von sich stärken, mit dem er Künstler war und immer frei bliebe.

Ja, mein Liebling, antwortete er ihr heftig, aber wie denn? Die Inspiration ist fort, ich bin erschöpft. Ich möchte aufgeben.

Aber das darfst du einfach nicht!

Schon wieder. Das hörte er deutlich. Er fragte sich, ob er dem Wahnsinn nahe war, doch spielte ihm wohl eher seine Phantasie einen Streich. Die war immer mächtig gewesen – zu mächtig.

Also würde er es weiter versuchen müssen, auch wenn das Gefühl, versagt zu haben, sein Leben mittlerweile beherrschte. Keine Arbeit, kein Geld, keine Ideen, keine richtige Perspektive für Vie, keine Frau, die für die Kinder sorgen würde.

Nicht einmal das, dabei hatte er es oft genug versucht. Aber von all seinen Bettbekanntschaften war nicht mehr als der Duft zurückgeblieben, und meistens hatte er den beseitigt, sobald sie gegangen waren, indem er das Bett neu bezog. Den Frauen gefiel sein Äußeres und sein Akzent. Ein paar hatten gebeten, bei ihm bleiben zu dürfen. Sie behaupteten, sie hätten sich in ihn verliebt. Eher steckte wohl Einsamkeit dahinter, aber es war ihm so oder so egal. Allmählich war es ihm gleichgültig geworden. Eine Frau war für Armand einfach etwas, das man von Zeit zu Zeit brauchte und rasch benützte, ohne Gefühle dabei zu entwickeln.

Er konnte sich nicht mehr auf das Buch konzentrieren. Noch eine Woche, dachte er: Eine Woche noch, und sollte dann immer noch nichts geschehen sein, gehst du zurück und nimmst den Vertreter-Job an. Er stand auf, klappte das Buch zu, legte es zurück in den Pappkarton, den er im Koffer verschloß. Dann duschte er, rasierte sich und zog seinen einzigen Anzug an und machte Frühstück, schließlich weckte er die Mädchen.

Wie jeden Morgen brachte er sie zur Schule und fuhr mit der U-Bahn nach Manhattan. Dort hatte er um neun Uhr ein Vorstellungsgespräch.

Zwei Stunden darauf war Armand wieder zu Hause; er war wie ausgewechselt. Die Nachwirkungen der schlaflosen Nacht waren längst vergessen. Er konnte es kaum abwarten, bis Vie zurückkam und er ihr die Neuigkeit berichten konnte. Er mußte sein Glück auf der Stelle jemandem mitteilen. Er lief hinunter zu Francis Murphy, küßte sie auf beide Wangen und sagte, daß er ab kommender Woche als Laborant in einem Duftlabor für Seifen, Badesalze und Reinigungsmittel arbeiten würde. Sie errötete, so sehr freute sie sich, daß er seine Freude mit ihr teilte. Dann lief er zurück in sein Zimmer. Er nahm Annes Foto zur Hand und drückte einen Kuß darauf. Vielleicht, sagte er leise, steckt in dem alten Buch ja doch ein Zauber.

Nach einer Woche verlor er seine Stellung wieder. Das war eigentlich leicht zu erklären: Er hatte wieder einmal nicht mit sich reden lassen. Er hatte dem leitenden Chemiker gesagt: »Diese Duftbasis riecht nach Fäulnis. Entsetzlich. Der süßliche Duft erinnert an Verwesung. Daran arbeite ich nicht weiter.«

»Man hat Sie nicht wegen Ihrer Meinung eingestellt. Sie haben Ihren Anordnungen Folge zu leisten«, lautete die Antwort.

Armand band sich die Schürze ab. »Dann betrachte ich meine Arbeit hier als beendet.«

Das war's dann.

Vom kalten Regen durchnäßt, kam er nach Hause. Vie spielte vor der überdachten Haustür mit zwei Katzen. »Du kommst ja früh, Papa«, rief sie fröhlich und blieb auf dem Boden hocken.

»Komm lieber herein, es ist zu kalt hier«, gab er zurück. Er mußte daran denken, wie sehr sie sich eine Woche zuvor für ihn gefreut hatte. Es behagte ihm gar nicht, ihr sagen zu müssen, daß er gekündigt hatte und was das bedeutete.

»Noch nicht. Wir spielen gerade Schule. Ich bin die Lehrerin. Jule und Tiger sind die Klasse. Ich weiß bloß noch nicht, wen die Lehrerin lieber mag. Was meinst du, Papa?«

»Ich meine, du solltest ins Haus kommen.« Ihm waren die Katzen ziemlich gleichgültig. Dann erinnerte er sich aber, daß Vies erster »Freund« das Kätzchen Mi gewesen war, als sie bei der verschrobenen Madame Glouzet wohnten. Vie hatte es mitnehmen wollen, als sie nach Carcassonne umzogen. Wer weiß, vielleicht fehlte ihr das Tierchen ja immer noch. »Gut, fünf Minuten noch«, gab er nach. »Aber nicht länger!«

Als sie dann nach oben kam, sah er gerade die Post durch, mit derselben Miene wie immer. Bei Rechnungen zog er immer ein finsteres Gesicht, und seine Post, erklärte er ihr, bestünde praktisch nur aus Rechnungen.

»Du hast auch einen Brief von der Schule bekommen«, er hielt ihr dabei ein Blatt blaugrauen Papiers hin.

»Und was steht drin?« fragte sie, während sie das Papier nahm.

»Die Schulleitung will, daß ich mit deinem Lehrer spreche.«

Sie las den getippten Brief. Einige Stellen waren mit Füller geschrieben. Sie sah ihren eigenen, handschriftlich eingetragenen Namen: Viveanne Nouvel. Darunter stand der Satz, ihre Eltern mögen am Freitag um acht Uhr zu einem Gespräch mit Miß Michaelson in die Schule kommen. »Du wirst doch hingehen?« fragte sie ihren Vater erwartungsvoll.

»Das werde ich nicht können.«

Sie war sehr enttäuscht. Sie mußte sich aber erwachsen zeigen. »Weil du sonst zu spät zur Arbeit kämst, ja Papa? Du könntest dich doch aber vorher mit meiner Lehrerin treffen.«

»Es hat nichts mit meiner Arbeit zu tun«, entgegnete er rundheraus. »Damit ist's vorbei.«

»Aber warum willst du dann nicht hingehen?« rief sie vorwurfsvoll. Sie erkannte in seiner Bemerkung nur eins: Er hatte keine richtige Ausrede.

»Ich bin in diesen Dingen nicht sonderlich geschickt, Vie. Ich kenne mich mit dem amerikanischen Schulsystem nicht aus. Mrs. Murphy könnte doch mit deiner Lehrerin sprechen.«

Vies Augen sprühten Feuer. »Sie ist nicht meine Mutter!«

Sie lief aus dem Zimmer; Armand rannte hinterher, aber sie wollte nicht mit ihm reden. Sie wandte den Kopf ab und schaute zum Fenster hinaus. Er entschuldigte sich. Nachdem er ihr zum drittenmal versicherte, sich ganz bestimmt mit ihrer Lehrerin zu treffen, sah sie ihn lustlos an. Tonlos meinte sie bloß: »Meinetwegen.«

Sie glaubte, ihm das nie verzeihen zu können. Er brachte sie dazu, sich wie eine Außenseiterin zu fühlen, anders als die anderen. In diesem Augenblick war ihr alles an ihm, das ihn als Ausländer erscheinen ließ, zuwider.

Die Lehrerin war klein und wirkte streng. Sie hatte eine Figur so platt wie ein Lineal und hielt sich sehr gerade. Sie erklärte

Armand, daß sein Töchterchen keine guten Zensuren habe und auch bei der Integration in den Klassenverband Schwierigkeiten habe. Ihm war nicht ganz klar, was das bedeutete.

Miß Michaelson wurde ausführlicher: »Sie meldet sich nie freiwillig, und sie beteiligt sich nicht am Klassenleben.«

Er schwieg immer noch. Die Lehrerin, die seine geringe Vertrautheit mit diesen Begriffen auf seine mangelnde Bildung zurückführte, drückte sich verständlicher aus und sagte betont langsam: »Ihre Tochter kommt mit den anderen Kindern nicht aus. Sie hat keine Freunde.«

Er schüttelte traurig den Kopf. Vie hatte ja auch nie gelernt, wie man Freunde gewinnt, und ihre frühe Kindheit hatte sie gelehrt, daß man keinem Menschen vertrauen darf. Wie er auch, war sie stolz und verschlossen. Er sah Vie als einzigartiges Wunderkind und begriff nicht, daß sie nichts mehr als zärtliche Zuwendung benötigte und nur nicht wußte, wie man darum bat.

Sie fühlte sich schrecklich einsam – ebenso wie Martine. Doch während die Jüngere sich an alles klammerte, womit sie ihr Liebesbedürfnis stillen konnte, nahm es Vie gleichmütig hin, daß auch sie nach Liebe hungerte.

Armand wurde also Vertreter für Haartönungen, Haarkuren, Nagellack. Er betreute die Schönheitssalons in den Stadtteilen Brooklyn und Queens. Im Verlauf des ersten Jahres arbeitete er für drei verschiedene Herstellerfirmen, bis er schließlich die Stellung bei Alamode erhielt. Dort stellte man ihn ein, wenngleich sein Akzent eine unüberhörbare Schwierigkeit bedeutete.

Armands Englisch, das die Kundinnen in Paris so bezaubernd gefunden hatten, wirkte sich in New York Ende 1953 eher nachteilig aus. Der McCarthyismus hatte seinen Höhepunkt erreicht, und viele Geschäftsinhaber hatten Angst vor der kommunistischen Gefahr. Im Stadtteil Richmond Hill sagte der Besitzer eines Friseurgeschäfts, als er Armands Aussprache hörte, sogleich: »Sie sind Ausländer, stimmt's? Ich kaufe nichts von Ausländern. Mit Kommunisten mache ich keine Geschäfte.«

Den Laden in Richmond Hills konnte er von seiner Tour

streichen. Armand bemühte sich, es komisch zu finden, daß man ihn für einen Kommunisten hielt, nachdem er denjenigen entflohen war, die ihn für einen Nazi hielten, aber das war nur noch schwarzer Humor. Schon wieder lebte er in einer Welt der Hexenverfolgungen. Die alten Ängste wurden wieder wach; in seinen Träumen tauchten entsetzliche Greuel auf. Eine Zeitlang war er nahezu gelähmt vor Angst. Er sprach kaum noch mit seinen Kunden, hielt ihnen nur seine Muster und Bestellbögen hin, wodurch er bei einigen Stammkunden Mitleid erregte, da man meinte, er hätte einen leichten Schlaganfall hinter sich.

Armand fand, der McCarthyismus in Amerika stelle einen Rückfall in die Verfolgungen während des Krieges dar: Nazis ermordeten Juden, dann setzte die Schreckensherrschaft der Résistance ein. Er war weiterhin tief deprimiert, aß kaum, interessierte sich nicht mehr für das, was ihm Vie erzählte, bis ihn die Armee der USA wieder zum Leben erweckte. In Francis' Fernseher sah er sich die Kongreß-Anhörungen zur Untersuchung der Anklagen von Senator McCarthy gegen die Armee an. Es verblüffte ihn, wie hier Recht gesprochen wurde, er erfreute sich an dem schlagfertigen Joe Welch, verfolgte wie gebannt die Wutausbrüche des Senators McCarthy und die Ausführungen des Anwalts Roy Cohn. Er bejubelte das Ergebnis, sein Glaube an die Menschheit war fast wiederhergestellt. Nach den Anhörungen Armee contra McCarthy empfand Armand das erste Mal so etwas wie Stolz auf die Vereinigten Staaten und ihre Demokratie. Er bewarb sich deshalb um die Einbürgerung. Seine Kinder und er sollten amerikanische Staatsbürger werden.

Nachdem Armand wenigstens etwas Vertrauen gewonnen hatte, bewarb er sich bei Margaret Pearson, dem großen Kosmetikkonzern. Angeblich wollte diese Firma in den Markt mit Parfümerieartikeln einsteigen. Diesen Klatsch hatte er bei der Arbeit mitbekommen. Ohne zu zögern, schrieb er an das Unternehmen, wobei er darauf hinwies, er habe ein interessantes Angebot zu machen.

Zehn Tage darauf erhielt er ein Antwortschreiben. Man bedankte sich für das gezeigte Interesse und versprach, sich mit ihm zu gegebener Zeit in Verbindung zu setzen. Unterschrieben war der Brief mit: »Seymour Levy, stellvertretender Direktor, Leiter des Marketing.«

Armand machte sich Hoffnungen. Jeden Abend sah er als erstes die Post durch, doch nie war ein zweiter Brief von Pearson darunter. Ein Monat verstrich, seine Hoffnungen schwanden. Nach einem weiteren Monat verschwendete er keinen Gedanken mehr daran.

Es war im Mai, als Francis Murphy ihm schon an der Tür entgegenkam und ihm mitteilte, ein Mr. Levy hätte telefonisch angefragt, ob Armand morgen nachmittag um drei Uhr in die Zentrale von Margaret Pearson kommen könne. »Ich habe gesagt, Sie kämen bestimmt. Ist das recht gewesen?«

Er gab ihr einen Kuß – also hatte sie ihre Sache gut gemacht.

Am nächsten Morgen teilte er Alamode am Telefon mit, er könne wegen schauriger Zahnschmerzen nicht zur Arbeit kommen. Als nächstes kaufte er sich erst mal ein neues Hemd. Um ein Uhr fuhr er mit der U-Bahn nach Manhattan zum Hauptbüro von Margaret Pearson in der Fifth Avenue.

Erst kurz vor drei wagte er das Gebäude zu betreten, und fünf Minuten mußte er auf den Fahrstuhl warten. Als er vor der Empfangsdame stand, war es sechs Minuten nach drei.

Bevor er Platz nehmen konnte, kam Mr. Levys Sekretärin und bat Armand in dessen Büro.

»Mr. Nouvel?« rief ihm Levy schon beim Eintreten entgegen. »Setzen Sie sich, was haben Sie denn für mich?«

Die Sekretärin ging hinaus. Armand ließ sich in den Ledersessel Levy gegenüber sinken, holte tief Luft und antwortete: »Ich weiß alles über Parfüms.«

»Sehr schön. Damit läßt sich etwas anfangen.« Seymour Levy grinste ihn anerkennend an. Er war wohl Mitte Vierzig, hatte schütteres Haar und wirkte mittelgroß. In dem vollen Gesicht zeigte sich eine gewisse Selbstzufriedenheit, und der Blick schien einen durchbohren zu wollen. Armand spürte, wie gerissen, ungeduldig und überheblich sein Gegenüber war.

»Wo haben Sie vorher gearbeitet?«

»In Frankreich.«

»In Paris oder in Grasse?«

»In beiden Städten.«

»Für wen?«

»Für mich.« Das war ihm herausgerutscht. »Ich meine«, verbesserte er sich hastig, »ich habe als Chemiker in den bedeutenden Häusern gearbeitet.«

»Haben Sie die Zeugnisse dabei?«

»Die sind verlorengegangen wie so vieles während des Krieges.«

»Das kann ich mir vorstellen«, sagte Seymour Levy ungeduldig. Er nahm zwei Zigarren aus der Brusttasche. »Rauchen Sie?«

»Nein, vielen Dank.«

»Ich darf mir eine anstecken, ja? Sie können es mir auch kaum verbieten. Das ist einer der Vorteile, wenn man Chef hier ist.« Er stieß ein rauhes Lachen aus und zog die Zellophanhülle von der Zigarre. »Nehmen wir zum Beispiel mal diese Duftartikelserien.« Er stand auf – er war kleiner, als Armand gedacht hatte – biß die Zigarrenspitze ab und spuckte sie in den Papierkorb, drehte Armand den Rücken zu und blickte durchs Fenster auf die Straße. »Mein Lieblingsprojekt. Ich fand, wir müßten endlich mal wegkommen von unserem Image und in etwas weniger Greifbares, aber Hochklassiges einsteigen. Natürlich« – er drehte sich um, paffend, die Hände in den Taschen vergraben – »machen wir mit unseren Produkten weiter wie bisher. Das ist keine Frage. Pearson steht für Farbe, für Lippenstift und Nagellack. Die amerikanische Frau ist auf uns angewiesen. Unsere Produkte sind geradezu klassisch. *Blazing Ice* war unser größter Renner. *Peach Melba, Midnight Sun, White Heat* – die Produkte hab' alle ich betreut.«

Er ging auf und ab. »Ich tu' was für mein Geld, Mr. Nouvel. Ich setze mich nicht faul auf meinen Hintern. In unserem Geschäft muß man rangehen. Nun, wie denken Sie darüber?« Beim Sprechen hatte er Armand nicht aus den Augen gelassen.

»Ich weiß nicht recht.«

Seymour Levy lachte und setzte sich wieder in seinen Drehsessel, kippte auf ihm zurück und lehnte den Kopf an die Wand hinter sich. »Sie wissen nicht, wieso ausschließlich ich die ganze Zeit rede, stimmt's? Und denken sich, ich will ja die Stelle haben, nicht der da. Warum also will er mich von etwas überzeugen? Hab' ich recht?« Er lachte erneut und stieß den Stuhl jäh nach vorn. »Ganz einfach, ich will Sie nämlich von gar nichts überzeugen. Kein Mensch rückt beim Vorstellungsgespräch mit der Wahrheit raus, und ich hab' schlechterdings nicht die Zeit, herauszufinden, was von dem Kram, den man mir erzählt, stimmt. Alle meinen, sie wären wer weiß wie gut, und erzählen einem irgendwas, was sie wochenlang auswendig gelernt haben. Daraus erfahr' ich überhaupt nichts.«

Er beugte sich nach vorn, bis dicht vor Armand. »Also rede ich – über mich, die Firma, meine zukünftigen Projekte. Und dabei sehe ich mir den Mann genau an, wie ich das eben mit Ihnen gemacht habe. Wie er mir zuhört, das verrät mir, was ich wissen will. So kann ich den Mann packen. Ich gebe allerdings zu, bei Ihnen ist mir das noch nicht gelungen, Mr. Nouvel. Ich kann Sie noch nicht einordnen. Glauben Sie aber bloß nicht, das würde mir Kopfzerbrechen bereiten. Wir haben Zeit.« Er schnippte die Asche auf den Teppich und blickte darauf nieder.

»Mir geht's zur Zeit um Duftserien, Luxusartikel. Nicht Parfüms. Diese Branche beherrschen die Franzosen. Die haben das große Ansehen, das Prestige, denen können wir im Augenblick noch nicht das Wasser reichen. Das Geschäft überlassen wir lieber Guerlain, Patou, Lanvin – ach ja, Sie sind ja Franzose. Kennen Sie Jolaunay? Dieser Spitzenunternehmer produzierte die besten Parfüms weit und breit. Der Mann war ziemlich ausgefuchst und hat nur wenig, dafür teuer verkauft und sich nicht um weite Verbreitung gekümmert. Das hat geklappt. Heutzutage täte er das selbstverständlich nicht mehr, aber für die damalige Zeit war's genau das Richtige. Er war der glänzendste von allen Parfümeuren.«

»Ich kenne ihn. Äh ... Ich habe für ihn gearbeitet, vor dem Krieg.«

»Das ist nicht wahr!« Levy zeigte Interesse.

»Doch. Direkt neben dem Ladengeschäft lag das Labor. Dort haben wir *Âme* gefertigt.«

»*Das* klassische Parfüm! Ich hab' selber zwar nie daran schnuppern können, aber wenn Sie jetzt noch was von dem Zeug dabeihätten, müßten Sie sich garantiert nicht bei uns vorstellen. Sie wären ein gemachter Mann. Was ist denn mit dem alten Jolaunay passiert?«

»Er ist gestorben, während des Krieges«, murmelte Armand leise.

»Gestorben. Ach ja, stimmt, er soll ja mit den Deutschen unter einer Decke gesteckt haben. Sehen Sie, auch die duftendste Rose ... Man weiß nie. Aber ich muß schon sagen, Sie beeindrukken mich, Mr. Nouvel. Daß Sie bei Jolaunay gearbeitet haben ...«

Einen Augenblick lang schwiegen beide; jeder dachte auf seine Art über Armands Parfüms nach.

Levy nahm das Gespräch wieder auf. »So etwas können wir hier bei uns natürlich nicht gebrauchen. Obenan in der Serie wird ein Eau de Cologne stehen, wovon wir aber bestimmt nicht viel verkaufen werden. Mit dem Wässerchen müssen wir das Image aufbauen. Wir setzen in erster Linie auf die gängigen Parfümerieartikel: Seifen, Puder, Deodorants, vielleicht auch noch Badeöle oder -salze. Wir wollen mit dieser Serie die typische Pearson-Kundin ansprechen, die, die von *Midnight Sun* schon ganz verschmierte Finger hat. Es wird uns um die selbstbewußte, freche Frau gehen, die Erfolg bei Männern hat. Was können Sie damit anfangen, Mr. Nouvel?«

Armand ließ sich mit der Antwort Zeit, obwohl er merkte, daß Seymour Levy ungeduldig darauf wartete.

»Nun?« hakte der nach.

»Ich würde dabei an eine würzige Duftnote denken. Ein Hauch Zimt, vielleicht mit einem Hauch von Jasmin.«

»Wie ein tropischer Garten, steigt einem zu Kopf. Gefällt mir.« Er stellte sich neben Armand. »Du verdrehst ihm den Kopf.«

»Wie bitte?« fragte Armand unsicher.

»Das als Werbespruch: Du verdrehst ihm den Kopf. Na ja,

vielleicht doch nicht so gut. Wie wär's mit: ›Insel im Sonnenschein‹? Auch nicht gut, da müßten wir den Kerlen, die den Schlager geschrieben haben, Geld geben.«

Armand schaffte es weder, Mr. Levys Gedankensprüngen zu folgen, noch konnte er etwas mit dessen Anspielungen anfangen.

»Wir nennen die Serie *Dare* – wie wär's damit? Ist schon vorbei... lassen wir mal von unseren Marktforschern testen. Könnte zu stark, zu bedrohlich wirken.« Levy ging wieder auf und ab. Er schaute nach unten beim Gehen. Neben der Wechselsprechanlage blieb er stehen. »Burt soll sich mal mit dem Mann zusammensetzen. Ja, richtig, Mr. Nouvel.« Vom Schreibtisch nahm er einen Aktendeckel, warf einen Blick darauf und fügte hinzu: »Armand. Ja, wir sind fertig.«

Er drückte den Knopf herunter. »Das wär's«, wandte er sich wieder an Armand. »Josie vereinbart für Sie einen Termin mit Burt Mangello. Er leitet unser Labor, er wird sich dann bei mir melden. Es hat mich gefreut«, sagte er lächelnd und streckte die Hand aus. »Ich könnte mir denken, wir beide komponieren noch herrliche Musik zusammen. Sie müssen nur mit den Noten rüberkommen.« Seymour Levy lachte, ging zurück an seinen Schreibtisch und griff nach einem Stapel Briefe.

Burt Mangello hatte einen langen Arztkittel an, war hochaufgeschossen, fast dürr, das hagere Gesicht zierte eine nicht ganz ebenmäßige Römernase. Er benahm sich sehr zuvorkommend Armand gegenüber, als hätte ein Teil von Seymour Levys Macht auf den Franzosen abgefärbt.

Armand konnte sein Glück noch nicht fassen. *Dare* – an diesem Duft würde er schon bald mitwirken. Wie gut das paßte, dachte er – dem Himmel sei Dank, daß er so geistesgegenwärtig gewesen war zu sagen, er habe für Jolaunay gearbeitet. Danach hatte ihn Levy als ebenbürtig betrachtet, ganz bestimmt. Armand sah sich bereits in der neuen gesellschaftlichen Umgebung: elegante Abendessen, bezaubernde Frauen, einflußreiche Männer. Endlich kehrte er in die ihm gebührende Welt zurück.

»Verzeihen Sie«, sagte er zu Burt Mangello. »Was sagten Sie eben?«

Der wiederholte seine Bemerkung in leisem, entschuldigendem Tonfall. Das Labor liege in der Bronx, er befände sich jetzt nur deswegen in Manhattan, weil Mr. Levy ihn diesen Morgen gerufen hätte; er hätte ihn gebeten, sich für den Fall bereitzuhalten, daß unter den Bewerbern Leute seien, denen man das Unternehmen mal zeigen könnte. Ob es Mr. Nouvel wohl einrichten könnte, sich in den nächsten Tagen einmal das Labor anzuschauen? Man habe kürzlich die neue Parfüm-Abteilung aufgemacht. Die Hauptduftorgel enthielte über zweihundert, vielleicht auch zweihundertfünfzig Inhaltsstoffe, das Labor sei aber im Aufbau – er sähe das dann ja schon selber.

Zwei Tage später: Armand besichtigte das Labor mit seinem blitzsauberen Fußboden und Arbeitstischen, den schon bald mit Duftölen aus aller Herren Länder gefüllten Bechern und Gläsern, jetzt noch leeren Fläschchen und den noch leeren Regalen, die seine »Bücherei« zu werden versprachen, wo dann die Duftbasen und die von der Konkurrenz bereits hergestellten Düfte gelagert würden und in der man sich Anregungen für eigene Kompositionen holen konnte.

»Prächtig, alles hier ist ausgezeichnet«, kommentierte er die Einrichtung.

»Mr. Levy hält sehr viel von Ihnen«, bemerkte Burt Mangello. »Am liebsten würde er Sie sicher auf der Stelle einstellen, aber, natürlich gibt's da noch das sogenannte rote Tonband.«

»Was ist das denn?«

»Ach, wissen Sie«, meinte er leichthin, »es wird ein bißchen durchleuchtet, was man früher so getan hat. Das dauert immer länger, als man denkt.«

In der darauffolgenden Woche telefonierte Armand mit Levys Büro. Er bat um Rückruf. Als der nicht kam, versuchte er es nochmals. Er rief bei Burt Mangello an, der ebenfalls nicht zu erreichen war.

Armand drängte, rief täglich bei beiden an, sprach jedoch lediglich mit deren Sekretärinnen. Am Monatsende erbarmte sich schließlich Burt Mangello. Er ließ das Gespräch durchstellen. »Es tut mir leid, Mr. Nouvel. Sie haben die Stelle leider nicht bekommen.«

»Warum? Was stimmte denn nicht?«

»Das darf ich Ihnen leider nicht verraten. Auf Wiederhören, Mr. Nouvel.«

Aufgelegt. Armand starrte auf den Hörer. Als die beiden Männer sich immer wieder entschuldigen ließen, hatte er natürlich schon mit einer Ablehnung gerechnet. Aber wieso? Die Sicherheitsüberprüfung? Hatte Levy irgend etwas herausgefunden? Er war ja ein gerissener Fuchs.

Francis Murphy stellte sich leise hinter Armand. »Ich habe die Stelle nicht bekommen«, sagte er und legte den Hörer auf.

»Wie schade«, meinte sie tröstend. »Vielleicht weil Sie die amerikanische Staatsbürgerschaft noch nicht haben.«

Armand sah darin ein endgültiges Urteil ohne Einspruchsmöglichkeit. Alle Wege waren ihm versperrt.

1958–1959

Die Pistole lag schimmernd auf blauem Samt in dem Schaufenster, an dem sich Martines Atem niederschlug. Sie rieb die Kondenstropfen weg, dadurch entstand ein wäßriger Schleier. Sie trat zurück, damit sie die Pistole besser sehen konnte. Sie funkelte einladend, schien ihr zuzuwinken. Martine spürte sie geradezu in ihren Händen trotz ihrer ganz steifen Finger, die nackt und rissig waren, aber in ihrem Alter trug man schließlich keine Handschuhe mehr. Mit fast elf Jahren war man doch für dergleichen Kinderkram viel zu alt.

Sie wollte, sie *brauchte* so eine Pistole. Andere hatten ja auch eine. Allerdings mußte sie zugeben, daß es sich dabei um den »Herzog« und Casey handelte, und die waren auch schon dreizehn.

Marty war die Jüngste in der Bande, die anderen Kinder waren mindestens ein Jahr älter. Bei anderen fand sie Anerkennung, denn sie kniff bei keiner Schlägerei und hatte Köpfchen.

Sie waren die »Saints«; ihre Rivalen die »Bulldozers«, aber auch mit anderen Banden kam es zu Prügeleien. Mit den »Bulldozern« trugen sie jedoch regelrechte Straßenschlachten aus. Die hatten zwei Farbige in ihren Reihen, und die »Saints«, die einzige Bande mit einem Mädchen, bekämpfte sie wegen des Territoriums, das beide Banden für sich beanspruchten. Das umkämpfte Gebiet war ein kleiner Asphaltparkplatz neben einem Handballfeld. Es hatte schon böse Schrammen, gebrochene Nasenbeine und Platzwunden am Kopf gegeben. Marty war schon ein paarmal bei echt blutigen Prügeleien dabeigewesen, die erst von hinzueilenden Polizisten beendet worden waren. Doch Casey, der Anführer, ließ die nicht an sie heran. Man schützte Marty vor echter Gefahr, hauptsächlich deswegen, weil man nicht riskieren wollte, daß sie eine Niederlage erlitt. Casey ließ sie bloß auf die Schwächlinge los – den »Professor« der Bulldozer, ein schmächtiger, pickliger Junge mit rotem Haar, oder dessen Zwillingsbruder, der ihm aber überhaupt nicht ähnlich sah, ein Typ, den sie »Fruit« nannten.

Die Bande war Martines Zuhause. Jede freie Minute hing sie mit den Jungen herum. Die waren ihre wahre Familie, fand sie, Vater und Vie waren total verspießt und merkten überhaupt nicht, was los war. Sie fand es widerlich, in der Wohnung zu sitzen, und obwohl es fürchterlichen Krach gab, wenn sie zu spät heimkam, blieb sie fast jeden Abend draußen bei den »Saints«. Sie wünschte sich, daß sie alle zusammenleben konnten und daß überhaupt keiner mehr nach Hause müßte.

Als sie Casey gegenüber diesen Vorschlag machte, lachte der nur. Er meinte, sie wäre ein kleines Mädchen, das überhaupt keine Ahnung hätte, weder was einem beim Schuleschwänzen alles blühte, noch von sonstwas.

Sie zog ein Gesicht und schüttelte die Faust gegen ihn, doch er lachte nur noch mehr. Sogar wenn er sie aufzog, fand Martine das toll. Casey hatte bestimmt vor nichts in der Welt Angst, schätzte sie. Er trug das Haar kürzer als die anderen Jungs, aber keiner traute sich, ihn deswegen zu hänseln. Er war stämmig, hatte hellbraunes Haar und herrlich grüne Augen. Er neckte

Marty ziemlich oft und drohte manchmal damit, sie aus der Bande auszustoßen, falls sie nicht endlich aufhörte, sich wie ein Kleinkind aufzuführen. Aber sie wußte doch, daß sie ihm gefiel. Er verstand sie eben, und sie konnte sich mit ihm über die echt wichtigen Dinge unterhalten. Er war ganz anders als ihre Familie, gar nicht blöd – Casey war clever, außerdem machte er sich trotz seiner Bemerkungen etwas aus ihr.

Sie erzählte Casey von der Pistole, daß sie ihr förmlich aus dem Schaufenster zugewunken hätte. Diesmal zog er sie nicht damit auf, daß sie ein Mädchen sei, sondern hörte aufmerksam ihrer ausführlichen Beschreibung zu. »Hört sich ganz gut an. Am besten, du wünschst sie dir vom Weihnachtsmann.«

Weihnachten war in einer Woche. Mit mehr als mit einem Paar warmer Handschuhe war nicht zu rechnen.

Am Heiligabend gingen die »Saints« gemeinsam in die Kirche. Als Marty nach zwölf nach Hause kam, fand sie die Haustür verschlossen und ging hinüber zu Casey. Sie warf Schneebälle gegen sein Fenster, verfehlte es aber immer wieder. Schließlich landete sie drei Treffer hintereinander. Casey öffnete das Fenster und rief leise nach ihr. Marty flüsterte: »Ich bin's.« Und er flüsterte, sie solle an der Kellertür auf ihn warten.

Kaum eine Minute später war er da und faßte sie an der Hand, damit er sie durchs Dunkle der Treppe führen konnte, über die man zu seinem Zimmer gelangte. Oben im Zimmer schloß er ab. »Setz dich dahin«, forderte er sie auf und zeigte aufs Bett. »Und mach die Augen zu.«

Als sie sie wieder öffnete, hielt sie eine große Schachtel in den Armen. Sie hob den Deckel hoch: schimmernd auf blauem Samt lag die Pistole da drin.

Sie machte große Augen. Sie wagte nicht einmal, sie zu berühren.

»Fröhliche Weihnachten, Kleine«, sagte Casey. »Geh vorsichtig mit dem Ding um, es kann dich in Schwierigkeiten bringen.«

Wie sich herausstellte, hätte er sich selbst damit meinen können. Am Tag nach Weihnachten nahm man Casey wegen Einbruchs fest. Seine rechte Hand, den »Duke«, ließ man auf Bewährung frei. Da die beiden nun nicht mehr dabei waren, löste sich die Bande auf.

Auf der von Alamode veranstalteten Weihnachtsfeier, die wie jedes Jahr im großen Gemeindesaal der unitarischen Kirche stattfand, litt Armand an den Schwaden von Zigarettenrauch, Alkohol und billigem Parfüm. Er hatte schon gehen wollen, dabei war es noch früh am Abend, als eine kleine Dralle in waldgrünem Kleid vorüberkam und ihn umarmte. »*Joyeux Noël.* Hab' ich's richtig ausgesprochen? Ich hab' geübt.«

»Hallo, Nina«, entgegnete er lächelnd. »Sie sehen großartig aus.« Das Seidenkleid saß ihr eng am Körper. Das tiefe Dekolleté ließ den Blick frei auf zwei schimmernde Brüste. Sie hatte sich das Haar zu einem französischen Knoten hochgesteckt, die kastanienbraunen Löckchen ringelten sich im Nacken, umrahmten ihr Gesicht. Wie ein unschuldiger Weihnachtsengel mit roten Wangen, mit der Figur einer Verführerin, dachte Armand. Unglaublich, daß diese Frau die Nina Maggiore war, die er regelmäßig im Friseursalon traf, den er belieferte und in dem sie als Maniküre arbeitete.

An diesem Abend schien sie nicht das Aschenputtel des Balles zu sein. Aus der normalen, ja, ein wenig unscheinbaren Frau war ein bezauberndes Geschöpf geworden. Sie hatte herrlich strahlende Augen und schimmernde Haut. Armand legte seine Befangenheit ab und schlüpfte in die Rolle des Märchenprinzen. »Darf ich bitten?« Er machte einen Diener.

Sie tanzten Walzer im Kreis, immer in derselben Richtung. Als der Tanz zu Ende war, hielt sie sich lachend an ihm fest. Ihr war schwindlig. »Tanzen können Sie«, stellte sie fest. Die Augen strahlten, und eine leichte Röte überzog ihr Gesicht.

Als nächstes spielte man einen Foxtrott. Sie konnten sich beim Tanzen unterhalten. Lächelnd hörte er ihr zu. Die Sätze schienen geradezu aus Ninas Mund zu hüpfen. Armand fand sie erfrischend in ihrer kindlichen Begeisterung. Sie konnten gut miteinander tanzen. Sie klammerte sich nicht so an wie die meisten

Amerikanerinnen. Nina hielt die Distanz zwischen ihnen aufrecht. Trotzdem ließ sie sich federleicht führen, als tanzten sie seit Jahren zusammen.

Armand fühlte sich wieder jung, fast unbeschwert. Sie erinnerte ihn an Anne, dabei ähnelten die beiden sich äußerlich überhaupt nicht.

»Als kleines Mädchen«, erzählte sie ihm während einer Rumba, »hatte ich einen Freund, dessen Mutter sehr schön, umwerfend schön war. Ich war damals ein etwas großgeratener Pummel und wollte später einmal genauso wie sie aussehen. Ich fürchtete, nie einen Mann abzubekommen – ich war da wohl zehn oder elf, und wenn mich ein Junge ansprach, wurde ich puterrot und brachte keinen Ton heraus. Ich hatte nichts als Jungs im Kopf, aber das war eine hoffnungslose Sache.« Armand legte ihr die Hand um die Hüfte, spürte, wie sich Nina im Rhythmus der Musik wiegte.

»Diese toll aussehende Mutter meines Freundes kam eines Abends in mein Zimmer, als ich bei ihnen übernachtete, und ich hab' sie gefragt, wie man einen Mann bekommt. ›Das ist einfach‹, sagte sie: ›Du mußt ihn bloß wegen etwas an seiner Kleidung loben. Männer sind außerordentlich eitel, das vergessen Frauen immer. Sag ihm, daß dir seine Krawatte gefällt. Faß den Stoff an und sag, der sei fabelhaft. Beglückwünsche den Mann wegen seines Geschmacks. Er wird dich für originell halten‹, sagte sie, ›und für bezaubernd.‹ Es dauerte einige Jahre, bis ich ihren Ratschlag in die Tat umsetzen konnte«, bekannte Nina lachend. »Aber vergessen hab' ich ihn nie.«

Armand ließ sie wirbelnd aus seinen Armen, zog sie wieder an sich und sagte: »Sie haben sich aber noch gar nicht zu meiner Krawatte geäußert. Möchten Sie mich denn nicht bezaubern?« Der Tanz war zu Ende. Nina strich leicht über den seidigen Stoff, sah Armand in die Augen. »Ich habe noch keine hübschere gesehen«, sagte sie mit absoluter Bestimmtheit.

Er zog sie an sich und gab ihr einen Kuß auf den Mund.

Als sie sich wieder lösten, sagte Nina: »Sehen Sie? Das funktioniert immer.«

»Die Mutter Ihres Freundes kannte sich aus«, meinte Armand, als der nächste Tanz begann. Beide lachten, sie spürten, ein Versprechen war gegeben.

Plötzlich rief ihr ein Mann zu: »Nina, und was ist mit mir. Willst du etwa den ganzen Abend nur mit ihm tanzen?«

»Sieht ganz danach aus«, rief sie zurück, während sie mit Armand weitertanzte.

Sie gehörten zu den letzten Gästen. Armand hob vom Boden einige Dekorationsteile auf – einen Stechpalmenzweig, zwei winzige Tannenzapfen, ein Glöckchengehänge – und band das alles um kleine Fichtenzweige zu einem Kranz, den er Nina dann aufsetzte. Lachend wehrte sie sich dagegen; nach einigem Ändern und Anpassen war Armand schließlich mit seiner Arbeit zufrieden. Er setzte ihr diese Krone auf und erklärte: »Sie sind die Königin der Nacht.«

»Und ich will nie mehr erwachen«, versprach sie.

Armand gab ihr einen Kuß. »Dann werde auch ich schlafen müssen. Mit Ihnen.«

Nina legte die Arme um seinen Hals, schmiegte sich an ihn und schloß die Augen. Die beiden fingen an zu tanzen, ohne Musik, und als das letzte Paar gegangen war, tanzten sie Wange an Wange im hellen Saal weiter, engumschlungen.

Am nächsten Tag wachte Nina erst kurz vor zwölf auf. Sie mußte lächeln, schlang die Arme um sich. Sonntag. Sie mußte nicht zur Arbeit und war verliebt. Sie wäre am liebsten den ganzen Tag im Bett geblieben, wollte sich an jeden Augenblick des gestrigen Abends erinnern.

Da summte es unten an der Tür; sie zog rasch einen Morgenrock über und ging hinunter. Die Glocke funktionierte schon beim Einzug nicht richtig, würde es wohl nie. An der Tür war kein Mensch, niemand – doch einige Meter weiter weg stand ein junger Mann mit einem Päckchen in der Hand. Sie rief nach ihm; er drehte sich um und eilte herbei: »Sind Sie Nina Maggiori?«

»Ja, das bin ich.«

»Für Sie. Bitte unterschreiben Sie hier.« Schon beim Hochtragen fühlte sie, daß das eine Topfpflanze war. Sie stellte sie auf den Wohnzimmertisch und entfernte rasch das Papier. Es war eine cremefarbene Poinsettie. Auf der Grußkarte stand schlicht: »Träum weiter.«

Er ist ein Prinz, dachte sie, ganz anders als die andern, jemand der aus einer fernen Welt gekommen ist und ihr eine Krone aufgesetzt hat. Sie mußte an seine Küsse denken und daran, daß sie ihn am liebsten ewig geküßt hätte und sich herrlich in seinen Armen gefühlt hatte.

Sie sagte erst leise und dann lauter seinen Namen. Armand Nouvel. Armand Nouvel. Immer wieder hätte sie das hören mögen. Sie hatte noch nie einen wie ihn kennengelernt, nicht in all ihren vierunddreißig Jahren.

An der Haustür hatte Armand sie auf den Hals geküßt. Er wollte nicht mit in ihre Wohnung kommen und bat nicht um ein Wiedersehen. Doch hier standen jetzt nur Stunden später seine Blumen, außerdem hatte er ihr zugeflüstert: »Dann werde auch ich schlafen – mit Ihnen.« Sie schloß die Augen. Verlangen, Liebe – was es auch sein mochte – stieg in ihr hoch.

Er meldete sich nicht mehr an diesem Tag. Sie kannte seine Privatadresse nicht. Als sie ihn gleich am Montag morgen bei der Arbeit anrief, um sich für die Pflanze zu bedanken, war er herzlich, aber distanziert. »Wann sehen wir uns wieder?« platzte sie heraus.

»Hoffentlich bald«, antwortete er in höflichem Tonfall.

»Heute abend vielleicht?« Das hatte sie eigentlich nicht fragen wollen. Nun mußte sie wohl oder übel seine Antwort abwarten.

»Das geht leider nicht. Könnte ich Sie nicht in den nächsten Tagen mal anrufen?«

Sie nickte stumm. Dann brachte sie aber doch noch eine fröhlich klingende Antwort zustande: »Doch, das wäre toll.« Sie legte auf. Was hatte sie bloß falsch gemacht? Er war tatsächlich anders als die anderen.

Die Frau stellte Armand vor ein Rätsel. Sie war weniger hübsch als die Frauen, die er bisher in New York kennengelernt hatte, besaß dafür aber viel mehr Charme. Sie hatte auf der Feier gleich etwas in ihm ausgelöst, das in ihm mit Annes Tod doch eigentlich gestorben war. Und bei aller Anziehungskraft, die Nina auf ihn ausübte – er sollte dem lieber nicht nachgeben. Er hatte ja keine Zukunft. Am gefährlichsten war es, sich Hoffnung zu machen. Bloß nicht in alten Geschichten wühlen und falsche Erwartungen hegen.

Es war ihm zur Gewohnheit geworden, von einer Frau lediglich körperliche Liebe zu verlangen und sich selber auch zu nichts zu verpflichten. Die niedliche Nina Maggiore jedoch ging ihm nicht so leicht aus dem Sinn. Nach dem Abschiedskuß war er zu Fuß nach Hause gegangen und hatte immer wieder an ihr Haar, ihre Brüste, den Duft, als er ihren Hals küßte, denken müssen. Auf einmal war er voller Verlangen nach ihr gewesen.

Am nächsten Morgen wachte er nach dreistündigem Schlaf auf, ging nach unten und bestellte Blumen für sie. Am Nachmittag bereute er das schon und versuchte sich einzureden, am vorigen Abend wäre er wohl etwas durcheinander gewesen. Sie war doch eine Maniküre, diese Art Frau, die sich vermutlich von jedem Mann beeindrucken ließ. Hatte sie ihn nicht an sich gedrückt? Sich geradezu an ihn herangeworfen? Ja, sie war wohl eine, die allzu leicht zu haben war, und sicherlich eine Frau, die er seinen Töchtern lieber nicht vorstellte.

Vor zwei Monaten war Vie vierzehn geworden. Biologisch war sie wohl noch keine Frau, aber in anderer Hinsicht so reif, daß er nun lieber niemanden mehr mit nach Hause brachte. Sie sagte zwar nichts, blickte ihn aber immer vorwurfsvoll an. Marty dagegen überging entweder seinen Besuch völlig oder gab etwas von sich, das bei einem Kind in ihrem Alter unerhört vulgär klang.

Die ganze Situation war Armand allmählich so peinlich geworden, daß er seit einem halben Jahr keine Frau mehr mit nach Hause brachte, ebenso lange lebte er keusch. Mit Genugtuung stellte er fest, daß er kaum noch an Sex dachte. Er sagte sich, daß ihm ein Leben ohne dieses unwürdige sexuelle Verlangen eigentlich sogar besser gefiel.

Doch Nina Maggiore stellte eine Bedrohung für seinen Seelenfrieden dar. Nach einer Woche – als er immer noch an den Klang ihrer Stimme, den Duft ihrer Haut denken mußte, lud er sie telefonisch zum Abendessen ein, mit dem Vorsatz, sie auf dieselbe Art aus dem Sinn zu bekommen wie die anderen Frauen. Wenn möglich in ihrer Wohnung, wenn nicht, müßte er es riskieren, sie mit zu sich zu nehmen. Nach einer mit aufregendem Liebesspiel verbrachten Nacht wäre er wieder frei.

Aber als sie ihm die Tür öffnete, verzagte er. Sie hatte so etwas außerordentlich Zerbrechliches an sich, daß er sie in die Arme schließen und vor der Welt beschützen wollte. »Ich freue mich so über unser Wiedersehen«, gestand sie so aufrichtig wie ein kleines Mädchen.

»Genau wie ich.« Einander zulächelnd, ohne sich zu berühren, standen sie da und konnten ihr Glück nicht verbergen. Nicht hübsch, mußte er denken und blickte sie verlegen lächelnd an. Aber sie hatte ein unglaublich liebes Gesicht. Er hätte es am liebsten umfaßt und ewig hineingesehen.

Sie aßen zu Abend, lachten, hielten Händchen. Schließlich gingen sie Arm in Arm zurück zu ihrer Wohnung. Nina bot ihm an, mitzukommen, was er aber auch diesmal ablehnte.

An den folgenden drei Abenden war es nicht anders. Armand holte sie ab, sie aßen im Restaurant und trennten sich nach einem Gutenachtkuß vor Ninas Haustür. Aber mit jedem Abend lernte er sie besser kennen.

Ihre Eltern waren beide tot. Sie war erst vier gewesen, als der Vater die Familie verließ; sie hatte ihn kaum gekannt. Die Mutter – Nina fand, sie hätte schon immer alt ausgesehen – arbeitete in einer Bekleidungsfabrik. Sie war eine gläubige strenge Frau, die nichts für Männer, Alkohol und Vergnügungen übriggehabt hatte. »Sie hat mich wohl geliebt«, sagte Nina, »aber das habe ich nicht zu spüren bekommen. Sie hat mir jeden Wunsch erfüllt, selbst wenn sie es sich gar nicht leisten konnte – nur hat sie mir keine Zuneigung geschenkt. Vermutlich hab' ich deshalb auch schon mit vierzehn angefangen, mich mit Jungen zu verabreden. Aldo war sechzehn. Wir haben uns immer gegenseitig aus unseren Lieblingsbüchern vorgelesen. Er war zwar nicht superintelligent, aber ganz versessen auf Bücher und las alles, was er in die Finger bekam.«

Sie lächelte Armand an, steckte sich eine Gabel voll Spaghetti in den Mund und fuhr fort: »Wir waren knapp über zwei Jahre zusammen, da bombardierten die Japaner Pearl Harbor. Er wurde eingezogen und bat mich, ihn zu heiraten, ehe man ihn nach Übersee brachte. Ich war noch nicht mit der Schule fertig und sagte ihm, mit der Heirat sollten wir bis zu seiner Rückkehr warten. Worauf er meinte, das ginge nicht, denn vielleicht käme er gar nicht wieder zurück.« Sie schwieg. »Habe ich etwas Falsches gesagt?«

»Nein, nein, sprechen Sie bitte weiter.«

»Wirklich nicht?« fragte sie zweifelnd.

Er berührte leicht ihre Hand. »Erzählen Sie von sich. Haben Sie in die Heirat eingewilligt?«

Sie nickte. »Das war eine Art Kompromiß. Ich hab' gesagt, wir könnten uns verloben und heiraten, sobald er Heimaturlaub hätte.«

»Und was passierte dann?«

»Er kam bei den Kämpfen im Pazifik um.

Wissen Sie ... das hab' ich noch keinem anvertraut: mir hat die körperliche Liebe keinen Spaß gemacht. Es tat weh, war ganz anders, als ich mir das vorstellte, gar nicht liebevoll und romantisch. Ich wollte schon damals die Verlobung auflösen, schwieg aber. Und als dann ein paar Wochen später das Telegramm eintraf, war mein erster Gedanke: Ich bin noch mal davongekommen. Merkwürdig, nicht?«

»Nein«, sagte Armand und streichelte ihre Hand. »Das finde ich nicht. Was passierte danach?«

»Alles auf einmal. Aldo war gefallen, wie gesagt, meine Mutter starb, ich ging von der Schule ab und fing bei Aldos Vater an zu arbeiten. Ich hatte keine Ausbildung als Kosmetikerin – aber ich durfte bei den Kundinnen die Haare waschen und kämmen.

Putzfrau war ich wohl auch.« Sie lachte. Der Kellner kam mit der Speisekarte. Ob sie etwas zum Nachtisch wollten? Armand sagte, sie würden noch etwas damit warten, und bat Nina weiter zu erzählen.

»Danach passierte nicht mehr viel sonderlich Aufregendes. Ich habe die Maniküre bei den Kundinnen gemacht – wie heute noch. Man könnte sagen, mein Leben wird von Nägeln zusammengehalten.« Sie lachte über den Witz, aber es schien ihm doch recht gekünstelt.

»Haben Sie denn nie etwas anderes gewollt?«

Die Fröhlichkeit fiel von ihr ab, ganz plötzlich. »Doch, ja«, erwiderte sie leise. »Ich habe viel mehr gewollt. Ich wollte Mr. Viaggi, sobald er sich zur Ruhe setzte, den Laden abkaufen und mich selbständig machen. Irgendwie hat das aber nicht geklappt. Ich bekam das Geld nicht zusammen ...«

Armand rief nach dem Kellner und bestellte zweimal Zuppa inglese. Nina probierte davon, die Speise war sahnig und mit Eierkrem gemacht. »Schmeckt toll!« meinte sie und machte sich darüber her wie ein Kind über Waffeleis.

Während sie aß, sah er ihr zu. Sie war spontan, direkt – so wie Anne, als Armand sie kennenlernte.

Nina war mit dem Essen fertig. Wie andere ein Taschentuch hervorholen mochten, nahm sie das ernste Gespräch, das sie kurz zuvor geführt hatten, wieder auf. »Wissen Sie was, Armand, über all die unerfüllten Wünsche, all unsere Träume – darüber lohnt es sich nicht nachzugrübeln. *Dies* hier ist das Leben, dieser Augenblick.«

»Doch, manchmal braucht man Träume, damit man weiterleben kann«, widersprach er.

Sie dachte kurz darüber nach. »Mag sein. Wenn man aber zu lange an den Träumen festhält, verwandeln sie sich mit der Zeit zu Alpträumen. Ich jedenfalls hab' meine Träume zerplatzen lassen! Peng.«

»Sie könnten mir viel beibringen.« Fast fürchtete er sich vor dem, was nun bevorstand. Aber der Versuchung, sich von ihrer Vitalität mitreißen zu lassen, konnte er nicht widerstehen.

Draußen vor dem Restaurant schmiegte sich Nina an ihn und sagte: »Ich will dich haben.«

Er küßte sie mitten auf der hellerleuchteten Straße und fühlte, wie er ihrem Drängen allmählich nachgab. Schließlich lösten sie sich aus dem Kuß, und Nina entschied: »Nun kommst du mit zu mir.«

Sie hakte sich bei ihm ein. Sie schritten zügig aus, schweigsam. Beide sehnten sich nach der Liebe.

Drei Tage später – Vie goß nach Tisch gerade den Kaffee ein – kam Marty herein, sie hatte die Baseballjacke an, die sie sich von einem aus der Bande geliehen hatte, dreckig und schlecht sitzend. Sie blickte Vater und Schwester an, blieb plötzlich stehen und musterte Nina von oben bis unten. »Noch eine«, meinte sie spöttelnd. »Wolltest du nicht aufhören, geliebter Vater?«

»Marty!« rief Vie entsetzt.

Marty stemmte die Hände in die Hüften. »Was ist denn nun schon wieder? Ist das die neue Mutter für die Waisenkinderchen?«

»Hör auf!« Vie schrie fast. »Stell dich lieber Nina vor.«

»Darauf verzichte ich.« Sie drehte sich um und ging hinaus.

»Entschuldige bitte . . .«, begann Armand.

»Das macht doch nichts«; Nina wollte sich nicht unterkriegen lassen. Zu Vie gewandt erklärte sie: »Darum geht's mir wirklich nicht. Ich will nicht eure Mutter, sondern eure Freundin sein.«

Vor lauter Verlegenheit brachte Vie keinen Ton heraus. Daß diese Frau etwas Besonderes an sich hatte, war ihr gleich klargewesen.

Sie war anders als die anderen, nicht so herablassend und kühl wie jene Frauen – besonders Blondinen –, die mit Vater heimkamen und sie und Marty entweder wie ausgestopfte Puppen behandelten, die man links liegenläßt, oder wie kleine Diener, die man herumkommandieren konnte. Nina war überhaupt nicht so, sie strahlte Wärme und Freundlichkeit aus, so daß man das Gefühl hatte, man würde sie schon lange kennen und als wüßte sie alles über einen.

Am liebsten hätte sie Nina mit in ihr Zimmer genommen, um ihr alles zu zeigen: die Schularbeiten, die Bücher, sogar ihren Stoffpudel und all die anderen, längst nicht mehr benutzten Spielsachen. Wieso eigentlich? Mit was konnte sie sich denn schon brüsten? Und doch wollte sie Nina alles von sich erzählen, denn sie hoffte, daß Nina bald zu ihnen gehören würde.

Als Nina aufstand, um zu gehen, fragte Vie schüchtern: »Kommen Sie morgen abend wieder her? Ach, bitte!«

Offenbar freute sich Nina. »Du meine Güte, Vie«, sie schaute zu Armand hinüber, konnte dessen Miene aber nicht deuten. »Ich werd's versuchen«, versprach sie. »Ganz bestimmt.« Sie drückte der Kleinen einen herzlichen Kuß auf.

Sobald Armand und Nina gegangen waren, strich sich Vie langsam über die Wange. Noch nie hatte eine Frau sie so liebevoll geküßt. Es war anders, als wenn Papa einem einen Kuß gab, fester als seiner und doch zarter; und Nina duftete leicht nach Veilchen. Ihre Haut fühlte sich ganz warm an. Ob man es merkte? Sah man, wo Nina sie geküßt hatte? Nie wieder würde sie sich das Gesicht waschen, beschloß Vie; sie liebte Nina ...

Vie fühlte sich noch immer so gut beim Aufwachen, daß sie sich kaum über Marty ärgerte, die wie üblich nirgends aufzutreiben war, als sie zur Schule losmußten. Allein konnte man sie nicht wegschicken, denn im letzten blauen Brief, der von der Schule kam, stand, bei nochmaligem Schwänzen würde sie von der Schule gewiesen.

Mit ihren Büchern und dem Schulbrot ging Vie nach unten. Auch wenn Marty irgendwo draußen war, sie mußte doch noch auf sie warten, damit sie sich von oben ihre Schulsachen holen konnte. Aber heute morgen störte Vie das überhaupt nicht. Marty könnte von ihr aus ganz wegbleiben.

Marty sprang aus dem Gebüsch neben der Haustür. Vie schrak so heftig zusammen, daß sie alle Siebensachen fallen ließ. »Beeil dich, Marty«, murrte sie. Sie hob das Mathebuch auf, mit den verschmutzten Seiten und dem eingerissenen Umschlag, die Tüte mit dem Mittagsbrot: das hartgekochte Ei war zerdrückt, die Banane aufgeplatzt.

»Diesmal hab' ich dich wirklich erschreckt«, verkündete Marty schadenfroh.

»Hol deine Sachen runter, wir gehen!« rief Vie so bestimmt, daß Marty gehorchte.

Unterwegs bemerkte Marty: »Die neue Flamme sieht ziemlich blöd aus, nicht? Aber ist ja auch egal.« Sie zuckte mit den Achseln. »Die bleibt ja doch nicht lange bei Vater.«

»Was weißt du denn schon!«

Marty musterte ihre Schwester abfällig: »Ins Bett will er mit ihr hüpfen, mehr doch nicht!«

»Sag das nicht noch einmal! Sie ist sehr nett. Und hör auf, so von Papa zu reden.«

Marty grinste nur. Nachdem sie schweigend ein paar Schritte gegangen waren, sagte Vie: »Weißt du was, Marty, manchmal frag' ich mich, wie es ist, wenn man eine Mutter hat.«

»Ah ja?«

»Fragst du dich das nicht auch mal?«

»Doch. Aber ich hab' eine ältere Schwester, das ist genauso schlimm.«

»Ich gäbe was drum, wenn ich eine hätte.«

»Du hättest das bald satt.«

»Mag sein. Trotzdem finde ich, daß Papa Nina fragen sollte, ob sie nicht bei uns bleiben will.«

»Möchtest du mal wissen, was ich mir wünsche?«

»Ja, was denn?«

»Daß du endlich aufhörst, ihn Papa zu nennen. Das klingt so kindisch.«

»Wenn schon«, gab Vie betroffen zurück. »Ich bin ja auch noch nicht erwachsen.«

»Du könntest es ja mal versuchen«, erklärte Marty und rannte voraus zu ihrer Schule.

Daß sie nicht nur eine Mutter, sondern auch einen Vater brauchte, konnte sie Vie gegenüber nicht zugeben, darüber war sie sich selbst ja noch nicht ganz im klaren. Sie hatte keine Mutter, war überzeugt davon, daß der Vater sie haßte; auch wenn sie noch zu jung war, um verstehen zu können, wie Schuldgefühle entstehen, so wurde ihr Verhalten doch davon bestimmt. Marty hatte sich zu einer Straßengöre entwickelt. Sie wollte Zuneigung und Anerkennung von denen erhalten, die sie wie sich selbst für aus der Gesellschaft Ausgestoßene hielt.

Vie wartete, bis sie sah, daß Marty wirklich das Schuldgebäude betrat. Dann machte sie sich auf den Weg zu ihrer Schule. Als sie an Nina dachte und anfing, Pläne zu schmieden, ließ ihre Wut auf die Schwester langsam nach.

Falls Nina am Abend zu ihnen käme, wollte Vie einen Kuchen backen und Kerzen auf den Tisch stellen; alles sollte ganz festlich wirken. Nach dem Abendbrot würden sie beide sich zusammensetzen, und sie wollte Nina all die Dinge fragen, die sie Papa nicht fragen konnte: was es bedeutete, eine Frau zu werden. Es machte einem schon Angst, nur daran zu denken: Erst bekam man einen Busen, und dann kriegte man Kinder. Nina könnte sie über die Regel aufklären. Die hatte vor ein paar Monaten eingesetzt. Als sie Papa das erzählt hatte, meinte der nur, sie solle nicht erschrecken, das bedeute lediglich, daß sie nun eine Frau war. Er hatte dann Francis Murphy zu ihr geschickt und die redete von Mondphasen. Sie hatte versucht, Vie den Gebrauch von Tampons zu erklären, was das Mädchen aber als so abstoßend empfunden hatte, daß es die Augen schloß. Nina würde bestimmt etwas Vernünftiges darüber sagen, ganz bestimmt, und nicht irgendeinen Blödsinn über den Mond.

Fast pünktlich, gerade läutete es zur Stunde, kam Vie in die Klasse. Sie freute sich schon jetzt auf den Abend, an den sie sicherlich ihr Leben lang zurückdenken würde. Mit Ninas Hilfe würde sie mit der Welt der Frauen vertraut werden und sich so unterhalten, wie es zwischen Mutter und Tochter üblich war.

Darauf mußte sie lange warten – bis zum Frühjahr – denn Armand und Nina wollten sich vorher in ihrer Beziehung nicht festlegen. Nina war überzeugt, daß sie Armand liebte, wollte sich aber nicht binden. Ihr ganzes Erwachsenenleben hatte sie allein verbracht. Nach den gescheiterten Beziehungen zu anderen

Männern hatte sie das Vertrauen in eine länger andauernde Bindung verloren. Sie vertraute Armand, entspannte sich bei ihm, enthüllte ihm mehr über sich als irgend jemandem zuvor, dennoch zog sie sich von einem bestimmten Punkt an zurück.

Ähnlich wie ein Amputierter manchmal Schmerzen im fehlenden Bein empfindet, wurden die Gefühlsverletzungen, die Nina in ihrem Leben erlitten hatte und deretwegen sie hinter einer rauhen Fassade Schutz suchte, immer dann spürbar, wenn Armand sie zum Zusammenleben drängte.

Dann wieder wechselten die Rollen. Sobald Nina sich fürs Zusammenleben aussprach, brachte Armand das Argument vor, Mrs. Murphy ließe das nicht zu und Ninas Wohnung sei für vier Personen zu klein. Nina und Armand wußten jedoch beide, daß sie dadurch nur vor etwas auswichen. Armand hatte Angst. Die Vergangenheit, die er durchgemacht hatte, hatte ihn noch mißtrauischer werden lassen, als er ohnehin schon war. Er mußte an seine zweite Ehe denken, an die wechselnden Frauenbekanntschaften. Er fürchtete, nicht lieben zu können, und dann wieder, zu sehr zu lieben, wodurch er Verrat an Anne übte. Nina würde Vie sicherlich eine sehr gute Mutter sein. Das Zusammensein mit ihr machte Spaß: Sie war eine leidenschaftliche Geliebte. Armand wollte, daß sie sich ihm verschrieb. Doch immer, wenn sie dazu bereit war, überkamen ihn Zweifel und ließen ihn Ausflüchte erfinden.

Als dieses Hin und Her fast drei Monate gedauert hatte, nahm sich Armand vor, den Spannungen ein Ende zu setzen. Er teilte Nina mit, sie dürften sich nicht mehr treffen.

Vie verstummte, als sie davon erfuhr. Sie aß kaum noch richtig und gab keine Antwort, wenn man sie etwas fragte. Vie war nun eine reife Vierzehnjährige. Trotzdem sah Armand in ihr von neuem das Kind aus Carcassonne, das alles um sich abwägend ernst betrachtete – mit dem Unterschied, daß sie jetzt keine Notiz mehr von ihrer Umgebung nahm. Nina war auch ganz vernarrt in Vie und würde es nicht schaffen, fortzubleiben.

Ein Sonntag: Vor neun Tagen hatten sie beschlossen, sich zu trennen. Nina konnte sich nicht entschließen, mit der Hausarbeit anzufangen. Bis jetzt hatte sie die Hälfte der Comics gelesen und einen ganzen Kuchen verschlungen. Sie empfand deswegen ein leichtes Übelkeitsgefühl und ziemlichen Unmut über sich. Als sie unten die kaputte Türklingel hörte, wurde sie nervös. Sie sah sich in dem unaufgeräumten Zimmer um, merkte, daß sie sich weder die Zähne geputzt noch sich gekämmt hatte und außerdem noch Nachtcreme im Gesicht war. Hoffentlich war das nicht Armand, der sich umentschieden hatte. Bei ihrem Anblick und dem Zustand der Wohnung würde er sich garantiert nochmals von ihr wenden. Sie nahm sich vor, nicht aufzumachen.

Doch als es erneut klingelte, war sie dann doch zu neugierig. Sie zog sich den Gürtel um den Morgenmantel enger, wischte sich mit einem Kleenextuch das Gesicht sauber, lief die Treppe hinunter und machte auf.

Vor ihr stand Vie, totenblaß, tränenüberströmt. Sie wollte etwas sagen, brachte aber nichts heraus. In den Armen hielt sie die blutigen Überreste einer überfahrenen Katze.

»Um Gottes willen!« sagte Nina leise. Vies Jacke war befleckt, die Hände ganz blutig. Daß sie das Tier nicht weggeben würde, war klar. »Komm erst mal rein«, sagte Nina, legte den Arm um Vie, um sie zu stützen, sie gingen nach oben.

Als sie in der Wohnung waren, wollte sich Vie weder hinsetzen noch die Katze loslassen, ja Nina nicht einmal anschauen. Doch schließlich brachte sie heraus: »Sie ist tot. Verfluchter Scheiß.«

»Vie!«

»Man hat sie überfahren. Jule wollte zu dir. Ich hab' gesagt, sie soll wieder nach Hause kommen. Aber sie wollte nicht. Das Auto geriet ins Schleudern. Es hat sie umgebracht.« Jetzt weinte Vie erbarmungswürdig, trockene Tränen, wie jemand, der nicht zu weinen gelernt hat. »Mistkerle! Sie war mein Freund, mein bester Freund!«

»Du arme Kleine«, versuchte Nina sie zu trösten und strich ihr übers Haar. »Ich hol' einen Karton. Du legst sie da rein und machst dich ein bißchen sauber, ja?«

Vie nickte, Nina ging in die Küche, holte einen stabilen Pappkarton hervor, merkte dann, daß dieser so als Sarg nicht geeignet war. Vie hätte es bestimmt lieber, wenn er ausgeschlagen wäre.

Die Lappen unterm Spülbecken waren kaum das Richtige. Eher schon etwas aus Seide oder Samt. Nina sah in der Kommode, dann im Kleiderschrank nach. Nach kurzem Zögern griff sie nach dem grünen Seidenkleid. Zog den hinteren Reißverschluß ganz nach unten, zerrte am Saum, bis er nachgab. Vie sah ihr erschrocken zu, wie sie das Kleid zerriß, die Schere aus der obersten Schublade holte und ein Stoffquadrat herausschnitt. Das legte sie in den Karton.

Vie kam näher und legte Jule behutsam hinein. »Du arme, liebe Katze«, flüsterte sie leise, drehte sich zu Nina um und ließ sich von ihr bereitwillig die Jacke ausziehen. Dann ging sie mit Vie zur Spüle, wusch und trocknete ihre Hände. Nina ließ schnell ein Bad einlaufen, streifte Vie die Kleider vom Leib und half ihr in die Wanne. Nina wusch sie, dann ihr Haar. Dann rubbelte sie Vie mit einem Badelaken trocken, kämmte das feuchte Haar aus und gab ihr ein Nachthemd von sich zum Überziehen.

Schließlich sagte Vie leise: »Jetzt können wir Jule beerdigen.«

»Ja, gleich. Aber erst mal mach' ich uns einen Tee, ja?«

Vie fing wieder an zu weinen.

»Aber nicht doch, Kleines.«

»Noch nie war jemand so wie eine Mutter zu mir.«

Nina blickte sie an und begriff zum erstenmal, was Vie durchgemacht haben mußte.

»Ich bin hergekommen, um dich zu bitten, daß du dich mit Papa wieder verträgst. Ich halte diese Situation nicht mehr aus.«

Als Nina das hörte, fing auch sie an zu weinen.

Einige Stunden später verließen sie gemeinsam die Wohnung. Nina hatte ein Bad genommen, sich mit Parfüm betupft und die Haare zu einem französischen Knoten hochgesteckt. Sie hatten Jule hinterm Haus begraben und von nebenan ein paar Schneeglöckchen und Krokusse geholt und aufs Grab gesteckt. Auf der Straße riefen sie ein Taxi und fuhren zu Armand.

Armand war einverstanden. Er hatte Nina vermißt, sich durch die Tage der Trennung geschleppt und sich miserabel gefühlt. Er gab ihr einen Kuß und ging mit ihr ins Schlafzimmer.

Sie schliefen miteinander und besprachen dann die Einzelheiten. Nina sollte aus ihrer Wohnung ausziehen. Und Mrs. Murphy sollte mehr Miete erhalten, womit sie ohne Zweifel einverstanden wäre.

Neben Armand liegend, war sich Nina völlig sicher, das Richtige getan zu haben. Sie liebte Armand, aber es war Vie gewesen, die sie zurückgeholt hatte.

1960–1961

1960 begann Nina als »Windsor-Beraterin« zu arbeiten. Die Firma hatte Filialen in Europa, in Fernost und Südamerika und war weltweit bekannt als das führende Kosmetikunternehmen. Windsor hatte ein einfaches Erfolgsrezept: Einschränkung von Werbung und Risiko, deshalb wendete der Konzern nur geringe Summen zur Verkaufsförderung auf, und das einzige Werbemittel, das Windsor drucken ließ, war ein Verkaufskatalog, in dem sämtliche Produkte abgebildet und beschrieben waren. Die Beraterinnen der Firma mußten diese Broschüre kaufen und dann den Kundinnen vorlegen. Der Katalog enthielt Toilettenartikel, Deodorants, Haar- und Badepflegeprodukte, Hautpflegemittel und Gesichtswässer sowie eine Make-up-Serie, die so preisgünstig war, daß jede Frau sich die Extravaganz leisten konnte, etwas Neues auszuprobieren. Wenn ihr der aquamarinfarbene Lidschatten oder purpurne Augenbrauenstift nicht gefiel, konnte sie ihn beim nächsten Besuch der Windsor-Beraterin zurückgeben.

Die Windsor-Produkte waren zwar preiswert, aber doch nicht so billig, daß irgend jemand hätte daran zweifeln können, die Artikel würden mangelnde Qualität aufweisen. Die Direktoren von Windsor vergaßen keineswegs die Verkaufsmaxime, daß der

Preis den Wert anzeigt, und wußten, daß man eine Gesichtscreme, die in der Herstellung zehn Cents gekostet hatte, nicht für fünfzehn Cents verkaufen konnte.

Daher hielt man die Preise künstlich hoch. Den Kundinnen bescherte man so das Gefühl, ein wenig Luxus zu genießen, und Windsor hatte den größten Gewinn und die meisten Aktionäre aller Kosmetikkonzerne.

Nina begann ihre Tour am zweiten Samstag im November, vier Tage nachdem John F. Kennedy zum amerikanischen Präsidenten gewählt worden war. Sie hatte ihn gewählt wie auch Armand – das war seine erste Wahl als amerikanischer Staatsbürger. Eigentlich hatten sie am Wahlabend ausgehen und feiern wollen, doch sie hatten so wenig Geld, daß sie zu Hause, mit amerikanischem Wein, auf den neuen Präsidenten anstoßen mußten.

Zu Beginn ihrer neuen Tätigkeit war Nina ganz optimistisch. Durch ihren Wochenendjob kam Geld ins Haus, wodurch sie ab und zu auswärts essen oder auch etwas Anständiges zu Hause kochen konnten. Außerdem machte ihr die Arbeit wirklich Spaß. Auf dem mehrtätigen Abendlehrgang hatte man ihr gesagt, die Produkte würden sich nahezu von selbst verkaufen; die Frauen seien treue Kundinnen bei Windsor und würden gespannt auf die Windsor-Beraterin warten, um endlich die Bestellformulare ausfüllen zu können.

Am Samstag verließ Nina gutgelaunt mit ihrem Musterkoffer und einem kleinen Stoß Katalogen das Haus. Am Abend war sie völlig erschöpft, aber sie hatte Aufträge im Wert von über dreißig Dollar abgeschlossen und Spaß bei der Arbeit gehabt. Sie möge Menschen und fände nichts schöner, berichtete sie Armand, als ihnen eine Freude zu machen.

Am Sonntag verkaufte sie wieder Produkte im Wert von 30 Dollar, und fünf Kundinnen hatten sie zum Kaffee mit Kuchen eingeladen. »Was weniger an Geld hereinkommt, das leg' ich eben auf der Waage zu«, sagte sie zu Armand und gab ihm einen Kuß auf die Stirn. Auch wenn sie sich abgespannt fühlte, der Erfolg hatte sie doch aufgemuntert, und an diesem Abend liebten sie sich zum erstenmal seit Wochen wieder.

Sie verstanden sich wie immer gut im Bett, doch im Verlauf des letzten Jahres schliefen sie sehr selten miteinander, und während die Bedeutung der Sexualität in ihrem Leben abnahm, entfernten sie sich auch weiter voneinander: Jeder war mit seinen Problemen beschäftigt, sie stritten wegen Rechnungen, der Miete, was es zum Abendessen geben sollte, es machte sie unempfindlich gegen die Gründe, deretwegen sie zusammengekommen waren.

Sie bemerkten nicht, daß sie etwas opferten; sie betrachteten ihr Leben als normal und vergaßen darüber, daß der Körper und die Phantasie ebenfalls Wirklichkeit sind.

An diesem Sonntag jedoch erwachte das alte Verlangen wieder und ließ sie die Tristesse, die sich in ihrem Leben ausgebreitet hatte, vergessen. Im Halbdunkel streifte sich Nina langsam die Kleider ab und reckte Armand ihren weichen Körper entgegen, zeigte ihre Brüste, ließ das Becken kreisen, stellte ihre Nacktheit zur Schau.

Er fand es erregend, ihrem langsamen Striptease zuzuschauen. Sie hatte einen faszinierenden Körper; er kannte nichts, was begehrenswerter wäre. Er wußte schon nicht mehr, wie *nackt* sie sein konnte, auf so erotische Weise nackt, daß er erschauerte, als er sie berührte.

Sie kam ins Bett zu ihm und lag fast reglos da. Dadurch, daß sie sich so passiv gab, schien ihre Haut noch empfindlicher zu sein. Er streichelte ihr über die Schultern, die großen reifen Brüste, dann über den Bauch bis zum winzigen Haargeflecht. Er fühlte die warme, ihn umfangende Feuchte und zog die Hand wieder fort.

Nina stöhnte leise auf und bat ihn, weiterzumachen. Er beugte sich hinunter, glitt mit der Zunge über ihren Nabel zum dunklen Dreieck hinab. Sie wölbte sich ihm entgegen, und er schmeckte sie, saugte an der hochgewölbten Spitze. Nina stieß endlich einen kleinen Schrei aus, packte das Kopfkissen und wimmerte, als sie den Höhepunkt erreichte. Hastig drang er in sie ein, spürte ihre Wellen und kam.

»Das war herrlich«, sagte sie später. »Wir sollten das öfter tun.«

»Du würdest süchtig danach werden.«

»Das bin ich ohnehin schon, und ich kann's mir nicht mehr abgewöhnen.«

Er lächelte, küßte sie auf die Schläfe und wußte, es würde lange dauern, bis sie sich wieder so liebten.

Er war zu sehr mit sich selbst beschäftigt, zu müde. Die Schulden, die er gemacht hatte, nahmen ihm die Kraft, sie senkten sich über ihn gleich einem Schatten. Natürlich konnte er niemanden als sich selbst dafür verantwortlich machen, daß er welche gemacht hatte, das wußte er. Trotzdem hegte er einen ständigen Groll gegen Nina. Wäre sie nicht zu ihm gekommen, hätte er es niemals gewagt, ein zweites Mal ein Geschäft zu eröffnen. Nach der Absage von Margaret Pearson hatte er alle Hoffnung begraben, doch dann hatte Nina ihm allmählich wieder Mut gemacht und Hoffnung in ihm aufkommen lassen.

Nina hatte ihn ermutigt, seine Träume zu verwirklichen. Sie redet mir ein, ich hätte eine große, zauberhafte Begabung – all diesen Unsinn, dachte er freudlos lächelnd, und hat mir das hinterhältige Geschenk neuen Selbstvertrauens gemacht. Hätte er ihre Bekanntschaft nicht gemacht, wäre er besser dran. Zumindest könnte er dann sein ganzes Gehalt behalten. Doch so bekam jetzt ein Drittel davon diese Grosvenor, aber er würde auch nur einen Bruchteil dessen zurückzahlen können, was sie in sein Geschäft investiert hatte.

Fünfzigtausend Dollar. Auf der Fifth Avenue hatte er Judy Grosvenor zufällig getroffen. Sie machte gerade mit ihrer Tochter Einkäufe und erkannte ihn nach mehr als zwanzig Jahren wieder. »Das ist Armand Jolaunay«, erklärte sie ihrer Tochter. »Ein Genie geradezu. Damals in Paris waren wir alle ganz verrückt nach ihm – lange bevor du auf der Welt warst.«

Sie war eine seiner amerikanischen Kundinnen gewesen und reich verheiratet. Kürzlich sei ihr vierter Ehemann, Matt Grosvenor, verstorben, erzählte sie Armand beim Tee im Palm Court des Plaza-Hotels. Sie hätte sein gesamtes Vermögen und den Besitz in Texas geerbt. Sie hätte Lust, irgendwas Schöpferisches zu tun, das etwas von ihrer Zeit und Energie in Anspruch nähme, und sie denke dabei an irgendwas in der Modebranche. Vielleicht könne man in Dallas eine Boutique eröffnen.

Beim nächsten Treffen hatte sie sich für etwas Originelleres als ein Modegeschäft entschieden. Es sollte »Traumdinge« heißen, eine Boutique sein, die ausschließlich unnötige, überflüssige Dinge, kostbare, aber entbehrliche Waren führte, Fabergé-Eier, golddurchwirkte Stoffe, Armands Parfüms.

Nina riet ihm, das Angebot anzunehmen. Er mietete eine leerstehende Fabriketage, richtete sich ein Labor ein und versuchte, die Rezepturen seiner alten Düfte neu zu gestalten. Aber er war blockiert – als hätte er einen hartnäckigen Schnupfen, als könnte seine Nase nie mehr Gerüche unterscheiden. Sechs Monate später hatte Judy Grosvenor ihre Geduld verloren. Einen Monat danach drohte sie ihm einen Prozeß an, den sie dann allerdings doch nicht anstrengte, als Armand ihr seine finanzielle Situation schilderte. Sie könne wohl zwei Drittel ihrer Investition über die Steuer wieder hereinbekommen, verriet sie ihm. Das restliche Drittel versprach er zurückzuzahlen.

Und jetzt leben wir praktisch wie Bettler, dachte er mißmutig. Hätte Nina nicht diese sinnlosen Hoffnungen in ihm geweckt, dann könnten sie sich wenigstens Wein zum Abendessen erlauben. Nachdem er diesen letzten Versuch unternommen hatte, fühlte er sich ärmer als je zuvor – ärmer an Mut, an Talent, unfähiger als Mann. Er fühlte sich leer, wie ein Nichts, und nur in großen Abständen spürte er noch sexuelles Verlangen.

Am einträglichsten war Ninas erstes Verkaufswochenende gewesen. Aber sechzig Dollar brachte sie nie mehr nach Hause. Der Gewinn fiel auf fünfzig Dollar, dann auf fünfundvierzig, vierzig und pendelte sich schließlich bei fünfunddreißig pro Wochenende ein. Die Erfolgseinbuße spiegelte ihr schwindendes Engagement wider. So sehr sie Geld verdienen wollte und es benötigte: Sie brachte dieses vergnügte Verkaufsgeplauder einfach nicht mehr zustande.

Das lag auch an Armand. Seit jenem Sonntagabend, als sie miteinander geschlafen hatten, hatte er sie kein einziges Mal mehr berührt. Das war jetzt Monate her. Ihr Leben war seither nicht eisig, aber lau.

Und dann war da noch Vie, so zärtlich und liebevoll wie immer, die zu einer anmutigen Schönheit heranwuchs, jedoch etwas so Distanziertes an sich hatte, daß Nina sich schon Sorgen machte.

Die beiden standen sich so nahe wie Schwestern, aber Vie hatte anscheinend keine anderen Freundinnen. Was die Gleichaltrigen interessant fanden, kümmerte sie gar nicht. Eine niedliche Sechzehnjährige war sie bestimmt nicht, eher eine vornehme Einsame – und immer noch ungeküßt. Wenn Jungen oder Männer sie offenkundig bewundernd ansahen, achtete sie überhaupt nicht darauf. Nina nahm sie einmal mit auf eine Party, die eine ihrer Kolleginnen vom Schönheitssalon gab, aber Vie wollte weder tanzen noch sich mit den männlichen Gästen unterhalten.

Armand war deprimiert, Vie igelte sich ein. Blieb noch Marty, doch zu diesem Problemfall fiel Nina überhaupt nichts ein. Sie hatte einfach keinen Zugang zu dem Mädchen. Trotzdem bedauerte Nina sie ungeheuer. Sie weinte über die verschlossene, rebellische, nun fast Dreizehnjährige, die nichts von ihren Gefühlen preisgab – gar nichts. Nina wußte ganz gut, daß man manchmal eine harte Schale benötigte, um sich vor Verlust und Enttäuschung zu schützen, aber sie vermochte sich nicht in dieses Kind hineinzuversetzen.

Marty kam höchst selten heim. Ständig war sie mit einer Gruppe älterer Jugendlicher zusammen. Die anderen Familienmitglieder vermieden das Gespräch über Marty, um nicht damit konfrontiert zu werden, welche Schwierigkeiten das Mädchen sich selbst schuf.

Das Zusammenleben mit Armand machte Nina mittlerweile ganz hilflos. Sie mußte sich schon sehr bemühen, daß sie ihre Lebensfreude bewahrte, und war oft verzagt dabei. Die anstrengende Siebentagewoche war ihr einfach zuviel. Sie brachte weder die Kraft noch den Willen auf, Leben ins Haus zu bringen.

Sie wußte jedoch noch, wie man sich fühlte, wenn man liebte; die Liebe war ihr wie ein Vogel vorgekommen, der einen auf riesigen Schwingen davontrug. Sie erinnerte sich auch noch daran, daß Armand ihr vieles neu erschlossen hatte.

Vie kam zurück vom Blumengeschäft, in dem sie Nina zum Geburtstag eine gelbe Rose gekauft hatte. Ihr wollte nicht in den Kopf gehen, warum sie sich nicht glücklicher fühlte. Alles hatte sich doch zum Guten gewendet, ganz, wie sie sich vorgestellt hatte. In Nina hatte sie eine Mutter, die eigentlich gar nicht wie eine Mutter war: Das war doch ideal. Sie waren gleichberechtigt und konnten alles miteinander besprechen. Gleichzeitig kümmerte sich Nina um sie, kämmte ihr das Haar, kaufte ihr Kleinigkeiten, machte ihr das Bett, wenn sie zur Schule mußte.

Vie krauste die Stirn. Nein, sie machte sich unnütz Gedanken. Es war toll, daß Nina bei ihnen war.

Was also stimmte dann nicht? Marty fügte sich natürlich nicht ein, aber sie war ja immer das Sorgenkind, die Einzelgängerin gewesen. Seitdem sie kein Kind mehr war und Nina zu ihnen gezogen war, war Marty längst keine so große Last mehr. Sie nahm nicht am Familienleben teil, das war alles. Aber an wen würde sie sich denn wirklich anschließen?

Sie rührte mit der Frage an ein empfindliches Problem, das merkte sie. Aber wenn sie weiter danach forschte, würde ihr das bestimmt weh tun. Was gab es denn, in das man sich einfügte? Natürlich! Jetzt hatte sie es herausgefunden – in eine Familie. Marty konnte sich gar nicht anschließen, weil gar keine richtige Familie da war. Mit Nina verstand sie sich nie sehr gut. Aber schon Nina und Armand paßten nicht recht zusammen: Morgen hatte Nina Geburtstag. Garantiert hatte Vater nichts gekauft. Wie sollten sie denn auch eine Familie sein, wenn sie sich nicht wie eine verhielten?

Es war ein langer, heißer Sommer, der sich langsam in den Herbst hineinzog. Nina hatte seit Beginn ihrer Tour für Windsor fast fünfzehn Pfund zugenommen, und die hafteten ebenso hartnäkkig an ihr, wie das schwüle Wetter weiterhin die Luft und die Pflanzenwelt festhielt. Sie haßte sich in diesem Zustand. Sie kam sich vor wie eine Wurst in einer zu engen Haut. Immer glänzte ihr das Gesicht vor Schweiß.

An einem Samstag im September bot sie Vie an, doch mal mit auf die Tour zu kommen. Vie war begeistert; darum bat sie Nina schon seit Monaten. Sie holte das hübscheste Kleid hervor, ein dünnes, graues, ärmelloses Hemdblusenkleid mit Blumenmuster. Das hatten sie eines Abends gekauft, als das Billigkaufhaus bis acht offen hatte. Tags darauf hatte Nina Vie noch eine breite roséfarbene Borte mitgebracht, die Vie als Gürtel tragen konnte. »Ganz toll siehst du aus«, bewunderte Nina das Mädchen – wie jung und verletzlich Vie doch wirkte mit ihren sehr weißen, langen, schlanken Armen, dem schlanken Hals, dem ungeschminkten, von glänzendem gesundem Haar umrahmten Gesicht. Vie war in dem Alter, in dem hauptsächlich die Kleidung darüber entschied, wie alt man eingeschätzt wurde. Im schlichten schwarzen Kleid wirkte sie wie eine junge Frau. Jetzt sah sie aus wie ein Mädchen, das sehr hübsch zu werden versprach.

Die Stammkundinnen wußten nicht, wie sie Vie einordnen sollten. Nina war eigentlich zu jung, als daß sie schon eine erwachsene Tochter haben könnte. »Sie ist meine Adoptivschwester«, erklärte Nina lachend. »Sieht man denn gar nicht, wie ähnlich wir uns sehen?«

Vie mußte lächeln. Sie fand die Bemerkung nicht unpassend, auch wenn sie groß und schlank war, Nina dagegen klein und pausbäckig, und auch wenn Vie blond und Nina dunkelhaarig war und Vie einen sehr hellen, Nina einen dunklen Teint hatte, fühlte sich Vie geschmeichelt. Sie hoffte, alle würden sie für Schwestern halten.

In einem Wohnzimmer mit verblichener blauer Tapete fragte eine korpulente Frau mit hellgrünen Lockenwicklern im Haar Nina: »Hätten Sie wohl etwas bei sich, damit ich so aussehe wie sie?« und deutete mit dem Finger auf Vie.

»Lassen Sie mich mal überlegen«, erwiderte Nina und tippte mit dem Augenbrauenstift an ihre Nase, dann schüttelte sie lächelnd den Kopf. »Aber Mrs. MacCauley, wollen Sie denn wirklich wieder sechzehn sein?«

»Nein, wohl nicht«, entgegnete die Kundin unschlüssig. »Aber schaden könnte es nicht, mich von einigen Jahren und einigen Falten zu befreien.«

»Prima! Und genau darum werden wir uns jetzt kümmern.« Nina holte den Katalog hervor und erklärte Mrs. MacCauley die Vorzüge einer bestimmten Creme, dann eines Gesichtswassers, einer Peeling-Maske, mit deren Hilfe man die Poren reinigen und die äußeren Schichten abgestorbener Haut wegbekommen könne, so daß ein rosiger, jugendlich glänzender Teint zum Vorschein käme. Die Frau hörte aufmerksam zu, nickte hin und wieder zustimmend. Vie schaute genau hin, merkte sich Ninas Gesprächsführung, beobachtete, mit welchem Gesichtsausdruck die Frau reagierte. Sie ließ sich überzeugen, und als Nina zu Ende war, lächelte sie und wirkte jünger und glücklicher als zu Beginn des Besuchs.

Auf dem Weg zur nächsten Kundin bat Vie Nina, ihr doch das Geheimnis guten Verkaufens zu verraten.

»Es gibt keines«, meinte Nina und lachte.

»Aber man hat dich doch für diese Gespräche ausgebildet, oder nicht?«

»Das gehört eben mit zum ganzen Schwindel: Letztlich hat man uns nur drei Regeln eingeschärft: Stellen Sie den Fuß in die Tür – nicht nur im übertragenen Sinne. Zweitens: Schmeicheln Sie der Kundin. Wegen allem, und wenn sie wirklich nicht gut aussieht, dann lobt man eben ihre Möbel, die Tischdecke oder den Kanarienvogel. Drittens: man spielt mit ihrer Unsicherheit.«

»Was heißt denn das?« wollte Vie erschrocken wissen.

»Man erzählt der Kundin zum Beispiel, sie habe hübsche, zarte Haut, die aber mehr Feuchtigkeit benötige. Das ist ihr dann zwar neu, aber eigentlich vermutete sie ja schon seit langem, daß *irgendwas* mit ihrer Haut nicht in Ordnung ist. Und du sagst dann, du hättest da eine Creme, die extra für *ihren* Typ entwickelt worden sei.«

»Stimmt das denn?«

»Wer weiß? Die meisten Kundinnen erneuern die Bestellung jedenfalls und erzählen einem, sie hätten nie etwas Wirksameres benutzt.«

»Was muß man sonst noch wissen?«

»Laß mich mal überlegen.« Nina dachte kurz nach und fing dann laut zu lachen an.

»Ich möcht's wissen!«

»Auch wenn du's mir nicht glaubst, Vie, auf dieser Schulung hat man uns einzureden versucht«, sie mußte erneut lachen, »daß wir uns für – na ja – für *Ärzte* halten sollten.« Nachdem sie das gesagt hatte, brach sie nochmals in schallendes Gelächter aus.

Ihr Lachen steckte Vie an, schließlich fragte sie aber, doch ungläubig: »Was meinst du damit?«

»Mein Ehrenwort! Sie sagten uns, wir müßten wie *Ärzte* auftreten. Wir haben doch gerade mit unseren Mittelchen einen Hausbesuch gemacht. In dem Köfferchen ist alles, was man braucht, damit ein Mensch sich besser fühlt – so sollten wir über unseren Job denken.«

»Unfaßbar!«

»Nicht wahr! Trotzdem, es hat Spaß gemacht, den Lehrgang zu besuchen.« Plötzlich hörte Nina auf zu lachen, sie wirkte nachdenklich, fast ein wenig traurig.

In der zweiten Wohnung roch es stark nach Curry. Eine Westinderin in weißer Schwesterntracht begrüßte die beiden. Nina erkundigte sich nach dem Befinden des Patienten. »Ach, ganz gut«, erwiderte die Schwester höflich und nickte zu seinem Zimmer hinüber. »Der Arme kann sich kaum bewegen, aber dafür hat er einen gesegneten Appetit.« Sie lachte herzlich. Vie hörte gern den melodischen Akzent, den frohen Klang ihrer Stimme. »Der ißt vielleicht, als ob es bald nichts mehr gäbe. Setzt euch schon rein. Ich habe uns Tee gemacht und Bananenbrot gebacken.«

»Ich bitte Sie, Naomi«, protestierte Nina tadelnd. »Wie oft soll ich Sie noch darum bitten, mich nicht noch mehr zu nudeln.«

»Dicke Menschen sind vergnügt«, entgegnete sie und ging in die Küche.

Während sie den Tee holte, legte Nina verschiedene Make-up-

und Schminksachen auf den Tisch. »Naomi mag Blautöne«, flüsterte Nina Vie zu, während sie aquamarinblauen Lidschatten, marineblaues Mascara und den *Heavenly Blue*-Lidstrich aus dem Koffer holte.

»Wie hübsch das aussieht!« rief Naomi, als sie das Tablett hinstellte. Sofort ging sie hinüber zum Spiegel über dem Kamin und probierte die Kosmetika aus. »Na, wie seh' ich aus?« wollte sie wissen, als sie fertig war. Sie drehte sich zu den beiden um. Ihre blau geschminkten Lider wirkten, als hätten sich exotische Schmetterlinge darauf niedergelassen.

»Hübsch«, befand Nina.

»Gut, ich nehme alles«, sagte Naomi. »Aber erst mal gibt's was zu essen.«

Vie beobachtete noch mal, mit welcher Gestik, Mimik Nina das Rouge und den passenden Lippenstift und einen zweiten Lidschatten – *Midnight Shimmer* – für Naomis Abendgarderobe verkaufte.

»Zu welchen Anlässen könnte sie den auftragen?« überlegte Vie; sie versuchte sich vorzustellen, wie das Leben in Westindien aussah. Wieso nur bestellte sie all diese Dinge? Für wen? Alle Frauen, die wir heute kennengelernt haben, leben von Träumen. Alle müssen sich abrackern, leben allein oder haben einen Mann, der sie schlecht behandelt oder aber links liegenläßt. Haben die Frauen Kinder, dann klappt's mit deren Erziehung nicht. So geht das tagein, tagaus, und was sie auch tun, ständig wird an ihnen herumgenörgelt. Und da fragen sie sich eben: »Was mach' ich denn falsch?«

»Und dann komme ich mit meinem Zaubertäschchen und hab' etwas für sie, bin aufmerksam, schaue sie an und sage: ›Benutzen Sie doch dies, oder benutzen Sie das, das würde einen großen Eindruck machen.‹ Insgeheim nehmen mir die Frauen das wohl nicht ab, aber trotzdem möchten sie den Artikel haben, weil sie auf irgend etwas hoffen. Naomi ist Tag und Nacht bei dem gelähmten alten Herrn. Und Mrs. MacCauleys Mann trinkt.

»Niemand«, fuhr Nina nachdenklich fort, »erträgt den Gedanken, daß es keinen Ausweg mehr gibt.«

Sie kamen vor andere Wohnungstüren, in weitere triste Wohnzimmer und muffige Küchen. Manchmal sagte die Kundin, sie brauche nichts mehr, sie hätte noch zuviel Sachen vom letzten Mal, doch die meisten Kundinnen bestellten etwas.

»Das ist mein bester Tag«, sagte Nina zu Vie nach dem erfolgreichen zwölften Kundinnenbesuch. Nach zwei weiteren sagte sie: »So, nun ist Feierabend. Du hast mir Glück gebracht. Komm, wir feiern das. Ich spendiere etwas zu trinken.« Sie hängte sich bei Vie ein, und sie gingen zu Lennys, einem Lokal, das Vie lediglich von außen kannte und in dessen Neonschild das »e« fehlte. »Weißt du, Nina«, sagte sie, »du tust das, was Papa früher einmal machte. Er hat mir einmal erzählt von den Zeiten, als ihm in Paris eine Parfümerie gehörte, und meinte, die Frauen hätten Träume bei ihm kaufen wollen.«

»Das ist nicht ganz dasselbe ...«

»Ach, ich weiß schon, er hatte Herzoginnen und Schauspielerinnen, wirklich berühmte Leute als Kunden. Ich wollte damit nur sagen, daß auch die nicht etwas *Wirkliches* kauften, wie ein Stück Käse oder ein Paar Schuhe, sondern den Zauber. Den Zauber des Parfüms. Deine Kundinnen denken doch ähnlich.«

»Wie der Vater, so die Tochter.« Nina drückte Vies Arm fest an sich. »Du hast dieselbe Begabung wie er.«

»Eines Tages«, beteuerte Vie lebhaft, »werde auch ich den Menschen einen Zauber bringen.«

»Ja.«

»Bestimmt, Nina. Ich will etwas tun, das die Leute glücklich und reich macht – als hätten sie einen Topf voll Gold gefunden.«

»Dann müßtest du den Regenbogen einfangen können«, sagte Nina lächelnd.

»Das werd' ich auch.«

»Ja«, murmelte Nina leise, als sie merkte wie überzeugt Vie davon zu sein schien. »Ich glaube, daß du das schaffst.« Sie steuerte sie auf die Tür zu. Vie zögerte und Nina gab ihr beim Eintreten einen kleinen Schubs.

Vie scheute sich, einen Cocktail zu bestellen, denn sie war ja noch nicht volljährig, außerdem fürchtete sie die Wirkung. Etwas

Hochprozentiges hatte sie noch nie getrunken.

»Zwei ›Pink Ladies‹«, bestellte Nina beim gelangweilten Kellner, der die beiden gar nicht ansah und davonschlenderte, als hätte er die Bestellung überhaupt nicht mitbekommen. Kurz darauf kam er aber doch mit den Getränken zurück. Vie trank vorsichtig einen kleinen Schluck und lächelte dann.

»Das ist ja toll!« Es schmeckte köstlich, ziemlich süß, wie Eiscremeshake, nur noch besser.

Nina betrachtete sie schweigend, den Kopf leicht zur Seite geneigt, versuchte den Augenblick, da sie es sagen müßte, hinauszuzögern. Als Vie den Cocktail fast ausgetrunken hatte, räusperte sich Nina. »Glaubst du, du könntest meine Tour übernehmen?«

Vie merkte, daß es Nina ganz ernst damit war und bekam Angst. »Ja. Lust dazu hätte ich. Aber was willst du dann machen?«

Jetzt schon kam der Augenblick, vor dem sie sich gefürchtet hatte. Sie nahm Vie bei den Händen und sagte leise: »Ich kann nicht mehr weitermachen.«

»Bei Windsor?« fragte Vie, um der Vorahnung, die sie hatte, zuvorzukommen.

»Ich weiß gar nicht, wie ich dir das erklären soll. So was Schlimmes mußte ich in meinem ganzen Leben noch nicht tun. Ich mag dich sehr, Vie, das weißt du ja. Ich liebe dich von ganzem Herzen. Aber mein Leben«, sie schwieg, bis sie ruhig weitersprechen konnte. »Ich sehe keinen Sinn mehr in meinem Leben. Armand und ich haben uns einmal geliebt, bestimmt. Aber er nimmt mich nicht mehr wahr. Obwohl ...« sie wollte einen Scherz machen »... ich ja unübersehbarer bin als früher.«

»Du verläßt uns also«, stellte Vie kühl fest; ihr war auf einmal übel.

»Vie, im nächsten Monat wirst du siebzehn. Nächstes Jahr im Juni gehst du von der Schule ab. Dein Leben müßte sich ohnehin ändern. Du würdest ...«

»Nie!« meinte sie heftig.

»Kleines, bitte, versuch mich doch zu verstehen. Am liebsten bliebe ich immer bei euch. Aber allmählich werde ich eine alte dicke Frau, ohne eigenes Leben. Bald werde ich vierzig sein ... und dann? Dann ist es zu spät zum Heiraten ..., um Kinder zu haben.«

»Und wir?«

»Ich weiß nicht einmal, ob ich überhaupt ein Kind haben will. Ich will aber die Chance haben, etwas mit mir anzufangen, ehe ich zu alt dafür werde.«

»Ich versteh' schon«, sagte Vie mit eisiger Stimme. Gleich darauf stand sie unvermittelt auf und rannte nach draußen, lief in das blaßgraue Licht. Nina sagte zu Ende, was sie sagen mußte: »Ich komm' um, wenn ich nicht fortgehe« – doch niemand hörte ihr mehr zu. Sie rief den Kellner herbei, zahlte und ging hinaus. Als sie langsam zum Haus zurückging, fühlte sie sich sehr alt und erschöpft. Nicht weit von zu Hause entfernt sah sie Vie stehen. »Kleines?« fragte sie zögernd.

Vie schlang die Arme um sie und weinte, wie sie es seit dem Tag, als die Katze überfahren worden war und Nina zu ihnen gezogen war, nicht mehr getan hatte. »Ich hab' dich lieb«, schluchzte sie und die Tränen fielen auf Ninas Nacken, »und ich will das alles gar nicht verstehen.«

Vies Aufschrei traf Nina im Innersten, die das Mädchen hielt und die Augen schloß. Sie öffnete sie wieder und sah, daß am Fenster des Zimmers, das sie mit Armand teilte, die Vorhänge aufgezogen waren. Es gab kein Zurück.

»Wo immer ich bin, Vie, ist dein Zuhause. Immer.«

»Danke«, Vie entzog sich langsam ihren Armen, »für alles.« Sie trat einen Schritt zurück. »Ich danke dir«, wiederholte sie. »Ich nehme an, niemand schafft es, ohne Träume zu leben.«

»Das stimmt«, sagte Nina leise. Eng umschlungen gingen sie weiter. Als sie vor der Haustür ankamen, sagte Vie: »So mies wie jetzt hab' ich mich nur gefühlt, als Jule umkam. Aber mach dir keine Sorgen, Nina, ich werde es schon schaffen. Mein Verstand sagt mir, daß du hier raus mußt – auch wenn ich mich allein bei dem Gedanken ganz elend fühle.«

Sie ist eine Kämpfernatur, dachte Nina, als sie ihr die Tür aufhielt. Vie ist robuster als wir alle.

Vies Aufstieg

1961–1962

»Das kann ich nicht mehr!« rief Armand.

»Ich möchte, daß du wieder Parfüms machst«, wiederholte Vie im klaren, bestimmten Tonfall einer Erwachsenen. Sie standen in der kleinen Kochnische, in der es nach frisch gebrühtem Kaffee duftete und blickten sich feindselig an. Vater und Tochter, die über dieselbe außergewöhnliche Gabe verfügten, fochten dieser Begabung wegen einen heftigen Streit aus.

»Ich habe dich verstanden, und ich sage dir, du hast keine Ahnung davon. Du weißt ja gar nicht, was du von mir verlangst.«

»Du hast das früher auch schon gemacht.«

»Stimmt ...«, er brüllte immer noch, »... früher war ich einmal ein bedeutender Mann. Früher einmal war ich mit deiner Mutter verheiratet. Früher einmal, vorm Krieg, hatte ich glänzende Erfolge. Das ist alles begraben, vorbei, und ich werde es nicht zulassen, daß du von mir verlangst, alte Gräber wieder aufzureißen. Ich laß nicht zu, daß du von mir verlangst, ich ...«

»Es ist unsere einzige Hoffnung«, zischte sie ihm leise zu. Als sie drei Monate lang keine Miete mehr bezahlt hatten, war ihr klar, daß etwas Entscheidendes zu geschehen hatte. Ohne Ninas Zuverdienst, so kam es ihr vor, reichte es nicht einmal zum Nötigsten. Vies Touren für Windsor brachten kaum Geld ins Haus. Die Frauen kauften bei ihr viel weniger, als sie es bei Nina getan hatten. Sie kniffen ihr nur in die Wange und meinten dabei, sie sei ein hübsches Ding, das gar nichts für die Haut benötige. Vie gewann einfach nicht das Vertrauen der Frauen, bestenfalls bestellten sie nach. Pro Tag verdiente sie kaum mehr als zwölf Dollar. Manchmal betrug der Verdienst lediglich fünf oder sechs Dollar. Es erforderte schon sehr viel Energie, weiterzumachen mit der Tour, wenn man das Gefühl hatte, daß alles vergeblich und nur Kraftvergeudung war.

Armand verdiente bei Alamode auch nicht mehr als zuvor. Außerdem zahlte er immer noch seine Schulden bei Judy Grosvenor zurück. In ein paar Monaten, wenn Vie die Schule verließ, könnte sie endlich ganztags arbeiten. Sie benötigten das Geld allerdings schon jetzt, und Armand und sie selbst waren sich einig darüber, daß Vie auf alle Fälle die Schule beenden mußte. Ohne ein Abschlußzeugnis bekam man bestimmt keine anständige Stelle.

»Begreifst du denn nicht, Papa? Wir brauchen das Geld für die Miete. Andernfalls müssen wir hier ausziehen.«

»Ich mußte schon öfter in meinem Leben ohne ein Zuhause auskommen«, meinte er unbelehrbar.

»Ja, gewiß, Marty und ich mußten das auch. Sollen wir beide etwa morgens zur Schule gehen, nachdem wir auf der Straße oder auf einer Parkbank übernachtet haben? Willst du uns das zumuten?«

Noch nie hatte er seine Tochter so wütend erlebt. »Vie, du willst sicher das Beste für uns alle. Nur, versuch dich bitte in meine Lage hineinzuversetzen. Ich kann keine Parfüms mehr herstellen. Das weiß ich genau. Selbst mein Geruchssinn hat mich verlassen. Was vorbei ist, ist vorbei.«

»Na schön, wie du meinst«, konstatierte sie ernüchtert, »laß uns nicht weiter darüber streiten. Was sollen wir statt dessen tun?«

»Das, was wir jetzt tun.«

»Und wo werden wir wohnen?«

»Das weiß ich auch nicht, es wird sich schon etwas ergeben.«

Vie betrachtete verdrießlich die Kaffeekanne und schenkte zwei Tassen voll. Sie reichte Armand die Tasse so brüsk, daß etwas Kaffee über den Rand schwappte und von der Untertasse auf den Fußboden tropfte. Hastig wischte sie das auf, nahm Armand die Tasse weg, gab ihm ihre eigene, wobei sie wieder ein bißchen verschüttete. »Es wird sich was ergeben? Was denn? Schau mal aus dem Fenster – überall liegt Schnee. Du glaubst wohl, es geschieht ein Wunder, aber Wunder sind aus der Mode gekommen. Es sei denn, man selbst unternimmt etwas. Aber du ... dir ist ja alles egal!« Sie drehte ihm den Rücken zu, ihre Schultern zitterten. »Du kümmerst dich um überhaupt nichts! Nicht einmal um mich.«

Armand war entsetzt. Er stellte seine Tasse hin und kam auf Vie zu, legte ihr die Hände um die Taille. »Vie, ich bitte dich ...«

»Worum ...?« Sie wirbelte herum und sah ihm ins Gesicht. »Kannst du eigentlich noch Phantasie und Wirklichkeit unterscheiden? Der Schnee ist Wirklichkeit, und wir müssen dort draußen frieren, wenn du nicht endlich etwas unternimmst. Oder wenn du nicht wenigstens«, sagte sie versöhnlicher, »mir etwas hilfst. Du *mußt* mir einfach helfen!«

Die ernsten Augen, die ihn so eindringlich anblickten wie damals, als Vie noch klein war, funkelten ihn fast böse an. Er spürte, sie brauchte ihn. Sie war seine Tochter, die, ohne daß er es bemerkt hatte, erwachsen geworden war. Aber er hatte sich auf sie verlassen, nicht mehr an ihr eigentliches Alter gedacht. Doch in diesem Augenblick kam sie ihm trotz des bestimmten Tones, des entschlossenen Blicks zart und zerbrechlich vor, wie eine zarte Frühlingsblume in einem kalten Regenguß. Er sah sie wieder als sein Töchterchen vor sich, sein *Kind*, um dessentwillen er die Gedanken ans Sterben aufgegeben hatte und dessen Leben ihm anvertraut war.

Er umarmte sie und hielt sie lange, bis sie ihn nicht mehr abwehrte und ihm endlich die Arme um den Hals legte. »Papa, mein Großer, du mußt noch einen Versuch machen. Du darfst nicht zulassen, daß wir aus der Wohnung ausziehen müssen.«

Er mußte lächeln, als er das Kosewort hörte. Im Alter von neun Jahren hatte sie es zum erstenmal benutzt, wenn er sie *»ma petite«* nannte. »Meine Kleine«, sagte er und streichelte dabei über ihr seidiges Haar. »Für dich täte ich alles, ich würde mich sogar bemühen, wieder Parfüm herzustellen. Aber versteh doch, ich hab' kein Geld für die Rohstoffe, und aus Luft läßt es sich nicht herstellen.«

Sie lächelte ein Kinderlächeln. »Weißt du noch, Papa, als du mir von dem flüssigen Gold erzählt hast, das normale Frauen in Prinzessinen verwandeln könnte? Du hast mir damals versprochen, irgendwann einmal eine solche Zauberflüssigkeit herzustellen.«

»Hab' ich das wirklich? Vie, Engelchen, das würde ich auch tun, glaube mir. Ich würde so gern für dich einen Duft kreieren.«

»Willst du damit sagen, wenn du die Ingredienzien dafür hättest?«

»Ja, wenn ich die hätte«, sagte er versöhnlich.

Die Haustür knallte zu, Vie löste sich rasch aus Vaters Umarmung, als hätte sie etwas Unerlaubtes getan. Als Marty in die Küche stürmte, standen die beiden schweigend da und betrachteten den Fußboden, als suchten sie ihn nach Termiten ab.

»Nichts geht über eine herzliche Begrüßung.«

»Hallo, Marty«, sagte Vie. »Hast du schon Abendbrot gehabt?«

»Ja. War ziemlich lausig, aber immer noch besser als das Zeug, das ich hier bekomme.«

»Ach ja? Dann könntest doch mal zur Abwechslung du etwas kochen.«

»Danke. Du bist zu freundlich, Schwesterchen, aber ich geh' lieber essen.«

»Und wie bezahlst du das?« fragte Vie sie aufgebracht.

»Ach, laß nur«, sagte Armand. »Da können wir nichts mehr ausrichten. Deine Schwester macht doch, was ihr gefällt.«

Marty wandte sich zu ihrem Vater um, als wollte sie ihm einen Schlag versetzen. »Und du bist doch ein Schnorrer, ein Schuldenmacher. Du weißt nicht, wie man sich ein schönes Leben macht, weißt nicht, wie man Geld verdient, du bist so traurig, du weißt überhaupt nicht, was Spaß macht. Du bist gar kein richtiger Vater.«

Armand versetzte ihr eine Ohrfeige. »Halt den Mund, du kleines Aas. Mit dir hat man bloß Ärger, genau wie mit deiner Mutter. Du bist genauso verrückt. Ich hätte dich nicht mitnehmen sollen ...«

»Hört auf!« schrie Vie. »Ihr beide, hört auf damit. Es ist

widerlich.«

Armand hörte nicht auf Vie. Er beschimpfte Martine weiter. »Ja, es wäre besser gewesen, du wärst gar nicht auf die Welt gekommen. Ich hab' dich gerettet. Ich habe dich mitgenommen, fortgebracht von deiner verrückten Mutter, die dich umbringen wollte, euch beide ...« Er hielt inne, als ihm aufging, was er eben gesagt hatte.

Die Mädchen betrachteten ihn entsetzt und neugierig, warteten darauf, daß er weitersprach. Aber er ging kopfschüttelnd hinaus.

»Bist du nun zufrieden?« höhnte Marty. »Hast du nun endlich kapiert, wie sehr er mich haßt?« Tränen stiegen ihr in die Augen und strömten über ihre Wangen.

Vie streckte die Arme aus und trat auf Marty zu, um sie zu trösten. Die ballte eine Faust und schlug Vie so heftig wie möglich vor die Brust. »Ich find' dich auch zum Kotzen. Ich hasse euch beide!«

Vie hielt sich die Brust, da, wo ihre Schwester hingeschlagen hatte, und begriff plötzlich, wie riesengroß Martys Kummer sein mußte: Sie fühlte sich alleingelassen. Marty mußte denken, sie, Vie, hätte ihr die Liebe des Vaters gestohlen.

Aber wie soll ich das denn wiedergutmachen? Das kommt später, dachte Vie, während sie tief Luft holte. Erst kam die Arbeit. Zunächst mußte sie die Inhaltsstoffe für die Parfümherstellung besorgen.

Vie erledigte ihre Hausaufgaben morgens vor dem Frühstück, damit sie nach der Schule frei hatte und die Spuren verfolgen konnte, die vielleicht zu dem heißbegehrten Schatz führten – zu den Parfümgrundstoffen. Ihre schulischen Leistungen waren nicht gerade herausragend, genaugenommen hatte sie während des letzten Schuljahres immer schlechtere Noten bekommen, doch ihr Durchschnitt lag immer noch zwischen Zwei und Drei, und damit bekam sie ihr Abschlußzeugnis, das allein zählte.

Neben der Schularbeit mußte sie noch vieles andere erledigen. Da war erst einmal die Arbeit im Haus; am Wochenende die

Tour für Windsor, und jetzt verbrachte sie jede freie Minute damit, die Geschäfte abzuklappern, um an die ätherischen Öle, die Fixierstoffe und die Chemikalien zu kommen. Armand bat sie gar nicht erst um Mithilfe. Nur wenn sie ihn vor vollendete Tatsachen stellte, meinte sie, die Chance zu haben, daß er das einmal gegebene Versprechen auch einlöste. So fragte Vie lieber die Angestellten in Drogerien und Friseursalons, Menschen, die sie zumeist schon von klein auf kannte. Man war von Vies Ernsthaftigkeit gerührt. Sie wollten dem schlanken Mädchen mit dem schönen blonden Haar behilflich sein und erteilten Ratschläge, wo sie nur konnten.

Auf einem kleinen Block notierte sich Vie, was man ihr erzählt hatte. Bisweilen führten die Adressen dann zu einer weiteren Drogerie oder einem größeren Schönheitssalon. Der erste echte Rohstofflieferant, den sie aufsuchte, war D & G; dort musterte die Empfangsdame Vie, als wollte sie ihr ein Zeitschriftenabonnement verkaufen. Das Büro hatte kalte graue Marmorwände. In dieser sterilen Atmosphäre gab es auch keinen Hauch von Duft. Man hätte auch in einer Hotelhalle oder dem Empfang eines Krankenhauses stehen können; nichts ließ darauf schließen, daß sich hinter der kalten Fassade Duftstoffe verbargen.

»Ja, bitte, Miß?« fragte die Empfangsdame schnippisch. Sie hatte stahlblaues Haar, das paßte vorzüglich zu ihrer Umgebung.

Nachdem Vie den Zweck ihres Besuchs erläutert hatte, erhellte ein mattes Lächeln das Gesicht der Frau. »Wie viele Fässer werden Sie benötigen?«

»Ich benötige keine Fässer, bloß ein bißchen von allem.«

»Ah ja, ich verstehe schon. Sie denken sicher an etwas ähnliches wie einen Chemiekasten? Ich fürchte, wir verkaufen keine Musterköfferchen. Wir verkaufen unsere Stoffe liter- oder kiloweise. Wir sind ein Großhandel.«

»Ich danke Ihnen«, sagte Vie leise und lief fast hinaus.

Die auf den Touren für Windsor gesammelten Erfahrungen hatten Vie zwar einigermaßen abgehärtet – sie mußte oft Zurückweisungen und Grobheiten hinnehmen –, aber diese neuen Abenteuer lehrten sie doch das Zittern. Die Marmorwände, die aufgeputzten Empfangsdamen, die feinen Büros schüchterten sie ein. Bei anderen Herstellern, Otto's im Stadtteil Queen zum Beispiel, war sie eher wütend als eingeschüchtert. Die abschätzenden Blicke der Männer, das herablassende Schmunzeln und der Ton, in dem sie mit ihr sprachen, waren ihr zuwider. Ganz bewußt unterdrückte sie ihren Abscheu, und schon bald zähmte ihr damenhaftes Auftreten die Herren.

Doch die Antwort blieb überall gleich: Wir sind ein Großhandel. Und wenn man doch einmal eine kleine Menge abgeben wollte, dann war der Preis absurd hoch, so »phantastisch« wie die Ware selbst. Immerhin aber waren die Leute doch so freundlich, ihr Firmen zu nennen, bei denen sie vielleicht eher Erfolg haben könnte.

Nachdem Vie zwei Wochen lang erfolglos diese Nachforschungen angestellt hatte, wurde sie völlig mutlos. Sie hatte ihr ganzes bei Windsor verdientes Geld Francis Murphy gegeben und dadurch die Zusage erhalten, daß sie bis Ende April in der Wohnung bleiben dürften. Bis dann, hatte Vie ihr versprochen, könnten sie wieder regelmäßig Miete zahlen und die Schulden allmählich begleichen.

Das schaffen wir nie, dachte sie, während sie an einem arbeitsreichen Montagnachmittag durch das New Yorker Modeviertel ging. Handwagen mit Kleidungsstücken darauf standen am Bordstein; die Arbeiter, die Lastwagen entluden, unterbrachen ihre Tätigkeit, um Vie entweder hinterherzupfeifen oder unanständige Angebote zu machen.

In der 37. Straße, auf halbem Weg zwischen der Fifth und Sixth Avenue, zog Vie eine kornblumenblaue Tür auf und betrat den Laden »Essenz«.

Beim Anblick des Ladeninneren faßte sie neuen Mut. Der kleine Raum wirkte wie ein Hexenhäuschen. Die Wände waren mit Baumwollstoff bespannt, auf den Regalen standen glänzende Fläschchen mit durchsichtigen Flüssigkeiten darin: blauen, violetten, rotgelben, gelben, grünen ... Sie fühlte sich wie damals als Kind in dem Süßigkeitsladen, der weiter unten an der nächsten Straßenecke lag und in dem es in großen Gläsern Karamelltoffees,

Lakritzstangen, kandierte Früchte, Fruchtgummis sowie Drops und Schokoladentörtchen gab. Es roch hier nach den verschiedensten Düften, die Luft war so schwer wie Weihrauch.

»Kann ich der jungen Dame behilflich sein?« hörte sie hinter sich eine melodische Stimme.

Sie drehte sich um und sah in die dunkelsten Augen, die sie je gesehen hatte, sie waren so dunkel, daß man nicht einmal die Pupille von der Iris unterscheiden konnte. »Ich hätte gern einige Essenzen.«

Der hochgewachsene, sehr schlanke Mann lächelte sie an. Das volle Haar war ganz weiß, die Haut hatte die Farbe von hellem Olivenöl.

»Tschandra Ghannikar, stets zu Ihren Diensten.« Er verbeugte sich, seine Stimme hob und senkte sich – wie sanfte Meereswogen. Er sieht wundervoll aus, dachte Vie, er erinnerte sie an Fotografien, die sie einmal von Mahatma Ghandi gesehen hatte.

»Ich heiße Vie Nouvel. Ich habe hier eine Liste«, sie zog sie aus der Manteltasche und reichte sie ihm, »mit Stoffen, die ich benötige – für meinen Vater.«

Er überflog die Aufstellung und nickte dann. »Ich glaube, wir können Ihre Bestellung entgegennehmen, Fräulein Nouvel.«

Sie lächelte, andere hatten das gleiche gesagt, ihr dann aber die Hoffnungen geraubt, indem sie die Preise nannten. »Können Sie schon sagen, wie teuer die Bestellung wird?«

»Das muß ich erst noch ausrechnen«, erwiderte er voller Ernst und faltete das Blatt zusammen. Vie blickte auf seine Hände. Das waren die feingliedrigsten Hände, die sie je gesehen hatte, die Finger waren unglaublich lang, schlank und spitz zulaufend. Sie wirkten, als könne Licht sie durchfließen.

»Ich trinke im Augenblick gerade meinen Tee.« Er lächelte freundlich. »Hätten Sie Lust, mir ein bißchen Gesellschaft zu leisten? Ich finde es angenehmer, das Geschäftliche nicht im Stehen hier vorne im Laden zu besprechen.«

Vie folgte ihm in den hinteren Teil des Ladens. Sie betraten ein kleines, reich ausgestattetes Zimmer. In der Mitte stand ein kleiner Tisch mit Teegeschirr. Die Tischdecke war aus Damast, das Geschirr aus mit zierlichen azurblauen Blumen verziertem Porzellan. Das Silber glänzte. »Ich wünsche mir immer, daß mir jemand Gesellschaft leistet«, erklärte er. »Außerdem decke ich stets für zwei Personen. Ich finde es sonst ein bißchen trist. Normalerweise bleibt meine Gesellschaft unsichtbar, aber das ist immer noch besser, als gar keine zu haben. Ich finde es bezaubernd, Sie hier bei mir zu haben.«

Für den kleinen Märchenraum wirkte er zu groß. »Es ist sehr schön hier«, sagte Vie verwundert, setzte sich und tastete nach der Serviette aus feinem Leinen. Er stellte ein Silbertablett mit Gebäck auf den Tisch. Vie lachte. Sie sah sich als Alice, die im Wunderland Tee trinkt.

»Das ist Earl-Grey-Tee.« Tschandra goß ihr ein. »In meiner Heimat hatte man eine Vorliebe dafür – eine von den Engländern übernommene Mode.«

»Leben Sie schon lange hier bei uns?« erkundigte Vie sich höflich und hob die Tasse so vorsichtig an, als zerbreche sie bei der Berührung.

»Ja, seit 1956, seitdem meine Heimat Kerala Bundesland wurde. Eine ziemlich unerquickliche Geschichte, meine Liebe, mit der ich meinen bezaubernden Gast nicht behelligen möchte.«

Seine melodische Stimme faszinierte Vie. Sie beobachtete, wie geschickt er mit Teekanne und Teetasse hantierte. Er hatte ein gut geschnittenes, längliches Gesicht. »Ich hab' geglaubt, Inder hätten eine viel dunklere Haut.« Sie senkte den Kopf, damit er nicht sah, wie peinlich ihr die Bemerkung war.

»Damit haben Sie durchaus recht. Unser Millionenvolk erstrahlt in dunkler Hautfarbe – bis auf die, die man zum Zwecke des Herrschens unzählige Male gebleicht hat. Kennen Sie Kipling? Nein? Das macht nichts. Die Engländer haben die Probleme der Weißen ins Land gebracht und die Überzeugung, der Blässeste müsse an der Spitze sein. Diese Lektion hatten wir allerdings gar nicht nötig«, fügte er voll Bitterkeit hinzu. »Wir selber praktizieren Rassendiskriminierung seit Jahrhunderten. Mein Vater ist ein Maharadscha. Er hat mir die edle Blässe vermacht. Die allerdings nicht so hell glänzt, als daß sie den Schandfleck meiner unehelichen Geburt überdecken könnte; so herrsche ich lediglich in diesem kleinen Reich, das sich Ihren bezaubernden Augen darbietet.«

Sein Blick wirkte fröhlich; Vie war jedoch durcheinander. Einem Mann wie ihm war sie noch nie begegnet. Mit seiner sanften Stimme und den schokoladefarbenen Augen schien er geradewegs einem verzauberten Königreich entsprungen zu sein.

»So nehmen Sie doch noch ein Kümmelplätzchen, und erzählen Sie mir, wodurch mein unbedeutender Laden Ihr Vertrauen gefunden hat. Sind Sie selbst Parfümeur?«

Zuerst fielen ihre Antworten recht belanglos aus. Nachdem sie aber die zweite Tasse getrunken und gemerkt hatte, daß Tschandra sich voll Zuneigung und Güte für sie interessierte, wich die Anspannung von ihr. Sie gab ein wenig von sich preis. Sagte, ihr Vater sei in Frankreich ein berühmter Parfümeur gewesen, dann jedoch von den Deutschen zur Emigration gezwungen worden. Tschandra nickte voll Mitgefühl. Sie habe keine Mutter, beantwortete Vie seine Frage; sie wohne beim Vater und der Schwester.

Dann erzählte sie ihm von ihrer Tour für Windsor, von Nina, die fortgegangen war, vom Geldmangel, der überfälligen Miete. Nur Armands schwarzes Buch mit den Formeln, aus dem sie die Liste zusammengestellt hatte, blieb unerwähnt.

»Aber warum besorgen denn *Sie* die Stoffe?«

Vie musterte sein Gesicht, ehe sie darauf antwortete. Sie kannte ihn ja gar nicht. Außerdem hatte sie schon ungewöhnlich viel erzählt. Er machte allerdings einen so vornehmen, freundlichen, fast weisen Eindruck auf sie, daß man ihm wohl doch vertrauen konnte. »Mein Vater ist völlig mutlos. Er möchte nicht ... er hat Angst, es noch mal in seinem Beruf zu versuchen.«

»Und Sie, junges Mädchen, möchten ihm zu dem nötigen Mut verhelfen?«

»So ist es«, antwortete sie voll Überzeugung.

Tschandra stand auf, wobei er fast die Zimmerdecke streifte. »Ich bin ein verkapptes Rechengenie«, meinte er augenzwinkernd. »Während unseres Gesprächs habe ich die Kosten ausgerechnet.«

»Und wie hoch sind die?« erkundigte sie sich ängstlich.

»Darüber sorgen Sie sich nur nicht. In zehn Tagen können Sie sich die Lieferung abholen. Bei mir haben Sie unbegrenzten Kredit.«

»Aber ich kann doch kein Geschenk annehmen!«

»Das sollen Sie ja auch gar nicht«, meinte er beschwichtigend. »Ich möchte nicht, daß Sie sich mir gegenüber verpflichtet fühlen. Selbstverständlich werden Sie alles bezahlen, aber das hat keine Eile. Ich biete Ihnen lediglich einen Kredit an, den Sie mir zurückbezahlen können, in Raten, die Sie bestimmen. Wir sind ziemlich solvent. Die Summe ist so gering – wir sollten kein Aufhebens mehr davon machen.« Er bot ihr seinen Arm und lud sie ein, die soeben eingetroffenen Öle und Fixierstoffe anzuschauen.

Sie lächelte und hoffte, sie träume das hier alles nicht nur. Beim Vorbeigehen an den verschiedenfarbigen Fläschchen dachte sie unwillkürlich an einen Regenbogen und hatte das Gefühl, als führe sie dieser eigentümliche, wundervolle Mann an dessen goldenes Ende.

Sobald sie den Vorratsraum betraten, begann Tschandra sich mit ihr über Parfümherstellung zu unterhalten. »Es ist eine sehr alte, ehrenhafte und auch sinnliche Kunst. Ihr Vater hat Ihnen sicherlich erzählt, daß das Wort aus dem Lateinischen kommt: *per fume:* durch den Rauch. Im Osten hat man schon die Luft parfümiert, ehe man Stoffe herstellte. Unsere Götter haben Duft schon immer über alle Maßen geschätzt. Dies hier ist Jasminöl.« Er blieb stehen und holte vom Regal eine Flasche mit einer butterblumengelben Flüssigkeit. Er ließ Vie daran riechen. Das Öl duftete sehr süß und schwer.

Tschandra lächelte. »Sehr schön. Und nun riechen Sie einmal mit geschlossenen Augen daran. Sehr romantisch, finden Sie nicht? Kama, unser Gott der Liebe, hält einen Pfeil in der Hand, auf dessen Spitze eine Jasminblüte steckt. Wenn er den mit seinem Zuckerrohrbogen abschießt, durchdringt die Blüte erst die Sinne, bevor sie ins Herz trifft. Ein kluger Gott.« Er steckte den Stöpsel wieder aufs Fläschchen. »Er hat genau gewußt, wo die Liebe herkommt. Dies hier ist Vetiver«, sagte er und hielt ihr das bräunlich-rote Öl hin.

»Das riecht so frisch wie gemähtes Gras«, bemerkte Vie, die erneut den Duft tief einatmete.

»Sehr gut, Sie haben eine vorzügliche Nase. Das Vetiveröl wird aus einem in Indien – besonders im Süden – vorkommenden Duftgras gewonnen. Früher hat man damit Wäsche parfümiert, und in tropischen Ländern stellt man aus den Fasern immer noch Matten her«, erklärte er, während er ihr etwas hinhielt, das ein wenig grauer war als das vorige Öl.

Sie trat einen Schritt zurück, als sie daran schnupperte, rümpfte die Nase: »Was ist das denn für ein gräßliches Zeug?«

»Tadellos. Sie haben eine Begabung, zweifellos. Öl war das eben nicht, woran Sie gerochen haben, sondern ein gelöstes Puder, das man als Duftverzögerer verwendet. Das ist Moschus, die wahrscheinlich stärkste Substanz überhaupt in der Parfümherstellung. Davon nehmen Sie am besten nur einen Hauch. Moschus stammt aus einer Drüse des männlichen Moschustieres. Seit Jahrhunderten wird es als Aphrodisiakum geschätzt. Im Koran heißt es, das Paradies sei aus Moschus gemacht. Die darin wohnenden Nymphen seien ebenfalls aus Moschus geformt.«

»In dem Fall möchte ich lieber nicht ins Paradies kommen«, befand Vie. Der strenge Geruch stach ihr immer noch in die Nase.

Tschandra lachte. Er ließ sie an anderen Duststoffen schnuppern; Vie atmete einen Duft nach dem anderen ein. Dann roch sie überhaupt nichts mehr. Tschandra hielt ihr etwas unter die Nase, das keinerlei Geruchsempfindung auslöste. »Was ist mit mir geschehen?« wollte sie besorgt wissen.

Er lachte. »Gar nichts. Sie sind großartig. Ihre Nase hat länger durchgehalten als irgendeine andere, die ich kenne. Sie sind übersättigt, mehr nicht. Auch Sie, mit Ihrem großartigen Talent, können nicht endlos schnuppern.«

»Werde ich je wieder riechen können?«

Tschandra faßte Vie sachte am Arm. »In wenigen Minuten haben Sie Ihre alten Kräfte wieder.«

Es ist, als hätte er einen Zauberstab in der Hand, dachte Vie. Und es stimmte: Noch ehe sie den Laden wieder betraten, war ihr Geruchssinn zurückgekehrt.

»Das mag zur Einführung reichen«, befand Tschandra und verbeugte sich erneut vor ihr. »Wenn Sie Ihre Lieferung abholen – dürfte ich dann mit meiner pedantischen Lehrstunde fortfahren?«

»O ja! Ich kann's kaum erwarten. Bitte, verraten Sie mir *alles*!«

»Das kommt nicht in Frage«, erklärte er. »In dem Fall hätte ich Ihnen doch nichts mehr anzubieten.«

Vie musterte ihn ungläubig. Er weiß sicherlich mehr als jeder andere in der Welt, dachte sie. Er ist ein alter, weiser schöner Mann, der den Schlüssel zum Wissen und zu den Sinnen besitzt. »Haben Sie vielen, vielen Dank.« Das sagte sie zwar voll Eifer, doch was sie fühlte, vermochte sie gar nicht auszudrücken. Er hatte ihr eine neue Welt erschlossen, und ihr war bereits klar, daß sie diese Welt betreten und ihr Leben lang bewohnen würde.

Vie nahm sich vor, Armand erst dann etwas von ihrem Erfolg zu verraten, wenn sie die Lieferung in Händen hatte und sie ihn damit überraschen konnte.

Am Mittwoch, genau zehn Tage nach ihrem ersten Besuch, begab sie sich das zweite Mal zu Tschandra ins Geschäft. Er begrüßte sie wie eine gute Freundin und teilte ihr mit, ihre Bestellung wäre bereits verpackt, doch man könne doch vorher einen Schluck Tee trinken. »Finden Sie nicht?«

»Mit dem größten Vergnügen.« Auf alles hier hatte sie sich gefreut: den Laden, den Tee, Tschandras herrliche Belehrungen und am meisten natürlich auf ihn selbst. Sie hatte niemandem von diesem Zauberer erzählt. Ihr kleines Geheimnis war ihr immer unwirklicher erschienen, je öfter sie an den Nachmittag zurückgedacht hatte. Als sie nun wieder den Laden betrat, fühlte sie sich, als käme sie an einen Ort, von dem sie geträumt hatte.

Statt der Kümmelplätzchen aßen sie »Scones«, köstliche kleine warme Brötchen, die man als erstes mit Butter bestrich, dann mit Himbeermarmelade und auf das Ganze Sahne gab. Der

Earl-Grey-Tee mit dem leicht bitteren Geschmack paßte ideal zu den »Scones«, und Vie aß mehr als einen davon, was ihr Gastgeber sichtlich gerne sah. »Wie es mich ehrt, meine Liebe, daß Sie sich meinen Tee und die Brötchen so offensichtlich schmecken lassen!«

»So etwas Köstliches habe ich noch nie gegessen«, sie strahlte wie ein kleines Mädchen. »Esse ich etwa zu schnell?« Sie entsann sich nicht, je ein Mahl so genossen zu haben. Das Zimmer wirkte wie ein großes Puppenhaus; alles darin war vollkommen, glänzend, und wenn sie Tschandras inzwischen so vertraute, melodiöse Stimme hörte, seine Warmherzigkeit in seinem Blick las, dann war ihr, als sei sie schließlich daheim, an dem sicheren behaglichen Ort, den sie stets vermißt hatte.

Nach dem Tee sahen sie sich den Karton mit den für Armand bestellten Duftstoffen an. »Ihr Vater wird Ihnen alles über diese Düfte und die zauberhafte Musik, die man damit komponieren kann, erzählen«, sagte Tschandra. »Er wird Ihnen die Noten beibringen und wie man damit spielt.«

»Bitte, könnten Sie mir nicht auch etwas darüber erzählen?«

»Wenn Sie darauf bestehen – aber ich warne Sie, ich bin kein sehr guter Gesanglehrer. Jedes Parfüm hat eine Basis- und eine Kopfnote. Das allein reicht aber noch nicht; wir sollten dies mal für den Augenblick beiseite lassen und uns nicht mit dem Jargon abgeben, den man gemeinhin die ›Fachsprache‹ nennt. Die Knopfnote ist der Hauptausdruck eines Duftes. Die Kopfnote eines Menschen ist meistens das Gesicht oder auch die Augen. Wenn man jemandem zum erstenmal begegnet, wird man in aller Regel einen einfachen Eindruck von ihm gewinnen: intelligent, gütig, gerissen, humorvoll, schüchtern, einsam – entscheidend ist, daß man sich eine dominierende Eigenschaft heraussucht. Die Augen wählen sie aus und übermitteln sie ans Gehirn.

Genauso ist es bei Parfüms, nur daß das übermittelnde Organ die Nase ist. Da nun die Düfte lediglich Empfindungen auslösen und selbst keine haben, bestimmt man sie mit Ausdrücken, die nicht so gewichtig sind wie die, mit denen wir Menschen charakterisieren. Jeder Parfümeur hat ein persönliches Vokabular, damit er den Duft erkennen und in Erinnerung behalten kann – mit Hilfe der verbreiteten Ausdrücke können sich die Parfümeure untereinander verständigen. In der Regel geht man von sieben Unterteilungen aus, den Noten wie bei einer Tonleiter: Bezeichnet werden sie als Grün-, Blumige-, Aldehyd-, Orientalische, Chypre, Tabak/Leder- und Fougère-Noten. Das sind Annäherungen, ungefähre Einteilungen, Metaphern, wenn man will; außerdem werden die meisten der sieben Standard-Noten dann noch weiter unterteilt und bestimmt.«

»Da komm' ich nicht ganz mit«, gab Vie bekümmert zu. In der vorigen Woche war alles so verständlich gewesen – was Taschandra sagte, hatte sie begriffen und konnte es nachempfinden. Aber heute klang alles so abstrakt und schwer verständlich.

»Machen Sie sich deshalb keine Gedanken. Es bedeutet lediglich, daß die Parfümeure aus der Musik bestimmte Vorstellungen übernommen haben, mit deren Hilfe man die Zusammenstellung eines Parfüms leichter beschreiben kann. Wir sprechen von *Harmonie* und *Akkord*; wir sind sogar so überheblich, unsere Kompositionen als Symphonien zu betiteln. Aber, liebste Vie, vergessen Sie das Fachchinesisch, und vertrauen Sie dem Gefühl. Sollten Sie je Parfümeur werden wollen, dann lernen Sie all das genauso leicht wie früher als Kind das Alphabet.«

»Meinen Sie wirklich?« fragte sie zweifelnd. In dem Augenblick, da Tschandra andeutete, sie würde möglicherweise Parfümeur, nahm Vie sich vor, genau dieses Ziel anzustreben. »Sie sind da ganz sicher?« fragte sie erneut. »Werde ich wirklich *alles* über Parfüms lernen können?«

Er nickte. »Darauf gebe ich Ihnen mein Wort.«

Sie fühlte sich sehr geschmeichelt, von neuer Hoffnung erfüllt. »Glauben Sie denn, daß mein Vater über all das Bescheid weiß, über das, was Sie mir eben erzählt haben?«

»Da bin ich ganz sicher. Bringen Sie ihm diese Fläschchen«, sagte Tschandra und legte ihr den Karton in die Hände. »Aber bevor Sie gehen, müssen Sie mir etwas versprechen.«

Sie wartete erwartungsvoll.

»Sie müssen mir versprechen, alle vierzehn Tage mit mir Tee

zu trinken.«

»O ja, darf ich das?« Am liebsten hätte sie ihn auf der Stelle umarmt, doch mit dem schweren Karton in der Hand stand sie nur da und strahlte Tschandra an. Er ließ Träume wahr werden; sie fand, Tschandra war der wunderbarste Mensch auf der ganzen Welt.

»Und, hat er sich an dich herangemacht?« schrie Armand. »Mußtest du dich auf diese Weise dem Inder erkenntlich zeigen?«

Vie empfand kalten Haß gegen den Vater; voller Abscheu betrachtete sie ihn.

Ihm war durchaus klar, daß er sich seiner Tochter gegenüber schlecht, ja niederträchtig benahm. Doch daran konnte er auch nichts ändern. Schon beim Anblick der ganzen Essenzen erschrak er. Eigentlich hatte er überhaupt nicht vorgehabt, jemals wieder Parfüms herzustellen. Durch das Versprechen, es nochmals zu versuchen, falls er die Rohstoffe hätte, hatte er Vie lediglich besänftigen wollen. Doch dieser Karton mit Duftessenzen, Ölen und Fixierstoffen ängstigte ihn so sehr, daß er lospolterte und sich nicht zu beherrschen vermochte, nach Entschuldigung suchte, damit er die Flüssigkeiten dorthin zurückbringen konnte, wo sie hergekommen waren, am besten sie verschwanden vollends, als hätte es sie nie gegeben.

»Wenn du noch ein Wort über ihn verlierst, hast du mich das letzte Mal gesehen«, warnte Vie.

Daß sie das so bestimmt äußerte, ließ Armand vernünftiger werden. Sie hatte etwas Verblüffendes getan. Sie hatte seinetwegen ein kleines Wunder vollbracht, und nun stand sie ihm gegenüber, während er nichts Besseres zu tun hatte, als sie zu beschimpfen.

Armand ging zurück zum Karton, packte nach und nach den kostbaren Inhalt aus, las laut den Namen auf jedem Etikett vor: »Sandelholz, Patschuli, Citronellöl, Zibet, Absolue, Otto von Rose ...«

Ohne Vie anzuschauen, flüsterte Armand mit zittriger Stimme: »Bitte, verzeih mir, Vie.« Er drehte sich um. »Bitte, verzeih mir.

Du bist ein Engel. Ich war sehr ungerecht zu dir.«

»Nicht nur zu mir«, erwiderte sie mit gedämpfter Stimme. Zwar begriff Vie, daß sein Wutausbruch nicht ihr als Person galt, aber verzeihen konnte sie ihm noch nicht. Durch diese Beschimpfung hatte er die glücklichsten Stunden, die sie je verbracht hatte, den Mann, den sie verehrte, in den Schmutz gezogen.

Doch hier standen ja nun die Ingredienzien, die sie bestimmt nicht zurückgeben würde, weil sie sonst Tschandras Achtung verloren hätte. Sie stellten sicherlich einen Wert von mehreren Hundert Dollar dar. Nachdem Armand alles ausgepackt hatte, sagte Vie: »Und nun hol bitte dein Buch.«

Das tat er. Sie setzten sich nebeneinander an den Küchentisch und lasen in den vergilbten, an einigen Stellen eingerissenen Seiten. Manchmal war die Schrift kaum noch zu entziffern. »Da habe ich mit Absicht einen Teil der Rezeptur ausgelassen«, sagte er. »Damit der, dem das Buch in die Hände fällt, sie nicht vervollständigen kann.«

»Kannst du dich daran erinnern, was da stand?« Ihr fiel sein leerer, ängstlicher Blick auf, und sie hörte, wie er zugab: »Nein, ich komm' nicht drauf, Vie.«

»Papa, bitte, versuch's.«

Er schwieg beschämt.

Während der folgenden Wochen widmete sich Armand ganz der Arbeit; wobei seine Stimmung zwischen Hoffnung und Verzweiflung schwankte. Er arbeitete nur dann, wenn Marty außer Haus war. Vie fiel das auf, jetzt wußte sie, daß er Marty aus seinem Leben verbannt hatte, ihr die Tür sozusagen gewiesen und sie selbst hereingelassen hatte. Trotzdem fand Vie, daß ihr Vater sich auch vor ihr verschloß. Er legte einen Riegel vor sein Leben. Vieles an ihm begriff sie nicht. Sie konnte sich jetzt vorstellen, wie alleingelassen, enttäuscht und depremiert sich Nina gefühlt haben mußte während des Zusammenlebens mit ihm.

Marty hielt sich abseits – wie vorher auch. Seit der letzten Auseinandersetzung machte sie sich gar nicht erst die Mühe, mit ihrem Vater überhaupt noch ein Wort zu wechseln. Vie gegenüber benahm sie sich distanziert. Nachmittags war sie immer außer Haus. Vie arbeitete mit Armand an der behelfsmäßigen Duftorgel, die er in seinem Schlafzimmer verborgen hielt. Manchmal redete er mit Vie wie mit einem Lehrling und wiederholte dabei Dinge, die Tschandra ihr bereits erklärt hatte. Aber das sollte er nicht wissen.

»Um einen Duftstoff beschreiben zu können«, sagte er und maß das Sandelholzöl mit der Pipette ab, »muß man ihn einer Gruppe zuordnen. Heutzutage spricht man von ›Profilen‹ – man stellt das Profil eines Duftes dar, indem man seine Hauptcharakteristika benennt. Vor der Jahrhundertwende entwickelte ein holländischer Chemiker, Zwaardemaker, ein System mit 39 Unterteilungen ... Ich glaube, ein paar davon kenne ich noch: fruchtig, wächsern, kampferartig; mal sehen, welche gab's noch? Fäkal war eine, auch fischig ...« Er blickte kopfschüttelnd hoch: »Das war's. Mehr fallen mir nicht ein.«

»Das macht doch nichts.«

Er lächelte. »Du hast recht, Kleines. Wir Parfümeure sollten unser eigenes System erfinden und uns Worte ausdenken, die unser Gefühl ansprechen, sonst können wir den Duft nicht im Gedächtnis behalten. Deine Mutter verbinde ich mit Lavendel und frischem Gras; das ist Anne. Meine Mutter ist Flieder. Coco Chanel wird für mich stets ihr *No. 5* sein; mein Vater ist ein Duft, den ich nicht in einem einzigen Wort ausdrücken kann. Maurice: Sein Vorname läßt alles wieder aufleben. Der Geruch, den ich mit ihm verbinde, ist unangenehm. Frühmorgens in unserer Wohnung in Paris, sein Atem riecht nach Tabak, beim Reden mit ihm rieche ich, was er am Vorabend gegessen hat. Er hat sich noch nicht hergerichtet, der Körpergeruch dringt durch den Morgenmantel hindurch. Ach, das ist so lange her, und doch reicht der Vorname aus, um den Geruch herbeizuzaubern, so, als stünde mein Vater direkt neben mir.« Er betrachtete Vie ratlos, da ihn sein Erinnerungsvermögen in die Jugend zurückversetzte.

»Für mich riechst du wie ein altes Buch mit Ledereinband«, stellte Vie fest.

»Dessen Blätter herausfallen, ja?«

»Nein. Der Leim hält. Den rieche ich auch.«

Er hielt das Becherglas hoch und prüfte die Farbe. »Du gibst mir neue Kraft, Kleines. Vielleicht fällt mir die alte Rezeptur doch wieder ein.«

Es kam aber noch zu vielem Herumprobieren. Der Vorrat an Otto von Rose, ihrem kostbarsten Duftstoff, ging zur Neige. Als das passiert war, erklärte Armand, daß er aufhören müsse.

»Verwende doch etwas anderes statt diesem«, schlug sie vor.

»Wie bitte? Begreifst du denn gar nichts? Hörst du überhaupt zu, wenn ich dir etwas beibringe?«

»Ich bemühe mich«, gab sie zurück.

»Dann verschone mich bitte mit solch dummen Ratschlägen.«

Gekränkt verließ sie das Zimmer. Als er nicht zum Abendessen kam, machte sie ihm ein Sandwich und brachte es ihm auf sein Zimmer, doch er blickte weder auf, noch bedankte er sich dafür.

Nach einigen Stunden schreckte Vie ein drängendes Flüstern aus dem Schlaf. Sie wachte mit schwerem Kopf auf und erkannte im Halbdunkel ihren Vater; er beugte sich über sie. »Komm mit – gleich, bitte«, flüsterte er ihr ins Ohr. Sie stand auf, tappte hinter ihm her in sein Zimmer. Dort hielt er ihr ein getränktes Löschpapierblatt hin. »Ich glaube«, sagte er zaghaft, »ich habe mein altes *Âme* wiederentdeckt.«

Sie roch daran, und der herrliche Duft erweckte all ihre Sinne zum Leben. Freudestrahlend sah sie Armand an. »Papa, du hast es geschafft!« sagte sie und fing vor Freude und Erleichterung an zu lachen.

Er lachte mit ihr, erklärte ihr aber bald darauf: »Es wird nicht viel zum Verkaufen übrig sein. Mit den noch übrigen Ingredienzien kann ich zwanzig, höchstenfalls vierundzwanzig Fläschchen zu einer Unze herstellen.«

Sie rechnete. Nahm man 30 Dollar pro Fläschchen und verkaufte alle davon, dann könnte sie die längst überfällige Miete und einen Großteil der Schulden bei Tschandra bezahlen. Sie würde weiterhin auf Kredit bei ihm einkaufen, diesmal müßte sie lediglich die für die Herstellung von *Âme* benötigten

Extrakte aussuchen.

»Wir bekommen den Nachschub sehr schnell«, sagte sie. »Wie viele Ingredienzen benötigt man für die Komposition?«

»Einundsiebzig.«

»So viele?«

Er nickte.

»Das macht nichts, wir bekommen sie schon.« Sie ließ es einfach nicht zu, daß die Hochstimmung verflog. »Wir haben ihn, mein Großer!« rief sie. »Jetzt hast du den Zaubertrank hergestellt, den du mir versprochen hast, als ich klein war.«

Am Samstag tupfte Vie sich *Âme* hinter die Ohren, zwischen die Brüste, in die Kniekehlen. Den Kundinnen fiel es auf: »Was benutzen Sie denn? Das duftet ja toll, Schätzchen.«

Sie nahm ein Fläschchen aus der Handtasche. »Es heißt *Âme*.«

»Und wieviel kostet es?«

»Dreißig Dollar pro Unze.«

»Dreißig – pro Unze?« Mrs. MacCauley hatte die Stimme gehoben. »Du bist wohl nicht mehr gescheit, Mädchen.«

»Der Duft haftet sehr gut. Er ist sehr romantisch ...«

Mrs. MacCauley hatte wieder die üblichen grünen Lockenwickler im Haar. Sie lachte leise. »Mein Mann versteht unter Romantik, mal ordentlich auf die Pauke zu hauen und der Kellnerin in den Ausschnitt zu fassen. Und mit mir wird er nur dann ›romantisch‹, wenn seine Mutter zu Besuch kommt und er sicher sein will, daß ich nett zu ihr bin – diese alte Hexe.«

»Der Duft wird Sie glücklicher machen.« Sie probierte es mit einer anderen Masche. »Sie werden sich wohler in Ihrer Haut fühlen.«

»Paß mal auf, Schätzchen, für dreißig Piepen könnte ich nach Manhattan reinfahren und im ›Starlight Roof‹ schwofen gehen.« Bei diesem unsinnigen Gedanken mußte sie selber lachen. »Schluß jetzt, haben Sie diese Nachtcreme dabei? Meine ist fast alle.«

Vie füllte das Bestellformular über 1,89 Dollar aus und machte sich auf den Weg zur nächsten Kundin.

Man reagierte zwar nicht so lebhaft wie Mrs. MacCauley auf das Angebot, doch das Resultat war dasselbe: Keine Frau war bereit, dreißig Dollar für ein Parfüm auszugeben.

Um drei Uhr nachmittags war Vie mit ihren Kräften am Ende. Sie beendete ihre Tour nicht und fuhr statt dessen mit der U-Bahn in die Stadt. Wenn ihr überhaupt noch jemand helfen konnte, dann war es Tschandra.

Er war mit Kunden beschäftigt, bat sie aber, im Teezimmer zu warten. Bald darauf kam er zu ihr herein. »Das Parfüm, das Sie da tragen, ist fabelhaft. Es hat etwas vom alten Glanz, ist klassisch, elegant, schlichtweg phantastisch, liebste Vie.«

»Aber wie soll ich es verkaufen?« fragte sie ganz deprimiert. Dann berichtete sie, was sich während der letzten Tage ereignet hatte. Wie ihr Vater die Rezeptur herausfand, von ihren eigenen Hoffnungen und den Ablehnungen heute.

Tschandra setzte Wasser auf und hörte aufmerksam zu. Als sie zu Ende erzählt hatte, stellte er die Kanne auf den Tisch und setzte sich neben Vie. »Dieser Laden heißt ›Die Essenz‹ – ein Wortspiel natürlich, aber denken Sie mal nach, Vie: Was ist ›die Essenz‹ eines Parfüms? Ist ein Parfüm lediglich eine duftende Flüssigkeit? Selbstverständlich nicht. Es ist ein ganz besonderes Produkt, auch im Vergleich zu anderen Kosmetika. Es ist flüchtig, nicht zu sehen, ein Versprechen, ein Hauch Hoffnung. Das Ding an sich, *la chose*, kann man nicht verkaufen; man muß *l'essence* verkaufen.« Vie fiel auf, daß das Wort im Französischen zart und verträumt klang.

»Ich möchte Ihnen mal eine Geschichte aus meiner Kindheit erzählen«, sagte Tschandra, während er ein bißchen Tee in seine Tasse goß, um zu sehen, ob er dunkel genug war. Dann goß er Vies Tasse und seine eigene voll.

»Mein Onkel hatte vor, mich mit in die Berge zu nehmen, was ich aber ablehnte. Ich hatte Angst, die Tiger würden dort über mich herfallen! Ich klammerte mich weinend an meine Mutter und flehte sie an, mich nicht dorthin zu schicken, wo ich ganz bestimmt aufgefressen würde. Sie wollte mich beruhigen, aber das mißlang ihr, so voller Angst war ich. Sie stand auf und schob mich fort. Noch heute sehe ich den hellrot-grauen Sari vor mir. Sie ging hinaus – ich wartete wie ein Häufchen Elend darauf, daß sie zurückkam. Dabei dachte ich die ganze Zeit: Ich sollte mich lieber umbringen, als mich dem grausamen Tod, der mich ja im Gebirge erwartete, auszuliefern.

Vergessen Sie nicht, den Tee zu trinken, liebste Vie, er wird sonst kalt.« Sie hatte gebannt wie ein Kind gelauscht, hob jetzt aber hastig die Tasse.

»Also, meine Mutter kam schließlich mit einem kleinen goldenen Fläschchen in der Hand zurück. ›Da drin‹, erklärte sie mir, ›befindet sich ein Elixier, das die Tiger bis ans Ende der Welt verscheucht. Einen Tropfen davon auf die Stirn, einen auf jedes Handgelenk – und alle Tiger werden zittern vor Angst und sich verstecken. Morgen früh reib' ich dich damit ein, Tschandi, dann brauchst du keine Angst mehr zu haben.‹

Ich schlief ruhig in jener Nacht und machte mich mit meinem Onkel frohgemut auf den Weg. Den ganzen Tag sahen wir nicht einen einzigen Tiger. Es wurde ein großartiger Ausflug. Jahre später, ich war ungefähr elf, fragte mich meine Mutter, ob ich das goldene Elixier noch hätte. Und lachte dann aus vollem Herzen. ›Das war nämlich kalter Tee gewesen‹, meinte sie.«

Tschandra lachte, als er daran zurückdachte, drehte sich zu Vie um und sagte ernst: »Für dieses Zaubermittel würden die Menschen ein ganzes Vermögen hergeben – ein geringer Preis für Mut. Und 30 Dollar ist ein winziger Preis für die Schönheit oder auch die Liebe.«

Sie hatte begriffen. Um *Âme* zu verkaufen, müßte sie lediglich ein goldenes Fläschchen haben und einen Vorrat an Geschichten, die die Menschen verzauberten.

Die ganze Nacht grübelte sie über dieses Problem nach, so daß sie schlecht schlief und immer wieder aufwachte. Das goldene Fläschchen war sicher doppelt so teuer wie das Duftwässerchen. Sie versuchte sich einen anderen Behälter vorzustellen, einen, der für sie erschwinglich war und dennoch so wirkte, als entstamme er geradewegs einer Sage oder dem Märchen. Doch dann schlief sie ein; als sie hochschreckte, hatte sie das Gefühl, von der Lösung des Problems geträumt zu haben, doch sie konnte sich nicht mehr daran erinnern.

Gegen Morgen fühlte sie sich erschöpft. Sie hatte nicht den Mut, von Tür zu Tür zu gehen, und nahm sich vor, wenigstens an diesem Sonntag einmal richtig auszuschlafen.

Als Vie dann aufwachte, war es bereits vormittags. Durch den langen Riß im Rollo drang Sonne ins Zimmer. Ihr Blick folgte den Sonnenstrahlen, dorthin, wo sie auf den alten Türknauf aus geschliffenem Glas fielen; sie zerteilten sich in ein glitzerndes Farbenspiel, das sich an der Zimmerdecke spiegelte und dort als Regenbogen schillerte.

Vie sprang auf und lief zur Tür, drehte den Knauf ab und hielt ihn kurz in der Hand. Er kam ihr vor wie die Kristallkugel, die in sich die Geheimnisse der Vergangenheit und der Zukunft barg. In den hohlen Kern paßte bestimmt eine Unze Parfüm.

1962

In einen schwarzen Talar gekleidet, das Barett auf dem Kopf, wartete Vie ungeduldig darauf, daß man ihr endlich das Abschlußzeugnis überreichte. Sie kam sich vor wie eine Fremde, die einem lokalen Ritus zuschaut, einer bedeutungslosen Zeremonie. Der Redner sprach gerade von der Erfüllung des Lebens durch Verantwortung. Für Vie bedeuteten die Feierlichkeiten nichts, sie waren nur die notwendige Veranstaltung, auf der man ein wichtiges Papier erhielt. Die Anfänge gehörten der Vergangenheit an. Am letzten Wochenende hatte sie zwölf Fläschchen *Âme* zu einer Unze verkauft.

»Und wenn Sie nun den Pfad des Lebens betreten, als junge Männer und Frauen, denken Sie daran, die Hindernisse . . .«

In diesem Ton ging es weiter. Die Ansprache hatte nichts mit ihr zu tun. Das Parfüm in dem Kristallbehälter, mit einem neuen Namen und einem durchsichtigen Plastikstöpsel versehen, warf allmählich Gewinn ab – 360 Dollar in anderthalb Tagen! Zwar verfügte sie erst über einen Bruchteil dieser Summe, aber sie war sicher, das Geld in ein paar Tagen bei der Auslieferung zu bekommen. Drei Kundinnen hatten bar und im voraus bezahlt; dieses Geld bewahrte sie in einem Strumpf auf. Ein paarmal hatte sie die Geldscheine hervorgeholt, sie noch mal nachgezählt und die fünf Zehner und die vier Fünfer, die zwanzig Einser nebeneinander aufgestapelt. Am nächsten Wochenende erwartete sie die restlichen 270 Dollar und weitere Bestellungen dazu.

Die Glaskörper mit dem Parfüm übten den größten Reiz aus, dabei hatte sie die für nur 30 Cents beim Eisenwarenhändler erstanden. Wenn Vie die goldfarbene Flüssigkeit dort hineinfüllte, wurden sie zu glitzernden Kugeln, die das Schlafzimmer oder Badezimmer mit umhertanzenden Farbkränzen erhellten. Selbst Vie, die genau wußte, daß es nur ein alter Türgriff war, war immer ein wenig aufgeregt, wenn sie den Plastikstöpsel herauszog. Es war wie das Herauslassen von Geheimnissen aus der Kristallkugel einer Hellseherin. Das Kristallglas fing zwar einen geheimnisvollen Duft ein, aber der Parfümname ließ nicht an Schönes denken, jedenfalls nicht Vies Kundinnen, die ihn *Em* oder *Aim* aussprachen und nichts mit dem französischen Wort verbanden. Sie mußte sich also einen neuen Namen ausdenken, der Liebesträume wachrief, ein Wort, das wie ein Zauber klang.

Zunächst waren ihr Ausdrücke eingefallen wie Hokuspokus, Sesam öffne dich, Aladin. Keiner davon stimmte so recht – sie wirkten zu ausgedacht, enthielten nicht die Verheißung, die von einem in Erfüllung gegangenen Traum ausging. Sie dachte dann wieder an Tschandra, wie schon so oft seit ihrem ersten Treffen mit ihm. Er war ein großer vornehmer Herr, der exotische Klang seiner Stimme ließ an entfernte Orte und die Gewürze Indiens denken. Kurz danach fiel ihr der Name für das Parfüm ein: *Tadsch.* Wer hatte nicht vom Tadsch Mahal gehört, diesem Traumpalast, dem steingewordenen Denkmal ewiger Liebe?

Die Frauen, die für *Âme* im schlichten Fläschchen überhaupt nichts übrighatten, waren vom *Tadsch* in Kristall begeistert. Auf die Plastikverschlüsse war Tschandra gekommen. Er hatte sie anfertigen lassen und Vie als »vorgezogenes Präsent zum Abschlußzeugnis« überreicht. Sie paßten tadellos zum Design. In diese neue Verpackung gesteckt und umgetauft, wirkte das Parfüm außerordentlich kostbar.

»... im Geist, der Amerika auszeichnet. Und während ihr im Leben vorankommt, euch die Zukunft erobert, sei Gott mit euch.«

Alle klatschten. Die Zeugnisse wurden ausgegeben. Wofür? Für wen? Von den anderen aus der Klasse waren Eltern, Geschwister, Freunde mitgekommen, Großeltern, Nachbarn, Onkel und Tanten. Auch Vie hatte sechs Karten bekommen, doch ihr einziger Gast war Vater. So gern hätte sie Tschandra eingeladen, ihren Mentor und besten Freund, aber sie konnte weder vergessen noch verzeihen, was Armand an dem Tag über ihn gesagt hatte, als sie die Extrakte mit nach Hause brachte. Die beiden kannten sich nicht, und Vie wollte es nicht riskieren, daß sie am heutigen Tag zusammenkamen.

»Jordan Neal ... Stacy Nizer ... Viveanne Nouvel ...«

Sie ging ans Podium. Marty hatte ihr nicht einmal gratuliert – kein Wort von ihr. Über das Telegramm von Nina, das heute morgen aus Colorado eingetroffen war, hatte sie sich riesig gefreut. Francis Murphy hatte ihr ein Ansteckbukett aus Nelken geschenkt, aber von Marty – nichts.

»Herzlichen Glückwunsch.« Handschlag vom Schulleiter.

Dann war sie offiziell aus der Schule entlassen. Mit dem Zeugnis in der Hand spähte sie nach Armand, der irgendwo im Publikum saß. Er ging mit ihr essen, das wurde allerdings eine recht schweigsame Angelegenheit. Beide fühlten sich unbehaglich, zu zweit ein Ereignis zu feiern, bei dem eigentlich eine Familie anwesend sein müßte.

Zu Hause ging Vie gleich auf ihr Zimmer, um sich umzuziehen. Auf dem Bettkopfkissen entdeckte sie eine kleine weiße Schachtel, auf der in Martys noch kindlicher Schrift »Glückwunsch« stand.

Vie empfand plötzlich Liebe zur Schwester. Sie hatte also nicht nur daran gedacht, sondern sogar gespart, damit sie Vie etwas schenken konnte. Wenn sie doch hier wäre, dann hätte sie Marty umarmen können. Sie taten das schon seit Jahren nicht mehr. Die Schachtel mit dem einzelnen Wort war ein Friedensangebot. Vie stellte sich vor, daß sie sich endlich vertragen würden, endlich mit dem Zank und Streit aufhörten und wahre Schwestern würden. An diesem Tag kam es also doch zu einem Neuanfang. Vorsichtig hob sie den Deckel hoch. In der Schachtel lag ein in Wolle gebetteter, glänzender ovaler Gegenstand: ein goldenes Armband.

Vie stockte der Atem. Einen Augenblick lang war sie ganz überwältigt. Dann lief sie hinüber zur Kommode und zog die Schublade auf. Der Strumpf war noch da, aber schon beim Hochheben merkte sie – er war leer. Trotzdem stülpte sie ihn noch um, ehe sie vor sich zugab: Das Geld war weg.

Das hübsche goldene Armband wirkte plötzlich, als wäre es aus Kohle. Samt Schachtel versteckte Vie es unterm Bett.

Sie konnte doch nicht irgend jemanden um Rat fragen, da sie sich einer solchen Schmach nicht aussetzen wollte. Erst recht dem Vater konnte sie nichts davon erzählen. Der würde garantiert wütend werden und Marty mit Schimpf und Schande aus dem Haus werfen.

Was sollte sie also tun? Mit Stillschweigen konnte sie auf das Geschehen bestimmt nicht reagieren. Jedenfalls müßte sie sich bei Marty erst einmal fürs Armband bedanken – und dann? Sollte sie ihr ins Gesicht sagen, daß sie eine Diebin war? Oder sollte sie auf irgendeine Weise versuchen, Marty dazu zu bringen, von allein den Diebstahl zuzugeben? Vie merkte aber schon recht schnell, daß sie nicht imstande war, die Sache auf taktvolle Weise aufzuklären. Außerdem würde Marty glatt abstreiten, etwas von dem fehlenden Geld zu wissen.

Als Marty abends in ihr gemeinsames Zimmer kam, stellte sich Vie schlafend. Am nächsten Morgen mußte sie das Geschehnis aber dann doch zur Sprache bringen. »Vielen Dank, Marty«, meinte sie so gelassen wie möglich. »Das Armband ist sehr schön. Woher hast du es denn?«

»Hab' es in so 'nem Juwelierladen gekauft!«

»Es muß ein Vermögen gekostet haben.«

»Und wenn schon. Ich hab' ja bloß eine Schwester, außerdem beendet man die Schule ja auch nur einmal.«

Vie hätte die ganze Angelegenheit am liebsten ohne Streit hinter sich gebracht, dann könnten sie sich umarmen, und die wegen des Vorfalls aufgekommene Spannung zwischen ihnen hätte ein Ende. »Ich finde, du solltest es zurückgeben«, platzte sie dann aber doch heraus.

Marty musterte sie scharf und sagte: »Dir gefällt es also nicht!«

»Doch, es ist sehr hübsch, wirklich. Aber du hast das Geld geklaut.«

»Was für Geld denn?« erkundigte sich Marty kühl.

»Das Geld in meinem Strumpf, die neunzig Dollar, die ich mit *Tadsch* verdient habe. Wir brauchen das Geld unbedingt. Wir müssen die Schulden bezahlen, die Miete, den Kredit für die Duftstoffe ...«

»Laß mich mit deinen Problemen zufrieden. Ich hab' selbst welche.« Marty wollte schon hinausgehen, aber Vie lief hinüber zu ihr und packte sie am Arm.

»Rühr mich nicht an, du gehst mir auf die Nerven!« schrie Marty. Sie riß sich los und versetzte Vie einen Schlag gegen die Schulter.

»Marty! Du mußt uns helfen! Ich weiß ja, du wolltest mir etwas schenken, darüber hab' ich mich auch ehrlich gefreut. Aber wir brauchen das Geld!«

»Ich hab' es nicht!«

»Dann hilf mir, es zurückzubekommen.«

»Wieso denn? Das schaffst du bestimmt auch allein. Oder geh doch zu deinem Papi, der tut ja sowieso alles für dich.«

Vie hätte am liebsten losgeschrien, es fiel ihr nicht leicht, ruhig zu bleiben. Sie faßte Marty am Arm, sanfter diesmal, und sagte beruhigend: »Ich verrate nichts. Vater hat keine Ahnung von dieser Sache.« Marty schien so überrascht zu sein, daß Vie mutig hinzufügte: »Du brauchst mir nur zu helfen, das Geld zurückzubekommen, mehr nicht. *Bitte!*«

Einen Augenblick starrte Marty ihre Schwester nur an. Sie war wütend auf Vie, weil die sich nichts schenken lassen wollte.

Trotzdem, Vies Stimme klang anders als früher. Anscheinend brauchte Vie sie wirklich. Marty wußte nicht ein noch aus. Sie wollte eigentlich wie sonst auch handeln – abhauen, um sich nicht mehr mit ihrer verhaßten Familie abgeben zu müssen. Vie tat ihr aber auch plötzlich leid, schließlich war sie das Opfer des Diebstahls. Wenn sie das Geld wiederbekam, rechnete sich Marty aus, dann würde Vie sie zukünftig liebhaben. »Also gut«, sagte sie, »ich mach' das« und lächelte Vie kurz an. Aber als Vie näher kam, wich Marty einen Schritt zurück. Dann drehte sie sich um und ging hinaus; wie immer, wenn ein zu heftiges Gefühl sie beunruhigte.

Die Schmucksachen im Erdgeschoß des Kaufhauses Magdahl Hoffmans lagen in verschlossenen Glasvitrinen. Nur die unechten Stücke – der Modeschmuck aus Glas und die gebrannte Keramik stellte man auf den Verkaufstresen. Von dort nahmen die Kundinnen sie in die Hand, probierten sie vor dem Spiegel an, um sie dann meistens wieder hinzulegen.

Vie war noch nie in New Yorks elegantestem, teuerstem Kaufhaus gewesen, aber sie war ja auch nicht zum Stöbern hergekommen. In der Handtasche befanden sich zwei Fläschchen *Tadsch*, damit wollte sie sich bei Philippa Wright, der Chefeinkäuferin, vorstellen.

Einen Gesprächstermin hatte sie nicht, sie hatte nicht einmal telefonisch um einen gebeten. Armand war gegen Vies Vorhaben gewesen. Die Erinnerung an seine Erfahrungen bei Margaret Pearson war noch zu stark; er hatte seine Tochter davon überzeugt, daß man ihr, da sie keine Referenzen hatte, niemals einen Termin geben werde.

»Na schön, dann geh' ich eben einfach so hin.«

»Du stellst dir das alles zu einfach vor, mein Kind«, erklärte er. »In einem solchen Geschäft hat man keine Zeit für kleine Mädchen. Jedenfalls wäre es besser, wenn ich selbst hinginge. Dein indischer Freund hat dir ja bestätigt, daß eine Frau für dieses Modegeschäft die Einkäufe tätigt. Ich könnte sie wohl eher bezaubern als du. Ein wenig wirke ich schließlich doch noch auf Frauen.«

»Kann sein«, erwiderte Vie kühl. »Aber wir haben keinen Zauber anzubieten. Wir haben etwas, das man kaufen soll.«

»Du hast einen Dickkopf, früher war ich auch einmal so. Also, meinetwegen, du kannst da hingehen, man wird dich einfach stehenlassen. Weder wird man mit dir reden noch dich bemitleiden.«

»Auf Mitleid kann ich verzichten. Und solltest du recht haben und Miß Wright mich wirklich nicht empfangen, dann werde ich eben morgen und übermorgen noch einmal hingehen, so oft, bis sie mich vorläßt.«

»Kleiner Dickkopf«, sagte er zärtlich; er mußte daran denken, auf welche Weise er seinem Vater beim Weggang von Chanel die Stirn geboten hatte. Vie hatte seinen Dickkopf, seinen Ehrgeiz und vielleicht auch seine »Nase« geerbt. Bei dem Gedanken an Maurices Wutausbruch wurde Armand milder gegen sein Kind. »Ich drücke dir die Daumen«, sagte er und fügte dann hinzu: »Falls du tatsächlich bis zu der Einkäuferin vordringst und ihr von mir erzählst, erzähl ihr, ich hätte meine Kunst bei Jolaunay erlernt.«

»Was ist das?«

»Ein Mann«, sagte er betrübt, »er hat früher einmal ungewöhnliche Parfüms hergestellt.«

Vie sah ihn forschend an. Irgend etwas wollte er ihr damit sagen, sie wußte nur nicht, was.

»Du wirst bestimmt daran denken, ja? Jolaunay.«

»Bestimmt«, stammelte sie verwirrt.

Jetzt stand sie in der riesigen Halle von Magdahl Hoffmans; sie sah sich nach der Parfüm-Abteilung um. Im Erdgeschoß befanden sich die Accessoires: die Handschuhe, Schals, Handtaschen, Kosmetikartikel, Schmuck, Kurzwaren und schließlich Parfümerieartikel. Es war ein Ort gediegenen Geschmacks, ohne Prunk und von zurückhaltender Eleganz. So etwas sah sie zum erstenmal. Sie erkannte aber doch gleich, daß sich hinter der trügerisch schlichten Fassade Macht und Reichtum verbargen. Die Redensarten von neuem und altem Geld waren ihr unbekannt, aber beim Schlendern merkte sie, daß sich dieses Geschäft seiner Bedeutung sehr bewußt war. Es fiel ihr auf, daß die Kundinnen hier so wirkten, als gehörten sie irgendwie hierher, als kauften sie regelmäßig hier, völlig überzeugt, hier nur das Beste zu bekommen.

Die Frauen schüchterten sie ein. Ob das ärmellose schwarze Leinenkleid, das sie für zwei Dollar erstanden hatte und die Perlenkette für 25 Cents hier angemessen waren, stand dahin. Es war ihre eleganteste Garderobe, in der sie am reifsten wirkte. Sie hatte beides spontan eingekauft, vor ein paar Monaten, dabei ein schlechtes Gewissen gehabt und die Sachen seither noch nicht einmal getragen. Rechts und links vom Verkaufstisch für die Parfüms standen übergroße Flaschen von Joy und Arpège; die Verkäuferin holte einen Flakon nach dem anderen für eine Kundin aus dem Regal. Kein Duft gefiel ihr so recht. Die Kundin war fast einsachtzig groß, sie trug ein dunkelgrünes Seidenkostüm mit passender Jacke; das dunkle Haar war glatt zurückgekämmt und im Nacken zu einem Knoten geschlungen.

»Ich möchte etwas Neues ausprobieren«, bat sie die Verkäuferin. »Sie wissen ja, ich benutze *L'Heure Bleue* schon seit zwanzig Jahren. Natürlich ist es immer noch himmlisch, aber mir ist nach etwas Verwegenerem zumute. Letzten Monat hat mein Sohn geheiratet, und ich wäre endlich mal wieder gern so richtig ausgelassen.«

»Ich versteh' schon, gnädige Frau.« Die Verkäuferin holte ein weiteres Fläschchen hervor. »Dies knüpft an den orientalischen Grundton von *L'Heure Bleue* an.«

Die Kundin schnupperte daran. »Nett, sehr warm, aber wohl doch nicht das Richtige für mich. Wie heißt es?«

»Réplique.«

Wieder roch sie daran. »Es ist zu ... zu schwül. Es stimmt ja, ich will verwegen wirken. Aber«, sie lachte, »aber man soll mich doch nicht gleich für ein leichtes Mädchen halten.«

Während die Kundin das sagte, griff Vie verstohlen in die Handtasche und schraubte ein Fläschchen *Tadsch* auf. Hastig tupfte sie ein, zwei Tropfen hinter jedes Ohr, verschloß die

Flasche und steuerte auf den Verkaufstisch zu.

Die hochgewachsene Frau drehte sich um, bedachte Vie mit jenem flüchtigen Lächeln, das die auf den Lippen haben, die es gewohnt sind, jedermann schon einmal getroffen zu haben, und beugte sich dann plötzlich zu ihr hinüber. »Was für ein himmlischer Duft ist das denn da, junges Fräulein?«

»Tadsch.«

»Geben Sie mir etwas davon«, verlangte die Frau von der Verkäuferin. »Genau so etwas suche ich.«

»Wie war doch gleich der Name?« fragte die Verkäuferin Vie.

»Tadsch.«

Sie krauste die Stirn. »Das kenne ich überhaupt nicht. Tut mir leid, gnädige Frau, das Parfüm führen wir nicht.«

»Dann bestellen Sie es eben. Ich hole es dann nächste Woche ab.«

»Gern, gnädige Frau.« Die Verkäuferin sah Vie verdutzt an; Vie lächelte zurück und ging hinüber zum Lift, mit dem sie zum obersten Stock, zu den Büros, hochfuhr.

Philippa Wright sei eine vielbeschäftigte Frau – teilten ihre beiden Sekretärinnen Vie nach der Begrüßung mit.

»Ich kann warten«, sagte sie.

»Sie sagten, Sie hätten keinen Termin vereinbart?«

Vie nickte.

»Und Sie kennen Miß Wright nicht persönlich?«

»Nein.«

»Dann werden Sie wohl recht lange warten müssen. Und ich kann Ihnen nicht versprechen, ob Miß Wright sie überhaupt empfangen wird«, bellte die ältere der beiden. Vies Jugend und das bestimmte Auftreten hatte aber wohl doch Eindruck gemacht, denn sie fügte sanfter hinzu: »Aber Sie können es ja versuchen. Sagen Sie mir bitte noch mal Ihren Namen. Und nehmen Sie doch solange auf dem Sofa Platz. Möchten Sie einen Kaffee?«

»Danke, nein«, gab Vie zurück. Sie buchstabierte ihren Namen. Sie fröstelte wegen der Klimaanlage und konnte nun verstehen, warum die meisten Frauen an diesem heißen Junitag Jacken trugen. Sie nahm auf dem schlichten dunkelgrauen Sofa Platz und schaute auf das geometrische Muster an der Wand hinter den Schreibtischen der Sekretärinnen. Die hellgraue Seidentapete war durchbrochen von großen Rhomben in helleren Grau- und Brauntönen. Wie ein abstraktes Gemälde, dachte Vie, die noch nie eines im Original gesehen hatte. Der Stil in diesem Raum bildete einen Kontrast zum Verkaufsgeschoß. Die Einrichtung im Laden zielte auf Sicherheit und Ungezwungenheit ab. Hier hingegen spürte man die Gegenwart einer Person, die unternehmungslustig und forsch war und einen ausgeprägten eigenen Geschmack hatte.

Damals wußte sie nichts über Philippa Wright, nicht einmal von ihrem Ruf, daß sie die mutigste Modemacherin der Branche sein sollte. Doch Vies Feingefühl sowie die lebenslange Angewohnheit, allem in ihrer Umgebung große Aufmerksamkeit zu schenken, ermöglichte ihr, die ausgeprägte Individualität dieses Raumes zu erkennen.

Sie wartete vom späten Vormittag bis zum Nachmittag. Die Sekretärinnen gingen ins Büro der Chefeinkäuferin, kamen wieder heraus, manchmal vertrösteten sie Vie: »Miß Wright ist noch sehr beschäftigt. Sie wird wohl den ganzen Tag zu tun haben. Möchten Sie nicht ein anderes Mal wiederkommen?«

»Ich möchte warten«, erwiderte Vie jedesmal. Sie sah, wie andere ins Büro gingen – Leute mit einem Termin, die große Ledermappen oder eine schwere Aktentasche trugen. Keiner blieb länger als zwanzig Minuten drinnen. Das kam ihr vor wie eine Prozession von Verehrern – die endlose Parade von Männern und Frauen, die mit Miß Wright wichtige Geschäfte zu besprechen hatten.

Einmal, als eine gertenschlanke, hübsche Frau herankam, meinte Vie, sie hätte gesehen, daß Miß Wright durch den Türspalt herübergespäht hätte. Ein anderes Mal vernahm sie eine kräftige Stimme, das war wohl die von Miß Wright, die rief: »Ist das Mädchen immer noch da?«

Sie wartete bis zum späten Nachmittag. Inzwischen hatte sie

ein paar Dinge über Philippa Wright in Erfahrung gebracht. Über ihren Ruf und auch, daß sie nicht nur Chefeinkäuferin, sondern auch stellvertretende Direktorin war. Was bedeutete, überlegte sich Vie, daß die Entscheidung, egal, wie sie ausfiele, endgültig wäre.

Um fast halb sechs schließlich erklärte die ältere Sekretärin freundlich lächelnd: »Sie empfängt Sie nun doch.« Und sie ließ Vie in Miß Wrights Büro vor.

Eine dunkelhaarige Frau mit scharf geschnittenem Gesicht beobachtete Vie von dem antiken Schreibtisch aus, der mit Unterlagen und Fotografien förmlich übersät war. »Was wünschen Sie?« erkundigte sie sich unvermittelt.

Das war dieselbe Stimme wie eben, kräftig und rauh, überraschend dunkel für eine Frau – vor allem für eine so kleine Frau!

»Mit Ihnen über Parfüm sprechen«, eröffnete sie ihr schlicht.

»Parfüm?« Miß Wright krauste die Stirn und legte die Fingerspitzen aneinander, indem sie einen kleinen Käfig formte. Sie wartete ab, daß Vie weitersprach, sah sie dabei unverwandt an. Als Vie schwieg, dem Blick aber standhielt, zog Miß Wright die Hände auseinander und deutete auf einen Stuhl. »Sie dürfen sich auch setzen.«

»Vielen Dank.« Vie nahm Platz und faltete die Hände im Schoß.

»Zum Reden sind Sie ja wohl nicht hergekommen, sondern um mir etwas zu verkaufen.«

»Das stimmt«, gab Vie zu.

»Ich kenne Sie nicht, Ihr Name sagt mir nichts, Sie sind hier ohne Terminabsprache. Wieso meinen Sie, ich würde Ihnen zuhören?«

»Weil«, sagte Vie und griff in die Tasche, »ich etwas besitze, das Ihre Kundinnen haben möchten.«

Philippa Wright lächelte. Ihr gefiel diese freche Art; sie mochte es, wenn man sich ohne wehleidiges Getue durchsetzte und ihrer harten Prüfung standhalten konnte. Das Mädchen war zudem noch verblüffend hübsch.

Vie trat mit dem geöffneten Fläschchen näher. Miß Wright

schnupperte an der goldenen Flüssigkeit, machte ein überraschtes Gesicht und nickte. »Gar nicht übel. Lassen Sie mich noch mal daran riechen. Ja, das hat wirklich Charakter, aber wieso kenne ich es nicht. Wer stellt es her?«

»Mein Vater.«

»Wie bitte?« Philippa sprang vom Stuhl hoch – sie war kaum größer als gerade einsfünfzig und blickte Vie ungläubig an. »Mir hat man schon alles, aber wirklich alles, verkaufen wollen. Einmal hat man mir sogar den Mond angeboten. Doch dies! Ein mir völlig unbekanntes Mädchen kommt herein und will mir ein vom Vater hergestelltes Fläschchen Parfüm verkaufen! Wäre er Bäcker, dann würden Sie mir wohl einen Laib Brot verkaufen wollen!«

»Er ist Parfümeur«, sagte Vie leise. »Er hat in Frankreich bedeutende Parfüms hergestellt.«

»Und wie heißt er?«

»Armand Nouvel!«

»Ich hab' noch nie von ihm gehört.« Sie setzte sich wieder hin.

Vie erinnerte sich an irgend etwas. Dann fiel es ihr ein: »Jolaunay.«

Miß Wright wurde neugierig. »Das Parfümhaus Jolaunay?«

Vie ging das Risiko ein. »Ja.«

Miß Wright kam herüber und stellte sich neben Vies Stuhl hin. »Die Parfüms sind legendär. Sie zählen zu den bedeutendsten, die je produziert worden sind. Ihr Vater hat bei Jolaunay als Parfümeur gearbeitet?«

»Ja.«

»Und dies hier ist eine alte Jolaunay-Rezeptur?« fragte sie und zeigte dabei auf *Tadsch*.

»Könnte sein.« Vie fühlte sich bei dieser Fragerei unbehaglich und wurde nervös. Sie wußte zwar überhaupt nichts über Herrn Jolaunay, auch nicht, was ihn mit ihrem Vater verband, aber sie hatte doch gemerkt, daß der Name bei Miß Wright seine Wirkung tat, und vielleicht war es ja das Zauberwort, das sie zum Kaufen verleiten würde. Weitere Fragen würden die Kraft aber zerstören, denn mehr könnte Vie Miß Wright darüber nicht erzählen. Es wäre also doch besser gewesen, dachte sie, wenn Armand selber hergekommen wäre. Er hätte alles erklären können.

»Einmal angenommen, es ist ein klassisches Parfüm, oder wenigstens eine Ableitung davon. Wie kommen Sie darauf, man würde es kaufen? Unsere Parfümabteilung macht Gewinne. Wir haben sie eingerichtet, damit sich unsere Kundinnen sicher fühlen, das heißt, wir führen die traditionellen Düfte. Diejenigen, die Frauen seit Jahr und Tag benutzen. Warum meinen Sie also, wir würden ein neues Parfüm in unser Sortiment aufnehmen? Unsere Kundinnen bleiben ihrer Marke treu. Sie wechseln nicht.«

Vie erzählte ihr kurz, was sich an diesem Morgen abgespielt hatte. Sie schloß damit, wie die Kundin die Verkäuferin darum bat, doch dieses *Tadsch* zu bestellen.

Miß Wright lächelte; ihr Gesicht wirkte auf einmal weicher. Vie fand sie attraktiv. Sie hatte ein intelligentes, ungewöhnlich eindrucksvolles Gesicht.

Dem Lächeln folgte Lachen. »Sie sind mir wirklich eine! Probieren Ihren Artikel an unserer Kundschaft aus, bevor Sie zu mir heraufkommen – ohne einen Gesprächstermin zu haben! Sie sind wirklich herzerfrischend! Sie sind die erste angenehme Person, mit der ich heute gesprochen habe.« Sie sah auf die Uhr. »Und – Feierabend. Passen Sie mal auf. Wollen wir unsere bezaubernde Unterhaltung beim Abendessen fortsetzen? Es ist noch früh, wir müßten keinen Tisch bestellen. Wir gehen so, wie wir sind. Was halten Sie davon?«

»Das ist sehr freundlich«, meinte Vie bescheiden. Überglücklich und sehr verwundert über die Einladung. »Liebend gern, Miß Wright.«

»Philippa, wenn ich bitten darf, nach Dienstschluß. Und nehmen Sie sich doch bitte dieses Seil vom Hals.«

Vie wurde rot, als sie die Kette abnahm. Sie hatte es ja geahnt, nichts stimmte. Sie kam sich vor wie ein Dummchen, das kein Stilgefühl hatte.

»Hier, nehmen Sie das«, Philippa hielt ihr das Seidentuch hin, das sie aus der obersten Schreibtischschublade geholt hatte. Auf dem Tuch waren orangefarbene und gelbe Dreiecke, durch kräftige schwarze Striche voneinander getrennt. »Kommen Sie, ich lege es Ihnen um.«

Vie beugte sich vor. Mit ihren einsfünfundsiebzig kam sie sich neben der kleinen Frau riesig vor. Fachmännisch legte Philippa ihr das Tuch um. »Hübsch. Mehr Zierde benötigen Sie nicht. Diese scheußliche Kette gehört in die Handtasche. Falls Sie sehr daran hängen, dürfen Sie einen langen, übergroßen Pullover dazu tragen. Sie müßten dann aber auch die Ärmel ganz weit hochschieben.«

Philippa führte Vie zum Spiegel. Vie staunte über die Veränderung. Das war Stil! Darum ging es in der Mode, um nichts anderes. Ein einfacher Griff ließ den Hals heller, hübscher erscheinen, änderte das Kleid von normal zu klassisch. »Sie sind großartig«, meinte sie ehrfürchtig.

Philippa stieß ein gedämpftes Lachen aus. »Mit einer so hübschen Begleiterin zu essen, ist mir eine Freude.« Sie betrachtete Vies schlanken Körper.

»Welch Freude, Sie wiederzusehen, Miß Wright!« begrüßte sie der Oberkellner und verbeugte sich. »Es ist uns eine Ehre. Und die junge Dame ist *une belle*!«

»Ich habe keinen Tisch bestellt, Henri ...«

»Aber Miß Wright«, meinte er vorwurfsvoll, »für Sie haben wir doch stets Platz. Ihr Lieblingstisch ist frei, Madame. Bitte folgen Sie mir.«

Sie gingen zu dem Ecktisch. Das Silbergeschirr schimmerte auf dem weißen Tischtuch. In der schlanken Vase standen drei Rosen: rot, gelb, malvenfarben.

Kaum hatten sie Platz genommen, dienerte Henri erneut. »Möchten die Damen etwas trinken? Für Sie das übliche, Miß Wright?«

Philippa nickte und wandte sich fragend an Vie.

»Einen ›Pink Lady‹ vielleicht?« sagte Vie aufs Geratewohl.

»Wie alt sind Sie eigentlich, Liebes?« fragte Philippa und lächelte.

»Ich trinke ganz selten Alkohol«, erklärte Vie. Sie war verlegen und kam sich sehr jung vor. »Ich nehme dasselbe wie Sie.«

»Vielleicht einen Gibson? Wohl besser doch nicht – dafür benötigt man jahrelange Übung. Ich habe das auch erst mit fünfundzwanzig zu trinken angefangen. Henri, bringen Sie der Dame bitte einen Gin Tonic.«

Sie lächelte. »›Pink Lady‹! Daß es die überhaupt noch gibt. Erinnert mich an meine Schulzeit.«

»Das hat eine gute Freundin von mir getrunken«, erklärte Vie. Sie wollte sich selbst verteidigen und Nina in Schutz nehmen.

»War Ihre Freundin so alt wie Sie?«

»Nein – viel älter, in Ihrem Alter.« Vie wurde rot; um die Unhöflichkeit wiedergutzumachen, setzte sie dann hinzu: »Sie stand mir sehr nahe. Sie erinnern mich an Sie.« Warum, wußte sie eigentlich nicht. Am Äußeren lag es wohl nicht, auch wenn beide Frauen dunkles Haar und dunkle Augen hatten. Die Ähnlichkeit bestand wahrscheinlich nur in Vies Innerem. Beim Zusammensein mit Philippa mußte sie daran denken, wie glücklich und aufgeregt sie gewesen war, als sie Nina kennenlernte.

»Danke sehr.« Philippa lächelte. »Hoffentlich werden auch wir uns bald näherstehen.« Die Getränke wurden serviert. »Prost, auf uns.«

»Prost.« Vie nahm ihr großes, eiskaltes Glas mit der Zitronenscheibe am Rand in die Hand und trank lächelnd einen Schluck. »Das schmeckt köstlich.« Sie schaute sich um, sah die hübsch gedeckten, noch freien Tische, die funkelnden Kronleuchter, die Servierwagen voller Vor- und Nachspeisen. »Toll. Alles sieht fabelhaft aus.«

»Sie eingeschlossen.« Philippa drückte sanft Vies Hand. »Aber jetzt müssen Sie mir etwas über sich erzählen, alles, wie es dazu kam, daß Sie zu mir ins Büro gekommen sind.«

»Womit soll ich anfangen?«

»Mit dem Anfang, wie's ein guter Geschichtenerzähler tut.«

Vie berichtete, wie sie in Tschandras Laden kam, sie beschrieb die Flaschen mit den verschiedenfarbigen Flüssigkeiten, das kleine Teezimmer, in dem sie die »Scones« aßen; sie erzählte davon, was Tschandra sie gelehrt hatte und wie er aussah und von seiner melodischen Stimme. Mit Enthusiasmus sprach sie von all den Dingen, die sie sonst nie auszusprechen gewagt hätte. Und als Philippa sagte: »Er ist sicherlich ein ungewöhnlicher Mann«, war Vie auf einmal dankbar und voll Zuneigung.

Henri brachte die Speisekarten. »Besonders können wir heute empfehlen, meine Damen: Coulibiac de Saumon: Lammrücken, Les Cailles – die Schnecken – Véronique.«

»Sehr schön«, sagte Philippa. »Ich nehme die Coulibiac. Und Sie?« Sie merkte Vie an, daß sie nicht genug Erfahrung mit dem Essen in Restaurants hatte, um selbst aussuchen zu können, ob aus den Tagesangeboten oder dem Standardmenü. »Wie wär's mit einem Filet?«

Als Vie dankbar nickte, bestellte Philippa: »Einmal das Filet Mignon bitte. Medium? Und da ich Lachs nehme und meine Begleiterin das Filet, benötigen wir je eine halbe Flasche Roten und Weißen. Für Mademoiselle bitte einen Burgunder – der Weinkellner soll uns einen Beaune oder einen Pommard aussuchen, welcher der bessere Jahrgang ist. Und für mich einen Pouilly-Fuissé.«

Vie lauschte. Sie machte sich im Geist Notizen. Eines Tages – bestimmt schon bald – würde sie wissen müssen, wie man in einem Restaurant wie diesem bestellte und sich verhielt. Sie beobachtete daraufhin, wie sich Philippa mit Henri unterhielt, auf andere Weise als mit den übrigen Kellnern. Ihr fiel auf, daß Philippa nicht ihr ganzes Brötchen mit Butter bestrich, sondern ein Stück davon abbrach und dieses dann bestrich. Vie machte es ihr rasch nach.

Das Filet Mignon war so zart, daß es im Mund zerging. Die dazugereichte dickflüssige Sauce – Bearnaise – schmeckte köstlich. Sie war mit Estragon und noch verschiedenen anderen Gewürzen angemacht.

Beim Essen erzählte Vie weiter von sich. Sie berichtete Philippa vom Vater, der Schwester, Mrs. Murphys Wohnung – sogar von den beiden Katzen, Tiger und Jule, mit denen sie vor Jahren gespielt hatte. Oft unterbrach Philippa sie und fragte nach. Wie sieht Martine aus? Was ist ihre Lieblingsfarbe? Wie weit war ihr Schulweg? Vie beantwortete alle Fragen. Daß Philippa so viel

Interesse zeigte, machte sie stolz und regte sie an. Sie ließ nichts aus. Was sie allerdings nicht preisgab, war ihr Alter. Sie wußte genau, daß sie in ihrem schwarzen Kleid, mit dem hochgesteckten Haar und dem leichten Make-up mindestens wie einundzwanzig aussah. Jünger durfte sie schließlich auch nicht wirken, wenn sie als Geschäftsfrau ernstgenommen werden wollte.

Sobald Philippa zum Nachtisch Crêpes Suzette bestellt hatte, holte sie Vie in die Gegenwart und damit zum Beruflichen zurück.

»Wenn ich mich entschlösse, bei Ihnen zu bestellen, wann könnte ich mit der Anlieferung rechnen?«

Das berauschende Gefühl, das das reichhaltige Essen, der Wein und die Hochstimmung darüber, einmal ganz offen sprechen zu können, ausgelöst hatten, verschwand sogleich. Vie ging auf Philippas Tonfall ein. »Das würde vom Umfang der Bestellung abhängen.«

»Wie wär's mit zweihundert Flaschen zu einer Unze als erste Lieferung?«

Vie stieß einen leisen Pfiff aus, Philippa lachte. »So etwas gefällt mir. Endlich mal eine, die nicht so blasiert zurückhaltend reagiert.«

»Zweihundert Flaschen! Das macht bei einem Preis von dreißig Dollar ja insgesamt sechstausend Dollar!«

»Die Multiplikation stimmt haargenau, Liebes, aber Sie haben einige Faktoren ausgelassen. Sie haben das Parfüm für dreißig Dollar pro Flasche verkauft, ja?«

Vie nickte. Sie hatte Philippa zuvor von dem Verkauf für die Windsor-Kundinnen erzählt.

»Schön, das ist aber Direktverkauf. Ohne Zwischenhändler. Wenn Sie das Parfüm über den Einzelhandel auf den Markt bringen wollen, dann müssen Sie unsere Spanne miteinkalkulieren. Wir müssen ja auch noch einen Gewinn machen, vergessen Sie das nicht. Also, wie hoch sind die Herstellungskosten für eine Unze?«

»Das weiß ich nicht genau. Die Kosten werden geringer, je mehr Parfüm wir herstellen. Zu Beginn kostet uns eine Unze ungefähr fünfzehn Dollar. Wir haben das Doppelte berechnet, damit wir das wieder herausbekommen können, was wir für die Ingredienzen ausgegeben haben.« Hoffentlich hielt Philippa sie nicht für unbescheiden.

»In dem Fall verkaufen wir zu einem Preis von fünfundsiebzig Dollar pro Unze, zu einem Preis von vierzig für die halbe und zu fünfundzwanzig für die viertel Unze.«

Vie starrte Philippa an, die weiterredete. »Der Kalkulationsaufschlag auf Parfüm beträgt bis zu achthundert Prozent. Darin ist dann aber selbstverständlich schon die Verpackung, der Vertrieb und die Werbung miteinberechnet. Eine Magdahl-Hoffman-Kundin würde über ein Parfüm zu dreißig Dollar die Nase rümpfen – wenn Sie mir das Wort gestatten. Wieso verkauft sich *Joy* denn so gut? Doch nur, weil es, wie offen und frei behauptet wird, das kostspieligste Parfüm der Welt ist.«

Vie beugte sich vor, näher zu Philippa heran. Philippas Parfüm roch reich und weltlich – das könnte *Joy* sein. »Ich versteh' schon«, meinte sie und sah Vie unverwandt an, »Ich werde Ihnen noch viel beibringen müssen, Schätzchen.« Leise und ohne den Blick von Vies Gesicht abzuwenden, fragte sie: »Würde Ihnen das gefallen?«

Vie sagte leise: »Doch.« Unbegreiflicherweise wurde sie rot dabei.

»Haben Sie einen Freund?« fuhr Philippa mit derselben tiefen Stimme fort.

»Nein.«

Philippa sah ihr in die Augen. »Sie sind sehr hübsch. Mögen Sie mich ein wenig?«

Vie fühlte sich unbehaglich. Sie nickte als Entgegnung auf diese merkwürdige Frage. Ob sie Philippa mochte? Sie war eine ganz ungewöhnliche Frau, die zu einer anderen gesellschaftlichen Sphäre gehörte. Philippa schien unendlich viel zu wissen, hatte einen unfehlbaren Geschmack. Vie fand es aufregend, daß man ihr soviel Aufmerksamkeit schenkte. Sie war nahe daran, Philippa zu verehren – aber mögen? Das Wort klang sonderbar fremd aus ihrem Mund.

Das Gespräch der beiden wurde unterbrochen. Man servierte den Nachtisch. Auf dem an den Tisch geschobenen Servierwagen befanden sich Flaschen mit Branntwein, Orangen, hauchdünne Pfannkuchen und ein Pfännchen. Neben Henri standen zwei Kellner. Sie preßten den Orangen Saft aus, steckten die Flammen unter der Pfanne an, erhitzten die Butter, bis sie goldbraun war und fügten dann Zucker und Orangensaft hinzu. Der Duft ließ einem das Wasser im Mund zusammenlaufen. Im entscheidenden Augenblick übernahm Henri die Regie. Er bedeutete dem Kellner zur Rechten, den Armagnac und den Curaçao-Likör in die Pfanne zu gießen. Geschickt hielt Henri die Pfanne ein wenig schief, hielt ein Streichholz an die Flüssigkeit und schüttelte sie, bis die Flammen hochschossen. Als sie erlöscht waren, legte er die dreieckigen Pfannkuchen auf zwei Teller und löffelte die Sauce darüber. Anschließend ließ er die Kellner je einen Teller zu Philippa und Vie an den Tisch bringen.

Als sie zu Ende gegessen hatten, sagte Vie: »Ich hab' gar nicht gewußt, daß irgend etwas so gut schmecken kann.« Wie wundervoll es hier war! Um so etwas zu erleben, war aber Stil, Geschmack und Geld vonnöten. Geld brachte diese glanzvolle Welt voller Freuden hervor. Diese Welt hatte sie zwar gerade erst betreten, trotzdem wußte Vie schon jetzt, daß sie immer darin leben wollte. Sie würde eines Tages dazugehören.

Als hätte Philippa ihre Gedanken gelesen, nahm sie die Unterhaltung wieder auf. »Wenn wir das Parfüm für fünfundsiebzig Dollar verkaufen und vierzig Prozent nehmen, erhalten Sie pro Flasche fünfundvierzig Dollar – das macht neuntausend Dollar.«

Vie lachte. Sie traute ihren Ohren nicht.

Philippa sprach weiter: »Mit diesem kleinen Vorrat fangen wir erst einmal an. Das ganze Haus können wir zwar nicht damit vollstellen. Ich will aber ein paar Fläschchen ins Schaufenster plazieren und einige Proben in den Umkleideräumen im dritten Stock unterbringen, im Brautsalon und beim Friseur. Genau, ich werde es ins Kaufhaus ›einschmuggeln‹.« Sie lächelte zufrieden über diesen Vergleich. »Warten Sie ab, Vie, mit mir werden Sie Erfolg haben.« In etwas tieferem Tonfall fragte sie dann: »Sie wollen doch freundlich zu mir sein, ja?«

»Ja.« Erneut fand Vie ihre Frage merkwürdig. Warum sollte sie denn nicht freundlich zu ihr sein? Schließlich tat Philippa so viel für sie.

»Sehr schön. Kommen Sie, wir gehen zu mir.« Als Vie sie daraufhin fragend ansah, fügte sie an: »Um auf den Geschäftsabschluß anzustoßen. Möchten Sie denn nicht, Liebes? Hätten Sie keine Lust, mitzukommen?«

»Doch«, erwiderte Vie eifrig und dachte im stillen, daß sie wohl noch nie in ihrem Leben einen so verrückten Tag erlebt hatte. Als sie mit Philippa hinausging, deren Kopf ihr gerade bis zur Schulter reichte, erinnerte sie sich an die Veränderung, die Philippa herbeigeführt hatte, indem sie ihr den Seidenschal umband. Und sie hatte das Gefühl, daß sie von dieser Frau noch sehr viel lernen könnte.

Philippa Wrights Wohnung wirkte elegant, weitaus gedämpfter und behaglicher als ihr Büro. Die japanische Grastapete verlieh den Wänden eine angenehm rauhe Beschaffenheit. In sämtlichen Zimmern hatte Philippa die Stoffe ausgesucht, die sich voneinander abhoben und einander ergänzten – rauhe mit weichen Stoffen, kühle Seide mit warmem Samt, Metall mit Pelz kombiniert. Die gedämpften Grau- und Beigetöne bildeten den Hintergrund für rotgelbe, violette und rosa Farbtupfer.

Philippa schenkte Armagnac ein und kam mit den beiden Gläsern zum Sofa herüber. »Setzen Sie sich hierhin, Vie«, sagte sie. Sie klopfte leicht auf das Polster neben sich.

Schon nach wenigen Schlucken spürte Vie die Wirkung. Sie war Alkohol nicht gewohnt, sie war seit einigen Stunden ganz aus dem Häuschen, und nun wurde sie in diesem warmen, schwach beleuchteten Zimmer auf einmal ganz schläfrig. Philippa legte den Arm um sie, und Vie lehnte sich an. »Stimmt das wirklich? Sie wollen zweihundert Fläschchen *Tadsch* bestellen?« fragte sie verträumt.

»Ja, Liebes, das stimmt. Aber nun entspann dich erst mal, ja genauso. Laß dich mal richtig gehen.« Sie zog den Reißverschluß an Vies Kleid herunter und hakte den BH auf. »Na bitte, das fühlt sich schon besser an, oder nicht?«

»Hm.« Das war viel besser, bequemer. »Ich fürchte, ich bin beschwipst.«

»Nur ein klein wenig. Das macht doch nichts, kleiner Liebling. Du brauchst nicht dagegen anzukämpfen. Du kannst das alles mir überlassen.«

»Tu ich auch nicht«, flüsterte Vie. Philippa umfaßte Vies Kinn und hob ihr Gesicht zu sich. Sie küßte sie leicht auf den Mund.

Vie ließ es geschehen. Komisch, mußte sie denken, alles ist so komisch heute. Philippas Lippen fühlten sich so zart an.

Philippa streifte Vie die Kleider ab. Vie sträubte sich nicht dagegen. Bei dieser Frau kam sie sich wie ein kleines Mädchen vor, um das man sich liebevoll kümmerte. Kühler war's jetzt, angenehmer. Sie hatte nur noch den Slip an.

Die so zarten Lippen küßten ihr den Hals, berührten, umkreisten ihre Brüste. Die Brustspitzen wurden hart; Philippa saugte an der einen, drückte zart die andere Brust. Es war so erregend und auch ein bißchen schmerzhaft. Ein Gefühl der Wärme stieg in Vie hoch. Philippa massierte ihr mit der Zunge die andere Brust; ihre Zunge kreiste über den Hof nach oben zur Spitze hin und biß zart zu, Philippa berührte mit der Hand die weiche Haut zwischen den Schenkeln.

»Bitte, hören Sie auf, nein.«

»Du hast einen tollen Busen, Schätzchen. Ich möchte ihn küssen, daran saugen.« Philippa streichelte sie wieder.

»Das dürfen Sie ...«, begann Vie von neuem.

»Scht, mein Liebling, gib dich ganz deinen Empfindungen hin. Bitte, ich möchte es dir so gern machen.« Sie legte die Hände um Vies Brüste. Leicht knetete sie die Haut, aufwärts zu den Achseln und spürte die Feuchte da; Vie keuchte und öffnete die Lippen. Philippa ließ sich tiefer an Vie hinabgleiten, und ihre Hände ertasteten den Gummizug an Vies Hüften. Mit einer raschen Bewegung zog sie das Höschen ab. »Wunderschön«, murmelte sie dabei und betrachtete das blonde Haargeflecht. Sie zog ihr den Slip aus, warf ihn zur Seite. Dann streifte sie sich selbst die Kleider ab. Philippas Körper wirkte jünger als ihr Gesicht, sie hatte kleine feste Brüste, breitere Schultern als Hüften.

Sie berührte Vies Bauch; ihre Hand glitt hinab zu dem herrlich blonden Haar, sie zog die obere Dreieckslinie nach, dann über die Falte zwischen Hüfte und Schenkel, wieder an den Haarseiten herunter. Auf einmal glitt ihre Hand tiefer, teilte die Lippen, schlüpfte dazwischen.

»Oh!« rief Vie. Sie wollte sich davonschlängeln. Die Finger glitten aber nur noch tiefer in sie und streiften dabei über ihre harte Klitoris. »Oh, oh!« rief sie wieder. Sie wölbte sich gegen die Hand und spürte, wie ein heißes Lustgefühl sie durchströmte, wie es sie durchzuckte.

»Laß dich gehen!« forderte Philippa und zog Vie an sich, küßte sie ganz ungestüm, schob sich Vies Hand zwischen die Schenkel. »Kannst du das fühlen? Fühl doch mal, wie feucht ich da bin.«

Vie riß die Hand weg; Philippa hielt die andere aber immer noch fest umschlossen, sie zog Vie mit sich ins Schlafzimmer, gab ihr einen Schubs, daß sie aufs Bett fiel, und legte sich rasch auf sie.

»Bitte, nein«, bat Vie flüsternd und versuchte, ihre Scham zu bedecken. Philippa zog ihre Hände heftig fort, beugte sich nach vorn und küßte sie dort – ganz sanft. Leckend, dann stoßend drang ihre Zunge ein. Vie keuchte auf. Die warmen, drängenden Empfindungen brachten sie dazu, daß sie sich fest an Philippas Mund schmiegte, und nun erwachte das Begehren endlich, und sie bat Philippa, nicht aufzuhören.

Philippa saugte an der hochgewölbten Spitze. Vie schrie auf, so lustvoll-schmerzhaft fühlte es sich an. Und dann wurde das Saugen sanfter, beharrlicher. Vie setzte sich auf und sah den dunkeln Haarschopf zwischen ihren Schenkeln. Philippa befriedigte sich selber während des Saugens.

»Hören Sie auf damit!«

Philippa sah hoch. Von der Nase abwärts bedeckte Feuchtigkeit ihr Gesicht. »Tu' ich dir weh?« fragte sie – gar nicht zärtlich.

»Bitte, ich habe das noch nie ...«

»Du hast ›was‹ nie?« wollte sie ungeduldig wissen.
»Noch nie ... dies hier getan?«
»Mit einer Frau?«
»Nein, noch mit keinem.«
Philippa ließ sich jedoch nicht von ihrem Vorhaben abbringen. Sie machte mit dem ungestümen Streicheln weiter, führte den Mund erneut an Vies Klitoris. Mit der linken Hand glitt sie unter Vies Schenkel und strich allmählich sacht um die noch undurchstoßene Öffnung, drückte zart und stieß hinein und zurück ... Vie spürte eine heftige Wärme und Lust. Ihr Körper straffte sich, und sie drängte sich gegen die ungestüme Zunge. Ihr war, als müsse sie urinieren; sie wollte es zurückhalten ... und dann pochte es in ihr, Schauer überkamen sie, und sie ließ es geschehen, und es kam ihr, und sie verströmte sich.

Als sie die Augen aufschlug, betrachtete Philippa sie voll Stolz. »Wunderschön, mein Liebling. Du bist wunderbar gewesen. Und beim nächsten Mal wird es noch schöner sein ... glaub's mir.«

Erschauernd schloß Vie die Augen wieder.

1962–1966

So rasch wie *Tadsch* hatte sich noch nie ein Parfüm verkauft. Philippa hatte zwar darauf spekuliert, dieser enorme Erfolg verblüffte sie dann aber doch. Zwei Wochen nachdem das Parfüm bei Magdahl Hoffmann angeliefert worden war, war es bereits ausverkauft. Die Frauen, die *Tadsch* in den oberen Umkleideräumen probierten, erklärten den Verkäuferinnen, sie nähmen noch ein Fläschchen mit und ließen es auf die Rechnung setzen. Später kauften sie es direkt in der Parfümabteilung im Erdgeschoß.

Der Duft benötigte keinerlei Werbung. Als nur noch ein paar Dutzend Flaschen übrig waren, entschied Philippa, die neue Bestellung müsse die zweieinhalbfache Menge umfassen. *Tadsch* war zwar der meistverkaufte Artikel im ganzen Kaufhaus, doch so risikofreudig war sie auch nicht, bei der Zweitbestellung mehr als fünfhundert Fläschchen anzufordern. Sie mußte an andere vorübergehende Modeartikel denken; es mochte durchaus sein, daß Verkaufszahlen wie diese lediglich darauf hindeuteten, daß das Kundeninteresse kurz aufflackerte und dann wieder erlosch.

Sie hatte Vie den zweiten Scheck über 4500 Dollar zugeschickt und einen Brief mit der Bitte um einen Besuch beigefügt. Die beiden Frauen hatten sich nach dem ersten Treffen noch nicht wiedergesehen. Jetzt war Philippa so zappelig wie ein Teenager vor der ersten Verabredung. Alle paar Minuten sprang sie auf, strich immer wieder die Sofakissen glatt, begutachtete sich im Spiegel.

Schon gleich nach ihrem Liebesspiel hatte Philippa Bedauern, ja Reue darüber empfunden, daß sie Vie verführt hatte. Sie hatte das Mädchen ja auf einundzwanzig, dreiundzwanzig Jahre geschätzt. Trotz aller Unerfahrenheit war Vie sehr selbstbeherrscht, und ihre natürliche Anmut ließ nicht die leiseste Ahnung zu, daß sie noch eine Halbwüchsige war! Siebzehn war sie erst, um Himmels willen!

»Wieso hast du mir das nicht gesagt?« fragte Philippa immer wieder in der Hoffnung, sich von Schuld freizusprechen. Als sie in Vies bezauberndes, sehr junges Gesicht blickte, bekam sie es aber doch mit der Angst zu tun. Eine Minderjährige! Und wenn sie nun jemandem davon erzählte, sie verklagte?

Vie hatte Philippas Angebot, doch über Nacht zu bleiben, abgelehnt. Und erst nach beträchtlichem Zögern nahm sie das Geld für das Taxi an. Mit gelassener Würde hatte sie sich angezogen. Und als Philippa ihr einen Scheck über 4500 Dollar als Vorauszahlung für die erste Lieferung reichte, hatte sie ihn, ohne daraufzuschauen, eingesteckt und nur gesagt: »Ich danke Ihnen.«

Es war selbstverständlich ein Privatscheck, den sich Philippa später selbst zurückvergüten würde. Sie hätte morgens um vier Uhr einer Siebzehnjährigen kaum einen Firmenscheck ausstellen können. Aber dadurch, daß sie ihr sofort einen Scheck ausschrieb, hoffte Philippa, Vie würde Stillschweigen bewahren.

Seither hatten sie sich ein paarmal gesprochen, förmlich am Telefon. Als eine ihrer Sekretärinnen sie fragte, ob »dieses hübsche blonde Mädchen« an der Werbekampagne für *Tadsch* teilnehmen werde, hatte Philippa abweisend geantwortet: »Das ist nicht nötig.«

Und dann kam Vie zu ihr in die Wohnung, um mit ihr die Nachbestellung zu besprechen. Auf den Vorschlag, das Treffen im Büro stattfinden zu lassen, hatte Vie schlichtweg erwidert: »Ich bin Punkt vier Uhr bei Ihnen.«

Könnte das heißen, überlegte Philippa, als sie im Zimmer auf und ab ging, daß ihr doch daran lag, die Beziehung fortzusetzen? Vie war das bezauberndste Geschöpf, das Philippa kennengelernt hatte, jemand, für den man schnell große Sympathie entwickelte, sogar Liebe, möglicherweise – wenngleich sie dieses Gefühl schon seit langem nicht mehr kannte. Wieso war sie dann aber jetzt so nervös? Schau dich doch an, sagte Philippa zu ihren zittrigen Händen, man könnte glauben, du hättest dich noch nie mit einem Mädchen getroffen.

Vie stand vor der Tür. Sie trug ein butterfarbenes Seidenkleid mit passender Jacke. Sie wirkte zugleich jünger und älter als in Philippas Erinnerung; Vie war unerhört hübsch. Während sie eintrat, straff, aber auch ungekünstelt, bemerkte man das Verletzliche doch genauso wie ihre Stärke.

Erst nachdem sie den Kaffee eingeschenkt und dabei etwas aufs Tablett verschüttet hatte, weil ihre Finger immer noch zitterten, wagte Philippa, Vie zu berühren; dann aber ging sie herüber zu ihr und nahm sie lachend in die Arme.

»Nein«, sagte Vie ruhig, »das jetzt nicht.«

»Findest du mich denn abstoßend?« Dabei verzog Philippa das Gesicht.

»Nein. Wie sollte ich auch. Sie sind attraktiv und haben mehr Stil als irgendwer sonst. Außerdem«, Vie lächelte ein wenig, »haben Sie Vertrauen und Mut in *Tadsch* investiert. Sie sind ein Risiko eingegangen.«

»Und das hat sich schließlich gelohnt«, meinte Philippa. Ihr war ein wenig bang zumute. »Als ich dir den Vorschuß gab, wußte ich ja nicht, wie sich die Sache entwickeln würde.«

Vie lachte, wurde dann ernst. »Sie haben mir das Geld *damals* gegeben. Ich habe viel darüber nachgedacht, deshalb wollte ich auch hier und nicht im Büro mit Ihnen sprechen. Ich möchte Ihnen nur sagen, na ja, es ist so ...« In ihrer Verlegenheit kam sie sich wie ein Kind vor.

»Du möchtest mir damit sagen, daß es keinen Sinn hat.«

Vie nickte und erwiderte Philippas Blick. »Ich bin jung. Ich hatte noch nie Sex.«

»Und der hat dich abgestoßen.«

»Ich hab' es gemocht. Ich meine, es war ein schönes Gefühl. Aber ich war ganz verängstigt. Vielleicht weil es das erste Mal war oder weil es mit einer Frau war, vielleicht hatte ich Angst davor, *weil* es mir gefiel.« Sie schaute verwirrt auf. Sie suchte nach Worten, die ihre widerstreitenden Gefühle am besten ausdrücken mochten. »Auf jeden Fall habe ich gemerkt, daß es nicht das Richtige für mich ist. Und dann habe ich mich gefragt, ob Sie mir den Auftrag nur gegeben haben, damit ich ...«

»Du meinst, ich hätte dich dafür bezahlt, daß du mit mir ins Bett gegangen bist?«

Vie senkte den Blick. »Ja. Und da habe ich mir geschworen, so etwas nie wieder zu tun, auch nicht, wenn die Bestellung rückgängig gemacht würde.« Sie lächelte Philippa ein wenig gequält an. »Wirklich, es geht nicht darum, daß es mich angeekelt hätte oder so. Schließlich ist es ja nicht meine Angelegenheit, ob Sie mit Männern oder Frauen schlafen, nicht? Aber ich bin noch nicht reif für ..., na ja, Sex eben.«

Philippa dachte daran, daß sie noch nie jemanden getroffen hatte, der so hinreißend war. Die leichte Röte, das seidige Haar, das so gut zum glänzenden Kleid paßte, der ernste Blick und der schmale geschminkte Mund, die Lippen, all das erweckte ein Sehnen in ihr, es war nicht nur sexuelles Verlangen, wenngleich das mit hineinspielte. Philippa war ihr auch sonst aufrichtig zugetan, sie war stolz auf Vie, wollte ihr Schutz bieten. Die zarten, fast mütterlichen Gefühle waren ihr fast ein wenig peinlich. »Wir haben vor, fünfhundert Fläschchen zu bestellen«, meinte sie lebhaft. »Die sollten, so rasch es geht, geliefert werden. Und nach dieser Lieferung könntest du wohl die alten Türgriffe dorthin schicken, wo sie hingehören.«

Vie sah sie verwundert an. »Sie wußten also ...«

»Selbstverständlich.« Philippa lachte; kurz darauf stimmte Vie mit ein. Es war ein ansteckendes Lachen, als hätte jemand einen wirklich guten Witz gemacht, und sie lachten, bis sie sich erschöpft und zutiefst erleichtert fühlten.

»Zum Teufel mit dem Kaffee«, meinte Philippa, die sich als erste erholt hatte. »Komm, jetzt trinken wir was Ordentliches. Keine Bange«, fügte sie hinzu. »Ich mixe dir was Leichtes, und ich setz' mich ganz weit weg und halte die Hände auf dem Rücken.«

»Auf die Weise zu trinken, stell' ich mir gar nicht so leicht vor«, gab Vie verschmitzt zurück.

»Setz dich doch, Vie, ich hol' uns die Gin Tonics.« Im Zurückkommen meinte sie: »Sprechen wir von dem, was uns am meisten am Herzen liegt: von Geschäften. Allmählich müßte man einmal Ideen für einen Firmennamen entwickeln. Sollte die Nachfrage nach *Tadsch* anhalten, könnte man über eine Erweiterung nachdenken. Über weitere Parfümartikel, neue Düfte. *Tadsch* ist zwar sehr gut, aber man braucht eine Firma, so wie Lanvin hinter *Arpège* steht«

Während Philippa redete, dachte Vie überhaupt nicht an die persönliche Beziehung. Sie hörte aufmerksam zu. Die Ratschläge schmeichelten ihr, und sie war innerlich so nervös, wie sie es beim erstenmal gewesen war, als Philippa Wright ihr Aufmerksamkeit und Interesse schenkte.

»Ein französischer Name wäre am besten. Parfüm ist international. Das Französische steht für hohes Ansehen, Luxus – für etwas, das für andere unerreichbar ist.«

Vie fiel der Augenblick ein, in dem Philippa zuerst Interesse für das Parfüm zeigte, und machte deshalb den Vorschlag: »Joulaunay – wäre das nicht ein geeigneter Name?«

Philippa schüttelte den Kopf. »Das ist ein Plagiat. Ein Diebstahl. Und selbst wenn der Name freigegeben wäre, so würden doch nur ein paar Leute aus der Branche etwas damit verbinden. Er ist zwar französisch, aber eben zu sehr. Man müßte einen kürzeren, leichter auszusprechenden Namen finden.«

»Joulaunay hat aber eine lange Tradition.« Armand hatte ihr von über Jahrhunderte zurückreichenden Parfümeurgenerationen erzählt. »Der Name hat Geschichte.«

»Das mag ja sein, aber Geschichte verkauft sich nicht gut in Amerika. Keiner will sie oder glaubt an sie. Wir benötigen einen kurzen, einprägsamen Namen. Denk dabei an Chanel, Lanvin, Revlon ...«

»Helena Rubinstein?«

Philippa lachte: »Das bestätigt doch nur meine Ansicht. Wer denkt schon bei dem Namen an Parfüm? Höchstens an Creme, Lippenstifte. Nein, wir wollen Parfüm anbieten. Wie wäre es damit, wenn man Jolaunay etwas modernisierte? Es in Jolay umbenennen würde?«

»Jo ... lay«, wiederholte Vie langsam.

»Mit der Betonung auf der ersten Silbe!«

»Hört sich gut an«, meinte Vie zustimmend.

»Laß dir das doch ein paar Tage durch den Kopf gehen. Anschließend rufst du mich im Geschäft an, und wir sprechen mit dem Anwalt wegen der Firmengründung. Ich habe für dich auch schon einen Termin mit einer Firma vereinbart, die sehr anständige Arbeit im Verpackungs-Design leistet. Vielleicht fällt denen ja etwas ein, das weniger sperrig ist als ein Türgriff.«

»Werden Sie mitkommen?« wollte Vie wissen.

Philippa sah sie an. Und die zärtlichen, liebevollen Empfindungen von vorhin kamen zurück. »Wohin du willst«, sagte sie voller Überzeugung.

Die Verkaufszahlen schossen in die Höhe. Die Firma Piper & Strauss entwarf neue Fläschchen für *Tadsch* und behielt dabei die Grundidee ›Gold gefangen im Regenbogen‹ bei, doch die neuen Behälter hatten fast eine Tränenform und waren aus dünnerem Glas hergestellt. So konnten die Frauen, die vom Tag bis in den Abend hinein unterwegs waren, das Parfüm in ihren großen Handtaschen bei sich tragen. Verpackt wurde das Fläschchen in einer grün-violetten Schachtel. Der Zerstäuber war ein ideales

Mitbringsel. Die kleinere Version schillerte ebenso bunt und enthielt den Zerstäuber; der war ideal für die Abendtasche, faßte lediglich eine achtel Unze Parfüm und wurde für 15 Dollar verkauft.

Er glitzerte gleich einer großen Träne in den Auslagen der Geschäfte und war sofort ausverkauft.

Die Firma Jolay-Parfüms wurde als Aktiengesellschaft eingetragen. Philippa, Tschandra und Armand bildeten den Verwaltungsrat.

Tschandra und Philippa kannten sich von früher. Zur Freundschaft war es zwar nicht zwischen ihnen gekommen, doch sie kamen sogleich gut miteinander aus: Sie mochten einander wegen der beruflichen Fähigkeiten und der harten Arbeit, die damit verbunden war, sie respektierten sich. Armand fühlte sich in der Gegenwart von keinem wohl. Einerseits war er eifersüchtig, daß die beiden so großen Einfluß auf seine Tochter hatten, andererseits weil er sich in der Rolle des bloßen Chemikers deplaziert fühlte, da er doch der Direktor des gesamten Unternehmens hätte sein können.

Trotzdem kam es zwischen den dreien nicht zu größeren Differenzen. Sie sollten sich als Paten von Jolay betrachten, schlug Philippa vor. Vie gefiel das Wort, denn es ließ sie an eine Familie denken und gab ihr das Gefühl von Sicherheit. Sie kamen ihr wie richtige Paten vor, die bei ihrer Taufe auf den Namen Vie Jolay dabei waren, dem Namen, den sie für die Geschäfte benutzen wollten. Um im Verwaltungsrat einen Sitz haben zu können, war sie noch zu jung, doch mit achtzehn sollte sie zugelassen werden – wenngleich auch dann noch seitens der Anwälte bestimmte Einschränkungen gemacht werden mußten.

Tschandra machte geeignete Räumlichkeiten unweit seines Ladens ausfindig, in denen Armand sein Labor einrichtete. Sie hatten früher einen verbotenen Alkoholausschank beherbergt, und so stießen die neuen Mieter immer wieder auf Überraschungen: Geheimfächer, verborgene kleine Zimmer und Tapetentüren. Hier arbeitete Armand gemeinsam mit einem Parfümeurlehrling sowie einem Mädchen, die von morgens bis spätabends die Parfümfläschen abfüllte. Nach anderthalb Monaten stellte man einen zweiten Assistenten ein und noch zwei Mädchen zum Abfüllen.

Eine Woche vor ihrem 18. Geburtstag suchte Vie zusammen mit Armand den von Philippa empfohlenen Bankier auf. Donald Garrison war jung, der vielversprechende Aufsteiger im Geschäft, der Darlehen per Handschlag vergab und bisher nur einmal damit hereingefallen war.

Vie erklärte ihm, warum sie ein Darlehen in Anspruch nehmen mußten. Man habe *Tadsch* an Geschäfte in Boston, Philadelphia und Los Angeles geliefert, außerdem trafen ständig Anfragen ein, seitens des exklusivsten Kaufhauses im Süden des Landes, Neiman-Marcus.

Die Entschlußkraft der jungen Frau machte Eindruck auf Donald. Er spürte es förmlich wieder, dieses Kribbeln am Hals, das er immer bekam, wenn etwas den richtigen Schwung hatte und auszustrahlen schien: »Ich werd's schon schaffen.«

»Leiten Sie das Unternehmen?«

»Nein.« Ihr Vater schaltete sich ein. »Sie ist zu jung. Wenn sie achtzehn wird, kommt sie in den Vorstand.«

Don Garrison mußte sich erst mal fassen. Wenn sie achtzehn ist! Er musterte Vie. Mit frühreifen Menschen kannte er sich aus. Schließlich war er es auch immer gewesen, aber dies Mädchen war ein Wunderkind! Vielleicht ein verkleideter Mozart, dachte er. Warum auch nicht?

»Wie alt ist sie denn jetzt?« wollte er wissen. Was die Kleine auch von sich geben würde, er glaubte ihr gar nichts mehr.

»Nächsten Donnerstag wird sie achtzehn.«

»Also gut!« Garrison lachte, schüttelte den Kopf und sagte: »Sie bekommen den Kredit.« Er stand auf und gab Armand die Hand darauf, doch er schaute Vie an, die aus seinem Blick deutlich herauslesen konnte: »Das Darlehen hab' ich *Ihnen* gegeben.«

Am 22. November 1963 wurde Präsident Kennedy auf der Fahrt im offenen Wagen durch Dallas erschossen. Zur Mittagszeit traf die Nachricht in New York ein. Am Nachmittag wurde nicht mehr gearbeitet. Die Preßlufthämmer auf der Park Avenue verstummten, einige Bauarbeiter weinten hemmungslos. Die Restaurants leerten sich. Als die Kellner an die Tische gingen, mußten sie Teller mit liegengelassenen Steaks oder halbgegessenen Hamburgern abräumen. In den U-Bahn-Wagen und Vorortzügen saßen stille Fahrgäste, die heimfuhren, um mit der Familie den Tod des Präsidenten zu betrauern.

Vie befand sich bei Armand im Lager, als ein Assistent hereinkam und ihnen die Neuigkeit mitteilte. Zur Bestätigung schaltete er das Radio ein; zu dritt lauschten sie schockiert der Sondersendung.

Die beiden schlossen das Labor und machten sich auf den Weg zu ihrer Wohnung in dem Bezirk Upper West Side. »Einmal müssen wir alle sterben«, meinte Armand.

»Sprich nicht so«, sagte Vie, die meinte, ihr Kummer wäre besonders groß. Sie schaltete den Fernseher ein und blieb davor sitzen. Am späten Nachmittag setzte sich Armand dazu.

Beide wollten von Abendbrot nichts wissen. Marty war nicht nach Hause gekommen, was Vie ihr übelnahm. Jetzt war doch die Zeit, die Streitereien zu vergessen und sich der Trauer, die das ganze Land überzog, anzuschließen.

Marty kam weder an diesem Abend noch am folgenden Tag. Lee Harvey Oswald, der mutmaßliche Attentäter des Präsidenten, wurde von Jack Rubin erschossen. Er behauptete, aus Patriotismus gehandelt zu haben. Marty tauchte nicht auf, in der Schule war sie auch nicht.

»Laß sie nur machen«, meinte Armand verzagt. »Der Hunger treibt sie schon wieder her.«

»Du redest, als sei sie ein Tier«, sagte Vie wutentbrannt und ging allein zur Polizei, um auf einem Foto zu zeigen, wie die Schwester aussah. Marty war fast sechzehn.

Eine Woche lang blieb sie verschwunden. Vie rief täglich auf der Wache an, um mit dem zuständigen Beamten, Sergeant McBrien, zu sprechen. Seine Antwort war immer gleich. Seine Stimme klang mutlos. Er sagte, er selber hätte auch Kinder, eins wäre in Martys Alter.

Am 30. November wurde Vie in ihrem Büro angerufen. »Wir haben sie aufgespürt«, meinte Sergeant McBrien. »Ich hatte so eine Ahnung und habe die Kollegen unten in Washington angerufen. Und dort ist sie auch. Man schickt sie auf dem schnellsten Weg her.«

Vie war sprachlos vor Erleichterung. »Sind Sie noch da, Miß Nouvel«, hörte sie den Polizisten fragen. Nach einer Weile brachte sie ein leises Ja zustande.

Die Stimme am anderen Ende klang zufrieden und ein wenig stolz. »Ich hatte schon geahnt, daß sie da ist. Zwei meiner Kinder sind zu den Begräbnisfeierlichkeiten gefahren. Ich finde das verständlich; für die Kinder war er ja so eine Art Vater.«

»Geht's ihr gut?«

»Sehr gut, soviel ich weiß. Zwischen zwei und drei Uhr wird sie hier eintreffen.«

Um ein Uhr war Vie so nervös, daß sie einfach nicht mehr im Geschäft bleiben konnte. Sie griff gerade nach ihrem Mantel, um zur Polizeiwache zu gehen, als das Telefon klingelte. Abermals Sergeant McBrien. »Leider habe ich eine schlechte Nachricht für Sie, Miß.«

Eine schreckliche Angst überkam Vie. »Sie ist doch nicht ... verletzt?« stammelte sie, die schon das Schlimmste befürchtete.

»Nein«, antwortete er. »In dieser Hinsicht ist alles in Ordnung mit ihr. Die Kollegen haben bei ihr allerdings Schmuck gefunden, Saphire und Diamanten. Das ist garantiert heiße Ware. Woher die stammt, meinen wir auch schon zu wissen. Können Sie sich vorstellen, daß der Schmuck ihr selber gehört?«

»Nein.« Etwas schnürte Vie die Kehle zu.

»Dann müssen wir sie leider noch hierbehalten. Die Anklage lautet auf Diebstahl.«

Der Anwalt konnte daraus, daß sie minderjährig war, ihre Familie wohlhabend, sowie schließlich der Tatsache, daß ihre ältere Schwester eine angesehene Geschäftsfrau war, Nutzen ziehen. Die Saphire und Brillanten wurden zurückgegeben, und Marty wurde auf Bewährung freigelassen.

Auf Vies Anraten versprach Armand dem Richter, er werde Marty auf ein Mädcheninternat nach Westchester schicken, wo man sie jederzeit ordentlich beaufsichtigen würde. Vie hatte mit der Schulleiterin gesprochen und erreicht, daß sie Marty zu einem Aufnahmegespräch empfing. Unter der Obhut von Vie und dem Anwalt besuchte Marty das Internat für einen Tag.

Zwar war Marty während des Aufnahmegesprächs ziemlich wortkarg, die Prüfungsaufgaben stellten aber ihre außerordentliche Begabung in den meisten Fächern heraus und beim Intelligenztest schnitt sie mit einem IQ von 150 ab – damit befand sie sich nahe dem Genie-Bereich. Die Schule nahm sie auf; die Schulgebühr betrug jährlich 3500 Dollar.

Sowohl auf der Hin- als auch auf der Rückfahrt fragte Vie Marty weiter aus, die sich jedoch nichts entlocken ließ. Während Vie nach der Herkunft des Schmuckes fragte, blickte Marty nur in die Ferne.

Als Vie dann etwas von dem von ihr engagierten Anwalt erfahren wollte, schüttelte der nur den Kopf. »Tut mir leid, aber meine Mandantin hat das Recht auf absolute Vertraulichkeit.« Sollte Marty ihm irgend etwas anvertraut haben, so verschwieg er das jedenfalls. Und der Staatsanwalt hatte auch nicht mehr Erfolg als Vie. Zwar hatte er gehofft, man könne Marty per richterlicher Verfügung dazu zwingen, zu erklären, auf welche Weise sie die gestohlenen Schmuckstücke erhalten hatte und von wem, doch ihr Alter und die Argumente ihres Anwalts boten ihr Schutz davor.

Marty ging dann auf das Internat und blieb dort bis zum Abschluß anderthalb Jahre später. In den Ferien hielt sie sich von zu Hause fern, und Vie schickte ihr Geld, damit sie mit drei Schulfreundinnen den Sommer über durch die USA fahren konnte. Die Fahrt führte eine Naturschutzorganisation durch.

In den Zeugnissen hieß es, Martys Leistungen seien insgesamt gut, in Gesellschaftskunde herausragend.

Marty war nie schlecht in der Schule gewesen, ungeachtet ihrer Geringschätzung des schulischen Lebens. Mit ihrer wachen Intelligenz hatte sie es geschafft, stets überdurchschnittliche Noten mit nach Hause zu bringen. Da sie sich nun nicht mehr auf der Straße herumtrieb, entfaltete sich ihre natürliche Begabung fürs Lernen erst richtig. Sie entwickelte Ehrgeiz. Ohne sich anzustrengen, erzielte sie gute Leistungen. Als ihr auffiel, daß sie intelligenter als die anderen Mädchen war, faßte sie den Vorsatz, Klassenbeste zu werden. Indem sie es den anderen gezeigt hatte, konnte sie es nun auch Vie zeigen, die, wie Marty sehr wohl wußte, in der Schule nie besonders gut gewesen war.

Bei der Aufnahmeprüfung zur Universität kam Marty unter die Besten, und keine Uni, bei der sie sich bewarb, schickte eine Ablehnung.

Der erste Brief, den Vie von Marty erhielt, war auf parfümiertem Schreibheftpapier geschrieben. Vie hielt das Papier weit von sich und las, daß sich Marty nun fürs Radcliffe-College entschieden hatte.

Vie schrieb sogleich zurück, gratulierte zu der Entscheidung und bekräftigte, sie werde auch weiterhin Martys sämtliche Schulkosten und Lebensunterhalt bestreiten. Sie klebte den Brief zu und merkte plötzlich, daß sie ziemlich deprimiert war. *Sie* würde nie mehr zur Uni gehen, nie mehr ein Leben führen können, in dem sie, einmal abgesehen davon, daß sie ihren Geist anregen mußte, sich um nichts zu kümmern brauchte. Niemals würde man ihr die Verantwortung abnehmen, das Geld herbeizuschaffen, das Marty auch weiterhin erlaubte, ungebunden und frei zu leben.

Der Duft von Martys Brief stieg ihr in die Nase. Das roch ziemlich unfein, dachte sie noch aufgebracht, ehe sie begriff, daß Marty sie damit absichtlich hatte verspotten wollen.

In Dallas war die Vorstellungsparty für *Zazou* in vollem Gange. Das Erdgeschoß des Kaufhauses Neiman-Marcus war zur Discothek umgebaut worden. Auf silbernen Luftballons mit schwarzem Muster zuckten Lichtblitze.

Breite Papierschlangen wölbten sich von der in der Raummitte stehenden Rosette und verwandelten den großen Raum so zum

Karussell.

Die Schlagworte für die Werbung von *Zazou* waren: sorglose Jugend, spontan, ausgelassen. Die Jolay-Hostessen trugen Papierkostüme in Pink, Gelb-Blau und Violett. Papierkleider waren eben auf den Markt gekommen, und Vie hatte gleich erkannt, daß sie die ideale Kostümierung waren, um die Werbebotschaft vom flotten, unbekümmerten, Hoppla-hier-komm-ich-Mädchen zu übermitteln. Als Titel für die neue Serie hatte sich Vie ausgedacht: Unbezähmbar. An den Wänden blitzten die Lettern in den strobe beams auf: *Zazou* Unbezähmbar – *Zazou.*

Sie selbst zog es vor, ein langes Papierkleid zu tragen, knöchellang, gerade geschnitten, in einem Bronzeton. Es war zwar bloß Papier, hatte aber trotzdem 150 Dollar gekostet. Philippa hatte ihr zugeredet, es sich anfertigen zu lassen. Es sollte ein Kleid sein, das die Betonung des Abends auf Spontanes ausdrückte, da es aus Papier war und nur ein paar Stunden halten würde, Vie aber gleichzeitig so erwachsen aussehen ließ, daß sie sich von den Mädchen, die *Zazou* verkauften, unterschied.

Vies klassisch geschnittenes, glitzerndes Kleid hob sich ab gegen die mädchenhaften faltenwerfenden Pastellkleidchen, deren weite Röcke über einem halben Dutzend steifer weißer Papierunterröcke abstanden.

»Königin Vie!« rief der Direktor von Neiman-Marcus aus und machte einen Kniefall. Er verlieh ihr diesen Titel als erster, aber schon bald sollte man ihn über Dallas hinaus in der gesamten Parfümindustrie kennen.

Die Verkäuferinnen in gestreifter Tracht boten Zuckerwatte in vier Pastellfarben an. Die Musikgruppe spielte Beatles-Songs und Stücke von Elvis. Überall sah man vom Tanzen erhitzte Gesichter, und der Direktor flüsterte Vie bei einem gemeinsamen Glas Champagner zu, dies sei die beste Party, die je bei ihm im Geschäft gegeben worden sei.

Um elf Uhr konnte Vie sich endlich hinsetzen, um ein wenig zu verschnaufen. Seit ihrem Abflug von New York gestern morgen war sie ständig auf den Beinen und hatte nur vier Stunden Schlaf bekommen. Es tat ihr gut, sich in den weißen Rattansessel setzen zu können. Dem Mann zur Linken, der sich als Dick Lewis vorstellte, nickte sie nur kurz zu. Den Namen kannte sie natürlich, ihm gehörten eine Reihe fabelhaft erfolgreicher Luxusboutiquen in Kalifornien und Florida. Ich sollte mich eigentlich mit ihm unterhalten, sagte sie sich, er wäre ein toller Kunde. Aber sie fühlte sich so abgespannt, daß ihr selbst die Aussicht auf einen Supergeschäftsabschluß keinerlei Charme zu entlocken vermochte. Sie lächelte matt und legte den Kopf an die Rückenlehne.

Kurz darauf stand sie in Flammen. Funken seiner Zigarette waren ihr vorn aufs Kleid, gerade über dem Busen, geflogen und hatten das Papier sogleich entzündet.

Im Nu war alles vorbei. Dick Lewis löschte die Flammen mit seinem Drink; dann erstickte er rasch die Glut, und zwar, indem er sie umarmte und fest an sich zog. Sie spürte ein leichtes Brennen auf der Brust, mehr nicht. Sie wußte zwar, daß sie sich nicht ernstlich verbrannt hatte. Trotzdem aber hatte sie auf einmal Angst, als sie eng an diesen breitschultrigen, blonden Mann gedrückt dastand, entblößt, geradezu nackt zu sein, wenn er sie losließ.

Anscheinend begriff er das. Er hielt sie mit einem Arm umfaßt, zog sich das Jackett aus und legte es ihr um. Sobald er sie losließ, zog sie es über der Brust zusammen. Besorgt fragte er dann, ob alles in Ordnung sei.

»Ja, danke«, lachte sie. »Ich hab' mich nur ein wenig erhitzt, mehr nicht.«

Andere Gäste kamen herbeigerannt. Dick Lewis legte wieder den Arm um sie und bugsierte sie zur Tür, winkte ab und schob die im Weg Stehenden zur Seite.

»Ich bringe Sie nach Hause«, sagte er zu ihr.

Dagegen war nichts einzuwenden. Schließlich hatte sie sein Jackett an, das sie ihm erst nach dem Umziehen zurückgeben konnte. Eigentlich wollte sie sich schlafen legen, aber als sie aus dem Taxi gestiegen waren und zum Hoteleingang gingen, stimmte sie doch zu, sich mit ihm in einer Viertelstunde in der Bar zu treffen, einen Schluck mit ihm zu trinken und ihm das

Jackett zurückzugeben.

Als sie nach etwa zwanzig Minuten wieder herunterkam, fühlte sie sich nahezu erquickt. Das Duschen und anschließende Eincremen mit Körperlotion hatten ihrer Haut sehr gut getan. Sie hatte sich das Gesicht mit kaltem Wasser besprenkelt, rasch das Make-up erneuert und sich frisiert, sich leicht mit *Tadsch* eingesprüht und schließlich einen geraden beigefarbenen Rock zu einem schwarzen Pullover übergestreift.

Dick Lewis begleitet sie zum Tisch. »Ich bin dem kleinen Brand fast dankbar«, meinte er, »weil Sie jetzt nämlich noch attraktiver sind. Gott sei Dank haben Sie keinen ernsthaften Schaden erlitten.« Vies Haar war bei der Party hochgesteckt gewesen. Nun trug sie es locker bis über die Schultern, gleich einem dünnen Schleier aus Blattgold. Sie sah jünger und verletzlicher aus – wie eine zarte Prinzessin –, gar nicht wie eine achtunggebietende Königin.

Sie gab ihm das Jackett zurück. »Haben Sie besten Dank für den Schutz. Meistens bin ich darauf nicht angewiesen.«

»Das ist doch nicht der Rede wert.« Er sah sie begehrlich an. »Sie brauchen mich nur zu rufen.«

Vie ließ sich zu einem Cognac überreden. Inzwischen konnte sie auch wieder an Geschäfte denken. Sie machte sich zwar nichts aus Alkohol nach dem Essen; daß die ungeschriebene Regel war, mit einem zukünftigen Kunden einen Schluck zu trinken, wußte sie aber auch.

»Ich möchte gern mit Ihnen ins Geschäft kommen«, sagte er. Nur deswegen sei er überhaupt nach Dallas gekommen.

Sie erzählte ihm von den Verbindungen, die Jolay hätte – Zugang zu dreißig der angesehendsten Geschäfte des Landes – und wie Jolay normalerweise die Verkaufsförderung organisierte. Es blieb ihr aber nicht verborgen, daß Dick Lewis ihr überhaupt nicht zuhörte.

»Könnten wir nicht hinaufgehen und das in privater Umgebung besprechen?« schlug er ihr vor. »Ich finde es hier ziemlich laut und verqualmt.«

In der Bar war es nicht besonders laut. Vie merkte, was er

wollte; so etwas passierte ihr nicht das erste Mal. Sie erhob sich. »Wenn Sie wirklich an weiteren Gesprächen interessiert sind, schlage ich Ihnen vor, daß wir morgen gemeinsam zu Mittag essen. Morgen bin ich bei Neiman-Marcus, dort können Sie mich um halb eins abholen. Eine Stunde kann ich mir freinehmen.«

Er musterte sie gelangweilt. Daß er mit ihr nur ins Bett wollte, war unübersehbar. »Kommen Sie, wir gehen noch auf Ihr Zimmer«, sagte er mit rauher Stimme. »Es wird schön. Und ich verspreche Ihnen den größten Abschluß, den Sie je gemacht haben. Bis zum Frühstück werden Sie zwanzig neue Verbindungen haben.«

»Vielen Dank für den Drink, Mr. Lewis. Ich finde, Sie sollten sich nicht die Mühe machen, mich morgen aufzusuchen.« Vie ging schnell aus der Bar.

Am nächsten Tag, gegen Mittag, wurde sie aber doch neugierig, ob er sie abholen würde. Wenn er das tat, würde er die Bedingungen, unter denen sie Geschäfte machte, akzeptiert haben. Wenn sie die Lewis-Geschäfte belieferte, dann könnte sie aufhören, sich wegen der Schulden Gedanken zu machen, um die immer anstehenden Mietzahlungen, die Gehälter, Martys Unterhalt und die ewigen Rechnungen, die dauernd höher waren als das Einkommen. Mit einem Schlag wäre sie aller Geldsorgen ledig.

Es war halb eins. Das Angebot des Direktors, mit ihm essen zu gehen, lehnte Vie ab. Um ein Uhr vermutete sie es, um halb zwei war sie sicher: Der Auftrag war ihr entwischt – und nur weil sie einer Sache nicht zugestimmt hatte. Doch nach der Nacht in Philippas Wohnung fünf Jahre zuvor hatte sich Vie geschworen, nie wieder für irgend etwas mit ihrem Körper Reklame zu machen.

September 1968

Da Vie so oft auf Geschäftsreisen war, konnte sie sich nicht mehr ums Labor kümmern. Sie überließ es Armand und widmete sich der stets in ausreichendem Maße vorhandenen Arbeit im Büro. Auf Elaine Smollett war Verlaß. Um kleinere Angelegenheiten kümmerte sie sich allein. Sie beantwortete alle Anfragen, und legte ihrer Chefin nur das vor, was sie die »dicken Brocken« nannte. »Ohne Sie«, sagte Vie herzlich, »würde ich in dem ganzen Papierkram versinken.«

»Und ohne *Sie*«, gab Elaine zurück und umarmte sie, »gäbe es keinen Papierkram, in dem man versinken könnte.« Elaine war außerordentlich tüchtig. Es machte ihr Spaß, den Laden während der Abwesenheit der Chefin zu führen – fast so viel Spaß, wie in den Hintergrund zu treten, wenn Vie wieder da war. Sie wußte, was sie konnte. Sie wollte nicht im Rampenlicht stehen, scheute es aber auch nicht. Nie machte sich Vie Sorgen, wenn sie weg war. Für den Notfall besaß Elaine ihre Telefonnummer, doch im Grunde lief alles problemlos.

Bei ihrem seit Monaten ersten Besuch im Labor kamen die beiden Assistenten auf sie zugeeilt und beschwerten sich, Armand treibe sie zu sehr an bei der Arbeit. »Ihr Vater ist ein Perfektionist«, meinte Peter Thwaite. Die ständige Sonnenbräune ließ ihn mehr wie einen Rettungsschwimmer als einen vielversprechenden Chemiker aussehen, der er war.

»Was ist denn daran auszusetzen?« fragte Vie.

»Er behandelt uns wie Maulesel, nicht wie Menschen«, erwiderte Willy Gumpert, der zweite Assistent.

»Er fordert sich auch viel ab«, meinte Vie ablenkend.

»Stimmt«, bestätigte Peter, »aber er ist von seiner Arbeit *besessen*. Das ist ungesund.«

Vie krauste die Stirn. Peter Thwaite war Kalifornier, und er kannte sich aus mit seiner Arbeit, war umgänglich und gelassen. Im Vergleich zu Armand war er fast ohne Arbeitsdisziplin. Die lockere Art kam fast einer Beleidigung der europäischen Umgangsformen, Vaters Festhalten an der Tradition gleich. Einen Augenblick erwog sie, Peter zu ersetzen. Ihr fiel aber ein, daß Armand selbst den jungen Mann aus mehreren Bewerbern ausgewählt hatte. Vie seufzte. »Ich werde mit ihm reden«, versprach sie unfroh.

Vie bemerkte, daß Armand überarbeitet aussah und seine Haare einer Wäsche bedurften. »Du willst mit mir sprechen?« fragte er. »Dazu ist keine Zeit. Ich habe zu arbeiten. Ich fliege nicht nach Kalifornien oder sonstwohin. Ich mache Parfüms!«

Das empfand sie als höchst unfaire Kritik. »Stimmt«, erwiderte sie wütend, »und ich mache das Geld.«

Er drehte sich von der Duftorgel weg und blickte sie an. »Geld«, wiederholte er ironisch. »Und womit verdienen wir, wenn ich fragen dürfte, dieses Geld?«

Sie sah ihn verdutzt an.

»Als du klein warst, hab' ich dir gesagt, ich könne Gold herstellen. Aber du – sieh dich doch mal an – denkst bloß noch ans Geldverdienen.«

Vie mußte erst einmal tief Luft holen. »Papa. All dies ist dein Verdienst, dessen bin ich mir bewußt. Ohne dich gäbe es kein Geld und keine Firma Jolay. Wir arbeiten jetzt *zusammen.*«

»Bist du sicher?«

Sie machte einen weiteren Anlauf. »Vor dem Krieg, in Frankreich, das war eine andere Welt. Du hast ein glanzvolles Leben geführt, man lebte höchst vornehm.« Manchmal beneidete Vie die Frauen, die sich sicher in ihrem Reichtum fühlten und sich unbeschwert amüsieren konnten. »Aber wir leben hier, in Amerika. Hier gelten andere Gesetze. Wenn man nicht Werbung macht, findet auch der prachtvollste Duft, der je kreiert wurde, keine Käuferin.«

»Mag sein«, erwiderte er tonlos und widmete sich wieder seinen Phiolen. »Dies ist wirklich ein anderes Land, eins für die jungen Leute.«

Beide schwiegen. Nach einer Pause fing er leise an zu sprechen. Er hielt den Kopf abgewandt. »Als junger Mann hab' ich an mich geglaubt. Ich war begabt. Nichts konnte mich von meinem Weg abbringen. Mit meinen Eltern zerstritt ich mich. Dadurch verlor ich mein Zuhause und die Zuneigung und Liebe meines Vaters. Das war das Schwerste. Aber ich hatte den Glauben. *La foi,* Vie!« Er seufzte. »Aber du kannst ja kein Französisch mehr. Und jetzt bin ich in diesem neuen Land ... ein alter Mann ... verunsichert.«

Vie wollte widersprechen.

»Nein, laß mich ausreden. Hör mir zu. Vielleicht verstehst du ja, wieso ich so geworden bin. Ich bin von meiner Arbeit besessen, aber nicht mehr auf die gleiche Art wie früher. Jetzt bin ich besessen davon, weil ich Angst habe. Täglich muß ich daran denken, daß alles nur Gaukelspiel ist, es wird verschwinden, und dann werden wir alle wissen, daß ich unfähig bin.«

Gerührt von seinen Worten, wollte Vie ihn in die Arme nehmen. Sie hielt inne, damit er nicht dachte, er tue ihr leid. »Du bist immer noch so begabt wie früher«, sagte sie. »Kein Mensch zweifelt an deinem hervorragenden Können.«

Armand schüttelte langsam den Kopf. »Du bist noch zu jung, um zu verstehen, was Selbstzweifel bedeuten. Aber Schluß jetzt damit. Ich muß mit meiner Arbeit weiterkommen.«

Vie gab ihm einen Kuß auf die Stirn und ging leise hinaus.

Sechs Jahre nach der offiziellen Gründung im Jahr 1962 machte die Firma Jolay einen Jahresumsatz von ungefähr sechseinhalb Millionen Dollar. Die Kundinnen blieben Jolay wegen der hochwertigen, angesehen Produkte treu.

In jüngster Zeit zeichnete sich allerdings eine beunruhigende Entwicklung ab. Immer mehr Lieferungen kamen zurück. Ein paar Geschäfte erneuerten ihre Bestellungen nicht mehr. Vie dachte über die Absatzzahlen nach und setzte sich mit dem Verkaufsleiter zusammen. Er teilte ihr mit, was sie schon befürchtet hatte. Auf der Verwaltungsratssitzung, zwei Tage nachdem sie mit Armand im Labor gesprochen hatte, erfuhr sie von einer weiteren unangenehmen Neuigkeit. Mit den neuesten Verkaufszahlen suchte sie Armand auf.

»Das liegt an mir.« Er wirkte mitgenommen. »Es sind alles meine Fehler.«

Bis zwölf Uhr abends war er im Labor gewesen und am nächsten Morgen in aller Früh zurückgekehrt. Zum Frühstück hatte er lediglich schwarzen Kaffee getrunken. Er wirkt zehn Jahre älter, als er ist, stellte Vie beunruhigt fest, und geht vornübergebeugt wie ein alter Mann. Sie bat ihn, sich ein wenig auszuspannen, sich freizunehmen. Aber er hörte auf nichts als die Stimme seines inneren Zwangs.

Der darauffolgende Sonntag: Vie hörte Armand unruhig in der Wohnung umhergehen und lief aus ihrem Schlafzimmer. Er hatte sich fertig angezogen. Um ihm den Weg zu versperren, stellte sie sich vor die Tür. »Ich laß dich nicht hinaus, Papa! Du arbeitest dich noch krank.«

»Und wer soll außer mir die Arbeit machen? Die anderen sind faul.«

Vie schüttelte den Kopf. »Das hat doch keinen Sinn. Du bist zu müde. Deine Arbeit leidet darunter.« Seine Selbstanklage traf zu, leider. Die meisten Fehler – schwankende Qualität – konnte man direkt auf Armand und seine Erschöpfung zurückführen.

»Nein«, widersprach er. »Nicht *meine* Arbeit, sondern die von diesen faulen jungen Menschen. Das Geld wollen die, natürlich, aber sie wollen nicht dafür arbeiten. Ich möchte sie alle loswerden, diese Tunichtgut-Assistenten, die Sekretärinnen, die ...«

»Wovon sprichst du eigentlich?« fragte Vie. Sie versperrte immer noch den Weg durch die Tür.

»Und anschließend werde ich diese armselige Firma an Menschen verkaufen, die wissen, wie man ein Geschäft führt.« Armand sah sie vorwurfsvoll an.

Vie war fassungslos. »Gibst du etwa mir die Schuld für den geringeren Absatz?«

Er hob die Schultern. »Was weißt du schon vom Geschäft? Ein Mädchen ...«

Sie fuhr aus der Haut. »Ohne mich säßest du jetzt da draußen auf der Straße. Du hast dich nicht einmal bemüht, etwas für unseren Lebensunterhalt beizusteuern. Du bist erst von Nina abhängig gewesen, dann von mir!«

»Ich bin Ihnen ja so dankbar, Madame«, gab er haßerfüllt

zurück. »Vielleicht dürfte ich Sie daran erinnern, daß Jolay mir gehört. Die Parfüms sind sämtlich meine Erfindungen.«

»Ich habe sie verkauft. Ich habe mich um die Verpackung, den Vertrieb, die Werbung gekümmert. Außerdem hab' *ich* dir überhaupt die Ingredienzen herangeschafft. Und schließlich gehört die Firma *uns beiden*«, schrie sie ihn zornsprühend an.

»Du, immer nur du – es ist zum Kotzen. Wo ist denn *mein* Name? Wo ist mein Foto in der Zeitung? Immer spricht man nur von dir: dem hübschen blonden Mädchen. Deine Mutter«, sagte er, während er Vie mit aller Kraft von der Tür fortzog, »war viel hübscher als du.«

Dann war er weg. Vie blieb mit geschlossenen Augen an die Tür gelehnt stehen. Sie war völlig niedergeschlagen. Es war erst sieben Uhr in der Früh. Gott sei Dank, dachte sie, daß Don Garrison mir geraten hat, die Anteile unter die Familienmitglieder aufzuteilen. Dadurch war Armand nämlich nicht in der Lage, seine Drohung, die Firma zu verkaufen, wahrzumachen. Als Vie mit einundzwanzig Jahren die Firmendirektorin geworden war, hatte sie dafür gesorgt, daß ihr und Armand je vierzig Prozent des Aktienpakets zugeteilt wurden, die restlichen zwanzig Prozent wurden für Marty treuhänderisch verwaltet, bis zu ihrem Firmeneintritt oder 25. Geburtstag – je nachdem.

Zwar konnte Armand nicht ohne ihre Einwilligung verkaufen. Doch Genugtuung verschaffte ihr das auch nicht. Der Zorn, den sie aufeinander entwickelt hatten, machte ihr angst, sowohl als Tochter als auch als Geschäftsfrau. Armand war imstande, die Firma zu ruinieren, entweder fahrlässig oder absichtlich.

Sie ging langsam zur Küche und machte sich einen Kaffee.

Es mußte etwas unternommen werden. Seine Ängste machten Armand unberechenbar. Man durfte ihm nicht seinen Stolz nehmen. Vie seufzte. Sie mußte sich nun, ohne Hilfe, etwas einfallen lassen, und zwar schnellstens.

Mal wieder eine Krise. Sie steckte eine Weißbrotscheibe in den Toaster und goß sich ein Glas Orangensaft ein. Offenbar bestand ihr Leben aus einer Abfolge von solchen Krisen, wobei die Zwischenzeiten immer kleiner wurden. Seit Jahren hatte sie weder Zeit für sich noch für irgendwelche Freunde, von einem Gesellschaftsleben gar nicht zu sprechen. Ihre engsten Freunde, Tschandra und Philippa, traf sie nur dann, wenn es Geschäftliches zu besprechen gab. Keine Zeit zum Leben, dachte sie. Sie hatte vergessen, den Toaster runterzudrücken. Keine Zeit zum Erwachsenwerden.

Sie verzichtete auf den Toast. Sie brauchte jetzt nur einen Kaffee, um den Tag zu überstehen. Eigentlich wollte sie diesen Sonntag die Konten durchsehen, doch nun mußte sie versuchen, eine neue Aufgabe für Armand zu finden. Es müßte eine Herausforderung für ihn darstellen, seinen Wunsch nach Unabhängigkeit befriedigen und sein Selbstbewußtsein wiederherstellen, damit er aufhörte, an anderen herumzunörgeln.

Und mein Selbstbewußtsein? dachte Vie, als sie sich im Arbeitszimmer an ihren Schreibtisch setzte. Immer noch hatte sie das Nachthemd an, na und, sie würde sich später duschen und anziehen; jetzt konnte sie sich nicht dazu aufraffen.

Wie töricht es von Armand war, zu behaupten, sie sei zu jung, um Selbstzweifel zu empfinden. Vielleicht fiel ihr ja irgendwann im Laufe des Tages eine Aufgabe für ihn ein. Und dann? Eigentlich war es doch völlig egal, ob sie sich anzog oder im Nachthemd blieb. Nach der Arbeit würde sie es sich ja doch nur wieder anziehen und sich schlafen legen, allein.

Selbstzweifel waren ihr wohlvertraut, zumal was ihr Frausein betraf. Fast fünfundzwanzig und immer noch Jungfrau. Es war nie genug Zeit, einen Mann kennenzulernen, und auch nicht dafür, daß in ihr sexuelles Verlangen heranreifen konnte. Ihr war, als seien ihre Jugend und die Sexualität an ihr vorbeigerauscht, wie ein in entgegengesetzter Richtung fahrender Zug.

Und wer war schuld daran? Etwa die Mutter, weil sie gestorben war? Marty? Vie schnitt ein Gesicht. Die eigene sexuelle Unreife konnte man wohl schlecht der jüngeren Schwester zur Last legen, egal, wie lange Marty in diesem Bereich schon Erfahrungen sammelte. Armand?

Vie trank ihren Kaffee aus, schob den Stuhl vom Schreibtisch weg. Mittlerweile hatten sie sich, Armand und sie, zwar sehr voneinander distanziert, doch Vie wußte noch gut, daß er einmal sehr zärtlich zu ihr gewesen war. Er war kein idealer Vater gewesen, gewiß, aber doch immerhin liebevoll. Die Liebe zur Mutter hatte er in sich bewahrt, Nina hatte er sicherlich auch geliebt – jedenfalls am Anfang. Und sie wußte auch noch gut, was sie damals empfand, als seine Zuneigung wie ein heller Lichtschein um sie war, auch wenn sie manchmal fand, sie befände sich im Dunkeln. Aber Armand hatte sie an sich gedrückt und geküßt, als sie klein war.

Sie hatte ja liebevolle körperliche Zuwendung von ihm und später auch von Nina empfangen. Und doch hielten Männer ihr vor, kalt zu sein. Kann sein, vielleicht bin ich ja unnormal?

Ihr einziges sexuelles Erlebnis bisher war das mit Philippa gewesen. Das hatte sie zwar niemals wiederholen wollen, doch abgestoßen hatte es sie auch nicht. Ist es etwa das? überlegte sie. Stimmt in der Hinsicht etwas nicht mit mir?

Daß Männer sie anziehend fanden, wußte sie. Wieso also fand sie keinen Gefallen an ihnen? Bisweilen wehrte sie Männer so voller panischer Angst ab, als wären das wilde Tiere.

Es muß etwas in mir sein, sagte sie sich. Nina und ihr Mann fielen ihr ein. Wie die beiden sich voller Romantik kennengelernt hatten. Beide suchten vor einem Regenschauer Schutz unter einem Baldachin eines Hotels in San Francisco. Er lud sie ein, etwas mit ihm zu trinken, dann zum Abendessen, und sechs Wochen später waren sie verheiratet. Vie war allein zur Hochzeit hingeflogen – ohne Armand. Als sie Carlos kennenlernte, hätte Vie nicht sagen können, was ihren Vater mehr verärgert hatte: Carlos' außerordentlicher geschäftlicher Erfolg oder die Tatsache, wie glücklich Nina wirkte, wenn sie ihren Mann anschaute oder seinen Vornamen aussprach.

Auch zwei Jahre nach der Heirat liebte Nina Carlos immer noch überschwenglich, und er war auch sichtlich noch in sie verliebt. Carlos überhäufte Nina mit Geschenken, Lob, aber vor allem mit seiner Bewunderung.

Und wieso finde *ich* nicht so jemanden? Sie wollte jedoch keinen Mann wie Carlos. Das Mädchen in ihr sehnte sich romantisch nach *ihm* – wer er auch sein mochte, danach, daß er in ihr Leben spazierte.

Sie seufzte, stand auf und ging zurück in die Küche, um sich neuen Kaffee einzuschenken. Hör jetzt auf davon, ermahnte sie sich. Du mußt noch arbeiten.

Als Vie ihr mit der Bitte schrieb, sie einmal besuchen zu dürfen, konnte Marty es im ersten Augenblick gar nicht glauben. Sie fand, das sei ein eher schlechter Scherz, und schrieb zurück, daß sie nicht damit einverstanden war.

Noch ein Jahr, dann wäre sie mit dem Studium fertig. Die ersten beiden Jahre hatte sie im Studentenwohnheim gewohnt. Da sie zu den Jahrgangsbesten zählte, bewohnte sie allein eine winzige Wohnung unter dem Dach. Sie hatte ein so winziges Badezimmer, daß man sich die Hände waschen konnte, während man auf der Toilette saß, und eine so schmale Kochnische, daß man sich beim Kochen rückwärts an die eine Wand lehnen konnte. Doch die Wohnung war toll. Dies war der erste Ort, wo sie sich zu Hause fühlte, sie gehörte *ihr*, ihr allein; daher hatte sie dieser Bude auch den Vorzug vor den besser eingerichteten Wohnungen gegeben, die sie mit mindestens einer Mitstudentin hätte teilen müssen. In ihrer Dachwohnung stand ein Bett. Wenn sie sich die Mühe machte und eine Decke darüberlegte, diente es als Sofa; ein großer Schreibtisch, ein Stuhl mit gerader Lehne, ein Papierkorb, ein Sessel, und ein Tischchen. Das hatte sie sich aus einem Eisengestell vom Sperrmüll und einer Schieferplatte, die sie vom Steinmetz erhielt, zusammengezimmert.

Hier schlief sie, nahm ihre Mahlzeiten ein, arbeitete und empfing, wen sie wollte. Gelegentlich waren das Mitstudenten, auch zwei junge Professoren hatten schon bei ihr übernachtet. Aber meistens lud sie einen von den Typen ein, die sie in einem der drei Treffs, zwei Bars, einer Pizzeria, kennenlernte. Die Dachwohnung war ihre Welt. Die ließ sie sich nicht dadurch entweihen, daß die von allen geliebte blonde Schwester hier hereinspazierte und sich breitmachte.

Sollte der Brief also kein Scherz sein, was, verflucht noch mal, wollte Vie dann? Wollte sie etwa die Dankbarbeit der jungen Schwester genießen? Natürlich hatte sie ihr viel zu verdanken. Marty fielen nur abgedroschene Phrasen ein, die deckten die echten Gefühle, die sie für die Schwester empfand, zu.

Oder beabsichtigte Vie mit dem Besuch, sie »auf den Weg in die Zukunft zu führen«?

Egal, wie es früher gewesen war. Ein Besuch von Vie konnte keinen Spaß machen. Ein paarmal waren sie sich in New York begegnet, als Marty sich während des Semesters ein paar Tage freigenommen hatte, doch nie konnten sie sich entspannt unterhalten.

Vie war immer zu höflich und benahm sich, als spiele sie »zwei Schwestern finden sich«. Und Marty hielt sich zurück, der Aufrichtigkeit halber, allerdings auch, weil ihr kein Gesprächsthema einfiel. Vies Leben kam ihr unwirklich vor. Und der Vater nahm Marty fast gar nicht wahr, wenn sie zu Besuch war. Er ist immerhin aufrichtig, dachte sie grimmig. Aber enttäuscht war sie doch jedesmal. Wieso sie nach all den Jahren überhaupt noch etwas von ihm erwartete, wußte sie selbst nicht. Trotzdem tat sie das, als glaubte sie noch an Wunder und könnte eines Tages nach Hause kommen, um sich zärtlich von ihrem Vater umarmen zu lassen.

Marty war in Vies Gegenwart zwar immer gereizt, wußte inzwischen aber damit umzugehen. Es kam nicht mehr zu heftigen Streitereien wie früher, als sie klein waren und immer noch wollten, daß die andere die Freundin würde oder einen wenigstens verstände. Die Schwestern lebten in verschiedenen Welten. Vie war die kühle, distanzierte Geschäftsfrau, die sich von dem Wirrwarr von Emotionen und Privatleben fernhielt. Marty, die Kämpfernatur, setzte ihren Verstand mit ebensoviel Schwung ein wie ihren Körper. Sie hatte sich ins Studium förmlich gestürzt und hatte sehr gute Ergebnisse erzielt. Sie war keine Gelehrte. Sie suchte nach neuen Ideen genauso wie einst nach Zuwendung.

Sie war hübsch, ein ganz anderer Typ als Vie und sehr sexy. Auf die echte Liebe war sie nicht aus, sie entschied sich für die Begierde und sonnte sich in dem Gefühl, daß sie sie in den

Augen, den Herzen der meisten Männer wachrufen konnte. Daß sie auch Köpfchen hatte, fand sie in Ordnung, ganz traute sie dem aber doch nicht. Das wahre Lebensgefühl ging eben doch von der Körperlichkeit aus.

Eigentlich hatte sie sich wenig mit Vie zu sagen. Als Marty sich jedoch daran machte, Vies Brief zu beantworten, wurde ihr klar, daß sie viel zu neugierig auf die Motive ihrer Schwester war, um abzusagen. Und auch wenn sie es schon oft vor sich selbst geleugnet hatte: So ganz wurde sie das Gefühl nicht los, Vie doch etwas schuldig zu sein und daß sie deshalb irgendwie nicht das *Recht* hätte, ihr irgend etwas abzuschlagen.

Das mußte aber immer noch nicht heißen, daß Vie hierherkam und in ihr Allerheiligstes eindrang. Marty stand auf und ging auf und ab. Sie ließ den Brief den nächsten und den übernächsten Tag unbeantwortet. Am Ende der Woche hatte sie die Lösung gefunden.

Clyde, ein Student an der Yale-Universität, den sie im vorigen Frühjahr im Zug kennengelernt hatte, lud sie ein, sich mit ihm das erste Heimspiel der Footballmannschaft anzusehen. Sie fragte ihn, ob er einen Freund für ihre Schwester besorgen könne, ein paar Jahre älter als sie, worauf Clyde sagte, er kenne da den idealen Typ: Jeff Wilkins, ein Jurastudent in höherem Semester mit einer starken Persönlichkeit.

Marty schrieb Vie und lud sie ein, fürs Wochenende nach New Haven, nicht nach Cambridge zu kommen. Während sie den Brief einsteckte, fiel ihr ein, daß sie Vie noch nie mit einem Mann zusammen gesehen hatte. Das wäre einmal ein interessantes Experiment.

»Wenn es dich dermaßen ängstigt, warum sagst du dann nicht ab?« fragte Tschandra. Sie aßen Haifischflossensuppe in einem chinesischen Restaurant in der Pell Street. Seit Anfang des Frühjahrs war das ihr erstes gemeinsames Abendessen.

»Weil ich mich einmal mit Marty in ihrer vertrauten Umgebung treffen möchte, dort, wo sie sich wohl fühlt«, erklärte sie ihm. Armands Widerstand hatte in Vie heimliche Zweifel geweckt –

war es wirklich ratsam, daß Marty nach Studienende in die Firma eintrat? Vie wollte ihr den Vorschlag machen, noch Betriebswirtschaft zu studieren. Und wenn sie zu ihr fuhr, anstatt sie nach New York kommen zu lassen, würde sie sich diesen Vorschlag vielleicht eher durch den Kopf gehen lassen. Vie verlor zwar Zeit, diese Investition war aber notwendig. Außerdem hegte sie die leise Hoffnung, der Besuch in Cambridge könnte zu mehr als einer bloßen geschäftlichen Übereinkunft führen. Wenn Marty sie an Plätze mitnahm, an denen sie sich auskannte, könnte sie sich eine Zeitlang als gleichberechtigt fühlen, und sie beide könnten womöglich vernünftiger miteinander reden.

»Aber New Haven«, fuhr sie fort. Die Kellner brachten schon den Fisch »süßsauer« und das Schweinefleisch an den Tisch, als Vie die Suppe erst zur Hälfte gegessen hatte, »das ist nicht ihr Zuhause!« Sie hatte das Gefühl – würde das aber selbst Tschandra nicht anvertrauen –, daß Marty sie durch das Verbot, sie in ihrer Wohnung zu besuchen, wieder einmal zurückstieß. »Bestimmt werden wir nicht unter uns sein können. Das ist irgendso ein Wochenende in Yale. Marty schreibt, es würde jede Menge Partys geben. Sie hat mir sogar einen Begleiter besorgt: allein die Vorstellung! Ich soll mit jemandem, den ich überhaupt nicht kenne, die ganze Zeit über zusammensein.«

»Das kann doch ganz unterhaltend sein«, ermutigte Tschandra sie. Er fand, Vie müsse mehr mit Leuten ihres Alters zusammenkommen.

Sie bezweifelte das. »Und über was soll ich mich mit dem unterhalten? Ich war nie auf der Uni, die werden mich nicht für voll nehmen.«

Tschandra lächelte. Die kleine Vie, die so selbstbewußt ins Geschäft hereinspaziert gekommen war, die mit siebzehn ins Berufsleben eingetreten war, die sich von nichts hatte einschüchtern lassen, sie war jetzt zu Tode erschrocken bei der Aussicht, mit Studenten zusammenzukommen! »Mein Liebes«, sagte er und tippte ihr mit langen Fingern auf die Hand, »du mußt so tapfer sein wie ein Junge, der in die Berge muß.«

Sie sah ihn fragend an.

»Der Tigerzauber«, rief er ihr in Erinnerung.

Sie lächelte. »Stimmt, genau so etwas brauche ich.«

Tschandra tauchte zwei Finger in den Tee und tupfte ihr einen Tropfen hinters Ohr und einen auf die Stirn.

»Danke. Ich werde tapfer sein«, versprach sie ihm.

Als sie in New Haven aus dem Zug stieg, war ihr aber doch ein wenig bang zumute. Marty wartete neben zwei jungen Männern auf dem Bahnsteig. Beide sahen wahnsinnig jung aus. Was soll ich mit denen bloß reden, dachte Vie bekommen. Wobei sie vergaß, daß ihr selbst oft Menschen mit der gleichen Angst begegneten.

Marty stellte sie einander vor, betont gleichgültig. »Das hier ist dein Begleiter, und dies meiner.« Namen waren hier offenbar zweitrangig.

Auch im Studentenwohnheim war eigentlich nichts anderes wichtig als die Tatsache, wer mit wem den Abend verbringen würde. Als Vie hörte, daß man sie als »Jeffs Begleitung« bezeichnete, wurde wie rot vor Wut. Sie sollte sich aber lieber zurückhalten, sie war die Außenseiterin hier, die sich noch nicht in den Spielregeln auskannte.

Das Wochenende fing schlecht an und wurde zunehmend schlimmer. Vie mußte feststellen, daß all ihre Kleider falsch waren und deplaziert wirkten. Die waren zu fein im Schnitt, zu teuer, und die zurückhaltende Eleganz wirkte neben den hellen Kleidern der anderen jungen Frauen auf der Party langweilig.

Mit dem ihr zugeteilten Partner konnte sie nicht richtig tanzen. Er hielt sie ständig so fest an sich gepreßt, daß sie meinte, ersticken zu müssen. Sie wehrte sich gegen seinen Griff. Daraufhin drückte er sie noch fester an sich, seine schwitzige Wange lag an der ihren. »Sei doch nicht so verkrampft, Schätzchen, du sollst dich hier amüsieren.«

Als er anfing an ihrem Ohr zu knabbern, schob sie ihn weg und ging von der Tanzfläche. Dabei kam sie an Marty vorbei, die an ihrem Freund förmlich klebte, ihm die Arme um den Hals geschlungen hatte und sich an ihn preßte. Marty lächelte Vie mit einem belustigten Blick im Vorbeigehen an; Vie war angeekelt, fast in Panik verließ sie den Raum.

Draußen war es angenehmer. Es war allerdings während der letzten Stunden erheblich kühler geworden. Ohne Jacke fror Vie. Aber sie konnte nicht gleich wieder da hinein, noch nicht. Erst mußte sie sich wieder beruhigen und sich überlegen, wie sie diesen entsetzlichen Abend durchstand, ohne die Beherrschung zu verlieren. Sie hätte überhaupt nicht herkommen sollen. Nicht einen Augenblick hatte sie mit Marty allein sein können. Vie hatte den Eindruck, daß genau das von ihrer Schwester geplant war. Morgen früh fahre ich ab, versprach sich Vie, zurück nach New York, wo die Menschen sich zu benehmen wußten und Vie sich auskannte.

»Hallo«, hörte sie eine freundliche Stimme hinter sich. »Ihnen scheint kalt zu sein.«

Sie hatte sich zum Wärmen die Arme um den Leib geschlungen. Der Mann kam auf sie zu. Er war groß, von kräftiger Statur und lächelte sie offen an. Er sah aus, als passe er eher auf ein Fußballfeld oder in ein Holzfällercamp. »Haben Sie heute keine Lust mehr zum Tanzen?« fragte er, als er sich langsam das Jackett auszog.

»Doch, ich wollte nur ein bißchen frische Luft schnappen«, gab sie zurück.

Achselzuckend streifte er sich das Jackett wieder über. Warum hatte sie das eigentlich gesagt? Ihr war doch wirklich kalt. Er war auch nicht gekränkt. Er ging neben ihr weiter. Seine Stimme hatte etwas Beruhigendes, Gütiges. »Waren Sie schon einmal in Yale? Nein? Schön. Dann kann ich Ihnen ja eine fachkundige Führung angedeihen lassen und Ihnen die verschiedenen Einflüsse auf die Architektur erläutern, ohne daß Sie meine Unkenntnis durchschauen. Also, zur Rechten sehen Sie ein schönes Beispiel englischer Gotik. Es wurde dem Haus nachempfunden, wo dereinst ein Zeitgenosse des großen Shakespeare die unsterblichen Verse schrieb: ›Schwafel. Schwafel, Müh' und Murren.‹«

Vie mußte lachen. Unter der Laterne konnte sie seine Augen sehen. Das Gesicht wirkte älter als die der anderen Studenten, die Vie heute abend gesehen hatte. »Das Gebäude dort drüben stellt den halbherzigen Versuch eines überbezahlten Architekten dar, den Geist Heinrichs VIII. einzufangen, der sich eben nach einem Frühstück erhoben hatte, das aus einer Kuh, die mit einer Ziege, die wiederum mit einem Schwein, das mit einer Gans, die wiederum mit einem Fasan gefüllt war, bestand. Und ein bißchen weiter vorn ...« Er machte eine Pause und genoß Vies Lachen. »Ich heiße Mike Parnell. Ich studiere Jura hier.«

Sie gaben sich die Hand. »Vie Nouvel.«

»Da Sie Yale nicht kennen, studieren Sie bestimmt woanders.«

»Nein, ich arbeite.« Seine Vermutung fand sie schmeichelhaft.

Er fragte sie, was sie denn mache. Sie zögerte zunächst, aber Mikes lockere Art, die Unkompliziertheit, die von ihm ausging, nahm ihr alle Befangenheit. Als sie ihm von Jolay berichtete, pfiff er anerkennend. »Sie sehen jünger aus, als ich es bin. Und arbeiten da draußen in der Welt der Erwachsenen, während ich noch zur Schule gehe. Irgend etwas sagt mir, daß ich mich in der Gegenwart einer genialen Frau befinde, und was habe ich gemacht: mich lächerlich.«

»Könnten Sie mir Ihr Jackett leihen?« fragte Vie lächelnd. »Sie hatten recht: mir ist wirklich kalt.«

Er legte es ihr um, drückte ihr sacht die Schultern. »Ich muß zurück«, meinte sie. »Meine Schwester hat mich hierher eingeladen, ich möchte nicht unhöflich sein.«

Auf der anderen Straßenseite gingen sie zurück. Vie sagte ihm, wie unbehaglich ihr hier zumute sei und daß sie sich fehl am Platz fühle.

»Sie passen durchaus hierher. Sie sind aber viel weiter als diese Kinder hier; die benötigen noch Zeit, bis sie so weit sind wie Sie.«

»Ich würde gern einmal so sein wie die, selbst wenn es nur für einen Tag wäre. Manchmal habe ich das Gefühl, nie jung gewesen zu sein.«

»Eines Tages werden Sie's sein«, versicherte er ihr und hielt ihr die Tür auf.

Sie näherten sich dem Tisch. Jeff Wilkins sah sie beide streitsüchtig an. Er bemühte sich aufzustehen, war dazu aber zu betrunken. Mike klopfte ihm auf die Schulter. »Ist schon in Ordnung. Vie und ich kennen uns von früher.« Beim Umdrehen sagte er leise zu ihr: »Viel Glück. Vielleicht sehen wir uns ja später noch?«

Sie bedankte sich und gab das Jackett zurück. Ihr kurz zuwinkend ging er weg. Vie kam es vor, als befände sie sich unter lauter Fremden. Von der Tanzfläche näherten sich Marty und Clyde. »Komm, wir gehen jetzt feiern.«

»Ich habe keine ...«

»Sei keine Spielverderberin, große Schwester. Jetzt geht der Spaß erst richtig los.«

Widerstrebend ging Vie mit. Die Party fand offenbar im zweiten Stock eines Gebäudes aus braunem Sandstein statt. Als Pracht-Tafelaufsatz stand auf dem lackierten Holztischchen eine große versilberte Schüssel mit einem gräßlichen Punsch, der noch schlechter schmeckte, als er roch. Man erklärte Vie, er sei aus Rum, Sekt und Ahornsirup zubereitet.

Ringsum schrie man. Es kam zu kleinen Prügeleien, die meist sogleich damit endeten, daß einer der Teilnehmer wie tot auf dem Boden liegenblieb. Ein Jüngling, der in Begleitung da war, hielt sich am Bücherregal fest und erbrach sich ausgiebig. Der Geruch breitete sich aus, was aber offenbar keinem außer Vie auffiel. Paare lehnten, einander befingernd, an den Wänden, Hände auf Brüsten, entblößte BH-Träger, halb entkleidete Mädchen, die Kleidervorderseite ganz aufgeknöpft. Marty und Clyde gingen ins Schlafzimmer und verschlossen von innen die Tür. Vie betrachtete die verschlossene Tür und wußte, daß sie an ihre Schwester niemals herankommen würde. Ohne sich zu verabschieden, verließ sie die Party. Jemand hielt sie am Arm fest. Instinktiv zuckte sie zurück, doch der Mann wollte lediglich wissen: »Alles in Ordnung mit Ihnen, Vie?«

Sie sah Mike Parnells besorgte Miene, und ihr war auf einmal leichter. Dann aber wurde sie argwöhnisch. »Haben Sie mir nachspioniert?«

»Nein, eigentlich nicht.« Er ließ sie los, und sie kam sich eigentümlich ungeschützt vor. »Mir kam bloß der Gedanke, das

Kleinstadtmädchen aus New York würde möglicherweise in einer solchen Umgebung einen Leibwächter benötigen.«

Lachend hakte sie sich bei ihm ein. »Besten Dank.«

»Keine Ursache.« Verlegen wie ein Junge fragte er: »Darf ich Sie nach Hause begleiten?«

»Ich bitte darum.« Mikes freundliche, herzliche Art war rührend. Im rauchigen Licht sahen seine Augen hellblau aus.

Wie schon am Abend zuvor gingen sie die Straße entlang. Allerdings hielt Mike diesmal keinen Vortrag. Er war nachdenklich, als stimmte es ihn traurig, was der gestrige Abend bei ihr bewirkt hatte. Mike erzählte ihr von der Kindheit in Missouri, vor allem von seinem Vater, einem Arzt, der jeden Sommer auf eigene Kosten in den Norden fuhr, um die von medizinischer Hilfe abgeschnittenen Eskimos zu versorgen. Die letzten 200 bis 250 Kilometer legte er mit dem Hundeschlitten zurück, auf dem die Ausrüstung in einem großen Rucksack verstaut war.

»Das finde ich großartig.« Vie hakte sich bei ihm unter.

»Ja. Vater ist inzwischen 63 und fährt immer noch jeden Sommer hin. Wenn er in den Norden fuhr, dann hatten meine Schwester und ich nie den Eindruck, er würde uns verlassen. Das hatte bestimmt viel mit meiner Mutter zu tun. Wir dachten damals, wir gehörten dazu und würden ihm bei der Arbeit helfen.

Schon mit neun Jahren wollte ich Rechtsanwalt werden. Die Dinge ins Lot bringen, du weißt schon«, vertraute er seiner neuen Freundin verlegen an.

»Ja.« Einen Augenblick hielt Vie seinen Arm fester. »Das wirst du bestimmt. Ich wünsche dir alles Glück der Welt«, sagte sie heftig. Sie weinte.

»He ... was ist denn?«

Gleich darauf hatte sie sich wieder gefangen. »Entschuldigung«, sie schniefte.

Aus der Hosentasche holte er ein großes Taschentuch und gab es ihr. Vie wischte sich die Augen trocken, schneuzte sich und gab es ihm zurück. Wenn man solche Eltern hätte! dachte sie, laut sagte sie: »Ich habe mich eigentlich noch nie mit einem

Gleichaltrigen unterhalten.«

An der Tür vor dem Hotel küßte er sie leicht auf den Mund. »Morgen fährst du ab?«

Sie nickte. Mike fragte, ob er sie bei seinem nächsten Besuch in New York anrufen könne. Vie antwortete darauf, sie freue sich jetzt schon. Ihm zuwinkend ging sie ins Hotel.

Am nächsten Morgen, nach nur sechs Stunden Schlaf, verließ Vie das Hotel und fuhr mit einem Taxi zum Bahnhof. Auf dem Bahnsteig sah sie sich um, in der leisen Hoffnung, Mike irgendwo zu entdecken. Dann bestieg sie aber doch ohne Abschied den ersten Zug in Richtung New York.

Oktober–November 1968

Der April ist *der* Monat schlechthin für Paris, doch der Oktober gehört New York. An diesen hellen, frischen Tagen herrschte ein so pulsierendes Leben in der Stadt, das auch den Ungläubigsten überzeugt hätte, daß New York die vitalste Stadt der Welt ist; man spürte es bei jedem Atemzug, sah es am verschiedenfarbigen Laub der Bäume, hörte es am Flügelschlag Tausender Zugvögel.

An einem wolkenlosen Mittwoch entschloß sich Vie, den ganzen Weg zum Büro zu Fuß zu gehen. Sie ging von der Wohnung mit Blick auf den kupferfarbenen Hudson in östlicher Richtung zum Central Park; das Laub auf den Büschen war so dunkelgetönt und strahlend, daß man die Blätter für Edelsteine hätte halten können: purpurnes Violett, rubinrot, topasgold und opalblau. Als sie in der Firma ankam, war sie bester Laune. Beim Spaziergang waren ihr neue Ideen gekommen, und sie hatte sich ein paar Stichwörter notiert. Sie betrat ihr Büro und gab Elaine die Anweisung, sie bei der Ausarbeitung der Notizen nicht zu stören. Aus Erfahrung wußte sie, daß man jeden Einfall, sei er noch so flüchtig oder unausgereift, sofort aufschreiben mußte, sonst ging er wieder verloren.

An diesem Morgen notierte Vie sich einige Ideen, die Armand

später einmal von Nutzen sein konnten. Sie wollte sich jetzt noch nicht einmischen, solange seine Begeisterung noch frisch war. Ihren Vorschlag, doch unter seinem Namen eine gesonderte Serie zu entwickeln, hatte er zunächst übergangen. Ein paar Tage darauf machte er sich mit frischem Elan an die Arbeit. Um die Armand-Produktserie (für Jolay) sollte er sich ganz allein kümmern; in allen Belangen hatte er freie Hand. Er beschloß, sie »A« zu nennen, Anne, auch sich selbst zu Ehren und weil A der erste Buchstabe im Alphabet war. Für eine Firma, die ohnehin nichts als Luxusartikel herstellte, bedeutete eine A-Serie, daß die Auflage eines Produkts begrenzt war und jeder Artikel numeriert wurde, wie seltener Wein; jedes Fläschchen würde von Armand eigenhändig signiert.

Vie notierte sich: »unvergleichlich«. Bäte Armand sie um Rat, würde sie ihm das als mögliches Kennwort vorschlagen.

Das Telefon läutete. Vie runzelte die Stirn. Warum hatte Elaine den Anruf durchgestellt? Es war allerdings auch schon elf Uhr. Sie hatte schon Zeit vergeudet, indem sie zu Fuß ins Büro gegangen war, und sie durfte auch nicht den lieben langen Tag mit Notizen zubringen. Seufzend hob sie ab.

»Mademoiselle Jolay? Hubert Montalmont.«

Der Name kam ihr bekannt vor, aber sie konnte ihn noch nicht gleich unterbringen. Die Stimme klang voll.

»Ich möchte gern etwas mit Ihnen besprechen.«

Vie schlug sich mit der Hand an die Stirn. Wie konnte man bloß so vergeßlich sein! Montalmont war das führende Parfümhaus in Frankreich, ein ebenso bekannter Name wie Chanel. Natürlich hatte Elaine den Anruf durchstellen müssen. Wenigstens sie hatte nachgedacht, Montalmont! Der Unternehmenschef Henri Montalmont war ein Greis. Am Apparat mußte also sein Sohn und Erbe, stellvertretender Direktor der immer noch vom Vater geführten Firma sein.

Blitzartig fiel ihr alles ein. Armand hatte ihr doch einmal von diesem Jolaunay erzählt, mit dem er damals in Paris zusammengearbeitet hatte. Jahrhundertelang waren die Montalmonts die ewigen Widersacher der Jolaunys gewesen. Ein Montalmont hatte den Laden von Claude Jolaunay in Brand gesetzt und damit der Tradition der Parfümeriehersteller in dieser Familie ein Ende gesetzt. Danach hatte Montalmont den zuvor von Jolaunay besetzten Thron bestiegen. Der Chef ihres Vaters entstammte der neuen Tradition, die auf einen Neuanfang hoffte. Aber auch dieses Geschäft, hatte Armand weiter berichtet, sei bis auf die Grundmauern niedergebrannt.

»Ja, bitte?« sagte sie konzentriert und umfaßte den Hörer fester. »Sie möchten mit mir Geschäftliches besprechen ...«

»Ma chère Mademoiselle... Würden Sie mir die Ehre erweisen, heute abend mit mir essen zu gehen?«

»Die Ehre wäre ganz meinerseits«, erwiderte Vie munter; sie wunderte sich schon selbst über ihre kokette Art. »Doch leider kann ich die Einladung nicht annehmen.« Sie hatte versprochen, sich in Philippas Büro mit Murray Schwartzman zu treffen; Philippa favorisierte ihn als Bewerber für den Posten des Verkaufsleiters; im nächsten Monat würde diese Stelle frei werden.

»Wie wär's dann morgen zum Mittagessen?«

»Ein verlockendes Angebot, das ich bedauerlicherweise jedoch ebenfalls ablehnen muß.« Dieses altmodische Hin und Her mit Worten gefiel ihr. Es war eine höchstwillkommene Abwechslung zu den üblichen beruflichen Gesprächen. »Darf ich Sie vielleicht gegen drei Uhr in meinem Büro erwarten?«

»Das geht leider nicht.«

»Um vier dann?«

Er seufzte. »Für Sie, liebste Mademoiselle Jolay, werde ich Berge versetzen.«

Warum wohl, dachte Vie – ein Gedanke, der sogleich beantwortet wurde, als sie hörte: »Wenn Sie so aussehen wie auf den bekannten Fotos, dann gibt es bestimmt in der ganzen Welt keinen Mann, der nicht die Welt für Sie neu gestalten würde.«

»Dann kommen Sie also um drei zu mir.« Das war fast ein wenig frech, aber sie fand's herrlich.

»Dann müßte ich nicht nur die Welt, sondern auch noch den Mond und die Sonne verändern. Um vier werde ich da sein.«

»Also bis morgen«, sagte sie.

»Ich zähle die Stunden. *Au revoir.*«

Lächelnd legte sie auf. Die gute Laune von frühmorgens war noch nicht verflogen, nur war sie jetzt noch überschäumender. Er hat eine fabelhafte Stimme, dachte sie. Wenn er auch nur entfernt so aussieht, wie seine Stimme klingt, dann wäre er der attraktivste Mann, mit dem ich je geschäftlich zu tun gehabt habe.

Auch wenn sie sich jetzt auf die morgige Verabredung freute, fragte sie sich doch: Was hat Hubert Montalmont vor? Zuhause an diesem Abend berichtete Vie Armand, ein Hubert Montalmont hätte bei ihr angerufen. Er wolle mit ihr etwas Geschäftliches besprechen.

Armand umklammerte die Tischkante. Vie war verdutzt, sie hätte erwartet, Armand würde sich über den Anruf freuen. Aber er war bleich wie ein Gespenst.

Tags darauf, um genau vier Uhr, erblickte Vie einen Mann, der ihr den Atem verschlug. Er hatte regelmäßige, kantige Gesichtszüge, war von kräftiger Statur und elegant gekleidet. Sie meinte in seinen kräftigen Gesichtszügen etwas Wildes, Abenteuerhaftes zu entdecken. Hubert Montalmont wirkte wie ein Draufgänger, und er schien geradewegs einem Abenteuerbuch entsprungen zu sein.

Vie räusperte sich und bat ihn, Platz zu nehmen. Er hatte noch kein Wort gesagt, sie lediglich mit seinen dunklen Augen angestarrt.

Ihre Stimme schien ihn hochzuschrecken. Er setzte sich. »Verzeihen Sie«, sagte er mit seiner tiefen Baritonstimme, »ich habe Sie so angeschaut, weil Ihr Anblick mir einen kleinen Schock versetzt hat.«

»Hoffentlich keinen Schreck«, sagte sie neckend. Sie sah ihm immer noch ins Gesicht.

»Es ist, als hätte ich Sie immer schon gekannt.«

Sie sahen sich schweigend an, wußten nicht, wie sie weiterreden sollten.

Am liebsten hätte Vie ausgerufen: Mir geht's genauso. Auch ich hatte sofort, als Sie hereinkamen, das Gefühl, Sie zu kennen.

Statt dessen aber sah sie auf ihren mit Post vollgepackten Schreibtisch. Mit leiser Stimme rief sie ihm ins Gedächtnis: »Sie wollten mit mir über Geschäftliches sprechen.«

Er schüttelte den Kopf. Eine schwarze Locke fiel nach vorn, sie hätte sie zurückstreichen mögen. »Ja, richtig«, seufzte er beinahe betrübt, »das Geschäftliche. Uns ist der Erfolg von Jolay aufgefallen. Die Qualität des Parfüms und die kunstvolle Verpakkung haben auf uns großen Eindruck gemacht.«

»Uns?«

»Ich spreche im Namen der Firma; das Angebot, das ich Ihnen machen möchte, stammt allerdings allein von mir.«

Sie wurde rot.

»Das Haus Montalmont«, fuhr er fort, »gehört, wie Sie vielleicht wissen, zu den ältesten in Frankreich. Wir stellen schon seit Jahrhunderten Parfüms her ...«

»Richtig, und Ihr Rivale war Jolaunay.«

»Das wissen Sie?«

»Das weiß ich von meinem Vater. Er hat einmal für Jolaunay gearbeitet.«

Hubert nickte nachdenklich. »Angeblich war er Kollaborateur. Mein Vater erwähnte ihn einmal.«

»Davon weiß ich nichts. Vielleicht wollen Sie ja nur nicht den alten Familienzwist beilegen, so wie in *Romeo und Julia.* Wie hießen die Familien doch gleich?«

»Das waren die Capulets und die Montagues. Montague ähnelt ein bißchen meinem Namen; ich wäre Romeo, Sie meine schöne Julia.«

Sie mußte lächeln. »Die beiden nahmen ein unglückliches Ende.«

»Aber zuvor waren sie das bekannteste Liebespaar der Welt.« Er schaute sie vielsagend an.

»Sie möchten mir also ein Angebot machen, ja?«

»Ja. Ich möchte ganz offen sein. Montalmont möchte Jolay als amerikanische Tochtergesellschaft erwerben.«

»Aha.« Sie legte den Kopf schief, als wolle sie seinen Vorschlag überdenken. Man mußte ihm ja nicht auf der Stelle eine Antwort geben. »Wie lange werden Sie noch in New York bleiben?«

»Mindestens eine Woche, das hängt davon ab...« Wieder blickte er sie vielsagend an.

»Dann bleibt uns ja ausreichend Zeit, alles in Ruhe zu besprechen.«

»Das habe ich auch vor. Heute abend kann es losgehen. Würden Sie mit mir im La Folie essen?«

»Und wenn ich ablehne?«

»Dann müßte ich zu härteren Maßnahmen greifen.«

»Und mein Geschäft in Brand setzen?«

Er betrachtete sie gespannt. »Ich würde woanders das Feuer entfachen.«

Vie empfand ein köstliches Gefühl der Vorfreude. »Dann muß ich also zusagen.«

»So ist es. Sie müssen auf meine Forderung eingehen.«

»Ja, das will ich.«

»Dann treffen wir uns also um acht.« Er stand auf. »*En garde!* Der Anfang ist gemacht.« Er küßte ihr die Hand, und Vie errötete nochmals.

Hubert war Fechtmeister. Daß er eine der ältesten und schwierigsten Sportarten so hervorragend beherrschte, hatte ihm einen Titel und den Respekt seitens begeisterter Fechter aus Frankreich und den Vereinigten Staaten eingebracht.

»Der Ausfallschritt muß genau zum richtigen Zeitpunkt erfolgen, andernfalls ist man der Attacke des Gegners wehrlos ausgeliefert«, erklärte er Vie, während sie ihre Schnecken aßen. Der Knoblauchgeruch der Butter war äußerst intensiv. Vie hatte ein seidenes Yves-Saint-Laurent-Modell an, das aus Blattsilber zu sein schien, und um den schlanken Hals trug sie eine Kette mit Opalen und kleinen Brillanten.

»Sie müssen mir das Fechten beibringen.«

»Sehr gern.« Er betrachtete ihren Mund. »Ich werde Sie lehren, wie man meine Angriffe pariert.«

»Würden Sie das aus Vergnügen tun oder für die Arbeit?«

»Das werde ich für Sie tun, Vie.« Ihr zuprostend hob er das

Glas; sie stieß mit ihm an; die Gläser klirrten leise aneinander. Ihre Blicke trafen sich; Vie war außerstande, ihren Blick abzuwenden. »Das Fechten ist die bedeutendste Kampfsportart«, erläuterte er mit seiner weichen volltönenden Stimme. »Es ist Mars zugeschrieben, dem Kriegsgott, doch Mars ist wiederum Venus untergeordnet, der Göttin der Liebe. Mit Ihnen zu fechten bedeutet, sich auf einen Kampf einzulassen, bei dem das Herz getroffen werden kann.«

Sie zog einen niedlichen Schmollmund. »Wenn wir uns aber mit Worten duellieren, verletzt sich niemand.«

»Damit fangen wir an, und dann machen wir mit gefährlicheren Waffen weiter.«

»Gefährlich für wen?«

»Für uns beide hoffentlich. Denn vielleicht vergessen wir ja alles um uns herum.«

»Auch das Geschäftliche?« fragte sie ihn herausfordernd.

»Wer weiß das schon?« Er hob leicht die Schultern – eine Geste, die sie von ihrem Vater her kannte – typisch französisch. »Kann sein, daß es auch dazu kommt. Romeo und Julia dachten am Ende auch nicht an die verfeindeten Familien.«

»Das ging nicht lange gut.« Was sich zwischen ihnen auch abspielen würde, eines wußte Vie: Jolay gab sie nicht aus der Hand. Aber jetzt wollte sie alles vergessen, bis auf diesen Mann ihr gegenüber, der sie, wie sie hoffte, besiegen würde.

Er hatte für sie beide bestellt. Jetzt servierte man Kalbsrücken, dazu gab es neue Kartoffeln, Spargelspitzen und knackigen Endiviensalat. Der Weinkellner goß ihnen einen 59er Pommard ein, schwer, mit einem moosigen Duft. Der Geschmack und der Geruch des Essens waren intensiv, so überwältigend für Vie, deren Empfindungen so verletzbar geworden waren, daß sie keinen Bissen herunterbekam.

Sie entschuldigte sich dafür bei Hubert, denn sie wollte ihn nicht kränken, es machte sie schon zufrieden, ihn anzuschauen und sein Anwesenheit spüren zu können. »Sie sind also fest entschlossen, nur von *l'amour* und *l'air fraiche* zu leben?«

»Da bin ich mir nicht sicher.«

»Pardon.« Er lachte. »Sie sprechen ja nicht meine Sprache. Das ist ein französisches Sprichwort: nur von Luft und Liebe leben.«

»Das ist keine schlechte Idee, funktioniert das denn?«

»Wir werden das Experiment wagen.«

Er rief den Kellner an den Tisch, der Vie fragte, ob sie ein *eau-de-vie* trinken möchte. Als sie verwirrt aufblickte, erklärte ihr Hubert, das hieße Lebenswasser, und bestand darauf, daß sie davon probierte. Das Getränk war klar, sehr kalt, es schmeckte, als ob es mit Himbeeren aromatisiert worden wäre. Er lächelte über ihren verwunderten Ausdruck. Rasch trank sie aus. Hubert zahlte.

»Und nun«, sagte er leise zu ihr, als sie auf dem Weg zum Ausgang waren, »kommt der erste Teil des Experiments: die frische Luft.«

»Sie ist herrlich«, bestätigte sie.

Der Portier geleitete sie zum bereitstehenden Taxi. Hubert sah Vie fragend an. »Oder möchten Sie lieber zu Fuß gehen? Wo möchten sie hin?«

»Mit zu Ihnen. Überallhin«, platzte sie heraus. Ihr fiel kein Satz ein, mit dem sie sich angemessen hätte ausdrücken können. Was eine Frau zu einem Mann sagte, den sie verführen wollte, wußte sie nicht, nicht einmal, wie man ihm die Bereitwilligkeit dazu zu verstehen gab. Sie wußte nur eins, daß sie sich noch nie im Leben so sehr nach etwas gesehnt hatte.

Er lachte verblüfft, legte ihr den Arm um die Taille und ging mit ihr die Straße hoch. An der Ecke zur Third Avenue nahm er sie in die Arme; sie schmiegte sich an ihn. »Ich kenne keine schönere Frau als dich.«

»Bitte sag jetzt nichts.« Sie blickte hoch und zog seinen Kopf zu sich herunter; dann spürte sie endlich seinen Mund. Ihre Lippen berührten sich, öffneten sich, und die Zungen umspielten einander. Sie gab ihn einen Augenblick lang frei, holte tief Luft und zog ihn nochmals zu sich. Sie dachte nicht mehr daran, wo und wer sie war, gab sich den suchenden leidenschaftlichen Küssen hin. Die beiden bildeten eine Insel auf der Third Avenue.

Passanten umringten die beiden, manche lächelten, andere ärgerten sich darüber, daß ein Liebespaar mitten unter ihnen war, denn es erinnerte sie daran, was sie verloren oder niemals besessen hatten.

Schließlich lösten sie sich voneinander. »Ich möchte dich unbedingt haben, Vie«, flüsterte er heiser.

»Ich dich auch«, gab sie zurück, wandte sich um und winkte einem Taxi.

»Es ist unfaßbar.« Die beiden waren im Schlafzimmer seiner Suite im Hotel Pierre; nackt lagen sie auf dem goldfarbenen seidigen Bettüberwurf. Mit der Hand strich er ihr zart über den Busen. »Ich habe gar nicht gewußt, daß man heutzutage noch Jungfrauen trifft. In Paris jedenfalls sind sie schon seit Jahren ausgestorben.«

»Still jetzt«, mahnte sie ihn sanft und schaute ihm ins Gesicht. Sie wölbte den Rücken, damit er ihre Brüste küßte. Er saugte sanft an ihrer Brustwarze und zog sie sacht in seinen Mund. Vies Atem kam in raschen, flachen Stößen, während Hubert ihr mit der Hand über den zarten Bauch hinabstrich.

Er mußte doch etwas sagen: »Du bist unglaublich: eine Geschäftsfrau, eine Dame von Welt – und trotzdem so unberührt.«

»Ich habe auf dich gewartet«, flüsterte sie.

Er blickte sie verblüfft an. Er berührte sie so sanft, als streichelte er liebevoll über das zerbrechlichste Etwas in der Welt. Ihre Haut reagierte auf seine Berührung, erwachte zum Leben unter seinen Fingern, dann küßte er sie immer wieder. Er wollte sie Jahre lieben. Vie zitterte jetzt und stöhnte leise auf. Winzige Schweißperlen standen ihr auf der Stirn und auf der Oberlippe.

»O Gott«, flehte sie und zog seinen Kopf zu sich, »bitte, bitte.«

Er spreizte sacht ihre Schenkel und sehnte sich danach, bei ihr zu sein.

Er bahnte sich behutsam den Weg und wollte um jeden Preis vermeiden, ihr weh zu tun, doch Vie zog ihn zu sich, sie schrie auf, drängte ihn weiter, und er stieß in sie, sein Rhythmus wurde schneller, und er merkte, wie sie aufschrie, keuchte; er bewegte sich weiter und konnte nun weder aufhören noch sich zurückhalten und drang tiefer in sie, bis er Vie laut schreien hörte. Er blickte in das erhitzte, tränennasse Gesicht, eine Maske aus Schmerz und Leidenschaft, er drang noch einmal tief in sie ein, und selbst aufschreiend ergoß er sich.

Am nächsten Morgen, während er Vies Duft einsog, konnte er es immer noch nicht fassen. Er sah den dunklen Fleck auf dem Seidenlaken. Nie zuvor in meinem Leben, dachte er, *jemais de ma vie.* Er lächelte. *Vie, ma vie.* Sie war so exotisch wie eine Blume, die einmal in tausend Jahren erblühen würde. Sie war voller Widersprüche – etwas Wunderbares. Tausenden Frauen war er begegnet, mit Hunderten hatte er geschlafen. Hubert Montalmont hatte den Ruf, ein Don Juan zu sein, offenbar machte ihn das nur noch begehrenswerter, viele schöne und reiche Frauen hätten sich für ihn in Stücke gerissen. Dennoch hatte ihn in den letzten dreiundzwanzig Jahren, nachdem er seine Unschuld einer abgelegten Geliebten seines Vaters geschenkt hatte, keine Frau mehr so angerührt.

Als er vor zehn Tagen aus Paris abgeflogen war, hätte er beinahe zugestimmt, die vom Vater auserwählte Frau zu heiraten. Die andauernden Eroberungen langweilten ihn allmählich, und er hörte aufmerksamer als sonst den Argumenten seines Vaters zu, der ihn dazu drängte, doch endlich für Nachkommen zu sorgen.

Huberts Vater, Henri Montalmont, ähnelte in manchem dem Sohn. Auch er war ein Freund der Frauen, des guten Essens und Trinkens, dabei allerdings ein genialer Geschäftsmann. Er besaß zwar längst nicht denselben Geruchssinn wie Hubert, doch sein Erfolg in allem, was er in Angriff nah, erforderte kein sonderliches Empfindungsvermögen. Er hatte mit feinen, wenn nötig sehr bestimmten Methoden aus dem etablierten, angesehenen Haus Montalmont eine millionenschwere Firmengruppe geschaffen. Der Vierundsiebzigjährige hatte keineswegs vor, dem Sohn den Vortritt zu lassen, zumindest nicht in den nächsten zehn Jahren. Alles weitere, sagte er zu Hubert, könne man dann besprechen. Huberts Geschäftssinn ließ jedoch erkennen, daß der Sohn noch viel vom Geschäft lernen mußte und er Übung im Selbständig-Handeln benötigte. Dafür schenkte Henri Hubert als Operationsfeld die Vereinigten Staaten.

Wenn man eine Verkaufsvertretung aufbaute, müßte man sicherlich auch viel Zeit in den USA zubringen, hatte Hubert gedacht. Zumindest zu Beginn verbrachte er sicherlich Monate damit, alles in Gang zu bringen, das Personal einzustellen und sich mit Beziehungen und Märkten vertraut zu machen. Das würde langweilige Arbeit sein, die einen noch dazu an einem Ort festhielt, an dem man von den Pariser Freuden abgeschnitten war.

Als Hubert las, wie angesehen Jolay war, und erfuhr, daß der Direktor nicht nur jung, sondern auch noch eine Frau war, faßte er sofort den Entschluß: Dieses Unternehmen sollte Montalmonts Tochter werden, die die Arbeit in Amerika erledigen konnte.

Die Verführung der jungen Direktorin von Jolay hatte er durchaus eingeplant. Es schien nur eine Geste der Höflichkeit zu sein, daß er Vie am Telefon bat, mit ihm zu Abend zu essen; er hatte sich vorgenommen, sie im Sturm zu erobern. Hatte er sie erst mal im Bett, könnte sie ihm sein Angebot nicht mehr abschlagen.

Die Fotos von Vie Jolay zeigten, daß sie eine außergewöhnlich hübsche Frau war. Allerdings hatte er schon oft erfahren müssen, daß Fotos lügen. Manche der fotogensten Frauen in seiner Bekanntschaft sahen in Wirklichkeit höchst langweilig und unattraktiv aus, während einige bezaubernde Frauen vor der Kamera flach und fade wirkten. Als er Vies Büro betrat, hatte er eine gutaussehende, aber eigentlich im Grunde wenig reizvolle Frau erwartet. Aber wie sie so vor ihm saß, verlor er sofort die Fassung. Sie war eine echte Schönheit. Ihre Ausstrahlung beruhte ebensosehr auf Stärke wie auf Zartheit. Ihm war sogleich klar, daß sich sein Leben ändern würde.

An diesem Morgen, nachdem sie sich geliebt hatten, war Hubert hoffnungslos verwirrt. Vor ihm hatte Vie noch keinen Mann gehabt, und doch kam er sich vor wie jemand, der gezielt ausgesucht und manipuliert worden war. Vie wirkte trotz ihrer Unschuld ausgesprochen unabhängig und selbstbewußt. Hubert hatte große Mühe, seine Empfindungen unter Kontrolle zu halten. Dem nächsten Abend fieberte er bereits mit Ungeduld entgegen.

Sie aßen in Greenwich Village, bei Rocco in der Thompson Street. Vor dem Essen tranken sie Campari, Vie warf ihm gespielt empört vor: »Ruf mich bitte nicht so oft an, meine Sekretärin fängt allmählich an, sehr neugierig zu werden.«

»Ich habe nur dreimal ...«

»Viermal.«

»Meinetwegen, viermal. Einmal in zwei Stunden – das ist doch noch im Rahmen. Außerdem hattest du kaum Zeit zum Sprechen«, protestierte er.

»Ich habe zu arbeiten, Hubert. Ich schaffe fast nie mein Tagespensum.«

»Was bedeutet schon Arbeit?« fragte er. Er warf einen Blick auf Vies beigefarbenes Jerseykostüm. Das stand ihr noch besser als das elegante Kleid von gestern abend. Es war feiner, femininer, erotischer. »Die Liebe ist das Wichtigste.«

»Das hängt vom Standpunkt ab«, erwiderte sie treffend. Vor vierundzwanzig Stunden war ich noch Jungfrau! Aber alles hatte sich ganz natürlich ergeben, als wäre es nicht zu vermeiden. Den ganzen Tag hatte sie an Hubert denken müssen. Nach jedem Anruf hätte sie am liebsten den ganzen Papierkram liegengelassen. Das war doch nicht alles im Leben! Als Hubert sie in der vergangenen Nacht geliebt hatte, hatte sie zum erstenmal begriffen, daß Passivität auch eine Stärke sein konnte. Indem sie sich ganz einem anderen hingab, hatte sie leidenschaftlicher und bewußter denn je gehandelt. Doch Vorsicht war auch jetzt noch geboten, deshalb hatte sie auch den Tag über weiterarbeiten wollen, als sei nichts Ungewöhnliches passiert.

»Von Luft und Liebe lassen sich keine Rechnungen bezahlen.«

Sogleich bedauerte sie, das gesagt zu haben. Er blickte sie niedergeschlagen an. »Die Rosen«, fügte sie rasch hinzu, »die weißen Rosen, die du mir geschickt hast: einfach herrlich!« Sie streichelte seine Hand und fuhr neckend fort: »Als der Bote sie mir ins Büro brachte, dachte ich allerdings, es wäre ein Versehen, und man wollte das Bukett dem Siegerpferd in Belmont um den Hals hängen.«

»Geliebte Vie, ich kann immer noch nicht glauben, daß ich dich gefunden habe.«

»Hatte ich mich etwa verlaufen?«

»Wenn du nicht mit diesem Wortgeplänkel aufhörst, meine Schöne, dann wirst du mit mir fechten müssen.«

»Ja! O bitte, Hubert!«

»Also morgen? Oder kommt dir da wieder deine Arbeit dazwischen?«

»Mittags geht's. Dann fällt eben das Essen flach.«

Er gab ihr einen Kuß. »Das Duell kann beginnen!«

»Es hat doch schon angefangen«, stellte sie leise fest.

Er küßte ihre Fingerspitzen. »In dir habe ich eine würdige Gegnerin gefunden.« Als er ihr mit der Zunge leicht über die Haut fuhr, zitterte sie. Heute abend würden sie wieder miteinander schlafen!

»Vielleicht bist du ja unbesiegbar«, sagte sie und lächelte.

»Bis jetzt war ich das möglicherweise, ich bin froh, eine Partnerin gefunden zu haben.«

Sacht entzog sie ihm ihre Hand. »Unsere Häuser sind aber keine Partner. Jolay wäre die Tochter von Montalmont, der Muttergesellschaft.«

»Kannst du nicht einmal das Geschäft vergessen«, schmollte er.

Nichts leichter als das. Am Nachmittag hatte Philippa Vie im Büro angerufen. Im üblichen forschen Ton hatte sie begonnen: »Wie fandest du denn Murray Schwartzman?«

»Wen?« fragte Vie.

»Schätzchen.« Das klang ehrlich verblüfft. »Murray Schwartzman. Deinen hoffentlich neuen Verkaufsleiter.«

»Ach, den«, entgegnete sie geistesabwesend. »Ja, der ist wohl der Richtige.«

Philippa war überzeugt davon, daß irgendwas nicht stimmte, wenn sich Vie Jolay an einer Geschäftsangelegenheit so uninteressiert zeigte. »Bist du etwa krank?« erkundigte sie sich besorgt.

»Nein.« Und dann beichtete sie ihrer Freundin ihr Erlebnis wie ein Mädchen mit Liebeskummer, das mit ihrem Geheimnis nicht mehr hinterm Berg halten kann: »Philippa, ich habe mich verliebt.«

An anderen Ende entstand eine Pause. Schließlich war die Stimme wieder da. Sie klang viel älter als eben noch, auch müder: »Ist es ein Mann?«

»Ja. Der wunderbarste Mann, den es gibt!« Den Namen wollte sie Philippa nicht verraten, da sie ihn erkennen und wahrscheinlich denken würde, da sei Berufliches im Spiel. »Wirklich, ich binde dir keinen Bären auf«, sagte sie wieder. »Ich kann dir wirklich nicht sagen, wer es ist, aber Philippa – ich habe mich noch nie so gut gefühlt.«

»Dann gib dich dem hin«, lautete Philippas Rat. »Du hast es wirklich verdient. Du hast lang genug darauf gewartet.«

»Schön, daß du so denkst«, sagte Vie sanft. Ihre Freundin war großmütig.

Beim Auflegen mußte sie lauthals lachen. Alle Klischees über die Liebe trafen zu. Man verliebte sich wirklich ganz plötzlich Hals über Kopf. Und der Liebesakt war wirklich die schöpferischste Tat überhaupt. Bis gestern hatte der Beruf ihr Leben bestimmt; doch jetzt verblaßte das neben dieser viel mächtigeren Kraft.

Hubert blieb erst eine, dann noch eine Woche länger als beabsichtigt in New York. Jeden Abend und am Wochenende trafen sich die beiden. Die Nächte waren klar, die Tage sonnig und sehr mild. »Ein Wetter ganz besonderer Art«, meinte er. »Ich habe es extra für uns geschaffen.«

Im gemieteten Segelboot segelten sie vor Long Island. Wenn der Wind nachließ, liebten sie sich auf dem Deck, während die Wellen sie wiegten und sie sich umschlungen hielten.

Hubert nahm Vie in den Fechtclub mit und lehrte sie die Grundkenntnisse. Sie erlernte den Sport so rasch, daß er ganz entgeistert war. »Um die ›*en garde*‹-Stellung zu beherrschen, sind normalerweise Monate vonnöten, aber du hast sie in Windeseile begriffen. Du bist wirklich genial auf mehr als einem Gebiet. Eine Frau wie dich gibt es kein zweites Mal auf der Welt.«

»Zeig mir mehr«, bat sie. »Bring mir bei, wie man zustößt und abwehrt. Wie heißt dieses Manöver noch mal?« fragte sie und zeigte dabei auf den Fechter auf der anderen Seite der gläsernen Wand.

»Das ist die *Flèche*, man macht mehrere rasche Laufschritte, mit dem hinteren Fuß fängt man an. Hierfür muß man sehr schnell sein. Wenn der Angreifende nicht trifft, kann er selbst sehr leicht getroffen werden.«

Vie war fasziniert. Sie hörte aufmerksam zu, prägte sich jede Bewegung ein und probierte sie sofort aus. Sie hatte sich schon immer leicht Details merken und behalten können. Deshalb war sie schon nach nur zwei, allerdings einstündigen Übungsstunden imstande, zutreffend über Quart und Sixt zu reden, zwischen Paraden und Gegenparaden, zwischen Ripost und Gegenripost zu unterscheiden. Die Bewegungen, aus denen eine Attacke bestand, prägte sie sich genau ein.

»Verblüffend«, kommentierte Hubert, nachdem er sie wohl zum zwanzigstenmal geküßt hatte. »Das Fechten fällt dir genauso leicht wie die Liebe.«

»Es hängt eben von der innerlichen Beteiligung ab«, lächelte sie. »Und dann muß man nur noch genau aufpassen.«

»Und so erzielst du auch deine Erfolge im Beruf?«

»Ich glaube schon. Mein Engagement war anfangs allerdings von der Not, nicht der Leidenschaft, diktiert.«

»Das ist oft dasselbe.«

»Nein«, gab sie heftig zurück. Sie sah ihm ins Gesicht, um darin vielleicht eine Antwort auf die Frage zu entdecken, die ihr immer wieder durch den Kopf ging. Hatte sich Hubert schlichtweg in sie verliebt? Oder: War sie nur reizvoll für ihn, weil er ihre Firma aufkaufen wollte? Doch der liebevolle, aufrichtige Blick verriet gar nichts. »Nein«, sagte sie nochmals. »Das eine entspringt der Stärke, das andere der Schwäche.«

»Du bist aber nie schwach, meine Schöne.«

Nur, was dich betrifft, dachte sie. Manchmal denke ich daran, alles zum Teufel fahren zu lassen, nur um bei dir bleiben zu können.

Die beiden hatten ihr Gepäck mit in den Club genommen. Nachdem sie sich geduscht und umgezogen hatten, fuhren sie nach Ridgefield, Connecticut, im Wagen mit Chauffeur, zum großartigen, riesigen Anwesen, auf dem das amerikanische »Landhaus« von Frankreichs erfolgreichstem Modeschöpfer stand.

Achtzehn Gäste hatte Hubert übers Wochenende eingeladen. Zu der Party am Freitag abend kamen noch sehr viel mehr. Es fiel Vie auf, daß Hubert offensichtlich sehr bekannt war. Fast alle Frauen flirteten mit ihm, ohne dabei Zurückhaltung zu zeigen, was Vie vor Eifersucht krank werden ließ. Ein neues Klischee bestätigte sich: nie hatte sie dieses scheußliche Gefühl verspürt, jemanden nur deshalb nicht ansprechen zu können, weil sie dann garantiert zu heulen anfing.

Am Samstag vormittag fuhren sie zurück nach New York. »Du warst ein großer Erfolg auf der Party«, meinte er voll Stolz.

»Ich? Du bist ja verrückt, Hubert«, sagte sie und kuschelte sich an ihn.

»Stimmt, vor lauter Liebe. Doch nicht verrückt, wenn ich daran denke, wie du allen gefallen hast. Besonders dem Gastgeber, er sprach von nichts anderem als davon, wie schön und bezaubernd du bist.«

»Total verrückt.« Sie hob das Gesicht, damit er ihr einen Kuß geben konnte.

Am Montag morgen rief ein Modeschöpfer Vie um zehn nach neun im Büro an. Er lud sie zum Mittagessen ein. Sie sollten einmal besprechen, ob die Mannequins bei der Vorstellung seiner Kollektion im Metropolitan Museum of Art nicht Jolay-Parfüms tragen könnten.

Gleichzeitig bemühte sich Hubert, seinen Vater zu besänftigen, dessen Gebrüll seinen Ohren weh tat, während er in dem letzten, vom Frühstück übriggebliebenen Croissant stocherte.

»Du hättest schon vor Wochen wieder hier sein sollen, du Nichtsnutz! Alles muß man selbst tun!« rief sein alter Herr lautstark in den Hörer. »Eine Frau ist da im Spiel? Hab' ich recht, du Halunke?«

»Zum Teil«, erwiderte Hubert ausweichend.

»Ich weiß, welchen Teil es betrifft. Aber keine Frau ist das wert. Arbeit frontal, die Frauen hinten.« Henri Montalmont mußte über den Scherz lachen, den er schon hundertmal gemacht hatte. »Du entsinnst dich vielleicht daran, daß du nach New York geflogen bist, um eine Firma aufzukaufen.«

»Die Bedingungen sind noch nicht ausgehandelt.«

»Du bist nicht entschlossen genug. Also beeil dich ein bißchen. Muß ich denn alles selbst erledigen? Die Vereinigten Staaten gehören dir – die Geschäfte dort mußt du abwickeln. Wieso gelingt dir das nicht in ein paar Tagen? Wir sind schließlich *Montalmont*. Die sollten sich in die Hose machen wegen unseres Angebots. Du darfst bis fünfzehn Millionen gehen, aber nicht darüber. Ist deine Geliebte wenigstens Französin?«

»Nein, Amerikanerin.«

»Unter deinem Niveau, mein Junge. In der Liebe kennen die sich doch nicht aus. Ich habe eine Anzahl von ihnen gehabt.«

»Hör auf damit«, schrie Hubert. Er packte den Hörer fester. »Die Angelegenheit ist ernst.«

Es entstand eine lange, bedeutungsvolle Pause. Dann hörte Hubert Henris Stimme, scharf wie ein Rasiermesser. »Ich bin wohl schwerhörig. Hast du etwa gesagt, ernst? Es ist dir ernst mit einer *Amerikanerin*? Dem begehrtesten Junggesellen in ganz Paris ist es ernst mit irgendeiner Amerikanerin. Also das übersteigt nun wirklich mein Begriffsvermögen. Mein lieber, von allen Geistern verlassener Sohn, hat man dir denn nicht beigebracht, daß Amerikanerinnen keine Tradition haben. Geld mögen sie ja erben, aber einen Adelstitel nicht.«

Vor Wut brachte Hubert kein Wort heraus. Er knallte den Hörer auf. Als kurz darauf das Telefon erneut klingelte, ließ er es läuten und warf das Frühstückstablett quer durchs Zimmer.

Vie erzählte Armand nichts von ihrem Geheimnis. Er hatte sie zwei Tage nach Huberts erstem Anruf, am Tag, als sie in Huberts Armen aufgewacht war, gefragt, ob sie sich mit »diesem Montalmont« getroffen habe. Als sie das bejahte, sah er sie bloß wütend an und nuschelte etwas von »Mistkerl«.

Ihr war zwar nicht klar, weshalb Armand den alten Streit eines ehemaligen Arbeitgebers weiterführte, es war aber wohl besser, Hubert Montalmont Armand gegenüber nicht nochmals zu erwähnen. Sie verbarg ihre Liebe, schützte somit das Wertvollste, das sie je gehabt hatte. Mit Martine konnte sie überhaupt nicht darüber sprechen. Seit dem katastrophalen Wochenende in Yale hatte sie ihr weder geschrieben noch sie angerufen.

Philippa wußte davon, Tschandra, der Kluge, erriet es, nur Vies Familie kam kein Verdacht, daß sie zu so etwas völlig Absonderlichem imstande wäre, wie sich hoffnungslos zu verlieben.

Am Abend vor Huberts Rückflug hatte Vie das Bettzeug mit *Tadsch* parfümiert. Nackt und frisch geduscht kam sie zu ihm.

Nun war die Stunde der Wahrheit gekommen. Noch vor zwölf Uhr mußte sie ihm ihre Entscheidung über die Firmenzusammenschließung mitteilen. Und dann? Würde er über die Wolken davonfliegen und New York verlassen und sie nie mehr wiedersehen wollen? Würde er in die geplante Heirat mit dieser Danielle von Sonstnochwie einwilligen, die ihm Einlaß ins Château ihrer Ahnen gewährte? Vie wußte genau, daß er diese Frau nicht liebte, und sie spürte in dem, wie leidenschaftlich sie auf Hubert reagierte, daß eine tiefe dauernde Liebe sie verband. Doch wie sollte Vie seine Rückkehr nach Frankreich überleben? Hatte er um sie geworben, weil er Jolay in seinen Besitz bringen wollte? Und wenn nicht das, hatte er sie dann nur als Zwischenspiel genossen?

»Heirate mich, Vie.« Auch er war nackt, lag eine Armlänge entfernt neben ihr auf den parfümierten Bettlaken und betrachtete sie voll Begehren.

Freundentränen rannen ihr sanft über die Wangen.

»Bitte, mein Liebling!« flüsterte er, während er sie zu sich zog.

»Warte«, sagte sie leise und wehrte ihn ab. »Vielleicht ist dies hier nur ein Traum. Wir kennen uns doch erst so kurze Zeit ...«

»Seit Jahrhunderten. Seit dem Anfang der Welt. Seit ich dein Büro betrat.«

Sie stützte sich auf den Ellenbogen und betrachtete Hubert durch einen Tränenschleier. »Ich liebe dich, Hubert. So sehr, daß mir das angst macht. Mir ist, als sei von Vie nichts mehr da, außer die Liebe zu Hubert.«

Er streichelte sie, sie wehrte ihn immer noch ab. »Wenn ich dich heiratete, würde ich in Frankreich leben. Und Jolay würde zu Montalmont gehören.«

»Die Firmen wären Partner, Liebling.«

»Ich müßte parieren, wenn du vorwärtsdrängst. Du hättest die Macht und die Kontrolle. Vie Montalmont ... Mein Liebling, ich müßte Vie Jolay hinter einem anderen Namen verstecken, in einem fremden Land. Das hieße, daß ich meine Unabhängigkeit aufgeben und alles bisherige zurücklassen müßte.«

»Die Antwort lautet also: nein?« fragte er traurig.

Sie beugte sich vor und küßte ihn auf die Lider. »Ich begehre dich mehr als alles andere auf der Welt.«

»Was hält dich also zurück?«

»Alles, was ich bin.«

»Ich werde dir in allem beistehen. Wir werden sehr glücklich sein. Wir lieben uns doch.«

»O ja.« Sie weinte jetzt vor Freude. »Das tun wir. Mag sein, daß nur das allein zählt. Aber gib mir noch ein wenig Zeit, laß mich eine Weile allein, damit alles zur Ruhe kommt und ich ganz sicher sein kann, daß mein Entschluß, wie er auch ausfällt, der richtige ist.«

»Und ich?« wollte er beinahe erbost wissen. »Soll ich etwa die ganze Zeit im Ungewissen leben, während du dir alles ›in Ruhe‹ überlegst?«

»Wirst du zurückkommen?«

Vie wirkte so zart und zerbrechlich, daß ihm nun auch die Tränen in die Augen stiegen. »Ja, meine Vie, mein Leben. In genau einem Monat werde ich zurückkommen.« Jetzt beugte sie sich über ihn.

»Aber bis dahin«, sagte er nach einem langen Kuß, »werden wir uns weder sprechen noch schreiben. Die Zeit wird stillstehen. Nur so geht es. Ich werde ganz normal mein Leben weiterleben und du deines. Sollte dies hier wirklich ein Traum gewesen sein, wie du befürchtest, könnte jeder von uns daraus erwachen.« Er spürte, daß sie leicht zitterte. »Oder wir finden heraus, daß dieser Traum das wirkliche Leben ist.«

»O ja.« Sie schmiegte sich noch enger an ihn, als wolle sie die beiden Körper zusammenschmieden. »So ist es am besten. Noch ein Monat – dann wissen wir Bescheid. Und nun aber Schluß mit dem Reden.«

In dieser Nacht liebten sie sich leidenschaftlicher denn je. Sie waren auch noch voller Sehnsucht, als sie in einen erschöpften Schlaf fielen. In den frühen Morgenstunden schliefen sie wieder miteinander – fast ungezähmt.

Als sie in seinem Hotelschlafzimmer erwachte, war Hubert fortgegangen. Der Verabredung gemäß hatte er keinen Brief zurückgelassen.

Dezember 1968

Während der Winter in die Stadt einzog, das Laub von den Bäumen fegte und auch die robustesten Zugvögel davonscheuchte, näherte sich Jolays A-Serie der Fertigstellung. Armand hatte Vies Vorschlag zugestimmt, und so zierte die Bezeichnung »Unvergleichlich« sämtliches Material für die unaufdringliche, nicht groß angelegte, aber überzeugende Werbekampagne.

Armand war so stolz auf seine Arbeit, daß er neues Selbstbewußtsein gewann. Vater und Tochter durchlebten fast so etwas wie einen Frühling. Er nannte sie wieder *»ma p'tite«*, und sie antwortete mit *»mon gros«*. Zwei-, dreimal pro Woche aßen sie abends gemeinsam in einem kleinen französischen Restaurant in der Nähe der Wohnung. Vie sah darin die wahrscheinlich letzten Tage, die sie gemeinsam verbringen konnten. Zwar hatte sie sich wegen Hubert noch nicht endgültig entschieden, doch sie sehnte sich sehr nach ihm. Sie wollte so gern mit ihm reden, fühlen, wie es war, wenn sie den geliebten Namen aussprach; doch Armands Mißtrauen Montalmont gegenüber wurde zusehends deutlicher.

»Warum hat er dich neulich angerufen?« hatte er Vie einmal gefragt. »Was hat dieser falsche Kerl von dir nur gewollt?«

»Es ist mir schleierhaft, warum du ihn so unsympathisch findest. Seid ihr euch schon einmal begegnet?«

»Nein. Was hoffentlich auch nie vorkommen wird. Er kann mir gefährlich werden. Ich meine nicht den jungen Montalmont, sondern den Vater: Großinquisitor Henri. Er ist der Großinquisitor.«

»Was soll das heißen?«

»Am besten, du erfährst überhaupt nichts davon«, erwiderte Armand geheimnistuerisch. Sie sah allerdings die Angst in seinem Blick. Also verfolgte ihn immer noch irgendeine lang zurückliegende Begebenheit. Fast hoffte sie, daß so etwas wie ein Hirngespinst, ein Verfolgungswahn und nicht ein tatsächliches Geschehnis für Armands Furcht verantwortlich war. Aber was für einen Grund sollte er haben, Huberts Vater so abgrundtief zu hassen?

Offen darüber reden wollte er nicht. Trotzdem kam er immer wieder zu dem Thema zurück, wie ein Hund, der an seinem alten Knochen nagt. Als sich der Tag von Huberts Rückkehr näherte, kam Armand der Name Montalmont mehrmals täglich über die Lippen.

Am Sonntag war genau ein Monat seit ihrem letzten Zusammensein vergangen. Daß sie Hubert heiratete, stand für Vie fest. Zwei Stunden später stand für sie ebenso fest, daß auch die große Liebe nicht alles ersetzen konnte. Wieder eine Stunde später malte sie die Initialen V.M. überall hin. So oft schwankte sie in ihrem Entschluß, daß sie sich bestimmt noch um den Verstand brachte. Am Sonntag, versprach sie sich, wirst du ihn ja sehen und endgültig Bescheid wissen.

Am Dienstag rief Mike Parnell sie im Geschäft an. Er rufe aus New Haven an, sei aber während des Wochenendes in New York.

Ob sie beide sich vielleicht treffen könnten? Seine Stimme klang nervös.

Seit Wochen dachte Vie schon nicht mehr an ihn. Dabei hatte sie sich im Zug zurück nach New York die Gespräche vom Vorabend noch einmal vergegenwärtigt und sich riesig auf ein Wiedersehen mit ihm gefreut. Das lag so lange zurück! Lange bevor sie kennenlernte, wie befreiend sexuelle Leidenschaft sein konnte.

Es täte ihr leid, sagte sie, sie würde sich leider nicht mit ihm treffen können. »Das hatte ich mir schon gedacht«, erwiderte er bekümmert. »Ich weiß ja, du hast viel zu tun.«

Vie stellte sich Mike vor. Sie dachte an sein freundliches Wesen und daran, wie unterhaltend er damals gewesen war. Jetzt tat es ihr wirklich leid, daß sie sich nicht mit ihm treffen wollte. Doch ehe sie weitersprechen konnte, meldete sich Elaine über die andere Leitung – ein Anrufer aus Übersee sei am Apparat. Vie legte rasch auf. Sie hatte Herzklopfen. Aber der Anruf kam lediglich aus Texas.

Am Mittwoch begab sich Vie ins Labor. Sie wollte Armand zum Dinner einladen und mit ihm die A-Serie feiern. Er lächelte fröhlich, sah jünger und so gut aus wie schon lange nicht mehr. »Das nehme ich nur an, wenn ich Sie einladen darf. Erweisen Sie mir die Ehre, eine so wunderschöne Frau begleiten zu dürfen«, meinte er so galant wie früher. »Auch wenn die Leute sagen, die ist ja so jung, daß sie seine Tochter sein könnte. Ich werde alles arrangieren. Du wirst verblüfft sein.«

Anschließend ging sie gleich ins Büro zurück. Um sechs Uhr abends vertauschte sie ihr Büro-Kostüm mit einer Abendgarderobe, legte sich zwei dünne Goldkettchen und goldene Ohrringe an und band sich einen farbenfrohen Schal um die Taille. Solange Vater noch nicht da war, arbeitete sie. Um sieben Uhr wurde sie aber unkonzentriert. Die Woche war anstrengend gewesen. Oder wartete Armand etwa darauf, daß sie ihn abholte? Sie rief im Labor an, aber dort hob keiner ab.

Vie machte Ordnung auf ihrem Schreibtisch, streifte sich die schwarze Pelzjacke über und fuhr mit dem Taxi hinüber zum

Labor. Die Tür stand offen, das Licht war noch angeschaltet – kein Mensch im Labor. Sie ging den Flur hinunter zu Armands Zimmer. Unter der Tür sah man Licht. Sie klopfte laut und vernehmlich an. Keiner kam, also klopfte sie nochmals. Schließlich drückte sie die Klinke herunter und ging hinein.

Armand lag zusammengesackt über dem Schreibtisch. »Papa«, rief sie, doch er rührte sich nicht. Um Himmels willen, dachte sie voll Angst: ein Schlaganfall. Ein Herzinfarkt. Sie trat näher, jetzt erst sah sie das Blut. Es war ihm von der unteren Gesichtshälfte auf die Kleidung getropft, auf die Reagenzgläser und Flaschen, auf die Tischplatte. Alles war voller Blut. Sein Arm lag quer über dem blutverschmierten Tisch. In seiner Hand lag eine Pistole. Der Kiefer war ihm weggeschossen. Vie ergriff die Hand. Sie war kalt, kein Puls mehr zu tasten. In ihr lag ein Blatt Papier. Darauf standen in Druckbuchstaben zwei Worte: ARMAND JOLAUNAY.

Am Samstag morgen, einen Tag vor Huberts Rückkehr aus Paris, fand Armands Beerdigung in einer kleinen Kapelle auf einem Friedhof in Manhattan West Side statt. Marty erschien weder dazu noch zu dem anschließenden Gottesdienst um zwölf, wenngleich Vie und Nina sie telefonisch darum gebeten hatten.

Im Auto saß Vie zwischen Philippa und Tschandra. Alle schwiegen. Jeder überlegte im stillen, weshalb Armand wohl zu einem Zeitpunkt Selbstmord verübt hatte, da er Erfolg hatte. Von dem sonderbaren Zettel hatte Vie keinem etwas erzählt. Voll panischer Angst hatte sie völlig mechanisch reagiert und ihn eingesteckt, dann erst hatte sie den Krankenwagen gerufen. Jetzt dachte sie nicht mehr an die Notiz, während sie zwischen ihren »Paten« saß und sich wie eine Waise vorkam.

Im zweiten Wagen saßen Don Garrison, Francis Murphy und Elaine Smollett. Bei der Ankunft auf dem Friedhof fiel Vie ein Herr auf. Er stand etwas abseits auf dem Hügel und sah herüber. Sie meinte zu bemerken, daß er ihr zuwinkte. Da sie ihn aber nicht kannte, drehte sie sich um und schritt weiter langsam zum offenen Grab.

Armands Sarg wurde langsam herabgelassen, als Nina in einer anthrazitfarbenen Limousine mit Chauffeur vor dem Friedhofstor ankam. Sie lief zu Vie, im langen Chinchilla-Pelzmantel, breitem Hut und war ganz außer Atem. »Die Maschine hatte Verspätung«, sagte sie leise und gab Vie einen Kuß. Die nickte stumm. »Wo ist denn Marty?« fragte Nina dann. Vie traten Tränen in die Augen. Die beiden Frauen faßten sich bei der Hand.

Endlich war alles vorüber. Vie holte tief Luft und sah auf. Der Fremde auf dem Hügel war nicht mehr zu sehen.

Die kleine Feier in Vies Wohnung dauerte nicht lange. Philippas Angebot, doch bei ihr die Nacht zu verbringen, lehnte Vie ab. Philippa respektierte ihren Wunsch, allein bleiben zu wollen.

Am nächsten Morgen wachte Vie früh auf, nahm ein Bad und zog sich gleich an. Sie wartete. Der Tag schlich dahin; von Hubert war auch am Abend noch keine Nachricht eingetroffen. Als sie am Montag nichts von ihm hörte, war ihr alles klar: Sie würde ihn nie wieder sehen.

Der Traum war ausgeträumt.

Martys Reise

1969–1970

»Machen Sie Ihr Spiel, Ladies and Gentlemen. *Faites vos Jeux.*«

Die Spieler schoben lässig die Jetons über den mit grünem Filz bespannten Blackjack-Tisch. Die meisten blinzelten durch den Rauch der entweder französischen, amerikanischen, türkischen oder englischen Zigaretten. Die Bankhalterin mit dem dunklen Lockenkopf überflog die Einsätze mit raschem Blick. Sie spürte, daß die Männer ihre üppige Figur begutachteten, sie im Geist auszogen. Sehr schön, dachte sie, und setzte das leicht gelangweilte vom Geber erwartete Lächeln auf, dann denken sie weniger an die Karten.

Marty hatte von allen Bankhaltern auf der *SS Nordica*, einem skandinavischen Kreuzfahrtschiff, das die Südatlantikroute über Gibraltar befuhr, die schnellste Hand. Die fürs Kasino nötigen Handgriffe hatte ihr Johnny Lisbon, der ihr auch diesen Job besorgt hatte, beigebracht. Lisbon war früher einmal Kapitän gewesen, hatte aber zu trinken angefangen und sich vor kurzem in sein Haus in Provincetown auf der Halbinsel Cape Cod zurückgezogen. Dort traf Marty ihn ein paar Monate nach dem Tod ihres Vaters, nach dem sie Cambridge verlassen hatte und dadurch auch das Examen sausen ließ.

Im Anschluß an Vies Anruf an jenem kalten Dezemberabend hatte sie nicht wieder zu heulen aufhören können. »Du Idiot«, fluchte sie immer wieder vor sich hin, während sie haltlos weinte. »Du Idiot hast dich umgebracht, jetzt brauchst du dich um nichts mehr zu scheren.«

Es ist eine Erleichterung, ihn loszusein, sagte sie sich, heulte aber doch den ganzen nächsten Tag weiter. Als das Wochenende zu Ende war, hörte sie auf mit dem Heulen. Sie wusch sich das

Gesicht und packte ihre Sachen. Am Montag fuhr sie per Anhalter nach Cape Code. Sie brauchte jetzt Salzluft und die hohen Dünen, von denen sie barfuß mit ausgebreiteten Armen zum Strand hinunter und ans Meer laufen konnte.

Marty plauderte mit den Fischern und traf sie abends erneut bei Porky's in der Commercial Street, wo sie kräftigen Fischeintopf und die außerordentlich scharf gewürzte *linguica*, eine portugiesische Wurst, mit Spaghetti serviert, aß.

Die meisten Seeleute waren auf den Schiffen vorzeitig gealtert. In ihren Blicken spiegelten sich die langen Wachen wider, auf denen sie nach Fischschwärmen Ausschau gehalten hatten, die nicht auftauchten. Es waren kleine, verhärmte Männer, die freundlich zu Marty waren, aber keiner bot ihr das an, wonach sie suchte.

Eigentlich war ihr selbst nicht klar, was das war. Nur eines wußte sie: daß sie weg wollte, über diesen östlichsten Punkt der USA hinaus und in ein anderes Leben flüchten, in dem sie nichts mehr an ihre Vergangenheit erinnerte.

Johnny Lisbon trug einen großen Brillantring am Zeigefinger, mit dem er auf Marty deutete und sagte: »Du könntest eine hübsche Stange Geld auf See verdienen.«

Das würde sie reizen, zumal sie fast blank war. Er erzählte ihr von der Transatlantikroute. Auf den Luxusdampfern gab's zum Lohn Unterkunft und Verpflegung. Tagsüber könnte man sich auf Deck rumtreiben und beobachten, wie sich das Meer bis zum Himmel erstreckte, und abends war man mit reichen Passagieren zusammen, die jede Menge Geld hatten und bisweilen auch interessante Angebote machten.

Das klang ideal. Man war an keinen bestimmten Ort gebunden, sondern konnte immer dem Abenteuer entgegensegeln. Johnny brachte ihr alles Nötige bei. Er telefonierte mit ein paar Freunden in New York und bat Marty, sie solle sich Dienstag morgen an der Skandinavien-Brücke zum Vorstellungsgespräch einfinden.

Man stellte sie wegen ihres Aussehens ein. Martys dunkler, sinnlicher Typ würde sich von den mehr stattlichen blonden Frauen, die zumeist Skandinavierinnen waren und im Kasino arbeiteten, abheben. Der Personalchef der *Nordica* wußte genau, daß die Passagiere die Abwechslung liebten, und ein so apartes dunkelhaariges Mädchen wie Marty übte auf die europäischen und amerikanischen Herren sicherlich großen Reiz aus.

Ihr Tisch war stets gut besucht. Sie befand sich inzwischen auf der fünften Überfahrt und verdiente für die Bank mehr als irgendeine andere Geberin.

»In Ordnung. Keine weiteren Spieler, das Spiel ist eröffnet. *On commence le vingt-et-un.*« Sie teilte schnell, mit geschickten Bewegungen, die Karten aus. Ihre großen Brüste im scharlachroten Kleid wippten. Sie trug häufig rot, das brachte ihre weiße Haut und das fast pechschwarze Haar besser zur Geltung. Das Rot wirkte wie ein Signal, und die Passagiere, größtenteils Männer, kamen und setzten sich an ihren grünen Tisch. Wenn sie die Karten verteilte, ließen sie nicht den Blick von ihr.

Der erste Spieler wollte einen Glückstreffer landen. Sie teilte eine Neun aus. Der vierte Spieler, eine Frau, deren straffes Gesicht auf einem sehr faltigen Hals saß, was so aussah, als hätte man eine Melone auf einen Truthahnkopf gesteckt, beschloß, ihre Karten aufzuteilen und ein Blatt nach dem anderen zu spielen.

Der Mann zur Linken sah Marty ins Gesicht. »Ich nehme, was Sie haben«, meinte er mit einem ziemlich unverschämten Grinsen. Sie legte ihm eine Zwei neben sein Blatt. Er nickte. »Gut, Schätzchen, geben Sie mehr.«

Die nächste Karte war eine Drei. Er starrte ihr ungeniert ins Dekolleté. Der Busen drängte halb entblößt gegen den Seidenstoff. »Mir gefällt, was meine Augen sehen. Teil nur weiter aus, meine Hübsche.«

Ein As. Noch eine Fünf oder eine geringere Karte. Er grinste sie an. »Du bist ein gutes Mädchen. Ich bin zufriedengestellt, zunächst.«

Sie machte beim nächsten weiter, der verlor mit einer Acht, dann beim letzten Spieler. Die Bankhalterin zeigte ihre beiden Karten: eine klare Sache – As und Dame.

Der Spieler mit den fünf Karten pfiff anerkennend. Er schob

ihr seine Jetons hin und strich dabei absichtlich mit der Hand über Martys Handgelenk, dann immer weiter, den weichen, festen Arm hoch. Sofort zog sie ihn weg. Die Hauptregel im Kasino lautete: Kein Anbändeln mit Passagieren. Wegen dieser Regel hatte man bereits einige Mädchen entlassen, und sie selbst war viel zu gescheit, als daß sie unnötige Risiken einging. Sie spielte nur dann gern, wenn sie gute Aussichten auf Erfolg hatte. Wenn die Karten zu ihren Gunsten gemischt waren. Er grinste ihr zu und fuhr sich langsam mit der Zungenspitze über die Lippen. Er sah Marty unverwandt an. Sie blickte auf und empfand, als sie in seine grauen Augen schaute, eine leichte Erregung. Ihr fielen Caseys Augen ein.

Die beiden hatten aber nicht bloß dieselbe Augenfarbe, beide blickten spöttisch, trotzig, als hätten sie vor nichts Angst.

Noch zwei Spielstunden, dann war Schluß. Der Mann blieb sitzen, er gewann zurück, was er zuvor verloren hatte, als die Bank Neunzehn hielt, und noch einmal, als sie einundzwanzig hielt. »Gut gemacht«, meinte Marty anerkennend lächelnd und packte zusammen. Er blieb allein am Tisch sitzen. Er wippte mit dem Stuhl und betrachtete sie mit unverhohlenen sexuellen Absichten. Auf einmal stieß er sich nach vorn und packte sie beim Handgelenk. »*Sie* sind gut gemacht«, sagte er. »Wer hat das bloß hinbekommen?«

Sie lachte. »Ich ganz allein.«

»Da haben Sie großartige Arbeit geleistet.« Er musterte ihre Figur anerkennend von oben bis unten. »Ich sehe schon: sämtliche Teile sind von erlesener Qualität. Die gibt es nur einmal. Verzeihung, ich irrte.« Er blickte ihr ganz offen auf den Busen – »zweimal«.

Marty lachte, warf den Kopf in den Nacken, stellte stolz ihren straffen Hals zur Schau.

»Miß Nouvel!« hörte man jemanden mißbilligend rufen. Der Leiter des Kasinos packte Marty beim anderen Arm und zerrte sie vom Tisch weg. Ihr Flirtpartner stand schon auf, sie bedeutete ihm aber, er solle sich nicht in das Gespräch einmischen. Was er auch sagen mochte, es würde dem Vorfall nur noch mehr Bedeutung verleihen. Er mußte wissen, daß sie mit so etwas selber klarkam.

Kurz darauf hatte der Kasinochef, mit einem ziemlich albernen Lächeln im Gesicht, Marty das Versprechen abgenommen, daß sie sich mit ihm am nächsten Nachmittag treffen würde. Natürlich würde er versuchen, sie in seine Kabine zu schleppen. Daran verschwendet man am besten keinen Gedanken. Entweder man ließ ihm seinen Willen oder eben nicht. Und wenn schon. Sie machte, was sie wollte, sobald die Zeit gekommen war. Sex fand sie nie problematisch, und außerdem war ihr bisher noch keine simplere Methode eingefallen, wie man das bekam, worauf man aus war.

Sie ging aufs Promenadendeck und die Treppe hinauf zum Bootsdeck. Es war drei Uhr morgens, der Vollmond schien, ein leichter Wind wehte. Marty zog sich den Schal fester um und holte tief Luft. Nach den vielen Stunden in dem verrauchten Raum tat das gut. In diesen Augenblicken fühlte sie sich am wohlsten, nur jetzt war sie ganz für sich allein, wenn sie den Gischt auf dem Gesicht spürte, das leichte Auf und Ab des Schiffes. Dann stellte sie sich vor, daß sie ganz allein auf der Welt wäre und daß das Meer, der Himmel und die Sterne nur existierten, weil sie sie betrachtete.

Sie hörte hinter sich ein Geräusch und schreckte zusammen. Verärgert wandte sie sich um. Sie wollte nicht gestört werden.

»Ich hoffte, Sie hier oben anzutreffen. Ich möchte mich bei Ihnen entschuldigen.« Er stand schon dicht neben ihr, berührte sie aber nicht. Sein Mund war zentimeternah an ihrem Ohr.

Seine Gegenwart störte sie eigentlich nicht. Sie freute sich, ihn wiederzusehen. Irgendwie hatte sie das erwartet.

»Wofür denn?« fragte sie gutgelaunt. »Weil sie mich zum Lachen gebracht haben? Das hat mir gut gefallen. Ich lache viel zu selten.«

»Wenn ich dazu beitragen kann.« Er beugte sich vor und gab ihr einen Kuß auf den Mund. »Jean-Luc Delbeau. Wie Sie heißen, weiß ich: Marty. Ich habe Sie aus der Ferne beobachtet.«

»Oh, wie faszinierend.« Sie lächelte ihm zu und hoffte, er würde sie noch einmal küssen – richtig diesmal.

»Außerdem bin ich gekommen, um Sie vorzuwarnen: Sie werden sich noch in mich verlieben.«

»Und romantisch sind Sie auch noch! Wann wird das Gefühl bei mir entstehen?«

»Schon bald.« Er umfaßte ihr Gesicht und betrachtete sie im blaß-glänzenden Licht, als würde er dort irgend etwas lesen. Schließlich ließ er sie wieder los. »Ich kenne Sie, Marty.«

»Ach ja?« Sie war ein wenig besorgt. »Woher denn?«

»Nicht, wie Sie meinen. Wir sind uns noch nicht begegnet. Trotzdem weiß ich, wer Sie sind und was Sie antreibt im Leben, weil ich Ihnen ähnlich bin, und außerdem will ich Sie haben. Jetzt aber noch nicht. Ich warte, bis Sie wissen, daß Sie mich auch haben wollen und hinter mir her sind.«

»Und wieso sollte ich das je sein?« Sie fand seine überhebliche Art aufregend.

»Weil eine Frau wie Sie jeden Mann haben kann. Die bedeuten Ihnen nichts. Sie nehmen sie sich und lassen sie hinterher wieder fallen, wie eine Zeitung, die Sie durchgelesen haben. Aber ich werde nicht zu denen gehören. Sie werden zu mir kommen. Ich werde so lange warten, bis Sie bereit sind, mir mehr als irgendeinem anderen Mann zu geben.« Er lächelte sie an.

»Sie sind ziemlich selbstsicher, ja?«

»Natürlich, was Sie betrifft.« Dann gab er ihr einen keuschen Kuß auf die Stirn und ging schnell davon.

Marty blieb an der Reling stehen und schaute ihm nach. Wie er angezogen war, wie seine Stimme klang, selbst, wie er sich bewegte: alles hatte Klasse. Sobald er außer Sicht war, drehte sie sich um. Sie blickte aufs Meer. Sie dachte an die heimatlichen Gestade, wo ihre Schwester sie umschlichen hatte wie ein Gespenst. Sie sah Vie, die ihr von einem Foto, das auf dem Parfümtresen im Bloomingdale-Kaufhaus stand, zulächelte. Marty war am Tag vorm Auslaufen in das Kaufhaus gegangen, um sich ein paar goldfarbene Strümpfe zu besorgen. Bereits im Erdgeschoß sprang ihr das Bild mit der eleganten, fürstlichen Schwester ins

Gesicht. Vies Lächeln fand sie entsetzlich, schließlich war Armand gerade erst gestorben. Aber natürlich gehörte ihr die Firma jetzt ganz allein. Vie *war* Jolay.

Und sie, Martine Nouvel war hier, um sich Strümpfe zu kaufen und ihre Garderobe als Croupier zu vervollständigen. Marty rief im stillen das Bild der Schwester an: Ich werd' dir diese Überlegenheitsmiene noch fortwischen – wart's ab, bis ich mich hochgearbeitet hab'. Dann war sie zum Münzfernsprecher hinübergegangen, um Vies Nummer zu wählen. Absoluter Blödsinn, sagte Marty sich rückblickend. Nichts anderes war das gewesen.

Das letzte Lebewohl? Der endgültige Abschied. Sie hatte Vie angerufen, weil es sich so gehörte, weil sie den bürgerlichen Vorstellungen ihrer Schwester entgegenkommen wollte. Nie wieder, schwor sich Marty. Das Treffen war so schmerzhaft gewesen wie das Berühren verbrannter Haut. Wozu das Ganze? Was hat diese Frau denn je anderes getan, als für mich gezahlt? Das fiel ihr bestimmt nicht schwer, sie hatte ja Geld wie Heu, und sie will sich damit von ihren Schuldgefühlen, von mir, freikaufen.

Das Gedächtnisbild verschwand, tauchte dann auf den Wellen wieder auf. Die beiden hatten sich in der kleinen Bar im Hotel St. Regis, einem Ort mit internationalem Flair, wo die Mächtigen unter sich waren, getroffen. Vie war bereits da, als Marty ankam. Der Kellner, der bei ihrem Eintritt zur Marionette wurde, setzte rasch wieder sein freundliches Grinsen auf, als er mitbekam, wessen Gast Marty war. Vie hatte ein cremefarbenes Seidenkleid an, Goldkettchen angelegt. Sie lächelte unsicher, als sie Marty die Wange zum Kuß hinhielt. Marty übersah dieses Angebot.

Vies Hochnäsigkeit! Diese wohlgesetzten, in eisigem Tonfall vorgebrachten Sätze! »Dein Universitäts-Tutor hat folgendes geschrieben ...«: »Es tut mir leid, daß du meintest, so handeln zu müssen«; »... du gefährdest deine Zukunft ...«; schließlich hatte Marty nur noch den einen Wunsch: Vie zu ohrfeigen.

»Du kennst mich nicht, Vie«, sagte sie damals. »Das hast du noch nie getan. Und bemühe dich bitte auch jetzt nicht darum, mich kennenzulernen. Die Sphären, in denen wir leben, unsere Wertvorstellungen, liegen extrem weit auseinander ...«

»Welche Wertvorstellungen?«

»Ja, Wertvorstellungen. Oder meinst du etwa, ich hätte keine?«

Marty merkte, daß Vie sich vor einer Antwort fürchtete, und sie geriet in Wut. »Genau das denkst du nämlich. Du glaubst doch, Werte gehörten als Beigabe zum Leben der Reichen, daß man sie erwirbt wie Kleider – die richtige Marke, mit der man den Leuten zeigt, man ist im Recht. Aber ich will dir mal eins sagen. *Du* hast nichts – keine Werte und auch keine Vorstellungen vom richtigen Leben. Du bewegst dich doch in einem Schmalspurleben zwischen Konvention und Anpassung. Dein einziges Ziel ist das Geldverdienen, dein einziger Glaube der ans Geschäft.«

»Nicht so sehr«, gab Vie wütend zurück. »Du bist immer nur auf dein eigenes Wohl bedacht gewesen. Hast erwartet, daß man alles für dich tat, aber selbst hast du keine Verantwortung übernommen, insbesondere nicht gegenüber meinem, unserem Vater.« Marty ahnte, daß Vie darauf wartete, daß sie etwas wegen Armand sagte, was sie aber nicht tat.

Dann hatte Vie gefragt: »Warum hat man dich von der Uni entlassen?«

»Was soll das heißen? Ich bin gegangen.«

»Ja«, hatte sie in ihrem jammernden Ton erwidert. »Man hat mich angerufen und mir mitgeteilt, daß du auf eigenen Wunsch abgegangen bist. Man sagte mir aber auch, daß man dir ohnehin mit der Suspendierung gedroht hätte.«

»Weswegen?« Es machte Marty neugierig zu hören, wie die Leute von der Uni es formuliert hatten.

»Anstiftung zur Unruhe, Androhung von Gewalt ...«

Marty hatte nur gelacht. Auf die Herrschenden in der Gesellschaft ist wirklich Verlaß, dachte sie – die packen ihre Drohsprüche sogar in die abgehende Post. Wenn man sich für ein freies Leben einsetzt, fühlen die sich gleich heftig verunsichert. Überall war es jetzt unruhig, auch in Frankreich, wo die studentische Protestbewegung ihren Ausgang genommen und sich dann bis zu amerikanischen Universitäten, einschließlich ihrer, ausgebreitet hatte.

Marty hatte gelacht, sich aber weder verteidigt noch die Sache erklärt. Sie stellte sich sie beide vor, wie die Schwester auf der gegenüberliegenden Seite der Barrikaden stand, beide die Waffe im Anschlag. Kurz darauf hatten sie sich getrennt. Auf Vies letzte Frage: »Und was machst du jetzt?« hatte Marty geantwortet: »Morgen früh geht mein Schiff!«

Vies Gesicht auf der silbrigen Meeresoberfläche verschwamm und verschwand in der tiefen See. Das Bild von Jean-Luc stieg herauf, und vor Martys geistigem Auge entstand das Spiegelbild des Mannes, der ihr Leben bestimmt verändern würde.

Jeden Abend war er im Kasino, doch er setzte sich nicht an ihren Tisch. Marty spürte aber, wie er zu ihr herüberschaute, und wenn sie aufblickte, hielt er ihrem Blick stand.

Er unternahm keinen weiteren Annäherungsversuch. Sie fühlte sich immer stärker zu ihm hingezogen. Sie fühlte, daß sie ihm ins Netz ging, aber sie durfte nicht zu ihm. Das könnte sie den Posten im Kasino kosten. Jede Nacht nach Dienstschluß wartete sie auf dem Bootsdeck auf ihn, aber er kam nicht.

Sie war ungeduldig und nervös. Sie flirtete mit ihrem Chef, wenn sie einmal etwas zusammen tranken, er machte aber keine Annäherungsversuche, und sie ermutigte ihn nicht weiter dazu. Er hatte einen Bauch, und seine wenigen Haare lagen quer und fettig über dem nahezu kahlen Schädel. Der Mann war keine Trophäe; sein Einfluß war gering. Marty nahm sich vor, sich an den Kapitän heranzumachen. Damit geht mir bestimmt auch Jean-Luc leichter aus dem Kopf, dachte sie. Zum Teufel mit ihm; diesem Schnösel werd' ich's zeigen.

Die sexuelle Spannung machte sie unruhig und tatendurstig. Ihr gefiel das Hochgefühl beim Erobern. Dieses und Trost, mehr konnten die Männer nicht geben, das wußte sie aus Erfahrung. Sie war zu dem Schluß gekommen, daß das Miteinanderschlafen ein aktives, aufregendes Vergnügen war, meistens ohne schlimme Folgen, und einem Augenblicke oder Stunden verschaffte, da man sich in den Armen eines Unbekannten aufgehoben, ja fast glücklich fühlte.

Sverre Lindblöm, der hochgewachsene blonde Kapitän reagierte auf Martys deutlich zur Schau gestelltes Interesse, indem er sie am Nachmittag in seine Kabine bat. Die beiden tranken noch ein Glas Wein und purzelten dann ins Bett. Sie benutzten einander zum eigenen Vergnügen. Für den Kapitän war es ein Kompliment: Das dunkelhaarige, hübsche Mädchen war jünger als seine älteste Tochter; für Marty hieß es, daß sie noch einen Mann mehr erobert hatte: den wichtigsten in der Schiffshierarchie.

Auf dem Weg zu ihrer Kabine, in der sie sich zur Arbeit umziehen wollte, dachte Marty daran, was Jean Luc gesagt hatte: »Sie nehmen sich die Männer und lassen Sie hinterher wieder fallen.« So etwas in der Art. Sie trug ein helles Make-up auf, spürte, daß ihre Haut noch warm war von der Liebe. Aber mit dem Mann hatte das bestimmt nichts zu tun, und ob sie je wieder mit Sverre Lindblöm ins Bett ging, war ihr auch egal.

Jean-Luc und sein spöttischer Blick gingen ihr nicht aus dem Sinn. Nicht einmal in diesem Augenblick, dabei war sie noch erhitzt von der Umarmung eines anderen.

Warum? Die Männer waren im Grunde alle gleich, das wußte sie. Man benutzte sie, ehe sie einen selber benutzen konnten. Warum spukte also gerade dieser eine ihr im Kopf herum?

Marty betrachtete mürrisch ihr Spiegelbild; sie trug Rouge auf die Wangenknochen auf. Sie hatte die anderen Croupiers nach dem Mann ausgefragt, doch nur eines herausgefunden: daß er reich und ledig war und angeblich seine Zeit normalerweise auf Sophokles Menarchos' Yacht verbrachte. Dessen Vermögen solle an das von J. Paul Getty oder der englischen Königin heranreichen.

Was auch immer er auf der Yacht wollte, Jean-Luc gehörte jedenfalls zu den Jet-Set-Leuten, er lebte in einer Welt, in die auch sie hineinwollte. Zuerst aber mußte sie ihn für sich erobern.

Der silbrige Lidschatten glitzerte auf ihren Lidern. Marty machte sich daran, die Wimpern zu tuschen. Es war gar nicht so leicht: Sie waren lang und standen nach oben. Trotzdem betonte sie sie noch mit mehreren Mascaraschichten. Den bezwinge ich mit meinen Augen, dachte sie, als sie die Wirkung ihres Make-ups betrachtete.

Doch erst am Abend, bevor das Schiff in Casablanca einlief, kam er zu ihr an den Tisch, die Jetons fein säuberlich vor sich aufgestapelt. Er trug ein weißes Dinnerjackett aus Seide mit einer gelben Rose im Knopfloch. Ob er die wohl von einer Frau hatte?

Marty zog den Bauch ein. Das brachte ihren Busen in dem schwarzen Crêpe-de-Chine-Kleid – es hatte eine tiefes Dekolleté und am Saum Pailletten – besser zur Geltung. An den Oberarmen trug sie goldfarbene Armreifen, am Hals eine breite, goldgelbe Kette.

»Unglaublich«, sagte er und betrachtete sein Blatt. Klar, daß er mit ihr sprach. Beim Aufnehmen der zweiten Karte blickte er gar nicht mehr auf. »Ich bin in Ihrer Hand«, sagte er.

Er gewann beinahe jede Spielrunde. Um zwölf Uhr hatte er 80 000 Dollar gewonnen. Der Blackjack-Tisch war umringt von Neugierigen.

Bei den nächsten beiden Runden verlor er 30 000 Dollar, glich den Verlust aber schnell wieder aus. Um halb zwei verfügte er über mehr als 100 000 Dollar in Jetons. Die anderen Passagiere sahen ihm über die Schulter, aber niemand wollte sich zu ihm an den Tisch setzen. Er war als einziger übriggeblieben.

»Ich möchte den Einsatz verdoppeln«, sagte er und ließ Marty dabei nicht aus den Augen.

Sie kannte die Hausregel. »Es tut mir leid«, sagte sie zu ihm, ohne aufzuschauen. »Sie haben das Limit überschritten. Ich muß diesen Einsatz zurückweisen.«

»Also gut, dann ändere ich den Einsatz.«

Sie hob den Kopf. Er schob seinen ganzen Stapel Jetons nach vorn. »Sollte ich verlieren«, sagte er, »erhalten Sie dieses Geld. Gewinne ich, bekomme ich *Sie*.«

Ein Raunen ging durch die Umstehenden, dann wurde es still. Marty hielt die Karten lange in den Händen und sah ihm ins Gesicht.

Die beiden waren fasziniert voneinander. Sie schwiegen. Im Kasino wurde es mucksmäuschenstill. Dann hörte man Martys Stimme, laut und bestimmt. »Keine weiteren Spieler. Das Spiel beginnt.«

Schon hatte sie die Karten verteilt. Die Zuschauer traten näher an den grünen Filztisch. Immer noch sahen sie sich in die Augen. Als er einen Blick auf sein Blatt warf, mußte er breit lächeln. Er sah, was sie für ihn getan hatte.

2

Die Apollo war 45 Meter lang und brachte es auf eine Reisegeschwindigkeit von 58 Knoten. Damit war sie größer und schneller als Stavros Niarchos' *Mercury*, der ersten mit Düsenmotoren ausgestatteten Yacht. Die englische Werft Vospers hatte die *Mercury* gebaut. So wandte sich Sophokles Menarchos an dieses Unternehmen, um dort auch sein Schiff in Auftrag zu geben, das leistungsstärker, breiter und schwerer als das seines Konkurrenten sein sollte.

Als Marty zusammen mit Jean-Luc an Bord ging, war sie überwältigt. Sie wußte, wie sich eine Dame zu benehmen hatte, trotzdem stieß sie einen lauten Pfiff aus. »Das ist wirklich ein hübscher Kahn!«

Er lachte. »Es ist mein Zuhause. Einfach und bescheiden zwar, aber gemütlich.«

»Du bist ja nicht ganz bei Trost.« Sie bewarf ihn beim Auspakken mit einem Seidenslip und dem dazugehörigen Büstenhalter.

Er warf beides zurück. »Du wirst dich schon noch daran gewöhnen«, sagte er vorausschauend. »Genauso, wie du dich an Paris gewöhnt hast. Weißt du noch, was du anfangs warst? Ein kleines Mäuschen.«

»Ich? Niemals! Ich bin schon immer der große Käse gewesen.«

»Also schön. Mir steht der Sinn nach Knabbern.«

Er kam herüber. Sie blieb regungslos stehen und wartete darauf, daß er sie berührte. Sie zitterte leicht. Sie hatte gelernt, sich langsam und still hinzugeben und auf die Reaktionen ihres Körpers zu horchen. Er hatte es ihr in Paris beigebracht.

Er hatte sie vieles gelehrt, sie in mehreren Wochen dahingebracht, daß man sie für seinen Gast halten könnte. Nachdem sie von Bord gegangen und mit der ersten Maschine aus Casablanca abgeflogen waren, machte er ihr das Versprechen: »Ich bringe dir alles bei, was ich weiß. Ich werde aus dir einen Star des internationalen Jet-Sets machen.«

»Wieso gerade aus mir?« hatte sie sich erkundigt, ganz Feuer und Flamme.

»Weil du das Zeug dazu hast und weil ich neugierig bin. Und wegen Menarchos.«

Jean-Luc Delbeau wurde 1930 in Casablanca geboren. Mit fünfzehn – der Krieg war gerade zu Ende – ging er von zu Hause fort. Er wollte sein Glück machen. Er war ausgewachsen und sah älter aus, als er war. Seine größte Begabung lag, wie er noch während der Schulzeit herausgefunden hatte, im Sprachlichen. Nach zwei Monaten schon stellte ihn die amerikanische Besatzungsarmee in Frankreich als Übersetzer ein. Zwar sprach er lediglich Schulenglisch, aber er erzählte dem befehlshabenden Offizier, sein Vater wäre Unterofizier in der amerikanischen Armee gewesen, was niemand nachprüfte. Weil er bestimmt auftrat und man gerade einen Übersetzer suchte, erhielt Jean-Luc die Stelle sofort. Schon nach zwei Monaten, sagte er zu Marty, hätte er die amerikanische Aussprache »draufgehabt«.

Sie fragte ihn, ob er auf dem Nachhauseweg gewesen sei, als er auf die *Nordica* kam. »Ja«, antwortete er. »Ich bin über zwanzig Jahre nicht mehr zu Hause gewesen.«

»Was ist dir zugestoßen?«

»Du. Ich merkte sofort, daß in dir dieselbe Kraft steckte, die ich einmal hatte. Mir war instinktiv klar, daß du vor irgendwas davonläufst. Ebenso wie ich. Und da begriff ich, es hat gar keinen Sinn mehr, zurückzugehen. Man muß seine Verluste abschreiben, die man unweigerlich erleidet, und seinen Weg weitergehen.«

»Das finde ich auch«, pflichtete sie ihm bei. Sie befanden sich auf dem Flug nach Paris, tranken Cognac. Bisher hatte er sie noch nicht angerührt, ihr lediglich mit einem hingehauchten Kuß zu der Fingerfertigkeit gratuliert, mit der sie es fertiggebracht hatte, den Stapel Karten so zu ordnen, daß sie gegen ihn verlieren mußte. Er gestand, wie stolz er auf ihren kleinen Kunstgriff gewesen sei, als sie ihm die Herzkönigin überreichte wie einen frechen Valentinsgruß.

Marty hatte instinktiv, und weil sie nicht anders konnte, gehandelt. Bis zu jenem Augenblick hatte sie keine Ahnung gehabt, wie sie es anstellen mußte, um Jean-Luc für sich zu gewinnen, wenn sie selbst verlor.

Vom Hafen waren sie direkt zum Flugplatz gefahren. Und nun entflohen sie nach Paris, um dort gemeinsam ein neues Leben zu beginnen. Ein flüchtiger Kuß, ein kurzer Händedruck, dann war der Pakt geschlossen.

Angegurtet in den Flugzeugsitzen, fingen sie allmählich an, sich kennenzulernen. Eigentlich hatte sie erwartet, daß er sofort nach dem Start zudringlich würde. Aber er war anders als ihre früheren Freunde. Statt der Hände setzte er Worte ein. Er erzählte von sich und stellte interessierte Fragen.

Sie erzählte ein wenig aus ihrem Leben: daß ihre Mutter sehr früh gestorben sei; sie sei mit Vater und Schwester in Brooklyn aufgewachsen, mit beiden aber schlecht ausgekommen. »Ich hab' mein eigenes Leben gelebt«, berichtete sie trotzig.

»Wo?«

»Auf der Straße. Jedenfalls so lange, bis meine Schwester mich ins Internat steckte. Anschließend ging ich zur Uni. Das war aber nichts für mich. Ich bin abgehauen und hab' auf der *Nordica* angeheuert.«

»Leben dein Vater und deine Schwester immer noch in Brooklyn?«

»Der alte Herr ist tot. Und sie ist Geschäftsfrau. Sie scheffelt das Geld nur so.«

Der Klang ihrer Stimme und wie bitterböse sie das »sie« betonte, ließ ihm weiteres Nachfragen nicht ratsam erscheinen. »Du bist wie ich«, meinte er nachdenklich. »Wir gehen unseren eigenen Weg und scheren uns nicht um die anderen Leute.«

»Höchstens, sie sind nützlich«, erwiderte Marty. Warum hatte sie gerade bei diesem Mann das Gefühl, man könne ihm alles anvertrauen?

»Höchstens, sie sind nützlich«, wiederholte er kopfnickend. »Wer benutzt hier wohl wen?«

Jean-Luc brauchte sie, damit er sich endlich wieder selbst einmal etwas bewies. Viel zu lang schon war er Menarchos' Günstling gewesen. Reichtum, Frauen, das Leben ganz oben in der Gesellschaft – alles hatte er bekommen. Dafür mußte er aber auch dauernd Menarchos in den Hintern kriechen. Jean-Luc mußte jemanden auf die gleiche Art beherrschen können. Marty fand er faszinierend. Sie hatte ein unbändiges Temperament, und das würde er zügeln und dann auf Menarchos loslassen. Himmel, wie er diesen Mann haßte. Wie er ihn verehrte!

Sie stiegen im Hotel Crillon an der Place de la Concorde aus einem Taxi, brachten die Koffer ins Zimmer und machten Einkäufe. »Wir fangen beim Äußeren an und arbeiten uns dann nach innen vor«, erklärte er. »Als erstes wirst du mal eingekleidet.«

Er fing praktisch auf ihrer Haut an; er suchte für sie Unterwäsche aus, prüfte jeden Gegenstand, besprach sich mit der Verkäuferin darüber; Marty stand daneben. Ihr Schulfranzösisch reichte gerade hin, daß sie ab und zu etwas mitbekam. Die beiden unterhielten sich zu schnell. Fiel dann alles zu Jean-Lucs Zufriedenheit aus, mußte sie die Sachen anprobieren. In der Umkleidekabine begutachtete er sie.

Es machte sie verlegen, sich so vor ihm zu zeigen. In der Seidenunterwäsche kam sie sich nackt vor. Außerdem stand die Verkäuferin neben Jean-Luc und musterte sie wie ein Ausstellungsstück. Marty wandte sich ab. Sie war befangen, wenn er sie anschaute. Sie wollte sich vor ihm verbergen. Und doch fand sie seine Gleichgültigkeit erregend. Es war erniedrigend, aber doch nicht unangenehm.

»Bien«, sagte er plötzlich zu der Verkäuferin. *»On les prend. Tous.«* Zu Marty gewandt sagte er: »Du kannst dich jetzt wieder anziehen.«

Kleinlaut, nervös und gleichzeitig voll Groll gegen ihn ging sie mit ihm in ein Geschäft nach dem anderen. In Boutiquen kauften sie Handtaschen, Schals und Handschuhe. In Modehäusern Abendkleider und ein Maßkostüm. In Prèt-a-porter-Geschäften sportliche Kleider. Der Einkaufsbummel dauerte drei Tage. Schließlich erstanden sie noch bei Dior einen Regenmantel im Leopardenlook. Dann hörten sie auf. Jean-Luc erklärte ihr, die Pelzmäntel kämen später dran, im Herbst, dann, wenn sie soweit war, sich in den neuen Sachen angemessen zu bewegen.

Jeden Abend kamen sie total erschöpft ins Hotel zurück. Sie aßen unten im Restaurant und gingen auf ihre Einzelzimmer. Es war Marty schleierhaft, was sie falsch gemacht hatte, warum er nicht zu ihr herüberkam. Vielleicht war er ja homosexuell. Aber warum hatte er dann auf dem Schiff so getan, als fände er sie begehrenswert?

Am Morgen des vierten Tages kam er zu ihr ins Zimmer. Sie aß gerade ihr Frühstück, das sie sich beim Zimmerservice bestellt hatte. »Heute fängt der Französischunterricht an.«

Der Unterricht begann um exakt halb zehn. Um eins aßen sie eine Kleinigkeit, tranken ein Glas Wein, um halb zwei machten sie weiter. Um fünf war Schluß. Jean-Luc klappte das Lehrbuch zu, stand auf und sagte zu ihr: »Nimm jetzt ein Bad. Und dann wartest du im Bett auf mich.«

Sie war nackt, als er hereinkam. Er blieb an der Tür stehen und musterte Marty, als hätte er noch nie ein Stück nackter Haut von ihr gesehen.

Marty blieb regungslos liegen. Er kam langsam näher, stumm, sie bloß anstarrend. Er blieb neben dem Bett stehen, sah auf ihre Brüste, dann auf ihre Scham: »Spreiz mal bitte die Beine«, forderte er sanft. Er lockerte die Krawatte.

Dann lag sie mit gegrätschten Beinen da. Ihr geheimster Ort war ihm ausgeliefert. Er zog sich aus, blickte dabei ihre geöffneten inneren Lippen an, bis sie soviel Scham und Begehren empfand, daß sie die Beine wieder schloß.

»Nein! Ich möchte dich anschauen.«

Es war ihr peinlich, aber dann öffnete sie doch noch einmal

ihre Beine, so daß ihr Geschlecht entblößt wurde.

Schließlich war auch er ganz nackt. Er näherte sich ihrem Gesicht. Sein Körper war lang, schlank, fast unbehaart. Er führte sein erigiertes Glied an ihren Mund und legte die eine Hand unter den Hoden. Die andere Hand legte er ihr auf den Kopf. »Nimm es«, forderte er sie auf.

Sie gehorchte ihm und lehnte sich gegen das Kopfkissen, während er sich umdrehte und ihre Schenkel mit den Händen weit gespreizt hielt und die weichen Lippen in den Mund nahm. Als sie heftig protestierte, hörte er auf. »Sei ganz ruhig«, sagte er. »Bleib einfach so liegen und laß dich gehen.« Einen Augenblick später war er in ihr. Sie drängte sich höher, ihm entgegen und warf sich hin und her und stöhnte. Er packte sie und hielt sie unten, bewegte sich erst wieder, als sie sich beruhigt hatte. »Spiel bitte kein Theater«, sagte er. »Denk an gar nichts. Vertrau dich mir an. Sei ganz still.«

Sie gehorchte ihm. Und als er schließlich den Höhepunkt erreichte, umschlang sie ihn und flüsterte: »Du warst fabelhaft, du warst der Beste, den ich je ...«

Er verschloß ihr den Mund. »Sei bitte still, Marty, Liebling. Du mußt mich nicht anlügen. Ich bring' dich noch dazu, daß du kommst, rechtzeitig. Du brauchst nicht so zu tun, als ob – nicht mir gegenüber.«

»Wie hast du's gemerkt?« fragte sie verblüfft. Alle früheren Liebhaber hatten gemeint, sie sei toll im Bett. Von denen hatte keiner mitbekommen, daß sie nie einen Orgasmus hatte.

»Das kann jeder Mann, er muß bloß darauf achten. Hattest du überhaupt schon einmal einen Orgasmus?«

»Nein«, gestand sie. Sie spürte, wie eine Last, die sie selbst nicht bemerkt hatte, plötzlich von ihr abfiel. »Zusammen mit einem Mann noch nie. Nur wenn ich onaniere.«

Eine Hand glitt an ihr hinab, streichelte sie sanft, geduldig. Nach zehn Minuten, als sie die Spannung spürte, fast da war, sie dann aber wieder abnahm, ergriff sie seine Hand. »Nicht weiter«, bat sie.

Er ließ sich von ihr führen und küßte zärtlich ihr Gesicht. »Es wird klappen«, versprach er. »Bald. Hab jetzt keine Angst mehr, kleine Marty. Verlaß dich ganz auf mich. Ich werde aus dir eine Dame *und* eine Frau machen. Glaub's mir.«

Sie umarmte ihn und weinte sich an seiner Wange aus.

Fünf Wochen später stand Marty, zitternd vor Erregung, in einer der Kabinen auf Menarchos' Yacht; Jean-Lucs Hände glitten über ihren Körper. Als er ihr den Rock hochhob, damit er in sie eindringen konnte, war sie bereit für ihn. Sie liebten sich im Stehen, und kamen gemeinsam zum Höhepunkt im kräftigen neuen Rhythmus, den sie bei ihm erlernt hatte.

Sie war eine Frau, aber man hielt sie für eine Dame. Sie sprach ein einwandfreies, wenngleich im Vokabular begrenztes Französisch. Jeden Tag hatte er sie unterrichtet, zwischen dem Frühstück und der Liebe, und sie gezwungen, einen Laut immer wieder zu wiederholen – bis sie ihn perfekt aussprach. Das Wort *»rue«* wiederholte sie hundertundsiebenmal – sie hatte mitgezählt –, ehe er zufrieden war. Sein einziges Lob war dann *»pas mal«*, nicht schlecht. Er selbst sprach Englisch wie ein geborener Amerikaner, deshalb verlangte er von Marty dieselbe Perfektion, die er sich abverlangte.

Sie hatte Verständnis dafür. Auch wenn sie sich über seine Strenge beschwerte, es hatte nie jemand so sehr an sie geglaubt wie Jean-Luc. Er hatte Hochachtung vor ihrer Intelligenz und war überzeugt, sie könne praktisch alles lernen. Außerdem respektierte er ihren Körper wie keiner zuvor. Er drängte darauf, daß sich ihre Körper wie gleichberechtigt begegneten und daß sie sich beim Sex ihrer Körperlichkeit ganz bewußt waren und sich gegenseitig Forderungen stellten – eigensüchtig, stolz und frei.

Martys Kleidung ließ inzwischen das, was sich darunter verbarg, andeutungsweise erkennen, statt es zur Schau zu stellen. Zuerst hatte sie die weichen Oberteile für viel zu konservativ und wenig sexy gehalten. Doch als sie langsam begriff, worum es bei wahrem Sex ging, merkte sie, daß ein bedeckter Busen viel erregender sein konnte als die nahezu bloßen Titten, die sie vor sich hergetragen hatte, als ob sie nicht zu ihr gehörten.

Am ersten Abend auf der *Apollo* saßen sie beim Abendessen zusammen mit drei anderen Paaren am Kapitänstisch. Menarchos selbst war noch nicht an Bord. Kein Mensch wußte, wann er eintreffen würde, dennoch war das vor Anker liegende Schiff zum sofortigen Auslaufen bereit.

An Menarchos würde sich beweisen, ob ihm Martys Verwandlung gelungen war. Aber im Augenblick sah ihr Jean-Luc noch voll Stolz zu, wie sie geschickt mit dem Fischmesser den Rücken des jungen Lachses zerteilte. Sie wirkte völlig gelassen, wenn sie auf Englisch oder Französisch antwortete, wobei sie darauf achtete, nicht mehr als nötig zu sagen, damit der Akzent, den sie in beiden Sprachen hatte, ihre Herkunft nicht verriet.

Er stellte sie als Martine de Nouvel vor. Wenn einer fragte, woher sie stamme, erzählte sie die Geschichte, die sie sich gemeinsam mit Jean-Luc ausgedacht hatte: Ihr Vater, der jüngste Sproß einer verarmten französischen Adelsfamilie, sei in den dreißiger Jahren nach Amerika ausgewandert und im Textilgeschäft reich geworden. Seine Frau, eine geborene Rousel, stamme aus einer bedeutenden Familie in Nordafrika. Sie sei an Diphterie gestorben. Was Marty zu der Frage veranlaßte: »Ist das nicht ein bißchen zu dick aufgetragen?« Er fand das auch; sie änderten die Krankheit in Lungenentzündung um – das Töchterchen sei gerade drei Jahre alt gewesen. Martine de Nouvel hatte keine Geschwister. Sie wollte unbedingt, daß sie in ihrem erfundenen Lebenslauf ein Einzelkind war.

Sie sei in New York und Greenwich Village aufgewachsen und befände sich nun auf einer Weltreise, wie das viele ihrer Freundinnen auch täten, und wolle sich amüsieren und sich nach einem geeigneten Ehepartner umschauen. Sie wäre mit Jean-Luc lediglich befreundet, sagte sie dann und legte ein leicht verlegene Pause ein. Einen europäischen Liebhaber zu haben galt als ausgezeichnete, anerkannte Weise, auf die junge Frauen ihrer Schicht sich »austobten«. Das diente lediglich der Vervollständigung der angemessenen Erziehung.

Die Dame gegenüber lächelte wissend und ließ den Blick über

Marty und Jean-Luc gleiten, um anzudeuten, daß sie ihnen auf die Schliche gekommen war, jedoch nichts ausplaudern würde.

»Sind Sie das erste Mal auf der *Apollo*?«

»Ja«, antwortete Marty höflich. »Ich war die ganze Zeit mit Safaris ausgebucht.«

Jean-Luc hätte sich beinahe am Rahmspinat verschluckt. So gefällt sie mir, dachte er fröhlich, ein zähes Luder.

»Das ist ja faszinierend. Wie finden Sie den Krüger-National-Park?«

Aber Marty hörte nicht mehr hin, sondern musterte den gewaltigen Mann, der soeben hereingekommen war. Er beherrschte den Raum sofort mit seiner Gegenwart. Jean-Luc sah in die gleiche Richtung, sprang auf und begrüßte Sophokles Menarchos.

Sophokles Menarchos war gewiß kein »angenehmer« Mann, darin stimmten alle, die ihn kannten, überein. Er war jedoch außerordentlich faszinierend, und wenn man auch allerlei Vermutungen über ihn anstellte, so hatte man ihm doch nie einen Skandal nachweisen können, weder im geschäftlichen noch im Privatleben. Einzig Jean-Luc, der ihn nun schon sieben Jahre kannte, wußte von dem krankhaften Zwang, von dem dieser Mann beherrscht wurde.

»Herzlich willkommen, Sire«, begrüßte ihn Jean-Luc ironisch, mit einer tiefen Verbeugung.

Menarchos funkelte ihn an. Dann grinste er breit, umarmte Jean-Luc und schlug ihm auf den Rücken. »Mein kleiner Bruder, du hast dich rar gemacht in letzter Zeit.« Argwöhnisch fügte er hinzu: »Du wolltest doch nicht davonlaufen?«

»Aber nein«, erklärte Jean-Luc. »Wie sollte ich das auch anstellen? Die Welt ist so klein, daß niemand Ihrem Blick verborgen bleibt.«

»Das will ich meinen«, erwiderte er gutgelaunt. »Mein Auge gleicht dem des Herrn. Ich sehe alles. Wer ist denn das?«

Jean-Luc mußte sich nicht umdrehen, um zu wissen, wen Menarchos in Augenschein genommen hatte, und daß sie seinen

Blick erwiderte, war ebenso klar. »Martine de Nouvel.«

»Ah, ja. Mit der haben wir bestimmt noch unseren Spaß.«

Jean-Luc empfand plötzlich kalte Wut. Die hatte er aber schon so oft in der Nähe dieses Mannes verspürt, daß er sich sofort wieder in der Gewalt hatte. »Kann sein.«

Menarchos sah ihn scharf an. »Ach so ist das. Der arme Junge ist verliebt und möchte sie für sich reservieren. Findest du das nicht sehr egoistisch? Doch wozu der Streit. Die Dame wird entscheiden.« Menarchos stolzierte von Deck.

Hoffentlich konnte Marty sich ihm zur Wehr setzen! Jean-Luc dachte daran, daß er der erste richtige Mann in ihrem Leben gewesen war und daß sie ihm am letzten Abend in Paris gesagt hatte, daß sie ihn liebe. Auf jeden Fall war sie abhängig von ihm geworden und brauchte ihn.

Aber besaß sie die Kraft, daß sie Menarchos widerstehen konnte? Sollte er merken, daß sie schwach wurde, müßte er, Jean-Luc, sie eben doch in sein Geheimnis einweihen.

Nach ihrem letzten Treffen im St. Regis war Vie so böse und enttäuscht über Marty, daß ihr deren Zukunft völlig gleichgültig war. Schon seit der Kindheit wollte sie es ihrer Schwester recht machen, versuchte sie immerfort auszugleichen, daß Vater Marty vernachlässigt und sie selbst vorgezogen hatte. Jahrelang meinte sie, ihrer Schwester etwas schuldig zu sein. Schluß jetzt damit. Seit Armands Tod, und als sie kurz darauf auch Hubert verlor, reichten ihre Kräfte gerade so zum Überleben. Das Problem, das Marty darstellte, wollte sie sich nicht auch noch aufladen. Sie konnte ihretwegen bleiben, wo sie war.

Aber während die Monate verstrichen und langsam Linderung für die Qualen brachten, war Vie bisweilen doch unbehaglich wegen Martys Verschwinden zumute. Und wenn sie in Schwierigkeiten war oder krank? Tief deprimiert? Der Tod ihres Vaters machte Vie immer noch zu schaffen. Sie begriff einfach nicht, wie ein Mann, der eben noch ganz oben gestanden hatte, sich im nächsten Augenblick erschoß. Wenn Marty nun auch an Selbstmord dachte?

Im Juni rief Mike Parnell bei ihr an. Er habe das Examen bestanden und wohne jetzt in New York. Vie wollte sich gern mit ihm treffen. Da sie Mike durch Marty kennengelernt hatte, brachte sie ihn mit ihr in Verbindung. Als er sie dann aber zum Abendessen einlud, entschuldigte sie sich wegen dringender Termine. Hubert war der letzte Mann, mit dem sie essen gegangen war. Zwar war Vie der junge Rechtsanwalt als jemand in Erinnerung geblieben, der sie zum Lachen gebracht hatte und bei dem sie ganz sie selbst sein konnte, doch Vie ging einer Konfrontation doch noch lieber aus dem Weg. Ein Mann hatte sich umgebracht, weil sie seine Bedürfnisse nicht erkannte, ein zweiter war schlicht zu dem Ergebnis gekommen, sie nicht haben zu wollen. Sie war zweimal verlassen worden, von den beiden Männern, die sie am meisten liebte, und wollte es noch nicht wieder darauf ankommen lassen, enttäuscht zu werden.

»Wollen wir uns vielleicht Sonntag nachmittag treffen? Zum Kaffeetrinken im Plaza?«

»Ich hatte ...« Seine Stimme klang nicht begeistert.

»Dort gibt's Stehgeiger und einen ganz vorzüglichen Kuchen«, überredete sie ihn.

Mike lachte. »Gut, zum Kaffeetrinken. Aber eins mußt du mir versprechen. Niemand darf erfahren, daß ich Kaffee und Kuchen mag. Ein solches Gerücht könnte den Ruf des kräftigen Iren, der in New York sein Glück machen will, doch sehr schädigen.«

»Kein Wort darüber. Ehrenwort.«

»Dann also um vier. Du wirst mich an den funkelnden Augen und den leicht geröteten Wangen erkennen.«

Anschließend gingen sie noch im Central Park spazieren und dann zum Abendessen. Seit den Geschehnissen im Dezember fühlte Vie sich erstmals völlig unbelastet. Sie erzählte Mike davon, daß sie sich Sorgen um Marty mache. Er schlug vor, einen Detektiv nach ihr suchen zu lassen.

Zunächst fand sie das unsinnig. Es erschien ihr irgendwie erbärmlich, einen Detektiv auf die eigene Schwester anzusetzen. Als sie tags darauf in der Bank war, fragte Don Garrison sie jedoch als erstes: »Wissen Sie, wo Marty sich aufhält?«

»Nein. Warum fragen Sie?«

»Sie ist volljährig. Sie kann zwar noch nicht über die treuhänderisch verwalteten Papiere verfügen, aber sie hätte das Recht, fünfzig Prozent von Armands ehemaligem Anteil als ihr rechtmäßges Erbe zu verlangen. Vielleicht sollte man sie ausfindig machen.«

Von zu Hause rief sie gleich bei Mike an. Er versicherte ihr, er würde einen Freund beauftragen, der absolut diskret sei. Dann fragte er, wieviel sie zu zahlen bereit wäre.

»Ich weiß nicht.« Sie überlegte kurz. »Vermutlich jede verlangte Summe.«

»Das versteh' ich nicht. So gut habt ihr beide euch doch auch nicht verstanden, oder?«

»Sie ist eben meine Schwester«, entgegnete Vie unwirsch.

»Ich kann dich verstehen«, antwortete Mike. »Vielen Dank für den gestrigen Tag, Vie.«

»Ich habe dir zu danken. Es ist dir gelungen, daß ich zum erstenmal seit Monaten wieder aus mir herausgehen konnte. Das war herrlich. Ich war so völlig unbeschwert, naja, fast wie ein Mädchen.«

»Weißt du, was ich mir wünschte?«

Sie wartete ab.

»Daß ich mit dir auch noch die Nacht hätte verbringen können.«

Gott sei Dank sah er nicht, daß sie rot wurde. »Das wäre sicher nicht schön gewesen. Ich schnarche nämlich«, sagte sie kokett. »Bis bald und nochmals vielen Dank für die Mühe.«

Der von Mike empfohlene Freund Ron Dryden suchte Vie am Mittwoch im Büro auf. Er war jung, wohlerzogen und sachlich. Ihn interessierten nur die Fakten. Warum man ihn auf Marty ansetzte, fand er nebensächlich. Vie engagierte ihn auf der Stelle und schrieb ihm für die ersten Spesen einen Scheck über 1000 Dollar aus.

Es gab kaum eine brauchbare Spur. Der einzige Anhaltspunkt war, daß Marty New York wahrscheinlich mit dem Schiff verlassen hatte. Als Dryden sich schließlich bis Provincetown durchgefragt hatte, war sie dort schon so lange fort, daß die meisten Fischer, die sie kannten, auf See waren; nur die Besitzer von Porky's erinnerten sich noch an sie; sie habe nach New York fahren wollen, um dort nach einem Job zu fragen, den ihr Johnny Lisbon vermittelt hätte.

Ein Johnny Lisbon unterhalte sich nicht mit einem Bullen, lautete die nächste Antwort, und es sei ihm außerdem piepegal, ob der Schnüffler Privatdetektiv sei oder nicht. Dryden fand dann lediglich heraus, daß der Mann Marty nur kurz begegnet war.

Dryden versuchte es dann im New Yorker Hafen selbst. Er besorgte sich bei den Reedereien Unterlagen über die Belegschaften. Außerdem horchte er sich bei Martys früheren Nachbarn in Brooklyn um. Weil das Mädchen auf den Fotos so aussah, als könnte sie als Prostituierte arbeiten, informierte er ein paar Kontaktleute, daß er nach ihr suchte.

Vie erhielt monatlich einen Bericht. Keiner davon war besonders ermutigend. Man teilte ihr mit, daß ihre Schwester als Croupier im Kasino auf der *S S Nordica* gearbeitet hatte und in Casablanca von Bord gegangen sei.

Vie schüttelte den Kopf. Martys Verhalten folgte einem Muster. Kurz vor dem Examen war sie von der Uni abgegangen. Den Posten auf dem Schiff hatte sie aufgegeben: immer Wegrennen, immer auf der Flucht vor dem, mit dem sie nicht zurechtkam. Sie sah Marty vor sich, als sie zehn war, aus der Küche laufend. Als Sechzehnjährige war sie weiter fortgelaufen – und von der Polizei mit gestohlenem Schmuck aufgegriffen worden. Die Angst vor einer Festnahme hatte ihrem Treiben eine Zeitlang Einhalt geboten. Es hatte so ausgesehen, als wäre Marty ruhiger geworden.

Aber wahrscheinlich steckte dieses Verhaltensmuster doch viel zu tief in ihr drin. Irgend etwas in ihr mußte Marty dazu bringen, immer wieder auszubrechen, Konflikten aus dem Weg zu gehen und die Flucht zu ergreifen.

Lustlos beantwortete Vie Ron Drydens Telegramm. Er habe

ihre Erlaubnis, in Europa weitere Nachforschungen anzustellen, und sie überweise ihm genügend Geld. Doch wenn er endlich herausgefunden hatte, wo sie sich aufhielt, hätte Marty bestimmt schon wieder, davon war Vie überzeugt, die Anker gelichtet, um erneut davonzusegeln.

Menarchos spielte Marty gegenüber den Kavalier – fast übertrieben. In die Kabine, die sie mit Jean-Luc teilte, ließ er jeden Tag frische Rosen bringen. Neben ihrem Teller lag jeden Abend ein Präsent; zunächst war das eine langstielige Rose mit kleinen Perlen in den Blättern, dann weiße Korallenohrringe in Form einer Seerose auf denen Brillant-Tautropfen glitzerten, heute abend war das Geschenk ein Armband mit schwarzen Perlen und einer Schließe aus blutroten Rubinen.

Jean-Luc saß mit mürrischem Gesicht neben ihr, wenn sie die Geschenke auspackte, er erklärte aber wenigstens, sie könne damit machen, was sie wolle, wobei er hinzusetzte, es wäre ja verrückt, das Zeug zurückzugeben, da es eine hübsche Stange Geld wert sei. In der Kabine, unter all den Rosen, fragte er: »Was würdest du tun, wenn Menarchos mit dir schlafen wollte?«

»Das wird nicht passieren. Seine Freundin befindet sich an Bord.« Die heftige Affäre zwischen Menarchos und Mila, Jugoslawiens berühmtester Schauspielerin, war ein offenes Geheimnis. Bisher hatte allerdings noch niemand Mila zu Gesicht bekommen. Sie weigerte sich, die Kabine zu verlassen. Alle wußten jedoch, daß sie auf dem Schiff war.

»Darüber brauchst du dir nicht den Kopf zu zerbrechen. Ich habe dich etwas gefragt«, sagte Jean-Luc bestimmt.

Marty schüttelte den Kopf. »Verlange bitte keine Antwort darauf. Du bist der einzige Mann in meinem Leben. Du hast mir erst mein Leben *geschenkt*.«

»Und du zeigst dich sehr dankbar«, gab er schroff zurück. »Aber wenn ich beschließen würde, dich ihm zu schenken? Angenommen, ich würde dich Menarchos zum Geschenk geben? Würdest du zu ihm gehen?«

Sie schüttelte verwirrt den Kopf. Achtete er sie dermaßen

gering? Oder schätzte er Menarchos so außerordentlich, daß ihrer beider Liebesbeziehung gar keine Bedeutung hatte? Marty betrachtete Jean-Luc, der im weißen Dinnerjackett an der Tür stand, und versuchte zu begreifen, was er wohl mit ihr, mit ihnen beiden, vorhatte. Sie brauchte ihm nur in die Augen zu sehen, um ihn heftig zu begehren.

»Nein«, antwortete sie von Herzen.

Er drückte sie fest an sich.

»Liebling, Marty, Schatz. Bleib bei mir.«

»Solange du willst.« Er hatte sie auf die Probe stellen wollen, weil er Angst um sie hatte.

Sie tröstete ihn mit einer zärtlichen Liebkosung, als es an der Kabinentür klopfte. Jean-Luc öffnete und hielt ihr eine handgeschriebene Einladungskarte hin. Marty sollte auf einen Drink in Menarchos' Suite kommen. Man erwarte sie gleich, hieß es. Die beiden schauten sich lange an. Schließlich wandte er sich als erster ab. »Geh nur zu ihm«, sagte er leise. »Das wolltest du doch schon längst, oder?«

Sie betrachteten sich noch einmal. Diesmal merkte sie, daß er sich bei dem auf ihre Stärke verließ, was ihm nicht selbst gelang: sich Menarchos zu widersetzen.

Ihre nackten Schultern glänzten im Kerzenlicht; sie wirkten blaß gegen die pechschwarzen Taftärmel. Ihr Mund war scharlachrot, als habe sie eine blutende Wunde im Gesicht, fand Menarchos.

»Trinken Sie doch etwas vom Calvados, Liebste. Der ist älter als sie und geht einem weich die Kehle runter.«

Er sah ihr auf den Mund, während sie trank, dann blickte er tiefer, auf ihren vollen Busen. Er stellte sich die weiße Haut, die dunklen Brustwarzen vor. Er würde ihr befehlen, sich die Höfe blutrot anzumalen. Wenn er sie dann aufforderte, sich auszuziehen, würden ihre Brüste von seiner Position aus betrachtet aussehen, als wären sie voller Wunden.

Marty trank den schweren Calvados in kleinen Schlucken. Er zog sie mit den Blicken aus. Das war sie gewöhnt, hatte es auch immer als Kompliment verstanden. Doch in Menarchos' Nähe verschwand ihre übliche Leichtigkeit im Umgang mit Männern. Jemand wie ihn hatte sie noch nie kennengelernt. Ihr fiel kein Gesprächsthema ein. Am liebsten hätte sie sich vor diesem Mann versteckt. Er war wie ein Wirbelsturm, der mit seiner Kraft alles in der Nähe plattdrückte.

Während der letzten Tage hatte sie mitangesehen, wie er wutentbrannt auf jeden losging, der sein Mißfallen erregte, wenn auch nur durch ein einziges Wort. Dabei hatte sie seine Miene beobachtet, die funkelnden Augen. Entsetzlich! Das war ihre erste Begegnung mit dem wirklich Bösen!

»Ich will deine Brüste sehen«, drohte Menarchos leise.

Wie festgeschnallt blieb sie im Sessel sitzen; Menarchos kam auf sie zu. Er packte sie bei den Schultern, zog sie hoch. Seine Hände lagen schon auf ihrem Kleid, seine Augen waren auf ihr Gesicht gerichtet, als er rief: »Herein.«

Durch eine Seitentür kam Jean-Luc herein. Sie wollte sich zu ihm umdrehen, doch sie war wie gebannt und konnte sich nicht vom Fleck rühren.

Jean-Luc sah erst Menarchos an. Er nickte seinem Arbeitgeber zu und sagte: »Verzeihung.« Er wandte sich um und ging hinaus.

Menarchos ließ sie los und bedachte sie mit einem schiefen Lächeln. »Du kannst dein Kleid erst mal anbehalten«, sagte er, während er zu seinem Sessel zurückging. »Setz dich und trink in Ruhe zu Ende.«

Das tat sie am ganzen Leibe zitternd.

Auf dem Weg zurück zu seiner Kabine war Jean-Luc wütend, enttäuscht und voll Angst zugleich. Am stärksten war dabei das Gefühl der Angst. Alles hatte sich viel zu schnell entwickelt. Deshalb hatte er seine entscheidende Waffe nicht einsetzen können. Die Waffe der Enthüllung.

Er hatte Marty für ihn präpariert. Er wußte, daß Menarchos sich in diese vollbusige junge Frau verknallen würde. Sie mußte nur wie jemand aus den besseren Gesellschaftskreisen auftreten. Es klappte anscheinend – nur nicht, wie er sich das vorgestellt hatte. Nicht ihn selbst, sondern Menarchos sollte der

Plan vernichten.

Warum nur hatte er Marty nicht schon früher erzählt, welche geschlechtlichen Begierden Menarchos hatte? Jean-Luc wurde mit den Vorlieben seines Chefs bekannt, als er Menarchos' zweite Frau in der psychiatrischen Anstalt besuchte. Er war aus reiner Neugier hingefahren, und um herauszufinden, warum sich all diese Frauen von dem so mächtigen Mann abwandten. Rosemary, eine zarte Engländerin mit Handgelenken, so dünn wie Hühnerbeine und einem Riesenbusen, hatte keine Ahnung, wer Jean-Luc war. Sie erzählte ihm trotzdem, welche Geheimnisse ihr geschiedener Mann hatte.

»Die Kinder, verstehen Sie denn nicht?« sagte sie schließlich flüsternd. »Immer mehr hat er sich kommen lassen. Und nachdem er mit ihnen fertig war, hat man sie in einem großen schwarzen Auto abtransportiert. Völlig stumm verließen sie das Haus. Bleich wie dünne Motten waren sie, Gott hab' sie selig, und ihr Blut war ausgesaugt und die Augen starrten so leer.« Sie ergriff Jean-Lucs Arm. »Und dann gab's da noch mich. Die andere Seite der Medaille des Herrschers. Erwachsene Frauen mit großen Brüsten; dafür sparte er seinen Haß auf. Damit er auf Brüsten seine Zigaretten ausdrücken, sich eine Rasierklinge nehmen und sie zerschneiden konnte.«

Er hatte seinen Arm weggezogen und Hals über Kopf die Anstalt verlassen. Natürlich war sie verrückt; ihre Familie überließ sie ja nicht umsonst ihren entsetzlichen Hirngespinsten. Wenn in den darauffolgenden Jahren Schulkinder in Menarchos' Zimmer kamen, mußte Jean-Luc aber immer an Rosemarys Worte denken. Ob die, die da hineingingen, auch wieder herauskamen, erfuhr er nie.

Jean-Luc ließ sich nichts anmerken, erzählte auch niemandem von seinem Wissen. Menarchos hatte ihn reich gemacht, ihn wie einen jüngeren Bruder behandelt, war sein Familienersatz und zu seinem Schutz vor dem Gesetz geworden. Jean-Luc war inzwischen so verwickelt in einige von Menarchos' Transaktionen, daß Menarchos ihn beim ersten Hinweis, etwas zu enthüllen, garantiert töten würde.

Das geht mich alles nichts an, redete Jean-Luc sich ein. Die sexuellen Neigungen eines Mannes gingen nur ihn selbst etwas an. Er glaubte nicht daran, daß Menarchos' erste und auch die letzte Gattin zufällig gestorben waren, auch nicht an Selbstmord. Aber er erkannte, daß man den Mann, in dessen Diensten er stand, nicht zur Rechenschaft ziehen konnte. Jeden Widersacher konnte er problemlos in den Tod schicken. Jean-Luc saß in der Falle, schon seit Jahren. Mit Martys Hilfe hoffte er, ein freier Mann zu werden, was in seinem Verständnis einer war, der einen anderen beherrschte. Er hatte sich erhofft, auch fest daran geglaubt, sie könne Menarchos zurückweisen, wodurch sie beide dann frei wären, um aus diesem dunklen Reich zu entfliehen und zusammen ein neues Leben zu beginnen. Für Marty empfand er mehr Zuneigung als für irgendeine Frau, an die er sich erinnerte.

Doch sie war nur eine weitere Gefangene in Menarchos' Netz! Das begriff er jetzt. Sie war noch ein Schmuckstück, das Menarchos kaufte und auf seine Weise benutzte. Er, Jean-Luc, konnte ihr keinen Schutz mehr bieten. Er redete sich ein, sie hätte die Entscheidung selbst getroffen.

Der Ärger war bloß, daß er daran einfach nicht glauben konnte. Statt in die Kabine ging er in die Bar. Er schüttete ein Glas nach dem anderen in sich hinein, bis er kaum noch stehen konnte. Dann torkelte er hinaus. Auf Deck sackte er in einen der Liegestühle.

Schwindlig wachte er auf. Als wäre die Erde aus der Achse gekippt. Ringsum sah man bestürzte Gesichter. Leute rannten hin und her und unterhielten sich aufgeregt. Als er dann so klar im Kopf war, daß er die zu ihm dringenden Geräusche als menschliche Sprache identifizieren konnte, begriff er: Marty war über Bord gesprungen.

3

»Eine Seejungfrau!« rief George Barclay, der zweite Sohn von Lord und Lady Exeter, und zog Marty aus der leichten Brandung.

»Bitte halten Sie den Mund«, erwiderte sie und sank ihm in die Arme.

Er zerrte sie auf den höhergelegenen, trockenen Teil des Strandes, zog ihr die Schwimmweste aus und hielt sie in Sitzstellung fest, während er ihr gleichzeitig seinen Pullover überstreifte. Abwechselnd nuschelte sie »Danke« und »Gehen Sie fort«. So wußte er wenigstens, sie war nicht ohnmächtig, sondern nur erschöpft, weil sie so lange im Wasser gewesen war.

Reizendes Mädchen, dachte er. Sieht wirklich wie eine Seejungfrau aus. Der lange schwarze Rock schmiegte sich so eng an ihre Beine, daß es fast wie ein Fischschwanz wirkte. Ihr Atem ging ziemlich heftig. Er fühlte ihren Puls: Der war tatsächlich schnell. Sie hatte lange, kräftige Wimpern. Ihre Augen waren geschlossen. Er setzte sich neben die Frau in den Sand. Es reichte ihm, ihr beim Schlafen zuzusehen. Sicherlich kam sie von der *Apollo*, der prächtigen Yacht, die noch in Sicht war. Die war ihm gleich aufgefallen, als er heute morgen an den Strand gelaufen war. Und später, beim Frühstück, hatte ihm der Kellner mitgeteilt, das sei die Yacht von Menarchos.

»Herzlich willkommen in Torremolinos«, begrüßte er sie, als sie die Augen aufschlug. »Hoffentlich hat Ihnen das Schwimmen Spaß gemacht.«

Marty mußte lächeln. So wie er das sagte, klang alles vernünftig. Als wäre die Flucht durchs Wasser im Abendkleid das Natürlichste in der Welt. »So einigermaßen«, sagte sie. »Vor meinem nächsten Start werde ich aber wohl doch lieber Schwimmunterricht nehmen.«

»Das hilft«, pflichtete er bei. »Sie könnten sich auch einen Badeanzug zulegen. Den trägt man dieses Jahr, glaub' ich. Darf ich mich vorstellen. George Barclay.« Er streckte ihr die Hand entgegen.

»Martine de Nouvel.« Das bereute sie, kaum daß sie es ausgesprochen hatte, aber durch Jean-Lucs Erziehungsstil hatte sich ihr der Name so eingeprägt; er ging ihr so einfach über die Lippen. Jean-Luc. Würde er nach ihr suchen? »Bitte«, sagte sie zu dem jungen Engländer, »können Sie mir sagen, wo ich die nassen Sachen wechseln kann?«

»Kommen Sie mit mir«, gab er zurück und zog sie hoch. »Oder möchten Sie lieber getragen werden?«

»Ich geh' lieber zu Fuß.« Sie schwankte aber leicht und mußte sich bei George anlehnen. Dann machten sie sich auf den Weg Richtung Stadt.

Er ging mit ihr zu einer Villa, dem »Ausweichquartier« seiner Eltern im Süden. Dort ließen ihr Diener ein Bad einlaufen, brachten ihr heißen Tee mit Whisky, machten für sie ein Bett zurecht und legten verschiedene Kleidungsstücke bereit.

Am Spätnachmittag wachte sie wieder auf. Sie hatte riesigen Hunger. Marty zog sich den Wollschlüpfer, die langen Strümpfe, das Männerhemd und die braune Strickjacke an, schlüpfte in die Lederpantoffeln und ging nach unten.

»Meine Liebe, Sie sehen entzückend aus«, urteilte George bewundernd. »Cook bereitet uns gerade ein kleines Abendbrot. Möchten Sie vorher einen Sherry trinken?«

Bei dem köstlichen Mahl aus weichen Brötchen mit Marmelade, winzigen Sandwiches mit Gurken, Brunnenkresse, Rettich und Käse konnte sie sich entspannen. Sie aß die Schweinefleischpastete und die gekochten Eier mit Anchovis. Ein großes Stück Rhabarbertorte mit Sahne rundete das Festessen ab. »Das ist also englische Küche?« erkundigte sie sich bei dem blonden Jüngling, der ungefähr in ihrem Alter sein mußte.

»Sind Sie noch nie in England gewesen? Nein? Großartig! Dann müssen Sie mich dorthin begleiten als mein Gast. Ich fliege übermorgen zurück. Meine Eltern werden entzückt sein.«

Sie lächelte. »Ich käme ja gern mit, aber ich habe keinen Paß.«

»Kein Problem. Beim amerikanischen Konsulat in Madrid kennt man mich. Morgen werden Sie alles Nötige haben.«

Sie nickte erleichtert. Wenn sich Jean-Luc – oder noch schlimmer Menarchos – auf die Suche machten, war sie bereits abgeflogen. Kein Mensch käme auf die Idee, in England nach ihr zu suchen. Schon beim bloßen Gedanken an Menarchos' Wutausbruch fing sie an zu zittern. Wenn der sie fände, würde er sie umbringen – garantiert. Wenn ihr aber die Flucht gelang, setzte er ihr vielleicht nicht mehr nach. Natürlich brauchte er nichts von ihrer Seite zu befürchten. Selbst wenn sie jemandem erzählte, er binde sich Rasierklingen an die Finger, wer würde so etwas denn glauben? Und sollte man ihr es doch glauben, dann gab es niemanden – das wußte sie –, der etwas dagegen tun könnte. Sollte sie ihm in die Quere kommen, brächte er sie in einem Anfall vorübergehender Verärgerung um. Doch wenn sie ihm nicht unter die Augen kam, war sie sicher, davon ging sie aus. Sie hätte gern gewußt, wo all die anderen Frauen waren, die Menarchos genommen oder bei denen er seine Spielchen versucht hatte. Die meisten mußten noch am Leben sein, allerdings verbargen sie wohl ihr entsetzliches Geheimnis aus Scham und Angst.

Immerhin war sie unverletzt davongekommen. Aber Jean-Luc mußte von Menarchos' Perversion gewußt haben. Trotzdem hatte er keinen Finger gerührt, ihr beizustehen. Nur an Menarchos zu denken verursachte ihr schon Übelkeit, aber Jean-Luc war ihr noch mehr zuwider. Denn ihn hatte sie geliebt. Sie hatte sich angepaßt wie keinem anderen und ihm alles gegeben. Und doch hatte er sie um Menarchos' Vergnügen willen geopfert.

»Ich ginge gern nach England«, sagte sie, »George Barclay. Tapetenwechsel bekäme mir ganz gut.«

Sie ist außerordentlich amüsant, dachte George. Vor ein paar Stunden erst wie eine Meerjungfrau an den Strand gespült – zur Teestunde schon gelangweilt. »In Ihnen steckt wirklich Elan«, meinte er voll des Lobes. »Darin ähneln Sie ganz meiner Mutter.«

Einen besseren Erretter hätte Marty gar nicht finden können. George Barclay hatte Geld, war Engländer und fand, die Welt wäre ein Ort der fortwährenden Unterhaltung und des Vergnügens. Er war allem und jedem so tolerant gegenüber, daß es ihm überhaupt nicht in den Sinn kam, zu fragen, warum sie denn im Abendkleid im Wasser gewesen war – ohne rechte Schwimmkenntnisse. Hätte er überhaupt darüber nachgedacht, wäre er wahrscheinlich zu dem Ergebnis gekommen, an Bord sei es ihr eben langweilig geworden und daß sie deshalb beschlossen hatte, sich nach etwas Unterhaltsamerem umzuschauen.

Es verwunderte sie durchaus, daß er keine Fragen stellte, und sie argwöhnte zunächst auch, er wisse Bescheid über sie, sei vielleicht sogar mit Menarchos persönlich befreundet. Doch seine fröhlichen blauen Augen und sein angenehmes Wesen überzeugten Marty schon bald davon, daß das Leben eine Art Witz für ihn darstellte und daß er lieber die Pointe auskostete, als sich den Witz erklären zu lassen.

Nach dem Abendbrot ging sie ins Bett und schlief sechzehn Stunden durch. Anschließend kauften sie gemeinsam Kleidung und einen Koffer. Abends packten sie, und am nächsten Morgen nahmen sie die Maschine nach Madrid. Von dort stiegen sie in das nächste Flugzeug nach London.

Keine Spur von ihr in Casablanca, hieß es in dem Bericht, außerdem sei es wenig sinnvoll, noch im Landesinneren weiterzusuchen oder in anderen Städten Marokkos. Man habe sie in Begleitung eines Mannes das Schiff verlassen sehen, den Interpol unter dem Namen Jean el-Dhouni führte, eines Gangsters, der unter dem Schutz von Sophokles Menarchos operierte und der mehrere Decknamen benutzte.

Marty kenne ihn wahrscheinlich als Jean-Luc Delbeau, hieß es weiter. Denn so lautet der Name auf der Passagierliste der *Nordica*, el-Dhouni benutzt ihn für seine mehr oder weniger erlaubten Geschäfte.

Dryden hatte den Vorschlag gemacht, um Vies Portemonnaie nicht allzusehr zu strapazieren, daß seine Agentur einen Mann in Südfrankreich auf die Suche nach Menarchos schicken könne; vielleicht waren el-Dhouni und Martine ja bei ihm. Möglicherweise befänden sie sich alle auf seiner Yacht *Apollo*, die derzeit im Mittelmeer kreuze.

Auch wenn man keinen Detektiv nach Europa schickte, die Kosten für die Nachforschungen wurden allmählich beträchtlich.

In den letzten zehn Tagen hatte Vie drei Schecks zu 1000 Dollar abgeschickt, und ein Ende war noch nicht abzusehen. Sie sah so bekümmert aus, daß Murray Schwartzman, der Verkaufsleiter, ihr unters Kinn faßte und sagte: »Liebste Chefin, Sie sehen aus, als hätten Sie Ihren besten Freund verloren oder den letzten Groschen.«

»Gar nicht so falsch geraten«, erwiderte sie. »Es geht um meine Schwester und mein Bankkonto.«

»Schütten Sie mir ruhig Ihr Herz aus.«

»Ach, Murray, das ist alles so unerfreulich. Meine jüngere Schwester treibt sich irgendwo in Europa rum, wahrscheinlich mit einer Horde Ganoven, und ich zahle einer Detektei ein Vermögen, die ihr nicht auf die Spur kommt.«

»Ist ja toll!« Seine Augen weiteten sich. »Darüber könnten Sie ein Buch schreiben.«

»Das brächte gerade soviel ein, daß ich die Detektive bezahlen könnte«, gab sie matt lächelnd zurück.

»Wozu wollen Sie sie denn überhaupt ausfindig machen. Mal abgesehen davon, daß sie zur Familie gehört?«

»Es gibt da ein Problem mit der Überschreibung der Aktien meines Vaters, weil Martine jetzt nicht mehr minderjährig ist. Ich würde nicht drängen, aber die Anwälte und Wirtschaftsprüfer bestürmen mich, und ich benötige Martys Unterschrift auf einigen Dokumenten.«

»Die Unterschrift fälsche ich Ihnen. Ich spiele die kleine Schwester für Sie.«

»Das würde niemand glauben«, gab sie kopfschüttelnd zurück.

»Na schön, dann adoptieren Sie mich eben. Ich bereite die nötigen Papiere vor. Aber einmal im Ernst jetzt: Soll ich Ihnen sagen, was richtig wäre: selber nach ihr zu suchen.«

»Das ist doch Unsinn. Nicht einmal die erfahrenen Spürhunde haben sie auftreiben können. Und wo sollte ich suchen?«

»Es gibt doch diesen berühmten Familieninstinkt, vergleichbar einer Wünschelrute. Kaum kommen Sie in Martys Nähe, schwups spüren Sie's in den Knochen.«

»Murray, das ist doch Unsinn! Außerdem – wir sind ja nicht

richtige, sondern nur Halbschwestern.«

»Dann spüren Sie's in der Hälfte der Knochen.«

»Murray«, sagte sie und sah ihn jetzt ernst an. »Manchmal denke ich, nicht ganz bei Verstand gewesen zu sein, als ich Sie eingestellt habe.«

»Gar nicht so falsch gedacht. In meiner Nähe verlieren alle Frauen den Kopf.«

»Jetzt aber raus!« rief sie lachend.

Doch später dachte sie: Man könnte es ja mal versuchen. Was könnte man dabei verlieren? Sie könnte die Reise mit Geschäften verbinden, den Lieferanten in Südfrankreich einen Besuch abstatten und über London und Paris zurückfliegen und die Kontakte mit den dortigen Geschäften auffrischen. Auf der letzten Reise hatte sie Paris ausgelassen. Es war ihr unerträglich gewesen, die Stadt zu besuchen, in der sie vielleicht als Huberts Ehefrau gelebt hätte. Aber ewig konnte sie auch nicht einen großen Bogen um diese Stadt machen. Dafür war sie fürs Geschäft zu wichtig, der dortige Vertreter hatte auch schon mitgeteilt, Jolay-Paris fühle sich von ihr etwas vernachlässigt. Das könnte sie jetzt wiedergutmachen und dabei versuchen, sich nach Marty umzusehen. Zwei Wochen lang könnten Murray und Elaine allein die Stellung halten. Alle dringenden Entscheidungen würde sie zuvor noch fällen und dann abfliegen. »Elaine«, sagte sie über die Sprechanlage, »buchen Sie mir bitte einen Flug nach Marseille für übernächsten Montag. Und könnten Sie mir für die Woche Termine in Paris und London vereinbaren?«

»Mein lieber George«, begrüßte ihn die Mutter und bot ihm die Wange zum Kuß. »Wie schön, daß du da bist. Wirklich reizend, daß du einmal zwischendurch mit diesem andauernden Laufen aufhörst. Ah, du hast ja jemanden mitgebracht. Das war sehr klug von dir, mein Liebling, uns fehlte gerade eine Frau. Du weißt ja, zur Jagdsaison sind nie genug da.«

»Darf ich vorstellen, Mutter: Martine de Nouvel. Ich hab' sie am Strand in völlig durchnäßtem Abendkleid aufgelesen. Sie hatte es getragen, als sie von Menarchos' Yacht schwamm.«

»Tatsächlich? Herzlich willkommen. Schlaft ihr beide in einem Zimmer? Oder möchten Sie allein sein?«

»Allein, bitte«, gab Marty zurück.

Lady Exeter seufzte. »Ach je. Das habe ich befürchtet. George ist in derlei Dingen so schüchtern. Von wem er das bloß hat? Am besten, wir geben Ihnen das Kamelien-Zimmer. Es muß aber erst noch gelüftet werden. Seit Blakey Spofford darin unter seinem Nachthemd erstickt ist, ist es nicht mehr benutzt worden.«

»Ist sie immer so direkt?« fragte Marty, als seine Mutter aus dem Zimmer gegangen war.

»Natürlich. Mutter ist nun mal so. Für mich gibt's keine realistischere Person.«

Marty war schlichtweg fassungslos. Als sie dann noch die anderen Hausgäste kennenlernte, war ihr, als spielten alle Theater. Alle sagten andauernd gescheite Dinge, keiner nahm irgend etwas ernst, und diese englische Aussprache verstand man eh nicht recht. Marty wußte nichts zu reden. Natürlich war ihr klar, daß dieses Geplauder als geistreich galt, aber es ging ihr doch auf die Nerven. Alle benahmen sich so verflucht überlegen; die trugen die Nase zu hoch, und keiner kümmerte sich um sie. George übrigens auch nicht. Er fand sie anscheinend fad zwischen diesen geistreichen Menschen.

Sie könne leider an der Jagd nicht teilnehmen, da sie nicht reiten könne, gestand Marty. Lady Exeter betrachetete sie ganz verdutzt. »Wo sind Sie denn großgeworden, liebes Kind?«

»In New York – und Greenwich.« Ihr war diese angelernte Erwiderung selbst zuwider.

»Gibt's denn da keine Pferde?«

»Nein, ich meine, doch. Ich habe lediglich nie Reiten gelernt.«

»Wie außerordentlich ungewöhnlich.« Sie sah Marty an, als käme die vom andern Stern. »Was haben Sie für Eltern?« erkundigte sich Lady Exeter.

Sie blickte sie an. Sie wußte nicht, was sie sagen sollte. Fast hätte sie die von Jean-Luc ausgedachte Herkunft ausgeplaudert, aber das kam ihr nun doch nicht über die Lippen. Lord Exeter wartete. Lady Exeter betrachtete sie erwartungsvoll.

»Keine Ahnung!« Damit lief sie aus dem Zimmer.

Als die Gesellschaft von der Jagd zurückkam, entdeckte man, daß die junge Amerikanerin mit einem der Autos der Familie davongefahren war.

»Du lieber Gott!« rief Georges Vater entsetzt.

»Sie hat das Haushaltsgeld aus dem Schweinchen in der Küche mitgenommen, Sir«, beklagte sich das Hausmädchen und knickste.

»Und die goldenen Teller vom Beistelltisch«, sagte ein zweites Hausmädchen.

»Ebenso wie das Queen-Anne-Silberbesteck«, fügte der Butler hinzu.

»Eine Schande ist das!« Lord Exeter warf dem Sohn einen bösen Blick zu. »Diese junge Frau, die du da mitgebracht hast – das ist ja eine gemeine Diebin.«

»Tatsächlich?« rief Lady Exeter aus. »Wie himmlisch!«

Marty folgte den Straßenschildern nach London und fuhr im dunkelgrauen Rover durch die Grafschaft Gloucestershire. Sollten Georges Eltern die Polizei benachrichtigt haben, müßte man sie im nächsten Augenblick anhalten. An den Nummernschildern hatte sie erst gar nichts verändert. Einen Führerschein hatte sie auch nicht; aber sie hatte in Cambridge ein bißchen Fahren gelernt und war in Provincetown mit Johnny Lisbons Wagen gefahren.

Sie fuhr schnell, den Blick starr auf die Straße gerichtet. Wenn man sie erwischte, würde sie keinen Widerstand leisten. Aber das war jetzt nicht ihre Hauptsorge, sondern sie mußte zusehen, wie sie von diesen hochnäsigen Leuten wegkam, bei denen sie sich wie ein Nichts vorgekommen war. George gegenüber fühlte sie keinerlei Verpflichtung. Er hatte sie zwar in Torremolinos gerettet und ihr die Möglichkeit verschafft, sich von Menarchos und Jean-Luc abzusetzen. Das war schön und gut. Aber natürlich war sie ihm egal, da war sie sicher. Eine nette Abwechslung hatte er in ihr gesehen.

Mit Jean-Luc war es dasselbe. Er hatte sie aufgetan, sie beim Kartenspiel gewonnen und dann für seine eigenen Zwecke benutzt. Vor der Flucht war sie sein Besitz gewesen.

Wer bin ich denn auch schon? dachte sie wütend. Langsam konnte sie vor Tränen die Straße nicht mehr erkennen. Hör endlich auf zu heulen, befahl sie sich. George gehört in die gräßliche Welt seiner übergeschnappten Mutter. Und Jean-Luc gehört zu Menarchos. Und zu wem gehöre ich?

Als Lady Exeter Marty nach ihrer Familie gefragt hatte, hatte das etwas in Marty angerührt. Jetzt, da sie wieder einmal floh, ging ihr auf, daß sie erst dann nicht mehr davonlaufen würde, wenn sie herausgefunden hatte, zu wem oder was sie eigentlich gehörte. Armand war tot, Vie war lediglich ihre Halbschwester. Sie hatte auch eine Mutter gehabt, früher einmal – einen Menschen, über den sie überhaupt nichts wußte.

Sie umfaßte das Steuer fester. Armand hatte nie etwas von ihrer Mutter, immer nur von Vies Mutter erzählt, und zum erstenmal wurde ihr klar, daß sie ihn ja auch noch nie nach ihrer Mutter gefragt hatte.

»Herr im Himmel!« sagte sie laut. Kein Verkehr auf der Straße. Endlich hatte sie aufgehört zu weinen. Das Ziel stand ihr klar vor Augen. Bevor sie irgend etwas anderes unternahm, mußte sie in ihrer Vergangenheit forschen und nach ihrer Mutter suchen.

Schließlich kam sie in London an; sie ließ den Wagen irgendwo stehen und beglückwünschte sich, daß man sie nicht erwischt hatte. Daß das gar kein Glück war, entging ihr. Mit Menschen wie Lord und Lady Exeter kannte sie sich nämlich nicht aus. Für die war der Ärger, erst eine Anzeige zu erstatten und dann womöglich noch vor Gericht aussagen zu müssen, ebenso ausgeschlossen, wie Kaffee zur vorgesehenen Teestunde zu trinken. Sie taten lieber gar nichts und setzten ihre Hoffnung darauf, daß man den Wagen wiederfinden würde und vielleicht die kleineren Gegenstände auch noch. Unwissend spielte Marty dieses Spiel mit, als sie den Wagen im Stadtteil Knightsbridge stehen ließ. Das Gold, das Silber und das Bargeld nahm sie jedoch mit. Das war 200 Dollar wert.

Sie ging in ein großes Kaufhaus – Harrods. Vielleicht gab es da ein Schließfach, in dem sie die schwere Tasche deponieren konnte. Das Kaufhaus war riesig, sehr vornehm. Man spürte förmlich den Reichtum, der gleich unsichtbaren Vorhängen über jedem Verkaufstresen lag. Sie ging quer durch die Parfümerieabteilung und blieb jäh stehen, als ihr das lächelnde, von blondem Haar umrahmte Gesicht ins Auge fiel. »Am 29. März wird Vie Jolay ihr neuestes Parfüm *Cabal* hier im Hause vorstellen«, stand darunter.

»Kann ich Ihnen helfen?« hörte sie hinter sich jemanden fragen.

Marty drehte sich blitzschnell um. Beinahe hätte sie den Mann mit ihrem Koffer umgestoßen. »In der Tat. Wie komme ich nur fort von hier?«

»Unser Reisebüro befindet sich im dritten Stock, gnädige Frau.«

Marty starrte ihn bloß an und fing vor Überraschung laut an zu lachen. »Aber ja, Kleiner«, gab sie zurück.« Dann zerrte sie ihr Gepäck zum Lift. Der verdatterte Verkäufer konnte nur den Kopf schütteln ob des komischen Theaters, mit dem die Amerikaner das Ausland unterhielten.

Vie hatte vor, die Geschäftsreise in England mit einer Vorführung bei Harrods abzuschließen. Murray hatte ihr zwar versichert, der Familieninstinkt würde sie schon richtig leiten, aber Vie hatte genausowenig über Martys augenblicklichen Aufenthalt herausbekommen wie der Privatdetektiv. Im Gegenteil, die letzten Hinweise – wonach sich Marty an Bord der *Apollo* befand und die Yacht derzeit vor der nordafrikanischen Küste kreuzte, nachdem sie zuvor einige Tage vor der Costa del Sol geankert hatte – bezog sie aus dem Bericht des Detektivs. Darin hieß es auch, Menarchos ließe niemanden aufs Schiff. Es sei ständig bewacht, und er hätte Waffen an Bord. Die Nachforschungen könnten erst dann erfolgreich fortgeführt werden, wenn die *Apollo* einen Hafen anlief; wo und wann das geschehe, hinge allerdings ausschließlich von Menarchos' Gutdünken ab. Da Marty sich also auf hoher See befand, blieb Vie nichts anderes übrig, als ihre Reise programmgemäß fortzusetzen. Sie flog nach Paris und stieg im Georges V ab. Das Zimmer erstrahlte von Blumen. Die haben mir meine Verehrer geschickt, dachte sie ironisch. Im Geschäftsleben hofieren mich alle.

Sie zeigte dem Hoteldiener, wo er das Gepäck hinstellen solle, und hängte den Regenmantel, den sie über ihrem Kostüm trug, weg. Wegen des milden Klimas lag das Pelzfutter im Koffer. Nachdem sie dem Jungen das Trinkgeld gegeben hatte und er gegangen war, las sie erst mal die Karten in den Blumensträußen. Am hübschesten fand sie einen locker zusammengesteckten Feldblumen-Strauß. Auf der Karte stand: »An unsere Chefin, der besten in der Branche. Wir wünschen Ihnen viel Erfolg, Herzliche Grüße, Murray und Elaine.« Lächelnd beugte sie sich vor: Die Blumen rochen herrlich, eine Mixtur aus wunderbaren Düften. Die üblichen langstieligen Rosen hatten ihr die Mitarbeiter von Jolay-Paris geschickt.

Der Auffälligste von allen war ein Strauß mit verschiedenen Orchideen, getupft und weich, in Farbschattierungen von tiefbraun bis weiß, aber kein aufgeputztes Violett. Sie nahm die Karte und ließ sie wieder fallen. Mit der Schrift nach oben blieb sie auf dem Boden liegen: »*En garde!* Hubert!«

Sie hielt sich an der Tischkante fest. Warum tat er das? Oh, bitte nein, bat sie inständig, als sie auf die Handschrift hinabblickte, so etwas wie damals möchte ich nicht noch mal durchmachen müssen.

Ihr war aufgefallen, daß Montalmont-Parfüms auf einem Verkaufstresen standen, auf den Jolay einen Anspruch hatte. Auf dem Weg zum Geschäftsführer, dem sie die Neugestaltung der Fläche auftrug, war ihr eins klargeworden: Nur noch das Fechten hatte sie mit Hubert gemein. Immer noch bekriegten sich ihre beiden Häuser. Aber ein Liebesduell war es schon längst nicht mehr.

Er hatte die wohlhabende Danielle mit der uradeligen Abstammung geheiratet. Das hatte Vie aus den Klatschspalten erfahren. Seit der letzten Nacht in seinem Zimmer im Pierre hatte er sich nicht mehr gemeldet.

Vie setzte sich aufs Bett. Ob sie diesen Geschäftsbesuch in Paris durchhielt, bezweifelte sie. Würde er sie anrufen? War er etwa so niederträchtig, daß er immer noch hinter der Firma her war? Oder hatte er während ihrer Affäre womöglich nichts anderes von ihr gewollt?

Das konnte sie schlichtweg nicht glauben. Kein Mensch konnte so gut Theater spielen. Was aber hatte ihn diese Beziehung so plötzlich, so rücksichtslos und wortlos abbrechen lassen? Nicht das erste Mal beschlich sie das Gefühl beim Rückblick auf diese schlimmsten Tage ihres Lebens, daß Armands Selbstmord auf irgendeine dunkle Weise mit Huberts Entschluß zusammenhing. Sie hatte keinen Anlaß, das zu glauben, es war eher ein tiefes, beharrliches Gefühl, das ihr sagte, daß er zu ihr zurückgekommen wäre, wenn ihr Vater nicht gestorben wäre.

Der Anblick seines blutüberströmten Leichnams hatte Vie einen entsetzlichen Schrecken eingejagt. Trotzdem hatte sie, bevor sie einen Krankenwagen rief, das Blatt Papier mit dem Namen »Armand Jolaunay« darauf weggesteckt. Selbstverständlich kannte sie den Namen. Doch was hatte ihr Vater mit dieser knappen, letzten Botschaft ausdrücken wollen?

Vie erzählte niemandem von dem Fund. In der Aufregung und tiefen Niedergeschlagenheit der darauffolgenden Tage war sie lediglich imstande, das Nächstliegende zu tun, die Beerdigung vorzubereiten, Marty anzurufen, die Freunde zu benachrichtigen, Trauerkleidung zu kaufen. Dennoch ging ihr der Name nicht aus dem Kopf. Und schließlich fiel ihr die Erklärung ganz mühelos zu: Vater hatte nicht bloß bei Jolaunay gearbeitet, nein, er war es selbst.

Langsam paßte alles zusammen. In dem geheimgehaltenen Heft, aus dem er seine »klassischen« Düfte entwickelt hatte, standen die Rezepturen von einem der bedeutendsten Parfümeure des Jahrhunderts. Armands Überheblichkeit und die Angst vor einem Neuanfang, genau diese Charakterzüge paßten zu dem Mann, der einst an der Spitze der französischen Parfümindustrie gestanden hatte. Der Stolz, mit dem er ihr von der

Familiengeschichte der Jolaunays erzählte, sein doch eigentlich grundloser Haß auf Montalmont: All das fand so eine Erklärung.

Ein Montalmont hatte den Laden von Claude Jolaunay in Brand gesetzt. Lag der Ursprung von Armands Haß Generationen zurück? Oder hatte die Fehde bis zu Armands Lebzeiten gedauert? Man munkelte, daß Armand Jolaunay tot sei und daß er im Krieg ein Kollaborateur gewesen sei. Und wenn Vater nun dieser Jolaunay war, überlegte Vie – dann war das erste Gerücht falsch, das zweite vielleicht auch. Genau würde sie das nie wissen. Und sie wollte auch die alten Geschichten nicht wieder ausgraben. Sie wollte die Vergangenheit ruhen lassen.

Sie saß auf dem Bett und blickte auf den Boden, wo noch immer Huberts Karte lag. Die Botschaft, mit der Armand seine Identität enthüllt hatte, ging nur sie selbst etwas an. Er wollte ihr mitteilen, wieso er gerade in diesem Augenblick Selbstmord begangen hatte. Armand hatte Huberts Besuch sicherlich als Wiederholung der Vergangenheit betrachtet: Montalmont auf der Suche nach Jolaunay. Das hatte alte Empfindungen wachgerufen, mit denen ihr Vater nicht mehr leben konnte.

Das Telefon läutete. Vie blickte hinüber. Es klingelte wieder. Sie hob nicht ab.

Hubert hatte die schönsten Blumen an Vie schicken lassen, die er auftreiben konnte. Hoffentlich verstand sie, was er damit ausdrücken wollte. Mehr konnte er nicht tun, sonst hätte er sie beide bloßgestellt.

Hubert hatte sie seit ihrem letzten Zusammensein zu vergessen versucht. Doch immer wieder sah er ihr Gesicht. Das hatte sich auch nicht geändert, als er im folgenden Frühjahr heiratete. Seine Gedanken wurden zu einer Falle, aus der die Erinnerung an Vie nicht entfliehen konnte. Die Gespräche kamen ihm in den Sinn; er erinnerte sich an jedes gemeinsame Essen, daran, wie ungewöhnlich gut sie fechten konnte, und vor allem an ihren wundervoll duftenden Körper.

Mit den Orchideen hatte er ihre seltene Schönheit ehren wollen, deshalb hatte er auch das konventionelle Violett abgelehnt.

Die Karte war aber eine Warnung.

Henri Montalmont führte das Unternehmen immer noch. Dabei hatte er im Winter seinen fünfundsiebzigsten Geburtstag gefeiert. Hubert traf sich mit ihm nur noch in beruflichen Angelegenheiten. In seinem Privatleben hatte sein Vater nichts mehr zu suchen – im Beruf konnte er ihm aber nicht aus dem Wege gehen.

Der Bruch zwischen Vater und Sohn war eingetreten, kurz bevor Hubert nach New York zurückfliegen wollte, um herauszufinden, wie Vie sich entschieden hatte. Die beiden Männer hatten sich wegen der jungen Amerikanerin, die er sich zur Frau nehmen wollte, gestritten und waren deshalb getrennt zur alljährlichen Ernteprüfung nach Grasse gefahren.

An einem wolkenverhangenen, regnerischen Nachmittag hatten sie gemeinsam die Felder inspiziert. Plötzlich brachte Henri das Gespräch auf Vie: »Die Frau heißt Jolay, ja?«

»So ist es.«

»Und die von dir mitgebrachte Parfümprobe, dieses *Tadsch*, hat Jolay hergestellt?«

»Ja. Es verkauft sich sehr gut.«

»Das kann ich mir denken – das war, als es vor dreißig Jahren auf den Markt kam, nicht anders.«

»Was soll das heißen?« Hubert blieb stehen und sah seinen Vater an. In der Ferne hörte man es donnern.

»Daß es lediglich eine Neuauflage von *Âme* ist, kreiert von Armand Jolaunay. Du erinnerst dich noch an ihn, ja? An diesen Naziverräter. Der ist der Vater deiner Zukünftigen.« Henri sah den Sohn triumphierend an.

»Ich wußte gleich, daß ich den Duft schon einmal gerochen hatte«, fuhr Henri fort. »Zuerst wußte ich nicht, wo. Dann konnte ich ihn bestimmen. Daraufhin habe ich in deinem geliebten Amerika Nachforschungen angestellt und erfahren, daß der Verräter noch am Leben ist. Dieser Kerl, der an die Boches verkaufte, während das bedeutende Haus der Montalmonts aus patriotischer Pflichterfüllung geschlossen hatte und ich zum Ruhme Frankreichs im Widerstand arbeitete! Solltest du es wagen, diese Frau wiederzusehen«, drohte Henri, »werde ich sie und ihren Vater vor der Welt bloßstellen und vernichten!«

»Das wirst du nicht!«

Henri lächelte nur. Hubert hob die Hand. Er wollte seinem Vater schon die Kehle zudrücken, als ein krachender Donner ihn zusammenzucken ließ. Er ließ die Hände sinken; der alte Herr sah ihn noch immer mit demselben Lächeln im feuchten, faltigen Gesicht an.

Zwei Tage darauf, kurz vor seinem Abflug nach New York, erhielt Hubert in seinem Pariser Büro einen Brief zugestellt. Die Handschrift war die von Vater. »Die Gerechtigkeit hat gesiegt«, hieß es in dem Brief, »der Verräter lebt nicht mehr.«

In diesem Augenblick erkannte Hubert, daß er Vie für immer verloren hatte.

Sie blickte so lange aufs Telefon, bis es aufhörte zu klingeln. Dann stand sie auf und hob die Karte auf. *En garde!* heißt: Das Duell beginnt. Wie konnte er so grausam sein und sie darum bitten, ihren Degen wiederaufzunehmen, nachdem er selbst ihn ihr aus der Hand geschlagen hatte?

Als das Telefon abermals klingelte, hob sie ab. Sie hörte allerdings nicht die erhoffte und gleichzeitig gefürchtete Stimme. Monsieur Sauveterre, ihr Handelsvertreter, war am Apparat. Er begrüßte sie in Paris und wollte sie nur daran erinnern, daß man sie heute abend zu der Soiree unbedingt erwartete.

Um acht holte er sie ab. Dann fuhren sie zu einem vor Paris liegenden Schlößchen. Dort wollte der Marquis de St.-Dennis eines seiner gefeierten Feste geben, auf denen man Minister, Bankleute, Schauspielerinnen und Erfolgsschriftsteller traf. Es gefiel dem Marquis, Menschen aus verschiedensten Milieus zusammenzuführen, und auf seinen Partys plauderten Zeitungsredakteure mit Jockeys, Arbeiterführer mit Herzoginnen, Künstler mit Politikern. Er stellte den Rahmen in seinem bezaubernden kleinen Schloß zur Verfügung, in das man über eine Zugbrücke kam, und er sorgte dafür, daß der Wein bewundernswert alt und das Essen köstlich und ungewöhnlich zugleich war.

Vie freute sich nicht darauf. Sie zog ein beige-goldenes Gobelinkleid von Oscar de la Renta an, setzte eine kleine, mit Staubperlen und Opalen besetzte Tiara auf den Kopf und zog Pumps von Roger Vivier – mit dem schmalen Goldrand – an.

Als sie den Spiegelballsaal des Schlößchens betraten, machten die anderen Gäste Platz, und Monsieur Sauveterre begleitete Vie zum Gastgeber. Der Marquis verbeugte sich tief. »Ihre Anwesenheit ehrt mich, Madame«, sagte er auf englisch. »Es ist wahrhaft ein Privileg, eine Königin willkommen heißen zu dürfen.«

Sie lächelte über die extravagante Schmeichelei und ging neben Monsieur Sauveterre weiter. Sie wollte sich ein Glas Champagner holen. Kaum hatte sie einen Schluck getrunken, als ein stämmiger Herr mit sehr kräftigen Brauen sie um einen Tanz bat. »Er ist Frankreichs bedeutendster Physiker«, flüsterte ihr Monsieur Sauveterre noch zu.

Zu ihrem Glas Champagner kam sie nicht mehr zurück. Sobald die Musik aufhörte, näherte sich auch schon ein anderer Herr, tippte ihrem Tanzpartner auf die Schulter und fragte: *»Permettez?«* Sie mußte einen Tanz nach dem anderen tanzen, und die Schuhe wurden ihr im Verlauf des Abends immer enger, aber sie hatte keine Lust aufzuhören. Sie fühlte sich jung und ausgelassen, und die Bewegungen und die Musik verdrängten alle anderen Gedanken in den Hintergrund.

Auch wenn das Schlößchen und die Kleider der Gäste sehr vornehm waren, spielte die Band jetzt einen Twist: die französische Version eines Schlagers, den man in New York zum erstenmal vor zehn Jahren gehört hatte. Vie ging aus sich heraus. Es war ihr egal, ob die Tanzschritte stimmten, sie gab sich ganz der Musik, dem Rhythmus hin. Sie war völlig außer Atem, twistete trotzdem bis zum Ende des Stückes weiter. Sie keuchte, sah auf, begegnete seinem Blick.

Huberts Gesicht wirkte blaß. Beide schwiegen, als sie sich über die Köpfe der Tanzenden hinweg anschauten. Erst als die Musik wieder einsetzte, bewegten sie sich wieder, dann verschwand er in der tanzenden Menge.

Monsieur Sauveterre gesellte sich zu ihr. »Hubert Montalmont ist da, zusammen mit seiner Frau. Ich habe ihn eben gesehen. Möchten Sie, daß ich Sie mit ihm bekannt mache? Es ist wichtig, daß Sie ihn treffen.«

»Ich verzichte.« Sie riß sich zusammen. »Ich kenne ihn von früher. Ich habe eine Bitte: Könnten Sie mich zurückfahren? Ich bin müde, es ist schon sehr spät.«

»Selbstverständlich, Miß Jolay. Morgen ist ja auch ein schwerer Tag für Sie.«

Doch am nächsten Morgen verließ Vie das Hotel. Sie ließ die Blumen zurück und fuhr zum Flughafen. Dort buchte sie die erste Maschine nach London.

Sie hatte ihre Termine mit der Begründung abgesagt, es sei etwas Dringendes dazwischengekommen: die Begegnung mit Hubert gestern! Sie wollte nicht das Risiko eingehen, ihn in Paris zu treffen, ihren Rivalen, den Mann, den sie immer noch so sehr liebte.

4

Stündlich verkehrende Flüge verbinden die beiden bedeutenden Städte Europas – in fünfzig Minuten. Marty schaute aus dem Flugzeugfenster und legte den Sicherheitsgurt an. Gleich landeten sie. Viele Wahrzeichen des unter ihnen liegenden Paris kannte sie: Sacre-Cœur, die Étoile mit dem Triumphbogen, Notre Dame. Das alles hat sie gemeinsam mit Jean-Luc besucht und dabei ausschließlich französisch sprechen müssen, weil das in ihrer »Lehrzeit« stattgefunden hatte.

Ich werde es dir heimzahlen, sagte sie sich. Du Mistkerl schuldest mir noch einiges.

Das hat aber noch Zeit, ermahnte sie sich, die Rache mußte warten. Außerdem hielt er sich bestimmt nicht in Frankreich auf.

Sie flog nach Paris, um ihre Nachforschungen zu beginnen und herauszufinden, ob man den Ursprung oder zumindest Zweige der Familie entdecken konnte, zu der sie gehörte und von der sie überhaupt nichts wußte.

Am Flughafen stieg sie in die Metro und fuhr bis zum Gare de Lyons. Dort bestieg sie den Zug nach Marseille. Sie folgte dem geringsten Anhaltspunkt, dem einzigen, den sie besaß.

»Könnte in Südfrankreich sein«, hatte Jean-Luc gesagt und ihr das Foto zurückgegeben. »Aber wer soll das erkennen? Dafür ist das Foto viel zu schlecht.«

Marty wußte selbst nicht genau, weshalb sie es die ganzen Jahre über behalten und überallhin mitgenommen hatte: vom Mädcheninternat zur Uni und dann über den Atlantik auf der *Nordica* nach Paris. Sie hatte es zusammen mit den Geldscheinen in ihrer Reisetasche verwahrt. Menarchos würde die kaum als Souvenir behalten haben. Wahrscheinlich hatte er nicht einmal einen Blick in ihre Tasche geworfen, ehe er sie über Bord schleuderte.

Sie kam durch blühende Täler und Obstanbaugebiete. Der einzige Fingerzeig war die Erinnerung an eine verblichene Fotografie: Das Bild von einem Bild, dachte sie, wirklich ziemlich mager. Sie vergegenwärtigte sich den Schnappschuß. Das war gar nicht so schwer. Sie hatte sich das Foto so oft angeschaut, daß sie es praktisch auswendig kannte.

Es war ein Schwarz-Weiß-Foto, unscharf und nach all den Jahren vergilbt. Im Vordergrund war Armand zu sehen. Er hielt ein Baby im Arm – das war sie –, und Vie stand neben ihm. Sie war wohl um die drei Jahre alt.

Ihre eigenen Gesichtszüge hatte sie auf dem Bild nicht erkannt. Babys sehen ja doch alle gleich aus – aber Armand war deutlich zu erkennen. Er war jung, trug einen hübschen gestutzten Schnurrbart. Er wirkte ansehnlich, aber mit einem ängstlichen Gesichtsausdruck, als spränge ihn etwas von hinten an und er wüßte davon. Die neben ihm stehende Vie kam ihr mehr wie ein Püppchen vor als wie ein richtiges Kind.

Das Bild war leicht verzerrt. Die drei standen vor einer mit Zinnen bewehrten Steinwand, zwischen zwei Türmen. Das Bild hätte eine Aufnahme sein können, bei der unerfahrene Schauspieler für einen unfähigen Fotografen posierten. Trotzdem – eins war sicher: Das Foto hatte man in ihrer Geburtsstadt aufgenommen, und fotografiert hatte es ihre Mutter.

Mutter. Odile.

Der Vorname der Mutter, eine Steinmauer in Frankreich sowie die Information, Odile habe in einer Apotheke gearbeitet oder wäre deren Besitzerin gewesen: Mit dem mußte Marty auskommen. Damit war sie ausgestattet für ihre Detektivarbeit und damit, daß sie so gut Französisch sprach, daß man sie für eine Einheimische hielt, außerdem mit ein paar goldenen und silbernen Wertgegenständen für die nötigen Ausgaben sowie dem heißen Wunsch, die Vergangenheit aufzudecken.

Einen Augenblick lang sah man Bauernhöfe und in Terrassen ansteigende Dörfer vom Zugfenster aus. Immer, wenn der Zug an einem Dorf vorbeihuschte, stellte Marty sich die Frage: Ist es das? Bin ich hier geboren?

»Sie scheinen sich ja sehr für die Landschaft zu interessieren«, meinte der Dicke, der mit im Abteil saß und kräftig an seiner dunklen Zigarre zog.

Warum denn nicht fragen, dachte sie und erzählte, wonach sie suchte: einer Stadt oder einem Dorf mit einer alten Steinmauer mit Türmchen.

»Natürlich kenne ich die!« erwiderte er wichtigtuerisch. »Sie beschreiben da Fougères. Eine alte befestigte Stadt, mit einer Stadtmauer und einer Burg. Als Kind stand ich immer wie vor einem Wunder davor.« Er lächelte, weil er sich an die Zeit erinnerte, als er noch klein war.

»Und wo liegt die?«

»In der Bretagne, in Nordfrankreich. Meine Eltern haben mich einmal dorthin mitgenommen. Ich war wohl ...«

»Wie kommt man dahin?« fragte sie ungeduldig.

»Junges Fräulein, Sie fahren in die falsche Richtung!« Er brach in Gelächter aus. »Fougères liegt im Norden, und Sie reisen Richtung Süden!« Er schien das für einen enorm guten Witz zu halten.

Keine zwölf Minuten später stieg sie aus, als der Zug das nächste Mal hielt – in Clermont-Ferrand. Hier konnte man sicherlich umsteigen. Der Bahnhofsvorsteher klärte sie allerdings auf, von diesem Bahnhof führen keine Züge in die Bretagne. Sie müsse nach Paris zurückfahren, dort in den Zug nach Brest umsteigen und dann in Rennes aussteigen. Der nächste Zug nach Paris fuhr in genau sechs Stunden und fünfzehn Minuten.

Sie fror und war übermüdet. Der Mantel, den sie zusammen mit George auf dem Weg zu seinen Eltern in London gekauft hatte, war modisch, aber nicht warm. Sie bestellte sich im Bahnhofsrestaurant eine Zwiebelsuppe, dazu eine kleine Flasche Rotwein und beschloß, sobald sie in Paris war, das Silber und vielleicht auch die beiden Goldteller zu versetzen. Es hatte keinen Sinn, das Zeug mit sich herumzuschleppen. Außerdem brauchte sie Geld.

Nachdem Marty am nächsten Morgen in Paris angekommen war, fuhr sie quer durch die Stadt. Es dauerte eine Stunde, dann hatte sie mit Hilfe von Flirts und ihrer Stadtkenntnisse einen Händler ausfindig gemacht. Der kaufte das Edelmetallzeug, und zwar zu einem irrsinnigen Preis. Da kein Mensch so ehrlich sein konnte, schätzte sie, daß der Krempel mindestens das Vier- bis Fünffache von dem wert war, was er dafür gab: 6000 Dollar in verschiedenen Währungen. Und als er ihr versicherte, das Geld sei sauber, glaubte sie ihm das selbstverständlich.

Sie kaufte sich zwei dicke Pullover, eine Tafel Schokolade und eine Flasche Whisky. Mit dem Koffer, der ihr vorkam, als sei er mit Luft gefüllt, bestieg Marty den Zug, der sie über Rennes nach Fougères bringen sollte.

Fougères hatte eine Stadtauer mit Türmchen. Allerdings entdeckte sie einen Mauerabschnitt, der so wie auf dem Bild von zwei Türmchen eingerahmt wurde. Allmählich machten die Geschäfte zu. Spätnachmittags – Zeit für einen Aperitif vor dem Abendessen. Zuvor suchte sie sich aber erst einmal ein Hotel, Hotel de Commerce. Im Zimmer stand ein Bett mit Messinggestell, ein Waschbecken und ein mächtiger Kleiderschrank. Sie ging zum Essen hinunter, kam um acht Uhr zurück, zog lediglich den Mantel aus, ließ sich aufs Bett fallen und schlief bis morgens durch.

Sie ging nach draußen und frühstückte. Vor ihr huschten Schwalben und Mauersegler durch die Luft. Blaumeisen tummelten sich auf den knospenden Zweigen. Es war die letzte Märzwoche. Im April würden die Blüten richtig treiben.

Nachdem sie ein großes Frühstück mit einem Körbchen frischer Brötchen und einem Töpfchen Marmelade gegessen hatte, begann Marty ihre Suche; sie fühlte sich so strahlend wie der Morgen. Doch noch vor zwölf hatte sie sämtliche Apotheken am Ort aufgesucht, dazu noch drei andere Läden, in denen es gleichfalls Parfümerieartikel gab. Niemand konnte mit den Namen Armand, Odile oder Nouvel etwas anfangen. Niemand kannte die Beschreibung, die sie von ihrem Vater gab. Wen sie auch fragte – entweder sah man sie argwöhnisch an oder ausdruckslos. Man merkte an ihrer Sprache und ihren Bewegungen, daß sie nicht aus der Gegend war. Ihr Französisch war zu weich, ihre Gesten zu flott – wahrscheinlich eine Pariserin. Nein, antworteten sie auf jede Frage. Sie ging die Stadtmauer ab, doch nirgends entdeckte sie den Abschnitt, der so aussah wie auf dem Bild.

Und nun? Für die heutige Übernachtung im Hotel de Commerce hatte Marty bereits bezahlt – die Concierge hatte wissen wollen, noch vor dem Frühstück, ob sie die Nacht über bliebe, und da ihr bis zur Dämmerung noch ein paar Stunden blieben, stattete Marty dem Schloß einen Besuch ab.

Ein Geistlicher machte ihr auf. Ihm waren auf dem schmalen Kopf lediglich ein paar aschfarbene Strähnen verblieben, und bei seinem fast ständigen Lächeln stellte er die vier letzten gelben Zähne zur Schau. Er war sehr hilfsbereit, suchte offenbar Gesellschaft. Er bestand darauf, Mademoiselle das Schloß zu zeigen. Sie willigte zwar ein, weil sie nichts anderes vorhatte, hörte aber kaum hin, wenn er ihr langatmig einen Geschichtsvortrag hielt. Es war schon fast alles vorbei, als sie in das Zimmer mit den Jagdtrophäen des endgültig letzten Herzogs traten: ausgestopfte Vögel, Geweihe, Wildschweinhauer. An der einen Wand hing ein Kupferstich, der eine mittelalterliche Stadt zeigte. »Ist das Fougères?« erkundigte sie sich bei dem kleinen Mann.

Er entblößte wiederum seine gelben Zähne. »Aber nein, Mademoiselle. Erkennen Sie es denn nicht? Es ist Carcassonne. Ein Juwel Frankreichs. Die Stadt existierte schon zur Zeit der Römer und der Westgoten. Sie ist, das muß ich zugeben, noch schöner als unser wunderschönes Fougère, das man dafür aber das Carcassonne der Bretagne nennt.«

»Und wo liegt diese Stadt?« erkundigte sie sich und trat vor, damit sie besser alles erkennen konnte. Die Schloßmauern waren mit Türmchen bewehrt, die so eng beieinander standen, daß sie gerade auf einen Schnappschuß passen mochten.

»Im Süden. In der Nähe von Toulouse, unweit der Grenze zu Spanien.«

Sie bedankte sich bei dem Führer, steuerte etwas zur Instandhaltung des Schlosses bei und lief hinaus; sie richtete alle Hoffnung nach vorn und entschloß sich, die Vorauszahlung für das Hotelzimmer verfallen zu lassen und sich sofort auf den Weg zu machen. Südwärts.

Als sie im Zug Richtung Marseille saß, wurde ihr klar, wie töricht es gewesen war, im Norden zu suchen. Als kleines Mädchen nämlich hatte sie gewußt, daß sie nach Amerika von »Ma Say« in Frankreich gefahren waren. Sie hatte sich dann immer eine dicke Ma, eine Mutter vorgestellt, die mit dem großen roten Taschentuch zum Abschied auf Wiedersehen winkte. Ma Say, natürlich. Warum war sie nicht schon eher darauf gekommen, daß das Marseille hieß? Klar, aus Südfrankreich stammte sie.

Die Schieferdächer auf den schimmernden Häusern ließen Carcassonne aussehen wie den Schauplatz eines schaurigen Märchens. Oben auf dem Hügel erhob sich das Schloß aus der befestigten Stadt, als kohlengraue Silhouette; die Spitzdächer schienen wie Dornen den aschfarbenen, silbrigen Himmel aufzuspießen. Es war ein winterlich kühler Tag für den Süden, ungewöhnlich zu dieser Jahreszeit.

Wie ein Zinnband floß die Aude unterhalb der Altstadt unter der alten Brücke hindurch in die geschäftige Unterstadt: Carcassonne Ville Basse.

Marty betrat gleich die erste Apotheke, an der Rue de Verdun. Die Alte hinter dem Tresen wischte sich die Brille sauber. »Odile«, wiederholte sie. »Ja, natürlich erinnere ich mich an Odile.« Marty beugte sich vor, während die Frau fortfuhr: »Sie hatte gelblich-rotes Haar. Ach, sie war eine unangenehme Person. Und dieser tragische Tod!«

»Was ist denn geschehen?«

»Sie wurde von einem Zug überfahren. Man behauptete zwar, sie wäre *gestürzt*, aber das stimmt nicht.« Die Alte legte eine bedeutsame Pause ein. »Ich weiß auch, wer ihr den Stoß versetzt hat. Ihr Mann! Er hatte eine Affäre mit der Tochter des Schlachters. Das war stadtbekannt. Einen Monat schon nach Odiles Tod heirateten die beiden, und sechs Monate später kam das Kind!«

»Wann war das?«

»Warten Sie mal. Das Ganze war vor unserem Umzug hier in die Rue de Verdun. 1940? Nein, Moment mal, das war noch vor Kriegsbeginn, 1939.«

Marty mußte die Enttäuschung erst verschmerzen. Das lag weit vor ihrer Geburt, ja sogar vor Vies Geburt.

»Vielen Dank für die Auskunft.«

»Warten Sie doch! Ich möchte Ihnen erzählen, was mit dem Kind des Schlachters ...«

Marty war schon hinausgegangen.

Sie setzte ihre Suche fort. Carcassonne war doppelt so groß wie Fougères, und es gab hier dreimal so viele Apotheken. Doch die Antworten lauteten wie in der vorherigen Stadt.

Die ersten Läden schlossen, als Marty schließlich auf den Marktplatz kam. In dessen Mitte stand ein alter Brunnen. Auf der einen Seite des Platzes entdeckte sie eine Apotheke. Sie eilte hinüber. Beim Eintreten klingelte ein Türglöckchen. Das nicht mehr ganz junge Ehepaar hinter dem Tresen blickte unfreundlich auf. Marty bemerkte, daß die Leute aufräumten, weil sie den Laden gleich schließen wollten. Hinter ihnen sah man Regale, auf denen Flaschen mit verschiedenfarbigen Flüssigkeiten standen.

»Entschuldigen Sie bitte, kennen Sie Odile Nouvel oder ihren Ehemann, Armand Nouvel. Sie haben im Krieg in einer Apotheke in Carcassonne gearbeitet.«

»Nouvel?« sagte der Mann. Er hatte ein weiches, schlaffes Gesicht. »Armand Nouvel? Nein, nie gehört.«

Sie wollte schon hinausgehen, als seine vogelartige Frau flötete: »Weißt du denn nicht mehr, *mon vieux?* Hier hat früher einmal einer Parfüms hergestellt. Er war nicht von hier. Hieß der denn nicht Armand?« Zu Marty, die sich direkt vor sie gestellt hatte, sagte sie: »Das war *nach* dem Krieg. Das weiß ich genau.«

»Das ist gut möglich. Bitte, erzählen Sie mir mehr darüber.«

Die Frau überhörte das und sprach statt dessen mit ihrem Mann. »Dieser Kerl, der dann abhaute – Herrgott, Lucien, das mußt du doch noch wissen. Dieser große Skandal. Wir waren doch so schockiert, weil er Deutscher war.«

»Meinst du den, der in die Benoit-Familie eingeheiratet hat, *mon chou?* Benoit, das war ein Kriegsheld …«

»Ja, natürlich Lucien, Liebling. Das war der Alte im Rollstuhl. Seine Tochter führte den Laden. Anschließend haben die Suarez die Apotheke übernommen.«

»Und vier Monate später schon wieder verkaufen müssen«, meinte er spöttelnd.

»Stimmt, an uns«, rief sie ihm in Erinnerung. »Die Tochter vom alten Benoit – ich glaube, die hieß tatsächlich Odile.«

»Odile Nouvel vielleicht? Hieß ihr Mann Armand Nouvel?« fragte Marty nach.

Die Frau zuckte mit den Achseln. »Er war Deutscher, der sich als Franzose ausgab, ein ziemlicher Angeber.«

»Er hieß bestimmt Armand«, meinte der Mann.

»Das war zweifelsohne ein falscher Name. Die Tochter aber, das weiß ich genau, hieß Odile wie die Heilige Odile, die Schutzpatronin vom Elsaß«, sagte sie und prahlte mit ihrem Wissen.

»Was ist ihr widerfahren? Ich muß es wissen!« drängte Marty.

»Das sagte ich doch eben, hören Sie doch zu! Sie hat dieses Geschäft bis zur Übernahme der Familie Suarez geleitet.«

»Und der Name? Wie hieß sie mit Nachnamen?«

Lucien beugte sich vor; er mußte seine Frau vor dieser lauten Beharrlichkeit des Mädchens schützen. Deshalb sprach er laut, wobei er jede Silbe betonte. »Meine Frau hat es Ihnen doch eben gerade gesagt, Mademoiselle Benoit. Die Benoits waren jahrzehntelang die Besitzer dieser Apotheke.«

»Und ihr Mann, wie hieß der?«

»Keine Ahnung. Jetzt erinnere ich mich wieder, Lilette«, sagte er und lächelte seine Frau an. »Als wir herkamen, standen doch all diese Fläschchen im Keller, du weißt doch, die mit dem grünen Schild, auf denen *Zazou* stand. Man sagte uns – der Deutsche hätte Parfüm hergestellt.«

»Und wo ist das Parfüm jetzt?« fragte Marty. Sie war nervös.

Der Mann redete weiter mit seiner Frau. »Was haben wir damit getan?«

»Ich glaube, nichts.«

»Dann befinden sich die Fläschchen noch im Keller?« Marty schrie fast. Die beiden sahen sie mißbilligend an, sie sprach leise weiter. »Ich möchte mich da umschauen.«

»Wir schließen gerade, Mademoiselle«, sagte Lilette. Sie sah auf die Uhr. »Nein, wir haben geschlossen.« Sie warf einen bedeutungsvollen Blick zur Tür.

Marty griff in ihre Handtasche und holte das Portemonnaie heraus.

Die Frau spähte sogleich hinein. »Wenn Sie etwas davon kaufen möchten – nun ja, Lucien hol doch mal ein Fläschchen hoch. Es kostet 50 Francs.«

Ein Wucherpreis, dachte Marty und holte einen 100-Franc-Schein hervor. »Zwei bitte.« Der Duft konnte inzwischen verflogen sein.

»Ich helfe Ihnen nur zu gern, Liebste«, meinte Lilette zuckersüß.

Schließlich waren die beiden Fläschchen oben. Bei einem zog Marty den Stöpsel heraus. Sogleich fühlte sie sich an Brooklyn erinnert. »Das kenne ich!« Bittend fügte sie hinzu: »Bei wem kann ich mehr über Odile Benoit herausfinden?«

Wundersamerweise stellte der 100-Franc-Schein das Erinnerungsvermögen wieder her. »Sie wurde verrückt, nachdem ihr der Mann weggelaufen war«, sagte Lilette.

»Völlig verrückt«, bekräftigte ihr Mann, der zeigen wollte, daß er etwas beisteuern konnte. »Sie erlitt einen Schock.«

»Aber gestorben ist sie nicht?« fragte Marty.

»Gestorben? Eine Französin stirbt nicht, nur weil der Ehemann sie schlecht behandelt«, erklärte Lilette ernst.

»Das Kind, Odile hatte doch ein Kind, nicht wahr?« fast hätte Marty angefangen zu stottern. Das also bin ich, dachte sie. Odiles Tochter, Enkelin eines Helden.

Lucien sah sie entgeistert an.

»Davon weiß ich nichts«, bekannte Lilette. »Aber vielleicht läßt sich das ja auf dem Standesamt herausfinden.«

»Ich danke Ihnen, vielen Dank.« Marty griff sich die Fläschchen und lief hinaus.

Schon vor der Öffnungszeit stand Marty vor der Behörde. Der Stadtangestellte holte für sie das Geburtsregister. Mit leicht zitternden Händen trug sie es zu einem Tisch. Sie las die Eintragungen mit B, bis sie bei Benoit, Charles, war. War das ihr Großvater? Darunter gab es einen Benoit, Claude. Oder war er das? Dann folgten Benoit, Marguerite; Benoit, Odile.

»Geboren am 3. Juli 1909. Tochter von Claude Benoit und Jeanne Benoit, geb. Darrès. Verheiratung mit Armand Delarue am 6. November 1946, Tod am 17. Dezember 1969.«

Marty starrte auf das Datum. Vor drei Monaten. Vor kaum mehr als drei Monaten hatte ihre Mutter noch *gelebt*? Am liebsten hätte sie die Ziffern dazu gebracht, sich vor ihren Augen zu ändern. Ihr ganzes Leben lang hatte sie geglaubt, ihre Mutter sei tot, daß sowohl ihre als auch Vies Mutter gestorben seien und daß sie deshalb bei ihrem Vater lebten.

Sie legte das Buch aus der Hand und ging nach draußen, um frische Luft zu schnappen. Doch sie mußte jetzt etwas stärkeres in die Lungen bekommen. Sie ging hinüber zum Tabakladen, kaufte sich eine Packung französischer Zigaretten; sie zündete sich eine an, zog heftig daran, hielt den Rauch möglichst lange in sich, als wäre es ein Marihuana-Joint.

Nachdem sie die Zigarette zu Ende geraucht hatte, ging sie zurück ins Standesamt. Dort lag immer noch das aufgeschlagene Buch. Sie blätterte um, bis sie zu *D* kam. Darrès. Dazu hatte sie jetzt keine Zeit. Sie blätterte um, Delarue. Unter diesem Namen gab es nur einen Eintrag: Delarue, Martine. Geboren am 7. Januar 1948, Tochter von Armand Delarue und Odile Delarue, geb. Benoit.«

Geburt, Tod. Marty kam es vor, als stünde die Zeit still. Sie blieb ganz ruhig sitzen, den Blick ins Leere gerichtet, so daß der Beamte auf sie zukam und fragte: »Haben Sie das Nötige finden können, Mademoiselle?«

»Warten Sie!« Sie schaute ihn an. Die Hand ließ sie lieber auf dem Buch liegen, sonst nahm er es noch mit. »Befinden sich hier die Geburts- und Sterbeurkunden?«

»Nicht die Originale, aber in den meisten Fällen verfügen wir über Kopien. Jedenfalls von denen, die nach dem Krieg ausgestellt wurden. Die meisten anderen gingen leider verloren.«

»Könnten Sie mir einen Gefallen tun?« Marty schrieb zwei Namen auf. Sie benötigte für den einen die Geburts-, für den anderen die Sterbeurkunde.

Der Beamte hob den Zettel hoch, zog die Stirn kraus und sagte, er wolle sehen, was sich machen ließe, sie solle in ein paar Tagen wieder vorbeikommen.

»Es ist mir aber so wichtig. Bitte, können Sie mir die Urkunden nicht jetzt gleich besorgen?«

»Das geht leider nicht.«

Ob sie vielleicht mit einem kleinen Bestechungsversuch mehr Erfolg hätte? Könnte klappen. Sollte er das allerdings als Beleidigung seiner Ehre auffassen, könnte es durchaus sein, daß er endgültig jede Hilfe ablehnte. Sie lächelte ihn kokett an, befeuchtete sich die Lippen. Sie sah ihm in die Augen.

»Wie heißen Sie?«

»Albert«, brachte er stotternd hervor.

Früher mußte er einmal sehr unter Akne gelitten haben, noch

jetzt sah man die Narben. »Albert«, sagte sie leise, »ich muß diese Urkunden unbedingt sehen, das ist ganz wichtig für mich. Kann ich denn nichts tun, daß Sie sie mir etwas schneller besorgen?«

Er sah sie mit offenem Mund an; sie faßte ihn bei der Hand, zog sie sich Millimeter unter den Busen. Sie hielt die Hand fest, sah ihm in die Augen. Ein Lächeln huschte über ihr Gesicht. »Bitte, schlagen Sie mir das nicht ab.«

»Heute nachmittag. Kommen Sie um vier Uhr wieder.«

Sie ließ seine Hand los. »Sie sind so freundlich, Albert«, flötete sie. »Ich werde immer an Sie denken.«

Marty hob ihre Tasche hoch und ging hinaus. Als sie aus dem Gebäude trat, hatte sie seinen Namen bereits vergessen.

Ihre Geburt hatten ihre Mutter und ein gewisser Dr. Stefan Mallaquin, er war der Pate, eintragen lassen. Warum hatte das nicht ihr leiblicher Vater getan? Hatte er sie schon kurz nach der Geburt verleugnet?

Odile Benoits Sterbeurkunde hätte man noch nicht dem Standesamt in Carcassonne übersandt.

Sie sei in einem Dorf, etwa sechzig Kilometer entfernt, in der Nervenheilanstalt Sankt Anne gestorben. Das sei gar nicht so leicht herauszufinden gewesen, meinte der Beamte, und blickte Marty dabei an, als wäre sie der Mond und er das neugeborene Kälbchen. Er machte eine Pause, damit sie ihn lobte, aber sie sagte nur »Danke« und ließ ihn dann mit seinen emsig gestammelten Informationen allein. Rasch verabschiedete sie sich und rief ihm noch zu: »Auf Wiedersehen, Alfred.«

»Albert«, murmelte er untröstlich.

Der fünfte von ihr angesprochene Taxifahrer wollte sie schließlich hinfahren, allerdings nur, wenn sie im voraus zahlte. Sie gab ihm die Scheine wenig freundlich und setzte sich in den Fond. Auf der Fahrt sah sie nicht einmal nach draußen.

Eine dreiviertel Stunde später hielt das Taxi vor einem häßlichen Gebäude aus dem vorigen Jahrhundert, mit Steinmauern und Türmchen. Marty betrachtete dieses triste Gefängnis für

Nervenkranke, das auf sie wie eine groteske Parodie auf Carcassonne wirkte, bis der Fahrer ihr schließlich zurief: »Wollen Sie nun da hinein oder nicht? Das ist die Sankt-Annen-Klinik, Sie wollten doch her.«

Sie stieg aus. »Warten Sie hier auf mich.«

»Wie lange? Nach einer Stunde erhöht sich auch der Preis.«

»Du Gauner«, fluchte sie leise auf französisch. Das bewirkte, daß der Chauffeur sie verblüfft, dann aber bewundernd anschaute. »Sie warten hier, bis ich da drinnen alles erledigt habe.«

Marty ging hinüber zum Haupteingang. Die düstere Eingangshalle wirkte keine Spur weniger abweisend als das Äußere. Sie sagte zu der Wächterin – besser gesagt der Schwester – sie benötige eine Sterbeurkunde und folgte der gelangweilten Schwester in Uniform ins sargähnliche Büro der Madame Fouquet, der Leiterin des Archivs.

Madame Fouquet hatte Augen wie Pfeile. Sie heftete ihre Besucherin auf den fleckigen grünen Sessel mit ihren Blicken.

Marty teilte ihr sogleich den Grund ihres Besuches mit.

Madame Fouquet roch schnüffelnd in der Luft. Ihr Gesichtsausdruck ließ erkennen, daß sie sie übelriechend fand. »Wollen Sie mir damit etwa sagen, daß sich Ihre Mutter über zwanzig Jahre hier in unserer Anstalt aufhielt, ohne daß Sie sie auch nur einmal besucht haben?«

»Ich habe sie für tot gehalten.«

»Ach ja, zweifelsohne ist das eine bequeme Vermutung.«

Am liebsten wäre Marty ihr an die Gurgel gesprungen. Mit zusammengebissenen Zähnen erwiderte sie: »Ich bin nicht gekommen, um mit Ihnen über Familienangelegenheiten zu sprechen. Händigen Sie mir bitte die Sterbeurkunde aus.«

»Sie werden nicht in diesem Ton mit mir sprechen.«

»Ach nein? Da wär' ich aber nicht so sicher. Das Dokument ist der Öffentlichkeit zugänglich. Außerdem bin ich die engste Verwandte. Also, haben Sie die Urkunde oder nicht?«

»Für was halten Sie uns hier. Das Sankt-Annen-Spital ist ein außerordentlich gut geführtes Haus.«

»Warum haben Sie dann die Urkunde noch nicht dem Standesamt in Carcassonne zugesandt? Der Sterbefall liegt schon drei Monate zurück.«

»Sollten Sie hergekommen sein, um uns mitzuteilen, wie wir unsere Angelegenheiten hier zu regeln haben, dann ist es wohl besser«, Madame Fouquet stand auf, »Sie gehen auf der Stelle!« Bei den letzten fünf Worten kreischte sie.

Marty ging hinaus. Sie eilte zurück zur Wach-Schwester und verlangte, den Direktor oder die Direktorin dieser Anstalt zu sprechen.

»Haben Sie einen Termin?«

Marty war inzwischen fuchsteufelswild, so aufgebracht, daß sie im nächsten Augenblick hätte losheulen oder rauslaufen mögen. Doch zu ihrer eigenen Verwunderung blieb sie standhaft. »Den habe ich nicht. Ich bin von der Presse. Und sollte ich nicht binnen zehn Minuten den Leiter dieses gottverlassenen Instituts zu sehen bekommen, dann werde ich einen Artikel über die ungeheuerlichen Zustände hier schreiben, daß Ihnen Hören und Sehen vergeht.«

Die Frau huschte davon und kam ein paar Minuten später zurück, um Marty zum Büro des Herrn Direktors zu begleiten.

Eugène Grandneuf hatte eine rötliche Gesichtsfarbe. Als sie hereinkam, mühte er sich gerade, seine Zigarre auszudrücken und gleichzeitig die Krawatte zurechtzurücken.

»Bon soir«, begrüßte Marty ihn betont höflich. »Verzeihen Sie, daß ich Sie noch so spät am Tag aufsuche. Und ohne Voranmeldung. Ich bin eben aus Washington eingetroffen«, improvisierte Marty, die sich allmählich trotz der tristen Umgebung recht gut fühlte. Den ganzen Tag schon war sie gefühlsmäßig so geladen, daß sie jetzt nur noch Zuflucht zu mutlosem Galgenhumor nehmen konnte, den sie sich selbst vorspielte. »Mein Fahrer wartet draußen. Ich bin in Eile. Ich möchte die Sterbeurkunde von Odile Benoit sehen.«

»Aber selbstverständlich können Sie das.« Er bedeutete der Schwester, das Dokument zu holen.

»Da Sie sich schon bemühen«, rief Marty der Frau nach, »holen Sie doch gleich die vollständige Akte.« Sie drehte sich um zum Direktor. »Nur zu Ihrem eigenen Schutz. Es geht das Gerücht, man hätte Odile Delarue hier vergiftet.«

Fast hätte sie laut losgelacht. Als ihr Gegenüber diese Beschuldigung vernahm, wurde er puterrot im Gesicht. »Das ist schlichtweg unmöglich, Mademoiselle. Auch ich esse hier.«

Marty hob die Schultern; es machte ihr alles grimmigen Spaß. »Leider haben wir auch von anderen Dingen erfahren«, klärte sie ihn auf.

Die Schwester brachte die Akte herein. In dem offiziellen Dokument hieß es, die Patientin sei im Alter von sechzig Jahren an einem schweren Gehirnschlag verstorben.

In der Akte über Odile Benoit befanden sich Notizen und Beobachtungen verschiedener Schwestern, eine Medikamentenaufstellung sowie Arztbriefe mit Diagnose, Behandlungsart und Krankheitsverlauf. Sie sei paranoid, mit Größenwahn. Sie sei extrem depressiv, habe aber auch manische Phasen. Man habe sie mit Elektroschocks behandelt und mit Tabletten, damit sie entweder ruhiger oder lebhafter wurde.

Marty las die Briefe, die lateinischen Ausdrücke, die Gattungs- und Markennamen der verschriebenen Medikamente. Die schreiben da von meiner *Mutter*, dachte sie. Über eine wirkliche, lebendige Frau, die man mit Chemie und Elektrostößen so malträtierte, damit sie sich anders benahm, als sie selbst es wollte. Über die Frau, die mich zur Welt gebracht hat.

»Sie ist ganz friedlich verstorben«, versicherte ihr Grandneuf.

Marty bekam seine Worte nicht mit. Sie warf erneut einen Blick in den Ordner und auf die handschriftlichen Eintragungen mit den ganzen Rezepten und der detaillierten Aufzeichnung über den Schlaganfall. Nach dem Tod hatte Dr. Stefan Mallaquin den Leichnam abgeholt.

Derselbe Mann oder dessen Sohn? Mein Pate oder dessen Sohn? Seine Anschrift lautete Poste Retante, Aille-sur-Bois. Also postlagernd in einer ihr völlig unbekannten Stadt.

Aber der Taxifahrer kannte sie gut. Seine Nichte wohnte dort mit Mann und den Zwillingen, Jungens. Der Name Mallaquin sei ihm zwar nicht bekannt, er machte aber den Vorschlag, noch diesen Abend dorthin zu fahren. Marty könnte bei der Nichte wohnen und sich dann morgen früh gleich auf die Suche machen.

Schon lange hatte niemand mehr mit ihr so freundlich und gütig gesprochen. Dankbar nahm sie das Angebot an. Alain Brieux fuhr weiter rasend schnell durchs Dunkel. Er war stolz auf seinen Fahrgast, der es diesem Scheusal Grandneuf einmal gezeigt hatte, diesem Chefwächter vom Sankt-Annen-Spital, wo sein eigener Bruder kurz nach der Rückkehr vom Krieg eingelocht worden war.

Unterwegs nach Aille-sur-Bois saß sie auf dem Beifahrersitz. Als Alain Brieux herausfand, daß sie Amerikanerin war, streckte er ihr die Hand entgegen. »Wir sind Freunde«, sagte er fest. »Ich war in Paris, als Ihre Landsleute die Stadt befreiten.«

In einer Brasserie aßen sie schnell einen Happen. Dann rief er seine Nichte an. »Meine Nichte freut sich auf Ihren Besuch«, sagte er im Zurückkommen. »Wer diesen Grandneuf das Fürchten lehrt, ist ihr jederzeit willkommen.«

»Gut. Aber warum ist das so?«

»Weil ihr Vater in Sankt-Annen starb.«

»Vielleicht war er mit meiner Mutter befreundet«, dachte Marty laut. Sie ließ sich von ihm die Hand drücken. Es ist so einfach, sich dazugehörig zu fühlen, dachte sie. Man muß einen Menschen nicht schon lange kennen, damit man sich ihm nah fühlt.

Mit der Hilfe von Brieux' Nichte machte Marty ihn ausfindig. Stefan Mallaquin wohnte zur Miete im ersten Stock eines abbruchreifen Hauses, das durch ein Feld achthundert Meter vom Dorf getrennt war. Marty ging die Treppe hinauf und klopfte an. Von drinnen hörte man Schlurfen, gleich Ratten, die über einen Holzfußboden laufen. Dann machte er ihr auf.

Verwesungsgeruch schlug ihr entgegen. Marty tat einen Schritt zurück.

Mit dem einen Auge spähte er sie an, mit dem anderen fixierte er einen Punkt hinter ihr. Ihr war unklar, welches von beiden das Glasauge war. Er trug einen verschmutzten blauen Bademantel voller Fettflecke. Essensreste mußten ihm aus dem Mund oder vom Löffel gefallen sein. In den grauweißen Bartstoppeln hingen winzige Überreste der letzten Mahlzeit.

»Dr. Mallaquin? Ich heiße Martine Nouvel. Könnte ich mich kurz mit Ihnen unterhalten?«

Jetzt schielte das andere Auge sie an. »Wollen Sie ein Rezept von mir haben? Wollen Sie etwas von meinen Liebesaffären hören? Na gut, kommen Sie herein.«

Tief Luft holend betrat sie den Flur, er schloß und verriegelte die Tür. Dann ging er, sie lüstern angaffend, voran ins Wohnzimmer. Auf dem Boden lagen dreckige Teller und Bestecke, auch auf den Möbeln; überall krabbelten Ameisen herum. »Möchten Sie einen Tee trinken?« bot er ihr an.

»Nein, danke.« Sie erschauerte. Sie sah sich nach dem Sitzplatz um, der am wenigsten abstoßend wirkte. Sie setzte sich schließlich und stellte eine Tasse auf den Boden.

»Dr. Mallaquin ...«

»Was wollen Sie von mir?« fuhr er sie an.

»Ich bin Odile Benoits Tochter.«

»Sie sind das?« Er kam näher und betrachtete sie. »Die aus Amerika?«

»Richtig.«

»Ihre Mutter ist gestorben.«

»Das weiß ich. Ich habe sie nicht gekannt. Darum bin ich hier. Ich hoffte, von Ihnen etwas über sie zu erfahren.«

Er verschränkte die Hände hinterm Rücken, ging auf und ab, starrte dabei auf den Boden. Dann blickte er auf. Das eine Auge war auf sie gerichtet. »Nachdem sie verrückt wurde, war sie nicht mehr zu gebrauchen.«

»Wann war das?«

»Halten Sie mich ja nicht zum Narren!« rief er drohend. »Sie wissen es doch ganz genau. Sie wurde verrückt, als dieser Kollaborateur ihr weglief, dieser feine Ehemann, Armand Jolaunay.«

Marty verbesserte: »Das stimmt nicht. Sie heiratete Armand Nouvel, er selbst nannte sich Delarue.«

»Es war der Verräter Jolaunay.« Er blieb stehen. Er sah sie an, als wollte er sich an etwas erinnern. Ihr ging auf, daß er nicht mehr wußte, wen er vor sich hatte. »Dieser Dreckskerl«, fuhr er fort und ging von neuem im Zimmer auf und ab. »Wir haben alles über ihn herausgefunden, meine Leute und ich. Ach ja, damals bei der Widerstandsbewegung! Das war eine tolle Zeit, mein Fräulein. Die kommt nie wieder ... Armand Jolaunay. Nie werd' ich den vergessen. Ansehnlich war er ja, das ja, aber ein Nazi. Mit seinem Parfümzeug hat er sich hier bei den Deutschen eingeschmeichelt. Er hat eine Deutsche geheiratet und mit ihr ein Kind gezeugt. Dann sind die beiden hierhergekommen.«

Marty saß gebannt da. Sie fürchtete, er wäre schon ganz wirr im Kopf, hatte aber doch den Eindruck, daß er die Wahrheit sagte. »Junge Frau«, sagte er und warf ihr einen finsteren Blick zu, »warum sind Sie gekommen?«

»Könnten Sie mir, bitte, noch mehr erzählen: über die Widerstandsbewegung?«

»Gern.« Er schlurfte hinüber zur Küche. »Ich mache Ihnen erst mal Tee.«

»Bitte nicht! Ich meine, äh ... machen Sie sich doch bitte keine Umstände!«

Er kam zurück. »Nun, Sie wissen bestimmt, daß ich ein wichtiger Mann war. Wir mußten uns versteckt halten. Aber jetzt kann ich es verraten. Jawohl, Stefan Mallaquin war der Leiter der Widerstandsbewegung hier in der Gegend um Carcassonne. Wir versteckten uns, wir hatten das Ohr des Fuchses und das scharfe Auge des Marders. Ein Mann kam mit seinem blonden Töchterchen in die Stadt. Er nannte sich Delarue. Binnen einer Stunde, vielleicht dauerte es auch ein Jahr, war uns klar, daß er derjenige war, der einen unserer Brüder umgebracht hatte.«

»Umgebracht?«

»Ich bitte Sie, das müssen Sie doch wissen. Er schoß ihm ins Herz, vielleicht auch in den Kopf. Nach der Beerdigung.« Er blieb stehen. Anscheinend war er mit seiner Erzählung fertig.

»Beerdigung«, half sie ihm weiter. »Wer wurde denn beerdigt?«

»Seine deutsche Frau. Unsere Männer wollten den Verräter auf dem Friedhof kaltmachen. Aber der war ein ganz Hinterhältiger, er entwand einem unserer Kameraden die Waffe und erschoß ihn.«

»Hat man ihn geschnappt?« fragte sie, so, als höre sie die Geschichte über einen anderen. Es ging ihr nicht in den Kopf, daß dieser Mann ihr Vater war.

»Odile, wann hörst du auf, solchen Unsinn zu reden. Du weißt doch, daß du tot bist, deshalb kannst du dich nicht mehr richtig daran erinnern. Ich hab' dir doch gesagt, was ich über ihn wußte, und du hast mich gebeten, dein Zeichen abzuwarten. Du, du bist eine schreckliche Frau. Schlimmer als eine Schwarze Witwe.«

»Es tut mir leid für Sie«, sagte Marty unwillkürlich.

»Ja, so ist recht, lächle mich ruhig an. Mit diesem freundlichen Lächeln, das du immer Onkel Stefan geschenkt hast, damals, als du mit dem Arm voller Blumen ins Zimmer gelaufen kamst, da stand fest: dich will ich einmal heiraten. Das Kind wäre unseres gewesen.«

»Was für ein Kind?«

»Bist du nicht nur tot, sondern auch noch taub?« Er drehte sich wieder weg, blieb an der Küchentür stehen und kam zurück zu Marty. »Ich spreche von Martine, meinem Patenkind: Wenn sie unser Kind gewesen wäre, hättest du nicht versucht, sie umzubringen.«

»Wie bitte?«

»Deine Giftmischerei. Diese ganzen dunklen Pläne. Das Haus anstecken, ihr die Beine wie einem Huhn ausreißen. Du bist zu weit gegangen. Du warst wahrhaft böse. Ich hätte den Kollaborateur umgebracht, um bei dir sein zu können, vielleicht sogar seine Tochter. Aber unser Kind, Odile! Das hätte ich nicht getötet! Ich glaube«, sagte er, und er legte die Fingerspitzen aneinander, »du warst schon damals verrückt.«

Beide schwiegen. Der Alte schlurfte zurück zur Küche. Als er da angekommen war, hatte er schon wieder vergessen, was er dort tun wollte.

»Er war kein guter Mann, dein Gatte, aber immer noch besser als du. Er hat das Kind gerettet.«

»Welches?«

Er starrte sie an. »Du bist das Kind, du bist Martine. Warum quälst du mich so. Zieh deine Kleider aus.«

»Nein!«

»Genau wie deine Mutter. Zuerst willst du den Ehering, natürlich. Den besorg' ich dir. Aber jetzt zieh dich aus!«

Sie stand auf. Sie hatte Angst. Wenn sie auch nur einen Moment länger in diesem stinkenden Zimmer blieb, würde ihr schlecht.

Er betrachtete sie freundlich. »Wieso wollen Sie schon gehen? Sie sind doch gekommen, um etwas über Ihre Mutter zu erfahren, und ich erzähl's Ihnen doch. Ich bin der einzig Lebende, der alles über sie weiß. Sie ist tot. Sie starb im Dezember an einem Schlaganfall. Davor war sie manisch-depressiv, hatte paranoide Phasen. Ansonsten war sie bei guter Gesundheit. Jeden Sonntag haben wir lange Spaziergänge miteinander gemacht. Das Essen da war ihr zuwider.«

»Haben Sie sich jede Woche mit ihr getroffen?«

»Sie war die Tochter meines besten Freundes. Ich fühlte mich verantwortlich für sie – ich kannte sie von Geburt an. Ich hielt sie übers Taufbecken, ebenso wie Sie ... Aber jetzt müssen wir zusammen Tee trinken.« Diesmal ging er tatsächlich in die Küche, als wäre er endlich in die Wirklichkeit zurückgekehrt. Sein Hin- und Hergeschlurfe kam Marty wie eine Reise in die Zeit vor, und er überbrückte dabei die Kluft zwischen Vergangenheit und Zukunft.

Als er zurückkam, war er wieder wütend. »Du bist der Grund, daß man mich vertrieben hat, Odile. Dir hab' ich's zu verdanken, daß ich in diesem Dreckloch hause. Man hat's mir nie abgenommen, meine Kameraden meinten, ich würde Jolaunay deinetwegen schützen. Aber das stimmte nicht. Ich hab' dir nur deshalb gesagt, ich würde auf ein Zeichen von dir warten, weil die Vorbereitungen noch nicht abgeschlossen waren. Doch an dem Tag, als du zu mir gelaufen kamst, so verwirrt und verrückt, waren wir bewaffnet, zum Ausrücken bereit. Da war er aber bereits mit den Kindern geflohen. Meine Leute dachten, ich hätte ihm dabei geholfen. Die haben mich beschuldigt, ich hätte ihm dabei geholfen. Die haben mich beschuldigt, ich hätte seine

Flucht arrangiert!« Dicke Tränen liefen ihm die Wangen hinunter. »Ich! Ein Sohn Frankreichs! Mich haben sie beschuldigt, dem Kollaborateur geholfen zu haben. Ich wurde der Hase, und sie waren die Füchse.«

»Hat man Sie festgenommen?«

»Was bildest du dir ein, du Schlaumeier. Stefan Mallaquin kann es mit jedem aufnehmen!« Er verbesserte sich. »Mag sein, daß er mit den Deutschen kollaboriert hat, mag sein, daß er nur Geschäftsmann war, naiv, aber loyal dem Staat gegenüber. Er hat unseren Kameraden nur umgebracht, um die eigene Haut zu retten, nicht aus Niedertracht – so wie du unsere Tochter umbringen wolltest, Odile. Er hat ihr das Leben gerettet. Dankbar solltest du ihm sein. Man sagte mir, er sei nach Amerika gefahren. Dort wächst jetzt unsere Kleine auf.«

Das war nun doch zuviel. »Ich muß jetzt gehen. Lassen Sie mich bitte hier raus«, wies Marty ihn mit fester Stimme an.

Diesen Tonfall verstand er. Mechanisch steuerte er auf die Tür zu. Er zog sie auf und streckte Marty die Hand hin. »Es war wirklich sehr nett, daß Sie mich besucht haben. Man bekommt ja kaum noch Besuch. Kommen Sie doch mal wieder. Dann mach' ich uns bestimmt Tee.«

Sie stand vor der Wohnung. »Ich danke Ihnen für alles«, sagte sie mit schwacher, zittriger Stimme. Dann lief sie die Treppe hinunter.

»Wenn Sie das nächste Mal Ihren Vater treffen«, rief er ihr nach, »richten Sie ihm aus, daß ich ihm verziehen habe.«

Als sie endlich draußen war und übers Feld rannte, stieß Marty einen Schrei gleich dem Stöhnen eines verletzten Tieres aus. Sie vernahm den Laut, den sie da produzierte und fiel jäh in Schweigen. Jetzt brauchte sie nicht mehr davonzurennen. Es war höchste Zeit, wieder heimzukehren.

Die Geschwister Jolay

1973–1982

Marty bestand ihr Examen in Betriebswirtschaft an der Harvard-Universität mit dem drittbesten Ergebnis. Vie war bei der Verleihung der Abschlußzeugnisse dabei. Unwillkürlich umfaßte sie fester ihre Handtasche, die auf dem Schoß lag, und in ihrer Miene spiegelten sich widerstreitende Gefühle: Stolz und Bedauern.

Vor Jahren hatte sie selbst die Schule verlassen. Und jetzt stand Marty da oben auf der Empore und nahm ihr Zeugnis mit dem Selbstbewußtsein desjenigen entgegen, der sich hochgearbeitet hatte und ganz oben angelangt war.

Den Kopf hoch erhoben, kam Marty das Treppchen herunter auf Vie zu. Als sie auf gleicher Höhe mit ihr war, erblickte sie ihre Schwester und winkte ihr freundlich lächelnd zu.

Vie krauste die Stirn. Wie hatte Marty das bloß ganz allein geschafft? Ohne um finanzielle Unterstützung zu bitten? Vie mußte an das goldene Armband denken – Martys Geschenk zu ihrem Schulabschluß –, den leeren Strumpf. Sie hatte sich nicht getraut, zu fragen, woher Marty das Geld für ihren Lebensunterhalt hatte.

Eigentlich wußte sie überhaupt nicht, wie Martys Leben während der letzten fünf – nein, fast sechs – Jahre gewesen war. Als die Detektei im Jahre 1970 Martys Spur aus den Augen verlor, verlängerte Vie den Auftrag nicht mehr und fand sich mit Martys Verschwinden ab. Die Nachforschungen an Bord der *Apollo* waren ergebnislos verlaufen. Jean el-Dhouni, alias Jean-Luc Delbeau, gab zwar zu, daß er mit ihr in Paris gewesen war. Doch wüßte er nicht, wo sie sich derzeit aufhielte. Das letzte Mal hatte er sie sieben Wochen zuvor gesehen, bei der Abreise aus Paris, um zu Menarchos zurückzufahren ... Die übrigen Passagiere der

Apollo behaupteten, nie etwas von dieser Frau gehört zu haben.

Im Abschlußbericht hieß es dann, sie habe am selben Tag wie Dhouni-Delbeau das Crillon-Hotel verlassen; danach habe man keine neue Spur mehr aufnehmen können. Vielleicht halte sie sich noch in Paris auf – oder sonstwo. Vie schrieb daraufhin zurück, man solle die Nachforschungen einstellen.

Sie hatte zur Überschreibung von Armands Firmenanteil einen vorläufigen Vertrag aufgesetzt. Von seinen vierzig Prozent erhielten Vie und Marty je fünfzehn. Die restlichen zehn Prozent teilte man zu gleichen Teilen unter Tschandra und Philippa auf, die zu Treuhändern des übrigen Vermögens bestellt wurden.

Am 7. Januar 1973 wurde Marty fünfundzwanzig, und Vie hatte gehofft, daß sie sich dann bei ihr melden würde. Doch erst vor fünf Tagen, es war inzwischen Mai, hörte sie von ihr. Sie hatte Vie telefonisch gebeten, doch zu ihr nach Cambridge zu kommen.

Sie erzählte ihr weder, wo sie sich in der Zwischenzeit aufgehalten hatte, noch warum sie gerade jetzt anrufe. Ihre Stimme klang so ruhig und sachlich, als hätten sie noch vor zwei Wochen miteinander telefoniert. Auf Vies aufgeregte, fast hysterische Fragerei entgegnete sie betont kühl: »Alles Weitere können wir hier in Cambridge besprechen.«

Enttäuscht bat Vie sie, doch wenigstens etwas von sich, überhaupt irgendwas zu erzählen.

»Ich habe meinen Namen geändert«, erwiderte Marty.

»Und wie heißt du jetzt?«

»Martine Jolaunay.«

Vie starrte den Hörer an. Sie war so erschrocken, daß ihr keine Antwort einfiel. Was konnte Marty nach Armands Tod zugestoßen sein?

Nachdem Alain Brieux Marty nach Carcassonne zurückgefahren hatte, stieg sie in den Zug nach Marseille. Dort konnte sie sicherlich etwas über die *Apollo* in Erfahrung bringen. Sie fragte sich im Hafen durch und hatte Glück dabei; die Yacht, so hieß es, liefe in drei Tagen ein.

Marty nahm sich ein Zimmer in einer Seemannspension und wartete. Was sie jetzt machen mußte, stand fest. Zurück in die Heimat fahren und neu anfangen. Als erstes müßte sie das Zwischenexamen ablegen. Anschließend würde sie Betriebswirtschaft studieren, damit sie vor dem Eintritt in Vies Unternehmen mit dem nötigen Wissen ausgestattet wäre – Vies Firma! Dann würde sie sich an die Spitze von Jolay setzen und Armand zu Ehren erfolgreich sein. Was er auch im Krieg angestellt haben mochte, eines war klar: Er hatte für sie sein Leben gelassen. Und Marty wollte allen beweisen, was in ihr steckte. Sie würde Armand rehabilitieren und seinen Namen zum bedeutendsten im Parfümgeschäft machen.

Marty wartete in Marseille auf die Ankunft der Yacht. Sie brauchte Geld, das würde sie sich auf rechtmäßige Weise besorgen. Und zwar für bereits geleistete Dienste.

Am dritten Nachmittag lief die Yacht ein. Die Mannschaft und die Passagiere kamen von Bord. Sie sah Jean-Luc die Gangway hinabgehen und die Mole betreten. Vor ihm ging Menarchos. Marty versteckte sich in einem Torweg, bis Jean-Luc allein war. Dann schlenderte sie zu ihm hinüber. Er bemerkte sie sofort. Sie machte ihm ein Zeichen: Er sollte ihr folgen, was er auch tat ... allein.

»Gott sei Dank: du lebst«, meinte er, als sie in ihrem Hotelzimmer waren. Er wollte sie in die Arme nehmen.

»Spar dir deine Sprüche.« Sie schob ihn von sich weg. »Ich hab' dich nicht hergebeten, um neue Bande zu knüpfen. Du bist ein Mistkerl, damit du's weißt. Aber ungestraft kommst du mir nicht davon.«

Er stand in dem kleinen Zimmer mit dem Holzfußboden und betrachtete sie aufmerksam. Marty stand ihm gegenüber, die Arme vor der Brust verschränkt, und sah ihn mit konzentrierter Entschlossenheit an.

»Ich bin auf dich hereingefallen, auf diese ganze abgekartete Sache – dann dieser Liebeskummer. Du hast mir gesagt, ich wäre intelligent, ich könne alles erlernen ...«

»Das stimmt, du hast alles ziemlich schnell begriffen und

würdest noch viel dazulernen können.«

»Ach ja?«

»Marty, Liebste. Verzeih mir …«

»Rühr dich nicht vom Fleck! Nach meiner Flucht von der Yacht hätte ich dich umbringen wollen. Aber jetzt ist es mit derartigen Gelüsten vorbei. Ich bin nicht mal mehr wütend auf dich. Ich will mich nur auf anständige Art von dir trennen.« Sie behauptete sich ihm gegenüber und warf ihm einen Blick zu, der deutlich zeigte, daß sie mit ihm fertig war.

»Soll ich dir mal was sagen? Du hast mir tatsächlich eine Menge beigebracht. Nach all der Schauspielerei, zu der du mich gebracht hast, bin ich weggerannt und habe herausgefunden, wer ich wirklich bin. Ich habe mehr herausgefunden, als deine Pläne vorsahen.

Und außerdem hast du mir gezeigt, daß ich nicht dumm bin und es in mir habe, das einmal Vorgenommene auch zu erreichen. Ich fahre nach Hause und werde eine erfolgreiche Geschäftsfrau. Und zwar eine sehr erfolgreiche! Und du wirst mir meine Ausbildung finanzieren!« Sie machte eine Pause. Sie genoß seinen erstaunten Gesichtsausdruck. »Ich brauche dreißigtausend Dollar, die möchte ich bis morgen abend, spätestens bis übermorgen früh haben, anschließend fahre ich nach Amerika mit der *S.S. Genua.*« Sie hatte zwar noch nicht gebucht, aber das mußte er ja nicht unbedingt wissen. Sie hatte keine Ahnung, wann das Schiff wirklich auslaufen würde, aber sie wollte Jean-Luc keine längere Frist gewähren und wollte das Geld möglichst rasch in Händen halten. Aber die Vorstellung gefiel ihr: per Schiff zurückzukehren, auf demselben Weg, wie sie angekommen war. Das wäre eine runde Sache, nur recht und billig.

»Das ist ziemlich viel Geld …«

»Eine gute Ausbildung kostet eben viel.«

Er sah sie hilflos an. Ihm blieb wohl nichts anderes übrig, als ihr den Wunsch zu erfüllen. Als sie ihm so gegenüberstand und ihn wütend anfunkelte, erschien sie ihm begehrenswerter denn je. Sie hatte wirklich Mut! Er sah sie als junge Amazone, als Kriegerin vor sich. Er sehnte sich danach, sie zu berühren, sie zu packen, diese starke Frau zu bezwingen. Er wußte aber genau, daß er sie verloren hatte. In jener Nacht auf der *Apollo* hatte er sie gehen lassen – in die dunklen Fluten, aus denen sie beinah nie wieder aufgetaucht wäre.

In Torremolinos hatte er sich überall nach ihr erkundigt. Man versicherte ihm, es sei ganz bestimmt kein Leichnam angespült worden. Wie verrückt hatte er nach ihr gesucht, doch niemand konnte ihm etwas sagen. Bis er dann schließlich den Kellner im Strandcafé befragte. Der erklärte ihm, er hätte ein völlig durchnäßtes Mädchen im Abendkleid morgens vom Strand heraufkommen sehen. Sie sei mit dem jungen englischen Herrn, George Barclay, zusammengewesen. »Diese Engländer sind ziemlich exzentrisch«, meinte er achselzuckend.

Jean Luc gab ihm einen Zwanzigdollarschein und bat um eine Beschreibung der Frau: eher klein, dunkles Haar; schwarzes Kleid, blasse Haut. Jean-Luc kehrte zur *Apollo* zurück, erzählte aber Menarchos kein Wort.

Nachdem er sie in Sicherheit wußte, überlegte Jean-Luc immer wieder, was er hätte tun sollen. Warum er sowohl sie als auch sich selber im Stich gelassen hätte. Er wollte sie ja wiederfinden, alles irgendwie wiedergutmachen. Doch seine Gedanken drehten sich im Kreis, er kam zu keinem Ergebnis. Daß sie ihm nie vergeben würde, wußte er. Dafür kannte er sie zu gut. Für sie gab es nur einen Moralkodex: zusammenhalten. Sie hatte ihm schließlich von ihrer Bande in Brooklyn und von Casey erzählt. Jean-Luc spürte deshalb intuitiv, daß ihrer Meinung nach sein Verrat unverzeihlich war. Sie hatte ihn geliebt, davon war er überzeugt. Genauso sicher war er jedoch auch, daß sie diese Liebe mit über Bord genommen hatte, als sie auf der Flucht vor Menarchos' Perversion über die Reling gesprungen war. Jetzt wollte sie bloß noch Rache an ihm nehmen.

Er hatte darüber nachgedacht, wie sie das wohl anstellen würde, und er mußte sich eingestehen, daß er Angst vor ihr hatte. Und nun stand er in diesem öden Zimmer, in dem eine einzelne Glühbirne von der Zimmerdecke hing und eine zerschlissene Decke auf dem Eisenbett lag, und war fast erleichtert über ihre Forderung. Es war eine große Summe, die man nicht leicht so kurzfristig würde besorgen können, aber das Geld war bestimmt das einzige, was sie von ihm verlangte. Dieser Handel wäre endgültig. Er würde ihr dreißigtausend Dollar geben und nie mehr etwas von ihr hören. Sie würde nichts ausplaudern, ihn nicht vor Gericht bringen und sich auch nicht weiter rächen. Das begriff er. Dennoch wollte er sie nicht verlieren, er wollte sie an sich binden, damit sie nicht für immer aus seinem Leben verschwand. Sie, keine andere Frau begehrte er, sie bewunderte er, und ihr Körper war es, den er am stärksten begehrte.

»Geh jetzt. Und übermorgen früh um acht tauchst du mit dem Geld hier auf.«

»Für den Fall, daß ich das Geld besorge – wie willst du es denn in die Vereinigten Staaten schaffen? Du müßtest es schmuggeln ...«

Sie schnitt ihm das Wort ab. »Keine Bange, ich komm' schon klar. Ich kann sehr gut auf mich allein aufpassen.«

Sie hielt ihm die Tür auf. Dann schloß sie hinter ihm ab. Sie war sicher, daß Jean-Luc übermorgen bestimmt mit den dreißigtausend wieder auftauchen würde. Und mit diesem Geld ausgestattet, könnte sie ihr Zwischenexamen machen und sich anschließend das beste Studium ganz Amerikas leisten. Sie würde erfolgreich sein!

Ich weiß überhaupt nichts von Marty, dachte Vie, die ungeduldig darauf wartete, daß die Zeugnisverteilung endlich vorüber war. Der Dekan hatte inzwischen weitere Urkunden verteilt; sie nahm gar keine Notiz mehr davon. Ich habe keine Ahnung, was sie in diesen Jahren getan hat, und auch nicht, was für ein Mensch sie geworden ist.

Und wie ist das mit mir? überlegte Vie. Hab' ich mich denn verändert?

In vielerlei Hinsicht hatte sich überhaupt nichts geändert. Jolay hatte sich vergrößert, die Firma war inzwischen viel größer als bei Armands Tod. Murray Schwartzman hatte eine Verkaufsmannschaft zusammengestellt, auf die absolut Verlaß war. Die

Firma produzierte viele neue Artikel und verfügte über eine eigene Werbeabteilung. Vie war jetzt achtundzwanzig. Als Chefin eines blühenden Unternehmens wurde sie von der Presse umworben. Ihr Konterfei war schon mehrmals auf dem Titelblatt von *Business Week* erschienen.

Sie war in eine neue Wohnung südlich vom Centralpark gezogen, und ihren Kleiderschrank füllten teure Modellkleider und Pelzmäntel. Im Grunde aber hatte sich nichts geändert, Umsatzsteigerung, Expansion – das war doch unvermeidlich, wenn sich der Aktienfonds der Firma vergrößerte. In ihrem Privatleben dagegen bewegte sich wenig. Ihre besten Freunde waren noch immer Philippa und Tschandra. Der Tagesablauf war stets gleich. Seit Vaters Tod war nichts Aufwühlendes mehr geschehen, und nach Hubert hatte kein Mann mehr sie richtig interessiert.

Die wenigen Männer, mit denen sie eine Affäre hatte, erweckten keine Leidenschaft in ihr.

Ihre engsten Vertrauten hatte sie sozusagen beruflich kennengelernt – Tschandra, Murray Schwartzman, Don Garrison. Und Mike Parnell. Drei Jahre nach seinem Juraexamen war er als Partner in eine große Anwaltskanzlei eingetreten. Inzwischen betreute er Vies private Rechtsangelegenheiten. Schon beim ersten Treffen vertraute sie ihm. Er sah gut aus, war aufmerksam, einer, der sie zum Lachen bringen konnte. Damit war er der ideale Begleiter für die formellen Gesellschaften, die Vie besuchen mußte. Sie hatten auch dann Spaß miteinander, wenn die übrigen Gäste entsetzlich langweilig, das Reden langatmig und das Essen lausig war. Ab und zu gingen sie beide nach einem zwar eleganten, aber faden Dinner noch zu *Ray's* oder *Gino's* um eine Pizza zu essen. In der etwas deplaziert wirkenden Abendgarderobe sahen sie wie Flüchtlinge aus einem besetzten Königreich aus.

»Du siehst *nicht* wie ein Pinguin aus – du bist eine große Möwe mit schwarzem Rücken«, widersprach Vie ihm, wenn er wegen seines Smokings murrte. Mike war groß, hatte aber eine muskulöse, athletische Figur. »Du watschelst nicht«, versicherte sie ihm, »du schwingst dich in die Höhe!«

Über die Jahre hatte er sie ein paarmal gefragt, ob sie sich nicht mit ihm gemeinsam »in die Höhe schwingen« wollte. Sie mochte ihn sehr, ihr gefiel sein Äußeres, wie gescheit er war und die angenehme Art, wie er ihre Stimmung heben konnte. Doch sexuell zog er sie nicht an. Vie entschuldigte sich, gab ihm einen Kuß auf die Wange, sagte ihm, wie sehr sie ihn mochte, aber auch, daß ihre Empfindung nicht für eine gemeinsame Zukunft ausreichte. Mike war ihr guter Freund. Bei Mike bestand kein Risiko, sie würde nie eine solche Enttäuschung mit ihm erleben wie damals bei Hubert.

Ich führe ein langweiliges Leben, dachte Vie, als der Dekan der Fakultät schließlich beim Buchstaben W angelangt war. Auch im Geschäftlichen hatte sie kaum noch Erfolgserlebnisse. Jolay expandierte, die Angestellten mochten sie. Man erkannte an, daß sie in ihrer Branche führend war. Aber sie hatte nicht diesen Schwung, fand sie, wie Philippa, die sich in jedes neue Geschäftsvorhaben stürzte, als ginge es dabei um eine neue Liebe. Du kümmerst dich um zuviel Nebensächliches, hatte Philippa ihr einmal vorgeworfen. »Du brauchst einen Geschäftspartner, der die geschäftliche Seite erledigt, damit du dich in aller Ruhe um die kreativen Dinge kümmern kannst.« Das mochte sie entlasten, stimmte Vie zu, aber Jolay gehörte so sehr zu ihr, daß sie davor scheute, irgend jemandem die Verantwortung dafür zu übertragen. Die Firma müsse ein Familienunternehmen bleiben.

Marty hatte sehr viel erreicht. Vie stellte sich zum erstenmal vor, wie es wäre, mit ihrer Schwester zusammenzuarbeiten. Bei diesem Gedanken faßte sie neue Hoffnung.

Am Anfang müßte man Marty alles zeigen. Doch schon bald, wenn sie sich als begabt und engagiert herausstellte ... Vie rief sich zur Ordnung. Vielleicht hatte Marty ja ganz andere Pläne. Vielleicht hatte sie ja auch schon Angebote von anderen Firmen.

Die Feier war vorbei. Vie machte sich auf die Suche nach Marty, um ihr zu gratulieren. Studenten und Professoren standen auf dem weichen Rasen. Man gratulierte Marty zu dem hervorragenden Abschneiden. Ein Mann mit Vollbart gab Marty einen kräftigen Schlag auf die Schulter; Marty blickte lächelnd auf Vie und stellte beide einander vor: »Professor Glick. Er hat mir beigebracht, was kreatives Marketing ist – meine Schwester, Vie Nouvel, sie hat Jolay-Parfüms gegründet.«

Professor Glick ließ Martys Schulter los und schüttelte Vie kräftig die Hand. Er strahlte sie durch seine Brille an. »Freut mich, Sie kennenzulernen. Ihre Schwester ist meine beste Studentin seit Jahren gewesen, für so jemanden lohnt es sich zu unterrichten.«

Vie erwiderte das Lächeln und sagte: »Ich bin stolz auf Marty. Ein so guter Abschluß ist eine großartige Leistung!«

»Find' ich auch«, stimmte Marty lächelnd zu. »Nun komm aber endlich, ich lad' dich zum Essen ein.«

Vie wollte protestieren und sagen, das sei doch *ihre* Sache. Aber Marty hatte sie bereits am Arm genommen und schob sie zum Auto – keinen Widerspruch duldend.

Daß Marty sich so natürlich in dem teuren Restaurant benahm, daß sie in makellosem Französisch bestellte und daß sie sich mit den Weinen außerordentlich gut auskannte – all das verblüffte Vie und ließ sie nur noch mehr über die vergangenen Jahre nachgrübeln. Marty war sich ihrer selbst so sicher, daß sie sich über ihre »Karriere« lustig machen konnte. Sie verfiel in den breiten Brooklyn-Akzent, hob das Glas Beaune an und zögerte kurz, ob sie den Wein nehmen sollte oder nicht, schließlich nickte sie kurz dem Kellner zu. Sie meinte im Scherz: »Hört sich gut an.« Trotzdem – dieser Scherz unterstrich lediglich, daß sie sich in den Vordergrund spielen wollte.

Von der Straßengöre zur gewandten Dame von Welt.

Vie brannte darauf, Marty über ihre vergangenen Erlebnisse und zukünftigen Pläne auszufragen. Von sich aus gab Marty natürlich nichts preis; deshalb überlegte Vie, wie man verschiedene Themen zur Sprache brächte, ohne dabei aufdringlich zu wirken. Sie begann mit dem – hoffentlich – Unverfänglichsten. »Wo hast du eigentlich so gut Französisch gelernt?«

»Das hab' ich so aufgeschnappt«, gab Marty achselzuckend zurück.

»Hast du lange in Frankreich gelebt?«

»Nein, nicht lange – ich habe einen Intensivkursus besucht.« Sie ließ das Thema fallen. Vie stellte weitere Fragen, um Marty aus der Reserve zu locken, doch ohne Erfolg. Schließlich fragte sie unumwunden: »Kennst du Sophokles Menarchos?«

Marty legte die Gabel hin. Jetzt fragte Marty bestimmt gleich, was Vie von ihm wüßte. Dann müßte sie zugeben, daß sie ihr mit Hilfe von Detektiven nachgespürt hatte. Aber nun war die Frage schon heraus; sie bereitete sich auf Martys Wutausbruch vor.

Marty nahm nur wieder die Gabel zur Hand. »Ich habe ihn getroffen«, sagte sie tonlos. »Er ist nicht ganz richtig im Kopf.« Vie sah schweigend zu, wie Marty still die Ente mit Reis verzehrte. Sie wollte also nichts von sich erzählen. Es sei denn, man zwang sie dazu. Vie mußte das Risiko eingehen und einen Vorstoß wagen. »Hast du schon irgendwelche Pläne, was die Arbeit betrifft? Hoffentlich nicht. Ich möchte nämlich, daß du bei mir einsteigst.«

Marty zeigte keinerlei Überraschung und schaute nur auf: »Unter was für Bedingungen?«

»Denselben, unter denen ein anderer eingestellt wird.«

»Nicht irgendein anderer, Vie, sondern ein leitender Angestellter.«

»So hab' ich es natürlich gemeint. Du wirst rasch aufsteigen. In einem halben Jahr könntest du wahrscheinlich in alles eingearbeitet sein.«

Marty hielt den Kopf schief. »Ich bin sehr flink, Vie, du wirst dich noch wundern. Ich bin ehrgeizig, ich erreiche ziemlich schnell die Ziele, die ich mir gesteckt habe.«

»Und das wäre ...?«

»Ganz oben zu sein.« Sie lächelte. »Dort, wo du bist.«

»Bist du auf meinen Job aus?« erkundigte sich Vie freundlich lächelnd. »Auf jeden Fall gefällt es mir, wie engagiert du bist. Du kannst es ja versuchen, aber ich habe zwölf Jahre Erfahrung, und so was holt man nicht so ohne weiteres auf. Du hast mich noch nicht bei der Arbeit gesehen, Marty. Ich beherrsche mein Handwerk.«

»Du wirst dir also keine Gedanken darüber machen, ja, daß ich dich verdränge?«

»Irgendwann in der Zukunft können wir vielleicht Partnerinnen werden«, bot ihr Vie versöhnlich an.

»Das kann durchaus sein«, gab Marty zurück. »Es sind schon seltsamere Dinge passiert.«

Die beiden gaben sich die Hand wie Verhandlungspartner, wobei jede meinte, sie hätte einen Vorteil errungen. Nach ihrer Rückkehr aus Frankreich hatte sich der Entschluß, den Marty in Marseille getroffen hatte, noch gefestigt. Das Studium war ihr nicht leichtgefallen und hatte anfangs wirklich eine Herausforderung dargestellt. Doch sie hatte nicht aufgegeben. Sie lebte in einer harten Welt – niemand wußte das besser als sie –, und nur mit Macht und Einfluß konnte man darin bestehen.

2

Martine Jolaunay, die gerade ihr Betriebswirtschaftsstudium erfolgreich absolviert hatte, trat bei Jolay ein, um die Firma im Sturm zu erobern.

Vie zeigte ihr die Büros, die verschiedenen Abteilungen; sie zeigte ihr die »Bibliothek« der Düfte, in der auf Regalen die neu entwickelten chemischen Aromastoffe lagerten, zusammen mit den herkömmlichen Substanzen und den Duftkomponenten, die man bei Jolay oder Konkurrenzfirmen hergestellt hatte. Auf einem Regal lagen Artikel aus Fachzeitschriften, die über die neuesten Entwicklungen in der Branche, die Entwicklung neuer Düfte und auch die neuesten Werbeideen informierten.

Sie stellte Marty den Angestellten vor, die in den Büros und im Lager arbeiteten. »Sie sind also die Schwester unserer Chefin«, stellte Murray Schwartzman fest. »Wie schön.«

»Es dauert nicht mehr lange, dann treffe ich hier die Anordnungen«, erwiderte Marty knapp und wandte sich ab.

Murray flüsterte Vie achselzuckend zu: »Wie soll man denn

wissen, daß man sie nicht als Ihre Schwester ansprechen darf. Das ist sie doch, oder?«

»Wir sind Halbschwestern«, rief ihm Vie in Erinnerung; es machte ihr Sorgen, daß Marty so heftig auf seine Bemerkung reagiert hatte.

»Und wo wird mein Büro sein?« wollte Marty wissen, als Vie sie wieder eingeholt hatte.

Vie hatte darüber bereits nachgedacht. Da sie aber nicht voraussagen konnte, in welcher Funktion Marty schließlich in der Firma arbeiten würde, wollte sie diese Entscheidung einige Monate aufschieben. Bis Marty die verschiedenen Abteilungen kennengelernt und sich eingelebt hätte. »Du bekommst einen Schreibtisch zugeteilt, während du dich hier ein bißchen umschaust und unsere Arbeitsweise kennenlernst. Du brauchst sicherlich mindestens drei Monate Einarbeitungszeit. Danach können wir dir immer noch ein Büro einrichten.«

»Also«, sagte Marty in fast drohendem Tonfall und betrat Vies Büro. Grußlos ging sie an Elaine vorbei. »Ich möchte ein Büro direkt neben deinem haben. Schließlich bin ich kein x-beliebiger Lehrling. Außerdem habe ich es nicht nötig, mich bevormunden zu lassen. Mir gehört mehr als ein Drittel des Firmenkapitals, vergiß das nicht.«

Vie nickte, wenig erfreut. Nachdem Armands Vermögen aufgeteilt worden war, war Martys ursprünglicher Anteil an Jolay von 20 Prozent auf 35 Prozent angestiegen. »Wie du selber siehst, ist kein Platz für ein Büro direkt neben meinem«, gab Vie zurück. Sie überging das Thema Geschäftsanteile. In ihrem Büro benötigte sie Ruhe.

Während Geschäftsbesprechungen hielt sie die Tür geschlossen. Und auch dann, wenn sie allein hinterm Schreibtisch saß. All ihre Besucher kamen zunächst durch eine mächtige Eichentür in das Vorzimmer, in dem die Sekretärin ihren Arbeitsplatz hatte.

Vies riesiges Arbeitszimmer hatte eine breite Fensterfront, die auf die untere Fifth Avenue hinausging. Die meisten Möbel stammten aus Brasilien; die rotbraunen Ledermöbel paßten gut zu der Einrichtung aus Tabak- und Walnußhölzern. Die Wände und der Teppichboden waren erdfarben: Die Wände hatten einen helleren, der Teppich einen dunkleren Ton. Die Zimmerpflanzen, ein Zitronen-, ein Feigen- und ein Eukalyptusbaum, standen im Raum verteilt. Die Bilder mit den fröhlichen Farben – eine Lithographie von Miro, ein Gemälde von Rothko, ein vergrößertes Foto von den Flaschen in Tschandras Lagerraum belebten das Büro, machten es zu einem heiteren, aber auch Geschäftigkeit ausstrahlenden Raum. Vor allem hatte er Stil. Vie hatte ihn gemeinsam mit Philippa eingerichtet und sich statt auf einen Innenarchitekten auf ihren persönlichen Geschmack verlassen.

»Dann schaffe ich eben Platz«, antwortete Marty. »Ich lehne es ab, mich hinter einen Schreibtisch in ein Großraumbüro zu setzen. Ich lasse mich nicht herumkommandieren, und du brauchst mich auch nicht weiter herumzuführen. Ich finde mich schon selbst zurecht.«

»Aber du weißt doch überhaupt nichts über Parfüms!« erwiderte Vie aufgebracht.

»Ich muß auch gar nicht über Parfüms Bescheid wissen. Ich kenne mich in Geschäften aus!« konterte Marty herausfordernd.

»Das ist doch Unsinn.«

»Ach ja?« Marty lächelte nachsichtig. »Und wieso?«

Vie suchte nach einem Vergleich, wie sie es stets tat.

»Na ja, das ist, als wäre man ein General, der sich in der Militärtheorie und auch in der Taktik auskennt, aber nichts über das Land weiß, in dem der Kampf stattfindet«, sagte sie.

Marty lächelte immer noch gequält. »Wir beide wissen sehr genau, wo der stattfindet«, sagte sie leise. »Ich kenne mich in der Taktik aus, verlaß dich drauf. Und bis ich die Gräben ausgehoben habe, dauert es nicht lange. Bis später dann.«

Vie versuchte gar nicht, Marty zurückzuhalten. Sollte sie es doch versuchen! Wenn sie erst einmal begriff, daß es kein Geschäft ohne das Produkt gab, würde sie ihre übertrieben selbstsichere Art schon ablegen. Sie würde erkennen, daß das Parfüm flüchtig war und eine besondere Sensibilität erforderte. Ein Dickschädel konnte im Berufsleben nicht schaden, aber im Parfümgeschäft brauchte man auch eine gute Nase.

Die nächsten Wochen stürzte Marty sich in die Arbeit. Sie beobachtete, sie las, sie unterhielt sich mit Angestellten; sie arbeitete täglich achtzehn Stunden ohne Unterbrechung, die brauchte sie auch nicht. Die Gründlichkeit, die ihr den Respekt ihrer Professoren eingebracht hatte, verwandte sie nun auch auf alle Aspekte der Parfümherstellung.

Sie studierte die Geschäftsberichte aus der Gründungszeit des Unternehmens, einschließlich der Umsatzzahlen, Betriebsunkosten, Werbe- und Promotionsetats. Sie suchte das Labor auf, ließ sich alles zeigen und ging dort noch dreimal hin, bis sie ganz genau wußte, wie die Arbeit in allen Bereichen funktionierte. Außerdem inspizierte sie ein zweites Mal aufs genaueste die Parfümfabrik in New Jersey; sie machte sich Notizen darüber, wie man die ursprüngliche Duftrezeptur für die Massenproduktion abänderte; ein Parfüm besaß nur noch 20 bis 25 Prozent der ursprünglichen Stärke, ein Cologne maximal bis zu sechs Prozent.

Sie sah den Parfümeuren bei der Arbeit zu; sie fuhr mit einem Elektrokarren an Reihen länglicher Ölfässer vorbei und an den Plätzen, an denen die Ingredienzen abgewogen wurden. Diese kamen dann in das Mischgefäß und wurden schließlich in riesige Trommeln geschüttet. Diese Trommeln wurden dann in die Destillieranlage gebracht.

Das Abfüllen, Verschließen, Etikettieren – diese Arbeitsprozesse fanden in einer sechs Kilometer entfernten Anlage statt. Die zum Verkauf fertigen Fläschchen verpackte man in Schachteln, die einen Glanzüberzug trugen.

Nach einem Tag im Feld, wie Marty ihre Besichtigungen nannte, brachte sie den Abend damit zu, Aufstellungen der Duftmaterialien, der natürlichen und der synthetischen, auswendig zu lernen, bis sie den Duft von allen Wässerchen beschreiben konnte, als hätte sie sie tatsächlich sinnlich wahrgenommen.

Sie unterhielt sich mit Vertretern, Kundenberatern, Marktforschern und Chemikern. Innerhalb kürzester Zeit konnte sie die Düfte genau einteilen und dabei die üblichen Klassifizierungen verwenden: blumig, grün, orientalisch, fruchtig und andere.

Diese wurden nach der dominanten Note bestimmt, dem Gesamteindruck, den ein Parfüm verströmte. Außerdem kannte sie die chemischen Formeln einiger der gebräuchlichsten Substanzen und die wissenschaftlichen Bezeichnungen für viele der neu entwickelten Duftmaterialien.

Marty schuftete. Wenn sie sich auf ihre große Willenskraft und ihre rasche Auffassungsgabe besann, hatte sie sich noch immer gegen alle Konkurrenz durchgesetzt. In nur drei Wochen hatte sie Französisch gelernt; um die Zwischenprüfung abzulegen und das Studium abzuschließen, benötigte sie nicht einmal drei Jahre, von September 1970 bis Mai 1973. Ohne Unterbrechung hatte sie gearbeitet, sich den vollgepacktesten Stundenplan aufgebürdet, hervorragende Noten für Seminararbeiten erhalten und den Abschluß brillant bestanden.

Obwohl sie zwei Monate zuvor ihr Betriebswirtschaftsstudium beendet hatte, konnte sie sich noch immer Wissen so rasch und mühelos aneignen, daß sie sich bei Jolay nun besser auskannte als irgend jemand sonst im Unternehmen. Genauer auch als Vie – da war sie sicher.

In dieser Zeit sahen sich die beiden Schwestern nur selten. Marty hatte beschlossen, sich alles direkt, und ohne Vies Hilfe, einzuprägen.

Sie fand, es gäbe nichts, wonach sie die ältere Schwester fragen könnte. Obgleich sie Vie nicht bewußt aus dem Wege ging, so hatte Marty doch zuviel zu tun, als daß sie sie aufsuchen konnte.

Vie wollte erst einmal abwarten. Sie redete sich ein, die Mißstimmung am ersten Tag sei nicht weiter bedeutsam. Marty war eben gewohnt, alles allein anzupacken, und bestimmt war sie in einer Umgebung, in der sie fremd war, sehr nervös. Wahrscheinlich war das der Grund, warum sie so überempfindlich und vorsichtig reagiert hatte. Vie glaubte fest daran, daß sie beide, sobald Marty sich erst einmal richtig in ihr neues Arbeitsgebiet eingearbeitet hätte, sich besser verstehen würden und sie gut zusammenarbeiten konnten. In verschiedenen Funktionen, so daß nicht nur sie beide, sondern vor allem die Firma davon profitierte. Nach alldem, was Vie gehört hatte, leistete Marty Großartiges bei ihrem Selbstunterricht.

»Paß bloß auf, daß sie dich nicht an den Rand drängt«, meinte Mike Parnell. Morgen war Vies neunundzwanzigster Geburtstag. Sie aßen spätabends in einem Restaurant an der Brooklyn Bridge. Die Silhouette des unteren Manhattan spiegelte sich im Wasser.

»Du hast Marty ja noch nie getraut«, wandte Vie ein.

»Stimmt, und das tue ich auch nicht. Sie ist machthungrig.«

»Mag sein«, erwiderte Vie ohne rechte Überzeugung. Das Bild, wie gut sie und Marty gemeinsam den Familienbetrieb leiteten, jede in ihrem Bereich, selbstbestimmt und doch kooperativ, sollte keinen Fleck abbekommen. »Sie ist ehrgeizig, das weiß ich auch. Ich bin's aber auch.«

»Ich würde noch weitergehen«, beharrte Mike. »Sie ist erst zufrieden, wenn sie dich aus der Firma rausgedrängt hat.«

»Jetzt übertreibst du aber«, schalt Vie ihn böse.

»Schön wär's, wenn du recht hättest. Na ja, ich möchte dir nicht den Abend verderben. Deinen Geburtstag! Also, auf dich«, sagte er und hob das Glas. »Auf die unvergleichliche Vie, die Licht in mein Leben gebracht hat.«

Vie lächelte und stieß mit ihm an. »Verstehst du, was ich gemeint habe? Du übertreibst schon wieder, das macht wohl dein irisches Blut.«

Er erwiderte ihr Lächeln und hob die Schultern wie ein Schuljunge, den man dafür tadelt, daß er eine Wahrheit ausspricht, die die Erwachsenen nur ungern hören. Er kannte keine bezaubernddere Frau als Vie. Immer entzog sie sich ihm, sie war die Prinzessin. Er würde ihr Ritter sein, der nur auf ihr Zeichen, er solle sie befreien, wartete.

»Marty kann sich zwar durchsetzen, aber sie ist nicht rücksichtslos. Wir sind sehr verschieden, auch wenn wir Schwestern sind, aber ich glaube, wir respektieren einander. Du kennst sie nicht richtig, Mike«, verteidigte Vie ihre Schwester. »Sie hat in der Jugend viel durchmachen müssen. Ich war ihr kein guter Schutz, dazu war ich ja auch zu jung, und manchmal ist sie mir sehr auf die Nerven gegangen.«

»Und willst du dein ganzes Leben damit zubringen, das wiedergutzumachen?« fragte Mike in scharfem Ton. Auch er hatte eine Schwester und sich nach dem Jurastudium um sie kümmern müssen.

»Ich glaube nicht, dadurch etwas Ungewöhnliches zu tun. In einer Familie hilft man sich eben gegenseitig«, erwiderte sie rundheraus. Dann aber kam doch Wut in ihr hoch, und sie platzte heraus: »Und überhaupt! Was geht dich die ganze Sache eigentlich an?«

Er wandte den Blick ab. Er mußte sich zusammennehmen. Wenn Vie unbedingt die Heilige und Märtyrerin spielen wollte, konnte er nichts ändern. »Ich habe schon begriffen«, sagte er leise. »Ich habe da natürlich nicht mitzureden. Es wird nicht wieder vorkommen.«

Sie merkte, daß sie ihn gekränkt hatte, und bereute ihren Wutausbruch. Sie faßte seine Hand und sagte sanftmütig: »Verzeih, bitte. Du bist ein guter Freund. Ich weiß, daß du mir helfen willst. Aber du vermutest Gefahren, wo gar keine sind. Glaub mir. Ich kenne meine Schwester.«

Mike trank den Wein mit einem Schluck aus und holte tief Luft. »Also schön«, sagte er. »Marty ist also kein Gesprächsthema mehr. Endgültig nicht mehr. Hättest du Lust, nach dem Essen noch ein bißchen tanzen zu gehen?«

Sie dachte an die Arbeit, die morgen auf sie wartete, den wie üblich auf sechs Uhr gestellten Wecker. Mike wartete auf ihre Antwort. »Ja, sehr gern«, sagte sie; er war erleichtert.

Nachdem Marty ein Jahr bei Jolay gearbeitet hatte, waren die Verkaufszahlen gestiegen, der Umsatz war um fast vierzehn Prozent höher. Marty wurde vom Produktionschef zum stellvertretenden Direktor und Leiter der Produktion befördert. »Du leistest hervorragende Arbeit«, lobte Vie.

»So ist es«, stimmte Marty hochzufrieden bei. »Kann ich mir jetzt das Büro einrichten?«

»Such dir einen geeigneten Raum – er ist deiner. Allerdings

sollten wir überlegen, wieviel unser Etat ...«

»Hab' ich schon.«

»Ach ja?« meinte Vie verwundert. »Na ja, dann ist ja alles geregelt. Du weißt ja, wieviel du ausgeben darfst.«

Marty nickte. »Aber nirgends steht geschrieben, daß ich nicht mein eigenes Geld benutzen darf.«

Komisches Verhalten, dachte Vie. »Natürlich kann man eine Menge von der Steuer absetzen ... es ist ja auch nur ein Büro, nicht das Tadsch Mahal. Wenn ich dir beim Einrichten helfen kann ...«

»Das mach' ich schon allein«, erklärte Marty.

Zwei Monate später rief Philippa nachmittags im Büro an. Philippa hatte 1970 bei Magdahl Hofman gekündigt und sich als Beraterin für die Modeindustrie selbständig gemacht. Sie arbeitete jetzt noch enger mit Jolay zusammen. »Wie findest du Martys neues Büro, Liebes?« erkundigte sie sich.

»Ist es denn schon fertig?« fragte Vie zurück. »Ich hab' es mir noch nicht ansehen können.«

»Es ist größer als deins, außerdem ist jeder Einrichtungsgegenstand sehr exquisit«, verriet Philippa. Sie fand den »Wirbelwind«, wie sie Marty manchmal nannte, faszinierend und amüsant. Wie bestimmt und energisch dies Mädchen alles anpackte, erinnerte sie an ihre eigene Jugend.

»Woher weißt du das?«

»Weil«, Vie hörte sie leise lachen, »ich ihr das Büro eingerichtet habe, deshalb.«

»Du?«

»Unterschätze bitte deine Schwester nicht. Die weiß genau, wie man sich die besten Leute für eine bestimmte Arbeit heranholt.«

»Und in diesem Fall bist du das, ja?« bemerkte Vie kühl. Sie war verärgert, geradezu eifersüchtig.

»Aber selbstverständlich, Liebling. Was Geschmack anbetrifft, übertrifft mich doch niemand.«

Vie mußte lachen. Sie war beruhigt. Weshalb sollte Philippa, die ja damit ihr Geld verdiente, Marty nicht beraten? Das Berufliche war eine Sache, ihre Freundschaft eine andere. »Hoffentlich hat Marty auch gleich bezahlt?«

Sie hörte Philippas tiefes Lachen. »Darauf kannst du Gift nehmen. Und nicht zu wenig.«

Nach dem Telefonat sah sich Vie die Sache selber an. Das Büro sah phantastisch aus. Martys Persönlichkeit drückte sich darin aus: Schwarzweiße Tapeten, mit Antilopenfell bezogene Möbel, eine große schwarze Stehlampe mit verschieden langen Armen – wie Baumzweigen. »Wirklich toll«, sie war ehrlich begeistert.

Marty wurde vor Freude beinahe verlegen. »Findest du? Gefällt es dir wirklich? Ich habe gewartet, bis das letzte Kissen geliefert wurde. Erst dann wollte ich dir alles zeigen. Es sollte eine echte Überraschung sein.«

»Das ist es auch«, behauptete Vie. »Aber das war ja nicht anders zu erwarten – Philippa hat einen unfehlbaren Geschmack.«

Die Freude verschwand aus Martys Miene, als hätte man sie geschlagen. »Du kannst mich mal«, sagte sie.

Vie war so verblüfft, daß ihr keine Antwort darauf einfiel. Marty fuhr fort: »Du behandelst jeden so entsetzlich von oben herab. Du hältst die Nase verdammt hoch. Deine Nase«, sie lachte rauh, »solltest du dir von Lloyds versichern lassen. Die scheint dir sowieso das Wichtigste im Leben zu sein.«

»Ich weiß nicht, was du damit meinst«, erwiderte Vie aufgebracht. Die beiden standen sich in Martys Büro gegenüber wie Faustkämpfer.

»Ach nein? Du spazierst in deiner Welt von ›Buketts‹ und ›Harmonie‹ und ›aromatisch‹, und was weiß ich, herum. Wenn du nicht jemanden für die Bücher hättest, dann wärst du schon längst auf den Bauch gefallen.«

»Die Firma ist vor deinem Eintritt auch gut zurechtgekommen«, rief Vie ihr ins Gedächtnis. »Sie existiert seit Jahren. Es klappte hier auch ohne Betriebswirtschaftlerin.«

»Du hattest Glück. Philippa hat dir geholfen. Sie ist eine clevere Geschäftsfrau, und Murray weiß auch genau, was er tut. Du hattest eine glückliche Hand bei der Auswahl deiner Mitarbeiter. Nur die haben es dir ermöglicht, weiter in deiner Traumwelt zu leben. Aber eins sage ich dir: Wenn ich nicht eingestiegen wäre, hätte die Firma nicht einen solchen Aufschwung genommen. Die alten Flaschen setzten ja schon Staub im Lager an. Hätte ich die nicht mit neuem Design auf den Markt gebracht, dann würdest du bestimmt bald rote Zahlen schreiben.«

»Die Bilanz zeigt, daß unsere Parfüms gekauft werden, und nicht die Behälter, in die man sie abfüllt. Bitte versuch nicht, mir eine Aufklärungsstunde über die Parfümindustrie zu halten. Ich habe schon da gearbeitet, als du noch auf der Straße deine Kriegsspielchen gespielt hast. Parfüm, das bedeutet mir alles. Ich liebe es seit meiner Kindheit, als Vater mir davon erzählte.«

»Jaja«, sagte Marty schroff. »Die große Liebe – aber die fand bloß zwischen dir und Armand statt.«

»Ganz recht«, sagte Vie. »Er war ein Künstler. Bei Parfüm geht es nicht nur ums Geschäftliche. Damit man Erfolg hat, muß man schöpferisch sein, eine feine ...«

Marty schnitt ihr das Wort ab. »Es ist ein Geschäft wie jedes andere. Man bringt die Leute dazu, Dinge zu kaufen, die sie gar nicht brauchen, indem man sie davon überzeugt, daß das angepriesene Produkt irgendwie genau das richtige für sie ist. Bei Nahrungsmitteln ködert man die Kunden mit Gesundheit, Fitneß, einem langen Leben. Bei Autos geht es um Macht und in zweiter Linie um gesellschaftliches Prestige. Prestige – darauf zielt es ab, und es ist völlig gleich, ob es um Parfüm, Modellkleidung oder französischen Champagner geht. Kein Mensch braucht das Zeug, trotzdem werden Millionen dafür ausgegeben. Denn man hat den Leuten eingetrichtert, daß ihnen dieser Kram Klasse verleiht und sie über ihre Nachbarn hinaushebt.« Marty wandte sich ab und blickte zum Fenster hinaus, sie sah nicht die Stadt da unten, sie hörte ihr eigenes Herz pochen. Ich werd's dir zeigen, dachte Marty, wütend wie ein Kind. Ich werd's euch allen zeigen.

Sie war fest entschlossen, ihre Fähigkeiten jetzt erst recht unter Beweis zu stellen. In den letzten Jahren hatte man ihr immer wieder bescheinigt, daß sie intelligent, sehr schön, begabt auf vielerlei Gebieten sei. Aber das reichte ihr längst nicht mehr. Sie wollte eine hohe gesellschaftliche Stellung und Geld haben, so reich sein, daß sie jeden in ihrer Umgebung beherrschen konnte. Weil Menarchos millionenschwer war, konnte er tun und lassen, was er wollte, außerhalb von Recht und Gesetz, er mußte nicht einmal das Leben selbst achten.

Geld ist Macht. Marty schwor sich, so reich zu werden, daß sie all die Straßen, die sie als Mädchen unsicher gemacht hatte, aufkaufen konnte.

»Du überschätzt dich«, bemerkte Vie, die hinter ihr stand, verärgert. »Nur weil die Firma ein gutes Jahr hatte, meinst du, alles sei dein Verdienst und du wüßtest auf alles eine Antwort. Ich hab' dir jede Chance, alle Freiheiten gelassen. Anscheinend war das zuviel. Du wendest doch bloß das auf der Uni Gelernte an, das Entscheidende aber hast du immer noch nicht begriffen. Und das ist, das war und wird immer bleiben: der Duft. Man kann Parfüms nur verstehen, wenn man den Duft riechen kann, und genau diese Begabung fehlt dir.«

Marty wirbelte herum und kam mit erhobenem Arm näher. Vie trat einen Schritt zurück, dabei blitzte ein Erinnerungsbild auf: die Küche, damals in Brooklyn, als Marty ihr auf die Brust schlug und schrie: »Ich hasse dich, ich hasse euch beide.«

Marty ließ den Arm sinken. »Ich war wohl nie so begabt wie du, was? Du fandest mich abscheulich und hast Armand dazu gebracht, daß auch er mich ablehnte.«

»Das stimmt nicht. Ich habe mich immer um dich gekümmert, dir geholfen, als du in Schwierigkeiten warst. Man hätte dich ins Gefängnis gesteckt, wenn ich nicht gewesen wäre. *Er* hat die Hände in den Schoß gelegt. Ich habe Geld verdienen müssen, damit du aufs Internat konntest und anschließend auf die Universität.«

»Mit dem Geld wolltest du dein schlechtes Gewissen beruhigen«, fauchte Marty. »Du hast mich schon immer loswerden wollen. Mit dem Geld hast du alles unter Kontrolle gehabt. Warum wohl hat Armand sich umgebracht? Ich werd's dir sagen: Du hast ihm das Selbstbewußtsein genommen. Du hast ihn auf

dieselbe Art wie mich behandelt – wie ein lästiges Anhängsel.«
Vie zitterte. Ihr war schlecht. »Hör jetzt auf.«

Einen langen Augenblick sah Marty sie an. »Na schön«, meinte sie schließlich. »Ich hör' auf. Aber – ich weiß etwas über ihn, was du nicht weißt. Ebenso wie über deine Mutter.«

»Was willst du damit sagen?«

»Vor meinem Rückflug in die Staaten habe ich eine Reise gemacht. Ganz allein, nach Südfrankreich. Ich habe dabei eine ganze Menge über die Vergangenheit in Erfahrung gebracht. Nämlich, daß unser Vater ein Nazi-Kollaborateur war, und deine Mutter auch.«

»Du bist ja völlig übergeschnappt.«

Marty hatte nur ein müdes Lächeln für Vie übrig. »Irgendwann werde ich dir mal etwas über unsere Eltern erzählen. Das wird nicht sonderlich angenehm, dafür aber die Wahrheit sein.«

»Wenn du etwas Genaues weißt, will ich das jetzt wissen«, beharrte Vie. Sie mußte sich zusammennehmen.

»Vielleicht bei anderer Gelegenheit. Ich mußte mich ziemlich anstrengen, um alles herauszufinden, und werde das, was ich weiß, nicht so ohne weiteres ausplaudern. Ich spare mir mein Wissen lieber auf, vielleicht kann es mir später mal nützen. Und ganz abgesehen davon, wenn du neugierig auf deine Herkunft bist, warum hast *du* nie etwas darüber herauszufinden versucht? Du bist doch schließlich Vaters Lieblingstöchterchen gewesen.«

Marty wartete kurz ab, damit die kleine Rede ihre Wirkung tat, und ging dann schnell zu ihrem Schreibtisch hinüber. »Ich habe noch eine Menge Arbeit zu erledigen, wenn du mich also entschuldigen möchtest ...?«

Vie ging eiligst nach draußen.

Während der nächsten zwei Jahre expandierte die Firma Jolay immer mehr. Auch wenn sich die Schwestern nicht gut verstanden, so setzten sie doch geschickt ihre unterschiedlichen, aber gleichermaßen außergewöhnlichen Fähigkeiten ein. Oft stellte man Jolay in der Presse als das gelungene Beispiel dafür hin, wie ein Familienunternehmen geführt werden kann. Für immer mehr junge Frauen, die ins Geschäftsleben eintraten, sei es, daß sie in großen Firmen arbeiteten oder sich selbständig machten, waren die Jolay-Geschwister gleichbedeutend mit dem Erfolg, den sie ansteuerten.

Vie und Marty lebten privat in verschiedenen Welten, doch die Menschen, mit denen sie zusammenarbeiteten, bewunderten beide fast in gleichem Maße. Tschandra machte allerdings eine Ausnahme. Er erkannte an, daß Marty über einen außerordentlich wachen Verstand verfügte, dennoch hatte er sie von Anfang an nicht gemocht. Sie hatte keine Phantasie. Die Charaktereigenschaft, die Tschandra an Vie am meisten bewunderte. Marty war robust, zäh und interessierte sich nicht für die Nuancen, und da Tschandra Vie ins Herz geschlossen hatte, als wäre sie sein eigenes Kind, wollte er sie vor den gefühllosen Machenschaften der Schwester schützen.

Andere wiederum – Elaine und Mike – empfanden keine allzu große Sympathie für Marty, wenngleich sie ihr Talent zur Kenntnis nahmen und bisweilen sogar gewaltigen Respekt davor hatten. »Sollte Marty sich einmal entschließen, etwas von ihrer überschüssigen Intelligenz zu versteigern«, meinte Mike zu Vie, als sie über das eigentlich »verbotene« Thema sprachen, »dann möchte ich auf jeden Fall etwas davon ergattern.«

Philippa begann normalerweise ihre Treffen mit Vie damit, daß sie danach fragte, was denn der »Wirbelwind« in letzter Zeit »aufgewirbelt« habe. Eigentlich hatte sie Marty gar nicht sympathisch finden wollen, aus Treue zu Vie und wegen der Konkurrenz zwischen den beiden. Doch fast gegen ihren Willen empfand Philippa Bewunderung für Marty. Zu einer Freundschaft ließ sie es nicht kommen, da das zu Schwierigkeiten in der Beziehung mit Vie führen konnte, die Philippa als ihre engste, beste Freundin ansah. Dennoch – die jüngere Frau war faszinierend und außerordentlich unterhaltsam. Bei den wenigen Treffen zu zweit hatte Philippa bemerkt, daß sie zu Marty langsam eine gefährliche Zuneigung entwickelte, deshalb bemühte sie sich von da an, Begegnungen zu vermeiden. Trotzdem vermittelte sie zwischen den Schwestern, indem sie die eine auf die Vorzüge der anderen aufmerksam machte. Vie hatte sehr rasch Martys gute Eigenschaften akzeptiert, und schließlich ließ sich auch Marty davon überzeugen, daß die Gründung eines Unternehmens, wenn man noch nicht einmal 18 Jahre alt war, Mut und Selbstvertrauen erforderte. Vie hatte beides, außerdem war sie geistig beweglich, das war Marty nicht. »Das ist das klassische Beispiel, wie sich Erfahrung von Bildung unterscheidet«, hatte Philippa geurteilt. »Vie mußte sich sehr oft anpassen, sich ihren Weg suchen mit dem Gefühl und dem festen Glauben an das, was sie tat. Sie dagegen haben einen bereits vorhandenen Plan ausgestaltet. Aussehen und Technik sind schon bestimmt, dann haben sie sich an die Ausführung gewagt.«

Marty schenkte ihr ein Lächeln. »Danke, Sie haben mich soeben zu einem neuen Michelangelo erklärt.«

Philippa fühlte sich heiß und unbehaglich. Marty im roten Wollkostüm, vollbusig, voll sprudelnder Vitalität war eine Augenweide. Philippa war verärgert und dankbar zugleich, als ihre Sekretärin hereinkam und ihr Gespräch unterbrach.

Martys Plan zielte auf Vergrößerung und Ankaufen. Steven Johns war eine für aggressive und ungewöhnliche Feldzüge bekannte Werbeagentur, die sich dadurch auszeichnete, daß sie mit allen verfügbaren Medien zusammenarbeitete. Als Marty sie beauftragte, wußte sie allerdings auch, daß die Agentur in dem Ruf stand, die teuerste in ganz New York zu sein. Sie traf sich mit Burt Sillcoe. Am Schluß der ersten Besprechung wußte sie: Das war der richtige Mann. Das etwas wilde Äußere fand sie ansprechend, die kräftigen schwarzen Augenbrauen, das dichte schwarze Haar, seine Größe von ein Meter neunzig. Sie betrachtete ihn als eine Art Leibwächter, den Mitarbeiter, mit dem man gemeinsam die aufgeregte Konkurrenz aus dem Feld schlug.

Vie fand ihn unsympathisch. »Er hat eine so unangenehme Art«, meinte sie Mike gegenüber, der zurückhaltend antwortete: »Du bist nicht mit ihm verheiratet.«

Sillcoe bekam den Auftrag. Er wollte einen Werbefeldzug ausarbeiten, der »Estée Lauder« wie eine Billigmarke aussehen lassen würde. Für die Fernsehwerbung ließ er an exotischen Schauplätzen drehen – im Krüger-Nationalpark in Afrika, in Nepal, am Viktoria-Wasserfall, auf Bali. Eine wunderschöne Frau liegt schlafend in einer prachtvollen Landschaft. Ein stattlicher Scheich oder auch Prinz reitet auf einem weißen Pferd auf sie zu, steigt ab, küßt die schlafende Schöne. Sie erwacht, lächelt, fällt ihm in die Arme. Leise Musik ertönt, und der Werbeslogan wird eingeblendet: »Jolay. Ein Parfüm, das Ihre Träume wahrmacht.«

Nach dem Anschauen der Schnellkopie wollte Marty Einspruch dagegen erheben. »Glauben Sie mir«, meinte Sillcoe darauf noch im Vorführraum. »Wir lassen den Werbespot einen Monat laufen, sollte er Ihnen dann immer noch nicht gefallen, nehmen wir ihn raus.«

»Der Spot ist sentimental.«

»Mag schon sein.« An Burt Sillcoe prallte jede Kritik ab. »Marktuntersuchungen zeigen mir aber, daß die romantische Liebe wieder groß im Kommen ist. Vielleicht ist die Frauenbewegung langweilig geworden, und das ist jetzt die Gegenströmung. Vielleicht spiegelt sich darin auch nur allgemeine Öde, das Fehlen gesellschaftlicher oder persönlicher Ziele. Vielleicht drückt das auch Pessimismus der Zukunft gegenüber aus. Wer weiß es?«

»Das ist doch nicht Ihr Ernst, Burt.«

»Doch. Die romantische Liebe ist ›in‹. Warten Sie's ab. Bald werden wir wieder Rüschchen und Spitzen haben, und der Champagnerkonsum wird in die Höhe gehen.«

»Na schön, selbst wenn Sie damit recht hätten, was ist dann mit dem Text?«

»Welchem Text?«

»Das ist es ja. Oder sollte Ihnen entgangen sein, daß Sie zum Stummfilm zurückgekehrt sind?«

»Das ist Absicht. Es gehört dazu«, erläuterte er kurz angebunden. »Die Zuschauer sollen sich ihr eigenes Drehbuch dazu schreiben.«

»Ich bezweifle, daß das funktioniert«, beharrte Marty auf ihrer Meinung.

»Das müssen Sie mir glauben«, wiederholte er. »Wenn Ihnen

die Vorstellung, daß man sich sein Drehbuch dazu denkt, nicht gefällt, dann denken Sie mal daran, daß ein Großteil der Fernsehzuschauer während der Werbung den Ton leiser oder ganz abdreht. Ich stelle mir mein Publikum am liebsten taub vor.«

»Einen Monat«, sagte Marty, »dreißig Tage, nicht einen Tag länger.«

Burt nickte düster.

Sein Schachzug funktionierte. Der stille romantische Werbefilm wurde sogleich ein Klassiker und brachte Sillcoe und der Agentur mehrere Preise ein. Marty behielt ihre Zweifel für sich, als er die Zeitschriftenwerbung anlaufen ließ. Die Annoncen sollten in *Vogue, Harper's Bazaar* und ein paar anderen renommierten Zeitschriften erscheinen. Die Kampagne richtete sich an die gebildete, wohlhabende Kundschaft und war die aufwendigste, die Steven Johns je gestartet hatte. Der Titel lautete »Bedeutende Augenblicke«, die Hauptpersonen waren: Leonardo da Vinci, Einstein, Beethoven, Voltaire. Im Werbetext stand dann etwas über die bedeutende Entdeckung oder Leistung der betreffenden »Geistesgröße«, in einer Sprache, die andeutete, daß der Leser damit vertraut war, und am Schluß hieß es: »Ist es nicht auch Zeit für Ihren großen Augenblick?«

Jolay etablierte sich weltweit als die exklusivste, führende Duft-Serie. Marty schickte eine kurze Aktennotiz an Vie: »Bisher haben wir deine Vorstellungen verwirklicht, so weit wie möglich. Jetzt ist es Zeit für Veränderungen.«

Vie berief eine Verwaltungsratssitzung ein und bat Marty, das zu erläutern.

»Wir haben nun die Superreichen als Kunden gewonnen«, führte Marty aus, »und die, die es gerne wären. Jetzt müssen wir an die Mittelschicht heran.« Marty hatte vor, die Serie auf Badeprodukte, Puder, vielleicht sogar Deodorants und Haarsprays auszudehnen. Außerdem dachte sie, daß es endlich Zeit sei, Jolay-Aktien an der Börse anzubieten.

»Das lasse ich nicht zu«, protestierte Vie.

Don Garrison, der Vie von Anfang an unterstützt hatte, setzte einen zweifelnden Gesichtsausdruck auf. »Überstürzen Sie Ihre

Absage nicht«, riet er ihr. »Marty hat eine ziemlich gute Antenne für so was.«

»Ich habe dieses Unternehmen gegründet«, sagte Vie. »Es wird auch in Zukunft nur hochklassige Spitzen-Düfte anbieten. Deodorants! Die Käuferin eines Jolay-Parfüms schwitzt nicht.«

»Vielleicht transpiriert sie aber«, warf Philippa ein.

»Nein«, gab Vie wütend zurück. »Meine Firma wird nicht in eine Aktiengesellschaft umgewandelt. Niemals.« Sie vertagte die Sitzung.

Im Frühjahr 1978 bot die Firma Jolay Inc. Aktien an der New Yorker Börse an. Als Kapitalgesellschaft änderte sich zwangsläufig auch die Geschäftspolitik. Die Verantwortung vor den Aktionären schloß mehr ein als bloße Geldangelegenheiten. Man war auch verpflichtet, einem weiteren Käuferkreis eine größere Produktenpalette anzubieten.

Vie konnte diese Entwicklung nicht stoppen. Ihre Berater, alles Leute, denen sie all die Jahre über vertraut hatte, versicherten ihr, daß das Unternehmen nur durch Erweiterungen überleben könnte. Die einzige Alternative, wie sie das Top-Image bewahren könne, bestehe darin, Jolay einem größeren Unternehmen zum Verkauf anzubieten. Diese Alternative war eigentlich keine. Vie hatte der Ausweitung zuzustimmen, auch wenn sie sich nicht mehr in ihrer Firma heimisch fühlte. Murray Schwartzman meinte, er könne das nachfühlen. Er versicherte ihr jedoch, daß dem Unternehmen kein anderer als der von Marty eingeschlagene Weg offenstünde. »Die Firma ist ein Kleinod«, sagte er zu Vie, »ein lupenreines Juwel. Aber man sollte es aus dem Keller holen und den Leuten zeigen.« Er tätschelte ihr den Arm.

»Murray«, entgegnete sie, »wir kennen uns schon lange. Ich fand immer, daß Jolay sehr viel mit mir selbst zu tun hat. Aber seit Martys Eintritt ist alles anders geworden. Jetzt kommt mir die Firma fremd vor.«

»Sie brauchen keine Angst zu haben, Chefin«, beruhigte er sie und drückte ihr einen Kuß auf die Stirn. »Warten Sie's nur ab. Alles wird sich ganz prächtig entwickeln. Ganz bestimmt.«

3

Nicolo Benedetti bewarb sich für die erst vor kurzem ausgeschriebene Stelle als leitender Chemiker des Jolay-Labors. Er sah Vie zum erstenmal beim Vorstellungsgespräch, er kannte keine Frau, die mehr Klasse hatte; sie war eine wirkliche Dame von der Art, wie sie eigentlich nur noch in der Phantasie existiert.

Auch die Testaufgabe, die sie ihm gab, war altmodisch, allerdings originell und nicht leicht zu lösen. Vie hielt ihm sechzehn Streifen Löschpapier hin, einen nach dem anderen, wovon jeder in ein Becherglas mit je einem anderen Duft getaucht worden war. Vie bestimmte jeden davon, während er daran roch. Dann legte sie ihm eine Augenbinde an und hielt ihm die Proben in willkürlicher Folge hin. »Wenn Sie zwei, drei Proben richtig bestimmen, heißt das nicht viel«, sagte sie, »das könnte Zufall sein. Erraten Sie die Hälfte davon, heißt das, daß sie sich in Ihrem Beruf auskennen.«

Schließlich zog sie ihm die Binde wieder ab. »Sie haben alle richtig bestimmt! Großartig! Sie verfügen über die goldene Nase.«

Er mußte lächeln. Das hätte er ihr natürlich auch so sagen können, aber schon vor Jahren hatte er feststellen müssen, daß niemand das so ohne weiteres glaubte. Sein genialer Geruchssinn, mit dem er nicht weniger als zwölftausend verschiedene Gerüche unterscheiden konnte, war eine seltene vererbte Begabung, die nicht mehr als fünfzig Männer und Frauen in der gesamten Parfümindustrie besaßen.

»Also habe ich die Stelle?« fragte er. Er lächelte immer noch.

»Darüber entscheide ich nicht«, erwiderte sie kurz. »Ich werde Sie empfehlen; wir werden noch einmal Ihre Unterlagen durchsehen. Dann wird noch ein Vorstellungsgespräch mit Miß Jolaunay stattfinden.«

»Wer ist das?«

»Meine Schwester. Der Name Jolay dient Geschäftszwecken. Sie heißt Jolaunay, ich Nouvel.« Sie merkte, daß ihn das verwirrte und erklärte: »Wir sind Halbschwestern. Wir leiten die Firma gemeinsam; neue Mitarbeiter werden von uns beiden eingestellt. Ich habe Sie zuerst empfangen, weil ich die Vorauswahl treffe, indem ich prüfe, ob die Bewerber über die entscheidende Begabung verfügen.«

»Das heißt, Sie haben sie auch?«

Sie lächelte ihn an. Der junge Mann hatte nicht die feinsten Manieren, dafür aber Einfühlungsvermögen. Wenn es nach ihr ginge, wäre er der ideale Bewerber. Sie würde Marty eine dementsprechende Notiz zukommen lassen.

»Ich habe mit meinem Vater gemeinsam Rezepturen entwikkelt«, meinte sie. »Meine Schwester kümmert sich mehr um die geschäftliche Seite. Ob Sie eingestellt werden, entscheidet letzten Endes sie. Aber«, sie machte eine Pause, damit er die Bedeutung ihrer Worte genau mitbekam, »aber ich werde Sie ohne Einschränkung empfehlen.«

Er sprang auf und schüttelte ihr kräftig die Hand. »Vielen Dank, Miß Nouvel. Sie sind prima.«

Sie genoß es, daß er so spontan dankbar war. Er war ein attraktiver, ehrlicher junger Mann, nicht so eingebildet oder zurückhaltend wie die anderen Bewerber.

Lächelnd erwiderte sie den Handschlag. »Für Dankbezeugungen ist es noch zu früh. Erst müssen Sie noch meine Schwester von Ihren Fähigkeiten überzeugen.«

Marty war einverstanden, ihn in der nächsten Woche zu empfangen. Als Nicolo Benedetti dann ihr Büro betrat, war ihr klar, daß sie ihn gefunden hatte – und sie meinte damit nicht den Mann für die Stelle. Sein elastischer Gang, der kräftige Körper, die energische Kinnpartie, die dunklen Augen wirkten außerordentlich anziehend. Schon seit Jahren war ihr kein so attraktiver Mann mehr begegnet. Er strahlte animalischen Sex aus. Marty holte tief Luft und blickte auf ihren Schreibtisch. Sie mußte erst einmal die Fassung wiedererlangen. Die Männer, die Sekretärinnen nach der Figur oder den schönen blauen Augen aussuchten, waren ihr zuwider. Die Geschäftsfrau in ihr verachtete die Entscheidung, die sie mit dem Gefühl bereits getroffen hatte.

»Setzen Sie sich bitte, Mr. Benedetti.«

Nick nahm Platz und schaute sie unverwandt an. Vie Nouvel war schon sehr schön, ihre Schwester sah jedoch umwerfend aus. Sie war vermutlich älter als er. Konnte eine Frau, die so aussah, überhaupt irgendwas von Geschäften verstehen?

Um sich auf ihre Fragen konzentrieren zu können, mußte er sich sehr zusammenreißen. In der folgenden halben Stunde beantwortete er, was sie auch fragte, und bemühte sich, den Blick nicht tiefer als auf ihren Hals zu richten. Als Marty dann aufstand und ein paar Schritte ging, sah er sie doch an. Ein toller Busen, schöne runde Hüften – Mann, hatte die eine Figur! Als sie sich umdrehte, tat er so, als betrachte er seine Fingernägel.

Am Ende des Vorstellungsgesprächs sagte Marty: »Was Sie sagen, hört sich an, als würden Sie sich in unserer Branche auskennen. Und meine Schwester haben Sie ja wohl auch sehr beeindruckt.« Sie sah ihn lächelnd an. »Auf jeden Fall heißt es in Ihrem Bericht, Sie wären ein hervorragender Chemiker.«

»Ich bekomme also den Posten?« erkundigte er sich und grinste.

»Und ob!« Sie betrachtete ihn von oben bis unten. »Sie werden das Labor leiten, Forschung und Entwicklung unter sich haben. Sie werden sofort an einer neuen Herren-Serie arbeiten. Das Gehalt wird sechzigtausend pro Jahr betragen, einverstanden?«

»Sagen wir, neunzigtausend, denn ich bin der Richtige.«

»Das weiß ich«, meinte sie mit wahrhaft betörendem Lächeln. »Wir müssen uns nur noch über den Preis einigen. Ich bezahle Ihnen siebzigtausend.«

»Fünfundachtzig.« Marty erinnerte Nick an seine erste Freundin, er war damals vierzehn Jahre, schon sehr entwickelt für sein Alter und mußte sich schon rasieren. Sie arbeitete als Kellnerin in einem Café, sie hatte kastanienbraunes Haar, einen Riesenbusen und große rosa Brustwarzen. Er ließ den Blick über Martys Körper gleiten.

»Fünfundsiebzig, das ist mein letztes Angebot.« Sie stemmte eine Hand in die Taille, sie neckte ihn.

»Geben Sie sich noch einen kleinen Schubs, dann werden wir

uns einig sein. Achtzigtausend Dollar im Jahr verlange ich, dann können Sie mit mir anstellen, was Ihnen beliebt.«

Sie lachte aus voller Kehle. »Sie sind mir einer. Sie gefallen mir. Gut, achtzigtausend, aber das müssen Sie auch wert sein.«

»Das verspreche ich ... Ich sorge schon dafür, daß Sie rundum zufriedengestellt sind.«

Sie erschauerte vor Wonne über den Doppelsinn. Nick Benedetti war zwar erst neunundzwanzig, aber Martine hatte trotzdem das Gefühl, daß er ausgezeichnet zu ihr paßte. Er war gerissen, begabt und ehrgeizig – alles, was sie auch war; sie gehörten demselben Schlag an.

Am folgenden Montag fing Nick mit der Arbeit an. Er richtete das Labor neu ein, er hängte einen Playboy-Kalender auf und holte einen vulvaförmigen Aschenbecher hervor. Als den anderen im Labor die Luft wegblieb, lächelte Nick nur.

Laß die Leute meckern. Er war hier der Chef, und Martine Jolaunay fraß ihm bereits aus der Hand. Noch ein paar Monate, dann würde er ganz Jolay erobert haben.

Martine betrat das Labor. Manche Arbeiter erkannten die Chefin nicht – in den letzten drei Jahren war sie lediglich zweimal hergekommen. »Machen Sie die Zigarette aus«, herrschte sie ihn an.

Verwundert, aber immer noch ganz ruhig, begrüßte er sie mit einem langsamen Willkommenslächeln. »Die brauche ich, um die Nase frei zu bekommen. Zu viele ...« Er unterbrach sich mitten im Satz, denn Marty hatte selbst die Zigarette ausgedrückt.

»Es ist mir völlig egal, wozu sie die brauchen. Den Mitarbeitern hier mißfällt das. Man sagt, das Rauchen behindere sie bei der Arbeit. Und ich lasse es nicht zu, daß Sie die Produktion stören, ganz gleich, wer oder was Sie sind. Mir jedenfalls nützen Sie überhaupt nichts, wenn Sie mit meinen anderen Mitarbeitern nicht zusammenarbeiten können. Wir sind hier in einem Geschäftsunternehmen, nicht in einer Oper, und ich lasse es nicht zu, daß jemand hier die Primadonna spielt.«

»Hören Sie mal, Gnädigste«, erwiderte er. »Sie haben mich

eingestellt, damit ich das Labor leite. Das tue ich. Außerdem habe ich versprochen, daß Sie mit mir zufrieden sein werden. Sind Sie das nicht, bitte, dann entlassen Sie mich. Aber solange ich das Sagen habe, ist dies hier mein Bereich, und Sie machen mir gefälligst keine Vorschriften.« Er platzte fast vor Zorn.

Martine trat einen Schritt zurück. Sie war unsicher, ihr war nicht ganz klar, wie sie ihre Überlegenheit wiederherstellen sollte. Sein Wutausbruch hatte etwas Eindrucksvolles; damit setzte er sich kräftig zur Wehr gegen die Macht, über die sie verfügte. Ihr imponierte die kraftvolle Art des Mannes, aber sie war fest entschlossen, ihn nicht die Oberhand gewinnen zu lassen. »Wenn Sie rauchen möchten, können Sie das in Ihrem Büro tun.«

»Ja, natürlich«, grinste er. »Ich könnte auch aufs Jungenklo verschwinden.«

Sie lächelte ihm zu; die umstehenden Angestellten erkannten, daß ein Waffenstillstand geschlossen worden war, obwohl sie nicht ganz begriffen, was für ein Kampf eigentlich ausgetragen wurde.

Nick betrachtete Martys Hüften, als sie aus dem Raum stolzierte. Das ist die Richtige, dachte er. Sie ist wie Dynamit, und das wird kein anderer als ich entzünden.

An der Tür drehte sich Marty noch einmal um, sie sah, wie er sie anschaute, und ihr war klar: Das ist Feuer; vielleicht konnte sie es bald nicht mehr kontrollieren.

Marty hielt sich von nun an vom Labor fern, aber sie mußte trotzdem ständig an Nick Benedetti denken; mitunter träumte sie von ihm. Er konnte sie auch nicht vergessen; er unternahm aber nichts, um sich mit ihr in Verbindung zu setzen.

Mit Vie kam Nick gut aus. Sie kam regelmäßig ins Labor. Sie verstand sehr viel von seiner Arbeit. Meistens bat sie darum, mit Nick persönlich zu sprechen, sie stellte immer direkte, interessierte Fragen. Nick schätzte ihre Meinung über einen neuen Duft, und ihr Wissen über die Parfümierkunst regte ihn oft an, wie man eine zu dominante Duftnote abschwächen oder die

Flüchtigkeit einer Duftmischung verringern konnte. Wenn ein Duft zu schnell verflog, hieß das, daß die Kunden kein zweites Fläschchen kauften.

Vie bewunderte Nick wegen seiner Einfälle und auch dafür, daß er auf Vorschläge einging. Nie bestand er aus Besserwisserei auf einer Idee oder einem Produktionsverfahren. Man brauchte ihm nur eine gute Idee, eine wirtschaftlichere Lösung vorzuschlagen, und er griff das sofort auf. Vie hielt ihn für einen wirklichen Wissenschaftler, der sein Ich der Forschung unterordnen konnte. Sie fragte sich, wie er wohl mit Marty auskam. Die beiden waren so verschieden, hatten fast völlig entgegengesetzte Wertvorstellungen. Doch als sie ihn daraufhin ansprach, meinte er bloß: »Ich seh' sie ja nie.«

4

Das einundzwanzigste Jubiläum der Firma Jolay sollte am ersten Sonntag im Juni gefeiert werden, bei *Tavern* im Centralpark. Es sollte eher eine Feier unter Freunden als eine Geschäftsparty werden. Man würde dort kein neues Produkt vorstellen. Man wollte mit all denen zusammenkommen, die in den vergangenen Jahren zum Erfolg der Firma beigetragen hatten.

In Martys Verständnis war dieses Ereignis die ideale Gelegenheit, die Fühler auszustrecken und sich ein bißchen umzuhören, wie man über eine mögliche Geschäftsvergrößerung dachte.

Jolay war ein mittelständisches Unternehmen und recht solide, aber nicht sensationell erfolgreich. Die Zuwachse waren vorhersehbar und stetig, aber es reichte gerade, den Status quo zu halten. Doch Marty visierte Höheres an. Jolay brauchte nur das Image zu ändern, sich einen größeren Markt zu erschließen, dann könnte es den Umsatz erhöhen. Wenn Jolay nun Aktien ausgab, dann würde das mit sich bringen, daß sich die Einflußmöglichkeiten verschoben. Und zwar von Vie zu ihr.

Marty dachte tatsächlich, man könne die Geschäftspolitik nur dann ändern, wenn sie die Schwester von der Führung verdrängte und selbst Firmenchefin wurde. Doch sollte es wirklich zwischen ihnen zu einem Machtkampf kommen, dann ging sie sicherlich nicht als klare Siegerin hervor. Sie mußte Vie abdrängen. Und mit genau diesem festen Ziel vor Augen hatte Marty begonnen, im geheimen Verhandlungen mit Motek zu führen.

Sie weihte niemanden ein. Sie fürchtete, das Vorhaben könnte in Gefahr geraten, sobald Vie auch nur das geringste davon erfuhr.

Den riesigen Konzern dazu zu bringen, ein Interesse am Ankauf von Jolay zu zeigen, war anfangs ein hartes, entmutigendes Unterfangen. Doch jetzt schöpfte Marty langsam Hoffnung. Sie mußte nur ihre Karten richtig ausspielen. Vielleicht könnte man dann schon in einem halben, spätestens einem Jahr die Übernahme und den Erwerb der Aktienmehrheit erfolgreich abschließen.

Dem Motek-Vorstand drohte gerade ein Prozeß wegen Verletzung der marktbeherrschenden Stellung in der Sparte Kindermöbel. Dem Konzern lag ebensoviel wie Marty daran, die Verhandlungen geheim und seinen Namen aus der Öffentlichkeit zu halten. Marty forderte eine Menge Geld und eine Stellung mit uneingeschränkter Macht. Moteks Gegenforderungen lauteten: erstens alleiniger Gebrauch des Namens Jolay, zweitens, daß mehrere hochqualifizierte Mitarbeiter mitgebracht würden.

Vie wollte man zwar einen Posten anbieten. Doch gleichgültig, ob sie den ablehnte oder nicht, die neue Firma Jolay sollte im wesentlichen unter Martys Führung existieren. Marty war sich ziemlich sicher, daß Vie das Angebot nicht annehmen würde. Ein paar Wochen vorher hatte sie diese Möglichkeit Motek gegenüber kurz erwähnt; sie wechselte dann aber doch lieber schnell das Thema; die Herren waren zu erschrocken über die Aussicht. Sollte sich Vie Jolay selbständig machen, bedeutete das Konkurrenz, und in diesem Fall, erklärten ihre Vertragspartner, hätte Motek kein Interesse mehr am Ankauf.

Marty brachte das Thema Vie kein zweites Mal zur Sprache. Jedenfalls nicht Motek gegenüber. Sie sprach mit ihren Anwälten, die ihr denn auch versicherten, man könne Vie, wenn sie gefährlich werden würde, aus dem Wettbewerb herausdrängen.

»Ich bringe den besten Chemiker in der Branche mit«, versicherte sie ihren Verhandlungspartnern. Auf Nick konnte sie sich garantiert verlassen, doch nicht auf die alte Garde, falls Vie die Fusion nicht mitmachte.

Philippa war eine Frau, mit der sicherlich jede Firma zusammenarbeiten wollte. Sollte Marty Motek die Zusage machen können, daß man Philippa Wright als Beraterin gewonnen habe, dann würde man dem Handel höheren Vorrang geben. Philippa besaß seit jeher einen exzellenten Ruf im Geschäftsleben. Achtundzwanzigjährig wurde sie als erste Frau stellvertretende Direktorin von Magdahl-Hoffman. Von dieser Stellung aus hatte sie ihren Siegeszug angetreten und die Mode in ganz Amerika bestimmt. 1959 reiste sie zu der Amerika-Ausstellung in Moskau. Sie nahm zwanzig Mannequins mit, von denen neun schwarzhäutig waren. Ihre Modenschau war eine Sensation; sie aß mit den Nixons, die zur Eröffnung gekommen waren, und unterhielt sich mit Chruschtschow unter vier Augen. Zwei Jahre später brachte sie den Modestil von »Swinging-London« nach New York und dann nach ganz Amerika. Die bedeutendsten Modehäuser hörten auf ihren Rat.

»Du kommst doch zu unserer Geburtstagsfeier?« fragte Marty leichthin am Telefon Philippa, die sie im Lauf der Jahre besser kennengelernt hatte.

»Die möchte ich mir auf keinen Fall entgehen lassen. Ich habe deswegen bei zwei Hochzeiten und einem Gedenkgottesdienst abgesagt. Einundzwanzig Jahre!« Sie lachte. »Fast unglaublich, daß mein Lieblingskind erwachsen wird. Du weißt ja, ich war bei der Taufe dabei.«

»Stimmt«, bestätigte Marty; sie wurde pessimistisch. Doch Philippa war keine Frau, die sich allzusehr von Gefühlen leiten ließ. »Ist dir aufgefallen, daß die Zuwachsquote der Firma immer langsamer ansteigt? Die liegt kaum über der allgemeinen Teuerungsrate.«

»Offen gestanden – das ist mir nicht aufgefallen. Aber die

Firma hat trotzdem allen Grund zum Feiern. Jolay ist das einzige erfolgreiche unabhängige Parfümunternehmen in Amerika.«

»Und was hat man davon?«

»Was hast du eben gesagt, Liebes? Unabhängigkeit – was das soll? Glaub mir, etwas Wichtigeres gibt es nicht im Leben.«

Marty seufzte. Philippa war immer auf Unabhängigkeit bedacht. Sie würde schon allein deshalb gegen die Fusionierung sein.

»Weshalb hast du mich angerufen?«

»Ach nichts. Ich wollte nur mal wieder mit dir sprechen. Wir sehen uns dann auf der Party.« Sie legte entmutigt auf.

Die anderen, die schon bei Jolays Gründung dabei waren, waren Tschandra und Don Garrison. Tschandra lebt bestimmt nicht mehr lange, dachte Marty. Seit er vor einem Jahr einen Herzinfarkt erlitten hatte, war er so schwach, daß er nicht einmal mehr arbeiten durfte; das Geschäft hatte sein Sohn übernommen, ein Vierzigjähriger, der plötzlich in Amerika aufgetaucht war – auf der Suche nach seinem Vater. Er war nicht sonderlich ehrgeizig, so daß ›Essence‹ inzwischen lediglich ein kleiner Lieferant war. Daß Vie Tschandra jede Woche besuchte, ärgerte Marty.

Don Garrison, der letzte der drei Ehemaligen, sah die Dinge vielleicht wie Marty. Er machte sich etwas aus Geld und würde bestimmt erkennen, welche offenkundigen Vorteile ein Zusammenschluß mit Motek hätte. Marty entschloß sich, erst auf der Party mit Don darüber zu sprechen. Dort könnte sie mit ihm plaudern und ihn ein bißchen aushorchen.

An jenem Sonntag war es sehr mild. Der Champagner perlte, Licht glitzerte auf weichen Frisuren und bloßer Haut. In der lauen Luft konnte man draußen essen und tanzen.

Marty saß an einem anderen Tisch als Don. Deshalb hatte sie noch nicht mit ihm sprechen können, als er aufstand und um Ruhe bat. Er wollte der erste sein, der auf diesem Fest dem Unternehmen seine Hochachtung zollte, sagte er.

»Wenn ich noch einmal all die Jahre, die ich im Bankgeschäft tätig gewesen bin, Revue passieren lasse, dann muß ich sagen, daß ich auf nichts so stolz bin wie darauf, Jolay bei der Finanzierung geholfen zu haben, zu einer Zeit, als deren Gründerin noch eine unbedeutende ...« Marty sah auf ihren Teller, auf Don konnte sie also auch nicht zählen.

Andere Reden folgten. Als man endlich mit den Lobeshymnen aufgehört hatte, spielte wieder die Band. Die Musik stieg empor zu den blühende Bäumen und verklang über den duftenden Grünflächen und Sträuchern des Centralpark. Vie stand am Rand der Tanzfläche, neben Nina. Zum Fest war sie extra aus Kalifornien herübergeflogen. Mike stand neben Vie, auf der anderen Seite. Er hatte ihr den Arm um die Taille gelegt. Sie fühlte sich glücklich und beschützt.

»Ob ich tanzen möchte?«

Marty blickte zu Nick Benedetti hoch. Sie wollte schon etwas sagen, ließ sich dann aber nur schweigend von ihm umarmen. Er strich ihr mit den Lippen über die Wange.

»Ich habe auf dich gewartet.«

Marty schloß die Augen. Jetzt habe ich ihn endlich!

Etliche Gäste drehten sich um; sie wollten ihnen beim Tanz zuschauen – den beiden dunkelhaarigen Köpfen, den zwei Körpern, die sich engumschlungen über den Tanzboden bewegten.

»Wer ist das, der da mit Marty tanzt?« fragte Mike Vie.

»Unser Chefchemiker. Sehr begabt. Er ist der Felsen, auf dem die Firma ruht.«

Mike zog ein mißbilligendes Gesicht. Die beiden schienen ganz in ihrer eigenen Welt verschlossen zu leben, so eng aneinandergebunden wie Zwillingsplaneten, und die Kraft zwischen ihnen reichte aus, ein Reich zu zerstören.

Während der nächsten Monate wurde Marty innerlich immer angespannter. Sie arbeitete zwar noch verbissen weiter für Jolay, doch sie dachte an nichts anderes als an Motek. Die Übernahme wurde ihr zum ausschließlichen Ziel.

Sie beraumte Frühstückssitzungen, Lunchsitzungen, Dinnersitzungen an. Fast täglich fragte sie ihre Anwälte, um sicher zu sein, daß die von ihr geplanten Schritte rechtlich abgesichert waren.

Auch während der Sommerferien verhandelte Marty weiter. Sie sprach die leitenden Herren von Motek einzeln an. Alle, die mit ihr zusammenkamen, fanden die Mischung von scharfem Geschäftssinn und eindrucksvoller Schönheit faszinierend. Marty bezog diese Eigenschaften in ihre Berechnungen mit ein, verließ sich aber nicht darauf. Im Verlauf dieser Monate versammelte sie immer mehr qualifizierte, ehrgeizige Leute um sich, die mit zu Motek übertreten würden.

Sie hatte sich über die vielen Beteiligungen und Tochtergesellschaften informiert. Bei den Sitzungen brachte sie Zahlen auf den Tisch, die selbst den Gesellschaftern von Motek unbekannt waren. Bei den Verhandlungen betonte sie, wie groß der gegenseitige Vorteil wäre. Sollte Motek Jolay erwerben, würden beide Seiten gewinnen.

Nur vier Monate nach der Jubiläumsfeier stand der Handel kurz vor dem Abschluß. Als sie dann erfuhr, Motek kaufe Anteilspakete von Jolay, stand für Marty alles fest. Und im Oktober, an dem Tag, als Vie die Party zum Start von *O! de Vie* veranstaltete, würde Marty endlich die Führung übernehmen können.

Die Formel

1984

In der Kristallkugel in Vies Hand brach sich das Licht der blassen Wintersonne. Vie blickte auf die schillernden Farben; violett, gelb, smaragdgrün, rotgelb. Einen Augenblick lang vergaß sie alles in diesem schönen Spiel der Farben. Dann hörte sie eine Stimme. »Miß Jolay?« und sie sah auf von dem Regenbogen in ihrer Hand in die trübe Helle hinterm Fenster. Sie erinnerte sich daran, daß sie einst eine Königin war und daß sie gerade ihr Reich verloren hatte.

»Das wär's dann.« Der Möbelpacker sprach leise mit ihr, als wollte er sich für die Arbeit, die er und seine Leute erledigt hatten, entschuldigen. Die Menschen waren oft freundlich und gütig zu mir, dachte sie kurz.

Vie lächelte ihm zu. »Vielen Dank, Chris. Sie haben gute Arbeit geleistet. Warten Sie – ich möchte gleich bezahlen.«

Sie sah sich im Zimmer um; bis auf die festen Einbauten stand es leer. Nur ihre Handtasche auf dem marmornen Kaminsims zeigte, daß sie in dieser Wohnung einmal gelebt hatte. Die Möbel sollten eingelagert werden, vorübergehend, ebenso wie die Gemälde, die Skulpturen, das meiste Porzellangeschirr, das Silber, die Wäsche. Ludmilla, das Dienstmädchen, hatte Vie gestern unter Tränen verlassen. Vie hatte sie bei den Garrisons unterbringen können, Dons jüngste Tochter war erst elf, bei ihnen würde sich Ludmilla bestimmt wohl fühlen.

Die Bäume und Sträucher aus dem kleinen Treibhaus hatte sie dem New Yorker Botanischen Garten in der Bronx gestiftet; die kleineren Pflanzen bekamen ihre Freunde. Im Kleiderschrank hing noch Vies Regenmantel mit dem Nerzfutter. In der Hand hatte sie die Kristallkugel; dort drüben stand ihre Tasche. Was soll's? Sie hob die Schultern; die Möbelpacker warteten auf sie; sie ging hinüber und holte das Scheckbuch aus der Handtasche und legte die Kristallkugel hinein. Sie schrieb einen Scheck für die Umzugskosten aus, reichte ihn Chris zusammen mit einem hohen Trinkgeld. Sie wandte sich ab, als er sich bei ihr bedankte. Das Gesicht zu wahren, war Vie schon immer wichtig gewesen, außerdem sollte er nicht merken, wie schwer ihr das Lächeln fiel.

Vie ging zum Fenster, während die Männer die Wohnung verließen, und blieb dort eine Weile stehen. Mikes Hereinkommen hörte sie nicht. Er stand da und sah sie an: eine irgendwie andächtige Gestalt im hellbeigen Kleid; erste graue Strähnen durchzogen das blonde Haar. Wie sie so reglos in der ausgeräumten Wohnung stand, mußte er an eine schöne, aus Holz geschnitzte Statue denken, die er einmal in einem Königsgrab in Frankreich gesehen hatte.

»Vie?« rief er leise. Doch in der Stille hallte ihr Name wider, und sie zuckte zusammen. Er durchquerte das Zimmer und faßte sie bei den Händen. »Marie Antoinette?« fragte er. »Oder etwa Maria Stuart?« Die Vergleiche waren ihm sofort selbst peinlich. Er küßte ihr die Hand.

Gegen ihren Willen mußte sie schmunzeln. Die Geste wirkte bei einem so großen Mann ungeschickt, lächerlich – und rührend. »Mike, du bist ein Tolpatsch, ach nein, ein ganz Lieber«, sagte sie liebevoll und strich ihm mit der Hand sacht übers Haar.

Er straffte die Schultern. »Das gefällt mir schon besser.« Jetzt funkelte es doch in ihren Augen. Er griff in die Innentasche seines Mantels. »Da. Ich habe uns etwas Sprudelwasser mitgebracht.« Er holte eine Flasche Moët & Chandon hervor, ihren Lieblingschampagner.

Sowie er die Flasche auf die Fensterbank gestellt hatte, zauberte er zwei langstielige Gläser, die auf unerklärliche Weise heilgeblieben waren, aus den Außentaschen. Er gab ihr eins davon, löste dann geschickt den Sektkorken und ließ ihn knallen, während sein Glas unter dem Flaschenhals den ersten Schaum auffing.

Vie sah ihn verdutzt an. Als er ihr Glas eingeschenkt hatte, protestierte sie. »Du hast vielleicht Nerven! Was gibt's denn zu feiern? Meine Firma, meine Wohnung sind futsch, und du gießt mir Champagner ein. Man feiert nicht, wenn man etwas verliert, man trauert darum, hat dir das noch niemand beigebracht, Mike?«

»Beim Tod ist es genauso«, gab er unerschrocken zurück. »Das hier ist eben eine Art Totenschmaus.« Er stieß mit ihr an und hob sein Glas. »Auf Vie! Auf das Leben! Auf den vor uns liegenden Weg, auf den Neuanfang!« Lächelnd trank er einen Schluck, aber ihm fiel doch das Angespannte in ihren Augen auf, die zarten Falten: Sie wurde älter. Meistens wirkte sie jünger, als sie war.

Als er sie kennenlernte an dem Wochenende in Yale, kam sie ihm vor wie ein Brillant unter Kohlen. Dort wirkte sie unzeitgemäß, am falschen Platz, sie war so kultiviert und klug, wie er es noch bei keiner Frau erlebt hatte. Und sie war schön gewesen. Er wollte sie einfach in die Arme schließen und sie festhalten; aber er hatte sich so ungeschickt, jungenhaft gefühlt und war so schüchtern gewesen. Doch als sie über den Campus gingen, hatte er nur Unsinn über die Architektur geredet.

Und jetzt war sie ihm, nachdem zwanzig Jahre vergangen waren, immer noch so fern wie eine Kathedrale, die er nicht zu betreten wagte.

Einige Male hatte er sich Hoffnungen gemacht, daß sie doch mehr als Freunde sein könnten. Einmal hatten sie sogar verabredet, gemeinsam übers Wochenende wegzufahren. Vie hatte die Verabredung aus geschäftlichen Gründen abgesagt; und er war daraufhin allein in sein Wochenendhaus in Vermont gefahren. Dort traf er dann eine nette junge Frau. Rosalie? Roseann? Rosalind? Die spendete ihm den Trost, den er brauchte. Er war aber so gekränkt und verärgert, daß er Vie mehrere Monate lang nicht mehr anrief.

Dann hatte sie sich bei ihm gemeldet und ihn bei der nächsten Verabredung gefragt, ob er nicht als ihr Anwalt arbeiten wolle. Er nahm das Angebot an. Er hatte das Gefühl, daß er jetzt beruflich mit ihr verkehren mußte. Als Mann interessierte sie sich nicht für ihn. Er spürte, daß sie ihn mochte; das war schon immer so gewesen. Aber mehr durfte er wohl nicht erwarten, außerdem wollte er nicht riskieren, sie ganz zu verlieren. Er hielt sich also im Hintergrund, war ein guter Freund, dessen Hoffnung auf Glück sie unwissentlich in ihren schönen Händen hielt.

»Ich hätte mich von dir auch geschäftlich vertreten lassen sollen«, meinte Vie voller Selbstvorwürfe. »Ich hätte dich schon vor Jahren zum Firmenanwalt machen sollen.«

»Da stimme ich dir zu«, erwiderte Mike verdrießlich. In den zwölf Jahren als ihr privater Anwalt war er allmählich ihr enger Vertrauter geworden. Er hatte ihre persönlichen Rechtsprobleme erledigen dürfen. Zum Beispiel handelte er einen günstigen Preis für Vies Penthouse aus. Das meiste von dem Geld würde sie darauf verwenden müssen, die alte Firmenhypothek zurückzuzahlen. Mike hatte dafür gesorgt, daß Vie ihre Anteile günstig verkaufen konnte und einen Betrag zurückbehielt, der ihr ein bescheidenes Einkommen brachte.

»Ab sofort bist du es. Ist es nicht eigenartig, Mike? Alles kommt am Ende so, wie es hätte kommen sollen, aber immer zu spät. Tschandra sagte mir mal: ›Sei vorsichtig mit deinen Wünschen – sie könnten in Erfüllung gehen.‹« Sie lächelte gequält. Aber ihre Miene blieb verschlossen. »Nun bist du mein Firmenanwalt, aber es gibt keine Firma mehr.«

Sie schaute aus dem Fenster. »Es ist alles so trostlos«, ihre Stimme klang sehr traurig. »Ich will nicht mehr kämpfen. Die letzten Monate waren einfach zu viel für mich. Ich habe alles Mögliche unternommen – und verloren. Die stärkere Frau hat wohl gewonnen. Ich komme in dieser Welt nicht mehr zurecht, ich bin überflüssig. Vielleicht gibt es ja irgendwo eine Höhle, in die ich mich verkriechen kann, um zu überwintern.«

Mike legte ihr sanft die Hand auf die Schulter und zeigte nach unten auf den Park. »Der Winter ist vorbei, meine Kleine, wart's nur ab. Bald werden die Bäume knospen, die Vögel singen, und die Luft wird nach Frühling riechen.«

»Mit einer neuen Vie?« fragte sie ihn betrübt.

»Hoffentlich nicht, die alte Vie ist nämlich nahezu vollkommen. Glaub mir, es wird alles wieder anders, so sicher wie der

Saft in die Bäume schießt. Du bist nicht umsonst die Königin Vie. Du wirst von neuem anfangen, genauso wie es die Natur jedes Jahr tut, auch nach dem härtesten Winter.«

»Mag sein. Im Augenblick fühle ich mich allerdings wie das letzte Kind auf dem Kindergeburtstag. Wie das, das die Mutter vergessen hat abzuholen.«

Mike betrachtete ihr feines Profil. Selbstmitleid war eigentlich nicht typisch für Vie. Der vor ihr liegende Weg würde natürlich nicht leicht sein. Bedauerte sie schon jetzt ihren Rücktritt? Sie hätte in der Funktion als Jolays Mitdirektorin in dem Unternehmen verbleiben können, als der Konzern die Firma übernahm; ein geregeltes Leben mit gutem Einkommen wäre ihr sicher gewesen. Doch das wollte sie nicht. Dafür war sie zu stolz auf ihre Arbeit. Die Kunst und Tradition des Parfümherstellens bedeutete ihr mehr als alle Millionen.

»Es könnte sein, daß ich überstürzt gehandelt habe.« Sie sah Mike direkt ins Gesicht.

»Findest du das wirklich?«

Sie gab keine Antwort. Mit ihrem festen Blick hatte Vie ihn auf die Probe stellen wollen.

»Du hast die einzig mögliche Entscheidung getroffen – du hast dich für *dich* entschieden.«

»Das stimmt doch, ja? Wie sollte ich denn für diesen Multi Motek arbeiten? Backmischungen stellen die her, Pudding, Autoteile, selbst Kinderwagen. Wie sollen sich denn in einem solchen Riesenapparat Parfümartikel durchsetzen. Jolay wird dort weder sein Image noch seine Qualität wahren können.«

»Genau das wird passieren«, sagte er und lächelte. Er vermutete auch, daß die Parfümherstellung in diesem riesigen Konzern untergehen würde.

»Also hatte ich keine Wahl«, meinte sie sachlich. »Diese Erkenntnis hilft. Es sieht wohl so aus, als müßte ich neu anfangen, ob es mir nun paßt oder nicht. Aber womit denn, Mike?« Sie blickte auf die leeren Wände. »Ich habe diese Wohnung so gemocht. Sie war mein Zuhause. Ich habe sie eingerichtet und jedes Stück selbst ausgesucht. Und das Treibhaus – darauf war ich so stolz! Die Wohnung und die Firma – das war mein ein und alles. Mehr wünschte ich mir nicht. Andere Frauen haben Familie und Kinder – aber ich habe mir eine kleine *Welt* geschaffen.« Sie sah sich wieder im Zimmer um. »Sie ist so entsetzlich leer«, sagte sie mit leiser Stimme, sie war den Tränen nahe.

Er schenkte ihr Champagner nach. Am liebsten hätte er sie gleich von hier fortgebracht, aber für den endgültigen Abschied war sie wohl noch nicht bereit. »Vie, Liebling, sieh es doch auch mal von der anderen Seite. Betrachte die ganze Angelegenheit als eine Herausforderung. Du bist ihr gewachsen.«

»Meinst du?« Sie wirkte verletzlicher denn je.

»Denk doch daran, was du früher geleistet hast, an deine dauernden Erfolge, deine Verehrer, dein großartiges Talent. Und dann füg das Kapital hinzu, das du beim Verkauf der Penthousewohnung erhältst.« Er hob die Hand, da er schon wußte, was sie dagegen einwenden würde. »Natürlich, es wird nicht mehr so viel davon übrigbleiben, nachdem die Unternehmenshypothek zurückgezahlt ist. Trotzdem – es könnten mehr als über zweihunderttausend Dollar übrigbleiben. Paß auf, ich sag' dir, wie es für dich aussieht. Auf der positiven Seite der Bilanz verbuchen wir dein Talent, dein Können, dein Ansehen, deinen nicht zu unterschätzenden Ruf, *etwas* Geld für Investitionen und Finanzierungen, deine Entschlußkraft, Genialität, Schönheit ...«

Sie unterbrach ihn lachend. »Hast du auch nichts vergessen?«

»Und mich natürlich. Als Aktivposten.«

»Als den größten.« Sie hakte sich bei ihm ein. »Aber was steht auf der anderen Seite ...«

Mit leiser Stimme fuhr er fort: »Na ja, da ist erst einmal diese dumme Einverständniserklärung, die du unterschrieben hast. Diese Anwälte sind verdammt gerissen. Besonders Duane Olcott. Martine hätte sich keinen besseren Rechtsschutz wählen können, wenn sie sich mit dem Teufel verbündet hätte. Vie, hättest du mich mit der Sache beauftragt, ich hätte ihn in die Mangel genommen, bis er um Gnade gefleht hätte.«

»Das nächste Mal bin ich klüger«, murmelte sie niedergeschlagen. Eigentlich glaubte sie nicht, daß er das Ergebnis hätte ändern können. Er hätte mehr gekämpft, doch am Ende ... »Es ist eben so, Mike, ich habe den Vertrag unterschrieben.«

»So ist es«, sagte er. »Das heißt, daß du rechtskräftig zugestimmt hast, fünf Jahre lang keine Konkurrenzfirma zu gründen.«

»Und wenn ich doch von neuem anfange ...«

»Dann wirst du gegen den Motek-Giganten antreten müssen. Und das Geld, das du aus dem Verkauf der Jolay-Beteiligung bekommst, wird wegen des dann anhängigen Gerichtsverfahren gebunden sein.«

»Deswegen habe ich ja meine Wohnung verkauft.« Jetzt versuchte *sie ihn* aufzumuntern. Aber sie hatte keine Hoffnung mehr. Es ist viel schlimmer, vom Gipfel herabzustürzen, dachte sie, als ihn nie zu erreichen. In dem Fall hätte man wenigstens ein festes Ziel vor Augen und könnte noch nach oben schauen. Aber herunterzuklettern, das war etwas ganz anderes.

»Mike – ich möchte jetzt ein bißchen allein sein und nachdenken. Würde es dir etwas ausmachen, zu gehen?«

»Du wolltest immer allein sein«, seine Stimme klang zerknirscht.

Sie blickte verwundert auf. »Was ist daran so schlimm?«

»Nichts. Das heißt ...« Jetzt, sagte er sich, jetzt müßte er sie in die Arme schließen, sie für sich gewinnen, solange sie verletzlich war. »Vie, ich ...«, begann er und tat einen Schritt auf sie zu.

»Ja, was ist?«

Er blieb stehen. Er hatte es ja schon immer gewußt: Sie war eine starke stolze Frau und sehr auf ihre Unabhängigkeit bedacht. Diese Frau hatte er von Anfang an geliebt, und er war schon damals so stolz auf sie, wie sie auf sich selbst. Sollte sie in diesem Augenblick nachgeben, was würde sie ihm dann schenken? Doch nur ihre augenblickliche Schwäche, ihre vorübergehende Verletzlichkeit. Auch wenn sie ihm ihre Zuneigung beweisen würde – es wäre nicht richtig. Er würde abwarten müssen, bis ihre Stärke wieder da war. Wenn Vie sich überhaupt für ihn entschied, dann müßte das die freie, unabhängige Vie sein, überzeugt von sich und davon, daß sie ihn haben wollte. »Nichts«, sagte er, »ich lass' dich in Frieden.«

»Mike«, sie umarmte ihn beim Abschied.

»Wenn du mich brauchst ... worum es sich auch handelt ...«

Sie umfaßte sein Gesicht. »Ich weiß«, sagte sie leise. »Du bist sehr nett. Ich hab' dich sehr lieb.« Sie küßte ihn auf die Nasenspitze. Er versuchte es gar nicht, ihr einen Kuß zu geben und ging wortlos hinaus.

Als er weg war, stellte Vie sich ans Fenster und blickte hinunter zum Park. Ab und zu stoben leichte Schneeschauer auf; die Landschaft wirkte wie ein impressionistisches Bild. Ich bin wie mein Vater, dachte sie, unsere Schicksale ähneln sich. Auch er hatte gleich nach Beendigung der Schule zu arbeiten angefangen. Auch er besaß eine florierende Firma, damals in Paris, vor seinem jähen Fall. Wie der Vater, so die Tochter – sie hatte von ihm den seltenen Geruchssinn und den Unternehmungsgeist geerbt, aber auch eine unheilvolle Schwäche, so daß ihr nun mit vierzig Jahren nichts mehr gelingen würde.

Plötzlich gingen die Lampen im Central Park an – verschwommen helle Fleckchen hinter Pinselstrichen aus Schnee. Es war schön und leise wie ein dunkel werdendes Theater vor der Aufführung des Stückes. Was erwartet mich noch da draußen? Ich bin wie eine Schauspielerin, die in ihrer letzten Hauptrolle gespielt hat.

Vie dachte an die Kleider, die sie zusammen mit Ludmilla in große Pappkartons verpackt hatte: Um Falten zu vermeiden, hatten sie Seidenpapier dazwischen gelegt. Sie konnte es nicht verkraften, sich davon zu trennen, von diesen schönen Kostümen des Erfolgs. Auch nicht von den Brillanten, dabei hatte sie schon viel Schmuck verkauft. Die Kleider wurden wie die Möbel eingelagert, bis auf die beiden Umzugskartons, die in Philippas Wohnung gebracht werden sollten. Kostüme und Kleider – genau. Die Utensilien der ehemaligen Schauspielerin, sagte Vie zu sich selbst in scharfem Ton. Gegen sich war sie immer unerbittlicher und strenger gewesen als gegen andere. Sollte das ihr Fehler sein? Nein, sie hatte so einen dummen romantischen Glauben in sich, einen Unwillen, von bestimmten Maßstäben abzugehen. Aber wieso denn auch? Vie stritt mit sich. Warum sollte sie nicht ihre Prinzipien beibehalten?

Weil du sonst, antwortete die andere Vie, kaputtgehst.

Aber, widersprach die erste, du weißt doch genau, daß Mike recht hat. Dir bleibt keine Wahl, als das zu tun, was getan werden mußte und was du getan hast.

Stimmt, erwiderte die Widersacherin, zu dem Zeitpunkt blieb dir wirklich keine andere Wahl. Aber denk doch mal nach, was alles in den letzten zehn Jahren geschehen ist.

»Du hast wirklich klar Schiff gemacht, was?« hörte sie Martys Stimme. Plötzlich war es taghell im Zimmer. »Den Strom hat man dir allerdings noch nicht abgeschaltet.«

Vie drehte sich wütend um. »Bist du hier, um dich an der leeren Wohnung zu erfreuen?«

»Weshalb sollte ich? Außerdem habe ich nicht gewußt, daß du noch da bist.«

»Warum bist du gekommen?«

»Zum Nachschauen. Vergiß nicht, die Dachwohnung lief übers Geschäft. Hier sind die Schlüssel«, sagte sie und gab sie Vie; sie legte ihren Zobel ab, ließ ihn zu Boden fallen. »Die sind für den neuen Besitzer.«

Vie nahm die Schlüssel. »Es trifft sich gut, daß du gerade hier bist. Ich wollte mich sowieso mit dir unterhalten.« Sie hatte zwar ihre Schwester während der vergangenen Wochen oft gesehen, aber es waren immer Anwälte, Sekretärinnen, Reporter, Wirtschaftsprüfer dabeigewesen.

»Junge, Junge, nun gibt's Streit.«

Vie seufzte. Wozu das alles? Aber so schnell kam die Gelegenheit zu einem Gespräch mit ihr nicht wieder. »Ich weiß, daß du mich nicht magst«, begann sie mit leiser Stimme.

»Wir sind Geschwister«, erwiderte Marty knapp.

»Warum hast du mir das angetan?«

»Angetan, was! Sprichst du von Motek? Ich habe dir nichts angetan, ich habe für uns, für die Firma gehandelt. Daß du da nicht mitgemacht hast, ist deine Sache. Ich sehe keinen Grund, weshalb wir nicht wieder zusammenarbeiten sollten. Unsere Talente ergänzen sich. Du bist die einfallsreichste Parfümeurin in der gesamten Branche. Und ich bin der fähigste Chef.«

Zwei wunderschöne Hälften, dachte Vie, die nie ein Ganzes bilden können. »Und warum haben wir nicht so weitergemacht wie vorher? Jolay ging es gut. Du hast dafür gesorgt, daß die Firma sich ständig vergrößerte. Unser Umsatz stieg von Jahr zu Jahr.«

»Ja, deswegen konnten wir ja auch die höchsten Preise erzielen. Du siehst zu oft zurück, Vie. Das hast du immer getan, wie Vater, und ziemlich oft hat sich das ja auch bezahlt gemacht. Er ging zurück zu den alten Rezepturen; du hast oft alte Träume nach Eleganz nochmals geträumt. Das ist alles schön und gut, aber in Maßen.

Ich bin diejenige, die nach vorn geblickt hat, immer. Du meinst, Jolay vergrößerte sich? Ja, das tat die Firma wirklich, aber langsam. Wir haben uns im Grunde auf die Düfte und den Luxus-Markt beschränkt, trotz der paar Kosmetikartikel und Drogeriesachen.

Vie, so hätte es nicht ewig weitergehen können, jedenfalls nicht mit diesem Image. Wir haben einen Großteil der Mittelschicht nicht berücksichtigt. Wir haben lediglich an exquisite Geschäfte geliefert, statt an Drogeriemärkte. Dieselbe Verkaufspolitik haben wir im Ausland betrieben. Dabei haben wir nicht bedacht, daß man weder mit den ganz billigen noch mit den ganz teuren Produkten das große Geschäft machen kann. Zudem wollen die Leute nicht mehr in Kristallflaschen und mit Seide ausgeschlagene Schachteln investieren. So etwas hat natürlich ein gewisses Image, das eignet sich gut für die Promotion. Aber reicher wird man, wenn man Kartoffeln statt Kaviar verkauft, und die Leute wollen Kartoffeln. Im Schaufenster machen sich Kristallbehälter vielleicht gut, doch verkaufen müssen wir ihnen Produkte, die sie ›ehrlich‹ finden: vernünftige Produkte in einfacher Verpakkung.«

»Und genau das hat Motek vor, ja?«

»Aber hundertprozentig. Ich habe grünes Licht für die Entwicklung einer Serie mit den ›entscheidenden‹ Kosmetika gegeben. Ich werde für das Etikett Umweltpapier nehmen!« Sie lachte. »Das soll die Ökofreaks begeistern.«

Ihre Stimme war klar und scharf wie die einer Trompete. Das Kostüm war knallrot. Mit den fast schwarzen Locken, ihrer feinen weißen, immer noch straffen Jungmädchenhaut und der Ebenholzkette am Hals sah Marty aufregend aus, völlig beherrscht, und nur ein bißchen gefährlich. Ihr Geist, dachte Vie, ist ebenso strahlend wie ihr Kostüm. Sie wagte es nicht, näher zu kommen.

»Warum willst du das tun?« fragte Vie.

»Weshalb? Das ist doch ziemlich offensichtlich. Wegen Geld.«

»Davon hast du doch schon so viel!«

»Und ich will noch mehr haben! Als ich klein war, gab es nie genug davon.«

Vie zuckte zusammen. »Du hast eine Ausbildung gehabt ...«

»Ja, weil du mich finanziell unterstützt hast. Hör mal, Vie, ich weiß, was Armut ist, ich habe sie gesehen. Ich hab' mich jahrelang auf der Straße rumgetrieben, hast du das vergessen? Es heißt, Macht korrumpiere, aber das ist dummes Gerede. Das Gegenteil stimmt. Ohne Macht zu sein, das verdirbt einen, und Macht heißt Geld. Ich will es unbedingt haben, so viel wie möglich, bis ans Ende meines Lebens.«

Vie holte tief Luft. »Weißt du, auch ich wollte weg von der Armut. Ich hatte Angst davor. Sie zerstörte Papa. Ich wollte da herauskommen, sie ganz hinter mir lassen.«

»Was du ja auch geschafft hast. Eine tolle Leistung. Doch ab einem bestimmten Zeitpunkt hast du dich zu sehr angepaßt.«

»Im Gegensatz zu dir, ja?«

»Ich kämpfe andauernd«, meinte sie verbissen.

Sie schwiegen. Sie waren es nicht gewohnt, über Gefühle zu sprechen.

Vie hätte Marty am liebsten besänftigend die Hand auf die Schulter gelegt. Doch statt dessen sagte sie, in einem Tonfall, der ihr völlig falsch vorkam: »Glaubst du, wir können je wieder Partnerinnen werden?«

Der überlegene Ton in Vies Stimme ließ Marty erstarren. Die

Königin sprach mit einem Untertanen – die verfluchte, verfluchte Eiskönigin! Ganz egal, was sie tat, im Leben erreichte, Vie brachte es immer fertig, daß sie sich wie ein dummes Mädchen vorkam, wie zum Gefolge gehörig, nie ebenbürtig. »Paß mal auf, Vie«, sagte sie schroff. »Ich will es allein schaffen und werde damit weitermachen.«

»Das ist mir inzwischen klar«, entgegnete Vie kühl. Vor ein paar Monaten hatte Marty auf einer Party zu Charles Revson gesagt: »Ich werde mit euch gleichziehen, Charlie – und euch dann überholen. Meine Firma wird größer sein als Revlon.«

Zu Vies Verwunderung hatte Revson Marty umarmt und geantwortet: »Wenn das jemand schafft, dann Sie. Viel Glück, Süße; stellen Sie sich der Auseinandersetzung.«

Vie ging zum Schrank hinüber. »Wir sind völlig verschieden, auch wenn wir Schwestern sind.«

»*Halb*-Schwestern«, belehrte Martine sie. »Vielleicht sind wir überhaupt nicht blutsverwandt.«

Vie sah sie an. »Willst du mich etwa verleugnen?«

»Wie könnte ich denn?« Martine lachte freudlos. »Du bist mein Schicksal. Wir beide, die Jolay-Schwestern, wir sind ja so fotogen: Aber das ist doch nichts als ein platter Werbetrick.«

»Ich habe dich ins Geschäft aufgenommen«, sagte Vie barsch.

»Wenn du's nicht getan hättest, wärst du nämlich auf den Bauch gefallen.«

»Das bezweifle ich«, erklärte Vie. »Ich hatte Erfolg, weil ich eine besondere Begabung habe. Ich habe eine ›Nase‹.«

»Von deinem Vater geerbt, was? Aber nur ich kenne ihn wirklich. Ich habe ihn aus der Vergangenheit ausgebuddelt, die er begraben wollte.«

»Jetzt hör mir mal zu«, sagte Vie und packte Marty bei den Schultern. »Entweder du erzählst mir von Vaters Vergangenheit, oder du unterläßt diese Bemerkungen. Und wenn es da wirklich etwas geben sollte, dann sag's mir gefälligst jetzt.«

Marty entzog sich Vies Griff. »Na schön.« Ein Glänzen kam in ihre Augen. Die beiden Schwestern standen sich in dem leeren Zimmer gegenüber. Marty erzählte Vie alles, was sie herausgefunden hatte.

Als Marty zu Ende war, sagte Vie ruhig: »Du gehst jetzt wohl besser.«

Marty nahm ihren Mantel vom Boden und schmiegte sich einen Augenblick daran. »Verzeih mir«, sagte sie leise. Dann ging sie hinaus.

2

Von der anderen Seite des Gartens ertönte leise ein Saxophon, die Melodie drückte aus, wie Liebende einander betrogen. So kam es Vie jedenfalls beim Zuhören vor. Sie wollte gerade ihre Wohnung verlassen. Die Musik kam herüber über die noch geschlossenen Krokusse durch nackte, mit harten, erbsengrünen Knospen besetzte Zweige. Daß man diesen Freiluftkonzerten lauschen konnte, hatte sie gar nicht gewußt, als sie diese Wohnung gemietet hatte.

Sie hatte, um diesen Entschluß zu fassen, nicht lange überlegen müssen. Die monatliche Miete für die Drei-Zimmer-Wohnung betrug 720 Dollar – »Parterre-Wohnung, ein sehr günstiges Angebot« hatte der Makler gemeint. Aber nicht wegen der günstigen Miete hatte sie sofort zugesagt, sondern wegen des Gartens.

Ein Blick aus dem Fenster hatte ihren Entschluß besiegelt, dabei blühte noch gar nichts. Die Wohnung war herrlich, das fand sie immer noch. Vor dem Hinausgehen zupfte sie sich noch mal den Schal zurecht. Man brauchte nur das Küchenfenster zu öffnen, schon roch man knospende Blumen und das feuchte Gras. Die Ersparnis gegenüber einer Wohnung in der Innenstadt war ihrer Rechnung nach so groß, daß sie leicht die Zeitungsannoncen für das neue Produkt bezahlen konnte. Falls ich eins auf den Markt bringe. Nein, sagte sie sich: Sobald ich das getan habe.

Vie ging, nachdem sie die Tür zugemacht und damit das Saxophon ausgesperrt hatte, die Steinstufen hinunter und wandte sich Richtung Osten. Sie hatte noch keinen Termin mit Don Garrison vereinbart. Sie wollte sich erst dann zu einer Geschäftsbesprechung mit ihm treffen, wenn sie ihm einen konkreten Vorschlag machen konnte. Doch wenn sie bei ihm hereinschaute, könnte sie vielleicht herausbekommen, in was für einem Verhältnis er zu seinem ehemaligen »Lieblingskind« Jolay-Parfumes stand. Sie würde mit ihm wie mit einem Freund reden, den sie seit über zwanzig Jahren kannte, plaudern und dabei herausfinden, wie er über die Übernahme dachte und ob er bereit wäre, ihren beruflichen Neuanfang zu finanzieren.

Als Vie durch das Marmorportal der Hauptfiliale der Atlantic Mercantile-Bank in der Park Avenue trat, verlor sie vorübergehend ihre Gelassenheit. Bisher hatte sie den glänzenden Marmor immer nur als den stattlichen, eindrucksvollen, herrschaftlichen Rahmen, angemessen für ihre Geschäfte, betrachtet. Als Madame Jolay, die Direktorin einer eigenen Gesellschaft, Chefin eines kleinen Imperiums, paßte man eben in die Luxusatmosphäre. Schon als Zwanzigjährige fühlte sie sich hier wie zu Hause. Jetzt allerdings, da sie vierzig war und ihrer Firma beraubt, kam sich Vie fehl am Platz vor, wie eine Schauspielerin, die in das falsche Stück geraten oder ihren Text vergessen hatte. Mit erhobenem Kopf durchquerte sie eilig die Haupthalle und ging zu den Schließfächern. Sie fühlte sich unsicher und meinte, alle Leute starrten sie an. Auf ihrem Weg zur Stahlkammer fiel ihr ein hochgewachsener, dunkelhaariger Mann auf, der ihr nachschaute. Er sah sehr gut aus und betrachtete sie so unverhohlen, daß Vie das Gesicht abwandte; er machte sie nervös. Sie kam sich wie ein junges Ding vor – so hatte sie sich schon seit langem nicht mehr gefühlt!

Don Garrison kam aus seinem Büro und begrüßte sie.

»Vie! Herzlich willkommen, Fremde. Habe dich ja seit Urzeiten nicht mehr gesehen.« Mit seinen dreiundfünfzig Jahren sah Don immer noch gut aus; sein Gesicht paßte mehr zu einer Farm im Westen als in eine Großbank.

»Guten Tag, Don.« Sie umarmte ihn kurz, spürte dabei den Blick des Dunkelhaarigen in ihrem Rücken.

»Wie geht's? Ich hab' gerüchteweise gehört, du hättest eine Wohnung in Greenwich Village bezogen? Willst du etwa auf deine alten Tage noch zu den Hippies überwechseln?«

»Nur wenn's unbedingt sein muß.« Sie lächelte. »Die Wohnung ist ganz toll, Don. Ich habe das ganze Erdgeschoß in einem Backsteinhaus für mich, dazu einen Garten hinterm Haus.«

Der dunkelhaarige Mann sah, wie sie in das Büro des stellvertretenden Leiters der Kreditabteilung gingen.

»Also«, meinte Don, nachdem er die Tür zugemacht hatte, »wie stehen die Aktien? Bist du einsam? Du siehst großartig aus – wie immer. Du bist die schönste Frau der ganzen Branche. Das hab' ich ja schon immer gesagt.«

»Jetzt nicht mehr. Wie geht's dir? Läuft alles in geregelten Bahnen?« Wenn sie mit ihm zusammen war, nahm sie oft Dons kurze Redewendungen.

»Nicht ganz, zu Haus.«

»Die Kinder?«

»Nein, meine Frau. Zwischen uns klappt's nicht mehr so. Ich weiß gar nicht, ob wir's schaffen. Die Sache tut einem ziemlich weh – aber lassen wir das. Jedenfalls ist es etwas, was du nicht durchmachen mußt.«

»Stimmt«, gab sie zögernd zurück.

»Sag mal, Vie, hast du das denn nie bereut, nicht geheiratet zu haben?«

»Mir bot sich nie die Gelegenheit, ich hatte immer so viel mit der Firma zu tun.« Was nicht ganz stimmte. Hubert hätte sie sehr gern geheiratet, das war ihre große Liebe gewesen. Und trotzdem hatte sie Zweifel verspürt.

»Und derzeit?« erkundigte sie sich behutsam. Als sie an den dunkelhaarigen Mann dachte, schlug ihr Herz plötzlich schneller. Achselzuckend lächelte sie Don an. Er faßte sie bei der Hand. »Gehen wir doch mal zusammen essen, Vie«, sagte er bittend.

Sie zog ihre Hand weg. »Ich werde dich bald aufsuchen, um Geschäftliches mit dir zu besprechen.«

»Schon so bald?« Er schien ihr nicht zu glauben. »Also gut, jederzeit. Aber geh doch bitte mit mir essen, trotzdem. Am

Freitag?«

»Ich weiß nicht recht ...«

»Bitte. Du weißt, ich bin immer für dich da.«

Sie schenkte ihm ein breites Lächeln. »Natürlich. Ich sollte dir das endlich mal glauben. Einverstanden, diesen Freitag. Komm doch vorher auf einen Aperitif zu mir. Ich möchte dir die Wohnung zeigen.«

»Gut. Zurück zum Geschäftlichen. Hast du etwas von Jolay gehört? Wie macht sich Marty?«

»Dasselbe wollte ich dich gerade fragen.«

»Ich kümmere mich mal drum und erzähl' dir am Freitag davon«, versprach er.

»Aber nur, wenn's dir keine Mühe macht. Ich wollte Marty in den nächsten Tagen ohnehin anrufen.« Weder er noch sonst jemand sollte erfahren, wie sehr sie sich entzweit hatten. Vies Stolz, das Gefühl, die Familie schützen zu müssen, brachte sie dazu, daß sie lieber alles vertuschte. Man wußte zwar, daß sie sich vehement gegen die Übernahme ausgesprochen hatte und daraufhin aus der Firma ausgetreten war. Doch nur Philippa, Mike und Elaine kannten die ganze Geschichte. Wenn sie sich für sich selbst und Marty schämte, so vertraute Vie doch den anderen nicht an, daß sie sich von ihrer Schwester verraten fühlte.

Sie gaben sich die Hand; Vie ging unzufrieden hinaus. Sie hatte nichts in Erfahrung gebracht. Außerdem wußte er nun, sie hatte kaum noch Kontakt mit Marty.

Sie ging mißmutig hinüber zur Tresorabteilung. Noch ehe sie dort war, flüsterte ihr eine Männerstimme ins Ohr: »Sie kenne ich doch von irgendwoher. Könnte es sein, aus unserem zukünftigen Leben?«

Noch nie hatte sie in schönere Augen geblickt. »Was soll ich darauf antworten?« protestierte sie lächelnd. Sie war auch noch rot geworden dabei.

»Bitte mit ja, dann könnten wir gleich damit anfangen, die vergeudeten Jahre wiederaufzuholen.«

Sie mußte lachen. Sein Annäherungsversuch kam ihr albern vor – aber bezaubernd, sehr bezaubernd. »Das ist es«, sagte er,

»dieses Lachen. Ich kenne es aus all meinen glücklichsten Zeiten.«

Wie romantisch! Aber vielleicht machte er sich auch nur lustig über sie. Als habe er ihre Gedanken gelesen, meinte er: »Ärgern Sie sich bitte nicht über mich. Ich habe eben nur keine Ahnung, wie man mit einer Frau anbändelt.«

»Das haben Sie also gerade vor?« fragte sie ernsthaft.

»Haben Sie das denn nicht gemerkt? Sehr schön, das heißt, meine unglaublich subtile Annäherung hat funktioniert.«

Vie mußte erneut lachen. Plötzlich kam ein Bankangestellter herüber und sagte leise etwas zu ihm. Er nickte, wandte sich wieder zu ihr und sagte: »Liebste Prinzessin, ich muß mich leider auf den Weg machen, die Pferde satteln. Bitte gehen Sie nicht weg. Ich bin gleich zurück.« Er ging weg; Vie dachte daran, daß sie nicht mal wußte, wie er hieß.

Das änderte aber überhaupt nichts an ihren Empfindungen. Wie lange war das schon her? Es prickelte, als hätte sie in einem klaren Bach gebadet. Lächerlich. Sie ging zum Tresorbeamten. Lächerlich, sagte sie sich nochmals, als sie ihm Personalausweis und Safeschlüssel aushändigte. Lächerlich, meinte sie ein drittes Mal, als sie mit ihm ging und er die Geldkassette herausbrachte – aber sehr bezaubernd.

Sie nahm die Kassette mit in die Kabine und machte die Tür zu. In der Kassette befanden sich weder Geld noch Wertpapiere, keine wichtigen Dokumente. Es glich mehr der geheimen Schatztruhe eines Kindes: In der Stahlkassette lagen nämlich ein geschliffener Türgriff aus Glas, das Fläschchen mit dem Windsor-Cologne, das Nina ihr zum einundzwanzigsten Firmenjubiläum von Jolay geschenkt hatte, ein schlichter Goldring, ein blauweißer Brillant sowie ein in Leder gebundenes Buch. Der Ring stammte von ihrer Mutter, sie mußte die gleichen schlanken Finger gehabt haben wie sie. Vor Jahren hatte sie ihn einmal getragen, er paßte genau. Auch der Brillant hatte ihrer Mutter gehört, der letzte Stein aus der Brosche, die Armand zerteilen ließ und dann Stück für Stück verkauft hatte.

Nach dem Tod des Vaters hatte Vie den Brillanten nicht verkaufen wollen. Er hatte ihr erzählt, er hätte Anne die Brosche geschenkt, als sie in die Heirat einwilligte. Mit seinen drei Karat war der Brillant weniger wert als viele andere, die Vie seither gekauft hatte. Sie bewahrte ihn hier, in dieser besonderen Schließfachkassette auf und nicht bei ihren Schmucksachen, denn sie wollte ihn vielleicht eines Tages in einen Ring einarbeiten lassen.

Der Türgriff und das Eau de Cologne symbolisierten für Vie den Anfang ihres Geschäftslebens.

Wegen dieser Sachen war sie aber nicht hierhergekommen. Sie brauchte das Heft, die schwarze ›Bibel‹ von Vater. Die Rezepturen darin begründeten seinen und später ihren Erfolg. Sie griff nun danach, um sich daraus Inspirationen für ihre neue Unternehmung zu verschaffen.

Sie nahm das Buch behutsam hoch, befühlte das weiche, abgewetzte, von Schweiß, Chemikalien und schließlich von Blut flekkig gewordene Heft. Ein Buch voller Zauber und seelischem Schmerz. Sie blätterte kurz in den rissigen, vergilbten Seiten und wickelte es dann in ihren Seidenschal.

Als sie wieder in die Marmorhalle trat, blickte sie um sich, sah ihn aber nirgends. Er ist ein Mann wie aus einem Traum. Sie drückte das Heft fester an sich. Als sie ein kleines Kind in Brooklyn war, hatte Armand sie gelehrt, daß auch Träume in Erfüllung gehen können.

»In zentraler Lage wohnst du ja nicht«, stellte Don Garrison fest, als er in Vies Wohnzimmer trat.

»Mir gefällt es.« Sie hielt ihm die Wange zum Kuß hin.

»Wußte gar nicht, daß es zwischen der Innenstadt und der Wall Street noch was anderes als Wüstenei gibt. Aber ich muß schon sagen, Vie, du lebst wirklich in höchst elegantem Elend.«

Sie schnitt ein Gesicht. »Das Übliche?« Als er nickte, schenkte sie ihm einen zweieinhalbfachen Whisky mit zwei Würfeln Eis ein. Sie schenkte sich weniger ein und ging mit den beiden Gläsern zurück zum Sofa, wo Don es sich bequem gemacht hatte; er hatte gleich die Schuhe abgestreift und es sich in der einen Ecke gemütlich gemacht. »Auf dich«, er hob das Glas, »es ist wie immer eine Freude, dich anzuschauen.« Er nahm einen großen Schluck.

Ihr war unbehaglich zumute gewesen, als er sie auf die Wange küßte, weil sein Atem nach Alkohol roch. Er hatte also schon vor dem Herkommen etwas getrunken. Hoffentlich trank er nicht weiter, und hoffentlich fing er nicht an, mit seinen Eheproblemen als Rechtfertigung, sich langsam mit dem Scotch zu betäuben. Wenn er sich heute abend zu Ehren einer zerrütteten Ehe betrank, dann machte er auch noch bestimmt einen Annäherungsversuch. Anschließend würde er beharrlich bleiben; wenn sie ablehnte, würde das ihre berufliche Beziehung belasten. Selbst wenn sie wollte, nie würde Vie es geschehen lassen, daß ein wichtiger Geschäftsfreund zum Liebhaber wurde. Der Sex war ihr noch nie so wichtig gewesen, ihr Beruf war ihr immer vorgegangen. Bis auf das eine Mal – das lag schon lange zurück.

Nachdem er das dritte Glas Whisky ausgetrunken hatte, leerte sie schnell ihr erstes und holte ihren Mantel. Zwar hatten sie sich beim Treffen in der Bank darauf geeinigt, wie Freunde zu Abend zu essen. Aber dennoch war in den vergangenen drei Tagen so viel geschehen, daß Vie diesen Abend ausschließlich Geschäftlichem widmen wollte. Vielleicht auf zu deutliche Weise. Natürlich würde sie Don die Gelegenheit geben, ihr Privates zu erzählen – doch für sie hatte sich in der letzten Zeit einiges geändert. Es war keine Verabredung mehr, sondern eine Besprechung.

Alles hatte begonnen, als sie mit dem Buch in der Hand aus der Bank gegangen war. Zu Hause ging sie gleich in den Garten, legte ein Kissen auf den Sitz des kalten, schmiedeeisernen Stuhls und wickelte das Buch behutsam aus dem Seidenschal. Die kühle Luft, die duftenden jungen Knospen taten ihr gut, und das Saxophon spielte wieder einen schwermütigen Bluessong. So saß sie da, eine ganze Stunde, und las in dem auf dem Schoß liegenden Buch. Sie versuchte dabei, sich den Duft zu vergegenwärtigen, auf den sich die Eintragungen und Ziffern bezogen. In dem Buch befanden sich Geheimnisse, die während der ganzen Jahre verborgen geblieben waren. Zum Beispiel ein Herren-Parfüm: Armands Rezeptur für sein privates Eau de Cologne. Er hatte es für sich allein kreiert. Am Buchrand stand mit breiter Schrift – wahrscheinlich hatte er es später hinzugefügt: »Denk an *Chanel 19*.«

Zunächst wußte sie nicht, was das bedeuten sollte. Eine grüne Note charakterisierte doch Chanels Duft. Sie betrachtete nochmals die Worte am Buchrand und erkannte nun, daß das gar nicht Armands Handschrift, sondern ihre eigene war. Sie hatte das sicherlich als Gedächtnisstütze notiert, vor zehn, vielleicht noch mehr Jahren und dann nicht mehr daran gedacht, während das Buch in der Kassette gelegen hatte.

Jetzt fiel's ihr ein: Chanels *No. 19* war ein privater Duft, den ausschließlich Mademoiselle Chanel und einige wenige ausgesuchte Freunde benutzten. Nach ihrem Tod wurde es zum öffentlichen Verbrauch freigegeben – im Gegensatz zu vielen anderen Privatmarken, der von *Balenciaga* zum Beispiel; diese Rezeptur hatte man auf Wunsch ihres Schöpfers nach seinem Tod vernichtet.

Im Jahre 1984 wächst der Markt für Herrendüfte wie nie zuvor, dachte Vie. Die Herren-Colognes in den sechziger und siebziger Jahren – *Aramis, Brut, Pub, Chaz* – hatten dazu beigetragen, die traditionelle Abneigung amerikanischer Männer gegen Parfüms abzubauen. Und jetzt brachten Modeschöpfer für Herren neue Düfte auf den Markt: Bill Blass, Ralph Lauren, Gucci. Die Modeschöpfer für Frauen taten dasselbe: *Halston for Men*, Yves Saint Laurents *Kouros*, Diors *Eau Sauvage*, Esteé Lauder hatte das Prestige-Parfüm *J.H.L* herausgebracht und schließlich gab es natürlich *Bijans* »maskulinen« Duft, der 1500 Dollar pro Fläschchen kostete.

Im höchsten Preisniveau konkurrierten also Herrendüfte mit denen für Frauen.

Und genau damit werde ich neu ins Geschäft einsteigen, dachte Vie voll Eifer. Mit einem Nachfolgeparfüm zu Armands *A*-Serie. Das erste Parfüm sollte *Nouvel* heißen, vielleicht auch bloß *N*, das war besser. Wie auch immer, mit dem Namen hatte Vie keine Eile. Sie würde auch Don gegenüber keinen vorschlagen, wenn sie ihm ihre Vorstellung über die Herrenserie mitteilte.

Hoffentlich bleibt er nüchtern, dachte sie, als sie noch einmal in den Spiegel schaute, um das Make-up zu prüfen und sich mit dem Taschenkamm durchs Haar zu fahren. Zu den guten Ideen, die ihr im Garten eingefallen waren, kamen neue hinzu. Sie hatte sich Notizen gemacht, Skizzen für die Fläschchen und Verpackung angefertigt und konnte heute abend ein bis zum i-Tüpfelchen ausgearbeitetes Projekt vorlegen. Das würde sie Don unterbreiten.

»Gehen wir.« Sie schenkte ihm ihr reizendstes Lächeln, zum Ausgleich dafür, daß sie die Cocktailstunde so jäh unterbrach. Sie suchte gerade nach ihren Schuhen, da läutete das Telefon. »Ich gebe dir genau noch drei Minuten zum Anziehen«, sagte sie zu ihm und ging ins Schlafzimmer, um den Hörer abzunehmen.

Der Anrufer sprach mit leichtem französischen Akzent und stellte sich als Paul Mescaux vor. »Haben wir nicht schon mal miteinander gesprochen?« fragte Vie. Sie erinnerte sich noch schwach daran. »Ja, Madame, das ist schon ein paar Monate her. Ich rief Sie damals im Büro an.«

»Stimmt. Jetzt erinnere ich mich. Sie sagten, Sie hätten mir einen geschäftlichen Vorschlag zu machen.« Wer er auch war, er hatte angerufen, als sie mitten in den Auseinandersetzungen wegen der Übernahme durch Motek war. Sie sagte ihm damals wahrheitsgemäß, daß sie nicht in der Lage sei, auf sein Angebot einzugehen. Und jetzt konnte sie das erst recht nicht.

»Madame, ich habe Ihnen etwas sehr Interessantes mitzuteilen. Glauben Sie mir. Wir sollten uns treffen. In einer Stunde, ja?«

»Nein. Ich gehe gerade aus dem Haus. Außerdem ist das nicht die richtige Zeit ...«

Er schnitt ihr erneut das Wort ab. »Ich möchte mit Ihnen nicht über Geschäftliches im engeren Sinne sprechen. Ich kannte Ihren Vater, in Frankreich noch, da gibt es Dinge, über die Sie Bescheid wissen sollten.«

»Was für ›Dinge‹?« Sie hatte den Hörer so fest gepackt, daß ihre Knöchel weiß wurden.

»Das erzähle ich Ihnen bei unserem Treffen.«

»Also schön, wenn Sie darauf bestehen. Morgen? Oder lieber Sonntag?«

»Zu diesen Terminen, fürchte ich, bin ich nicht abkömmlich.«

»Dann schlagen Sie einen Zeitpunkt vor, heute abend geht es bei mir nicht.« Was könnte er ihr schon mitteilen? Könnte er vielleicht das, was Marty ihr erzählt hatte, widerlegen?

Er antwortete im selben formellen Ton wie schon zuvor. »Das wird leider nicht möglich sein. Ich werde Sie noch einmal anrufen.«

»Hallo? Warten Sie ...« Aber er hatte bereits aufgelegt. Vie war nervös geworden. Sie ging in den Flur. Don hatte schon den leichten Mantel angezogen und wartete auf sie. »Ein wichtiges Telefonat?« wollte er wissen.

»Da bin ich mir nicht sicher. Aber ich hab' das Gefühl, es war wichtig.«

Im Lutece begrüßte man Vie mit der ganzen Aufmerksamkeit, die man einem endlich wieder ins Heimatdorf zurückgekehrten Mädchen schenkte. »Wir haben Sie schon so lange nicht mehr bei uns gesehen, Madame Jolay«, meinte der Oberkellner schmeichelnd und auch ein wenig vorwurfsvoll.

»Verzeihen Sie.« Sie lächelte ihn sehr freundlich an. »Ich habe eine Diät gemacht.«

»Sie, Madame? Bei Ihrer Figur! Ich bin wirklich untröstlich. Ihr Tisch ist leider besetzt. Ich wußte ja nicht, verstehen Sie bitte, als Mr. Garrison anrief, daß er heute abend mit Ihnen, und ...«

»Machen Sie sich deswegen keine Gedanken«, beruhigte sie ihn. »Wir setzen uns ebensogern an einen anderen Tisch.«

Man gab ihnen einen Platz in einem Vorraum, dort, wo neue Gäste, die nicht in New York wohnten und nicht prominent waren, normalerweise aßen. Noch eine Degradierung, dachte Vie, als sie auf dem bereitgehaltenen Stuhl Platz nahm. Sie war in den letzten Jahren unglaublich verwöhnt worden, fand sie.

Zur Zeit aß sie meist in kleinen griechischen, italienischen oder chinesischen Restaurants, wenn sie nicht zu Hause kochte. Ihr fiel ein, wie sie zum erstenmal in einem eleganten Restaurant zum Essen war. Sie erinnerte sich genau, sie war siebzehn, trug ein schwarzes Kleid, das sie günstig erstanden hatte und wußte nicht, was sie bestellen sollte. Genaugenommen konnte sie noch nicht einmal die Speisekarte lesen. Das hatte Philippa für sie getan.

»Weshalb schmunzelst du denn, Liebste? Was möchtest du trinken?«

»Nichts, danke Don. Mir fiel eben ein, wie ich zum erstenmal in einem so schicken Restaurant wie diesem aß. Ich war noch so naiv!«

»Und ganz besonders hübsch, bestimmt. Möchtest du wirklich nichts trinken?«

Sie schüttelte den Kopf. »Ich war so unerfahren, hatte von nichts eine Ahnung.« Sie dachte an den übrigen Abend und schüttelte erneut den Kopf.

Sie bestellten Kalbfleisch Orsini. Sie nahm als Vorspeise Schnecken, er eine Pâté. Dazu tranken sie den normalen roten Hauswein, den Don fast ein wenig streitsüchtig bestellt hatte. Er meinte: »Den kann man durchaus trinken. Man muß ja schließlich nicht wegen eines Etiketts fünfzig Dollar zum Fenster hinauswerfen!« Auf der Weinkarte standen, wie Vie wußte, Weine für über fünfhundert Dollar.

Don aß mit Appetit, Gott sei Dank – das würde zumindest teilweise die Wirkung des Alkohols mildern; es reichte wohl aus, daß er munter blieb.

Don hörte sich Vies Vorschlag an. Schließlich äußerte er sich. Allerdings nicht so, wie sie insgeheim gehofft hatte. »Hört sich ganz gut an«, sagte er in einem Tonfall, der das Gegenteil andeutete. »Aber ganz überzeugt bin ich noch nicht. Noch eine Parfüm-Serie? Besteht denn Bedarf danach? Nichts Neues, Hunderte davon sind schon auf dem Markt. Und für jedes *Brut*, das sich auf dem Markt durchsetzt, gibt es Dutzende von *Cads* und *Cons* und *Punch*, die durchfallen. Ja, wenn es ein Auto wäre, das fünf Liter auf Hundert verbraucht oder eine Zigarette, die so schmeckt wie Marlboro, aber weder Nikotin noch Teer enthält, dann stünde ich mit dem Geld bei Fuß. Du aber bittest mich, in etwas zu investieren, das man nicht mal anfassen kann. In einen Duft nämlich – ein Dampfwölkchen. Wie soll ich denn die Bank dazu bringen, da einzusteigen?«

»Das hast du früher schon einmal gekonnt«, meinte sie verärgert.

»Ja, vor zwanzig Jahren, das ist lange her, Vie.« Er sprach jetzt freundlicher, dennoch ahnte sie, daß seine Entscheidung bereits feststand. »In den alten Zeiten konnte man langsam aufbauen, einen Ruf durch Mundpropaganda erwerben, durch hervorragende Qualität und eine treue Kundschaft. Heute dagegen kontrollieren Konzerne nahezu alles in dem Geschäft mit Schönheitsartikeln. Die stecken riesige Summen in Werbung und Promotion. Sie statten das Produkt mit einem modischen Image aus, so daß es in aller Munde ist. Wirklich Vie, heute bringt doch jeder Modeschöpfer, von dem man noch nie was gehört hat, eine Parfümserie heraus. Der Name und der Status werden verkauft – aber doch nicht mehr das Produkt selbst.«

»Und wie steht's mit *meinem* Namen?« fragte sie leise.

»Den hast du nicht mehr«, rief er ihr in Erinnerung.

»Das stimmt«, sagte sie betrübt. »Dafür habe ich aber immer noch Erfahrung und eine gute ›Nase‹.«

»Die zu den besten im ganzen Gewerbe zählt«, pflichtete er bei. »Wie man so hört. Ich sag's ja nur ungern, aber ich versteh' überhaupt nichts davon. Für mich duften alle Frauen gleich.«

Sie rang sich ein Lächeln ab. »Ich hatte immer geglaubt, du würdest an mich glauben.«

»Das tu' ich auch, ich habe es von Anfang an getan. Aber eins steht fest. Um ein neues Unternehmen aufzuziehen, wirst du um die fünf-, zehn-, vielleicht zwanzig Millionen Dollar benötigen. Und was passiert, falls es schiefgeht? Die Bank wird nicht gerade entzückt sein, so viel Geld in etwas zu stecken, das man nicht mal anfassen kann. Wir investieren in Öl, Software, neu entwickelte Mikrochips für Heimcomputer.«

Vie sah auf den Teller; sie war gekränkt, verwirrt.

»Sieh mal«, sagte Don, »ich unterschätze keineswegs deine Fähigkeiten. Ich weiß ja, wie gut du arbeitest. Was du dir in den Kopf setzt, wird auch Wirklichkeit. Aber ein einzelnes Produkt, eine einzelne Serie – könnte ein Ladenhüter werden!«

»Aber der Duft hat eine völlig neue Rezeptur! Die Allgemeinheit jedenfalls kennt es noch nicht.«

»Neuer Wein in alten Schläuchen. Oder alter in neuen, ich vergesse immer, wie herum es richtig heißt. Es wird nicht funktionieren, Vie. Man wird dir nicht die nötige finanzielle Unterstützung geben, es sei denn, du präsentierst etwas absolut Revolutionäres!«

»Und das wäre?« Sie stocherte lustlos im Essen.

»Woher soll ich das wissen? Vielleicht solltest du dich mit jemand anderem unterhalten. Am besten, du sprichst mal mit Josh Manning.«

»Wer ist das?«

»Er investiert in Risikogeschäfte, ist ungefähr in deinem Alter, ein Frauentyp. Er kommt oft zu uns in die Bank. Ist immer voller verrückter Ideen für Investitionen, weiß aber genau, wo man das nötige Geld dafür herbekommt. Der Mann hat meine Hochachtung.«

Ihr fielen die dunkelbraunen Augen ein. »War er vielleicht letzten Dienstag auch in der Bank? Als ich zu dir ins Büro ging?«

»Warte mal – Dienstag. Ja, glaube schon. Wieso? Kennst du ihn etwa?«

»Das nun gerade nicht.« Gegen ihren Willen wurde sie nervös.

»Das ist doch großartig. Unterhalte dich mal mit ihm, vielleicht findest du ja hinterher, daß ich mich irre. Soll ich für dich einen Termin mit ihm vereinbaren?«

»Nein«, meinte sie bedachtsam, »jetzt noch nicht.«

»Du brauchst mir nur Bescheid zu sagen.«

»Vielen Dank, Don.« Es fiel ihr leicht zu lächeln. Jetzt wußte sie, wie er hieß und konnte ihn erreichen. Es könnte ja sein, daß er der Märchenprinz ist, mit dessen Unterstützung sie wieder die Königin werden konnte. Allerdings kannte sie ihn nicht und wußte auch nicht, wie man am besten an ihn herantrat. Er sollte ihr letzter Ausweg sein. In der Zwischenzeit wandte sie sich erstmal an Freunde und hörte sich auch um, was Josh Manning für ein Mann war.

Vor elf Uhr war sie zu Hause. Nachdem Don ihr geraten hatte, sich mit Josh Manning zu verabreden, meinte er, man solle sich die Freude über einen gemeinsamen Abend nicht durch Geschäftliches verderben lassen. Freude, Spaß haben, das mußte Vie bald erkennen, war bei ihm gleichbedeutend mit Trinken. Sie waren vom Lutece zum St. Regis gefahren. Eine dreiviertel Stunde und fünf Drinks später, verabschiedete sie sich von ihm und fuhr mit dem Taxi nach Hause.

Wenn es hier in New York elf Uhr war, dann war es in Los Angeles acht Uhr abends.

Sie nahm den Hörer ab. Ihr fiel der merkwürdige, beunruhigende Anruf ein, den sie kurz vor dem Abendessen erhalten hatte. Warum wußte sie so wenig von Armands Leben? Hatte er sich überhaupt jemandem anvertraut? Nina vielleicht. Vermutlich doch nicht.

Nina hob ab. Vie sagte ihr, sie hätte etwas Wichtiges mit ihr zu besprechen. Sie wollte das aber nicht am Telefon tun. »Könnten wir uns vielleicht treffen?«

»Ja, morgen!« antwortete Nina gutgelaunt. »Ich ruf' gleich mal das Reisebüro an, du kannst die Mittagsmaschine der TWA nehmen, ich glaube, die fliegt vom La Guardia-Flughafen ab.« Nina flog meistens mit der Privatmaschine. Sie kaufte aber so viele Tickets bei Fluggesellschaften für Freunde und Bekannte, daß sie sich keine Sorgen machen mußte, ob ein besonderer Flug nun ausgebucht war oder nicht. Für Gäste der Nina Corazon ließ sich immer ein Sitz finden.

»Ich kann es kaum erwarten. Heute nacht bekomme ich bestimmt kein Auge zu! Könntest du nicht eine Maschine eher nehmen?«

Vie lachte. »Der Zwölf-Uhr-Flug paßt mir sehr gut. Ich danke dir, Nina.«

»Ich hole dich vom Flughafen ab, Liebes. Bis dann. Ich freue mich schon auf dich.«

»Ich auch.« Sie legte auf. Diesem Trunkenbold Don Garrison würde sie es zeigen. Nina gehörte praktisch zur Familie. Sie würde Armands neu entdeckte Duftserie finanzieren, die Vie nach der alten Rezeptur entwerfen würde.

Am nächsten Nachmittag ließen die beiden Frauen in Los Angeles die Beine im Swimmingpool baumeln. Vie erzählte von ihrem Vorhaben: Nina war hellauf begeistert. »Mir fehlt allerdings ein Bürge dafür«, gestand Vie. Sie teilte Nina mit, wie Don Garrison reagiert hatte. Sie betonte mehr seinen mangelnden Sinn für Parfüms als seine Bedenken, was die Finanzierung anbetraf. Stolz, vielleicht auch ein Gespür dafür, was gut fürs Geschäft war, ließ Vie die Lage so darstellen, als wäre sie es gewesen, die die Bürgschaft von jemandem abgelehnt hatte, der weder etwas begriff noch ausreichend Interesse an ihrem Produkt zeigte.

»Wieviel wirst du benötigen?« wollte Nina wissen.

»Als Startkapital wird sicherlich schon eine Million reichen. Sobald das Labor eingerichtet und der Duft entwickelt ist, benötige ich möglicherweise zusätzliche Mittel, um die Serie in die Geschäfte zu bringen. Ich will denselben Weg wie damals einschlagen: Ganz oben anfangen, mit einer Luxusserie für Herren, die in guten Warenhäusern und ausgewählten Parfümerien verkauft wird.«

»Eine Million Dollar, das ist heute gar nicht mehr so viel. Schade, daß Carlos im Augenblick nicht da ist, aber übermorgen kommt er aus Frankfurt zurück. Du kannst dann mit ihm darüber sprechen.«

»Ich muß leider zurück, Nina.«

»Morgen schon?« Vie nickte. »Du meine Güte! Bei mir bleibt man doch nicht nur für eine Nacht.«

Vie lachte. »Nein, dafür bist du nicht der Typ. Trotzdem – Nina, mir wäre es lieber, *du* würdest mit Carlos sprechen. Er ist dein Ehemann, und ich, na ja, ich kenne ihn eben nicht so gut.«

»Ich versteh' schon.« Nina stellte ihr Glas auf den Schwimmbeckenrand und machte einen Kopfsprung. Wahrscheinlich war Vie zu stolz, jemand anderen um Geld zu bitten, dachte sie.

Bei Vies Abflug, kaum zwanzig Stunden später, versprach Nina, sie gleich anzurufen. Vie hörte aber nichts von ihr an dem Tag, an dem Carlos zurückkommen sollte, auch nicht am nächsten oder übernächsten. Am Donnerstag abend kam Ninas Anruf. Sie fragte, ob sie sich in der Stadt treffen könnten, auf ein Glas Wein im Hotel.

Vie wartete nervös an der Bemelmans-Bar im Hotel Carlyle; warum hatte Nina ihr nicht schon am Telefon gesagt, es hätte geklappt? Vielleicht hatte sie ja um zu wenig Geld gebeten? Wenn eine Million eine lächerliche kleine Summe war, mochte Carlos denken, es wäre ihr nicht ernst. Andererseits könnte Nina vergessen haben, die Sache zu erwähnen, aus dem einfachen Grund, daß sie fest damit rechnete – wie Vie das auch tat –, daß für Carlos dieser Betrag verfügbar war.

Nina kam in die Bar; ihre Miene verriet Vie, daß sie nichts vergessen hatte. Die Antwort lautete Nein. Carlos habe die volle Verfügung übers Geld, erklärte Nina. Ihr eigenes Geld stecke in der Firma, außerdem hielte Carlos Parfüms für zu frivol, als daß er in so etwas investieren wolle. Er stecke sein Geld lieber in Nahrungsmittel, Bauwerke oder in Maschinenbaufirmen, aber nicht, so hatte er sich ausgedrückt, in ein duftendes Gas, das als Flüssigkeit in einem Gefäß verkauft wird.

»Ich werde meinen Schmuck verkaufen«, Nina streifte ihr großes Brillantarmband ab und gab es Vie. »Nimm erst mal dies hier, Kleine.«

»Nein!« protestierte Vie bestimmt und schob es ihr zurück. Es erinnerte sie schmerzlich an den Schmuck, den Armand hatte verkaufen müssen, um sich und seine Töchter durchzubringen. »Entschuldige, Nina, aber so soll man mir nicht helfen. Ich habe selber auch noch Schmuck, den ich verkaufen könnte, außerdem noch das Kapital aus dem Verkauf der Wohnung. Das möchte ich aber lieber nicht angreifen, es soll für meine alten Tage bleiben«, scherzte sie bekümmert. »Und sollte mir eine Firmengründung doch gelingen, brauche ich das Geld unbedingt für die Werbung und die ganzen Extras. Aber ohne fremde Hilfe wage ich es nicht mehr, neu ins Geschäft einzusteigen. Dafür habe ich weder die Mittel noch das Talent. Mir fehlt jemand, der mich unterstützt. Nina, keine Brillanten. Trotzdem – vielen Dank, daß du mir helfen wolltest.« Sie lächelte Nina an und drückte ihr herzlich die Hand.

Nicht mittels Schmuck, nicht mittels Gefühlen; Vie schwor sich, die neue Firma nur dann aufzumachen, wenn sie eine solide finanzielle Basis hätte und jemanden, der an ihre Unternehmung glaubte.

Das Wort »Risikokapital« ging ihr durch den Kopf.

Sie wandte sich tröstend Nina zu. »Dein Mann hat recht. Er hat deshalb so großen Erfolg, weil er nur das tut, was er für richtig hält. Zufällig hat er kein Vertrauen ins Parfümgeschäft. Ich finde das nicht schlimm, Nina. Ich selbst muß auch Vertrauen haben in das, was ich tue und plane.«

Bis jetzt hatte das zu zwei Absagen geführt: zwei von zwei. Sie müßte also langsamer vorgehen, sich genau überlegen, wieviel Startkapital sie für die Firmengründung benötigte und dann etwas draufschlagen. Der Preis schafft den Wert. Das war ihr damals, noch während der Zeit bei Windsor, klargeworden. Schön dumm, daß sie das wieder vergessen hatte. Und wenn sie alles durchkalkuliert hätte und eine gefüllte Kasse, dann würde sie sich richtig in Schale werfen und Herrn Manning einen Besuch abstatten.

Im Labor von Jolay arbeitete Nick an der Herren-Serie. Noch vor Weihnachten sollte sie auf den Markt kommen. Somit blieb ihm weniger als einen Monat Zeit, dann mußten die Produkte zum Abfüllen bereit sein.

Burt Sillcoe wollte der Serie mit seiner Werbekampagne ein hartes maskulines Image geben. Mit einer altmodischen Sexappeal-Maschine sollte sie sich von den renommierten Düften abheben. Kein Mann im grauen Flanellanzug, dessen hellblaues Hemd als eleganter Streifen über den Kragen hervorsah. Das wäre typische Design-Werbung, nicht zu unterscheiden von den anderen, auf denen man teure Klamotten, goldene Manschettenknöpfe und blankgeputzte braune Lederschuhe sah. Die neuen Jolay-Kunden aber interessierten sich nicht für die Liste der bestangezogenen Männer, sie lasen lieber Zeitschriften mit leichtbekleideten Mädchen als Modezeitschriften für Männer, lieber die *Daily News* als die *New York Times* oder das *Wall Street*

Journal. Der Käufer gern sein Bier zum Fußball, hielt sich fern von Oper und Ballett und ging regelmäßig einmal in der Woche zum Pokerspiel. Er war ein normaler Mann, der am liebsten unter Männern verkehrte und hoffte, bei jeder gutaussehenden Frau, die er traf, landen zu können.

Die Serie sollte in Drogerien und Supermärkten verkauft werden, nachdem man landesweit in allen Medien dafür geworben hatte.

Es gab lediglich zwei Probleme: Die Zeit drängte, und es gab noch keinen Namen für das Produkt.

Eine Zeitlang hatten sie *Marty* in Betracht gezogen, weil das zu sanft klang, wurde der Name jedoch wieder fallengelassen. Wegen des *y* am Ende klang er wie ein Kindername und außerdem erinnerte er gefährlich an *Charlie*, den Duft für die Mädchen. Sie suchten nach einem charakteristischen Namen, sagte Sillicoe zu Marty, mit einer Silbe, mit einem Klang, der sofort machohaft wirkte. Er persönlich hätte eine Weile *Duke* favorisiert, weil er an John Wayne anspielte, auch das aber ein paar Tage später verworfen, wegen des adligen Untertons. Wenn man nicht den einen Namen hätte, könnte man eigentlich nicht mit der Arbeit an Werbe- und Ausstellungsideen beginnen. Daß die Produkte noch immer nicht entwickelt wären, interessierte die Leute bei Steven Johns kaum. Die Verpackungsmuster waren fertig: Die Serie enthielt Körper- und Haarpflege und würde zusätzlich zu den Toiletteartikeln ein Set mit Kamm und Bürste, einen Rasierapparat sowie einen Tabaksbeutel, den man auf Reisen als Herrentasche verwenden konnte, enthalten. Die vorherrschende Farbe auf sämtlichen Designs war Braun, um das maskuline Image zu unterstreichen.

Seit Nick sich im Labor eingerichtet hatte, war Marty nicht mehr dort gewesen. Öfter hatte sie schon den Hörer in der Hand gehabt, um ihn anzurufen, unterließ das dann aber doch. Arbeit und Vergnügen paßten nicht gut zusammen. Sie wollte die fortschreitende Arbeit an der neuen Serie nicht stören. Bis zum 1. April würde sie abwarten.

Als Nick unangekündigt in ihr Büro kam, so als könne er sich alles herausnehmen, war Marty hin- und hergerissen zwischen Verärgerung über diese Frechheit und Bewunderung für sein herausforderndes Benehmen. Sie flößte Männern Angst ein, nur wenige konnten sie dominieren und die, denen das gelungen war, waren allesamt sehr reiche, einflußreiche Männer gewesen. Nick, der jünger als sie war, nicht reich und einer ihrer Angestellten, war in dieser Hinsicht der erste. »Was wünschen Sie?« fragte sie leichthin. Sie entschloß sich, ihre Verärgerung zu verbergen, sonst hätte sie auch noch ihre Bewunderung preisgegeben.

»Zum einen könnten Sie mir mal diesen Armleuchter Sillcoe vom Hals schaffen, zum anderen sich endlich zu einem Namen für das Zeug durchringen. Diesen Sexappeal-Kram, von dem Stillcoe quasselt, können wir erst in eine endgültige Rezeptur umsetzen, wenn der Duft einen Namen hat.«

Marty rutschte auf dem Stuhl hin und her. »Wollen Sie damit behaupten, Sie hätten noch nicht einmal die Parfümbasis hergestellt?«

»Hören Sie. Sie wissen genau, daß wir daran arbeiten. Wir haben die Fläschchen, die Verpackungsschachteln, die Basen für die Seife, das Shampoo, das Aftershave. Man könnte das Zeug auch rausbringen, so wie es jetzt ist, aber das wäre nicht das Optimum. Der Duft benötigt noch einen Hauch, einen Tupfer von irgend etwas. Den letzten Inhaltsstoff. Den finde ich aber erst heraus, wenn dieses amorphe, langanhaltende und stabile Dingsbums einen Namen hat. Sillcoe versorgt mich statt dessen mit ›Leitworten‹, wie er das nennt. Unter anderem ›Schweiß‹.«

»Was spricht denn dagegen?« Ihr Büstenhalter war aus einem glänzenden durchsichtigen Stoff; man konnte ihn unter der Seidenbluse sehen – bei bestimmtem Lichteinfall hoben sich die Brustwarzen deutlich darunter ab. Sie bewegte sich, bis ihr auffiel, daß er die dunklen Brustwarzen betrachtete; sie richteten sich auf unter seinem Blick.

»Sie sind äußerst attraktiv, Martine«, sagte er bewundernd, »verteufelt sexy.«

Sie sehnte sich danach, von ihm berührt zu werden. Ihr Mund stand offen. Ihre Augen funkelten ihn an.

Er überging ihre einladende Geste. »Wenn Sillcoe also unbedingt Schweiß haben will, von mir aus kann er das haben. Aber das will er ja nicht, genausowenig wie Jolay. Warum? Weil kein Mensch Schweiß kaufen würde. Bei Düften geht es ja gerade darum, vom Körpergeruch wegzukommen.«

»Wie wär's mit *Brig* oder *Jug*?« meinte sie aufs Geratewohl.

»Das klingt sehr nach Gefängnis. Der Mann will zwar hart sein, aber doch nicht erwischt und ins Kittchen gesteckt werden. Das geht nicht, er ist hart, aber er kauft das Zeug, um eine Frau abzuschleppen, ein Hit bei ihr zu sein.«

»He, das ist gar nicht so schlecht.«

»Was?«

»›Hit‹. Der Hit auf einer Party sein, bei Frauen einen Erfolg landen.« Ihre Miene war eindeutig. Ihm war klar, was sie wollte. Er ging auf sie zu und blieb dicht vor ihr stehen. »Wir könnten es doch *Stud* nennen.«

Sie erschauerte. Er blickte auf sie hinab, grinste, schob das Becken vor und ging dann plötzlich auf die andere Schreibtischseite zurück.

»Nick.«

Er drehte sich um. »Wir haben's. So wird die neue Serie heißen. Rufen Sie Sillcoe an, und informieren Sie ihn darüber. Ich werde noch vor dem Ersten damit fertig sein.« Ohne sich nach ihr umzudrehen, ging er eilig aus dem Zimmer.

»Du Mistkerl«, sagte sie leise. »Mieser, eingebildeter Mistkerl.« Sie nahm den Hörer ab und bat die Sekretärin, sie mit Burt Sillcoe zu verbinden.

Später an diesem Nachmittag, als Nick wieder im Labor war, rief Marty ihn an. »Sie sehen sich am besten nach einer neuen Stelle um«, meinte sie wütend. »Ich habe Ihnen gleich nach der Einstellung gesagt, ich dulde keine Primadonnen, und das war mir ernst. Sie müssen endlich kapierern, daß ich hier das Sagen habe; andernfalls sehen Sie sich am besten nach einer anderen Arbeit um.«

»Selbstverständlich«, sagte er mit zusammengebissenen Zähnen und knallte den Hörer auf.

3

Manning und Partner hatten ihre Geschäftsräume im dreizehnten Stock im Hochhaus Park Avenue Nr. 230. Wie ein moderner Koloß steht das Gebäude breitbeinig über der Prachtstraße. Joshua Manning war Direktor und Gründer dieser Unternehmerfirma, die in erster Linie Hochtechnologie-Industrien und Gesundheits-Dienste finanzierte.

Vie wußte, daß Manning 1941 in Pittsburg geboren worden war. Er war auf die Yale-Universität und das Massachussetts-Institut of Technology gegangen, hatte zwei minderjährige Kinder mit seiner ehemaligen (und einzigen) Frau, Lacey Stanton, einer reichen Erbin, von der er sich 1969 nach sechsjähriger Ehe hatte scheiden lassen.

»Er mag schnelle Autos und hält sich am liebsten draußen auf. Blondinen mag er auch«, hatte Philippa Vie beim Martini an der Dark Bar gesagt. »Am meisten liebt er es aber, Gewinne zu machen. Auch wenn du immer noch so aufregend blond und hübsch bist wie damals, als du mich dazu verleitet hast, die Parfüms deines Vaters ...«

»Das ist nicht fair! Philippa ...«

»Keine Bange.« Sie tätschelte Vie die Hand. »Ich werd's nicht gegen dich verwenden. Es geht nur um eines, Liebes: Mit all deinem Charme, deiner Schönheit und allem anderen wirst du Josh Manning nicht dazu bringen, daß er sich von seinem Geld trennt. Vielleicht möchte er dich mal in seinen Armen verschwinden lassen, aber für ein Parfüm-Unternehmen wird er keinen roten Heller rausrücken.«

Vie trank einen Schluck von ihrem Gin Tonic. »Don Garrison hat mir geraten, ihn aufzusuchen«, hielt sie dagegen.

»Vermutlich, um dich loszuwerden. *Er* hat also kein Geld in deine neue Firma stecken wollen?«

»Nein, hat er nicht«, gestand Vie. »Ich dachte mir aber, daß er nur übervorsichtig ist und daß Manning bereit wäre, das Risiko einzugehen.«

Philippa schüttelte den Kopf. »Ich entmutige dich sehr ungern, Kleines. Mach dir aber bitte keine zu großen Hoffnungen. Wie ich dir schon sagte. Ich kenne Manning zwar nicht persönlich, aber ich hab' schon sehr viel von ihm gehört. Er hat verrückte Sachen getan – wirklich *verrückte*. Zum Beispiel hat er die Haftung für einen Safari-Park übernommen und die hierher gebrachten Nashörner, Elefanten und Tiger versichert. Es heißt, der Tierpark sei ein großer Erfolg. Auf jeden Fall mußt du begreifen, daß der Mann sehr viel verdienen will. Er geht große Risiken ein, aber er wird das Geld seiner Investoren nicht in Parfümartikel stecken, ganz egal, wie gut die sein mögen. Biete ihm etwas Umwerfendes an, dann wird er zugreifen.«

»Was soll ich also tun«, fragte sie kleinlaut wie ein Mädchen. In Philippa hatte sie mehr Vertrauen als in jeden anderen Menschen. Philippa war jetzt Anfang Sechzig, dachte aber lange noch nicht daran, in den Ruhestand zu gehen. Als Chefin leitete sie ihre eigene Beratungsfirma, war eine anerkannte Expertin auf dem Gebiet der Verkaufsförderung und beriet angesehene Unternehmen.

»Entweder du versuchst flüssiges Dynamit herzustellen, oder du suchst dir einen Job, oder du bewirkst bei Josh Manning ein Wunder.«

Vie trank aus. Als Philippa fragte, ob sie noch etwas trinken wolle, lehnte sie ab. »Bei dieser Auswahl werd' ich wohl versuchen, ein Wunder zu bewirken.«

Doch bevor Vie einen Termin mit Josh Manning vereinbarte, traf sie sich mit Nick Benedetti. Sicherlich war ein solches Treffen riskant, aber der Zeitpunkt war gekommen, daß sie das in Kauf nehmen mußte. Sie wußte zweierlei über Nick: Daß er die beste ›Nase‹ von allen in der Branche arbeitenden Chemikern hatte und daß er unzufrieden mit seinem Job war. Das hatten ihr mehrere ehemalige Mitarbeiter erzählt, die auf Vies Drängen hin mit Marty zu Motek übergewechselt waren. Sie selber hatte keine Arbeit mehr für sie, sagte sie damals, und hatte ihnen geraten, die Stelle zu behalten, falls Marty das anbieten würde. Sie fühlten sich jedoch auch weiterhin mit ihr verbunden, deshalb berichtete man ihr, der Chemiker wäre heftig mit der Chefin aneinandergeraten. Da Vie damit rechnete, daß er Marty nichts von ihrer Annäherung erzählen würde, rief sie ihn an. Er rief zurück, und sie bat, ob man sich in einer »vertraulichen« Angelegenheit treffen könne. Sie betonte dieses Wort, und zu ihrer Erleichterung schien er ihren Wunsch nach Geheimhaltung zu verstehen. Er schlug als Treffpunkt die »Weiße Tulpe« vor, einen Jazz-Klub nicht weit von ihrer Wohnung. »Der Klub ist dunkel und ist voller Teenies«, meinte er. »Da können wir ungestört reden.«

An dem Freitagabend zog Vie eine Jeans, eine Seidenbluse und einen breiten Gürtel an. Darüber trug sie ein Lederjackett. Sie ließ das Haar offen und trug nur ein wenig Make-up auf. In Schummerbeleuchtung könnte man sie so durchaus für einen Stammgast der Weißen Tulpe halten.

Im Klub kam Nick ihr aus dem hinteren Teil entgegen. Er hatte zerzaustes, jugendlich geschnittenes Haar, das Hemd stand fast bis zum Bauch offen. Sein Lächeln war ebenso entwaffnend wie erotisch. Ich traue ihm nicht, dachte Vie. Sie wollte ihm schon sagen, daß die ganze Sache ein Mißverständnis sei und daß sie nur gekommen wäre, um die Verabredung abzusagen.

»Hierauf habe ich mich so gefreut«, sagte er und ging mit ihr an seinen Tisch. Überall unterhielten sich die Gäste, sie füllten die Pausen zwischen den Auftritten der Band.

»Sie sehen so jung aus, Sie könnten Martys kleine Schwester sein.«

»Nick . . .« Sie machte eine Pause. Er hatte eine außerordentlich starke Ausstrahlung. Es kam ihr vor, als wäre sie auf seine Bitte hin hergekommen und nicht er auf ihre.

»Wie kann ich Ihnen helfen, Miß Jolay?« fragte er in einem plötzlich veränderten Tonfall. »Möchten Sie mich bestechen oder geht es um einen routinemäßigen Spionagefall?«

Vie zuckte zusammen. Es war töricht gewesen, ihn anzurufen. Sie wollte schon wieder aufstehen, als Nick erneut seinen Tonfall änderte. Diesmal klang seine Stimme sanfter. »Seien Sie bitte nicht gekränkt. Ich weiß genau, daß Sie sich gegen die Übernahme gewehrt haben und deswegen mit ihrer Schwester zerstritten sind. Ich wollte einen Scherz machen. Er war ein bißchen geschmacklos. Verzeihen Sie. Bitte trinken Sie doch etwas mit mir.« Er war wohl wirklich zerknirscht darüber.

Sie beschloß zu bleiben. »Aber ich bezahle die Getränke«, sagte sie nachdrücklich. »Schließlich habe ich mich mit Ihnen treffen wollen, nicht umgekehrt. Weil ich Sie um einen Rat bitten möchte. Ich möchte Ihre Meinung über eine Rezeptur für einen Herrenduft erfahren.«

Er musterte sie wieder eindringlich. Daß er für Motek an einer Herrenduft-Serie arbeitete, wußte sie. Eigentlich müßte er ihr sagen können, ob Armands privater Duft wirklich originell sei. Natürlich ging sie das Risiko ein, daß er die Rezeptur an Motek weitergab. Weil er und Marty zerstritten waren, war sie selbst wohl aber geschützt. Sie vollführte einen Balance-Akt. Ein Fachmann sollte ihr bestätigen, daß sie ein Produkt hatte, von dem man die Investoren überzeugen konnte, und damit riskierte sie zugleich, daß man sie hinterging.

»Sie spielen wohl gern mit dem Feuer?« meinte Nick in scharfem Ton. »Also bitte, ich höre. Wie lautet Ihr Angebot?«

Die Musikgruppe kam langsam wieder auf die Bühne. In wenigen Minuten würde die Musik wieder anfangen, dann wäre die Chance, sich zu unterhalten, erst einmal vorbei. Sie holte tief Luft und griff in ihre Handtasche. Die Rezeptur hatte sie sich auf einem kleinen Zettel notiert. Sollte Nick wirklich so außerordentlich begabt sein, dann konnte er die Rezeptur vom Blatt bestimmen. Sie reichte ihm den Zettel.

Er las ihn, schnupperte den Duft. Kurz darauf nickte er. »Interessant der Duft – fein, männlich. Damit könnte man weit kommen.«

»Ist das etwas Besonderes?« erkundigte sie sich ungeduldig. »Ist er anders als die anderen Produkte, die auf dem Markt sind?«

»Tja, da müßte ich mal nachdenken«, meinte er gedehnt. »Sie wollen mich doch wohl nicht dazu bringen, daß ich hier Informationen über *meine* Serie preisgebe?«

Sie errötete. Das klang, als bäte sie ihn wirklich, für sie zu spionieren. Das hatte sie nicht vorgehabt – jedenfalls nicht bewußt. Von seiner Warte aus könnte ihr Vorgehen wirklich so aussehen, als wollte sie sich mit ihm verschwören. »Nein, nein, darum geht es nicht«, sagte sie. Plötzlich mißtraute sie sich selber.

Die Jazzband fing an zu spielen – ein mitreißendes Stück. Vie setzte sich zurück. Sie wollte sich auf die Musik konzentrieren. Das mißlang. Ihre Gedanken, ihre Gefühle überwältigten sie. Langsam wurde ihr klar, wie sehr das Rivalisieren mit Marty ihr Denken beherrschte. Doch weshalb wandte sie sich gerade an Nick? Selbst wenn er ein großer Experte in der Branche war, sie hätte doch andere Chemiker um Rat fragen können? Sie hatte ihn ausgesucht, gestand sie sich selbst ein, weil sie es so Marty heimzahlen konnte. Dabei war ihr nicht mal klar, was das überhaupt bedeutete. Ob sie sich vorgestellt hatte, er solle in ihre neue Firma überwechseln, oder ob sie lediglich bewundert und darin bestätigt werden wollte, daß sie als Parfümeurin Marty weit überlegen war.

Sie fühlte sich unwohl bei diesem Gedanken, so als ob man herausfindet, daß man betrogen wird – von sich selber.

»Ist alles in Ordnung mit Ihnen?«

Sie betrachtete ihn voll neuem Respekt. Seine Frage hatte Selbstzweifel in ihr geweckt. Jetzt konnte sie wieder ehrlich mit sich selber sein. Er ist intelligent, sensibel und hart, das männliche Gegenstück zu Marty, dachte sie. Kein Wunder, daß die beiden bei der Arbeit nicht gut miteinander auskamen.

Die Jazzband hörte auf zu spielen, die Gäste applaudierten, man spielte eine Zugabe, dann erhob sich erneut Stimmengewirr.

Vie drehte sich zu Nick. »Bitte, erzählen Sie meiner Schwester nichts von unserem Treffen. Lassen wir die ganze Sache fallen; es täte ihr weh, davon zu wissen.«

»Sie haben aber vor, eine Konkurrenz-Serie zu etablieren, stimmt's?«

»Ich weiß es nicht.« Sie schüttelte den Kopf; sie war wirklich unsicher. »Mitunter weiß ich wohl selbst nicht genau, was ich vorhabe.«

Nick lächelte. »Sie gefallen mir. Sie sind geradeheraus.«

Sie sah ihn mit großen Augen an. »Woher wollen Sie das wissen?« wandte sie lachend ein. »Eben haben Sie noch angedeutet, ich würde krumme Geschäfte machen.«

»Stimmt«, gestand er, er lachte mit ihr. »Aber Sie sind ein ehrlicher Mensch.«

Zunächst hatte sie Nick mißtraut. Im Laufe des kurzen Abends mochte sie ihn immer mehr. Der Mann gefiel ihr; sie konnte ihn sich sogar als Freund vorstellen. Und sie unterhielt sich mit ihm, als wäre er das bereits. Sie eröffnete ihm, daß sie trotz der rechtlichen Beschränkungen die alte Firma Jolay wieder ins Leben rufen wolle. Daß sie dadurch den von ihr unterschriebenen Vertrag verletzte, wüßte sie. »Ich war ziemlich wütend auf meine Schwester, daß sie mich zum Verkauf und zu der Unterschrift gezwungen hat«, bekannte sie. »Ich nehme an, daß ich es ihr aus Verärgerung darüber heimzahlen wollte.«

»Das kann sehr gut sein«, stimmte er ihr zu.

»Aber im Augenblick habe ich nichts in Händen, mit dem ich es ihr zurückzahlen könnte, Nick. Ich muß eine Firma gründen, aber keiner will investieren, es sei denn, das Produkt ist außergewöhnlich. Etwas, das die Leute umwirft. Hab' ich das mit dieser Rezeptur gefunden – was meinen Sie?«

»Machen Sie sich keine Gedanken darüber. Sie haben es ohnehin geschafft.«

»Was meinen Sie damit?«

»Ich meine Sie damit. Sehen Sie sich doch mal an – Sie ziehen alle Blicke auf sich.«

Sie dachte wieder an ihre Empfindung zu Beginn des Abends. Er wollte sich wohl doch nur an sie heranmachen. Und doch wirkte er zurückhaltend – als spiele er mit ihr. Sie senkte den Blick. »Ich möchte jetzt gehen.« Sie winkte der Kellnerin, bezahlte und stand auf. »Es ist schon spät. Vielen Dank, daß Sie gekommen sind.«

Er blieb sitzen und sah sie mit einem Ausdruck an, den die Frauen als seinen Schlafzimmerblick bezeichneten. Er wußte ganz genau, daß sie sich unbehaglich fühlte. Das gehörte zu seiner Strategie. Nick mochte dieses Spielchen, er liebte es, wie er es nannte, eine Frau zu bearbeiten: sie so lange geschickt behandeln, bis sie einem nachgab. Bei den stolzen, kultivierten Frauen machte ihm das am meisten Spaß: Er würde ihr erst anbieten, sie nach Hause zu begleiten, wenn sie darum bat. Da sie sicherlich Angst davor hätte, durch dunkle Straßen zu gehen, würde sie ihn darum inständig bitten.

»Auf Wiedersehen.« Sie streckte ihm die Hand hin. »Entschuldigen Sie bitte, daß ich Ihre Zeit so lange in Anspruch genommen habe.« Sie ging hinüber zum Ausgang.

»Hallo«, rief er, sprang auf und lief hinter ihr her. »Wie kommen Sie denn nach Hause?«

Sie wirkte ehrlich überrascht. »Zu Fuß natürlich. Ich wohne doch ganz in der Nähe. Bleiben sie doch, hören Sie sich die Musik an.« Sie schlängelte sich zwischen den Tischen nach draußen. Nick ging an seinen Platz zurück. Diese Selbstsicherheit, die erinnerte ihn an die andere, an *sie*. Diese verfluchten Jolay-Schwestern! Wieso waren die bloß nicht wie die anderen Frauen?

Er hatte Vie gesagt, alle fänden sie umwerfend. Dabei dachte er aber nicht an sie. Heute morgen, als Marty zu ihm ins Labor gekommen war, mit Schritten wie eine Generalin, hätte er sich am liebsten auf sie geworfen, um sie auf der Stelle zu lieben. Er begehrte sie so sehr. Doch sie hatte ihm nur ein kühles Lächeln geschenkt und war weiter stolziert, um sich mit dem neuen Assistenten zu unterhalten. Dieses Biest, hatte er gedacht. Er mußte sie haben – wie, das war ihm egal. Er mußte sie erobern, sie an sich binden. Er würde alles tun, sogar ihr weh tun, um diese Frau zu nehmen. Er mußte ständig an sie denken, aber sie behandelte ihn wie einen Untergebenen. Wenn er etwas hätte, mit dem er zu ihrem Sturz beitragen könnte, dachte er, dann würde sie sich ihm vielleicht doch ergeben.

Vie ging die Hudson Street entlang. Sie war aufgeregt, sie hatte tatsächlich Angst, allein im Dunkeln nach Hause zu gehen. Einem Mann wie Nick Benedetti wollte sie aber auch nicht die Genugtuung verschaffen, das zu erfahren – fiel ihr ja im Traum nicht ein! Genauso wie sie Don Garrison nicht verraten hatte, daß es ihr schwergefallen war, allein nach dem Abendessen nach Haus zu fahren. Die Männer benützten solches Wissen als Waffe. Sie wußte das. Aus ein und demselben Grund boten sie einem Schutz und verweigerten Darlehen. Die kleine, niedliche Frau, dachte sie wütend. Aber Angst vor unbeleuchteten Straßen hatte sie eben doch.

Sie hörte Schritte hinter ihr. Sie ging schneller. Und wenn er sie einholte, sie packte, in eine dunkle Gasse zog und dann ... Hör auf damit, ermahnte sie sich. Denk an etwas anderes, irgendwas. Vergiß deine Angst, denk lieber an den Tigerzauber.

Sie vergegenwärtigte sich Tschandras Gesicht. Tiefer Kummer überkam sie. Nie würde sie ihn wiedersehen. Er war fast achtzig, als er starb, aber für Vie war das viel zu früh. Ihr Freund fehlte ihr. In seiner Nähe war sie stets lebhaft, vertrauensvoll und aufrichtig gewesen.

Sie dachte zurück an die letzten Stunden mit Nick im Klub; zum ersten Mal seit der Übernahme von Jolay durch Motek dachte sie daran, sich geschlagen zu geben und ihre Niederlage zu akzeptieren. Wollte sie sich denn wirklich mit Marty auf ein hinterhältiges Duell einlassen? Das Fechten gehörte zu den schönsten Sportarten, man konnte sein Leben doch nicht mit Kämpfen verbringen. Sie hatte den Sport nach Huberts Abreise weiter ausgeübt, wurde in die Meisterklasse aufgenommen, und wenn Frauen im Wettkampf auch nur mit dem Florett fochten, so kannte sie sich doch auch mit den schweren Waffen, dem Degen und dem Säbel so gut aus, daß sie es mit vielen Männern im Klub aufnahm.

Die Schritte kamen näher. Sie wurde starr – ging im gleichen Tempo weiter, dann waren die Schritte direkt hinter ihr. Sie holte tief Luft, als die Person herankam und sie überholte: eine junge Frau, die sie überhaupt nicht beachtete, in riesiger Armeejacke, die Hände in den Taschen. Sie ist jünger als ich und hat keinerlei Angst, dachte Vie, warum bin ich nur so ängstlich?

Während der letzten Monate war sie immer unsicherer geworden. Wollte sie sich denn wirklich mit ihrer Schwester anlegen? Schon so lange bekämpfte ja Marty *sie*. Und jetzt bin ich streitlustig. Ja, das bin ich wirklich – doch nur, wenn ich dabei gewinne. Gegen Motek? Wenn ich nicht kämpfe, was bleibt mir dann? dachte sie, als sie in die Straße, in der sie wohnte, einbog. Philippa meinte, ich brauchte dreierlei. Sollte sich Armands Rezeptur nicht als dieses flüssiges Dynamit herausstellen, dann bleiben noch zwei Möglichkeiten: bei Josh Mannings Wunder wirken – oder auf Arbeitssuche zu gehen.

Vor dem Haus griff sie in die Handtasche, um den Schlüssel herauszuholen. Die Straße war menschenleer; die Lampen beschienen die Bäume und die hintereinander geparkten Autos. Ihr fiel ein glänzend-weißer Rolls Royce auf, er stand ganz nahe beim Haus. Die Wagentür öffnete sich. Schnell ging sie, den Schlüssel in der Hand, zur Haustür hinüber.

»Vie ... Vie.«

Sie drehte sich um. Auch nach so vielen Jahren erkannte sie diese Stimme sofort wieder.

Hubert Montalmont trat aus dem Schatten in das Straßenlaternenlicht. Vie stockte der Atem. Er war so attraktiv und von einer wildromantischen Aura umgeben wie damals, als er zu ihr ins Büro kam. Das Gesicht wirkte jetzt eher noch feiner, ohne daß es dabei etwas von seinem Reiz verloren hätte.

Er ging dorthin, wo sie wie angewurzelt stand, blieb ein, zwei Meter vor ihr stehen, er rang nach Worten. »Vie, du siehst ...«

»Nein, bitte.« Sie sah ihn trotzdem an.

»Ich möchte mit dir reden.«

»Wieso denn?« Wollte er ihr noch ein Angebot machen? Sie überlegte, ob sie ihn hereinbitten sollte, verwarf den Gedanken aber sofort wieder. Sie brachte keinen Ton heraus.

»Bitte. Wir könnten irgendwo hinfahren und etwas essen, wenn du möchtest ...«

Sie stellte sich vor, wie sie damals zu Abend gegessen hatten, bei Kerzenlicht und gutem Wein, sich anschauend. Sie verbannte diese Vorstellung, schüttelte den Kopf. »Nicht noch mal, mein Liebl ...«

Sie sprach das Kosewort nicht ganz aus, es war ihr so leicht über die Lippen gekommen, aber er hatte es gehört. Er kam lächelnd näher, legte ihr sachte die Hand auf den Arm.

»Einen Kaffee, ein Glas Wein vielleicht? Du bestimmst wo, Liebling.«

Am liebsten hätte sie sich ihm in die Arme geworfen, seinen Körper gespürt, seine Haut gerochen, deren Duft sie nie hatte vergessen können.

»Also gut, einverstanden«, hauchte sie. »Ein Stückchen weiter gibt es ein Café, das hat noch offen.«

Zuerst schauten sie sich nur an, verschlangen einander mit Blicken. Vie wollte, daß er alles erklärte. Sie wollte ihn verstehen und ihm verzeihen, damit es einen Neuanfang gab. Dann aber fiel ihr ein, daß er verheiratet war. Sie wußte nicht, wie sie ein Gespräch anfangen sollte. Sie sah ihn an und wartete darauf, daß er etwas sagte.

Hubert erblickte neben sich die schöne Frau, die er so sehr liebte und die er dennoch hatte betrügen müssen. Er hatte damals keine andere Wahl, von der Missetat erst erfahren, nachdem sie verübt worden war. Wußte Vie überhaupt davon? Könnte sie ihn überhaupt so anschauen, wenn sie es wüßte?

Doch er war nicht hier, um sich zu rechtfertigen, sondern nur aus beruflichen Gründen – wie damals ... Die Firma Montalmont hatte die Idee, ein Unternehmen in Amerika zu eröffnen, aufgegeben; seither verkaufte sie in den USA ausschließlich über den Großhandel ihre eigenen Produkte. Hubert hatte sich geweigert, noch einmal in Amerika Fuß zu fassen, trotz Henris lautstarker Drohungen. Doch inzwischen hatte Henri keinerlei Einfluß mehr auf ihn. Er lebte immer noch; aber er war schon neunzig Jahre alt und hatte die Geschäftsleitung von Montalmont schon lange aufgegeben.

Er war nur noch zeitweise bei wachem Verstand; sein Erinnerungsvermögen wurde schwächer.

In seiner Funktion als neuer Direktor hatte sich Hubert geschworen, Vie für das, was sein Vater getan hatte, zu entschädigen. Als er erfuhr, daß Jolay verkauft worden und Vie aus der Firma ausgetreten war, stand für ihn sogleich fest: Jetzt war der richtige Zeitpunkt für sein Angebot.

Hubert wandte den Blick ab, räusperte sich. »Wir haben vor, in Amerika eine Zweigniederlassung von Montalmont aufzumachen. Sie bleibt in unserem Besitz, soll aber völlig selbständig eigene Düfte herstellen und vertreiben. Niemand könnte diese Gesellschaft besser führen als du, Vie.«

»Kommt dir das nicht alles bekannt vor?«

»Dies ist eine andere Zeit, ein anderer Vorschlag.«

»Das stimmt.« Damals hatte sie sein Angebot aus einer Position der Stärke abgelehnt. Heute war sie schwach. Er kannte ihre Lage wohl und bot ihr dies möglicherweise aus Mitleid an. »Ich brauche keine Almosen«, sagte sie sehr bestimmt. »Montalmont und Jolaunay sind konkurrierende Familien. Wenn eine von ihnen scheitert, beleidigt die andere sie nicht mit einer milden Gabe.«

»Du bist stolz, Vie, und schöner denn je. Glaube mir doch, ich will dir keinen Gefallen erweisen. Hier geht's um Geschäftliches, und du weißt, daß ich darin ebenso unnachgiebig bin wie du. Mein Interesse gilt einer florierenden amerikanischen Firma. An deren Spitze brauche ich jemanden, den ich schätze und dem ich die ganze Verantwortung anvertrauen kann. Du bist die ideale Frau, vielleicht die einzige, die das kann.«

Sie sah ihn immer noch zweifelnd an. »Ich gebe zu«, sagte er, »als ich von deiner prekären Lage erfuhr, dachte ich mir, du würdest mein Angebot sicherlich ernsthaft erwägen – und wahrscheinlich annehmen. Und warum auch nicht, Vie? Denk wenigstens mal drüber nach. Wir würden beide davon profitieren. Ich würde dir auch nicht in deine Arbeit hineinreden.«

»Würdest du mir erlauben, daß ich einen neuen Duft, vielleicht eine Serie von Düften entwickle?«

»Ja. Das wäre großartig. Du hättest zehn Millionen Dollar für den Anfang zur Verfügung. Anschließend würden die neuen Produkte mit bis zu zusätzlichen fünfzehn Millionen unterstützt. Bis sie schließlich Gewinn einbringen.«

»Das ist eine Menge Geld«, pflichtete sie ihm bei. Ausgestattet mit einer solchen finanziellen Basis, setzte sich praktisch jedes Produkt am Markt durch, zumal eines, das früher schon erfolgreich gewesen war. Selbst Don Garrison hatte gemeint, man müsse nicht unbedingt etwas absolut Revolutionäres herausbringen, sollte die Finanzierung stimmen. Nimm den Job, sagte sie sich, vergiß das Dynamit und die Wunder.

Sie wehrte jedoch ab. »Bisher war ich selbständig. Deshalb wollte ich auch nicht mit zu Motek überwechseln. Sollte ich überhaupt je für jemanden arbeiten, müßte ich vollstes Vertrauen in ihn haben.«

»Wir kannten uns doch so gut.«

»Tatsächlich? Wenn ich mich recht erinnere, gab's da einen Vertrauensbruch – wenngleich natürlich nur eine mündliche Absprache stattgefunden hatte. Aber es könnte noch mal geschehen, daß etwas, was ich für bindend halte, dir unwichtig erscheint.«

Er ergriff ihre Hand; sie brachte nicht den Willen auf, sie wegzuziehen. »Wäre ich damals nach einem Monat zurückgekommen, welche Antwort hättest du mir gegeben?«

»Ich weiß es nicht«, flüsterte sie leise.

»Aha!« Er war gekränkt. »Du hast mich also doch nicht richtig geliebt.«

Sie sah ihn an und spürte, wie alte Wunden wieder aufrissen. Sie konnte ihm einfach nicht sagen, daß sie ihn mehr als jeden anderen geliebt hatte. Damals in Paris hatte sie nur an ihn denken müssen und für den Beruf nicht mehr die nötige Konzentration aufbringen können. Das stimmte. Aber es gab auch noch eine andere Wahrheit. Nachdem er sich nicht gemeldet hatte, machte sie weiter. Der Beruf hatte sie immer mehr beansprucht; sie hatte sich ihm immer stärker gewidmet; daß sie Erfolg darin hatte, wurde ihre große Befriedigung. Als ihr Vater dann starb, war sie entschlossener denn je, mit der Arbeit fortzufahren und sich ihr eigenes kleines Reich aufzubauen.

»Ich habe dich geliebt«, sagte sie bestimmt, »aber ich hätte dich nicht geheiratet.«

Das tat ihm weh, sie sah es ihm an. »Was vorbei ist, ist vorbei. Wir sind kein Liebespaar mehr.«

»Wirklich nicht?«

Ohne das Café betreten zu haben, gingen sie zurück. Vor der

Tür bat Hubert noch einmal, Vie solle sich sein Angebot durch den Kopf gehen lassen. Über Liebe sprach er nicht mehr.

»Darüber muß ich einige Zeit nachdenken.«

»Das kommt mir bekannt vor.« Er lächelte. »Morgen fliege ich leider wieder ab, aber in zwei Wochen bin ich zurück. Dann wirst du wohl einen Entschluß gefaßt haben.«

»Diesmal machen wir es anders. Gib mir deine Telefonnummer. Ich werde dich anrufen, sobald ich mich entschieden habe.«

Er schrieb mehrere Nummern auf einen Zettel, den er ihr mit der zärtlichen Frage überreichte: »Darf ich dir einen Kuß geben?«

Sie sehnte sich nach seinem Mund, wandte sich aber ab. Sie schloß ihre Wohnung auf und versprach ihm: »Du bekommst meine Antwort.«

4

Das Telefon läutete. Marty stieß einen leisen Fluch aus. Der Wecker zeigte auf zwei Uhr morgens. Was es auch sein mochte, es konnte warten. Sie zog sich die Bettdecke über den Kopf, um nichts mehr zu hören. Endlich hörte es auf zu klingeln. Marty blieb im Dunkeln liegen und überlegte, wer das wohl war. Vermutlich falsch gewählt, oder irgend etwas war passiert. Was könnte das denn sein?

Als das Klingeln sich wiederholte, nahm sie doch ab. Wütend brüllte sie: »Hallo, was ist denn?«

»Ich bin's nur, Nick.«

»Nick?« fragte sie und setzte sich auf.

»Sie müssen mich retten, ich bin am Ertrinken.«

»Tja, da schlag' ich vor, das Badewasser abzulassen.«

»Marty ...« Er lallte. Sie sah ihn vor sich, wie er schwankend in irgendeiner Telefonzelle stand.

»Sie sind betrunken. Schlafen Sie sich erst einmal aus. Wissen Sie überhaupt, wie spät es ist?« fragte sie wütend. Sie wollte auflegen.

»Marty. Bitte. Ich muß unbedingt mit Ihnen sprechen.«

»Rufen Sie morgen früh meine Sekretärin an. Sie wird Ihnen einen Termin geben.«

»Du bist verdammt hart, Kleine. Du bist das hartherzigste Miststück, das mir je über den Weg gelaufen ist ...«

»Ich lasse mich doch nicht um zwei Uhr morgens beleidigen.« Sie legte entschlossen auf, hörte gerade noch, wie er den Satz beendete: » ... und ich liebe dich.«

Sie stand auf und trottete in die Küche, um sich einen Kaffee zu machen. Wie immer, wenn sie nicht einschlafen konnte. Auf andere mochte Kaffee anregend wirken; sie empfand ihn eher als beruhigend. Sie machte ihn stark und trank ihn schwarz, rauchte eine Zigarette und dachte über den unverschämten Anruf nach. Daß der Mann die Frechheit hatte, sie aus dem Schlaf zu holen und dann noch Miststück nannte! Aber sie nahm sich ihre Verärgerung selbst nicht ab. Aus der lallenden Stimme hatte sie deutlich eine Bitte herausgehört. Egal, was er gesagt hatte, in Wahrheit hatte er angerufen, weil er sie brauchte. Gegen ihren Willen lächelte sie. Marty war daran gewöhnt, über anderen Menschen zu stehen. Daß jemand sie brauchte, war ein neues Gefühl. Es gefiel ihr ganz gut. Sie mochte es sogar so sehr, daß sie sich ausmalte, wie es wäre, jemanden ganz für sich zu haben, einen Mann, der ihr so verpflichtet war, daß sie endlich den Schild der Unverletzlichkeit, der Unnahbarkeit, den sie um sich errichtet hatte, fortwerfen könnte.

»Idiot«, fluchte sie laut. »Das bist du, jawohl, du läßt dich gehen.« Sie gönnte sich noch eine Tasse Kaffee und ging zurück ins Schlafzimmer, wo sie sich eine zweite Zigarette am Stummel der ersten ansteckte. Ihr war schleierhaft, wieso ihr nach Heulen zumute war, und auch, wieso sie andauernd daran denken mußte, wie es wohl wäre, wenn man bei jemand anderem als einem selbst Schutz suchen könnte.

Als Vie endlich gegen Morgen einschlief, hatte sie den Entschluß gefaßt, erst nach dem Gespräch mit Josh Manning weiter über Huberts Angebot nachzudenken. Sie hatte ein Gespräch mit

Manning schon zu lange hinausgeschoben, wahrscheinlich in der Hoffnung, daß irgendwann ein wundersames Produkt vor ihr auftauchte, wie ein Fläschchen aus dem Märchenland.

Jetzt aber mußte sie es riskieren. Es kam gar nicht in Frage, für jemand anderen zu arbeiten, ehe sie nicht alles ausprobiert hatte, um wieder ihr eigenes Reich zu etablieren, wie klein es auch sein mochte. Vielleicht stellte ihr Josh Manning ja doch das Startkapital zur Verfügung, und sie sah nicht ein, wieso sie noch länger abwarten sollte.

Am Montag vereinbarte sie einen Termin. Seine Sekretärin bat, dranzubleiben, dann hörte man eine Männerstimme. Sie erkannte sie gleich – auf der Bank hatten sie ja kurz miteinander gesprochen. »Ich kann's nicht glauben. Sie sind's? Darauf habe ich schon so lange gewartet. Haben Sie heute nachmittag Zeit?«

Sie lachte. Sie fand sein Interesse schmeichelhaft. Nach dem Treffen mit Hubert tat ihr ein leichter Flirt gut. Aber an diesem Nachmittag! Eigentlich hatte sie damit gerechnet, ihn vielleicht in ein paar Tagen, ein paar Wochen, zu treffen. Vielbeschäftigte Kreditgeber hatten schließlich einen vollen Terminkalender. Eigentlich hatte sie sich auf die Unterredung mit ihm gründlich vorbereiten wollen – aber daß er sofort Zeit hatte und selbst ans Telefon gekommen war, stimmte sie hoffnungsvoll. Offensichtlich war es ihm ernst, ihr aber auch. »Ja. Wann?«

»Mal sehen. Um vier Uhr. Nein, vielleicht besser um fünf, dann können wir anschließend noch etwas trinken.«

»Sie wissen aber doch gar nicht, weswegen ich Sie aufsuche. Und wenn wir uns nun nicht einigen können?«

»Darüber machen Sie sich nur keine Sorgen, Prinzessin. Mit Ihnen kann man sich bestimmt über alles einigen. Aber«, fügte er hinzu, wieder geschäftsmäßig, »selbst wenn es passierte, Sie hätten immer noch die Chance, mich zu umschmeicheln und mich dazuzubringen, daß ich's mir noch mal überlege.«

Ihr gefiel seine Offenheit. »Gut. Also dann, um fünf Uhr.«

Vie traf vor dem Hochhaus in der Park Avenue im cremefarbenen Kostüm mit einem breiten, braunen Ledergürtel ein. Sie hatte sich für diese Garderobe entschieden, nachdem sie mehrere andere Sachen anprobiert und wieder ausgezogen hatte, keine davon übermittelte die richtige Botschaft. Die Sachen mußten feminin und zugleich geschäftsmäßig wirken, attraktiv, aber nicht zu sexy. Das Chloé-Kostüm war ideal. Es war nicht neu, sah aber mit dem Dior-Gürtel sehr modisch aus. Ihr Parfüm war nicht aufdringlich. Statt *Tadsch*, das immer ihr Lieblingsduft bleiben würde, trug sie das leichte *O! de Vie*. Sie hatte braune Schuhe an, die Handtasche war gelbbraun, als einzigen Schmuck trug sie eine schmale goldene Halskette. Gewiß sagte die Kleidung etwas über ihre Persönlichkeit aus; sie drückte aus, ob man sich für eine einflußreiche Person hielt oder nicht.

Als sie zu ihm hereinkam, stand Josh Manning sofort auf. Er schüttelte ihr die Hand. »Hoffentlich finden Sie es nicht beleidigend, daß ich Sie Prinzessin nannte«, sagte er mit einem Lächeln. »Sie sind unübersehbar die Königin.«

Sie erwiderte sein Lächeln. Das Kompliment hatte sie schon allzu oft gehört. Normalerweise ärgerte sie sich darüber. Aus Josh Mannings Mund hörte es sich allerdings echt an. Er rückte den Stuhl für sie zurecht, während sie Platz nahm. Er zog sich selbst einen heran und setzte sich ihr gegenüber. Damit wollte er ihr zu erkennen geben: Das Gespräch findet zwischen Gleichberechtigten statt, man unterhielt sich nicht über einen Schreibtisch hinweg, der ihm gehörte.

Man konnte sich gut mit ihm unterhalten. Er hörte aufmerksam zu, deutete weder Zustimmung noch Ablehnung an, da er erst einmal wissen wollte, worum es sich bei Vies Vorhaben überhaupt handelte. Er war in der Tat attraktiv; er sah sie so verständnisvoll an, fand sie, daß sie eigentlich gar nicht weiter zu sprechen brauchte.

Als sie zu Ende berichtet hatte, meinte er sachlich: »Ich freue mich, daß Sie zu mir gekommen sind. Aber ich muß Sie wohl enttäuschen, Vie. Nicht das hohe Risiko schreckt mich. Unsere Firma hat sich schon an sehr risikoreichen Unternehmungen beteiligt. Aber die müssen, wie soll ich es ausdrücken, knallig sein. Ja, das ist wohl der passende Ausdruck. Sie müssen auffallen, große Gewinne versprechen, verblüffend sein! Ja, ich gehe so weit, zu sagen: Die Leute müssen fassungslos sein. Nun, Ihr Projekt hört sich solide an, doch mein Unternehmen kann es leider nicht finanzieren. Wir haben bei den Kunden ein bestimmtes Image, daran erkennt man uns. Wir können uns weder leisten, es zu verlieren, noch, damit herumzuspielen.«

Diese Antwort hatte sie befürchtet, eigentlich auch erwartet. Nun muß ich mir wohl oder übel eine Stellung suchen, dachte sie freudlos und stand auf.

»Sie haben doch nicht Ihr Versprechen vergessen, daß Sie noch etwas mit mir trinken wollen?«

»Nein. Aber könnten Sie die Sache noch einmal überdenken?«

»Nein«, meinte er rundheraus. »Wir könnten uns aber besser kennenlernen, und das, glaube ich, haben wir beide verdient. Finden Sie nicht?«

Sie schaute ihn an, auf einmal war sie weniger deprimiert. Die Ironie der Situation war ihr klar: Josh Manning war die einzige Person, die sie nach seiner eigenen Absage aufheitern könnte. »Gehen wir«, sagte sie.

In der Bar gestand er ihr, daß er sich nach dem Treffen in der Bank sofort danach erkundigt hatte, wer sie sei. Ein, zwei Wochen später habe ihm Don Garrison anvertraut, daß sie ihn vielleicht wegen einer Finanzierung aufsuchen würde. »Ich habe Ihnen genau einen Monat Zeit gelassen, damit Sie sich mit mir in Verbindung setzen. Wenn Sie das nicht getan hätten, hätte ich Sie angerufen.«

Privat wirkte er ganz anders. Er schaute sie noch aufmerksamer, interessierter an.

»In genau drei Tagen hätte ich es getan, falls Sie nicht angerufen hätten.«

»Wieso denn?«

»Weil mir unsere kurze Begegnung nicht aus dem Kopf gegangen ist. Ich fühlte mich Ihnen nah, ich mußte Sie wiedersehen, um den Grund dafür herauszufinden.«

»Und, haben Sie das?«

»Vie, selbst wenn ich genial wäre – was der Fall sein könnte, wäre ich nicht so vermessen, Sie nach einer Stunde kennen zu wollen. Sie sind ein komplizierter, nicht leicht zu durchschauender Mensch.« Josh beugte sich zu ihr. »Dafür brauchen wir Jahre.« Sie lächelte bei der Anspielung auf eine gemeinsame Zukunft. Sein Tempo war allzu flott, aber es war ein herrliches Gefühl: als wenn man in die Wolken gehoben wird.

»Es ist sehr nett, Josh, daß Sie so etwas sagen; aber ich weiß selbst noch nicht einmal, wer ich bin«, meinte sie kokett und fügte hinzu: »Außerdem weiß ich nicht, ob sich die Mühe lohnt, mehr über mich zu erfahren. Ich weiß, was ich will, und im Augenblick will ich eigentlich nichts anderes als ein Geschäft aufbauen.«

»Kommen sie, ich lade Sie zum Abendessen ein. Ich kenne ein neues Restaurant: Le Chat au Toit – die Katze auf dem Dach, es wird Ihnen gefallen.«

»Der Name zumindest ist originell«, sagte sie. Josh lächelte sie an und wollte dem Kellner winken. »Wir sollten das aber verschieben.«

»Bitte, Vie!« Josh hatte schöne Augen, er sah sehr gut aus. Er schmeichelte ihr, sie kam sich dadurch interessanter, bezaubernder vor; dennoch hatte sie das Gefühl, daß die Worte und die Art, wie er sie ansah, etwas Einstudiertes hatten. Wie hatte Don Garrison ihn genannt? Einen Don Juan? Einen Frauentyp – ja, das war er. Josh blickte sie an, als gäbe es außer ihr keine andere Frau auf der Welt. Fast hätte sie das geglaubt; ihr Atem ging rascher, ihre Handflächen wurden ganz feucht. Sie hatte Lust, mit ihm zu gehen und sich von ihm führen zu lassen.

»Entschuldigen Sie, das wird noch warten müssen.« Das klang leichthin, aber die Ablehnung kostete sie eine große Überwindung. Sie sah vor sich, wie er in ein, zwei Tagen mit einer anderen Frau hier säße, der er die gleichen schmachtenden Blicke schenkte.

»Es kann nicht warten, dazu bedeuten Sie mir zuviel. Wir sind es uns selbst schuldig, Vie«, sagte er mit gedämpfter Stimme. »Bitte. Sagen Sie doch ab, was Sie heute abend ursprünglich vorhatten.«

»Das ist leider nicht möglich.« Sie lächelte und stand auf.

Nicht möglich, weil es nichts gab, was sie hätte absagen können. »Ich danke Ihnen, daß Sie so offen mit mir über das Geschäftliche gesprochen haben. Ich habe gern mit Ihnen hier gesessen.« Mit ihm zusammen sein fand sie herrlich; sie *traute* sich aber einfach nicht, mit ihm zum Abendessen auszugehen. Jedenfalls jetzt noch nicht. Er war zu draufgängerisch. Josh Manning hatte zwar ihr Angebot abgelehnt, ob sie allerdings seinem widerstehen konnte, wußte sie nicht; dazu war er einfach zu attraktiv. Sie brauchte Zeit zum Nachdenken, ehe sie sich ihm in die Arme warf. Sie ging auf die Straße. Als sie sich auf der Madison Avenue befand und sie sich südwärts wandte, gingen ihr schon wieder nüchternere Gedanken durch den Kopf. An Josh könnte sie immer noch denken, wenn sie mehr Ruhe hatte. Jetzt kam ihr Geschäftliches in den Sinn.

Was nun? Sollte sie etwa Huberts Angebot annehmen? Weiter versuchen, einem Finanzier für ihr Vorhaben hinterherzulaufen? Am besten, man erledigte einen Schritt nach dem anderen. Im Augenblick brauchte sie etwas zu essen. Es war nach sieben, sie hatte Hunger, die Cocktails hatten den Appetit nur verstärkt. Ein Abendessen mit einem Freund wäre das Richtige, mit einem Freund, mit dem sie alles besprechen könnte und auf dessen Rat Verlaß war. Sie ging zu einer Telefonzelle, seine Nummer mußte sie im Taschenkalender nachschlagen. Die Nummer vom Büro kannte sie auswendig, doch zu Hause rief sie Mike nur selten an.

Zu ihrer großen Erleichterung nahm er ab. »Hast du Zeit?« fragte sie. »Hättest du Lust, mit mir essen zu gehen?«

»Ißt du gern Entenbraten auf chinesisch? Gewürzt mit Ingwer, Zitrone und Soja? Ganz bestimmt! Ja? Die Ente ist schon im Ofen, in einer Stunde ist sie gar.«

»Lieb, daß du mich einlädst, Mike, aber mir steht nicht der Sinn nach einer Party, wirklich, ich ...«

»Seit wann nennt man denn zwei hungrige Menschen und eine tote Ente eine Party?«

»Ach. Wieso machst du dir denn die Mühe, selbst zu kochen?«

»Weil ich Hunger habe und gutes Essen mag. Der Wein ist kalt gestellt, vorher gibt es Hechtklößchensuppe. Also, bis gleich.«

Vie legte auf, schüttelte amüsiert den Kopf. Sie kochte abends nie richtig. Es reichte höchstens für ein Schnellgericht, das sie aufwärmte. Daß Mike kochen konnte, anscheinend sogar vorzüglich, hatte sie überhaupt nicht gewußt.

Das Taxi fuhr sie direkt vor die Tür von Mikes Apartmenthaus am Riverside Drive. »Ich möchte zu Mr. Parnell«, sagte sie zu dem Portier, »leider weiß ich die Apartment-Nummer nicht.«

Der Pförtner nickte. »Er erwartet Sie schon. Fahren Sie mit dem Lift in den achten Stock. Die Wohnung linkerhand ist es.« Das war ganz oben. Sie betrat einen schmalen Flur mit einer Tapete mit Delfter Motiven. Zwischen den Türen zu den beiden Wohnungen stand eine Marmorkonsole, darauf stand eine große Vase mit einem Riesenstrauß frischer Blumen. Sie wollte gerade daran riechen, als sie hörte, daß sich die Tür zur Linken öffnete. »Herzlich Willkommen! Wie ich sehe, bist du wieder vertieft in die Arbeit.« Sie richtete sich auf, lächelte, ging auf ihn zu und umarmte Mike.

»Ich heiße dich willkommen in meinem bescheidenen Zuhause.« Er verbeugte sich. »Möchten Sie an der großen Führung teilnehmen oder lieber an der Kurzversion für eilige Geschäftsleute?«

Sie lachte und ging hinein. »Gibt's da einen Unterschied?«

»Einen ungeheuren. Die Kurzführung übergeht den Inhalt des Kühlschranks sowie den des Geschirrspülers.«

»Das kommt nicht in Frage. Einmal die große Führung, bitte.«

»Möchtest du dich zuvor etwas ausruhen, eine Kleinigkeit trinken? Vielleicht die Schuhe oder irgendwelche anderen beengenden Kleidungsstücke ablegen?«

»Mike«, sagte Vie lachend, »hör endlich mit dem Albern auf; komm zeig mir die Wohnung. Du könntest vorher aber ruhig die Schürze abbinden.«

»Was? Ach so.« Er blickte an sich herunter. Als er merkte, daß er immer noch die knielange Arbeitsschürze umhatte, nahm er sie rasch ab und warf sie auf einen Sessel. Dann faßte er Vie am Ellbogen. »Als wäre ich eine von diesen zittrigen Damen mit blaugefärbtem Haar, die Venedig besuchen«, beschwerte sie sich gutgelaunt. Er zeigte ihr die Fünf-Zimmer-Wohnung, sie war groß, aber einfach eingerichtet und bot einen herrlichen Blick auf den Hudson.

»Wieso war ich eigentlich noch nie hier?« fragte sie. »Du wohnst doch bestimmt schon lange in der Wohnung.«

»Seit fast neun Jahren«, bestätigte er. In seiner vorigen Wohnung, im Stadtteil Greenwich Village, hatte Vie ihn ein paarmal besucht, das war zu der Zeit, bevor sie den gemeinsamen Wochenendausflug nach Vermont abgesagt hatte. »Du hast dich ja auch nie selbst eingeladen«, sagte er.

»Wie bitte! Dafür habe ich dich aber oft eingeladen, mit mir zum Essen auszugehen.«

»Ich weiß, Vie, bitte, ich wollte dich nicht verärgern. Vielleicht kann ich ja mit einem Essen daheim dein Herz gewinnen. Allerdings fand ich immer das Bild, daß man das Herz einer Frau durch den Magen erreichen könne, verdammt ernüchternd.«

Er ging mit ihr zur Küche zurück. »Was möchtest du trinken?«

»Einen Weißwein, wenn du hast.«

»Möchtest du französischen, deutschen oder kalifornischen?« Er öffnete die Kühlschranktür.

Sie bat ihn, die Wahl zu treffen, er brachte ihr ein Glas französischen Wein ins Wohnzimmer. »Schönes Bukett«, sie schmeckte den Wein. »Er ist trocken, fruchtig, erinnert mich an einen Bach im Frühling.«

Sie wirkte nachdenklich. Vie ist mit den Gedanken bei der Arbeit, wie stets, dachte Mike. Sie bestimmte den Geschmack, damit sie sich später besser daran erinnerte. Vie widmete sich jeder Sache ganz. Eigentlich ist sie gar nicht kompliziert, nur engagiert. Wenn sie überhaupt je einen Mann lieben würde, dann bestimmt mit großer Hingabe. Wenn sie doch ihn lieben könnte!

Vie lehnte sich im weichen, rostbraunen Sofa zurück. Wie Mike sie so ansah, mußte sie an Josh denken. Sie hätte jetzt mit ihm beim Abendessen zusammensein können, in einem schicken, neu eröffneten Restaurant, wo ständig Kellner um einen herumständen. »Ich fühle mich sehr wohl hier«, sagte sie voll Wärme.

»Wart's ab, bist du mein Essen probiert hast«, erwiderte er

etwas verlegen.

Sie gingen hinüber zu der Eßecke neben der Küche. Der Tisch war bereits gedeckt. Vie lobte das Essen überschwenglich. Noch nie habe sie eine so wohlschmeckende Ente gegessen. »Du bist ein wahrer Kochkünstler, Mike!« lobte sie ihn. »Ich hatte keine Ahnung, daß du so etwas kannst.«

»Es gibt viel, was du nicht von mir weißt«, konterte er.

Sie aßen schweigend weiter. Auf einmal sagte Vie: »Das stimmt wohl.« Den Mike Parnell, der in dieser Wohnung lebte und so ausgezeichnet kochte, kannte sie tatsächlich nicht. Sie wurde neugierig auf ihn. »Das Foto in deinem Schlafzimmer, die Frau mit dem blonden Haar. Wer ist sie?«

»Das ist meine Schwester.«

»Ach so.« Komischerweise war sie erleichtert. »Steht ihr euch sehr nahe?«

»Das würde ich nicht sagen. Sie lebt in Missouri in einem Heim. Ich bezweifle, ob sie überhaupt weiß, wer ich bin.«

»Das tut mir leid.« Was verbarg er hinter seiner offenen freundlichen Art? »Macht es dir etwas aus«, fragte sie zurückhaltend, »wenn du ein wenig von dir erzählst? Ich weiß, das klingt lächerlich«, setzte sie hinzu. »Wir kennen einander seit so vielen Jahren, aber über Persönliches haben wir nie miteinander gesprochen.«

»Ja, leider, Vie.«

»Ich hatte ja auch immer sehr viel mit meinem Beruf zu tun.« Ihr fiel ein, weshalb sie ihn heute abend angerufen hatte. Nur deshalb, damit er ihr zuhörte. Das kann warten, beschloß sie nun. »Macht dir deine Arbeit Spaß? Du genießt einen hervorragenden Ruf als Anwalt.«

»Danke. Ja, die Arbeit macht mir Spaß. Anscheinend habe ich mich endlich daran gewöhnt. Weißt du noch, als wir uns in New Haven kennenlernten. Habe ich dir da nicht von meinem Vater erzählt, dem Arzt, der jeden Sommer die Eskimos medizinisch versorgte? Er war ein guter Mensch, ein Vorbild für mich. Genau wie meine Mutter, sie stammte aus einer deutschen Familie, hatte keine gute Ausbildung, aber sie war unendlich gütig. Wenn in der Nachbarschaft jemand krank wurde oder starb, versuchte sie immer zu helfen. Mit Essen, Trost – manchmal ging sie einfach zu einer armen Familie und arbeitete im Haushalt.«

»Das ist sehr schön.« Vie beneidete ihn ein bißchen.

»Ja. Die beiden waren wunderbar. Beide empfanden den Kummer anderer, als wäre es ihr eigener. Als ich anfing, Jura zu studieren, wollte ich mein Rechtswissen einsetzen, um den Menschen zu helfen. Ich sah mich selbst als den weißen Ritter«, er lachte, »der in der Rechtsschlacht Gerechtigkeit verteilt. Nach meinem ersten Examen wollte ich unbedingt als Pflichtverteidiger arbeiten.

Aber mich packte dann doch der Ehrgeiz, die Professoren fanden, ich könnte bestimmt Karriere machen. Nach dem Examen kamen die Stellenangebote, für große Firmen zu arbeiten.

Damals lag meine Schwester schon in der Spezialklinik. Mit fünfzehn hatte sie einen Verkehrsunfall, der einen irreversiblen Hirnschaden nach sich zog. Mein Vater starb, als ich in New York weiterstudierte. Allmählich wurde das Geld knapp. Ich fand, man dürfe eine hochbezahlte Stellung nicht ablehnen. Ich wollte Mary absichern.

Ich nahm dann das Angebot von Ernest, Bernbach & Shields an, einer angesehenen Kanzlei. In den fünfziger Jahren hatten ihre Anwälte die Angeklagten in den McCarthy-Prozessen verteidigt. Das gefiel mir. Ich wollte da aber nur vorübergehend arbeiten. In einigen Jahren hätte ich dann soviel verdient, daß ich mit dem angelegten Geld Mary für den Rest ihres Lebens versorgt wußte. Anschließend wollte ich wieder in die Schlacht ziehen, all denen Gerechtigkeit zukommen lassen, die sie nie kennengelernt hatten. Den Armen, den Schwarzen, den Alten – allen von der Gesellschaft Benachteiligten.«

Er machte eine Pause und trank einen Schluck. Vie strich ihm leicht über die Wange. Mike faßte ihre Hand und gab ihr einen Kuß darauf. »Ich räume nur schnell ab und mache uns Kaffee«, sagte er.

»Nein. Erzähl bitte weiter«, forderte Vie entschieden. Sie war tief gerührt von dem, was Mike ihr anvertraute. Ihr ganzes Leben war sie niemandem wie ihm begegnet, ging ihr auf, abgesehen vielleicht von Tschandra. Doch Mike war jung, gutaussehend. »Du bist so anständig«, stammelte Vie.

»Von der Heiligsprechung bin ich noch weit entfernt, Vie.« Er mochte es, wie sie ihn jetzt ansah, und begriff überhaupt nicht, wieso sich eine Frau wie sie überhaupt für sein langweiliges Leben interessieren konnte. »Nun weißt du alles«, sagte er. »Kennst meine Jugendträume, die Welt zu verändern. Ich sah die Welt unrealistisch. Denn ich konnte ja nicht aus meiner Welt heraus, nachdem ich einmal da drin war. Es dauerte keine drei Jahre, dann war ich Juniorpartner. Trotzdem war ich nicht imstande, viel zu sparen. Ich wohnte in New York. Die Kosten für Marys Unterhalt wurden immer höher. Auch als ich mehr verdiente, konnte ich die Zahlungen gerade eben aufbringen.«

»Ich dachte immer, du hättest viel Geld«, gestand Vie. »Ich hielt Anwälte für reich. Außerdem warst du Junggeselle, mußtest für niemanden aufkommen ...« Sie dachte an die Abende, an denen sie ihn alles bezahlen ließ. »Ich hatte mich sogar gewundert, daß du kein Landhaus besitzt.«

»Oder eine Yacht. Ich besitze gar nichts. Du merkst also, Vie«, sagte er und umfaßte ihre Hände. »Verglichen mit deinem Leben war meins trist. An dir habe ich immer bewundert, daß du dich ganz deinem geliebten Beruf gewidmet hast und deinen Weg gegangen bist.«

Vie stand auf und ging hinüber zu ihm, zog ihn bei den Händen hoch. Dann legte sie ihm die Arme um den Hals und gab ihm einen Kuß.

Schließlich sagte sie: »Ich bin meinen Weg gegangen, Mike, genau wie du deinen. Ich empfinde mein Leben jetzt aber als zu eng.«

Die beiden hielten sie noch immer umschlungen. »Dir hat die Liebe gefehlt!« fragte er leise.

Sie nickte, und ihre Lippen berührten sich wieder.

Um zwölf saßen sie dann, ein Cognacglas in der Hand, auf dem Sofa. Vie lehnte den Kopf an Mikes Schulter, er strich ihr übers Haar, liebevoll und ein wenig unbeholfen.

Rasch hatten sie gemeinsam das Geschirr abgeräumt, waren dann mit dem Kaffee und dem Cognac ins Wohnzimmer zurückgegangen. Sie fühlten sich behaglich wie ein noch immer verliebtes Ehepaar, dabei hatten sie noch nie miteinander geschlafen. Sie küßten sich viel, mitunter leicht, zwischendurch dann wieder voll Leidenschaft. Nach den ersten Küssen in der Eßecke hatte Mike vorgeschlagen, doch zusammen ins Bett zu gehen, aber Vie wollte das nicht. In Mikes Armen mußte sie an Josh denken, dann an Hubert. Bei diesen Männern hatte sie gleich Lust und körperliches Verlangen verspürt. Noch vor ein paar Stunden war sie sicher gewesen, daß sie weder die Kraft noch den Wunsch haben würde, Josh zurückzuweisen. In Mikes Armen empfand Vie große Zärtlichkeit. Sie war auch sexuell erregt, aber vielleicht übertrug sie dieses Gefühl bloß auf Mike. Schließlich hatte sie in all den Jahren nicht einmal mit Verlangen an Mike gedacht, bis auf die Zeit zu Beginn ihrer Freundschaft, als sie sich einsam gefühlt und mit dem Gedanken gespielt hatte, eine Beziehung mit ihm einzugehen. Aber daraus war nichts geworden. Heute abend fand sie ihn reizvoll. Sollte sie sich aber auf diese Empfindung verlassen? Er bedeutete ihr viel zuviel, als daß sie mit ihm ins Bett gehen wollte, wie sie es im Laufe der Jahre mit einigen Männern getan hatte. Außerdem machte er sie nicht atemlos, so wie Hubert das noch immer vermochte – trotz allem.

Nachdem Vie seinen Vorschlag abgelehnt hatte, sagte sie, sie wolle mit ihm reden. »Also gut, meinetwegen«, hatte er resigniert zugestimmt. Anscheinend wollte sie nur das von ihm.

Auf dem Sofa erzählte sie ihm, wie sie sich vor Jahren in Hubert verliebt hatte, damals, als sie auch ihn, Mike, kennenlernte. Sie erzählte, wie es gewesen war, zwischen ihrer Arbeit und der Heirat mit dem geliebten Mann zu entscheiden. Sie erzählte Mike von der schlimmsten Zeit ihres Lebens, als Armand starb und Hubert sie verließ.

»Das liegt doch so lange zurück«, sagte Mike sanft. »Es hat doch nichts mehr mit deiner Gegenwart zu tun.«

»Doch«, sagte Vie leise. »Vor ein paar Tagen ist Hubert wieder aufgetaucht.«

Mike zog die Hand fort. »Und jetzt willst du ihn heiraten?« erkundigte er sich förmlich.

»Nein.«

»Wo liegt also das Problem?«

Sie erzählte ihm von Josh, was sie beim ersten Zusammentreffen empfand – diese sexuelle Anziehung wie bei Hubert. Mike zuckte leicht zusammen. Dann drehte er sich um und faßte sie hart am Arm. »Meine Kleine«, sagte er mit unfreundlicher Stimme. »Willst du denn nie erwachsen werden? Du redest, als wärest du noch ein Teenager. Diese Männer wollen dich, um sich selbst etwas zu beweisen. Nicht um deiner selbst willen. Ich habe dich von Anfang an geliebt, aber nie gewagt, mich in dein Leben einzumischen. Aber ich will nicht mehr den Lückenbüßer spielen. Ich kenne dich, begehre dich und liebe dich mehr als alles andere in dieser verdammten Welt.« Er zog sie hoch vom Sofa. »Und jetzt bring' ich dich ins Bett.«

Um drei Uhr morgens weinte Vie immer noch. Die Glückstränen kamen ihr so leicht wie keine anderen. Und sie wollte auch gar nicht damit aufhören. »Mein Schatz«, sagte Mike leise und sah ihr ins feuchte, strahlende Gesicht. »Manchmal wünschte ich mir, du würdest nicht immer so schön sein, für uns arme Sünder ist das fast zuviel.«

»Mike, *du* hast das schönste Gesicht der Welt.« Sie streckte die Hand aus, um es zu berühren. »Und ich bin eine alte Frau.«

»Du bist wie Venus.« Er strich ihr zärtlich über die Brüste, über den Bauch. »Nur dünner. Hör doch auf zu weinen, Liebling.« Er küßte sie auf die Lider.

»Laß mich nur. So hab' ich noch nie geweint. Das fühlt sich herrlich an. Freudentränen – das ist wohl die wertvollste Flüssigkeit, die es gibt.«

»Die kann man nur nicht verkaufen.«

Vie lachte. »Mike! Mike, warum hast du mir nie davon erzählt?«

»Wovon, mein Schatz?«

»Hiervon. Von uns.«

»Von der Liebe?«

»Der Liebe.«

»Du hast nie darum gebeten.«

»Ich dachte mir, ich wüßte Bescheid. Aber muß man denn vierzig Jahre alt werden, um zu erkennen, worum sich alles dreht.«

»Nicht alles im Leben dreht sich um die Liebe. Sie gibt dem Leben nur einen Sinn.«

Vie lachte, Mike stimmte in ihr Lachen ein. Sie küßten sich; mit der Zunge zog Vie eine Linie um sein Kinn, dann hinab zum Hals, über die Schultern zur Achsel. »Mike?«

»Ja, mein Liebling?«

»Du duftest besser als jedes Parfüm, das ich kenne.«

»Nicht zu kräftig?«

»Am Tag wäre es das wohl. Für den Abend aber ist es ideal.«

»Dann soll der Abend nie vorübergehen.« Sie drehten sich einander zu und liebten sich noch einmal. Behutsam berührten sie sich, schmeckten sie die Haut des anderen. Mike beugte sich über ihren Bauch, strich mit dem Mund langsam hinunter, über den blondgelockten Hügel, seine Zunge öffnete ihre Lippen, streichelte sie, bis sie aufschrie und ihr Becken gegen seinen Mund preßte. Er fand die harte Mitte, saugte zärtlich daran, während sie sich an ihn drängte. Dann zog sie ihn zu sich. »Jetzt«, sagte sie. »Jetzt. Ich möchte gemeinsam mit dir kommen, wenn du in mir bist.«

Er führte sich selbst ein, mit sanften Stößen, hielt inne. »Was ist denn?« flüsterte sie.

»Scht, Liebling. Ich bin schon zu erregt.«

»Mach bitte weiter. Komm zu mir.«

Er schloß die Augen. Er erreichte den Höhepunkt schon bald, gleichzeitig mit ihr.

Hinterher sah sie mit großen, klaren Augen zu ihm hoch. »Das ist ja so schön«, sagte sie.

5

Als am nächsten Morgen das Telefon läutete, war Vie sicher, daß das Mike war. Sie hatte frühmorgens seine Wohnung verlassen, den Pförtner förmlich angestrahlt. Zu Hause wollte sie noch ein paar Stunden schlafen, aber sie war in zu überschwenglicher Stimmung. Jetzt, um zehn, war sie immer noch hellwach, nach einer Nacht ohne Schlaf. Sie hatte zuviel Schönes erlebt.

»Hallo?«

»Madame Jolay?«

»Ja?« Die Stimme kam ihr bekannt vor.

»Paul Mescaux. Ich habe Sie doch hoffentlich nicht aufgeweckt?«

»Nein, es macht nichts«, erwiderte sie verwirrt. »Wieso rufen Sie an?«

»Bitte seien Sie so freundlich, und treffen Sie sich heute mit mir.«

»Ich bin schon verabredet ...« Mike hatte gesagt, er wolle sich über Mittag eine Stunde freinehmen.

»Es ist sehr dringend, Madame. Eine Angelegenheit, die Sie sehr interessieren wird, das kann ich Ihnen versprechen.«

»Geht es um meinen Vater?« fragte sie. Jetzt fiel ihr ein, daß er schon einmal angerufen hatte.

»Um den auch. Aber auch um Ihre zukünftige Firma.«

»Wie bitte, meine was?« Wer war dieser Mann? Was wußte er über sie, und von wem wußte er es?

»Am Telefon kann ich nicht mehr sagen. Treffen wir uns zum Mittagessen? So gegen eins?«

»Also schön.« Vie notierte sich die Adresse des Restaurants. Sie legte auf, schwankte zwischen Neugier und Enttäuschung.

Wenn sie doch bei Mike sein könnte! Sollten denn die Geschäfte immer ihr Privatleben stören? Müßte sie sich denn ewig zwischen den beiden wichtigen Dingen im Leben entscheiden? Sie liebte Mike. Sie meinte endlich zu wissen, was Liebe bedeutet. Die Gefühle, die sie für Mike empfand, waren sehr tief. Sie hatten aber nicht von der Zukunft gesprochen, nichts über das Essen heute mittag hinaus vereinbart. Vie war dankbar dafür. Ihr Leben sollte so bleiben, wie es jetzt war, daran war sie gewöhnt. Auch diese Liebe – diese verblüffende, tiefe, herrliche Liebe – brachte sie nicht dazu, an ihrer Lebensweise etwas zu ändern. In jedem Fall war jetzt nicht der richtige Zeitpunkt dafür, weil sie den Drachen bekämpfen und die Welt erobern wollte. Das mußte sie allein tun.

Vie rief Mike an und sagte ihm, sie könne mit ihm nicht essen gehen. »Aus beruflichen Gründen«, entschuldigte sie sich.

»Und heute abend?« Er akzeptierte ihre Absage.

»O ja, gern. Komm zu mir, sobald du kannst!«

Sie hörte, wie er lachte, und war glücklich. Mike wußte, daß der Beruf ihr alles bedeutete, und würde nicht versuchen, damit zu konkurrieren. Kein anderer Mann – auch Hubert nicht – hatte sie je so gut verstanden.

Als Vie zur Verabredung mit Mescaux fuhr, war ihr ängstlich zumute. Sie wußte über die früheren Gegner ihres Vaters Bescheid. Auch Marty hatte in Frankreich davon erfahren. Doch beide Schwestern glaubten eigentlich nicht daran, daß Armand ein Verräter gewesen war. Er hatte sicherlich nichts Unrechtes getan, dennoch war er damals in irgend etwas verwickelt gewesen; die Widerstandsbewegung hatte Jagd auf ihn gemacht.

Wenn dieser Mescaux nun zu ihnen gehörte? Wollte er etwa Armand auch so viele Jahre nach dessen Tod noch verfolgen? Das war unwahrscheinlich, aber warum sonst wollte er sich mit ihr treffen? Warum war die Angelegenheit so dringend? Und was meinte er wohl damit: Die Sache wäre sehr bedeutungsvoll für ihre zukünftige Firma?

Im tschechischen Restaurant in der York Avenue befanden sich rechts und links vom Mittelgang Eßnischen. Ein grauhaariger Mann stand in einer davon auf und ging auf Vie zu, die noch neben dem Oberkellner stand. »*Enchanté*, Madame«, er gab ihr einen Handkuß. »Gestatten, Paul Mescaux.«

Er war alt, hatte aber eine noch jugendliche Figur. Er mochte um die Siebzig sein, schätzte Vie, war schlank, ungefähr so groß wie sie, mit dichtem Haar und einem kräftigen, aber gepflegten Schnurrbart. Er lächelte freundlich und war auf eine altmodische europäische Art charmant, so daß sie bald ihre Angst verlor. »Bitte kommen Sie.« Er faßte sie beim Arm und ging mit ihr zu seinem Platz zurück. »Ich habe einen Platz für uns ausgesucht, wo wir ganz ungestört sind.«

Vie setzte sich ihm gegenüber hin. »Trinken Sie auch Bier, Madame? Hoffentlich. Das tschechische Bier ist das beste der Welt, ich persönlich kann dem Pilsener nicht widerstehen.« Er sprach mit einem unüberhörbaren Akzent.

»Ja, sehr gern«, erwiderte sie. »Zwei Pilsener, bitte«, bestellte er auf tschechisch.

»Sie sprechen tschechisch?«

»Ein klein wenig. Es ist nicht so unterschiedlich vom Russischen, und ich bin von Geburt Russe.«

»Wir sind uns schon einmal begegnet, liebstes Fräulein.«

»Ach ja? Wo denn?« Sie konnte sich an gar nichts erinnern.

»Bei der Beerdigung Ihres Vaters.«

Sofort stand ihr das Bild vor Augen.

»Waren Sie der Mann oben auf dem Hügel?«

Er nickte. »Ja. Ich wollte Ihrem Vater die letzte Ehre erweisen.«

»Dann waren Sie mit ihm befreundet! Warum haben Sie sich mir dann nicht vorgestellt?«

»Ich war unsicher. Ich fürchte, daß ich nie wußte, wie ich Ihnen begegnen soll. Sehen Sie, als Ihr Vater starb, da wußte ich zwar, daß er schon lange unter falschem Namen in Amerika lebte, ich wußte aber nicht, ob Sie Kenntnis von seinem richtigen Namen hatten. Ich wollte Sie begrüßen und mein Beileid ausdrücken, aber ich fürchtete, Sie würden mich nicht erkennen, wenn ich sagte, ich sei ein Freund von Armand Jolaunay.«

»Wo haben Sie ihn kennengelernt?«

»In Paris. Ich arbeitete als Chemiker in seinem Labor. Diesem Metier bin ich immer treu geblieben.« Der Kellner brachte das Bier. Mescaux schwieg, bis er wieder gegangen war. Dann beugte er sich zu Vie hin. »Ich möchte mit Ihnen über Ihren Vater sprechen. Als ich bei ihm zu arbeiten anfing, hieß ich Pavel Mokowitz. Jude, damals wie heute, dennoch verschaffte mir Ihr Vater einen neuen Namen. Die Kollaborateure rieten ihm dazu.«

Vie blickte ihn an. Also gehörte Armand doch zu denen! »Wieso erzählen Sie mir das?« fragte sie, argwöhnisch geworden.

»Armand Jolaunay hat mein Leben und auch das meiner Familie gerettet.«

Er berichtete ihr, daß Armand aufgrund seiner Kontakte zum Hauptquartier der Deutschen in Paris und zu den Beamten der Vichy-Regierung sowohl Kenntnisse über die zukünftigen Geschehnisse hatte, als auch über einen besonderen Schutz für seine Fabrik verfügte. Auf den Ratschlag eines Offiziers – Mescaux erinnerte sich nicht mehr an den Namen – entließ Armand seine jüdischen Angestellten. Von außen betrachtet, schien es so, als habe Jolaunay den Antisemitismus von den Nazis übernommen; im geheimen jedoch konnte er erreichen, daß seine Angestellten und ihre Familien mit falschen Pässen und Namen ausgestattet wurden, und er sorgte dafür, daß sie den Arbeitslagern und Deportationen entkamen. »Er hat mich entlassen und mir ein sehr ungewöhnliches Abschiedsgeschenk gemacht: Pässe für meine Eltern, meine beiden älteren Brüder und mich. Außerdem gab er mir Hinweise darüber, welche Fluchtroute in die Schweiz am günstigsten sei und die Adressen von Menschen in Basel – sowie zweitausend Francs.«

Daß ihr Vater so edelmütig gehandelt hatte, verblüffte Vie nun doch. »Wieso hat er mir nie etwas davon erzählt?«

»Ich bin noch nicht fertig mit meinem Bericht. Ich floh also mit meinen Eltern in die Schweiz, dort bot sich mir eine Stellung als Chemiker in der Industrie an. Meine Brüder tauchten unter und blieben in Frankreich. Der Jüngere kam schon eine Woche nach unserer Abreise um, aber der Ältere überlebte den Krieg. Als wir uns nach Kriegsende wiedersahen, erzählte mein Bruder, Jolaunay hätte seine einzigartige Stellung als Liebling der Boches auch weiterhin ausgenutzt und mitgeholfen, daß die Juden in andere Länder fliehen konnten. Diese Menschen waren Fremde für ihn.«

»Wieso war dann aber«, sie schüttelte verwirrt den Kopf, »die Widerstandsbewegung hinter ihm her?«

»Weil er eins ihrer Mitglieder umgebracht hatte.«

»Aus Notwehr! Der Mann wollte ihn umbringen!« Das war jedenfalls Martys Version. »Sie hatten ihn und meine Mutter gejagt. Stimmt es, daß sie Deutsche war?«

»Nein. Sie war aus dem Elsaß. Eine echte Französin. Weil sie so blond war, hielt man sie für eine Deutsche, zumal man Ihren Vater ja ohnehin als Kollaborateur verdächtigte.«

»Warum denn nur?«

Paul Mescaux erläuterte ihr, daß die Widerstandsbewegung aus vielen Gruppen bestand, von der extremen Rechten – das waren glühende Patrioten – über De Gaulle-Anhänger bis hin zur extremen Linken, fanatischen Internationalisten. Diese Gruppen standen sich mißtrauisch, ja feindselig gegenüber. Armands Ruf litt darunter, daß er sich offensichtlich mit dem Feind verbrüderte, sehr viel verdiente und angeblich antisemitisch handelte. Natürlich habe er genau wegen dieses Rufes das Leben vieler Menschen retten können.

»Warum hat er mir nichts davon erzählt?« fragte Vie erneut.

Mescaux hob die Schultern und lächelte ihr voll Wärme zu. »Das weiß ich auch nicht.«

Das von ihnen bestellte Essen stand nun auf dem Tisch und wurde kalt, doch beide beachteten es nicht weiter. »Bei seinem Selbstmord«, stotterte Vie, der es immer noch weh tat, davon zu sprechen, »dachte ich mir – ach nein, nicht damals, aber später, als ich von seiner Identität erfuhr – ich gab mir die Schuld ...«

»Dazu bestand kein Grund ...«

»Nein, bitte, lassen Sie mich aussprechen. Ich gab mir die Schuld dafür, daß ich ihm sein Selbstvertrauen genommen hatte. Und das ist ja nun einmal wahr. Ich weiß nicht, wie ich anders hätte handeln sollen, wir waren ja in so einer verzweifelten Situation. Wir beide wußten, daß er seine Kraft verloren hatte. Je mehr ich über sein früheres Leben erfuhr, später, um so klarer wurde mir, daß sein Minderwertigkeitsgefühl tiefe Ursachen hatte, ich dachte mir, der Selbstmord beweise, daß ihm das Leben zur Last geworden sei, daß er sich dafür *schämte*. Aber er hat Menschenleben gerettet! Wieso schämte er sich dann?«

Paul Mescaux umfaßte ihre Hand. Lange sah er Vie schweigend an. In seiner Miene drückten sich Mitgefühl und Zweifel aus. »Es war kein Selbstmord. Das hat mir mein Bruder berichtet. Ihr Vater wurde von einem gedungenen Mörder, der für eine Neo-Maquis-Terrororganisation arbeitete, umgebracht.«

»Nein!« Sie sprang auf. »Um Gottes willen, nein!«

»Ich hätte Ihnen das nicht sagen sollen«, sagte Mescaux, sich selbst tadelnd.

»Doch!« Sie zitterte ein bißchen. »Es ist eigenartig, aber irgendwie ist es mir sogar lieber, zu wissen, daß er nicht Selbstmord begangen hat. Ich fühle mich weniger schuldig. Aber daß man ihn umgebracht hat!« Sie drehte sich zur Garderobe, an der ihr Mantel hing. »Bitte entschuldigen Sie mich. Ich möchte nach draußen, ein bißchen frische Luft schnappen!«

Er war aufgestanden. »Soll ich Sie begleiten?«

»Danke, nein. Ich komme wieder her. Ich möchte jetzt ein paar Minuten allein sein.«

Vie ging die Schnellstraße entlang zum Krankenhauskomplex. Wenn Mike doch jetzt bei ihr wäre, seine Liebe hätte ihr Schutz geboten gegen diesen Schock. Es war mehr als ein Schock. Als sie an die Zeit zurückdachte und die Umstände von Armands Tod rekonstruierte, stieg entsetzliche Angst in ihr hoch. Armand war drei Tage vor Huberts Rückkehr nach New York gestorben. Hubert kam nicht, schrieb nicht. Daß die beiden Ereignisse eng zusammenhingen, stand jetzt für sie fest. Mike würde ihr helfen, nach Beweisen zu suchen, bis die Wahrheit aufgedeckt war, egal, wie sie lautete. Vielleicht würde Hubert am Ende doch rehabilitiert. Sie dachte an seinen Gesichtsausdruck, als er aus dem Schatten trat, Huberts schwach vertrauter Duft. Sie erschauderte.

»Ist Ihnen nicht gut?« fragte eine Frau. Vie merkte, daß sie mitten auf dem Bürgersteig stehengeblieben war.

Sie ging weiter. Hubert hatte sicherlich irgendwas von dem Mord gewußt. Selbst wenn er nichts damit zu tun hatte, sein Schweigen belastete ihn doch. Dadurch, daß er ihr eine Stellung anbot, so empfand sie das jetzt, wollte er sich freikaufen. Sie schwor sich, ihm das zu vergelten.

Als Vie zurück ins Restaurant kam, saß Paul Mescaux noch in der Nische. Er wirkte einsam, zerbrechlich, sah verdrießlich in sein halb geleertes Bierglas. Sie ging schnell zu ihm. Er machte sich bestimmt immer noch Vorwürfe, weil er ihr von dem Mord erzählt hatte.

Ein solch dankbares Lächeln huschte über sein Gesicht, daß sie ihn am liebsten in die Arme genommen hätte. »Mir geht es schon wieder besser«, sagte sie und setzte sich wieder ihm gegenüber. »Irgendwann hätte ich ja doch die Wahrheit erfahren. Wissen Sie denn, *wer* für seinen Tod verantwortlich ist?« Sie hielt den Atem an.

»Nein. Mein Bruder sagte mir lediglich: ›Es ist der lange Arm der Rache.‹ Mein Bruder ist inzwischen auch gestorben.«

»Eines Tages werde ich alles herausfinden. Es dauert nicht mehr lange«, versprach sie ihm.

»Bitte, liebes Fräulein, lassen Sie Gras über die Toten wachsen. Nichts wird Ihren Vater wieder zum Leben erwecken.«

»Nein«, pflichtete sie ihm bei. »Es dient meiner eigenen Genugtuung. Am besten, wir reden nicht weiter über die Sache. Was hat es mit der geschäftlichen Angelegenheit auf sich?«

»Ich will Ihnen helfen. Ihr Vater hat mein Leben gerettet. Ich möchte mich Ihnen erkenntlich zeigen. Mir ist bekannt, daß Sie beruflich in Schwierigkeiten sind, deshalb mache ich Ihnen das Angebot, bei der Überwindung der Hürden zu helfen ...«

»Das ist sehr freundlich von Ihnen. Aber offen gesagt, ich brauche eigentlich nur viel, viel Geld.«

»Das habe ich leider nicht. Wenn ich es hätte – es wäre das Ihre.«

Sie lächelte ihn voll Zuneigung an und verstand, weshalb ihr Vater sich mit diesem Mann angefreundet hatte.

»Aber lassen Sie mich«, fuhr er fort, »Ihnen das folgende vorschlagen. Sie können ja dann noch darüber nachdenken.«

Vie wartete lächelnd ab. Sie mußte ihm zuhören. Er war Armands Freund, ein alter Herr, der ihr unbedingt helfen wollte.

»Es geht dabei um den Duft, den Ihr Herr Vater erfunden hat. Den er aber im Krieg nicht herstellen konnte. Er ist nie produziert worden. Dieser Duft hat nur in seiner Phantasie existiert.«

»Wieso wissen Sie dann darüber Bescheid?« Es war rührend, wie er sich um sie sorgte. Aber vermutlich wollte Mescaux Kaninchen aus einem alten Hut ziehen.

»Ich weiß nur ein bißchen, nicht alles. Armand sagte, er habe das Rezept für seinen größten Duft entwickelt. ›*C'est extraordinaire!*‹ sagte er zu mir. Es gab allerdings zwei Probleme. Problem Nummer eins: Einige der Inhaltsstoffe konnte er nicht beschaffen, nicht einmal mit Hilfe seiner einflußreichen Beschützer. Problem Nummer zwei: Es war ein Eau de Cologne für Männer.«

»Was?« Vie beugte sich vor.

»Der Duft. Es sollte ein Herrenduft sein. Es wäre aber so teuer wie ein Parfüm für Frauen geworden. So etwas hätte niemand gekauft. In den frühen vierziger Jahren hätte er sich zum Gespött der Leute gemacht.«

Als sie daraufhin Mescaux von ihrem Plan berichtete, einen neuen Herrenduft aus Armands Rezeptur für sein persönliches Parfüm zu entwickeln, war er verblüfft und begeistert. »Liebstes Fräulein!« rief er. »Das ist Schicksal. Die Musen singen im Chor. Sie haben jetzt schon den Fuß auf der Straße des Erfolges.«

»Mag sein. Doch keiner ist daran interessiert, das Vorhaben zu finanzieren.«

»Das kommt noch, Liebchen, ganz bestimmt, nämlich dann, wenn Sie ihnen den größten aller Düfte überhaupt vorstellen. Jolaunay war *der* Parfümeur – dieser Duft war sein ganzer Stolz.«

»Selbst wenn dieses Eau de Cologne so großartig ist, wie Sie behaupten«, wandte Vie ein, »haben wir doch nicht die Rezeptur dafür.«

»Oh«, meinte Mescaux. »Das ist bloß die halbe Wahrheit. Den größten Teil der Rezeptur haben wir – mein Gedächtnis ist schrecklich. Es hakt sich an Zahlen und chemischen Formeln fest. Ich erinnere mich deutlich an sämtliche Ingredienzen, ich kenne aber nicht mehr die Bezeichnungen, lediglich die Symbole.«

»Wollen Sie damit sagen, Sie kennen die Formel?« Es würde nicht schwierig sein, die Fachausdrücke aus der Chemie in Gattungsnamen zu übertragen.

»Ja und nein. Mir fehlt nur ein kleines Stück zu dem Puzzle: Ich weiß nicht, in welchem Verhältnis die Stoffe gemischt werden. Das letzte Geheimnis hat Armand auch vor mir zurückbehalten.«

»Das heißt also«, sagte Vie aufseufzend, »daß wir die Rezeptur *nicht* haben.«

»Vielleicht. Ich dachte mir, daß Sie noch einige der alten Notizen Ihres Vaters aufbewahrt haben könnten.«

»Ich besitze sein Kladdeheft.«

»Seine ›Bibel‹?« wollte Mescaux aufgeregt wissen.

»Ja.«

»Eilen Sie, Kindchen. Es ist möglich, daß da drin die Mischungsverhältnisse verzeichnet sind – aber natürlich wird er nicht alle Inhaltsstoffe niedergeschrieben haben, um sich vor Nachahmung zu schützen.«

»Wollen Sie mir wirklich helfen?« fragte sie.

»Selbstverständlich! Es wäre mir eine Ehre.«

»Könnten Sie gleich mitkommen?« Es war bereits halb vier.

»Leider nein. Heute nachmittag muß ich zum Arzt«, meinte er voll Bedauern. »Aber heute abend hätte ich Zeit. Darf ich Sie dann aufsuchen?«

»Hier. Dies ist meine Adresse.« Als sie ihm den Zettel gab, empfand sie ein Gefühl des Bedauerns. Sie würde die Verabredung mit Mike wieder absagen müssen.

»Deine Schwester ist dran«, sagte Nick, drehte sich auf den Rücken und reichte ihr den Hörer.

»Was gibt dir das Recht, an mein ...«, sagte Marty.

»Scht, Schätzchen, die große Schwester könnt's hören.«

Marty riß ihm den Hörer aus der Hand. Nick gab ihr einen Kuß, drehte sich um und strich ihr über den Busen.

Sowie sie aufgelegt hatte, schob sie ihn heftig weg. »Wer hat dir erlaubt, ans Telefon zu gehen? Was hast du eigentlich vor?«

»Dich zu kompromittieren, damit du mich heiraten mußt.«

»Ach Nick!« Sie lachte. »Bist du wirklich ein netter altmodischer Junge?«

Er beugte sich vor und küßte sie erneut. Seit ihrer Ankunft in ihrer Wohnung hatten sie sich schon dreimal geliebt.

»Nick, du bist unersättlich.«

Er richtete sich auf und legte sich über sie. Sie blickte ihm in die Augen und meinte flehend: »Komm, laß uns ein bißchen ausruhen. Ich bin erschöpft und wund.« Aber noch während sie das sagte, wölbte sie sich ihm entgegen und spreizte die Beine. Er stützte sich auf die Ellenbogen und sah ihr ins Gesicht. So sehnsüchtig, so intensiv war sein Blick, daß sie sich abwenden mußte. Sie schaute auf Nicks Mund, seinen Oberkörper und schließlich wieder in die Augen, die sich auf einmal mit Tränen füllten. »Ich liebe dich, Marty«, sagte er rauh, voller Verlangen. »Ich möchte, daß du immer bei mir bleibst.«

»Ich kann nicht lebenslang wie jetzt unter dir liegen«, protestierte sie. »Du würdest mich erdrücken.«

Plötzlich rollte er sich von ihr und nahm sie in die Arme, so sanft, als wäre sie ein Neugeborenes. »Ich möchte dich nicht erdrücken«, flüsterte er. »Ich glaube, ich habe mich sofort in dich verliebt. Aber am Anfang wußte ich das noch nicht. Ich wollte immer nur eins von Frauen, sie haben. ›Nehmen‹ wie eine Sache. Ich merkte gar nicht, daß die Liebe mich erwischt hatte. Heirate mich, Liebling.«

»Wie könnte ich das, Schatz?« Ihre Stimme klang erstickt. Behutsam strich sie ihm übers Haar, verschlang ihn mit Blicken. Er sah verdammt gut aus, sie hätte heulen mögen. »Ich bin keine Ehe-, sondern eine Geschäftsfrau. Und du bist mein Angestellter.«

Mit Küssen verschloß er ihr den Mund. Dann sagte er: »Ich möchte ein Kind mit dir machen!«

Marty weinte jetzt haltlos; die Tränen rannen ihr übers Gesicht, während er sie eng an sich gedrückt hielt. »Nick, bitte hör mir zu. Auch wenn es alles verrückt ist. Ich glaube, ich liebe dich auch. Es kam alles so schnell, dabei ... bis gestern abend.«

»Es war gut.«

»Ja.«

»Es war das Schönste.«

»Ja.«

»Und jetzt heiraten wir.«

»Nein, Nick. Ich hab' Angst davor.«

»Ich auch!« Er lächelte. »Allein schon der Gedanke daran jagt mir eine Heidenangst ein. Darauf war ich schließlich nicht aus.«

»Ich auch nicht«, sagte Marty, die jetzt ebenfalls lächelte.

»Wenn wir beide uns so davor fürchten, müssen wir uns eben gegenseitig Mut machen und immer an den Händen halten.«

»Ein Leben lang? Und wie sollen wir dabei irgendeine Arbeit zu Ende bringen?«

»Marty, Liebling, wir schaffen's bestimmt. Mit meiner Intelligenz und deinem Aussehen ...«

»Falsch, es ist genau anders herum.«

Sie lachten und küßten sich und liebten sich noch einmal. Sie überhörten das Telefonklingeln und dachten nicht an die Arbeit, die auf sie wartete; sie blieben bis zwölf Uhr mittags im Bett, erkundeten einander mit Händen, dem Mund und auch mit Worten. Sie sprachen über Partnerschaft in der Liebe und im Beruf, über Weltreisen, über Reichtum und Glück auf dem gemeinsamen Weg durchs Leben, davon, daß sie einander Halt geben wollten und gemeinsam stark wären.

Während sie sich anzogen, fiel ihr ein, daß Vie heute zu ihr ins Büro kommen wollte, um ihr etwas Wichtiges mitzuteilen, hatte sie gesagt.

Nick sah zu, wie sie sich den Slip überstreifte und überlegte, ob er Marty von seinem Treffen mit Vie erzählen sollte. Er wollte ihr nicht weh tun. Aber er merkte, als er sie so sehnsüchtig, fast verzehrend anschaute, daß er keine Geheimnisse vor ihr haben konnte; bei ihr wollte er sich nie verstellen. Noch hatte sie nicht in die Heirat eingewilligt, und daß Marty diese Verpflichtung – genau wie er – nur dann eingehen konnte, wenn sie ihm voll vertraute, wußte er. Sie sollte an ihn glauben, er aber wollte sie auch beschützen.

Er beschloß, Vie ein zweites Mal aufzusuchen, um herauszufinden, was sie vorhatte. Sollte Vie weitermachen und den Vertrag mit Motek unterlaufen, wollte er als erster über das Konkurrenzunternehmen Bescheid wissen. Er wollte ein bißchen für Marty spionieren, damit man ihr kein Leid zufügte und um ihr zu beweisen, daß sie ihm vertrauen konnte.

In den Geschäftsräumen von Motek war alles aus Plexiglas. Eindrucksvoll, aber wenig originell, dachte Vie; alles wirkte unpersönlich.

Sogleich bat man sie in Martys Büro. Marty sah sanfter und hübscher aus denn je. Sie begrüßte Vie höflich, nicht übertrieben freundlich, aber auch nicht überheblich oder ablehnend, und bat ihre Sekretärin, Kaffee hereinzubringen.

Nachdem Vie ihr erzählt hatte, was sie über Armands Tod erfahren hatte, wurde Marty still. Dann aber fragte sie: »Dieser Montalmont hat also mit dem Mord zu tun. Stand er dir nicht ziemlich nahe? Man hörte damals ein paar Gerüchte.«

»Ja. Er bat mich, ihn zu heiraten.«

»Ist das wahr?« fragte sie lebhafter als gewöhnlich. »Wie hast du dich dabei gefühlt?«

»Ich habe ihn geliebt. Ich war sprachlos.«

Mit zwei Schritten war Marty bei ihr und umarmte sie. »Ach, Vie, es muß schrecklich für dich gewesen sein!«.

»Marty!« Vie schmiegte sich an ihre Schwester. Sie brauchte ihr Mitgefühl.

Auf einmal aber löste sich Marty aus der Umarmung. »Hat dieser Mistkerl etwa unseren Vater umgebracht?«

»Kann sein. Auf jeden Fall hat er etwas mit der Sache zu tun.« Ihr war nicht entgangen, daß Marty *unser* Vater gesagt hatte.

»Den mach' ich fertig«, drohte Marty.

»Das überlaß lieber mir«, widersprach Vie; sie war völlig durcheinander. Marty bot ihr ihre Hilfe an. Aber was für ein Motiv steckte dahinter? Sie mußte an die Stimme des Mannes denken, der heute morgen an Martys Apparat gegangen war – bestimmt war das Nick gewesen. Wenn er bei Marty wohnte, könnte es dann sein, daß er ihr von der Unterredung erzählt hatte? Bot Marty nur zum Schein Unterstützung an, damit sie dann überraschend zuschlagen konnte? Daß Vie bei ihr war, hatte nichts mit Beruflichem oder ihrer Rivalität zu tun: Sie waren beide Armands Töchter, und Vie wollte Marty unbedingt erzählen, wie es zu Armands Tod gekommen war, auch wenn sie dadurch Hubert bloßstellte. Mit Martys Mitgefühl hatte sie nicht gerechnet.

Marty sollte sie weiter trösten, damit sie vergessen konnte, was Hubert ihr angetan hatte. Wie schön wäre es, wenn sie richtige Schwestern wären und einander vertrauen könnten. Doch Marty wandte sich ab. »Wieso mußtest du dich überhaupt mit Montalmont einlassen? Wolltest *du* Armand loswerden? Man erzählt sich, Armand hätte deine Kompetenz in Frage gestellt. Er wollte Jolay leiten, stimmt das?«

Vie starrte sie an. »Du Miststück«, rief sie frostig und verließ das Büro, ehe Marty etwas erwidern konnte.

Vie hatte Mike seit fast einer Woche nicht mehr getroffen. Zunächst hatte er akzeptiert, daß sie geschäftlich zu tun hatte und ihr versichert: »Ich bin es gewöhnt, auf dich zu warten. Darin habe ich ja jahrelang Übung.«

Doch später hatte seine Stimme am Telefon kühl geklungen. An diesem Morgen schließlich polterte er los: »Daß du viel arbeitest, macht mir nichts aus. Das habe ich ja erwartet. Aber anscheinend ist es so, daß du dich *ausschließlich* für deinen Beruf interessierst.«

»Das stimmt nicht, Mike. Ich liebe dich.«

»Jedenfalls hast du mir das Anfang der Woche einzureden versucht. Am Montag, weißt du noch? Heute ist Samstag, und du hast es nicht ein einziges Mal einrichten können, ein paar Stunden mit mir zusammen zu sein. Du bist wirklich zu beschäftigt – du und der Mann, mit dem du zusammen bist.«

»Mike, ich bitte dich. Er ist ein alter Herr.«

»Wie passend. Da brauchst du ja überhaupt nichts aufzugeben.«

»Du verstehst nichts.«

»Mag sein. Aber ich hab' mich bemüht. Ich seh' bloß, daß mein Verständnis überhaupt nicht belohnt wird. In Zukunft rufe ich dich nicht mehr an, aber ich werde auch nicht am Telefon hocken und auf deinen Anruf warten. Ich bin kein kleiner Junge, Vie, begreif das bitte. Ich bin nicht dein Spielzeug, mit dem du, wenn dir danach ist, ein bißchen spielen kannst.«

»Aber mein Anwalt bleibst du, ja?« fragte sie mit brüchiger Stimme.

»Das ja«, meinte er in gelangweiltem Tonfall. »Ich vermische nämlich nicht die Arbeit mit Privatangelegenheiten. Auf Wiedersehen, Vie.«

Sie blickte aufs Telefon. Heftige Schauer durchliefen sie. Wenn sie nur wie andere Frauen in Tränen ausbrechen könnte, sich einmal richtig ausheulen – dann würde sie sich besser fühlen. Aber in Tränen hatte sie noch nie Zuflucht gesucht. Die kamen ganz spontan, in Augenblicken des Glücks. Doch wenn es ihr schlechtging – nie.

Paul Mescaux studierte die Zahlen, die sie in der schwarzen Kladde entdeckt hatten. Ziffern, die da und dort an Seitenrändern standen. Vie hatte diesen Zahlen nie zuvor Bedeutung geschenkt. Sie schienen ihr bedeutungslos. Sie hatte angenommen, daß Armand irgendwelche Zahlen notiert hatte, um sich an etwas zu erinnern, und daß sie zu den Notizen auf der jeweiligen Seite keinen Bezug hätten. Ihr waren sie willkürlich erschienen, Paul jedoch, wie sie ihn inzwischen nannte, addierte alles: Die Summe ergab einhundert.

Die Entdeckung freute ihn. »Damit haben wir das Verhältnis der Stoffe zueinander«, berichtete er Vie.

Aber ihr erschien die vor ihnen liegende Aufgabe unüberwindlich. »Auch wenn damit *wirklich* das Mischungsverhältnis in der Formel angegeben ist«, meinte sie, »es wird immer noch Jahre dauern, bis wir wissen, welche Zahl sich auf welche Ingredienz bezieht.«

»So lange wird es nicht dauern. Bei vielen brauchen wir nur nachzudenken. Der Moschus kann nur in winzigen Mengen verwandt worden sein. Ich bin fast sicher, daß 0,5 für den Moschus steht.«

Vie war dann mit der Liste chemischer Symbole zu den bedeutendsten Duftlieferanten New Yorks gegangen. Einige Substanzen waren leicht zu bestimmen. Andere waren nicht mehr erhältlich. Für die konnte man die ähnlichen, inzwischen entwickelten synthetischen Stoffe verwenden. Bei drei Substanzen kam sie nicht weiter, da es keine chemischen Riechstoffe sein konnten.

Vie und Paul arbeiteten mit dem weiter, was sie hatten: den chemischen Riechstoffen, dem Moschus sowie mit ätherischen Ölen. »Ich glaube«, sagte er ganz aufgeregt, »daß der Duft *zwei* Akkorde zur Basis hat – eine Wald-Harmonie verbunden mit einer würzigen Harmonie.«

Aber der Duft blieb flüchtig. Am Freitag hatten sie etwas »eingefangen« – doch nur einen Augenblick lang. Das hatte sich fünf Minuten gehalten, dann haftete der Duft dem Löschpapier nicht mehr an.

Nick Benedettis geniale Begabung war ihre einzige, letzte Hoffnung, entschied Vie. Doch als Nick sie am späten Sonnabendnachmittag anrief, wollte Vie ihn zunächst nicht treffen.

Er drohte damit, Marty zu erzählen, daß sie beide sich schon einmal getroffen hatten. Nach Vies Meinung hielt er diese Information vor Marty zurück, um sie selber damit zu erpressen. Vie zögerte. Sie war sich im klaren darüber, daß weder Paul noch sie über Nicks großartiges Geruchsempfinden verfügten. Allein er vermochte den fehlenden Rohstoff herauszufinden und das Verhältnis zwischen den Zahlen und Substanzen zu erschnuppern.

Falls er Paul und ihr beim Herstellen des Duftes helfen würde und falls dieser sich wirklich als so spektakulär herausstellte, wie Paul versprach, dann müßte sie Nick in der neuen Firma als Partner aufnehmen. Sollte sich Nick tatsächlich mit Marty entzweit haben, wechselte er möglicherweise zu ihr, und sie müßte ihn am Gewinn beteiligen. Er verdiente phantastisch, das wußte Vie, inzwischen schon über 200 000 Dollar jährlich. Aber vielleicht reizte ihn ja die Aufgabe und das Angebot der Beteiligung.

Aber wieso war Nick – und Vie war sich da ziemlich sicher – am Apparat gewesen, als sie in Martys Wohnung angerufen hatte?

Dies ging ihr durch den Kopf, als sie in der Küche stand, den Hörer in der Hand und nach draußen in ihren langsam erblühenden Garten schaute. »Also schön, Nick«, sagte sie. »Ich werde mich mit Ihnen treffen.«

Kaum hatte sie aufgelegt, klingelte es erneut. Ihr stockte der Atem, als sie Huberts Stimme erkannte.

Er riefe aus einer Telefonzelle an, zwei Häuserblocks von ihr entfernt, sagte er, und müsse sich auf der Stelle mit ihr treffen, er wolle ihr alles erklären. Marty habe ihn gestern aufgesucht, mitten in einem Kundengespräch in St. Louis. Daraufhin sei er mit der ersten Maschine nach New York geflogen. »Ich muß dir unbedingt die ganze Wahrheit sagen, Vie. Bitte, ich möchte gleich zu dir rüberkommen.«

»Nein«, wehrte sie ihn frostig ab. Sie legte die Hände auf die Hörmuschel. Einen Augenblick lang fürchtete sie, Paul könne irgendwie die Stimme von Montalmont, Jolaunys Konkurrenten, gehört haben. Aber er war bei der Arbeit, in einem anderen Zimmer.

»Dann treffen wir uns im Café! Du mußt mich anhören!« schrie er.

»Warum denn?«

»Weil ich deinen Vater nicht umgebracht habe. Weil ich erst davon erfuhr, als es geschehen war.«

»Und wieso sollte ich dir das glauben?«

»Um Himmels willen, Vie! Das ist die Wahrheit. Ich wollte dich schützen. Du solltest nichts über meinen Vater in Erfahrung bringen.«

»*Deinen* Vater?«

»Du mußt herkommen, damit ich dir alles erzählen kann!« Er war völlig außer sich, er brüllte so laut, daß sie den Hörer weghalten mußte. Nachdem sie aufgelegt hatte, zitterte sie am ganzen Leib. Sie ging rasch zum Flurschrank und zog sich eine Jacke über. Sie rief: »Ich bin gleich wieder da, Paul« und ging hinaus, ehe er irgendwelche Fragen stellte.

Sowie sie das Café betrat, sprang Hubert auf. Er kam auf sie zu. Sein Gesicht war sehr blaß, die Augen glänzten. Wortlos ging er ihr voraus zu seinem Tisch.

»Schön, daß du gekommen bist«, meinte er, als sie einander gegenübersaßen. »Hör mir jetzt bitte gut zu, Vie. Es ist sehr schwer – für uns beide. Bitte, du mußt mich ausreden lassen.«

Sie nickte knapp. »Sprich ruhig. Ich werde dich nicht unterbrechen.«

Mit brüchiger Stimme erzählte Hubert Vie, wie Armand den Tod auf Henri Montalmonts Anordnung hin gefunden hatte. Er erzählte ihr davon, wie er das entdeckt hatte, wie machtlos er gewesen war, seinem Vater Einhalt zu gebieten. »Vie, in diesem Augenblick brach eine Welt für mich zusammen«, sagte er. Seine dunklen Augen schimmerten feucht. »Ich verlor alles. Mein Name wurde ein Fluch für mich. Seinetwegen verlor ich dich. Versteh doch, mein Liebling, wie sehr ich dich liebte. Aber mir blieb keine andere Wahl. Wir sind Opfer des Krieges geworden, mehr als zwanzig Jahre nach dem Friedensschluß. Ich wußte, wenn du die Wahrheit herausfändest, könntest du mir nie verzeihen. Ich wußte auch, daß man eine Lüge nicht auf alle Zeiten aufrechterhalten kann und daß du mich schließlich genauso verfluchen würdest, wie ich mich selber verfluche.«

Er machte sich schwere Vorwürfe. Trotz aller Geschehnisse und wider alle Vernunft erwachte die frühere Liebe wieder. Vie wollte ihn an sich drücken und ihn trösten. Dennoch schwieg sie und betrachtete ihn. Er hatte sich die Hände vors Gesicht gelegt. Als er sie wieder anschaute, sah sie die Verletzlichkeit in seinen Gesichtszügen, die Zeichen des Alters. Und doch war nicht das Alter für diese Niedergeschlagenheit verantwortlich. Die alte Liebe, die sie wie eine gepreßte Blume bei sich getragen hatte, verwelkte und löste sich auf. »Es tut mir leid«, sagte Vie.

»Vie, meine schöne Vie. So viel Zeit ist vergangen. Du bist immer noch die Frau meines Lebens.«

»Du solltest die alten Geschichten vergessen.«

»Kannst du mir nicht verzeihen?«

»Nein«, antwortete sie langsam. »Am Tod meines Vaters bist

du nicht schuld. Ich weiß auch nicht, ob du irgend etwas hättest tun können, um es zu verhindern. Vielleicht nicht. Ich spreche dich frei; aber Verzeihen ist etwas anderes. Das geht nur, wenn man auch vergißt. Und das kann ich nicht.«

Voll Trauer schüttelte er den Kopf. »Das Schicksal hat verhindert, daß wir Mann und Frau wurden. Aber jetzt können wir Geschäftspartner werden, wir können zusammenarbeiten ...«

»Ich kann weder für dich noch mit dir arbeiten, Hubert. Du meinst, daß der Krieg an unserem Schicksal schuld wäre. Was immer ich bei dir verdienen würde, es käme mir immer vor, als würde ich eine Reparationszahlung erhalten.« Sie erhob sich.

»Nein. Niemals könnte ich das auf diese Weise betrachten.«

»Und ich könnte es in keiner anderen Weise betrachten. Leb wohl, Hubert.«

Er stand neben ihr. *»Au revoir?«* fragte er voll Hoffnung.

»Leb wohl«, wiederholte sie und gab ihm ein letztes Mal die Hand. Er blieb stehen. Sie ging zur nächsten Telefonzelle und sprach mit Paul. Dann hielt sie ein Taxi an und gab dem Fahrer Mikes Adresse.

6

Den ersten fehlenden Inhaltsstoff beschaffte Tschandras Sohn. Er hatte an der Formel gearbeitet, verschiedene chemische Verbindungen ausprobiert, von denen aber keine einen Geruch produzierte. Auf gut Glück fügte er zwei Moleküle in eine Kette ein.

Sowie Vie hereinkam, hielt er ihr verlegen das Becherglas hin. »Das riecht ein bißchen wie Medizin«, erklärte er, wie zur Entschuldigung. »Ich kenne diese Verbindung. So riecht die Salbe, die wir in Indien Kindern verabreichen, wenn sie wund sind. Vielleicht gab es eine solche Salbe auch in Frankreich, und die hat Ihren Vater auf die Idee gebracht.«

»Sie sind großartig, Tam«, lobte ihn Vie. Er war in ihrem Alter, nicht so gut aussehend wie sein Vater und unnatürlicher in seiner

Art. Doch Tam war Vie treu ergeben, und als sie ihn auf das Problem mit dem fehlenden Inhaltsstoff ansprach, war es ihm Ehre und Pflicht, diesen ausfindig zu machen. Schließlich hatte Tschandra Vie wie das eigene Kind geliebt.

Vie schnupperte an dem Glas. »Vielleicht stellt sich dieser Geruch ja am Ende wirklich als Arznei heraus«, meinte sie halb im Scherz.

»Ganz bestimmt nicht«, versicherte ihr Tam. »Ich bin mir sicher, Ihr Vater hat nur eine Spur davon im Duftakkord verwandt – wegen der Frische vielleicht.«

Sie bedankte sich bei ihm und nahm die neue Mixtur mit. In derselben Woche noch hatte Tam die beiden anderen Ingredienzen entdeckt: Die eine war ein Extrakt aus Kiefernzapfen, die andere eine Synthese von Tier-Öl, die vor dem Krieg entdeckt worden war.

Nick verfügte jetzt über alle Inhaltsstoffe. Er stellte einen Akkord nach dem anderen zusammen, nicht wie das Paul Mescaux als Chemiker tat, der mit Zahlenspielerei ans Ziel gelangen wollte. Nick arbeitete blind, er dachte nicht nach bei den Experimenten, folgte seinem Gefühl und seiner Nase. Doch nach zwei Wochen konnte er immer noch nichts vorweisen und war sehr entmutigt. Dennoch trieb er sich zur Arbeit an, immer stärker, bis der Geruch ihn so durchdrungen, so gesättigt hatte, daß er gar keine Geruchsempfindung mehr hatte. Dann legte er ein Pause ein und versuchte es nach knapp einer Stunde nochmals. Er arbeitete ständig, angetrieben von der großen Herausforderung und der Überzeugung, daß er am Ende auf das Gold stoßen würde, von dem Vie gesprochen hatte.

Marty wußte von der Arbeit. Allerdings nicht im einzelnen, sondern lediglich, daß Nick für Vie ein »revolutionäres Produkt« komponierte. Ständig bat sie ihn, er solle ihr doch etwas davon erzählen. Aber er lächelte nur und legte ihr den Finger auf die Lippen. »Es wird alles dir gehören, Schatz – uns beiden – sobald ich es fertiggestellt habe. Ich kann aber noch nicht darüber sprechen.«

Offiziell hatte Nick nach seiner anstrengenden Arbeit an der Herren-Serie Urlaub genommen. Nick hatte Vie anvertraut, daß er nach seinem Urlaub nicht zu Motek zurückkehren würde. Er überzeugte Vie davon, daß er sich so sehr mit Marty zerstritten hatte, daß er keinesfalls mehr für sie arbeiten könnte. Vie kannte ihn als einen ehrgeizigen und außerordentlich begaben Chemiker, der in ihr Unternehmen als Partner einsteigen wollte, weil er keine Vorgesetzten mehr haben wollte. Nick unterstützte diesen Eindruck noch. Er ließ außerdem durchblicken, daß er mit einem größeren Anteil am Gewinn beteiligt sein wollte und daß sein Ehrgeiz erst dann befriedigt sei, wenn er das Unternehmen allein kontrolliere.

Vie glaubte ihm das. Noch während sie über das Geld und die Anteile verhandelten, wurde ihm klar, daß sie in ihm nur deswegen eine Gefahr sah, weil er ausschließlich an sein persönliches Fortkommen dachte. Ihr war entgangen, daß er sie von Anfang an getäuscht hatte.

Marty hatte seinem Plan sofort zugestimmt. Nachdem er den Duft, er nannte ihn Goldstaub, zusammengesetzt hätte, würde er ihn ihr zum Geschenk machen, damit ihn Jolay im Haus Motek auf den Markt bringen könnte. Anschließend würde er aus seinem »Urlaub« zurückkehren – als Chef des Labors und stellvertretender Direktor der Gesellschaft.

Josh Manning hatte bereits dreimal seit ihrem Treffen angerufen, um sich mit Vie für ein Abendessen im Le Chat au Toit zu verabreden. Anfang Juni sagte sie zu. Sie würde vorher zu ihm ins Büro kommen.

»Kommen Sie doch zu mir in die Wohnung«, bot er ihr an. »Dann könnten wir vorher noch etwas auf der Terrasse trinken.«

»Danke, Josh. Ich würde Sie lieber im Büro abholen«, sagte sie mit einer Bestimmtheit, die keinen Widerspruch zuließ. Was für eine Frau, dachte er voll Bewunderung: schön, intelligent und auch eigensinnig. Sie forderte ihn heraus. Schon beim Kennenlernen in der Bank war ihm aufgefallen, daß die so auf Unabhängigkeit bedachte Vie eine romantische Ader hatte. Und da wollte er heran, die sanfte Vie hervorlocken und sie erobern. Seit langer Zeit war er nicht mehr mit einer so aufregenden Frau zusammengewesen, und er würde erst dann aufhören, bis sie ihm das Versprechen erfüllte, das er in ihren Augen, ihrem Mund las.

Als sie eintraf, setzte sie sich auf denselben Platz wie beim letztenmal, als sie sich geschäftlich mit ihm traf.

»Doch nicht«, sagte er und wollte sie umarmen. »Heute sind wir zum Vergnügen hier.«

Sie rührte sich nicht vom Fleck. »Ich möchte Ihnen etwas zeigen.«

Er stöhnte. »Bitte nicht schon wieder.«

Sie holte aus ihrer Tasche einen kleinen gläsernen Flakon. »Es geht um etwas anderes.« Sie zog den Glasstöpsel heraus und hielt ihn Josh zum Riechen hin. »Das hier wird das teuerste Parfüm der Welt, und zwar für Herren.«

Er roch daran und schloß die Augen. Dann schnupperte er noch einmal, vorsichtig, wie jemand, der den ersten Schluck eines sehr kostbaren Weines trinkt. Vie wartete und hielt den Atem an.

Schließlich sah er sie lächelnd an. »Das ist wirklich etwas Besonderes. So etwas habe ich noch nie gerochen. Der Geruch ändert sich ständig und andauernd – irgendwie. Er scheint sich auszudehnen, auf einer Art Skala, eine Harmonie zu bilden. Vie, bei Düften fallen mir nicht die richtigen Worte ein.«

»Sie machen das schon sehr gut«, versicherte sie ihm. »Sie haben verstanden, worum es geht. Das Parfüm ist wie eine Duftsymphonie, ja?«

»Ja, kann schon sein.« Er sog nochmals den Duft ein. »Vielleicht auch wie Feuerwerk, das noch mal in allen Farben strahlt, wenn man meint, es sei schon zu Ende. Aber warum sagten Sie, es sei das teuerste Parfüm der Welt?«

Vie spürte, daß er interessiert war und mehr über den Duft erfahren wollte. Sie hatte seinen Sinn für das Besondere ansprechen wollen; das schien zu funktionieren. »Viele Ingredienzen sind selten und noch nie in einem Parfüm verwendet worden. Sie sind schon an sich teuer. Wir werden es trotzdem mit einer großen Gewinnspanne verkaufen, als ›unerhörten‹ Luxus für einen Mann auf den Markt bringen.«

»Das hört sich gut an«, meinte Josh bloß. »Das liegt im Trend. Männer kaufen ja auch schon Pelzmäntel. Letzte Woche las ich eine Anzeige für Brillanten. Die wandte sich an Frauen: ›Sagen Sie ihm, daß Sie ihn lieben – ohne Worte.‹ So was in der Art. Die Frauen kaufen heute Dinge für Männer, die früher Männer für Frauen kauften. Und je teurer sie sind, desto besser.«

»Außerdem werden es die Männer für sich persönlich kaufen«, versicherte sie ihm, »die gleichen Männer, die auch zu teuren Friseuren gehen, sich Gesichtspackungen und Maniküren angedeihen lassen.«

»Die sind schwul.«

»Keineswegs«, widersprach sie ihm. »Wer geht denn heute immer häufiger zum Schönheitschirurgen? Angestellte. Leute im Geschäftsleben, die vierzig, fünfzig Jahre alt sind und die wissen, daß man, um oben zu bleiben, jung aussehen muß. Männer geben ein Vermögen für ihr Äußeres aus. Man hat ihnen beigebracht, daß es ganz in Ordnung ist, wenn man sich so verwöhnt, wie es sich die Frauen seit jeher erlauben. Und auch, daß sie ein *Recht* auf Luxus haben.«

Josh merkte, wie begeistert sie war. Sie sprach angeregt, gestikulierte mit den Händen. Sie war aufregend, glanzvoll, die begehrenswerteste Frau in ganz New York.

»Wieviel Kapital benötigen Sie?« fragte er unumwunden. »Deshalb führen Sie mir das doch wohl vor?«

»Zehn Millionen Dollar«, antwortete sie gelassen.

Er stieß einen Pfiff aus. »Da haben Sie den Einsatz ziemlich erhöht. Wer, meinen Sie denn, wird so viel für einen Duft hinblättern?«

»Die Leute lassen sich schon finden«, sagte sie voll Überzeugung. »Und sie sollen ja nicht nur einen Duft finanzieren, sondern mehr als das, ein Image, die Quintessenz des Erfolgs, Luxus, Sinnenreiz. In erster Linie dient der Duft dazu, das Selbstwertgefühl des Mannes zu heben.« Mike hatte das einmal gesagt, es klang so schön psychologisch.

Josh hatte angebissen, das merkte sie, auch wenn er noch etwas unschlüssig war. Jetzt kam der entscheidende Vorstoß. »Wir werden es tropfenweise verkaufen.«

»Was soll das heißen?«

Sie lachte. »Die Flüssigkeit ist so kostbar, daß sie pro Tropfen, nicht pro Unze verkauft wird.«

»Das finde ich gut!« Josh war inzwischen ebenso begeistert wie sie. »Das ist außergewöhnlich, maßlos – unerhört, wie Sie schon sagten. Wir werden das machen Vie! Gemeinsam! Werbung in den Modezeitschriften für Männer, nein, im *Wall Street Journal*, in der *New York Times* ...«

»Genauso hab' ich's mir gedacht«, meinte Vie und lachte. »Wollen wir darauf etwas trinken?« Sie stand auf; Josh nahm sie in den Arm, küßte sie auf den Mund.

»Bitte«, sagte Vie und löste sich. Er war wirklich attraktiv, zumal in diesem Augenblick, da er vor Begeisterung strahlte.

Daß sie ihm auswich, machte ihm nicht einmal etwas aus, so glücklich war er. »Jetzt gehen wir essen, liebe Vie. Ins beste Restaurant der Stadt. Wir beide machen noch Geschichte. Ich spüre das, Prinzessin – Sie und ich, wir beide!«

Es war früh am Morgen, Vie schmunzelte. »Er war den ganzen Abend hingerissen von mir. So viel Komplimente habe ich noch nie bekommen. Als man die Himbeercreme servierte, hätte ich schwören können, er meinte, ich wäre es, die wir tropfenweise verkaufen wollten.«

»War die Creme aus frischen Himbeeren?«

»Ach Mike, dir sind die anderen Männer in meinem Leben völlig egal!«

Er beugte sich vor und küßte sie zwischen die Brüste. »Wenn ich merke, daß du ihn haben willst, werde ich verrückt. Das weißt du, Vie. Wenn ich glaubte, daß Josh Manning bei dir Chancen hätte, würde ich zusammenbrechen. Aber du hast ihn ja wegen einer Finanzierung aufgesucht, und die hat er dir versprochen. Warum sollte ich also Schlechtes von dem Mann halten? Ich sehe ja, wie glücklich er dich gemacht hat.«

»Du vertraust mir wirklich«, sagte sie verblüfft und streichelte sein Haar.

»Das habe ich dir doch wohl oft genug gesagt, oder?« gab Mike zurück und ließ sich von ihr den Kopf dorthin führen, wo sie ihn haben wollte.

Mike erwachte, als es taghell war. Ruckartig setzte er sich auf. Er hatte ein ungutes Gefühl in der Magengrube.

Vie merkte, was er für ein Gesicht zog und setzte sich gleichfalls. »Machst du dir Sorgen?«

»Der Prozeß wird ein tolles Ding werden«, meinte Mike und lächelte gequält. »Kaum wird dieses Parfüm in den Geschäften aufgetaucht sein, werden Duane Olcott und seine feuerspeienden Drachen mir an die Gurgel gehen.« Er umfaßte seinen Hals. »Mein armer Hals.«

»Meinst du, du wirst es durchstehen?« fragte sie besorgt.

»Schätzchen, ich hab' dir doch gesagt: Was du auch tust, ich steh' dir bei. Aber eines sage ich dir: Es ist einfacher, die chinesische Mauer zu durchbrechen, als gegen Olcott einen Prozeß zu gewinnen; das ist verdammt schwierig. Erst einmal hast du so eindeutig gegen die Vertragsbedingungen verstoßen, daß er ein taubstummer Schwachsinniger sein könnte und trotzdem gewinnen würde. Aber der Kerl ist ungefähr so dumm wie der Teufel. Er ist gerissen, eiskalt und sehr hart. Und nicht nur das macht mir angst. Über seine Frau ist er zudem noch mit den einflußreichsten Kreisen hier in New York verbunden. Du hast in eurer Familie die Nase für Düfte, aber Marty hat den Riecher, wer am besten ihre Interessen verteidigen kann.«

»Wir haben das doch schon alles durchgesprochen, Mike. Daß ich das Parfüm unter einem anderen Namen präsentieren könnte.«

»Ja, gewiß«, sagte er und wischte ihren Vorschlag weg wie eine lästige Fliege. Er stand auf, zog sich einen Bademantel über und ging auf und ab.

Vie wollte, daß er bei ihr blieb. In seinen Armen wollte sie die ganze Welt vergessen. Ihr Blick lag auf seinem Gesicht, wanderte tiefer zu seinen nackten Beinen; außer Mike war ihr nichts mehr wichtig.

»Wir werden alles einsetzen«, redete er weiter. »Ich kenne Mannings Anwalt Bob Calcituck – so einen gerissenen Mitstreiter zu haben, ist wichtig. Aber ich sage dir klipp und klar, Schatz, wir ziehen in die Schlacht nur mit einem Teelöffel bewaffnet.«

»Soll ich etwa aufgeben – in dieser Phase?« Vie war auf der Hut, abwehrend.

»Aber natürlich. Nur so kannst du dich – und mich retten. Aber du hörst ja doch nicht auf mich, also was soll's?« Er ging zu ihr, gab ihr rasch einen Kuß auf den Hals. »Ich werde eben versuchen, den Teelöffel zu einer Waffe zu schmieden und Olcott damit an die Gurgel gehen. Und wenn das nicht klappt, bleibt uns immer noch, den heiligen Alexius, den Schutzheiligen aller Bettler anzurufen. Vielleicht wird er uns ein Wunder bescheren.«

Vie lächelte. Ihr fiel ein, daß Philippa ihr erzählt hatte, man könne Josh Mannings Unterstützung nur durch ein Wunder erhalten.

»Was gibt's denn da zu lachen?« fragte Mike mürrisch.

»Vielleicht geschehen ja doch noch Wunder«, meinte sie geheimnisvoll. »Schließlich hat es mit uns ja auch geklappt.«

Auch Mike lächelte. »Du bist eine wunderbare, liebevolle Frau, Vie. Hat dir das schon mal jemand gesagt?«

Sie nickte. »Selbstverständlich. Und du liebst mich.«

»Löst die Liebe alle Probleme?«

»Keine Ahnung. Jedenfalls habe ich den besten Anwalt von ganz New York auf meiner Seite.«

»An deiner Seite«, korrigierte er. Er schlüpfte aus dem Mantel und kam wieder zu ihr ins Bett, in ihre ausgebreiteten Arme.

Zwei Wochen später teilte Mike ihr im Büro niedergeschlagen mit: »Ich bete nie wieder zum Heiligen Alexius. Der hat nicht nur nichts getan, sondern eine Katastrophe angerichtet.«

»Sei bitte nicht so blasphemisch«, schalt sie ihn sanft.

Er lächelte nicht einmal. »Es besteht höchstens noch die Aussicht auf einen Pyrrhussieg.« Da die beiden inzwischen von

Nicks Verrat erfahren hatten, der Motek die Rezeptur zugespielt hatte, konnten sie Olcotts Vertragsbruchsklage mit der Gegenklage auf Wirtschaftsspionage und Diebstahl beantworten. Aber der Preis, um den sie kämpften, war bei der Auseinandersetzung längst außer Sicht geraten. Vie war die Formel praktisch los.

Der Prozeß würde sich weiter hinziehen, erklärte ihr Mike, zumal jetzt, da neue Anklagepunkte erhoben worden seien. Wenn er beendet sei, hätte Marty den Duft schon längst unter dem Jolay-Firmennamen für Motek auf den Markt gebracht. Selbst wenn Vie die neue Firma Nouvel Inc. aufmachen dürfte, hätte sie in der Startphase kein wirklich sensationelles Produkt. Und Josh Manning wäre dann gezwungen, im Namen der Investoren Vie aufzufordern, das Geld wieder zurückzuerstatten.

Vie hörte betrübt Mikes Vorhersagen zu. Es kam ihr vor, als sei sie mit ihrer Karriere als Geschäftsfrau am Ende. Ihre Hoffnung auf einen Neuanfang und darauf, es sich noch einmal beweisen zu können, war zerstört.

Über die Sprechanlage meldete sich Mikes Sekretärin: »Ein Mr. Benedetti möchte Sie sprechen. Er hat keinen Termin, sagt aber, es sei dringend.«

»Bleiben Sie bitte kurz dran.« Mike fragte Vie, ob sie wüßte, was sein Kommen bedeuten könnte.

»Ich weiß nur, daß er mich betrogen hat.« Sie wußten, daß ihm sein Verrat die Beförderung zum stellvertretenden Direktor bei Motek eingebracht hatte. »Er soll mir nicht mehr unter die Augen kommen«, sagte Vie bestimmt.

»Ich kann dich ja verstehen, Schatz. Aber wenn er von sich aus in mein Büro kommt, hat er uns vielleicht etwas Interessantes zu berichten. Könntest du nicht so lange nebenan warten, bis ich herausgefunden habe, um was es sich handelt?«

»Du willst ihn tatsächlich hereinbitten?« fragte sie ungläubig.

»Liebling, hab bitte Vertrauen zu mir. Ich werde schon mit ihm fertig.«

»Da sei dir mal nicht so sicher«, entgegnete sie finster, ließ sich dann aber doch von Mike durch die Seitentür in das leere Zimmer seines Partners führen.

Sie wartete eine halbe Stunde. Schließlich kam Mike wieder herein. Er strahlte. »Ein hochinteressanter Vorschlag«, sagte er. Vie sah ihn kühl an. Sie ging zurück in sein Büro.

»Er hat die weiße Flagge gehißt. Es ist zwar keine Kapitulation, aber immerhin ein Waffenstillstand. Anscheinend will Motek das Parfüm nicht herausbringen. Weil es nicht zum Image paßt. Es ist zu exklusiv und zu teuer. Motek legt Wert auf ›Verläßlichkeit‹. Die wollen ehrliche, handfeste Artikel verkaufen, denen eine Hausfrau Vertrauen schenkt, und nicht extravagante, superfeine Produkte.«

»Und was bedeutet das ...?« fragte Vie nach.

»Kurz gesagt, daß Benedetti ein Großteil seiner Glaubwürdigkeit bei Motek verloren hat. Offenbar hatte er vereinbart, dem Konzern die von uns gestohlene Rezeptur zu beschaffen, wenn man ihn zum stellvertretenden Direktor ernennen würde.«

»Und mit wem hat er das ausgehandelt?« erkundigte sich Vie. Sie ahnte die Antwort schon.

»Mit deiner Schwester«, erwiderte Mike rücksichtslos. »Aber diesmal hat ihr all ihre Intelligenz nichts genützt. Sie war so versessen darauf, dich auszubooten, daß sie unbedacht handelte. Sie ist bei der Geschäftsleitung von Motek in Ungnade gefallen.«

»Was bedeutet das, Mike?«

Er nahm sie in die Arme und gab ihr einen Kuß, als wäre dadurch alles wieder gut. »Das weiß ich selbst nicht so genau, Liebling«, sagte er schließlich. »Ich stelle mir das aber folgendermaßen vor: Marty wollte dich geschäftlich zugrunde richten. Sie war entschlossen, dich nicht wieder ins Geschäft kommen zu lassen.«

»Sie haßt mich«, murmelte Vie leise und legte den Kopf an Mikes Schulter.

»Sie ist unglaublich eifersüchtig auf dich. Sie hat dich aus Jolay hinausgedrängt, doch selbst das reichte ihr nicht. Als sie dann von Nick erfuhr, was du vorhast, war sie nur noch von einem Gedanken beherrscht: dir deine Rezeptur wegzunehmen. Was genau du vorhattest, spielte dabei keine Rolle. Motek kann nichts mit deinem Parfüm anfangen.«

»Mehr noch«, fuhr Mike fort und brachte sie zu einem Sessel. »Daß Marty so einen extravaganten Luxusartikel mit zu Motek brachte, hat sie in deren Augen diskreditiert. Nick sagte mir, er hätte schon an Glaubwürdigkeit eingebüßt, aber Marty hat das bestimmt noch mehr. Vielleicht kommt es ja bei Motek zu einer Umbesetzung an der Spitze, dabei wird Marty bestimmt schlecht wegkommen. Es ist durchaus denkbar, daß wir uns mit ihr und ihren Anwälten einigen können.«

Vie saß sehr still da, die Hände auf den Sessellehnen; sie krauste die Stirn. »Mag sein, daß das so passiert ist, ich verstehe aber trotzdem nicht, wieso Benedetti mit dir sprechen wollte.«

»Das eigentliche Motiv wird dich verblüffen, meine Hübsche. Du hast immer geglaubt, er wäre mit Marty spinnefeind. In Wahrheit ist er aber verliebt in sie und möchte sie vor ihren eigenen Irrtümern bewahren. Er möchte, daß wir uns außergerichtlich einigen. Das Motek-Unternehmen braucht keine Publicity für ein Produkt, das es nicht verkaufen wird und mit dem es nicht in Zusammenhang gebracht werden will. Außerdem habe ich den Eindruck, daß Nick und Marty inzwischen aus der Firma aussteigen wollen. Auf alle Fälle ruf' ich mal bei Duane Olcott an.«

Schließlich hatte Mike ihn am Apparat. Es stellte sich heraus, daß Marty gerade bei ihm war. Mike flüsterte das Vie zu und machte Olcott den Vorschlag, die Schwestern sollten doch einmal miteinander sprechen. Miß Nouvel sei zufällig bei ihm, fügte er hinzu.

Mike wartete, legte die Hand auf den Hörer, während Olcott sich mit seiner Mandantin besprach. Vie sah in schweigend an. Mike nahm seine Hand weg, nickte und lächelte.

»Ist mir recht«, sagte er. »Also dann in einer halben Stunde.«

Als er auflegte, teilte er Vie mit: »Sie holt dich hier ab, im vorderen Büro. Ich bin mit Olcott übereingekommen, daß wir Rechtsanwälte uns heraushalten.« Er zuckte mit den Achseln und versuchte sie mit einem Kuß zu besänftigen. Aber Vie war zutiefst erschrocken.

Als Vie in den Empfangsraum kam, begrüßte Marty sie mit einem harten, unfreundlichen Lächeln. »Wir haben uns ja lange nicht mehr gesehen, große Schwester.«

»Was hast du vor, Marty. Was führst du diesmal im Schilde?«

»Vie, traust du mir denn nicht?«

»Nein«, gab sie schroff zurück.

»Das hast du ja auch noch nie getan!« Die Empfangsdame und die wartenden Mandanten blickten auf; Marty war ziemlich laut geworden. Da Vie schon immer davor zurückschreckte, Familienauseinandersetzungen in aller Öffentlichkeit auszutragen, faßte sie Marty beim Ellenbogen und drängte sie rasch hinaus.

Draußen auf der Straße hielt Marty ein Taxi an. »Du kommst mit zu mir in die Wohnung«, sagte sie. »Die kennst du ja noch nicht.«

»Und du hast meine auch noch nicht gesehen. Wir fahren zu mir«, sagte Vie, keinen Widerspruch duldend, während sie zuerst einstieg und dem Fahrer ihre Adresse gab.

Vies bestimmter Tonfall überraschte Marty. Achselzuckend nahm sie hin, daß sie beide zu Vie fuhren. Vor Vies Haustür angekommen, meinte sie verdrießlich: »Na endlich – der Berg kommt zum Propheten.«

»Wir gehen in den Garten«, sagte Vie im Vorausgehen. Umgeben von ihren Sträuchern und Pflanzen fiel ihr das Gespräch hoffentlich leichter.

»Wie ich sehe, legst du immer noch viel Wert auf das Natürliche«, sagte Marty.

Vie holte einen Whisky für ihre Schwester. Marty blieb im Garten. Die im April gepflanzten Kräuter waren jetzt sattgrün. Basilikum und Rosmarin, Estragon und Thymian. Die Stiefmütterchen entlang den Beeten ragten mit ihren Blüten heraus wie nachdenklich dreinschauende Kinder. Die frühen Rosen blühten, und an den Mauern rankte an Drähten die Purpurwinde. Dieser duftende Innenhof im Herzen von New York bezauberte Vie immer wieder von neuem, und sie hoffte, Marty würde darin vielleicht weniger unnachgiebig sein.

Sie kam mit dem Whisky zurück. Marty nahm das Glas dankend entgegen. »Nick und ich lassen dich frei. Olcott hat mir mitgeteilt, du hättest nicht die geringste Chance – jedes Gericht würde dich verurteilen.«

»Und was ist mit dir? Wie schätzt du dein Spionieren und deinen Diebstahl ein?«

»Das gehört zum Geschäft«, sagte sie gelangweilt lächelnd. »Zur Konkurrenzgesellschaft. Du hast kein Patent auf diese Formel. Jedenfalls war es Nick, der die Rezeptur entwickelt hat, daher kann er damit machen, was er will.«

»Das kann er nicht!« Vie änderte ihr Vorgehen, denn sie wollte die eigentlichen Gründe für ihre ständigen Auseinandersetzungen aufdecken. »Wieso willst du mir eigentlich eine Niederlage beibringen? Warum hast du dein ganzes Leben auf mein Scheitern hingearbeitet? Was habe ich dir getan?« Sie wurde laut. Marty trank ihren Whisky in kleinen Schlucken, sie lächelte immer noch.

»Antworte mir!« rief Vie. »Immer habe ich mich bemüht, daß es dir gutgeht. Habe gerackert, damit du eine Ausbildung erhältst und dir dadurch Möglichkeiten verschaffst, die ich nie hatte ...«

»Und das hast du mir übelgenommen. Streite das bloß nicht ab«, erwiderte Marty spitz. »Du hast dich über alles, was du mir geben mußtest, geärgert. Alles, was du mir gabst, war an Bedingungen geknüpft. Ich sollte dir dankbar sein. Du hast den lieben Gott gespielt, Vie. Mein Leben lag in deinen Händen, das du nach deinem Gutdünken formtest. Du hast mich nie als eigenständige Person wahrgenommen. Du hast dich nicht um mich gekümmert, dich nicht mal für mich interessiert. Ich war die Empfängerin deiner Mildtätigkeit, die ach so dankbare Untertanin der Königin. Die Verehrerin der Heiligen!«

Vie hörte bestürzt zu. Sie merkte, daß sich Marty in Wut redete. Auch ihr selbst zitterten die Hände. »Nein. So ist das überhaupt nicht gewesen.«

»Laß mich bitte ausreden«, schrie Marty. »Das war nämlich ganz genau so. Du hast dich so verdammt überlegen aufgeführt, bei dir konnte ich nie ich selber sein. Ich habe dich gehaßt, Vie. Dafür, daß du mir das einzige wegnahmst, das ich haben wollte:

mich.« Sie weinte. Mit einem einzigen Schluck trank sie ihren Whisky aus. Sie verschluckte sich, hustete und stellte das leere Glas auf den Boden. »*Er* hat das auch getan. Er hat mich nie akzeptiert. Ihr beide wart wie ein Ehepaar, und ich war die ungeliebte Stieftochter. Alles, was ich getan habe, war falsch. Du hast Papas ganze Aufmerksamkeit und ganze Liebe gekriegt. Für mich blieb nichts mehr übrig. Du warst wie seine Ehefrau.«

»Hör auf damit! Das stimmt nicht. Ich hatte auch immer das Gefühl, er würde mich nicht verstehen. Zwar wußte ich, daß er mich in Wahrheit liebte, auf seine Art, aber als eigenständige Person hat er mich nie wahrgenommen. Für ihn war ich das Spiegelbild meiner Mutter; sie bedeutete ihm alles. Ich war entsetzlich allein.«

»Du?« fragte Marty verwundert. »Du hattest doch alles. Und als Nina zu uns zog, hattest du auch noch eine Mutter.«

Vie empfand einen längst vergangenen seelischen Schmerz. Sie schwieg und versuchte sich zu erinnern; Marty, die ihre Miene sah, brachte auch kein Wort mehr über die Lippen.

Schließlich sagte Vie mit sanfter Stimme: »Vor langer Zeit, wir waren beide noch sehr jung, hattest du mit Papa einen scheußlichen Streit, und anschließend sagtest du, er würde dich hassen. Du hast mich geschlagen und mir gesagt, du würdest uns beide hassen. Ich spürte, wie einsam du dich fühlen mußtest. Ich war damals unglücklich. Außer der Katze hatte ich keine Freunde; ich hatte das Gefühl, als sähe Papa ständig durch mich hindurch und hin zu meiner Mutter. Aber du warst viel verzweifelter. Und von da an wollte ich alles wiedergutmachen.«

Marty erhob sich. »Das willst du empfunden haben? Aber du warst damals noch ein Kind – du gingst noch zur Schule.«

»Du erinnerst dich daran?«

Marty nickte. Sie kam auf Vie zu, die auf dem weißen gußeisernen Stuhl saß. Sie blieb vor ihrer Schwester stehen, senkte den Blick und sagte leise: »Nach meiner Rückkehr aus Frankreich, als ich die Wahrheit über meine Mutter kannte und wußte, daß mein Vater mir das Leben gerettet hatte, schwor ich mir, daß er stolz auf mich sein soll. Solange ich mich erinnern konnte, hatte er sich dir zugewandt – zu dir aufgeschaut. Du warst sein Stern – seine Jungfrau Maria!«

»Jetzt übertreibst du aber ...«

»Bitte, laß mich ausreden. Bei meiner Rückkehr hatte ich ein festes Ziel vor Augen. Ich wollte beweisen, daß ich besser bin als du und daß er sich nicht umsonst für mich eingesetzt hat. Daß ich seine wahre Tochter bin und er stolz auf mich sein kann.« Sie schluchzte.

Vie stand auf und legte ihr die Hand auf die Schulter.

»Aber er war ja schon tot«, sagte sie leise.

»Das ist ja das Gemeine, nicht?« Marty lächelte gequält. »Wenn man für Tote eine Rolle spielt, bekommt man keinen Beifall!«

Riesengroßes Mitleid überkam Vie. »Heißt das, daß es nie ein Ende haben wird?«

»Er ist gestorben, ohne daß er mich geliebt hat.«

»Heißt das, daß du immer auf seine Zustimmung aus sein wirst?«

Marty nickte stumm mit Tränen in den Augen.

Vie faßte sie bei den Schultern. »Du hast so viel Erfolg gehabt, Marty. Du hast alles, was du dir vorgenommen hast, erreicht. Bist du denn gar nicht stolz darauf?«

»Doch, natürlich bin ich das. Aber Vie, ich hatte nur ein Ziel – dich zu besiegen. Als mir das gelungen war, erst als ich mich mit Motek verbündete und dir einen Vertrag aufzwang, der dir den beruflichen Neuanfang verbot, fühlte ich mich sicher. Zum erstenmal fühlte ich mich wirklich gut. Endlich hatte ich's geschafft. Ich war nun ganz oben und hatte dich vertrieben.« Marty wandte sich um, damit sie nicht mitansehen mußte, wie sehr ihre Schwester litt.

»Während ich da oben war, konnte ich dich vergessen. Kannst du dir so etwas vorstellen? Ich spielte auch mit dem Gedanken, daß wir uns gemeinsam selbständig machten. So sicher fühlte ich mich. Doch als du dann auf diese Weise zurück ins Geschäft kommen wolltest, hatte ich das Gefühl, alles bräche unter mir zusammen. Das Zeug, das ich für Motek entwickelte, kam mir nicht besser als ein Waschmittel vor. Du warst immer schon erstklassig, die absolute Spitze. Als ich mit dir darüber zankte, ob es richtig sei, an diesem elitären Image festzuhalten, war ich der festen Überzeugung, daß das der Firma schaden würde – jedenfalls auf lange Sicht. Ich war aber auch neidisch. Du warst die Königin, die Größte, ich nur die smarte Geschäftsfrau. Wenn ich schon nicht selbst eine Königin sein konnte, dann wollte ich wenigstens dich vom Thron stoßen.

Als ich dann von deinem Superluxusduft erfuhr, der auf Armands Formel basierte, faßte ich den Entschluß, dich zu besiegen, und zwar diesmal endgültig.«

»Dabei hat dir Nick geholfen«, sagte Vie außer sich.

»Stimmt. Als ich herausfand, daß du dich mit ihm getroffen hattest, hätte ich dich erwürgen können. *Das* hatte allerdings noch nichts mit Familienangelegenheiten zu tun.« Sie hielt inne und holte tief Luft. »Ich liebe ihn. Ich habe mich wahnsinnig in ihn verliebt. Ich wußte gar nicht, daß sich zwei Menschen so sehr lieben können. Er braucht mich, weißt du das? Das erste Mal in meinem verdammten Leben braucht mich ein Mensch, und er vertraut mir.« Sie weinte jetzt.

Vie wartete. Schließlich sagte sie: »Dann hast du es gefunden?«

»Was?« Marty blickte hoch.

»Die Liebe, die du immer von Armand haben wolltest. Du wolltest Liebe für deinen Vater empfinden, aber vielleicht hast du das nie. Auch er wollte dir Liebe geben, ganz bestimmt, doch das mißlang ihm – genau wie dir. Nun hast du die Liebe entdeckt – in einem Mann, der lebt, einem Mann, den *du* lieben kannst. Damit bist du also frei.«

»Ich hoffe, daß ich das nie vergessen werde.«

»Ich werde dir helfen«, sagte Vie.

»Womit du wieder die Mutter spielst«, erwiderte Marty. Sie hatte ihren alten Sinn für Humor wiedergefunden.

»Könnte ich dir nicht eine Schwester sein?«

Marty legte den Kopf zurück und sah Vie lange an. »Vie!« rief sie endlich und drückte ihre Schwester ganz fest an sich. Schweigend hielten sie einander fest; langsam kam Martys Atem ruhiger.

Vie sagte sanft: »Ich wollte dich damals, als kleines Mädchen, nicht bemuttern, ich wollte selber Kind sein. Später habe ich dann immer nach jemandem gesucht, der mir die Mutter ersetzte. Zuerst war es Nina und dann auf gewisse Weise Philippa.«

»Das darf nicht wahr sein«, sagte Marty und lächelte wie früher. »Und ich war auf der Suche nach einem Vater. Was meinst du – wann ist man kein Kind mehr?«

Vie lächelte. »Das hab' ich mich auch schon oft gefragt. Ob wir wohl so lange leben, bis wir es herausfinden?«

Marty hob die Schultern. Sie ging hinüber zu den Blumenbeeten. Als sie zurückkam, hielt sie Vie eine blaßgelbe Rose hin. »Für dich.«

Vie stutzte. »Zuerst die weiße Fahne, dann eine Rose. Was kann das wohl bedeuten?«

»Vielleicht, daß wir ein neues Unternehmen wagen?« meinte Marty schalkhaft.

»Typisch meine Schwester. Erst der Beruf.«

»Und immerdar.« Sie nahm Vie noch mal in die Arme und gab ihr einen Kuß auf die Wange.

Vie weinte, ihre Schwester fest in den Armen haltend.

7

Die nostalgische Melodie des Blue-Danube-Walzers verklang, und Martys bauschiger Seidenrock fiel wieder sanft an ihr hinab. Im Haar trug sie über einem Schleier aus weißer spanischer Spitze einen antiken Schildpattkamm. In dem engen Mieder des Hochzeitskleides, das mit Zuchtperlen bestickt war, hatte sie eine sehr schlanke Taille.

»Deine Schwester ist nie schöner gewesen«, sagte Mike.

»Sie ist auch nie glücklicher gewesen«, sagte Vie, und ihre Augen glänzten.

Sie sahen, daß Marty und Nick herüberkamen. Marty küßte Vie und Mike. »Gefällt dir mein Kleid?« wollte sie wissen. Sie hob es rasch von sich ab und drehte sich im Kreis wie ein kleines

Mädchen. »Du hättest bestimmt nie gedacht, daß ich in so was heirate. Philippa ahnte das, aber sie durfte nichts erzählen.«

»Wieso denn?« fragte Vie. »Das Kleid ist toll!«

»Nicht wahr? Es ist, na ja, auch für dich. Ich meine, ich habe dir ständig vorgehalten, wie altmodisch du bist. Ich dachte mir, mal sehn, wie man sich bei so etwas fühlt. Einfach Spitze«, sagte sie und lächelte, »aber ich kann es gar nicht abwarten, bis ich es ausziehen kann.«

»Ich auch nicht«, sagte Nick, und alle mußten lachen.

Marty hatte traditionell heiraten wollen: mit Brautjungfern, Blumenmädchen, Eimern voll Reis, den man dem jungen Paar bei der Abfahrt im silbergrauen Rolls Royce nachwarf. Wegen des warmen Septemberwetters konnte der Empfang draußen stattfinden. Der Parkettboden, auf dem man tanzte, war so groß wie ein Ballsaal. Die Tische hatte man mit Kristallgläsern, Silberbesteck und Blumenarrangements in Weiß gedeckt.

»Schließlich heirate ich ja nur einmal«, hatte Marty sich verteidigt, als Nick gegen diesen Aufwand protestierte.

»Meinetwegen hätte man nicht so viel Aufwand betreiben müssen«, gab Nick Vie und Mike gegenüber zu. »Aber so wie ich mich jetzt fühle, hätte er noch doppelt so groß sein können. Weiße Elefanten! Kamele! Wo sind die Tanzmädchen und das Feuerwerk?«

Vie lachte. »Mach dir nichts draus, dieses Ereignis kommt trotzdem in die Klatschspalten, und dich und Marty wird man wahrscheinlich zum sensationellsten Paar des Jahres küren.«

»Nur des Jahres?« meinte er enttäuscht.

»Sei bitte nicht so unbescheiden«, meinte Marty lächelnd. Die Band spielte einen Tusch. Marty blickte zum Haupttisch. »Die Hochzeitstorte! Kommt alle mit, wir haben noch was zu erledigen.«

Sie liefen an den verblüfften Gästen vorbei zu ihren Plätzen.

Marty stellte sich zwischen ihren Mann und Paul Mescaux.

Marty nahm das Messer, Nick legte seine Hand über die ihre. Sie stachen die Torte mit den vier Schichten und der Braut-und-Bräutigam-Figur obendrauf an. Die Band spielte dabei eine ausgelassene Version des Hochzeitsmarsches. Die Gäste applaudierten.

Paul Mescaux stieß mit dem Löffel ans Sektglas, bis endlich alle Gäste still waren. Er wandte sich an die Braut. »Bei dir, liebe Marty«, sagte er, »und dir, lieber Nick, möchte ich mich für die Ehre bedanken, die ihr mir erwiesen habt, indem ich heute am wichtigsten Tag eures Lebens dabeisein darf. Es ist mir eine Ehre, weil ich mit deinem Vater, liebe Marty, befreundet war. Darf ich euch beiden den Segen spenden, den er euch nicht mehr geben kann? Marty und Nick, ich wünsche euch Glück und Erfolg bei allen Taten, und daß ihr viel miteinander lacht.« Solange die Gäste klatschten, machte er eine Pause.

»Heute abend bist du schön wie eine Königin, Marty. Dein Vater wäre sehr stolz auf dich, wenn er diesen Tag miterlebt hätte. In seinem Leben hat er nie etwas Schöneres als seine Töchter geschaffen. Auf dich, Marty, und dich, Nick, und auf Vie, hebe ich mein Glas und schenke euch mein Herz.«

Als er zu Ende gesprochen hatte, küßte ihn Marty links und rechts auf die Wange, dann noch einmal. Sie lachte und weinte und wußte nicht, was sie sagen sollte. Nick ging um den Tisch und umarmte den alten Herrn, während Vie Mikes Hand ganz fest drückte.

Ihre Freunde kamen an den Tisch, um zu gratulieren. »Wissen Sie was, meine Damen?« sagte Murray Schwartzman zu Marty und Vie. »Ihr habt's vermasselt. Der beste Name für ein Parfüm lautet *Joy*.«

»Unsinn«, tönte Philippa hinter ihnen, »da fehlt das ›la‹. Nun sieh mich doch nicht so verständnislos an, altes Haus: *l*, *a*. Das paßt genau zwischen das *o* und das *y*.«

Murray dachte kurz darüber nach. »Ach so, du sprichst von Jolay.«

Philippa gab ihm einen Kuß aufs Kinn, höher kam sie eben nicht. »Gut, dafür erhältst du auch noch ein Glas Champagner – und die Chance, mit mir zu tanzen.« Sie ging mit Murray weg und winkte Marty zu.

Marty flüsterte Nick etwas zu und zog dann Vie zur Seite.

»Wir beide müssen dir unbedingt etwas sagen. Können wir kurz hineingehen?«

Vie sah zu Mike, Marty, die den Blick auffing und sogleich deutete, lachte herzlich. »Doch, er darf mit. Mike scheint ja dein ständiger Begleiter zu sein.«

Die vier gingen ins Haus, eine Villa aus der Kolonialzeit, die Marty für die Hochzeit gemietet hatte und die so viele Zimmer hatte, daß die Gäste über Nacht bleiben konnten. In der kleinen Bibliothek im ersten Stock war niemand. Sie gingen hinein, und Marty schloß die Tür hinter ihnen.

»Um was geht's denn?« wollte Vie wissen.

»Ums Hochzeitsgeschenk.«

»Gefällt es dir nicht?« klagte Vie. Das vergoldete Service aus England war ein Einzelstück. Sie hatte ein kleines Vermögen dafür bezahlt und gehofft, Marty würde genauso begeistert sein wie sie selbst von der feinen Handwerkskunst.

»Dein Geschenk finde ich ganz toll. Nick auch. Ich spreche von unserem Geschenk an dich. Nick und ich haben Jolay von Motek zurückgekauft.«

»Was heißt das?« fragte Vie. Sie machte ganz große Augen.

»Das heißt, daß wir das Angebot schon vor zwei Monaten unterbreitet haben. Die haben es schließlich angenommen, unter der Voraussetzung, daß sie sämtliche Rechte auf alles behalten, was Motek hergestellt oder kreiert hat – unter der Leitung von Motek. Wir haben eingewilligt. Ich glaube, damit können beide Seiten leben. Motek kauft sich gerade in ein Pharmaunternehmen ein und hofft, eine Gesundheits-Serie mit einer Pflege-Serie zu kombinieren. Anscheinend haben wir denen mit Armands Duft einen ganz schönen Schrecken eingejagt. Sie wollten Jolay ohnehin auflösen oder uns zumindest unter die Gesundheitsprodukte einstufen. Deshalb konnten wir den Namen günstig zurückkaufen.«

»Was heißt ›günstig‹?«

»Eine Million. Dafür mußten wir nur ein paar Motek-Aktien verkaufen.« Marty kicherte. »Arm sind wir deshalb aber noch nicht. Vie, der Name gehört wieder dir. Du kannst den Duft unter deinem Namen herausbringen. Ich hatte kein Recht, ihn dir zu stehlen, das heißt«, sie verbesserte sich, »gute Gründe, aber kein Recht. Nun ja, *du* warst Madame Jolay, und nun wirst du auch weiterhin Madame Jolay bleiben.«

»Eine von zweien«, sagte Vie. »Jetzt gibt es zwei Madames Jolay.«

Marty schmiegte sich an Nick. »Paß mal auf«, sagte sie freudestrahlend. »Du übernimmst die Führung. Du gehst voran, sondierst alles. Und während du das tust, werde ich mich auf meine neue Karriere vorbereiten.«

Vie sah sie verdutzt an. Bei Marty mußte man immer auf eines gefaßt sein: daß sie einen überraschte. Schließlich fragte Mike: »Willst du in einer anderen Branche arbeiten?«

»Das trifft es nicht ganz. Diesmal hätte ich Lust auf eine steile Karriere. Als Ehefrau!«

»Du gibst also auf ...«, begann Vie; Marty hob Schweigen gebietend die Hand.

»*Und* Mutter.« Sie drehte sich um und gab Nick einen Kuß. Er legte ihr eine Hand auf den Bauch.

»Willst du damit sagen ...«

»Ja. Ich bin im dritten Monat schwanger.«

»Nur so konnte ich sie herumkriegen«, meinte Nick lachend. »Ich habe sie zur Ehe gezwungen, damit sie aus mir einen guten Vater macht.«

»Das ist ja toll!« Vie klatschte in die Hände. »Aber willst du wirklich nicht mehr in deinem Beruf arbeiten, Marty? Er hat dir doch die ganzen Jahre alles bedeutet, genau wie mir.«

»Ich hab' das ausgereizt. Vor Monaten hast du gefragt, Vie, ob ich nicht stolz auf meine Erfolge wäre. Ich bin stolz auf alle, aber nun habe ich dir bewiesen, daß ich es schaffen kann. Und mir auch. Ja«, sagte sie leise. »Ich habe es mir nun selbst bewiesen. Und was Armand anbetrifft – er ruhe in Frieden.«

Vie hielt sie lange umschlungen. »Amen«, sagte sie, als sie sich voneinander lösten.

»Hoffentlich komme ich nicht ganz heraus – Nick wird mir berichten, was so alles in der Firma passiert – und du wirst das ja auch. In ungefähr einem Jahr wird er sich wieder um eine Stelle bewerben.«

Vie warf Nick einen fragenden Blick zu.

»Ich werde zurückkommen, falls du mich einstellen willst. Jetzt machen wir erst mal Flitterwochen. Ich habe kaum Reisen unternommen, und Marty hat mir versprochen, mir Frankreich zu zeigen. Von dort geht's hinaus in die Welt. Unsere Tochter wird in irgendeinem weit entfernten Land zur Welt kommen. Ich wollte schon immer wenigstens einen ausländischen Verwandten haben.«

»Eine Tochter?« fragte Marty.

Nick gab ihr noch einen Kuß. »Das will ich doch hoffen. Wäre ich ein besserer Chemiker, würde ich am liebsten ein Ebenbild von dir schaffen.«

Nick legte Marty den Arm um und zog sie so eng zu sich, daß sie protestierend nach Luft schnappte. »Ist es nicht toll, wenn man so gut zusammenpaßt?« fragte er in die Runde und sah tief in die Augen seiner hübschen Frau.

Am ersten Oktober wurde *Le Seul* von der Firma Jolay GmbH im Kaufhaus Magdahl Hoffman und gleichzeitig landesweit in vielen anderen Geschäften vorgestellt. Der französische Name hatte zunächst einige Kunden abgeschreckt, doch Vie wollte ihn beibehalten. »*Le seul*« hieß »das eine« oder »das einzige«, und es erschien ihr der absolut passende Name zu sein; nach Jahrzehnten mit amerikanisch klingenden Namen gab es nun endlich wieder einen französischen Duft, der Luxus verhieß.

Das Herrenparfüm in Tropfenform, das auf einem roten Seidenfutteral innerhalb einer kleinen silbernen Schnupftabaksdose eingeschlossen war, wurde für fünfzig Dollar pro Tropfen verkauft. Die größeren Schnupftabaksdosen, in denen zehn Tropfenbehälter lagen, kosteten 400 Dollar.

Modefotografen und Reporter standen überall im Kaufhaus herum, aber keiner von ihnen erkannte Vie. Mit einer Hose bekleidet, den Schal um den Kopf, der viel vom Gesicht verdeckte, mischte sie sich unter die Mitarbeiter. Sie stand in der

Nähe des Eingangs und hielt, während sie dem Trubel zuschauten, Mikes Hand.

Paul Mescaux kam zu ihnen, Vie umarmte ihn zur Begrüßung. »Begreifen Sie nun, was wir geschaffen haben, Paul? Einen Renner, ein Kleinod.«

Er nickte. »Es ist vollbracht. Armand Jolaunays größter Duft ist Wirklichkeit geworden, über vierzig Jahre nachdem er ihn kreiert hat. Sie haben etwas Wundervolles geschaffen, liebes Kind.«

»Nicht ich, wir. Und auch Tam und natürlich Nick. Nick möchte nicht in die Firma eintreten – im Augenblick jedenfalls noch nicht. Also hat Jolay drei Partner, Paul, – Sie, Mike und mich.«

Er schüttelte den Kopf. »Ich möchte *au revoir* sagen.« Paul beugte sich vor und küßte Vie die Hand. »Ich fliege zurück in meine Wahlheimat, die Schweiz. Dort werde ich zufrieden leben.«

»Bitte bleiben Sie doch.«

»Sie können mich nicht in Versuchung führen, Liebste!« Er lächelte. »Die Schokolade hier in Amerika schmeckt grauenvoll.« Er küßte sie auf beide Wangen, gab Mike die Hand und ging davon.

Sie sahen ihm nach – dem alten Herrn mit dem jugendlichen Gang. »Jetzt sind nur noch wir da, Mike«, sagte Vie leise. »Jetzt sind wir die einzigen Partner in der Firma.«

»Ist es nicht höchste Zeit, meine Hübsche, daß wir auch Partner in anderer Hinsicht werden?« Er drehte sie zu sich herum. Ihre Augen glänzten. Sie küßte ihn.

»Liebling«, sagte sie, nachdem sie Luft geholt hatte. »Glaubst du, daß wir endlich ein Geheimrezept gefunden haben?«

»Mag sein.« Er hob die Schultern. »Aber eigentlich finde ich, daß alles von meiner Kochkunst abhängt.«